# Dixie City

Du même auteur
chez le même éditeur

Série Dave Robicheaux

*La Pluie de néon*
*Prisonniers du ciel*
*Black Cherry Blues*
*Une saison pour la peur*
*Une tache sur l'éternité*
*Dans la brume électrique avec les morts confédérés*
*Dixie City*
*Le Brasier de l'ange*
*Cadillac juke-box*
*Sunset Limited*
*Purple Cane Road*
*Jolie Blon's Bounce*
*Dernier tramway pour les Champs-Élysées*
*L'Emblème du croisé*
*La Descente de Pégase*
*La Nuit la plus longue*
*Swan Peak*
*L'arc-en-ciel de verre*

Série Billy Bob Holland

*La Rose du Cimarron*
*Heartwood*
*Bitterroot*

Autres ouvrages

*Le Boogie des rêves perdus*
*Vers une aube radieuse*
*Le Bagnard*
*Jésus prend la mer*
*La Moitié du Paradis*
*Texas Forever*

James Lee Burke

# Dixie City

Traduit de l'anglais (États-Unis)
par Freddy Michalski

*Collection dirigée*
*par François Guérif*

Rivages/noir

Titre original : *Dixie City Jam*

*À Porteus et Alice Burke*

# Chapitre 1

Peu de gens le croient aujourd'hui, mais au cours des premiers mois de 1942, les sous-marins nazis attendaient, à l'embouchure du Mississippi, à l'affût des pétroliers qui quittaient sans escorte navale les raffineries de Baton Rouge pour s'engager dans le golfe du Mexique.

C'était un véritable stand de tir. La censure, obligée en temps de guerre, empêchait journaux et radios de faire mention des navires américains coulés au large de la Louisiane, mais juste après le coucher du soleil, on apercevait le pétrole qui brûlait sur l'horizon au sud, pareil à un barbouillis orangé ramassé sur le ciel d'hiver.

Encore enfant à New Iberia, j'avais entendu des crevettiers parler des corps brûlés, couverts de pétrole, de quatre marins de la marine marchande qu'on avait retrouvés flottant tels des paquets de charbon dans une île de varech, les yeux à jamais aveugles, les visages bouffis tendus de filaments de méduses.

Des années durant, les nazis m'avaient donné des cauchemars : je les imaginais comme autant de créatures aux yeux bridés et au visage pincé qui vivaient sous les vagues, pas très loin de la maison, et finiraient un jour par imposer au monde leur dessein démoniaque.

J'étais étudiant et, par un jour calme et sans vent, au cours d'une plongée sous-marine, je tombai par accident sur l'un de ces sous-marins gisant à l'oblique sur sa quille, par vingt mètres de fond, les bastingages et le canon de proue grisâtres, couverts d'un chaume d'algues, tandis que s'échappait de la poupe une chaîne de bulles minuscules.

Mon cœur battait la chamade et s'affolait contre ma cage thoracique, les vaisseaux sanguins se contractaient dans ma tête, mais je refusai de me laisser défaire par mes frayeurs enfantines et plongeai plus profond, jusqu'aux restes tordus du périscope, d'où je vis de mes yeux la croix gammée et le numéro du navire peints sur les flancs du kiosque.

Je sortis mon poignard Bowie de la gaine que je portais au côté et, à la manière du guerrier primitif qui doit toucher le corps d'un ennemi mort, je tapai de la poignée de mon couteau le rebord du kiosque.

C'est alors qu'advint l'un des événements les plus étranges de mon existence.

Je sentis une eau d'un froid glacial m'engourdir les os, là où, quelques instants auparavant, il n'y avait rien ; puis un bruit, une vibration, pareille à celle d'un câble métallique brutalement sectionné, parcourut le sous-marin sur toute sa longueur. Le kiosque commença à se redresser à l'aplomb sous l'effet du courant, le métal de la coque raclant sur le sable, et des nuages de limon et d'huile prise au piège se levèrent de sous la quille. Je contemplai avec horreur le sous-marin qui donnait l'impression de se mettre en suspens juste au-dessus du fond du Golfe, des filaments de mousse accrochés au kiosque battant les eaux comme autant d'étendards déchiquetés sur un champ de bataille, avant de plonger, proue en avant, vers les profondeurs des ténèbres et de basculer en glissade par-dessus le rebord de la plate-forme continentale, mon bowie rebondissant contre la poupe qui se dressait, tandis que des requins de sable s'en venaient tournoyer dans le sillage de ses hélices comme une volée de vairons.

Je découvris par la suite qu'il n'y avait eu là aucun mystère concernant le U-boat. Il avait été surpris en train de recharger ses batteries en surface et, pris sous le feu des canons d'un destroyer, avait été coulé à l'aide de charges de profondeur qui lui avaient brisé l'échine; depuis lors, il se déplaçait et rebondissait sur le fond du Golfe, le long de la côte de la Louisiane, sous l'effet des courants.

Mais parfois, à mes moments sombres, je m'interrogeais sur l'équipage qui avait sombré dans un hurlement de sirènes et de sifflets, sous les torrents d'eau éclatant au travers des plaques de blindage fracassées ou dégringolant dans le kiosque dont personne n'était parvenu à refermer l'écoutille à temps. S'étaient-ils battus bec et ongles, à lutter pour une place sur les échelles de sortie? Étaient-ils prêts à s'aveugler, à s'estropier, à se tuer les uns les autres rien que pour respirer un peu d'air encore quelques secondes de plus? Regrettaient-ils de s'être joints de tout leur être au grand dessein qui voulait éteindre toute lumière à la surface de la Terre?

Ou bien continuaient-ils toujours à nager sous les vagues, leur peau marinée de sel, leurs uniformes, autant de refuges où se nichaient les anguilles, leur plan visant à transformer la planète en camp retranché entouré de barbelés et de miradors toujours à l'œuvre, aussi assuré de sa finalité que le sillage en bouillonnements phosphorescents d'une torpille en train de zébrer l'eau vers sa cible, quelque navire lointain se détachant en silhouette sur fond de lune automnale?

La journée avait été étrange sur la Grande Salée. Le vent soufflait du sud, chaud et sec et, dans les creux de houle, on apercevait les dos luisants des pastenagues et les sacs à air d'un rosé bleuâtre des méduses, signe qu'une tempête les chassait vraisemblablement du large vers le rivage; puis le thermomètre dégringola, le vent mourut, et le soleil se mit à ressembler à une flamme blanche prise au piège d'une eau morte.

Il ne plut que pendant cinq minutes, à peu de choses près, de grosses gouttes plates qui frappèrent l'eau comme billes de plomb, puis le ciel redevint clair et chaud, la sueur et l'humidité se remirent à filer sur la peau comme des serpents. Au sud, loin sur l'horizon, je vis l'orage se stabiliser. Des nuages gris s'étaient ancrés bas sur le ciel, et à l'endroit précis où ils touchaient l'eau, s'étirait une ligne de vagues blanches où se brisaient de temps à autre les fourches d'un éclair, pareilles à des fils d'argent tremblotant à l'intérieur de la masse nuageuse.

Tandis que Batist, le Noir qui travaillait pour moi, posait ses lignes à poissons-chats, j'enfilai mes bouteilles d'air comprimé, palmes et masque, et plongeai à flanc du bateau. Je suivis la corde d'ancre, et pénétrai le cône de lumière verte translucide jusqu'à une profondeur où l'eau soudain devint froide, mouvante et grise de vase, tournoyant de lames d'algues jaunes, voire même vivante de requins de sable qui vous filaient tout contre le corps avec une telle énergie, une telle force, que vous aviez l'impression d'avoir été frappé d'une main invisible.

Le cordage d'ancre était tendu et dur lorsque je le touchai. Au-dessus de moi, je voyais la coque de mon bateau qui se détachait sur fond de lumière, sa proue qui plongeait au rythme du ressac en luttant contre l'ancre qui l'amarrait. Je nettoyai mon masque et descendis de trois mètres le long de la corde au cœur d'un baril de ténèbres, d'embruns tourbillonnants noircis d'huile, au sein d'un univers de bruits qui n'auraient pas dû être là – métal cognant contre lui-même, tel un marteau qui rebondirait paresseusement sur une enclume, plaques d'acier en train de crisser au contact d'un sable dur et compact, peut-être même quelque câble métallique soulevé par le courant qui s'en venait retomber sur des poutrelles tordues.

Je renonçai et remontai une fois de plus au milieu des eaux tranchées de lames de lumière, jusqu'à cet univers prévisible de vent et d'embruns salés soufflés sur mon masque, de mouettes et de pélicans planant dans le ciel en surplomb, un univers où Batist luttait à deux mains contre une pastenague qu'il avait crochetée par inadvertance d'un hameçon dans l'estomac.

J'ôtai mes bouteilles et m'essuyai la tête et le visage d'une serviette. Batist était nu jusqu'à la taille, le dos noué de muscles, le crâne en boulet de canon perlé de gouttes de sueur sous l'effort tandis qu'il piquait sa gaffe dans la pastenague avant de la hisser au-dessus du plat-bord. La gaffe avait transpercé de part en part le cuir d'une des ailes de la raie. Batist retourna la bête comme une crêpe sur le dos, dégagea le croc et s'agenouilla, un genou au sol, afin de scier l'hameçon triple fiché dans l'estomac du poisson. Il essuya le sang de la lame, inspecta les pointes tordues de son hameçon et rejeta la raie par-dessus bord des deux mains.

– À quelle profondeur t'es allé, Dave ? dit-il.

– Dix ou douze mètres environ.

– C'est pas malin. Y'a des tas de saloperies là en bas. Y'a même des arbres, ouais, té savais ça ?

Y flottent tout le long d'puis le Miss'sippi. Y'en a des gros comme des maisons.

– Je crains que tu n'aies raison.

– Et alors ?

Il plaça un cigare au coin de sa bouche.

– Quoi ?

– Té l'as trouvé, le sous-marin, là en bas ?

– J'ai entendu des bruits de métal qui cognait, mais je ne sais pas de quoi il s'agit. C'est trop gadoueux pour voir quelque chose.

– Peut-être qu'y a une plate-forme à pétrole qui s'a écroulée là au fond. T'as pensé à ça ? Peut-être que té vas t'emmêler à tout ce qui traîne, et pis perdre ta vie, Dave, tout ça pasque ce mec, Hippo, y t'agite dix mille dollars sous le nez. Y le veut, c'te sous-marin, alors qu'y se bouge ses grosses miches jusqu'ici et qu'y cherche.

– Okay, Batist.

– Ça sert à rien du tout d'être riche au cimetière, en plus.

– Je vois où tu veux en venir. Et j'apprécie vraiment.

– Té veux mon avis ?

– Que dirais-tu de pêcher quelques poissons ?

– C'est bien ce que j'essaie de faire. Sauf qu'y avait quelqu'un qui nageait sous ma ligne.

Hippo Bimstine était un membre influent du Parti démocrate de l'État et il possédait probablement la moitié des drugstores de La Nouvelle-Orléans. Son tour de taille éléphantesque, ses petits doigts boudinés et embijoutés comme sa veste de sport à carreaux jaunes et noirs étaient légendaires. Tous les après-midi que Dieu faisait, on pouvait le voir au « Pearl », sur St. Charles, en train de déguster ses huîtres, de cinq à huit douzaines au coup, qu'il faisait glisser de cruchons de bière, son cou épais poudré de talc, une rose mauve au revers, les bajoues rasées de frais et rayonnant de santé, les yeux presque entièrement fermés sous leurs plis lorsqu'il souriait. Des années auparavant, je lui avais raconté l'histoire du naufrage d'un U-boat allemand dont j'avais découvert l'épave par un jour d'été calme lorsque j'étais étudiant. La semaine dernière, un ami de Hippo, un skipper professionnel qui opérait depuis Cocodrie, lui avait dit que son sonar avait repéré une énorme masse métallique juste au sud de Grand Isle. Hippo s'était souvenu de l'histoire du sous-marin noyé et m'avait appelé à New Iberia en disant qu'il me paierait dix mille dollars pour ma peine si je parvenais à localiser le submersible et si lui réussissait à le récupérer.

– Qu'est-ce que tu vas faire d'un U-boat de la Seconde Guerre mondiale, Hippo ? dis-je.

– Tu plaisantes ou quoi ? T'as déjà vu ce mec, Geraldo, à la télé ? Y'a des millions de gens qui l'ont regardé défoncer un mur en sous-sol, sous un hôtel de Chicago où Al Capone avait vécu. Il avait réussi à faire croire à tout le monde qu'il y avait une voiture, des cadavres, des lingots d'or, des mitraillettes, toutes sortes de conneries, enterrées dans cette salle souterraine. Le spectacle a duré comme ça trois heures. C'était tellement ennuyeux qu'il fallait se coller des gifles pour rester éveillé. Et tu sais ce qu'il a trouvé ? Un gros tas de sable humide et quelques vieilles bouteilles. Il a failli pendant qu'il y était défoncer un trou dans le mur de soutènement qui sépare le lac Michigan de la ville de Chicago.

« Tu sais ce que je pourrais faire, moi, avec un sous-marin plein de nazis noyés ? Sers-toi de ton imagination, Dave. »

Mais j'étais revenu bredouille. Et c'était tout aussi bien. Les projets de Hippo étaient habituellement aussi grandioses et dramatiques que sa consommation épicurienne de fruits de mer au

« Pearl », et lorsqu'on se trouvait impliqué dans son existence un long moment, on ne manquait jamais de prendre conscience au fil des jours qu'après tout on n'était pas tout à fait parvenu à éviter avec succès le rôle de fou du roi dans cette vie.

Nous avons, Batist et moi, pêché et vidé plus d'une douzaine de poissons-chats, arraché les dards et pelé la peau à la tenaille avant de découper la chair en longs filets roses, que nous avons déposés en rangées sur la glace pilée. Puis nous avons mangé les maxi-torpilles, huîtres frites, mayonnaise, sauce piquante, tranches de tomates et oignons que nous avions préparées en les enveloppant de papier huilé ; puis nous avons repris la direction de la côte dans l'après-midi fraîchissant. Le vent se mit à souffler de l'ouest, chargé d'une odeur de pluie venue du lointain, de truites occupées à frayer, de coquillages sur le sable et de lignes d'algues en train de sécher là où la marée les avait laissées en se retirant de la plage.

Tandis que les dernières rougeurs du soleil donnaient l'impression de s'effondrer avant de se fondre en une unique braise brûlante sur l'horizon, les lueurs des néons de La Nouvelle-Orléans vinrent petit à petit remplacer la lumière du jour en s'étalant à travers le ciel qui allait s'obscurcissant. Les nuages d'un noir verdâtre étaient accrochés bas au-dessus de la ville, animés par la danse des éclairs comme autant de veines à leur surface, roulant dans le ciel depuis Barataria jusqu'au lac Pontchartrain, et l'on savait que, dans peu de temps, des torrents de pluie souffleraient les rues en barattant les palmiers de l'esplanade avant de déborder des ruisseaux au Vieux Carré et de remplir le tunnel de chênes sur St. Charles d'une brume grise au travers de laquelle les vieux tramways en fer, peints en vert, iraient leur bonhomme de chemin le long des rails comme des émissaires droit sortis de l'an 1910.

La Nouvelle-Orléans était un lieu merveilleux où il faisait bon se trouver par un soir d'août.

C'est tout au moins ce que je pensais, jusqu'à ce que j'appelle Hippo Bimstine pour lui annoncer qu'il lui faudrait engager un autre plongeur pour aller explorer les épaves de sous-marins nazis.

– Où es-tu ? dit-il.

– Nous sommes en train de souper chez « Mandina », sur Canal.

– T'es toujours pote avec Clete Purcel ?

– Bien sûr.

– Tu sais où se trouve « Le Bar de Calucci » près de St. Charles et Carrollton ?

– Ouais, c'est juste en face de chez toi, je me trompe ?

– Non, c'est bien ça. Et donc, en ce moment précis, je suis en train de regarder par ma fenêtre une tempête de merde qui se prépare. Je dis ça parce qu'ils ont une équipe des Brigades spéciales d'intervention sur place. Tu peux t'imaginer une chose pareille ? Une putain d'équipe des Brigades spéciales au beau milieu de mon quartier. Je crois qu'un diplomate ne serait pas de trop dans le coin, avant que la viande ne commence à gicler sur le papier peint des murs, tu vois ce que je veux dire ?

– Non.

– T'as encore de l'eau salée plein les oreilles, Dave ?

– Écoute, Hippo...

– Il s'agit de Clete Purcel. Il a piqué une putain de rogne chez « Calucci » et il a fait passer un mec par la vitrine. Le mec s'est toujours pas relevé, il est étalé dans le parterre de fleurs. On raconte que Purcel est toujours à l'intérieur et qu'il en a mis deux ou trois autres sur les genoux. S'y sort pas, y'a un flic en civil devant la maison qui a pris la direction des opérations et qui dit qu'y vont le dessouder. C'est un vrai putain de Beyrouth – Liban – que j'ai dans ma cour devant la maison.

– Qui dirige les opérations ?

– Un mec du nom de Baxter. Ouais, Nate Baxter. Il était aux Mœurs dans le temps au Premier District. Tu te souviens d'un flic de ce nom-là ?... Hé, Dave, t'es toujours là ?

# Chapitre 2

« Le Bar de Calucci » avait été aménagé à partir d'une vieille maison blanche à ossature bois, aux fenêtres garnies d'auvents en fer-blanc, dans une vieille zone résidentielle tout au bout de St. Charles près de la levée du Mississippi. La pluie ressemblait à un grésil coloré, mauve, vert et rose mélangés sous les lueurs de néon du bar, et à l'extrémité opposée de la levée, on voyait monter la brume du fleuve tandis que cornaient les sirènes d'un remorqueur.

La rue devant le bar était remplie par une demi-douzaine de véhicules d'urgence dont l'éclat des gyrophares en pleine action venait se réfléchir sur les buissons, le ciment mouillé et les palmiers de l'esplanade. J'arrivai accompagné de Batist et garai ma camionnette au bord du trottoir. J'aperçus Nate Baxter au beau milieu du chambard, le chapeau dégoulinant de pluie, les chaussures à deux tons et le pantalon de golf éclaboussés au passage des voitures. Avec sa barbe roussâtre soigneusement taillée miroitant de lumière mouillée, son insigne et son revolver chromé agrafés au ceinturon, il avait le corps ferme et musclé du quadragénaire qui entretenait régulièrement sa forme physique à l'Athletic Club de La Nouvelle-Orléans.

Une femme-policier noire en civil, poitrine plate et bras maigres, des dents en or plein la bouche, le prenait à partie. Elle était vêtue d'un chemisier marron chiffonné, pans ouverts sur un pantalon de toile bleu foncé, de mocassins sans chaussettes aux pieds, le maquillage zébré de coulures de pluie. Nate Baxter essayait de se détourner d'elle en prenant ses distances, mais elle se déplaçait de conserve, les mains sur ses hanches minces, ouvrant et fermant la bouche sous la pluie.

– C'est à vous que je m'adresse, lieutenant, dit-elle. Je suis d'avis que nous sommes confrontés à une situation qui nous a échappé complètement. Les moyens mis en œuvre ne sont plus en rapport avec ce qui se déroule ici. Et je persiste et signe, monsieur. Si vous persistez dans vos intentions, je me verrai obligée de le signaler dans *mon* rapport. Est-ce que vous entendez ce que je vous dis, monsieur ?

– Faites ce que bon vous semble, sergent. Mais s'il vous plaît, allez faire ça ailleurs, dit Baxter.

– J'ai répondu à l'appel qui a été fait. Et je n'apprécie pas non plus la manière dont vous vous adressez à moi, dit-elle.

– Très bien. En ce cas, je vais m'exprimer un peu plus clairement. Vous êtes une plaie vivante et vous me les cassez. Vous voulez transformer cette histoire en manifestation de droits civiques ? C'est votre affaire. Faites donc. Entre-temps, fichez-moi le camp d'ici. C'est un ordre.

Un Blanc en uniforme ricana en arrière-plan.

Les yeux de Baxter se rétrécirent sous le rebord de son chapeau lorsqu'il m'aperçut.

– Qu'est-ce que tu fabriques, Nate ? dis-je.

Il m'ignora et se mit en demeure de s'adresser à un flic en gilet pare-balles et casquette sur la tête, visière tournée vers la nuque.

– Qu'est-ce que tu essaies de faire à Clete Purcel ? dis-je.

– Reste derrière le cordon, Robicheaux, répondit-il.

– Je peux le convaincre de sortir de là. Si je peux lui parler.

– Tu n'es pas dans ta juridiction.

Même sous la pluie, il avait l'haleine surchauffée et rance.

– Inutile qu'il y ait des blessés dans cette affaire, Nate, dis-je.

– C'est Purcel qui a distribué le jeu. Pas moi. Tu sais quoi ? Je crois qu'il a attendu ce moment-là toute sa vie.

– Est-ce que tu l'as contacté par téléphone ?

– C'est une bonne idée, ça, pas vrai ? Vraiment, c'est tout à fait le truc que j'aimerais faire. Sauf qu'il a arraché le téléphone du mur et qu'il a enroulé le cordon autour du cou d'un mec. Avant de passer le mec par la devanture.

– Les frères Calucci sont des mafieux. Il s'agit d'une histoire personnelle entre eux et Clete, et tu le sais parfaitement. On n'a pas recours aux Brigades spéciales d'intervention pour une connerie, une petite bagarre dans un bar.

– On a aussi un *vigilante* qui se balade en liberté à La Nouvelle-Orléans. Et je pense que Purcel a le profil du suspect parfait.

Mes poings se serraient et s'ouvraient contre mes flancs. Baxter s'adressait à nouveau au flic en gilet pare-balles, en indiquant une zone surélevée sur la levée.

– Tu ne vas pas t'en tirer comme ça, dis-je.

– Fin de la conversation, Robicheaux.

– Clete t'a collé la tête dans la cuvette des toilettes d'un bar sur Decatur. Tu ne l'as pas signalé dans ton rapport parce qu'il savait que tu te faisais reluire à l'œil par les racoleuses de rues du Carré. C'est ça, le fin fond de l'histoire. Rien d'autre, Nate.

Quatre flics de race blanche, ainsi que la Noire, nous regardaient maintenant sans en perdre une miette. Baxter plissait l'œil droit, paupière pincée presque fermée, à la manière d'un tireur d'élite qui aligne son cran de mire sur la cible. Il commença à ouvrir la bouche pour ajouter quelque chose, mais je ne lui en donnai pas l'occasion.

Je levai mon insigne des services du shérif de la paroisse d'Iberia bien haut au-dessus de la tête et me dirigeai vers la porte d'entrée du bar.

Clete avait descendu les stores vénitiens sur toutes les fenêtres ; il était adossé contre le comptoir, un pied sur la barre d'appui, et buvait du rhum mexicain dans un petit verre-dosette en suçotant une tranche de citron vert salé. Il portait sa tourtière bleu poudre inclinée sur l'avant de la tête, le pantalon accroché cinq centimètres sous le nombril. Son visage rond et rose souriait d'un air heureux, ses yeux verts éclairés par une lumière d'alcool. Barrant un sourcil et l'arête du nez, une cicatrice épaisse comme une rustine de bicyclette, perforée de points de suture, lui tranchait la figure à l'oblique, souvenir du jour où on lui avait asséné un coup de tuyau dans l'Irish Channel. Comme toujours, sa chemise imprimée à motifs tropicaux donnait l'impression de vouloir à tout moment se déchirer en deux morceaux sur ses épaules massives.

Le bar était vide. La pluie soufflait par la fenêtre démolie en devanture et dégouttait des stores vénitiens.

– Qu'est-ce qui t'arrive, Belle-Mèche ? dit-il.

– Est-ce que tu serais en train de perdre la tête ?

– Que voilà des paroles bien sévères, preux chevalier. Laisse-toi vivre. Souris un peu.

– Là-dehors, il y a Nate Baxter. Il aimerait bien repeindre toutes les boiseries avec nous deux.

– C'est bien pour ça que je ne suis pas sorti. Et y'a aussi quelques mecs là-bas qui n'apprécient pas les détectives privés.

Il consulta sa montre et en tapota le boîtier de l'ongle.

– Tu veux un Dr Pepper ?

– Je veux que nous sortions d'ici tous les deux. Et nous allons balancer ton calibre bien en vue, devant nous.

– Qu'est-ce qui presse ? Prends donc un Dr Pepper. J'y mettrai quelques cerises confites et de la glace.

– Clete...

– Je t'ai dit : Tout baigne. Maintenant, tu romps le combat, noble preux. Personne ne va secouer la laisse des deux vieux Jumeaux de la Criminelle.

Il but une gorgée de son verre, suçota sa tranche de citron vert, et me sourit.

– C'est l'heure de guincher, partenaire. Le boogie nous attend.

Il consulta à nouveau sa montre.

– Accorde-moi encore cinq minutes, dit-il en m'adressant un nouveau sourire.

Il se mit à remplir son verre d'une grosse bouteille carrée de couleur brune qu'il tenait à la main. Je posai délicatement la paume sur son bras.

– Écoute. Permets-moi de te dessiner le tableau en détail, mon noble chevalier, dit-il. Je me suis engagé auprès d'une dame ces temps derniers. C'est quelqu'un de bien, elle n'a jamais fait de mal à personne, elle est intelligente, elle assiste à mi-temps aux cours pour adultes du JuCo [1], elle fait aussi du

1. Junior College. *(N.d.T.)*

strip dans un rade cul et nichons sur Bourbon, propriété des frères Calucci. Je veux parler de Max et de Bobo, Dave. Tu te souviens d'eux, les deux mecs qu'on a alpagués un jour pour avoir arraché à la tenaille un ongle du doigt d'une fille ? Avant que je ne la rencontre, Martina, la dame qui est mon amie, avait emprunté deux bâtons aux Calucci pour régler les frais d'hospitalisation de sa grand-mère. Et donc, comme elle n'avait pas pu rembourser les intérêts de sa dette, Max, le tas de merde que j'ai envoyé valser par la vitrine, l'a appelée ce matin pour lui dire qu'il était temps pour elle de se mettre à bosser sur la banquette arrière des taxis.

Il ôta son chapeau rond, coiffa ses cheveux blond-roux vers l'arrière, glissa le peigne dans sa poche de chemise, et remit le chapeau en place.

– Les Calucci ne vont pas faire de foin, Dave. En tout cas, ils ne déposeront pas plainte, légalement parlant. Ils sont autant à leur place dans un poste de police qu'une merde dans un magasin de crème glacée.

Il remplit son verre-dose, le sécha d'un coup et m'adressa un clin d'œil.

– Où est l'autre... Bobo ?

Il consulta à nouveau sa montre avant de regarder au-dessus du comptoir, par-delà une petite cuisine, en direction de la porte massive en bois d'une chambre froide de plain-pied.

– Il est probablement en train de s'envelopper de papier alu à l'heure qu'il est, dit-il. En tout cas, c'est bien ce que je ferais, moi.

– Tu plaisantes ou quoi ?

– Ce n'est pas moi qui l'ai mis là-dedans. C'est lui qui s'est enfermé. Tout seul. Qu'est-ce que je suis censé faire, à ton avis ? Il a bloqué la porte avec une barre de fer ou quelque chose. Moi, je dis, laisse faire et laisse vivre.

J'allai jusqu'à la chambre froide et essayai de l'ouvrir. La poignée chromée était froide contre ma main. La porte bougea d'un bon centimètre avant de claquer contre un objet métallique et refusa de s'ouvrir plus avant.

– Bobo ? dis-je.

– Quoi ? répondit une voix dans l'entrebâillement.

– C'est Dave Robicheaux qui te parle. Je suis inspecteur du shérif. C'est terminé. Sors de là. Personne ne te fera de mal.

– J'ai jamais entendu parler de vous.

– J'ai travaillé dans le temps à la Criminelle du Premier District.

– Oh ouais, c'était vous, le partenaire de Tête-de-Nœud, là-dehors. Qu'est-ce que vous venez fiche ici ? Y vous a appelé pour une petite marrade ?

– Voici le programme, Bobo. Permets-moi de t'en donner le contenu, et je verrai comment tu réagis. Je tiens à la main un .45 automatique. Si tu refuses d'ouvrir la porte, je vais être probablement obligé de tirer quelques balles et faire sauter la serrure et les gonds. Est-ce que tu te sens rassuré et bien à ton aise ?

Le silence qui suivit ne dura que quelques instants.

– Où est-il ? dit la voix.

– Il a quitté la partie. Il ne joue plus. Crois-en ma parole.

– Tenez cet animal à distance, loin de moi. C'est une putain de menace. On devrait lui coller le cerveau dans un bocal d'alcool et le mettre à la fac de médecine.

– Tu as ma parole, Bobo.

J'entendis le bruit d'une barre de fer tombant au sol, puis Bobo poussa le battant et ouvrit la porte d'un pied sans quitter l'endroit où il s'était assis, blotti dans le coin, les épaules enveloppées d'un tapis, les cheveux et les narines blanchis de givre, le corps au milieu d'un nuage de vapeur qui s'élevait jusqu'aux demi-carcasses de bœuf suspendues à des crocs au-dessus de sa tête. Ses petits yeux noirs resserrés m'inspectaient de la tête aux pieds.

– Z'avez pas d'arme. Espèce de salaud. Vous m'avez menti, dit-il.

– Allez, viens, on va marcher un peu, dis-je en le soulevant par un bras. Ne te tracasse pas pour ce qui est de Clete. Il va simplement finir son verre et il nous suivra pour sortir d'ici. Crois-le ou non, mais il y a des flics là-dehors qui étaient prêts à expédier l'un des leurs au tapis pour le compte rien que pour te protéger. Le genre de truc à te faire te sentir fier d'être contribuable, je parie.

– Ôtez votre main de mon bras, dit-il en arrivant à la porte.

Je passai la nuit en compagnie de Batist dans une maison d'hôtes sur Prytania, à un bloc de St. Charles. Le ciel était rouge au lever du soleil, l'air épais des piaillements furieux de geais bleus dans l'ombre brûlante au-delà de la porte-fenêtre. Nate Baxter avait coffré Clete pour tapage sur la voie publique, mais les Calucci ne s'étaient pas présentés au matin pour déposer plainte pour voies de fait, et Clete s'était retrouvé viré, libre comme l'air, sans même s'être présenté à l'audience préalable.

Batist et moi allâmes jusqu'au « Café du Monde », face à Jackson Square, pour y déguster beignets et café au lait. Le vent qui soufflait du fleuve derrière nous était chaud, le soleil brillait sur les bananiers et myrtes du jardin public, et les arroseurs cliquetaient le long des clôtures noires aux fers en épieux qui bordaient l'herbe et la séparaient des artistes de trottoir et des boutiques qui s'alignaient sous les vieilles colonnades métalliques. Je laissai Batist au café et traversai le parc, longeai la cathédrale St. Louis, où les musiciens ambulants commençaient déjà à s'installer dans l'ombre, et remontai St. Ann en direction du bureau de détective privé de Clete.

Le matin était toujours le meilleur moment de la journée pour se promener dans le Carré. Les rues étaient encore noyées d'ombre, et l'eau des pluies de la nuit précédente suintait des volets en bois sur les flancs pastel des immeubles, l'air était plein des parfums mêlés de café et de pain tout frais échappés des petites épiceries et de l'odeur humide et froide de la menthe verte et des vieilles briques des allées. Chacun des balcons de la rue, avec leurs rambardes en fer forgé à volutes, donnait l'impression d'être envahi par un foisonnement de végétation où s'entrelaçaient roses en pots, bougainvilliers, azalées et hibiscus flamboyants. C'était de ces moments d'une telle perfection qu'on avait l'impression d'être entré de plain-pied au cœur d'une toile d'Utrillo.

Mais tout n'était pas poème. Il existait là aussi une autre réalité : les relents d'urine dans les entrées, restes du passage des sans-logis et des psychotiques, et les débris écrasés des fioles de cocaïne à dix dollars, luisant dans les ruisseaux comme une denture de rat.

Les murs de stuc couleur de biscuit à l'intérieur du bureau de Clete étaient décorés d'affiches de corridas, de sacs publicitaires en cuir pour des marques de vin, et de *banderillas* qu'il avait ramenées de ses vacances à Mexico. Par la fenêtre du fond, j'apercevais le petit patio au sol dallé où Clete gardait ses haltères et son banc de musculation, dont il faisait quotidiennement usage, sans succès d'ailleurs, pour garder poids et tension artérielle à des limites raisonnables. Tout à côté se dressait un puits en pierres, à sec, plein de terre et de bananiers non taillés.

Clete était assis derrière son bureau, en short Budweiser, T-shirt sans manches jaune et chapeau rond sur la tête. Son .38 Special Police bleu-noir était suspendu dans son étui en nylon à un portemanteau dans le coin. Il ôta la capsule d'une bouteille de bière Dixie à l'aide de son canif, laissa la mousse bouillonner au sortir du goulot et dégoutter sur le tapis, vira les mules qu'il portait et posa ses pieds nus sur le dessus de son bureau.

– T'essaies de quitter le port de bonne heure aujourd'hui ? dis-je.

– Hé, j'ai passé toute la nuit au trou. Tu devrais aller jeter un œil à ce qui s'y passe, *mon* [1]. Les deux tiers des mecs qui sont là-bas, c'est vraiment des fêlés de la casquette, plus vrais que nature. Je te parle de gars qui se bouffent leur bouillie de maïs à pleines mains. Putain, ça fait pitié.

Il repoussa un fragment de mémo près de son téléphone.

– Je me suis fait un peu de bile au sujet d'un truc que Nate Baxter a dit hier soir, dis-je.

– Ah ouais ?

– Son histoire de *vigilante.* Il pense que ça pourrait bien être toi.

Il but une gorgée de sa bière et me sourit, les yeux pleins d'une lumière joyeuse.

– Tu crois vraiment que je pourrais, moi, avoir ce genre de potentiel ? Sérieusement ?

– On a raconté des choses bien pires sur notre compte à tous les deux.

1. Prononciation déformée de *man*, homme. *(N.d.T.)*

– *The Lone Ranger*, c'était un programme radio, *mon.* Le Justicier solitaire. Je ne pense pas que ce *vigilante* existe. Je crois qu'on a là affaire à de l'autosuggestion à grande échelle. Ces histoires de meurtres, c'est rien que de très normal dans cette ville. Des affaires qui roulent, rien d'autre. On a un taux de criminalité aussi élevé que celui de Washington D.C. aujourd'hui.

– Il y a eu cinq ou six meurtres de Noirs dans les quartiers de l'Assistance.

– C'était tous des fourgueurs de came.

– C'est justement là le problème, dis-je.

– Dave, j'ai coursé des mecs libérés sur caution qui avaient fait la malle dans les lotissements de l'Assistance à Iberville comme à Desire. La vie y a à peu près autant d'importance que la flotte qui s'écoule d'un sac en papier crevé. Cette ville s'en va à tous les diables, *mon.* Et c'est comme ça, t'y changeras rien. S'il y a du monde dans le coin qui a décidé de s'attaquer au problème à la manière forte, je dis : Grand bien leur fasse. Mais je ne pense pas que ce soit le cas, et en tout cas, ce n'est pas moi.

Il but une longue rasade de bière. L'intérieur de la bouteille était plein de lumière ambrée. La condensation glissa du col sur l'étiquette vert et or.

– Je suis désolé. Tu veux que je te fasse porter un Dr Pepper ou du café ? demanda-t-il.

– Non, faut que j'y aille. J'ai été obligé de ramener mon bateau de La Nouvelle-Orléans pour quelques réparations. Il sera prêt aux environs de midi.

Il ramassa le morceau de mémo près de son téléphone et le frotta entre pouce et index.

– Je devrais t'épargner une mauvaise migraine et balancer ça à la poubelle, dit-il.

Mais il m'envoya le papier d'une pichenette sur son sous-main.

– Qu'est-ce que c'est ?

– Cette nana, la Noire, celle qui est sergent et qui était devant chez « Calucci », a appelé ce matin. Elle n'avait pas d'autre moyen de te joindre. Si j'ai un conseil à te donner, c'est de virer ce numéro de téléphone à la poubelle et de rentrer à New Iberia. Oublie La Nouvelle-Orléans. Cette ville n'attend plus qu'une chose, une belle bombe à hydrogène.

– C'est quoi, le problème ?

– C'est une petite dure, cette nana, la petite Noire. Elle s'appelle Lucinda Bergeron, elle habite dans un quartier de l'Assistance et elle ne se laisse pas chier dans les bottes par les flics de race blanche. Le voilà, le problème.

– Et alors ?

– Alors, hier au soir, elle l'a de toute évidence un peu trop ramenée devant Nate Baxter. Lequel essaie aujourd'hui de lui en foutre plein le cul. Il lui a collé un rapport pour insubordination. Il dit qu'elle a contesté ses ordres et lui a répondu. Elle déclare de son côté qu'elle est innocente et que tu peux la soutenir par ton témoignage.

– Elle ne lui a pas répondu et elle n'a pas contesté ses ordres pendant que j'étais là. En fait, elle est restée parfaitement maîtresse d'elle-même. Un vrai sirop de sucre de petite bonne femme.

– Ne te fais pas avoir en te laissant embringuer là-dedans, *mon*. Se mêler des affaires de Baxter, c'est comme se coller la main dans un crachoir.

Je ramassai le morceau de papier et le mis dans ma poche.

– Qu'est-ce que j'en sais, après tout ? dit-il.

J'appelai le ponton depuis la maison d'hôtes et m'entendis répondre que le mécanicien était malade et qu'il était rentré chez lui. Mon bateau ne serait pas prêt avant le lendemain. J'appelai ensuite le numéro sur le morceau de papier, qui s'avéra celui du quartier général de la police, au Garden District, et j'appris que Lucinda Bergeron n'était pas là. Je laissai mon nom et le numéro de téléphone de la maison d'hôtes.

Batist était assis sur le bord de son lit, ses grosses mains calleuses mouchetées de cicatrices entre les cuisses, et il regardait par la porte-fenêtre, le visage lourd de réflexions.

– Qu'est-ce qui t'embête à ce point, collègue ? demandai-je.

– C'te Négro, là-bas, su' l'parking.

– Ce quoi ?

– Té m'as bien 'tendu.

– Qu'est-ce qu'il t'a fait ?

– Pendant que ti, té dormais, je m'a levé tôt et j'ai été prendre le café dans l' salle à manger. Y était là en train de manger, à parler fort avec es' bouche pleine ed' nourriture, à passer la main sur c'te jeune fille blanche chaque fois qu'al versait le café. À faire comme si c'tait innocent, c'qu'y faisait, comme si y' était rien qu'un mec gentil tout plein qu'y avait pas de mauvaises pensées en tête, non.

– Peut-être bien que c'est leurs oignons, Batist.

– Ce genre de raclure ed' Négro, ça nous la rend bien dure, la vie à nous z'aut', Dave.

Il s'avança jusqu'à la porte-fenêtre sans quitter des yeux le parc de stationnement, et dégagea un cigare de son enveloppe de cellophane qu'il roula lentement en boule dans sa paume.

– L'est appuyé contre ton camion, dit-il.

– Laisse faire.

– Y'a besoin que quelqu'un lui remonte la tête.

Je savais par expérience qu'il valait mieux ne pas discuter avec Batist, et je n'ajoutai plus rien. Il ôta sa chemisette en toile bleue, l'accrocha au pied du lit et se passa le visage à la mousse de savon devant le miroir de la salle de bains. Les muscles de ses épaules et de son dos ressemblaient à des rocs prisonniers d'un sac en cuir. Il commença à se raser à l'aide d'un rasoir sabre au manche nacré, tirant très proprement la lame sur les deux joues et sous le menton.

Je le connaissais depuis mon enfance, à l'époque où il piégeait les animaux à fourrure avec mon père sur Marsh Island. Il ne savait ni lire ni écrire, pas même son nom, et avait bien du mal à déchiffrer les nombres ou composer un numéro de téléphone. Il n'avait jamais franchi les limites de l'État de Louisiane, avait voté pour la première fois en 1968, et ne savait rien des événements du moment, sur le plan national comme à l'échelle mondiale. Mais c'était l'un des hommes les plus honnêtes et les plus dignes qu'il m'avait été donné de connaître, d'un courage absolu, sans peur, sans l'ombre de la plus petite hésitation dans une situation d'affrontement (ma fille adoptive, Alafair, ne s'était toujours pas remise du jour où elle l'avait vu plonger la main dans une pirogue inondée, pincer un mocassin d'eau d'un mètre de long derrière la tête et le balancer d'un air indifférent de l'autre côté du bayou).

Il retourna devant la porte-fenêtre en se tapotant une coupure du menton à l'aide d'une serviette, le rasoir toujours à la main. Puis il replia le rasoir, le replaça dans la poche arrière de son jeans, et commença à boutonner sa chemise.

– Qu'est-ce que tu vas faire, Batist ?

– Jeter un œil par là.

Un mulâtre de haute taille, le corps mince, la peau couleur d'un penny neuf, s'adressait à une demi-douzaine de gamins près de mon camion. Il portait un pantalon marron à rayures avec une ceinture tressée noire et une chemisette lavande sous une cravate blanche. Il souriait et gloussait de petites rires, ses mains dessinant l'air pendant qu'il parlait, à croire qu'une chanson lui tenait l'intérieur du corps.

– Un homme comme ça, c'est comme une vedette de cinéma, pour tous ces 'tiots en loques, Dave.

– Le moment viendra où ils apprendront que ce n'est pas le cas.

– Ça leur sera pas beaucoup utile, alors. C'est un trafiquant de drogue ou bien un mac, et viens pas me dire que c'est-y pas vrai. Y va se servir de tous ces jeunes gamins juste pour qu'y peut s'avoir d'l'argent pour une belle voiture, emmener des femmes aux courses, se coller de la came dans le nez... Hé, té crois que j'me trompe ? Viens voir.

Le mulâtre ébouriffa la tête d'un môme, à la manière d'un entraîneur de base-ball, avant de crocheter la ceinture du gamin de deux doigts, tirer le môme vers lui et lui fourrer quelque chose de petit dans le pantalon. Puis il plaça la main en coupe sur la nuque d'un autre loupiot, le visage rayonnant de bonne volonté, prêt à jouer, et fourra là aussi quelque chose dans le pantalon du gosse.

– J'reviens, dit Batist.

– Laisse donc ce mec tranquille, Batist. Je vais appeler les flics du coin et ils enverront quelqu'un.

– Ouais, y seront là dans trois heures.

– Ce n'est pas notre territoire par ici, collègue.

– Ouais ? Et comment que ça se fait alors que t'as traversé toute la ville hier soir pour aller te mêler des histoires de Purcel avec ses Ritals ?

Il ramassa son cigare éteint dans le cendrier, l'enfonça au creux de sa joue, et sortit de la chambre.

*Oh bon sang*, me dis-je.

En sortant de la maison d'hôtes, Batist s'engagea sous l'ombre du mûrier et se dirigea vers le côté du parc de stationnement. Le mulâtre était appuyé contre le phare de mon camion et distrayait son petit public en faisant rouler un demi-dollar sur le dessus d'une main d'un doigt à l'autre. Il mit un pied en appui arrière sur le pare-chocs et s'empoigna vivement l'entre-deux. Je ne sais pas ce qu'il dit à Batist. La remarque pouvait bien avoir été condescendante, ou elle s'était peut-être limitée à un salut cordial : il souriait lorsqu'il l'avait faite. Mais je ne pense pas qu'il s'attendait à la réaction qu'il y gagna.

Le plat de la main droite de Batist, capable de serrer une brique et d'en écorner les arêtes, donna l'impression d'exploser sur le côté de la tête du bonhomme. Son visage se déforma sous la force d'un coup et le sang se vida de ses joues. Il en resta bouche béante, mâchoire pendante, les yeux soudain tout ronds et tout petits, rétrécis dans leurs orbites comme des yeux de cochon. Batist le frappa alors à nouveau, main ouverte, plus fort, cette fois sur le côté de la bouche, de sorte que la lèvre inférieure éclata contre les dents.

Batist battit des bras au milieu de la troupe de gamins noirs comme s'il chassait un troupeau de poulets devant lui pour les faire sortir de la couveuse. Ils partirent en courant dans toutes les directions tandis que le mulâtre pressait le dos du poignet contre sa bouche, l'autre bras tendu devant lui, paume ouverte, en geste d'apaisement.

Batist pointa le doigt en plein dans le visage du bonhomme et s'avança lentement, comme s'il dirigeait une lance bien horizontale sur lui. L'homme rompit et traversa le parc de stationnement au pas de course en direction d'une maison de plain-pied de l'autre côté de la rue. Du talon de sa botte, Batist écrasa une minuscule fiole de verre sur le béton avant de passer devant un groupe de touristes sidérés qui venaient d'émerger de la salle à manger de la maison d'hôtes ; l'air gêné, il détourna son visage couvert de sueur.

J'appelai mon épouse, Bootsie, à New Iberia, et lui appris qu'il me faudrait rester encore au moins une journée à La Nouvelle-Orléans. Puis j'essayai de joindre à nouveau Lucinda Bergeron au quartier général de Garden District. Elle n'était toujours pas rentrée, aussi décidai-je de me rendre jusque-là, de faire une déposition et de régler cette histoire une bonne fois pour toutes. Je ne savais pas que j'allais me retrouver à discuter avec le sergent Benjamin Motley, qui travaillait aux Mœurs à l'époque où j'étais lieutenant à la Criminelle du Premier District.

C'était un Noir rondelet, puissamment bâti, dont les vêtements sentaient toujours la fumée de cigare ; le visage barré d'une épaisse moustache noire, le cou épais comme une bouche à incendie toujours luisant, il ne manifestait guère de sympathie pour le lot quotidien des gens de son peuple. Un jour, un poivrot en cellule avait tourné Motley en ridicule en le qualifiant de « nez-gros », juste bon à louer ses services à l'homme blanc. Motley avait vidé une cartouche de Mace en aspergeant le bonhomme des pieds à la tête. Au début de sa carrière dans les services de l'ordre, il avait été l'objet – à tort – d'une enquête pour une affaire où il y avait eu morts d'hommes ; il était huissier à l'époque et avait escorté sept prisonniers menottés et enchaînés l'un à l'autre de la cage à poivrots à l'audience préalable du matin. Un incendie avait éclaté dans les sous-sols du tribunal et brûlé tous les circuits électriques, bloquant l'ascenseur entre deux étages. Motley était sorti par la trappe d'évacuation au plafond de la cabine ; les sept hommes enchaînés étaient morts asphyxiés.

Son bureau était spacieux, cloisonné de verre. Plusieurs citations de mérite policier et civil étaient encadrées sur les murs. À l'extérieur de son bureau, se trouvait la salle de brigade pleine de policiers en uniforme occupés à trier de la paperasse. Motley s'appuya au dossier de son fauteuil pivotant, une chaussure en appui sur la corbeille à papier, et dégusta une sucette à moitié dégagée de son emballage pendant que je finissais de rédiger en détail le peu que je pouvais consigner de l'échange entre Nate Baxter et Lucinda Bergeron.

Je signai au bas du formulaire que je lui tendis. Ses yeux parcoururent la page à plusieurs reprises tandis qu'il se frottait le menton d'un doigt replié.

– Qu'est-ce que tu fabriques de toute manière à La Nouvelle-Orléans, Robicheaux ? Je te croyais flic en civil à New Iberia.

– Je suis en congé pour un moment.

– Tu ne pouvais pas te tenir à l'écart de La Nouvelle-Orléans ?

– Tu as besoin d'autre chose, Motley ?

– Rien du tout. T'as le droit de passer ton temps comme tu l'entends.

– Ce qui veut dire quoi ?

– Tu crois que c'est ça qui va sortir cette nana de la panade ?

Il secoua la feuille entre ses doigts.

– Je ne sais pas. Mais elle ne s'est pas montrée insolente à l'égard de Baxter tout le temps que j'ai été là. En fait, à mon avis, c'était Baxter qui outrepassait ses droits.

– Baxter t'a fait suspendre sans salaire quand il était aux Affaires internes. Tu lui as même collé un pain en pleine figure dans une salle de brigade du

Premier District. T'aurais dû rédiger ton rapport sur du papier toilette et le jeter aux chiottes.

– Tu n'as rien perdu de tes bonnes manières, Motley.

Il se mordilla une commissure de lèvres et roula les yeux sur le côté.

– Regarde donc par la vitre, dit-il. Compte les agents blancs dans la salle de brigade, ensuite les agents noirs. Quand t'en auras terminé, compte un peu le nombre de policiers-femmes dans la pièce. Et ensuite compte les policiers-femmes noires. Est-ce que tu saisis le tableau un peu plus clairement ?

– Est-ce qu'ils lui en font voir de dures ?

– Ce n'est pas moi qui te l'ai dit.

Je regardai son visage sans répondre. Il essuya le chocolat de ses doigts à l'aide de l'emballage de sa confiserie et jeta le papier dans la corbeille.

– Des crottes de chien dans le tiroir de son bureau, un godemiché scotché à un pot de vaseline dans sa boîte aux lettres, des messages téléphoniques bidon du quartier général de campagne de David Duke [1], ce genre de truc, dit-il. Elle me paraît être une nana régul, mais ils finiront bien par la faire partir.

– On dirait à t'entendre que quelques amis ne seraient pas pour lui un luxe, dis-je en me levant pour partir.

– Tu veux parler de ses frères de couleur ? Comme moi ?

Je haussai les épaules.

– Dernier recruté, premier viré, dit-il. C'est comme ça que ça se passe, mon gars. Le fait de porter des tampons hygiéniques n'y change rien. Et soyons bien clairs sur ce sujet. La seule raison pour laquelle tu es impliqué dans toute cette histoire,

1. Ancien membre du Ku Klux Klan qui a été candidat aux postes de gouverneur et sénateur de Louisiane. *(N.d.T.)*

c'est ton pote Purcel. Alors va te tirailler la queue tout seul comme un grand, Robicheaux.

Ce soir-là, je me rendis en compagnie de Batist jusqu'à St. Charles, d'où nous prîmes le tramway pour remonter Canal avant de nous engager dans le Vieux Carré puis déjeuner à l'« Acme » à Iberville. Il y avait foule et il faisait chaud à l'intérieur du restaurant, où se mêlaient des odeurs de bière éventée et de piles de coquilles d'huîtres dans les éviers. Le tonnerre se mit à gronder au-dessus du fleuve, et il commença à pleuvoir. Au retour, nous marchâmes à l'abri des immeubles pour rejoindre Canal, d'où nous reprîmes le tramway.

Brinquebalant sur ses rails, le tram contourna Lee Circle, passant devant la statue équestre de Robert Lee. Et l'avenue St. Charles s'ouvrit en un long couloir vert et noir de chênes tendus de mousse tourbillonnant de brume, que venaient frôler les dernières rougeurs du soleil couché derrière l'horizon. L'intérieur de la voiture était frais et sec, brillamment éclairé, les vitres, mouchetées de pluie, et le monde donnait l'impression d'un lieu superbe et magnifique où il faisait bon vivre.

De retour à la maison d'hôtes, nous regardâmes un film à la télévision tandis que la pluie et le vent secouaient le mûrier devant la porte-fenêtre. Je ne prêtais aucune attention au bruit des sirènes sur l'avenue, pas plus qu'aux éclats de gyrophare des véhicules d'urgence qui bataillaient furieusement contre l'obscurité à l'extrémité opposée du parc de stationnement. Nous étions censés récupérer mon bateau au matin et, avec un peu de chance, nous serions quelque part au sud de Terrebonne Bay arrivé midi, sur le chemin du retour de New Iberia, nos lignes appâtées battant et bondissant dans le creux des vagues derrière nous.

Des pans d'éclairs tremblotaient sur fond de ciel, et je m'allongeai, la tête sur l'oreiller, le bras sur les yeux. Batist commença à se dévêtir, prêt à se coucher, puis il s'avança jusqu'à la porte-fenêtre pour en tirer le rideau.

– Hé, Dave, y'a une ambulance et un paquet de policiers à c'te maison basse où c'que le Négro il a couru s'abriter, dit-il.

– Je suis déjà dans les toiles, collègue. Clete a raison. Laissons La Nouvelle-Orléans à ses problèmes.

– Y sont en train de sortir quelqu'un de là-bas.

– Tu m'en parleras demain matin. Bonne nuit.

Il ne répondit pas, et je me sentis dériver aux confins du sommeil, accompagné par le bruit de la pluie qui soufflait contre les fenêtres ; puis j'entendis le déclic de l'interrupteur lorsqu'il éteignit la lumière.

Il devait s'être écoulé une heure lorsque nous fûmes réveillés par le coup à la porte. Non, c'est faux ; ce ne fut pas un coup. Mais bien un matraquage incessant, donné par la base du poing, le genre de bruit méchant, pénétrant, lancé à votre adresse par quelqu'un dont la violation de votre sommeil et de votre intimité n'est que l'indice minime d'intentions bien plus vastes.

J'allai jusqu'à la porte en caleçon et maillot, dégageai le pêne dormant et entrouvrit le battant de cinq centimètres.

– Enlève la chaîne de sécurité, Robicheaux.

– Qu'est-ce que tu veux, Nate ?

– Ça ressemble à quoi, à ton avis ?

Il me colla un mandat sous le nez. Son .357 Magnum chromé pendait à sa main droite. La peau de son visage était tirée par la fatigue et une colère rentrée, perlée de gouttes de pluie. Trois flics blancs, en uniforme, se tenaient derrière lui.

– Pour quoi ? L'accrochage au « Bar de Calucci » ? dis-je.

– Tu ne me déçois jamais. À continuer de vouloir me faire croire que la merde et son odeur ne vont pas de pair.

– Pourquoi n'essaies-tu pas d'être plus clair, Nate ?

– On vient juste de sortir un mal-blanchi découpé au surin de la maison d'en face. Devine un peu qui lui a claqué la figure aujourd'hui, devant une demi-douzaine de témoins ? C'est super de te voir revenir en ville, Robicheaux. Rien n'a changé. C'est comme au bon vieux temps.

Il ôta les menottes de son ceinturon et les laissa pendouiller à son index comme une chaîne de montre à gousset. Derrière moi, Batist était assis au bord du lit, ses grosses mains étalées sur ses cuisses nues, les yeux rivés à quelque triste savoir remontant à la nuit des temps, un savoir qu'il avait en partage avec ceux de sa race et que lui seul paraissait capable de voir.

## Chapitre 3

Il y a ceux qui, pour des raisons politiques, aiment à parler de prisons tout confort et grand luxe. Mais où qu'elles soient situées, les prisons sont toujours des lieux où il ne fait pas bon se trouver. Quiconque est d'avis contraire n'a jamais séjourné derrière les barreaux.

Imaginez un environnement où les lumières ne s'éteignent jamais, où vous déféquez à la vue de tout un chacun sur une cuvette zébrée par les coulures d'urine d'inconnus, où vous ne vous endormez jamais tout à fait, entouré que vous êtes par le fracas du métal qui claque, le bruit de voix irrationnelles qui résonnent dans les couloirs de pierre, le martèlement d'une matraque raclée contre les barreaux d'acier par quelque geôlier, quelque gardien irrité, ou les cris tourmentés et étouffés d'un novice de dix-huit ans en train de se faire violer à la chaîne derrière un mur de douches.

Une caractéristique peut-être plus abominable encore de la prison est ce déni absolu de toute identité qui avait pu être la vôtre avant que vous ne pénétriez dans ce morceau de géographie limitée où le temps peut parfois se mesurer en périodes successives de cinq minutes qui semblent droit sorties du Neuvième Cercle de Dante. Vous y apprenez très vite que la violation personnelle de votre *moi* est considérée comme un événement aussi insignifiant, aussi ancré dans le cours des choses que les fouilles de routine des orifices du corps, l'aspersion à la bombe anti-parasites de vos parties génitales ou la queue pour la bouffe, lorsqu'un chef de meute dit au serveur de cracher dans votre gamelle de rata, jusqu'à ce que vous cessiez d'être à vos propres yeux une exception aux règles du romanesque pénitentiaire.

Batist passa la nuit en détention provisoire. Il ne fut incarcéré officiellement que le lendemain matin. J'étais assis sur une chaise en bois dans une salle d'attente près de la salle de brigade et la rangée de bureaux vitrés, dont l'un était celui de Nate Baxter. Par l'embrasure d'une porte au fond de la salle de brigade, je voyais la cellule de détention où Batist était toujours enfermé, bien qu'il eût déjà subi passage aux empreintes et séance de photographie.

Il y avait une heure et demie que j'attendais de voir Nate Baxter lorsque passa devant moi le sergent Lucinda Bergeron, pantalon bleu marine, chemise blanche amidonnée et ceinturon noir laqué avec bourse en cuir pour les menottes. Elle tenait à la main un bloc agrafe, et si elle remarqua ma présence, son visage n'en fit pas montre.

– Excusez-moi, sergent, dis-je.

Elle s'arrêta et me regarda sans mot dire. Elle avait le regard turquoise, les yeux allongés d'une Orientale, et ses pommettes hautes étaient rehaussées de maquillage.

– Pourrais-je vous parler une minute ? demandai-je.

– De quoi s'agit-il ?

– Je suis Dave Robicheaux. Vous avez laissé un message à mon intention chez Cletus Purcel.

– Oui ?

– Je suis passé hier faire une déposition auprès du sergent Motley.

Elle me regarda, le visage immobile, aussi dépourvu d'expression qu'une toile peinte sur l'air.

– J'étais présent au « Bar de Calucci », dis-je. Vous me demandiez de passer au poste faire une déposition.

– Je vous comprends. En quoi puis-je vous aider ? dit-elle.

– J'ai un ami qui est détenu ici. Le Noir, Batist Perry. Il est encore en provisoire. Et il a été officiellement incarcéré.

– Que voulez-vous de moi ?

– Pourriez-vous le faire placer en cellule individuelle ?

– Il faudra que vous en parliez au policier responsable.

– C'est bien ce que j'essaie de faire. Depuis une heure et demie.

– Je ne peux pas vous aider. Je suis désolée.

Elle alla jusqu'à son bureau situé dans la salle de brigade, au milieu des agents en uniforme, et non pas dans la section des cagibis vitrés. Dix minutes plus tard, Baxter franchissait le seuil de son bureau, étudiant quelques papiers qu'il tenait à la main. Il jeta un coup d'œil dans ma direction et me fit signe d'approcher d'un doigt.

Tandis que je m'asseyais en face de lui, il fit tomber sa cendre de cigarette dans un cendrier et continua à se concentrer sur les papiers posés sur son sous-main. Il avait l'air frais et reposé, dans sa veste de sport bleu ciel et une chemise à fronces couleur d'étain.

– Tu inculpes vraiment Batist de meurtre ? dis-je.

– C'est une décision qui nous vient du bureau du procureur, Robicheaux. Tu le sais.

– Cet homme n'a jamais eu le moindre ennui. De toute son existence. Pas même une infraction. Qu'est-ce qui te prend ?

– Eh bien, maintenant, il les a, les ennuis. Sur une grande échelle.

Il se pencha en avant, fit tomber sa cendre dans le cendrier et releva les sourcils vers moi.

– Je ne pense pas que ton dossier se tienne, Nate. Je pense que ce n'est que du vent.

– Ses empreintes sont sur la porte de la maison du crime.

– C'est impossible.

– Va dire ça à notre spécialiste des empreintes. Est-ce que ça te paraît du vent, ça ?

Il sortit de son tiroir de bureau une demi-douzaine de clichés noir et blanc brillants, format 20 × 25.

– T'as déjà vu autant de sang sur les lieux d'un crime ? Jette donc un œil à la plaie de la poitrine. Ton ami n'a jamais été adepte du vaudou ?

– Tu te sers d'une enquête criminelle pour régler un vieux compte, Nate. Ne me dis pas le contraire.

– La lumière est aussi mauvaise que ça ici ? Ça doit être ça, le problème. Le tueur a découpé le cœur de la poitrine du mec. Et ça ne lui a même pas suffi. Il a fourré des roses mauves dans la cavité cardiaque.

– Où veux-tu en venir ?

– Ton ami porte une pièce de dix *cents* autour de la cheville, dit Baxter. Il a dans la poche une patte d'alligator séchée. Il a des ossements dans sa valise. Le meurtre a toutes les caractéristiques d'un crime rituel. Si tu étais à ma place, qui serait ton premier suspect ? Peut-on envisager l'éventualité que ça puisse être un Noir superstitieux venu du fin fond de sa cambrousse et qui a déjà agressé et menacé la victime le jour même de l'homicide, avant de laisser ses empreintes sur les lieux du crime ? Non, ne réponds pas. Contente-toi d'aller réfléchir à la question ailleurs et envoie-moi un petit mot un de ces quatre.

– Je veux le voir.

– Fais comme chez toi. Je t'en prie. À propos, j'ai vu la nana qui t'envoyait paître tout à l'heure. Au cas où tu chercherais à avoir des relations plus suivies avec elle, je me suis laissé dire qu'elle démarrait une École de Charme, Maintien, Soins de Beauté et Séduction. Doucement, Robicheaux. T'en fais pas. Tu ne me surprendras jamais, dit-il.

Mais pendant que je discutais avec Nate Baxter, Batist avait déjà été emmené, menotté à une chaîne, à l'audience préalable de la matinée. Lorsque j'arrivai enfin au tribunal, l'avocat commis d'office, qui ne paraissait guère âgé de plus de vingt-cinq ans, essayait de convaincre le juge de fixer la caution à un montant raisonnable. Il se montra méthodique, voire éloquent, dans son argumentation, et il était de toute évidence sincère. Il insista sur le fait que Batist n'avait jamais été arrêté, qu'il était employé depuis des années dans un petit commerce de location de bateaux dont le propriétaire était représentant de la loi dans la paroisse d'Iberia, qu'il avait vécu toute sa vie dans la même petite communauté et n'était pas capable de la quitter.

Mais le juge James T. Flowers était un alcoolique colérique, de ceux qu'on appelle les blanches jointures : il s'était mis au sec à la dure, avait cessé de boire sans programme ni suivi, et se déchargeait de ses détresses intérieures en les déversant dans la vie des autres. Ses procédures et ses jugements tenaient occupés à l'année une demi-douzaine d'avocats de l'ACLU [1].

1. American Civil Liberties Union : association pour la reconnaissance des droits civiques. *(N.d.T.)*

Il regarda l'horloge, attendit que l'avocat en eût terminé et dit :

– L'enfer est brûlant, mon jeune ami. Il serait peut-être temps que certains de vos clients l'apprennent. La caution est fixée à cinquante mille dollars. Affaire suivante.

Une heure plus tard, le sergent Motley m'arrangeait une entrevue avec Batist dans une salle d'interrogatoire. Les murs étaient sans fenêtres, d'un blanc pâteux, l'air sentait la fumée de cigarette et le mégot de cigare réfrigérés. Batist était assis en face de moi à la table en bois et ne cessait de se frotter les mains l'une sur l'autre. Leurs cicatrices ressemblaient à de minuscules vers roses. Il n'était pas rasé, le visage bouffi par la fatigue et le coin des yeux rouge sang de petits vaisseaux éclatés.

– Qu'est-ce qui va arriver, Dave ?

– Je vais d'abord appeler un prêteur de caution, ensuite nous verrons pour un avocat. Il faut procéder par étapes. Chaque chose en son temps.

– Dave, c'te juge, il a dit cinquante mille dollars.

– Je vais te sortir de là, collègue. Il faut simplement que tu me fasses confiance.

– Pour quoi faire qu'y font une chose pareille ? À quoi ça leur sert ? J'ai jamais eu d'embrouilles avec la loi. J'ai même jamais vu ces gens avant.

– Il y a là un mauvais flic qui me garde une dent pour quelque chose qui s'est passé il y a bien longtemps. Quelqu'un du bureau du procureur finira probablement par comprendre de quoi il retourne. Mais d'ici là, nous avons un problème sur les bras, Batist. Ils disent qu'on a trouvé tes empreintes sur la porte de cette maison de l'autre côté de la rue.

Je le fixai droit dans les yeux. Il baissa le regard vers la table, ouvrant et refermant les mains. Ses jointures tendaient la peau, rondes et dures comme des billes de roulement.

– Raconte-moi.

– Après que t'es parti, après que je lui ai pété la lèvre au mec, j'ai vu les gamins pa' l' fenêtre du côté de sa maison. Quand j'ai appelé la police, y me demandent ce qu'y a fait. Je dis qu'y vend de la came à des gamins, v'là ce qu'y fait. Y me demandent, j'l'ai vu faire, j'l'ai vu prendre de l'argent de quelqu'un, j'ai vu quelqu'un allumer une pipe à crack ou queq' chose ? J'dis non, j'l'ai pas vu, faut voir un raton grimper à l'arb' pour savoir qu'les ratons, ça grimpe aux arb' ?

« Alors j'ai continué à surveiller par l'fenêtre la porte de c'te Négro. Au bout d'un moment, le v'là qui sort avec deux femmes, et ch'te parle de ce genre de femmes qui marnent dans un hôtel de passe. Y montent dans la voiture avec les gamins et y font le tour du bloc. Quand y reviennent, y'a les gamins qui s'écroulent sur l'herbe l'un après l'autre. J'appelle la police 'core un coup, et y me demandent quel crime j'ai vu. Je dis que j'ai pas vu de crime, tant que c'est normal à La Nouvelle-Orléans qu'un mec et ses putes, y défoncent les enfants à la came.

« C'tait un policier blanc avec qui je causais. Alors y m'a passé un Noir au bout du fil, comme si y'a personne qu'un Noir qui peut comprendre queq' chose à ce que je raconte. Le policier noir, y m'a dit de venir faire une déposition, y va vérifier. J'lui dis d'aller vérifier le Négro quand j'y aurai collé une botte à son cul tout maigre.

– Tu es allé là-bas ?

– Rien qu'une minute, c'est tout. Il était pas chez lui. Ch'sus jamais entré. P't'être qu'y était sorti pa' l'porte de derrière. Pourquoi que tu me regardes comme ça, Dave ? »

Je posai le menton sur mon poing et essayai de ne pas le laisser déchiffrer mon visage.

– Dave ?

– Je vais appeler un prêteur de caution. Entre-temps, tu ne parles de tout ça à personne. Tu ne parles pas aux flics, tu ne parles pas aux mecs qui sont bouclés en cellule avec toi. Il y en a parmi eux qui iraient au banc des témoins mentir à ton sujet en échange de leur peine.

– Qu'est-ce tu veux dire ?

– Ils essaieront d'apprendre quelque chose à ton sujet, suffisamment pour témoigner contre toi. Ils passent des marchés avec le procureur.

– Y peuvent faire ça ? Sortir de prison en envoyant un autre mec à Angola ?

– Je crains que ce ne soit une manière de vivre, *podna* [1].

Le geôlier ouvrit la porte et toucha Batist à l'épaule. Batist me fixa du regard un instant, en silence, puis il se leva de sa chaise et sortit de la pièce en se dirigeant vers un ascenseur jaune, à la porte barrée et grillagée, qui allait le monter jusqu'au quartier des cellules. Les paumes de ses mains avaient laissé sur le dessus de la table des traînées de transpiration pareilles à des queues de cheval.

J'allais devoir trouver beaucoup d'argent, bien plus que tout ce que mes moyens pouvaient me permettre. Je disposais de trois mille deux cents dollars sur un compte-livret presque entièrement consacré aux paiements des impôts trimestriels sur mon affaire de location de bateaux et de vente d'appâts pour la pêche, quatre cent trente-huit dollars sur un compte-entreprise qui me servait à régler les

1. *Podna* comme *podjo* sont des variations dialectales de *partner* en Louisiane – partenaire, collègue. *(N.d.T.)*

dépenses courantes au ponton, et cent treize dollars sur mon compte-courant personnel.

Je retournai à la maison d'hôtes et appelai tous les prêteurs de caution que je connaissais à La Nouvelle-Orléans. La meilleure offre que je pus obtenir fut un report de paiement d'une semaine des honoraires de caution, soit cinq mille dollars. Je dis au prêteur que je le retrouverais dans une demi-heure à la prison.

J'étais même incapable de commencer à réfléchir à ce que coûterait l'engagement d'un bon avocat de la défense pour un procès criminel.

Bienvenue dans le second membre de l'équation du système judiciaire criminel de l'Amérique.

Notre chambre était encore en désordre après avoir été retournée par Nate Baxter. On avait vidé la valise en carton de Batist sur le lit, la moitié de ses vêtements étaient par terre. Je les ramassai, les repliai, et commençai à les ranger dans la valise. Sous l'une de ses chemises, je trouvai ce qui avait été naguère le crâne d'un énorme poisson-chat. La texture de l'os était patinée par le temps, d'un gris brillant moucheté de taches couleur de thé, lisse et polie au chiffon.

Je me rappelai le jour où Batist avait capturé ce même chat de vase, trois années auparavant, un jour d'été brûlant sur l'Atchafalaya, à l'aide d'une ligne à lancer munie d'un hameçon triple chargé de tripaille de ragondin. Le poisson-chat devait bien peser quinze kilos, et lorsque Batist avait enroulé la ligne sur son avant-bras, le filin lui avait entaillé les veines comme le tourniquet d'un garrot, et il avait été obligé d'asséner un coup de trique sur l'échine du poisson pour le faire passer par-dessus le plat-bord. Après lui avoir transpercé le cerveau d'un coup de pic à glace qui l'avait cloué sur le pont, il l'avait dépecé et découpé la chair en tranches avant de scier la tête du squelette et de l'enterrer dans une fourmilière sous un rondin. Les fourmis se mirent à bouillonner sur les chairs meurtries, nettoyant l'os et les orbites oculaires du moindre morceau de viande. Lorsqu'on soulevait le crâne verticalement aujourd'hui, il ressemblait de face à un homme crucifié. Lorsqu'on le retournait, il prenait l'aspect d'une silhouette d'ecclésiastique en robe de bure offrant sa bénédiction au dévot. Si on le secouait dans la main, on entendait à l'intérieur le cliquetis de petits ossements. Batist disait que c'étaient les trente pièces d'argent que Judas avait acceptées pour trahir le Christ.

Cela n'avait rien à voir du tout avec le vaudou. Mais, en revanche, *tout* à voir avec le catholicisme acadien.

Avant de quitter la maison d'hôtes pour me rendre à la prison, j'appelai Hippo Bimstine à l'un de ses drugstores.

– Quel prix es-tu prêt à payer pour avoir ce sous-marin nazi, Hippo ? demandai-je.

– Ce n'est pas la première priorité sur ma liste.

– Que dirais-tu de vingt-cinq bâtons comme honoraires si je le trouve ?

– Seigneur Jésus, Dave, l'autre jour, c'est tout juste si tu ne me bâillais pas à la figure.

– Qu'est-ce que tu en dis, collègue ?

– Il y a quelque chose de pas net, là.

– Oh ?

– Tu l'as retrouvé, hein ?

Je ne répondis pas.

– Tu l'as retrouvé mais il n'est plus au même endroit maintenant ? dit-il.

– Tu es un homme riche, Hippo. Tu le veux, ce sous-marin, ou pas ?

– Hé, tu crois que c'est correct ? demanda-t-il. Je te dis où qu'y se trouve, tu lui mets la main dessus et c'est à moi de régler les honoraires de la trouvaille ? Ça te ressemble, ça ?

– Peut-être que tu pourras te trouver quelqu'un de moins cher. Tu connais des mecs qui vont accepter de descendre dans l'obscurité vers un tas de ferrailles au milieu de câbles tordus ?

– Me coller la queue dans un étau, c'est ça que tu veux ?

– Il faut que j'y aille. Qu'en dis-tu ?

– Quinze mille.

– Nan.

– Hé, La Nouvelle-Orléans est dans la dèche. Tu me saignes aux quatre veines. Tu sais combien ça m'a coûté de me débarrasser de ——— quand il a été sur le point d'être élu gouverneur ? Et maintenant, mes amis me collent un hérisson électrique dans le troufignon.

(Hippo avait dépensé une fortune pour détruire la carrière politique d'un ancien membre du Klan qui était candidat à la fois au poste de gouverneur et au siège de sénateur des États-Unis. La citation que je préfère est celle que Hippo avait donnée à la revue *Time*, pendant la campagne pour le poste de gouverneur ; il avait dit de l'ancien homme du Klan : « ——— ne nous aime pas, nous, les Juifs, aujourd'hui. Attendez de voir ce qu'il va éprouver lorsque j'en aurai terminé avec lui. »)

– Je ne te compterai pas les frais, dis-je.

– Tu me fais mourir sur place. Je me vide de mon sang, une vraie hémorragie. Je suis sérieux. Personne ne me croit. Dave, tu acceptes les tickets-repas ?

Hippo, t'es une vraie perle, me dis-je en moi-même.

Je récupérai le bateau en compagnie de Batist et nous quittâmes le ponton à 3 heures le lendemain matin. La brise s'était levée, poivrée d'une pluie fine, au milieu des embruns salés taillés par l'étrave. L'eau était sombre comme un vin de Bourgogne, les vagues à la crête des rouleaux électrisées par les reflets de clair de lune, les marécages au nord verts et gris en train de se métamorphoser sous la brume. Au sud-est, j'apercevais les torchères de gaz qui brûlaient sur quelque plate-forme pétrolière au large; puis le vent tomba, et le ciel vira à un gris osseux tandis qu'un rougeoiement naissait au sortir des eaux pour s'étirer jusqu'au cœur des nuages.

Il faisait complètement jour lorsque je coupai le moteur pour me laisser dériver jusqu'à l'emplacement où j'avais plongé dans les ténèbres au milieu des grincements du métal contre le métal trois jours auparavant. Batist était debout à la proue, laissant filer la corde d'ancre entre ses mains, jusqu'à ce qu'elle touche le fond et devienne molle; puis il l'attacha à un taquet.

L'eau était couleur vert fumé, les rouleaux pleins de vifs en fuite, l'air brumeux d'humidité. Je m'étais fabriqué une boîte à visée à partir d'une caisse en bois étanche et d'une plaque de verre armé. Je la saisis par ses poignées, la fis passer par-dessus bord et la pressai jusqu'à l'enfoncer sous la surface. Des poches d'air se mirent à courir sous la plaque de verre avant de s'aplatir et de disparaître et, soudain, dans la lumière jaune verdâtre, je vis des bancs de petites truites mouchetées, pareilles à des flèches enrubannées d'argent, des poissons-tambours, ronds et plats comme des poêles à frire, une demi-douzaine de pastenagues ondulant des ailes aussi doucement que si elles flottaient sur des courants d'air chaud et, dans les profondeurs, là où la lumière paraissait s'être rassemblée en un tourbillon de vase, les corps en torpilles des requins de sable en train de piquer, foncer, se tordre en cercles désordonnés sans raison apparente.

Batist inspecta le fond par-dessus mon épaule, à travers la boîte à visée. Et je sentis son regard qui m'étudiait tandis que je sanglais bouteilles et ceinture plombée.

– Ça me rassure pas de t'voir faire, Dave, dit-il.

– Ne t'en fais donc pas, collègue.

– Je veux pas te voir servir de déjeuner aux requins, non.

– Ce sont des requins de sable, Batist. Ils sont inoffensifs.

– Dis-moi donc que ça, là-bas, c'est inoffensif.

Il pointa du doigt au-delà du poste de pilotage vers le sud-ouest.

Une trombe tombée d'un front d'orage se déplaçait, énorme cône tourbillonnant d'eau et de lumière, en direction de la côte. Si elle touchait terre – ce qui était peu probable –, elle se remplirait soudain de boue, de végétation pourrie et d'arbres déracinés pour devenir aussi noire qu'une tornade du Middle-West traversant un champ fraîchement labouré.

– Garde l'œil dessus et mets les moteurs en route si elle change de direction, dis-je.

– Jette juste un coup d'œil de là-bas en bas, té vois de l'essence, des gilets de sauvetage et un tas de planches qui flottent, té me vois nager direction Grand Isle, ça voudra dire qu'al a pas pris la peine de me dire qu'al avait envie de changer de cap.

Je me laissai glisser dans l'eau, nageai jusqu'à la corde d'ancre, et commençai à me tracter dans les profondeurs d'une main après l'autre. Je me sentis filer au travers de trois strates aux températures différentes, chacune plus fraîche que la précédente; puis, au moment précis où un banc de perches me passait sous le nez en venant presque battre contre mon masque de plongée, une fraîcheur uniforme me pénétra le corps du sommet du crâne jusqu'à la plante des pieds. Des nuages de limon gris paraissaient souffler sur tout le fond du Golfe, à croire qu'ils étaient pris dans une tempête. La pression sur mes tympans commença à croître en intensité en faisant naître un faible bruit de trémolo, on aurait dit un câble sous tension sur le point de rompre. Puis j'entendis un claquement de métal sur métal puis un grondement pareil à une énorme masse en train de bouger sur un sable dur.

Je maintins la corde d'ancre d'une main et me laissai flotter, immobile dans le courant. Puis je l'aperçus. Rien qu'un instant.

Il gisait à l'oblique, nez en l'air, sur une pente, enterré presque jusqu'aux ponts dans un banc de sable, couvert de la moisissure molle des limons. Mais il n'y avait pas à se tromper sur cette forme oblongue, arrondie, semblable au corps d'un requin. C'était bien un sous-marin, et je distinguais les plaques d'acier cabossées qui ressortaient comme des excroissances au-dessus de la passerelle de commandement sur le kiosque. Je compris que si je raclais la mousse, les couches de boue et de coquillage du blindage du kiosque, je mettrais au jour les vestiges de la croix gammée que j'avais vue sur ce même kiosque plus de trois décennies auparavant.

Je vis alors la carcasse basculer doucement sur le flanc, des filaments d'huile sale ou de plancton ou de carburant moteur se lever aux abords des tubes à torpilles avant, et je compris que, bien des années auparavant, une masse d'air avait dû se trouver piégée dans un compartiment, là même où, peut-être, un groupe de marins terrifiés avaient manœuvré le volant d'une écoutille en se convainquant à toute force que leurs amis à l'extérieur, dont les crânes explosaient comme des coquilles d'œuf écrasées, auraient choisi la même solution.

Je sentis un puissant mouvement de houle dans le courant, sorti de ténèbres lointaines, au-delà de la plate-forme continentale. L'eau s'obscurcit et le sous-marin disparut. Je crus entendre le tonnerre gronder lorsque le cordage d'ancre se prit à vibrer dans ma paume et, relevant les yeux, je vis les tuyères d'échappement à la poupe de mon bateau qui bouillonnaient à la surface.

Lorsque j'arrivai à l'air libre, le ressac clapotait avec force contre mon masque, et les rouleaux de mer se crénelaient de cercles de pluie. Batist sortit du poste de pilotage et pointa le doigt vers le sud-est. Je remontai mon masque sur le haut du crâne et regardai derrière moi ; trois nouvelles trombes avaient dégringolé du ciel et avançaient en barattant la surface des eaux et, plus loin vers le sud, les nuages d'orage étaient visibles, aussi épais que la fumée d'un puits de pétrole en feu sur l'horizon.

Je grimpai à l'échelle, me débarrassai de mon équipement, attachai l'extrémité d'une bobine de corde à linge dans l'orifice d'un saumon de fonte, à l'origine contrepoids d'une fenêtre à guillotine, et laissai filer le cordon par-dessus le plat-bord jusqu'à ce que la masse métallique touche le fond. Puis je sectionnai le cordon de la bobine et y enfilai les poignées de trois emballages bouchés de bouteilles d'eau de Javel dont je me servais comme flotteurs de repérage. La pluie était froide et dansait dans une brume verdâtre sur les rouleaux de mer, l'air lourd, chargé d'une odeur d'ozone et de grappes de petits vifs nichés au creux des vagues. À l'instant précis où je commençais à balancer mes bouteilles d'eau de Javel par-dessus bord, j'entendis les pales d'un hélicoptère battant l'air à basse altitude derrière moi.

Il passa au-dessus de nous, ridant l'eau que le reflux d'air chassé par le rotor aplatissait sous le ventre de l'appareil, et j'aperçus son passager solitaire, un homme blond avec des lunettes de soleil de pilote qui se retourna sur son siège et continua à me fixer des yeux un moment. Puis l'hélicoptère vira en cercle et se posta en vol stationnaire à quarante mètres au sud de notre bateau.

– Qu'est-ce qu'y font ? dit Batist.

– Je ne sais pas.

– Allez, on y va, Dave. Pas besoin de rester ici plus longtemps avec ces trombes qui se pointent.

– Tu l'as dit, collègue.

L'hélicoptère reprit de l'altitude, directement au-dessus de nous, piqua à cinq cents pieds environ, suffisamment pour qu'il puisse en tout cas voir la côte et prendre un bon repérage de notre position.

Je laissai les bouteilles d'eau de Javel sur le pont et tirai le contrepoids depuis le fond. Nous pourrions toujours revenir sur ce même secteur, et probablement retrouver le sous-marin à l'aide de mon sonar, ou « découvreur de poissons », petite merveille d'électronique capable de définir les contours du moindre relief au fond du Golfe. Mais le ciel au sud était maintenant complètement noir, tandis que des veines d'éclairs venaient trembler sur l'horizon, et j'eus le sentiment que le sous-marin nazi dans les profondeurs sous nos pieds était sur le point de repartir et de reprendre son office silencieux.

# Chapitre 4

Nous habitions au sud de New Iberia, sur un chemin de terre encadré de chênes tout à côté du bayou, dans une maison de cyprès entaillé à mi-bois et chevillé que mon père avait bâtie pendant la Dépression. Les cours en façade et en pignon étaient tapissées d'un épais matelas de feuilles noires et restaient sous une ombre épaisse, celle des pacaniers et des chênes qui couvraient de leurs ramures les avant-toits de la maison. Depuis la galerie couverte d'un toit en tôle rouillée, la vue donnait sur une pente douce jusqu'au-delà du chemin de terre où se trouvaient mon ponton à bateaux et ma boutique à appâts. La rive opposée du bayou était bordée d'un épais massif de saules pleureurs et ouvrait, au-delà des saules, sur un marais rempli de cyprès morts tendus de mousse, dont les cimes devenaient aussi roses qu'une rose fraîchement ouverte lorsque le soleil venait à percer la brume au petit matin.

Je dormis tard le matin qui suivit notre retour avec le bateau de La Nouvelle-Orléans. Je me préparai café, lait chaud et bol de céréales avec raisins et mûres, que j'emportai sur un plateau jusqu'à la table de pique-nique en séquoia sous le mimosa de l'arrière-cour. Un peu plus tard, Bootsie sortit à son tour, poussant la porte-moustiquaire, un verre de thé glacé à la main, le visage frais et reposé sous la brise qui soufflait sur la pelouse. Elle portait un chemisier blanc sans manches et un short rose, et les pointes de son épaisse chevelure couleur de miel, qu'elle avait brossée en bouclettes ramenées en chignon sur le dessus de la tête, brûlaient d'or sous les rayons du soleil.

– Est-ce que tu as vu les messages téléphoniques d'un sergent de la police sur le tableau ? demanda-t-elle.

– Ouais, merci.

– Qu'est-ce qu'elle veut ?

– Je ne sais pas. Je ne l'ai pas rappelée.

– Elle paraissait drôlement anxieuse de te joindre.

– Elle s'appelle Lucinda Bergeron. Je crois qu'elle a probablement quelques problèmes de conscience.

– Quoi ?

– J'ai essayé de l'aider à propos d'un rapport pour insubordination. Lorsque je lui ai demandé de rendre un petit service à Batist, elle m'a plus ou moins fait comprendre que je pouvais aller me faire voir.

– Peut-être s'agit-il simplement d'un malentendu.

– Je ne pense pas. Où est Alafair ?

– Elle est au ponton avec Batist.

Elle but une gorgée de thé glacé et contempla la mare à canards au pied de notre propriété. Elle fit rouler la glace au fond de son verre et la regarda, avant de dire :

– Dave, allons-nous payer son avocat ?

– C'est soit ça, soit le laisser courir sa chance avec un avocat commis d'office. S'il a de la chance, il tombera sur un bon. Sinon, il peut finir à Angola.

Elle toucha des doigts la racine de ses cheveux et essaya de garder un visage vide de toute expression.

– Combien cela va-t-il coûter ? dit-elle.

– De dix à vingt bâtons. Peut-être beaucoup plus.

Elle écarquilla les yeux et prit une profonde inspiration, et j'aperçus deux petites plaques décolorées, de la taille d'une pièce de dix *cents*, sur chacune de ses joues.

– Dave, nous aurons des années de dettes devant nous.

– Je ne sais pas ce qu'il faut faire. Nate Baxter a pris Batist pour cible parce qu'il n'a rien pu contre Clete ou contre moi. Ce n'est pas de la faute de Batist.

La brise souffla dans le mimosa, dont l'ombre portée ressembla à une dentelle venant se friper à la surface du visage de Bootsie. Je la vis qui essayait de masquer la colère qui montait dans ses yeux.

– Il n'y a rien qui tienne, Boots. Batist n'a rien fait pour mériter ça. Il faut que nous l'aidions.

– Tout ça a commencé avec Clete Purcel. Il aime ça. Ça lui fait plaisir et, pour lui, c'est un mode de vie. Quand est-ce que tu vas comprendre ça, Dave ?

Elle rentra dans la maison en laissant la porte-moustiquaire claquer derrière elle.

Après le départ de la foule du déjeuner, je lavai au jet quelques bateaux amarrés au ponton et nettoyai les dévidoirs à câbles téléphoniques qui faisaient office de tables avant de finalement laisser tomber et de me rendre dans la boutique à appâts pour retourner le coup de téléphone de Lucinda Bergeron. On me répondit qu'elle était rentrée chez elle pour la journée parce qu'elle était malade, et je ne pris pas la peine de laisser mon nom. J'appelai ensuite trois avocats criminels de Lafayette et deux à La Nouvelle-Orléans. Leurs honoraires allaient de quatre-vingts à cent cinquante dollars de l'heure, sans garantie aucune d'un résultat quelconque.

– Tu vas bien, Dave ? dit Alafair.

Elle était assise sur un haut tabouret derrière la caisse enregistreuse, sa casquette des Houston Astros posée de côté, et balançait ses tennis rouges au-dessus du sol. Elle avait la peau marron foncé, et ses cheveux noirs d'Indienne miroitaient de lumière comme une aile de corbeau.

– Tout est au poil, petit mec, dis-je.

À travers les moustiquaires des fenêtres, le soleil ressemblait à une flamme jaune dansant sur le bayou. J'essuyai la transpiration de mon visage d'un torchon humide posé sur le comptoir et balançai le torchon dans un coin.

– Tu te fais du souci pour l'argent ou quelque chose ?

– C'est juste temporaire. Viens, on va se prendre une tourte, Alf.

– Batist a des ennuis, Dave ?

– Quelques-uns. Mais on va le sortir de là.

Je lui fis un clin d'œil, mais le nuage qui voilait son visage ne disparut pas pour autant. Il y avait maintenant sept ans que je l'avais sortie de l'épave submergée d'un avion qui transportait des réfugiés clandestins originaires du Salvador. Elle avait oublié sa langue maternelle (même si elle était capable de comprendre la plupart des mots de français cajun sans jamais les avoir appris) et ne souffrait plus de cauchemars, souvenirs du jour où les soldats étaient venus dans son village, et avaient créé une leçon de choses à l'aide de machettes sur une femme enceinte en face de la clinique hospitalière ; mais lorsqu'elle percevait difficultés ou discorde de quelque sorte à la maison, ses yeux bruns se voilaient immédiatement d'inquiétude et se focalisaient sur quelque préoccupation ténébreuse au fond d'elle, comme si elle se trouvait sur le point d'être à nouveau le témoin de la re-création d'une image terrible restée patiemment en attente, toujours prête à renaître.

– Il faut que tu me fasses confiance quand je te dis de ne pas te tracasser, Squanto, dis-je.

Elle me surprit alors.

– Dave, est-ce que tu crois que tu dois continuer à me donner tous ces noms de bébé ? J'ai douze ans.

– Je suis désolé, Alf.

– Ce n'est pas grave. Simplement, certaines personnes pourraient ne pas comprendre. Elles pourraient penser que c'est un peu bêta ou que tu me traites comme une petite fille ou je sais pas.

– Eh bien, je ne le ferai plus. Qu'en dis-tu ?

– Ne t'en fais pas pour ça. Je pensais juste que je devais te le dire.

– Okay, Alf. Merci de m'avoir donné ton opinion.

Elle tapa sur les touches de la caisse enregistreuse tout en soufflant sur sa frange. Je vis alors son regard se porter loin derrière moi et se fixer sur un point du ponton.

– Dave, il y a une Noire là-bas avec un jerrycan d'essence. Dave, elle a un pistolet dans sa poche arrière.

Je me retournai et essayai de percer l'ombre sous l'auvent de toile qui couvrait le ponton. C'était Lucinda Bergeron, en jeans délavés qui tenaient à peine à ses hanches minces, chaussures Adidas, et T-shirt blanc zébré de coulures de sueur et décoré de la tête mauve et or de Mike le Tigre. Elle portait son insigne agrafé à la taille de son pantalon sans ceinture ; un revolver chromé à canon court sous son mini-étui en cuir dépassait de sa poche arrière.

Elle avait le visage gris, luisant de sueur, et elle s'essuya les yeux de la manche avant de pousser la porte-moustiquaire.

– Vous allez bien ? dis-je.

– Puis-je utiliser vos toilettes ? dit-elle.

– Bien sûr. C'est juste derrière les glacières, répondis-je en lui indiquant le fond de la boutique.

Quelques instants plus tard, j'entendis le bruit de la chasse, l'eau qui coulait, et elle ressortit, respirant par la bouche, une serviette en papier mouillée roulée en boule dans la main.

– Vendez-vous des pastilles de menthe ou des bains de bouche ? dit-elle.

Je posai un rouleau de Life Savers sur le dessus du comptoir. Puis j'ouvris une boîte de Coca-Cola que je plaçai devant elle.

– Ça remet l'estomac en place, dis-je.

– Il faut que je mette les choses au clair avec vous.

– Comment ça ?

Elle but une gorgée de Coca. Son visage était poussiéreux, ses traits tirés, ses yeux tout juste capables de se concentrer.

– Vous me prenez pour une lavette, dit-elle.

– Vous n'étiez pas dans une situation facile.

– Mais vous continuez à me prendre pour une petite merde, pas vrai ?

– Je sais que vous ne vous sentez pas bien, mais je vous serais reconnaissant de ne pas utiliser de grossièretés devant ma fille.

– Excusez-moi. Aviez-vous une bonne raison pour ne pas répondre à mes coups de téléphone ?

– Lorsque je vous ai rappelée, vous étiez déjà partie. Écoutez, sergent, j'apprécie le fait que vous soyez venue jusqu'ici, plus encore parce que vous n'êtes pas dans votre assiette. Mais vous ne me devez rien.

– Et c'est vous qui avez décidé de ça ?

Je soufflai.

– Qu'est-ce que je peux dire ? Il n'est pas dans mes intentions de me disputer avec vous.

– Vous vendez de l'essence ? Je suis tombée en panne sèche sur la route. Ma jauge est cassée.

Elle claqua bruyamment le bidon à essence sur le comptoir.

– Ouais, j'ai une pompe pour les bateaux au bout du ponton.

– Votre ami, le Noir, Batist Perry, ils veulent l'entuber jusqu'à l'os. Nate Baxter ne vous a pas divulgué toutes les informations en sa possession.

– Alafair, et si tu allais dire à Bootsie que nous allons souper chez « Mulate » ce soir ?

Alafair m'offrit une grimace d'exaspération, descendit du tabouret, détacha Tripod, son raton laveur à trois pattes, de sa chaîne près de la porte, et remonta le ponton en direction de la maison avec Tripod me regardant par-dessus son épaule.

– On a découpé le cœur de l'homme assassiné, dit Lucinda Bergeron. Ça a déjà été le cas à trois reprises par le passé, trois victimes d'homicide au cours des quatre derniers mois. Même une qu'on a balancée d'un toit. Ça, il ne vous l'a pas dit, pas vrai ?

– Non.

– La presse non plus n'est pas au courant. La municipalité essaie d'étouffer la nouvelle pour ne pas faire fuir les touristes. Baxter pense qu'il s'agit de satanistes. Et votre ami a eu la malencontreuse idée de tomber au beau milieu de l'enquête.

– Des satanistes ?

– Vous n'êtes pas convaincu ?

– À ce qu'il semble, on finit toujours par s'apercevoir, au bout du compte, que ce sont des fondus de la cervelle qui finissent dans les programmes religieux d'extrême droite. Peut-être ne s'agit-il que d'une coïncidence.

– Si j'étais vous, je commencerais par établir la preuve que mon ami n'était pas dans les parages de

La Nouvelle-Orléans quand ces autres homicides ont été commis. Il faut que je m'asseye. Je crois que je vais avoir un nouveau malaise.

Je sortis de derrière mon comptoir, l'accompagnai jusqu'à une table et la fis asseoir sur une chaise. Son dos me donna la sensation d'un bloc de fer sous mes mains. Elle sortit son revolver de sa poche arrière, le laissa tomber sur la table et se pencha, les avant-bras en appui sur les cuisses. Elle avait des cheveux épais aux pointes blanches, le cou huileux de sueur. Deux pêcheurs blancs que je ne connaissais pas franchirent le seuil avant de faire demi-tour et de ressortir.

– Je suis à vous tout de suite ! m'écriai-je à travers la moustiquaire.

– Va te faire voir ! entendis-je dire l'un d'eux tandis qu'ils repartaient vers leur voiture.

– Je vais vous raccompagner à La Nouvelle-Orléans. Je pense que vous avez dû attraper un mauvais virus de grippe intestinale, dis-je à Lucinda.

– Remplissez-moi simplement mon bidon d'essence. Ça va aller dans un instant.

Elle sortit un billet de cinq dollars tout chiffonné de son Levi's et le posa sur la table.

– Il faut de toute manière que j'aille récupérer mon camion. Je l'ai laissé sur le quai du côté de Barataria Bay. Ne discutons pas là-dessus, vous voulez bien ?

Mais elle n'était pas capable de discuter de quoi que ce fût. Son haleine était âcre, chargée de bile, ses yeux chassieux et apathiques, le dos de son T-shirt blanc collé à sa peau noire. Lorsque je lui tapotai l'épaule, je sentis les os sous la peau durs comme un cintre qui tend un tissu. Je ne pouvais que deviner ce qu'il en avait été pour elle pendant sa période de formation à l'Académie de police du NOPD [1]

1. New Orleans Police Department. *(N.d.T.)*

lorsqu'un péquenot d'instructeur décidait d'augmenter la pression.

Je transportai son bidon d'essence jusqu'à sa Toyota, démarrai la voiture, remplis le réservoir à la pompe du ponton et ramenai Lucinda Bergeron à La Nouvelle-Orléans. Elle vivait tout à côté de Magazine, dans une maison à ossature bois de plain-pied, toit vert, petit jardin et galerie envahie de volubilis mauves où s'accrochaient des plantes en pot. Au coin de la rue, sur Magazine, se trouvait un bar à un étage avec colonnades et enseignes de bière Dixie aux fenêtres ; on entendait beugler le juke-box par la porte d'entrée ouverte.

– Il faudrait que je vous conduise au chantier à bateaux, dit-elle.

– Je peux prendre un taxi.

Elle me vit qui inspectais la rue, puis mon regard s'arrêta sur l'intersection.

– Vous connaissez le quartier ?

– Bien sûr. Ça faisait partie de mon secteur à l'époque où je patrouillais. Il y a des années de ça, ce bar au coin était un hôtel de passe.

– Je sais. Ma tante y a travaillé jadis. Comme racoleuse. Aujourd'hui, c'est une shooterie, dit-elle avant de rentrer m'appeler un taxi.

T'as du chemin à faire, Robicheaux, me dis-je.

Je récupérai mon camion à Barataria en fin d'après-midi et retournai en ville. J'appelai Clete à son appartement au Vieux Carré.

– Hé, preux chevalier, dit-il. Je t'ai appelé chez toi cet après-midi.

– Qu'est-ce qu'il y a ?

– Oh, ça ne doit pas être grand-chose, probablement. Qu'est-ce qui te ramène dans la Grande Sale [1], *mon* ?

– J'ai besoin d'aide pour les meurtres des *vigilantes*. Et ce n'est pas des services de police de La Nouvelle-Orléans que je peux attendre un coup de main.

– Laisse tomber cette histoire de *vigilante*, Dave. C'est un attrape-couillons, crois-moi.

– As-tu entendu parler de mecs qui se soient fait découper le cœur de la poitrine ?

Il éclata de rire.

– Elle est nouvelle, celle-là. Où est-ce que tu l'as trouvée ? dit-il.

– Lucinda Bergeron.

– Il y a trop longtemps que tu as quitté la Criminelle, Belle-Mèche. Quand des mecs se font effacer, c'est une question d'argent, de sexe ou de pouvoir. Toutes ces conneries de vampires ou de monstres assoiffés de sang, ça sort tout droit d'une bande dessinée. Hé, j'ai une autre révélation à te faire. Je crois que la nana Bergeron a quelques câblages qui font court-circuit sous le crâne. Est-ce qu'elle t'a dit qu'elle était allée à Angola voir un mec se faire frire ?

– Non.

– Ça a dû probablement lui échapper. La plupart de ceux que tu prends pour normaux aiment bien voir de temps en temps un mec faire du rodéo sur un arc électrique.

– Pourquoi as-tu appelé à la maison ?

– J'entends raconter une histoire bizarre à propos de toi et d'un sous-marin nazi.

– Et elle vient d'où, cette histoire ?

– Écoute, Martina est ici. Je lui ai promis de l'emmener dans ce rade à blues sur Napoleon. Viens

1. Surnom par dérision de La Nouvelle-Orléans. Démarquage de l'appellation acceptée « La Grande Facile ». *(N.d.T.)*

nous rejoindre, ensuite nous nous ferons une petite étouffée chez « Monroe ». Tu n'y échapperas pas, *mon*, pas de discussion. Ensuite, je te mettrai au parfum sur la façon dont tu es devenu sujet de discussion pour Tommy Les-Yeux-Bleus.

– Tommy Lonighan ?

– Tu l'as dit, Tommy Bobalouba en personne, le seul Irlandais que j'aie jamais rencontré à proclamer haut et fort que les mecs de sa propre race sont des Négros qu'on aurait retournés comme un gant.

– Le Tommy Lonighan dont je me souviens a noyé un mec au tuyau d'arrosage, Clete.

– Et alors ? Nul n'est parfait. Laisse-moi t'indiquer le chemin sur Napoleon. À propos, Bootsie m'a paru un peu distante quand j'ai appelé. J'ai craché dans la soupe ou quoi ?

La boîte de nuit sur Napoleon était bondée, le bruit assourdissant. Impossible de repérer Clete à une table. Je pris alors conscience qu'un événement exceptionnel venait de se produire sur l'estrade de l'orchestre. Le Fat Man [1], le plus célèbre musicien de rhythm and blues qu'eût jamais produit La Nouvelle-Orléans, venait de débarquer devant l'entrée dans sa limo Cadillac rose et, tel le Messie retournant à ses fidèles, sa veste blanche à paillettes et sa peau noir de charbon irradiant presque de reflets brillants d'un mauve électrique, il avait fendu droit la foule s'écartant sur son passage jusqu'au piano avec force sourires et hochements de tête, son visage de phoque rayonnant de bonne volonté et d'autosatisfaction innocente, et avait commencé à marteler *When the Saints Go Marching In*.

La salle fut prise de folie.

1. Pseudonyme de Fats Domino. *(N.d.T.)*

Il se passa un moment avant que je ne comprenne qu'un autre événement se déroulait simultanément sur la piste de danse, de ceux auxquels même La Nouvelle-Orléans n'était pas préparée – Clete Purcel et sa petite amie en plein boogie salace.

Tandis que les doigts en saucisses embaguées du Fat Man dansaient d'un bout à l'autre du clavier de piano, accompagnés par le claironnement des saxophones et des trompettes derrière lui, Clete se démenait au beau milieu de la piste en bois dur, le feutre rond incliné à l'oblique sur le devant du crâne, la figure pointée entre les seins de sa petite amie, à balancer des fesses comme le ferait un éléphant ; l'instant d'après, ses épaules se redressaient, tandis qu'il cognait et toupillait des hanches et du pubis, le ventre tressautant, les poings serrés barattant l'air, le visage tourné de côté comme s'il se trouvait au beau milieu d'un orgasme.

Sa petite amie mesurait près de 1,80 m. Elle arborait une robe bain de soleil fleurie qui collait à son corps hâlé comme une seconde peau. Elle agitait un bandana dans chaque main, à croire qu'elle saluait le décollage d'un avion, et lançait derrière elle, à l'oblique, ses mollets au lustre cireux, relevait le menton en l'air tout en laissant ses paupières se refermer doucement tandis qu'elle faisait doucement glisser sa langue à l'entour de ses lèvres. Elle laissa alors béer sa bouche en un semblant de moue, tira ses cheveux bruns aux reflets roussâtres des deux mains au-dessus de la tête et, une lueur de défi érotique dans le regard, les rejeta brutalement en arrière, avant de se frotter la croupe d'un bandana tendu, en aller et retour, tout en oscillant des hanches.

Au début, les autres danseurs s'étaient reculés, impressionnés, choqués, voire même respectueux ; puis ils commencèrent à quitter la piste, deux par deux d'abord, en grand nombre ensuite, après que Clete eut bousculé de tout son poids un danseur derrière lui, qu'il envoya valser dans un serveur.

Le Fat Man termina son morceau, essuya son visage en sueur devant le microphone à l'aide d'un mouchoir blanc immaculé et remercia la foule pour le tonnerre d'applaudissements qui montaient dans la salle. Je suivis Clete et son amie jusqu'à leur table, laquelle était encombrée de journaux, de bouteilles de bière et d'assiettes en carton salies de restes de pommes de terre frites à la graisse de poulet. Le visage de Clete rayonnait d'un bonheur d'alcool, et les coutures de sa chemise hawaïenne avaient craqué aux deux épaules.

– Martina, voici le mec dont je n'arrête pas de te parler, dit-il. Mon vieux *podjo* « tu les coinces ou tu les crames ».

– Qu'est-ce que tu dirais de laisser un peu tomber ce numéro-là, Clete ? dis-je.

– Je suis très heureuse de vous rencontrer, dit-elle.

Elle avait un joli visage, d'une joliesse un peu rude et rugueuse, la peau épaisse et grainée sous le maquillage comme si elle avait travaillé en plein air, sous le soleil et le vent, bien plus que sur la scène d'une boîte à strip-tease.

– Clete m'a parlé de toutes les études que vous avez faites, tous les livres que vous avez lus, et tout ça, dit-elle.

– Il lui arrive d'exagérer parfois.

– Non, ce n'est pas vrai, dit-elle. C'est quelqu'un d'authentique, il est sincère et vous comptez beaucoup pour lui.

– Je vois, dis-je.

– Il y a chez lui ces côtés tendres que peu de gens connaissent. Les membres de mon groupe de thérapie nudiste et herboriste pensent que c'est quelqu'un de merveilleux.

Du coin de l'œil, je vis Clete qui étudiait les danseurs sur la piste comme s'il ne les avait jamais vus auparavant.

– Il dit que vous essayez de mettre la main sur le *vigilante*. Je trouve ça répugnant que quelqu'un se promène en liberté et assassine des gens de couleur dans les lotissements de l'Assistance sans que personne ne fasse rien.

– Clete ne paraît pas accorder beaucoup de foi à cette histoire.

– Écoute, *mon*, laisse-moi te dire d'où elle vient, ton affaire de *vigilante*. Il existe un Comité de Citoyens ici, un troupeau de lavements ambulants d'extrême droite qui n'ont pas encore compris à quoi pouvaient leur servir leurs génitoires, alors ils passent leur temps à asticoter les juges et les hommes politiques du coin à propos de la criminalité sur la voie publique, la came dans les lotissements, et ainsi de suite, et je t'en mets, et je t'en rajoute, sauf que personne n'est prêt à payer plus d'impôts pour engager plus de flics ou construire plus de prisons. Alors, ce qu'ils racontent en réalité, c'est soit de donner aux Noirs beaucoup plus de capotes, soit d'en faire un petit peu moins pour enrayer la propagation d'anémie de la race.

Martina avait sorti un dictionnaire de poche de son sac. Elle lut à haute voix :

– « Foi – croyance, acceptation mentale ou crédit. » C'est un mot intéressant. Il est lié à crédibilité, n'est-ce pas ?

Clete écarquilla les yeux et la regarda comme s'il s'éveillait d'un long sommeil. Puis quelqu'un de l'autre côté de la piste de danse attira son attention.

– Dave, y'a un mec qui s'approche de notre table, dit-il. Il veut juste parler une minute. Okay ? Je lui ai dit que ça ne te dérangerait pas. Ce n'est pas le mauvais mec. Peut-être même que tu pourrais être intéressé par ce qu'il a à dire. Ça ne fait de mal à personne d'écouter un mec, pas vrai ?

À travers les strates de fumée de cigarette flottant dans l'air, mes yeux se fixèrent sur un homme assis à une table en compagnie de deux femmes. Son physique massif me fit penser à une barrique debout ; même à cette distance, ses autres caractéristiques – son visage en pomme de terre rougeaude, ses yeux bleus comme la glace, ses cheveux meringue – ne prêtaient pas à méprise.

– Tu n'aurais pas dû faire ça, partenaire, dis-je à Clete.

– C'est moi qui assure la sécurité dans deux de ses boîtes. Qu'est-ce que je suis censé lui répondre ? « Va te faire voir, Tommy. Mon pote Dave est d'avis que tu vaux pas un glaviot sur le trottoir, taille-toi de cette planète, salopard ! »

– Il ne s'agit pas que d'une simple figure locale excentrique. Il est tombé pour meurtre. Qu'est-ce qui t'arrive ?

– Le mec qu'il a fait passer de vie à trépas au tuyau à incendie tabassait les vieux de l'Irish Channel au tuyau de fer. Ouais, belle perte. Tout le monde en a été complètement retourné, tu peux m'en croire, quand on a entendu dire qu'il avait finalement touché son billet aller sans retour.

– Tuyau à incendie ? dit Martina, le visage perplexe.

Mais il n'y avait plus moyen de se défiler. L'homme au visage rouge et aux yeux comme deux billes à jouer d'un bleu sans défaut s'avançait vers notre table.

Clete écrabouilla sa cigarette sur une assiette en carton.

– Joue ça comme tu l'entends, Dave, dit-il. Si tu penses que Tommy Bobalouba tient plus du taré que Hippo Bimstine, alors, dis-lui de faire voile ailleurs.

– Qu'est-ce que vient faire Hippo là-dedans ?

– Rien du tout. Qu'est-ce que j'en sais ? Je me disais que je pourrais te ramener un peu de blé de rab. T'es trop, Belle-Mèche.

Tommy Lonighan crocheta deux doigts sous le dossier d'une chaise vide à une table jouxtant la nôtre sans même demander la permission aux gens qui s'y trouvaient assis. Il la fit balancer devant lui et s'installa. Il portait une chemise rose avec des boutons de manchettes en pierre rouge, mais les revers en avaient été repassés bien écartés pour mettre en évidence la toison blanche qu'il avait sur la poitrine. Les poils de ses avant-bras musclés et trapus ressortaient jusque sur ses poignets comme du fil de fer. Il avait la bouche petite des Irlandais, les commissures tombantes et le menton rond et ferme, fendu d'une fossette.

– Qu'est-ce que ça raconte, lieutenant ? dit-il en tendant la main.

Je la lui serrai, carrée, calleuse et dure comme une pièce de bois.

– Pas grand-chose, monsieur Lonighan. Comment allez-vous ce soir ? dis-je.

– *Monsieur Lonighan !* Est-ce que j'ai l'air d'un *monsieur* pour toi aujourd'hui ?

Il parlait avec un accent ouvrier de l'Irish Channel que l'on confond souvent avec l'accent de Brooklyn, essentiellement parce qu'une grande partie de La Nouvelle-Orléans a été peuplée d'immigrants italiens et irlandais dans les années 1890. Il sourit, mais la lumière claire de ses yeux ne changeait jamais, ne révélait jamais ce qu'il était susceptible, ou non, de penser sur l'instant.

– Qu'est-ce qui t'amène ? dis-je.

– Mon gars, t'y vas pas par quatre chemins, bordel. Pas vrai ?

– Qu'est-ce que tu dirais de veiller un peu au vocabulaire, Tommy ? dit Clete.

– Désolé. Je passe mes journées avec les boxeurs au gymnase, dit-il en jetant un regard en coin à Martina. Alors combien t'offre-t-il pour retrouver le sous-marin, le bibendum ?

– Qui ça ? dis-je.

– Hippo Bimstine, la baleine échouée du Sud de la Louisiane. De qui crois-tu que je cause ?

– Comment sais-tu que Hippo m'offre quoi que ce soit ?

– C'est une petite ville. Les temps sont durs. Il y a toujours quelqu'un qui est prêt à relayer quelques petits renseignements, dit-il.

Il plaça une longue frite entre ses lèvres et l'aspira au fond de la bouche avec un sourire dans le regard.

– Tu as raison, il y a bien un sous-marin nazi là-bas quelque part. Mais je ne sais pas où. Pas en ce moment, en tout cas. Pour autant que je sache, il a pu dériver jusqu'au Yucatán. L'éventail d'alluvions à l'embouchure du Mississippi le déplace probablement en large cercle.

Il posa la paume sur mon avant-bras et me regarda droit dans les yeux sans ciller. Ses sourcils étaient marqués de fines cicatrices grises, et un nœud de veines se mit à battre au creux d'une tempe, là où rien ne battait quelques instants auparavant.

– Comment se fait-il que je ne te croie pas ? dit-il.

– Qu'est-ce que tu insinues, Tommy ? dis-je.

– Maintenant, c'est *Tommy*. Ça me plaît bien, Dave. Je n'insinue rien. Ce n'est pas dans ma manière.

Mais sa main ne quitta pas mon avant-bras.

Martina lut dans son dictionnaire de poche.

– « Éventail alluvionnaire – dépôt d'un ruisseau à l'endroit où il sort d'une gorge pour s'engager dans une plaine ouverte. » Le Mississippi n'est pas un ruisseau, pas vrai ?

Lonighan la fixa des yeux.

– Je ne suis pas certain de savoir les raisons pour lesquelles Hippo ou toi vous êtes intéressés par un tas de ferraille de la Seconde Guerre mondiale, mais mon intérêt commence rapidement à disparaître, Tommy, dis-je.

– Ce n'est vraiment pas de chance. Parce que Hippo et moi, nous nous lançons tous les deux dans l'industrie des casinos. Et je parle ici de bateaux sur le fleuve, de jeux d'argent légaux qui peuvent rendre cette ville riche, et je ne vais pas laisser ce ferrailleur juif et visqueux m'installer un machin à visiter pour les touristes qui risque peut-être de me prendre la moitié de mes bénéfices.

– Va donc dire ça à Hippo, dis-je en dégageant mon bras de sous sa main.

– *Quoi* ? dit-il. Tu lèves le nez en l'air à cause de quelque chose? Je viens à ta table, et tu te comportes comme si quelqu'un venait de te tirer la chasse à merde en pleine figure? Tu n'aimes pas que je te touche la peau?

– Doucement, Tommy. Dave ne voulait rien dire du tout, dit Clete.

– Putain que non, y voulait pas.

Puis il répéta :

– *Putain* que non.

– J'aimerais que tu quittes notre table, dis-je.

Il ouvrit la bouche pour parler, mais Martina le battit sur le fil.

– Il se trouve que je suis en partie juive, monsieur Lonighan, dit-elle, le visage serein et paisible, le regard fixé avec bienfaisance sur lui comme si elle s'adressait à une abstraction plutôt qu'à un fou furieux tout à côté d'elle. Vous n'êtes qu'un Irlandais stupide qui gêne tout le monde à cette table. Mais ce n'est pas de votre faute, à vrai dire. Vous venez probablement d'un foyer dysfonctionnel plein de gens aussi ignorants que vous-même. Vous devriez vous engager dans un groupe de thérapie afin de pouvoir comprendre l'origine de vos manières de rustre.

Les pattes-d'oie à l'entour des yeux de Lonighan étaient blanches de colère et d'incrédulité. Je regardai Martina, sidéré et plein d'admiration.

# Chapitre 5

Je passai la nuit sur le canapé de Clete et, au matin, appelai Nate Baxter à son bureau et soulevai la question des autres homicides avec mutilation.

Nate n'avait jamais bien su mentir.

– Mutilation ? Comment crois-tu que se commettent la plupart des homicides ? En tabassant la victime à mort à coups de pissenlit ?

– Tu sais très bien de quoi je veux parler.

– Ouais, je sais. T'as contacté quelqu'un qui travaille sous mes ordres.

– Ton bureau est une passoire, Nate.

– Non, y'a qu'une seule nana que je renifle dans cette affaire. Sans aucun sous-entendu raciste. Tiens-toi à l'écart de l'enquête, Robicheaux. Tu as foutu ta carrière en l'air à La Nouvelle-Orléans parce que tu biberonnais. Tu n'y changeras rien, même en allant te coller le blair entre les miches de cette nana.

Il raccrocha.

Je rentrai à la maison juste avant déjeuner. L'air était déjà brûlant, sans un souffle de vent, dense et chargé d'humidité. J'enfilai tennis et short, courus cinq kilomètres sur le chemin de terre du bayou, puis j'effectuai trois séries aux haltères dans l'arrière-cour, musculation des bras, levers et leverscouché. Ma poitrine chantait de sang vif lorsque j'ouvris le robinet d'eau froide de la douche.

Je n'entendis pas Bootsie ouvrir la porte de la salle de bains.

– Tu as une seconde ?

– Bien sûr, dis-je en coupant la douche.

– Je me suis mal comportée. Je suis désolée.

– À quel propos ?

– À propos de Batist. À propos de l'argent. L'argent me tracasse parfois. Bien trop, je crois.

– Qu'est-ce qui se passerait si j'avais une femme qui ne s'en souciait pas ?

Je remis doucement la douche en marche et je vis Bootsie à travers la cloison de verre translucide qui se déshabillait, silhouette aux contours assourdis. Elle ouvrit la porte, pénétra dans la cabine et glissa les bras autour de mon cou, le visage levé vers moi, les yeux fermés devant les giclures d'eau qui me tombaient sur les épaules.

Je la serrai contre moi et l'embrassai sur les cheveux. Son corps était hâlé, le haut de ses seins poudré de taches de rousseur. Sa peau était lisse et chaude et semblait rayonner de santé et de bien-être sous les paumes de mes mains, mais la réalité était tout autre. Le lupus, le loup rouge, vivait dans son sang et attendait le plus petit écart dans son traitement pour recommencer à se nourrir de ses organes et de son tissu conjonctif. Et si le loup ne se retrouvait pas livré à lui-même par un déséquilibre dans les associations de médicaments qui la tenaient, un autre ennemi encore plus insidieux était là, tapi, prêt à l'ouvrage – des psychoses temporaires, pareilles à une excursion vers quelque paysage lunaire d'où l'air était absent et qu'elle seule habitait alors.

Elle était censée également éviter le soleil. Mais j'avais depuis bien longtemps renoncé à essayer de lui faire quitter le jardin ou à l'obliger à rentrer dans l'ombre de la cabine de pilotage lorsque nous étions de sortie sur la Grande Salée. J'en étais arrivé à éprouver au fond de moi, ainsi qu'il arrive à ceux qui vivent au quotidien avec une épouse ou un mari frappé par le destin, le sentiment que la tyrannie de l'amour peut être aussi destructrice que celle de la maladie.

Nous fîmes l'amour dans la chambre, nos deux corps encore frais et moites de la douche, sous le souffle de brise chassé sur les draps par le ventilateur de la fenêtre. Elle se plaça sur moi, le ventre ondulant en cercles, les bras tendus en appui sur le matelas ; je vis alors ses yeux se fermer, son visage s'adoucir et se faire lointain. Ses cuisses se crispèrent, muscles tendus, et elle se ploya soudain vers l'avant, ouvrant la bouche, et je sentis sa chaleur se répandre au creux de mes reins à l'instant précis où quelque chose montait en moi avant d'exploser, comme un torrent d'eau débordant d'un barrage qui serait venu tomber en cascade de lumière blanche jusqu'au plus creux du lit de ténèbres d'une rivière.

Bootsie était de ces êtres rares pour lesquels faire l'amour ne se terminait pas sur un acte particulier. Elle s'allongea à mon côté et caressa la marque blanche que je portais dans les cheveux, ma moustache, la cicatrice caoutchouteuse que je portais sur le haut de la poitrine, souvenir d'une balle de .38, le semis de meurtrissures d'un gris de plomb le long de ma cuisse droite, là où une mine m'avait peint de son nuage de lumière sur une piste de nuit aux abords d'un village pitoyable du Tiers Monde sentant la merde de canard et les dépouilles de buffles d'eau laissées à pourrir en plein air.

Je sentis sa main se poser au centre de ma poitrine.

– Dave, il y avait un homme dehors, ce matin, dit-elle.

– Quel homme ?

– Il était au bord du chemin et il regardait à travers les arbres en direction de la galerie. Quand j'ai ouvert la porte-moustiquaire, il est reparti sur ses pas.

– À quoi ressemblait-il ?

– Je n'ai pas pu voir son visage. Il portait une chemise bleue et un chapeau.

– Peut-être qu'il s'était simplement perdu.

– Notre nom et notre numéro sont inscrits sur la boîte aux lettres au bord du chemin. Pourquoi cherchait-il à voir ce qui se passait sous la galerie ?

– Je demanderai à Batist s'il a vu quelqu'un d'inhabituel qui traînait ses guêtres devant la maison.

Elle se leva du lit et commença à se rhabiller près de la fenêtre du fond. Les rideaux, d'une texture de gaze imprimée de minuscules fleurs roses, vinrent bruire sur l'arc de son dos quand elle enfila sa culotte.

– Pourquoi me regardes-tu comme ça ? dit-elle.

– Parce que, sans exagération, je peux dire que tu es l'une des plus belles femmes sur cette terre.

Elle sourit, et ses yeux se fermèrent puis s'ouvrirent d'une manière telle que je sentis mon cœur tomber dans un trou sans fond.

Un peu plus tard, je descendis au ponton aider Batist à nettoyer les tables après le passage de la foule du déjeuner. Près de la rampe à bateaux, cliquetant de métal surchauffé, s'était rangé un camion à plateau dont le toit de la cabine portait, soudés à demeure, d'énormes haut-parleurs en forme de cônes. Sur les portières, calligraphiés à la main en lettres coulées, on lisait les mots *Rev. Oswald Flat Ministries.*

Je me souvenais de ce nom, des années auparavant, lorsqu'il diffusait ses émissions de guérisseur des ondes sur la station XERF, un des émetteurs les plus puissants de tout l'hémisphère occidental, qui était sur la rive mexicaine du Rio Grande, juste en face de Del Rio, de sorte que les acheteurs de temps d'antenne n'étaient pas astreints à obéir aux réglementations de la FCC [1]. Pris en sandwich entre pubs pour oignons de tulipes, guano de chauve-souris, poussins, aphrodisiaques et adhésions pour toutes les associations imaginables, depuis l'Empire Invisible jusqu'aux Black Muslims, les sermons de Frère Oswald, ainsi qu'il se faisait appeler, déchiraient les ondes, moments délirants d'éloquence appalachienne haletante. Il lui arrivait de temps à autre de sombrer pratiquement dans l'hystérie, le souffle court comme s'il souffrait d'emphysème, le cœur au bord des lèvres, avant qu'il n'aspire brutalement une grande bouffée d'air par les narines et ne reprenne un nouveau monologue de quinze minutes, montagnes russes de mots et de phrases qui montaient en crescendo, de rugissements en éructations, à l'intensité implacable, avec un élan tel que les techniciens terminaient son sermon à sa place en y superposant une annonce publicitaire préenregistrée.

Lui et son épouse vêtue d'une robe en coton imprimée, des rouleaux de lard sous le menton, mangeaient un repas-barbecue à la seule et unique table de la boutique à appâts lorsque j'ouvris la porte-moustiquaire. Il devait faire plus de 30° dans la boutique, en dépit des ventilateurs de fenêtres en marche, mais Oswald Flat portait une chemise de travail en toile bleue à longues manches boutonnées aux poignets et un casque en liège d'où la sueur dégoulinait sur les deux côtés du crâne. Les yeux

1. La *Federal Communications Commission. (N.d.T.)*

étaient pâles derrière les lunettes aux verres sans monture, pâles comme l'eau qui coule sur les graviers de la rivière et liquides sous la chaleur, la nuque et les mains brûlées par le soleil, bistres comme un tabac à chiquer.

– V'là Dave qui arrive, lui dit Batist depuis son comptoir, l'air soulagé.

Il prit une boîte de limonade qu'il s'en alla déguster au-dehors, à l'un des enrouleurs de câble téléphonique faisant office de tables sous l'auvent qui ombrageait le ponton.

Les yeux de Flat prirent ma mesure, des pieds à la tête. Sa femme se mit à manger un Moon Pie, mastiquant bouche ouverte tandis que son regard s'en allait distraitement filer par la fenêtre en direction du bayou.

– Dirait bien qu'il est difficile de vous mettre la main dessus, dit-il.

– Pas vraiment. J'étais à la maison, un peu plus haut.

– J'aime pas aller embêter quelqu'un chez lui.

– Et en quoi pourrais-je vous être utile, monsieur ?

– J'appartiens au Comité des Citoyens pour une Meilleure Nouvelle-Orléans. Et je ne cherche pas d'excuse. La ville est une vraie chaise percée. Mais j'aime pas c'qu'on a fait à votre garçon de couleur.

– *Garçon* ?

Son accent de montagnard du Sud raclait et grinçait comme une corde à piano qu'on aurait passée dans le trou d'une boîte de conserve. Il sortit un cure-dents de sa pochette de chemise, l'engagea entre deux molaires et me mesura à nouveau de son regard pâle aux yeux sidérés.

– Z'êtes de ceux qui pincent le nez en l'air devant des mots qu'y z'aiment pas ?

– Batist est plus âgé que moi, révérend. Les gens par ici ne le traitent pas de garçon.

– Probable qu'il vieillira pas beaucoup si vous vous nettoyez pas les oreilles de toute la cire qui les bouche. Y'a quelque chose de bien méchant qui se passe par là-bas. Et j'aime pas ça.

Il agita la main d'un geste vague à l'adresse de l'horizon est.

– Vous voulez parler du *vigilante*.

– Peut-être bien. Peut-être aussi de queq' chose bien plus gros que ça.

– Je ne vous suis pas.

– Tout part en morceaux au cœur des choses. Je pense que ça a queq' chose à voir avec l'Antéchrist.

– L'Antéchrist ?

– Z'avez des trous de pic-vert dans le crâne ou quoi ?

– Je suis désolé, mais je n'ai aucune idée de ce dont vous voulez parler.

– Y'a des signes qui parlent, la façon dont les oiseaux volent en rond dans le ciel mort juste avant un orage. Vous aviez un président avec les nombres dans son nom.

Il gonfla les joues.

– Je peux dire que ça vous fait réfléchir, fils. Je sens le bois qui brûle.

– Quels nombres ?

– Ronald Wilson Reagan. 6-6-6. C'est écrit dans l'*Apocalypse*, vous le reconnaîtrez par les nombres de son nom. Je pense que l'heure est arrivée.

– Puis-je vous offrir autre chose ?

– Est-ce qu'y faut-y donc qu'on vous tape sur le crâne à coups de chevron pour obtenir votre attention ? dit-il.

– Arrête de parler à c't' homme de cette façon, Os, dit son épouse en ouvrant un nouveau Moon Pie, le regard indolent fixé sur les saules en train de ployer sous la brise.

– Ce gars de couleur tout là-bas, il est innocent, me dit-il. Ces meurtres, je me fiche bien si c'est des trafiquants de came qui se font tuer ou pas, mais y sont pas commis par quelqu'un qui est du côté de la justice. Les gens peuvent prétendre que c'est le cas, mais c'est pas vrai. Et ça, ça me tracasse profond. Et c'est la vraie vérité de Dieu, fils. Et c'est tout c'que ch'suis venu vous dire 'ci.

– Savez-vous quelque chose à propos de ces meurtres, révérend ?

– Vous serez le premier à être mis au courant quand ch'saurai queq' chose.

Il avait le visage dilaté, décoloré par la chaleur, à croire qu'on l'avait longuement fait pocher dans l'eau tiède.

Après leur départ dans leur camion à plateau, la nature exacte de leur mission demeurait pour moi toujours un mystère, et j'appelai la maison.

– Hé, Boots, je pars pour Lafayette. Je dois aller discuter avec un avocat, ensuite il faut que je ramène de la glace pour les glacières, dis-je. À propos, cet homme en chemise bleue que tu as vu... je crois que c'était lui dans la boutique. C'est un prêcheur radiophonique fondamentaliste. Je crois qu'il essaie de faire sa B.A., mais je ne vois pas laquelle.

– Pourquoi avait-il les yeux fixés sur la maison ?

– Je donne ma langue au chat. Il s'agit probablement d'un de ces mecs qui ont laissé leur bouillie de maïs un peu trop longtemps sur le feu. De toute manière, il m'a l'air bien inoffensif.

Si seulement j'avais mentionné son nom, ou le simple fait qu'il était là avec son épouse, ou qu'il était déjà âgé, ou encore qu'il était originaire des montagnes du Sud, une quelconque de ces précisions aurait fait toute la différence.

# Chapitre 6

Elle venait de se changer et avait enfilé short et sandales pour travailler au jardin lorsqu'il avait frappé à la porte-moustiquaire en façade. Il était vêtu d'une chemisette de coton bleu et d'un panama ceint d'un bandeau fleuri. Au physique, il était massif, sans la moindre parcelle de graisse sur le corps, le cou semblable à une souche d'arbre dont les épaisses racines seraient venues s'insérer au creux de ses larges épaules. Son pantalon de toile aux plis soigneusement marqués s'accrochait à sa taille fine et son ventre plat sans les marquer.

Mais ses yeux verts étaient timides, plissés de ridules quand il souriait. Il portait un sac en papier sous le bras.

– Je n'ai pas pu remettre ceci à votre mari, mais peut-être puis-je vous le donner, dit-il.

– Il sera là un peu plus tard, si vous voulez repasser.

– Je suis désolé, j'ai oublié de me présenter. Je m'appelle Will Buchalter. En fait, ceci est pour vous et la petite fille.

– Je ne suis pas tout à fait sûre de comprendre.

– C'est un cadeau. Des confiseries.

Il sortit la boîte en partie du sachet, enveloppée de papier satin et nouée d'un ruban.

– C'est très gentil de votre part, j'en suis sûre, mais il vaudrait peut-être mieux que vous repassiez lorsque Dave sera là.

– Il n'était pas dans mes intentions de vous créer le moindre embarras. Je me comporte parfois de manière stupide.

– Non, je n'ai pas voulu dire que vous étiez...

– Pourrais-je avoir un verre d'eau, s'il vous plaît ?

Il ôta son chapeau. Ses fins cheveux blonds étaient moites dans la chaleur.

Le regard de Bootsie passa par-dessus l'épaule de l'homme en direction du ponton, où elle voyait Batist en train de laver des filets de poisson dans une cuvette ensanglantée.

– Ou je peux tout simplement descendre jusqu'à la boutique à appâts, dit-il.

– Non, non, entrez. Je vais vous donner ça, dit-elle en lui ouvrant la moustiquaire. Dave m'a dit qu'il vous avait parlé un peu plus tôt ?

Il acquiesça, les yeux à nouveau tout en rides remplis de lumière et fixant le vague. Au retour de Bootsie de la cuisine, il était assis sur le canapé, en train d'examiner deux 78-tours qu'il avait pris des classeurs métalliques où je gardais ma collection de disques de jazz historiques.

– Oh, dit-elle. Ceux-là sont très rares. Il faut les manipuler avec précaution.

– Oui, je sais, dit-il. Celui-ci, c'est l'orchestre de Benny Goodman de 1933. Mais il y a de la poussière sur le bord. Voyez-vous, le côté ouvert de la pochette devrait toujours être tourné vers l'arrière de l'étagère.

Il glissa sa grosse main à l'intérieur d'une des pochettes et en sortit le disque.

– Je vous en prie, vous ne devriez pas faire cela.

– Ne vous en faites pas. Je possède moi-même une grosse collection, dit-il. Observez mes mains.

Vous voyez, je ne touche pas les sillons. Les empreintes digitales peuvent vous gâcher un disque, de la même manière qu'elles font rouiller le bleui d'une arme.

Il frotta délicatement le bord d'un morceau de kleenex avant de remettre précautionnement le disque dans sa pochette de papier. Il leva les yeux vers le visage de Bootsie.

– Je suis désolé. Je n'aurais pas dû les manipuler, dit-il, en tordant le buste sur place pour remettre les deux disques dans le classeur. Mais j'en ai des frissons partout chaque fois que je vois de la poussière sur un beau disque ancien. Et vous possédez quelques exemplaires magnifiques dans votre collection. Je donnerais n'importe quoi pour avoir ces Bix Beiderbecke et ces Bunk Johnson.

– Dave en fait la collection depuis le lycée. C'est pour ça que je suis toujours un peu nerveuse quand quelqu'un les prend en main.

Elle lui tendit le verre d'eau et resta là, debout devant lui.

– Bon. Je ne vais pas abuser de votre temps plus longtemps. Je voulais juste laisser ce petit cadeau et me présenter.

Il but une petite gorgée de son verre d'eau et plaça la boîte de friandises sur l'accoudoir du canapé.

– Avant que je ne parte, puis-je vous montrer quelque chose ? Cela me ferait très grand plaisir.

Les poils de ses avant-bras paraissaient aussi doux qu'un duvet doré sous le rai de soleil qui tombait par la fenêtre latérale. Il sortit un album relié de cuir argenté du sac en papier et le posa sur ses genoux.

– Cela ne prendra qu'une minute, dit-il.

– Je suis un peu en retard pour tout ce que j'ai à faire aujourd'hui.

– S'il vous plaît. Et ensuite, je ne vous embêterai plus.

– Bon, d'accord, mais rien qu'une minute, dit-elle.

Elle s'assit à côté de lui, jambes croisées, mains croisées sur les genoux.

– Je sais que M. Bimstine a parlé à Dave, mais malheureusement, ce n'est pas toujours un homme des plus sincères.

– Bimstine ?

– Oui, Hippo Bimstine. Il a parfois la manière pour dissimuler ses intentions véritables. Je crains que ce ne soit encore une caractéristique raciale qu'il a en partage avec quelques-uns de ses amis.

– Je ne parviens pas bien à faire le rapport. Et je ne suis pas non plus très sûre de ce que vous faites ici.

Il tapota délicatement des paumes la reliure en cuir argenté de son album.

– Je ne veux rien dire qui soit insultant pour quiconque, dit-il. Mais M. Bimstine ment sur la cause qu'il sert. Je doute qu'il ait dit à votre mari qu'il levait des fonds pour Israël.

– Vous feriez mieux de revenir plus tard et de discuter de tout ceci avec Dave.

– Vous vous méprenez. Je ne suis pas venu ici pour critiquer M. Bimstine. Je voulais simplement vous montrer la manière dont une escroquerie peut se créer.

Son pouce tourna quelques pages rigides de l'album jusqu'à s'arrêter sur deux photographies découpées dans un journal : des hommes en casquette et uniforme rayés de détenus, fixant l'objectif des yeux derrière des fils barbelés. Les visages n'étaient pas rasés, ils étaient hâves et maigres, le regard brillant de faim et de crainte.

– C'est censé être des Juifs dans un camp de concentration allemand en 1944. Mais regardez, madame Robicheaux – il passa à la page suivante –, voici les mêmes photographies telles qu'elles ont paru dans un journal polonais en 1936. C'étaient des détenus polonais, pas des prisonniers allemands. Tout ceci fait partie d'une entreprise d'intoxication perpétrée par les services de renseignements britanniques... Je suis désolé. Vous aurais-je mise mal à l'aise sur un point quelconque ?

– Je me suis méprise. Je vous ai pris pour quelqu'un d'autre, dit-elle en se remettant debout. Il faut que je parte, à présent.

– Où cela ?

– Ce ne sont pas vos... Allez-vous-en, s'il vous plaît.

Il se remit debout, le visage baissé vers celui de Bootsie, à quelques centimètres seulement de cette dernière. Pour la première fois, elle remarqua des points noirs, comme un semis de grains de poivre, au coin de chaque œil.

– Je voulais juste vous aider, dit-il. Vous apporter, à votre mari et à vous, quelques renseignements que vous ne possédiez pas. Et vous m'avez invité à entrer.

– Je vous ai pris pour quelqu'un d'autre, répéta-t-elle. Ce n'est pas votre faute. Mais je veux que vous partiez.

– J'aimerais vous aider, si vous le voulez bien.

– Je vais franchir le seuil de cette porte maintenant. Si vous ne partez pas, j'appelle...

– Qui donc ? Ce Noir en train de laver du poisson ? Je crois que vous êtes très tendue. Ce n'est pas la peine de vous mettre dans cet état, madame Robicheaux. Croyez-moi.

– Écartez-vous de mon chemin, je vous prie.

Il posa les deux mains sur ses épaules et fouilla son regard à la manière d'un amant.

– Quel effet cela vous fait-il ? demanda-t-il.

Il resserra les doigts en étau sur les muscles de Bootsie avant de les laisser glisser, centimètre par centimètre, dans son dos et sur ses flancs, écartant ainsi ses genoux tout en creusant les reins.

– Écartez-vous de moi, espèce de sale... dit-elle, noyée sous les relents du corps de l'homme, son haleine, le piquant nauséabond de son déodorant.

– Je ne voudrais aucunement vous faire de mal. Vous êtes une femme charmante, mais votre mari travaille pour les Juifs. Et maintenant, chut, chut. Je veux juste vous laisser un souvenir pour vous remémorer notre petit moment.

Ses bras encerclèrent sa taille, verrouillant sa main sur son poignet au creux de ses reins, avant de resserrer jusqu'à ce qu'elle crût que sa cage thoracique allait lâcher. Il la fit ployer en arrière, étouffant son corps sous le sien, avant de pousser la langue au profond de sa bouche. Il la tint ainsi un long moment et, ce faisant, referma une main en pince autour de son rein gauche, pareille à un étau de mécano en train de se resserrer sur une noix verte, et serra jusqu'à ce qu'elle eût devant les yeux une danse aux motifs jaunes et rouges et sentît l'urine couler de son short.

Elle s'assit en tailleur contre le mur, en larmes, le visage enfoui au creux des mains, tandis qu'il démarrait sa décapotable rouge dans l'allée, réglait son poste sur une station de radio et s'en repartait en marche arrière jusqu'à rejoindre le chemin de terre, sous les jeux de lumière mouchetée miroitant comme des paillettes sur le brillant ciré et poli de sa voiture.

# Chapitre 7

Il n'existait aucune trace écrite d'un Will Buchalter ni aux services de police municipale de New Iberia, ni aux services du shérif, ni auprès de la police d'État de Baton Rouge. Aucune agence de la paroisse ou de la municipalité à La Nouvelle-Orléans ne possédait le moindre dossier sur lui, pas plus que le Centre national d'Information criminelle à Washington, D.C. Qui plus est, Bootsie se révéla incapable de l'identifier à partir des clichés anthropométriques des services de police du shérif, paroisse d'Iberia.

Notre spécialiste des empreintes releva des séries presque parfaites sur le verre d'eau qu'avait utilisé l'homme se faisant appeler Will Buchalter, sur les pochettes de disques qu'il avait touchées, sur la boîte de confiseries qu'il avait laissée à son départ. Mais sans un suspect en détention ou des empreintes correspondantes déjà au fichier, ces relevés n'étaient pratiquement d'aucune utilité.

Subsistait en outre un autre problème, celui que découvrent maintes victimes d'agression sexuelle. Les crimes sexuels, ainsi que les définit notre système légal, tombent souvent en catégories arbitraires qui n'ont rien à voir avec la réalité et l'intensité de la douleur physique, l'humiliation et la blessure émotionnelle perpétrées sur la victime. Au mieux, nous ne serions probablement à même d'inculper l'homme qui se faisait appeler Will Buchalter que du simple délit de voies de fait, commises en des circonstances telles qu'un avocat de la défense vénal s'en pourlécherait les babines.

J'appelai Hippo Bimstine tôt le lendemain matin, puis je me rendis à La Nouvelle-Orléans où je le retrouvai à son domicile dans le district de Carollton près de la digue. Il était assis dans un fauteuil capitonné de velours rouge près de la baie, et il tripotait un cigare enveloppé de cellophane du diamètre d'une pièce de vingt-cinq *cents*. Il avait les cheveux mouillés, peignés de frais, partagés par le milieu d'une raie aussi nette qu'un trait à la règle. Son ventre débordait de sous le pantalon comme un oreiller. Accrochée au mur au-dessus du manteau de la cheminée se trouvait une photographie sous cadre doré de Hippo, de son épouse et de leurs neuf enfants, qui lui ressemblaient tous.

– Que dirais-tu de t'asseoir ? dit-il. Je ne me sens pas très à l'aise en compagnie d'un mec qui se comporte comme s'il venait de sortir de la gueule d'un canon il y a cinq minutes.

– Il te connaissait.

– Beaucoup de gens sont dans le même cas. Ce qui ne signifie pas que je les connaisse.

– Qui est-il, Hippo ?

– De toute évidence, un mec qui n'aime pas les Juifs. Qu'est-ce que je peux te dire d'autre ?

– Vaudrait mieux que tu arrêtes de me mener en bateau.

– Que dirais-tu d'un Dr Pepper ou d'une petite graine ? Écoute, tu crois que je cafte et que j'entube mes amis ? C'est bien ce que tu es en train de me dire, je t'ai monté le coup pour qu'une raclure pénètre chez toi et moleste ton épouse ?

– Il a dit que tu levais des fonds pour Israël.

– Alors c'est qu'il a la tête farcie de conneries. Je suis homme d'affaires, et je suis américain. Et le mot important, c'est *américain*. J'aime cette ville et je m'en préoccupe. Je me préoccupe de cette nation. Tu m'amènes ce salopard de nazi, et je te l'efface pour toi.

– Comment sais-tu qu'il s'agit d'un nazi ?

– Pas difficile à deviner.

– Qu'est-ce qu'il y a dans ce sous-marin ?

– De l'eau de mer et des Boches morts. Seigneur Jésus, qu'est-ce que j'en sais, de ce qu'il y a là-bas ? Comme si je plongeais dans les sous-marins allemands.

Il me regarda un long moment, commença à déballer son cigare, puis le laissa retomber sur la table basse avant de tourner ses regards vers un chêne solitaire tendu de mousse dans son jardin en façade.

– Je suis désolé de ce que ce mec a fait à ta femme. Mais je ne sais pas qui c'est. D'un autre côté, il existe peut-être bien plus de mecs dans son genre que tu ne veux bien le croire, Dave. Viens avec moi.

Je le suivis à l'intérieur de sa maison, bâtie dans les années 1870, avec parquets de chêne, escaliers en spirale, hauts plafonds, et fenêtres énormes surmontées d'un vitrail en cintre. Nous traversâmes son arrière-cour ombragée d'arbres et fermée de murs de briques, longeant une piscine à la surface d'un vert chimique où flottaient des îlots de feuilles mortes de chênes, jusqu'à un petit bureau en stuc blanc au toit de tuiles bleues, presque entièrement masqué par un bosquet de bananiers. Il se servit d'une clé de son trousseau pour déverrouiller la porte.

Sur tout le mobilier de la pièce, s'entassaient des boîtes de documents et de dossiers, les tableaux de liège aux murs étaient couverts de liasses de feuilles épinglées, coupures de journaux, photographies jaunies aux bords cornés, sorties d'imprimantes pleines de noms, numéros de téléphone, adresses privées et professionnelles. La pièce était presque glacée par le climatiseur installé dans la fenêtre.

Je fixai les yeux sur une photographie 20 × 30 punaisée au milieu du tableau de liège. J'y vis un groupe d'enfants âgés de cinq à huit ans, qui avaient remonté les manches de leur veste pour dégager l'avant-bras droit et montrer ainsi les numéros matricules qu'ils portaient tatoués sur la peau.

– Ces gamins te donnent l'impression de faire partie d'un canular, Dave ? dit-il.

– Qu'est-ce qui se passe, collègue ?

Il ne répondit pas. Il s'assit à son bureau, ses fesses massives s'étalant à la surface du fauteuil tandis que sa tête énorme s'affaissait au creux des épaules comme une citrouille, et mit en marche ordinateur et écran. Je le regardai taper le nom *Buchalter* sur le clavier puis l'entrer dans la machine. Une seconde plus tard, un fichier jaillit sur l'écran bleu. Hippo tapota une touche qui fit défiler l'écran comme un film au passage d'un projecteur. Il étudia chacune des entrées en plissant les yeux.

– Jette un coup d'œil, dit-il. J'ai une demi-douzaine de Buchalter ici, mais aucun d'eux ne paraît correspondre à ton homme. Tous ces mecs sont trop vieux, ou alors ils sont en prison ou morts.

– Qu'est-ce que c'est que tout ça ?

– J'appartiens à un groupe de gens qui disposent d'un réseau. Nous gardons l'œil ouvert sur les mecs qui aimeraient voir plus de fours, de projecteurs et de miradors dans le monde – le Klan, le Parti nazi américain, la Nation aryenne, les skinheads sur la côte, un paquet de torche-culs répondant au nom d'Identité chrétienne à Hayden Lake dans l'Idaho.

Ils ne se contentent plus de cracher leur jus de chique Red Man aujourd'hui. Ils sont organisés, ils se connaissent tous entre eux et ils ont un programme, ils aimeraient transformer en pains de savon tous ceux avec lesquels ils sont en désaccord. Pas uniquement les Juifs. Des gens comme toi feraient aussi l'affaire.

– Essaie une autre orthographe, dis-je.

– Non. Je pense que nous avons la bonne orthographe, c'est juste que ce n'est pas la bonne génération. Je vais te donner une leçon d'histoire. Regarde ça.

Il tapa à nouveau sur la touche qui faisait défiler l'écran, puis s'arrêta au nom *Buchalter Jon Matthew*.

– Tu as déjà entendu parler de l'Alliance américano-allemande ?

– Ouais. Il s'agissait d'un mouvement fasciste des années trente. Ils ont tenu des rassemblements au Madison Square Garden.

– C'est exact. Et l'un des rejetons de l'Alliance était un groupe appelé les Chemises d'Argent. L'un de ses fondateurs était ce mec, Jon Matthew Buchalter. Il a été envoyé en prison fédérale pour trahison et il en est sorti en 1956, juste à temps pour mourir d'un cancer du foie.

– Alors ?

– Il venait de Grand Isle.

– Alors peut-être que le mec qui est venu chez moi lui est apparenté ?

Il éteignit son ordinateur et se retourna dans son fauteuil pour me faire face. Sa tête tomba au creux de son cou et ses bajoues s'étalèrent comme le fond d'un ballon de basket dégonflé.

– Je n'ai pas de réponses à te donner, dit-il. Parfois, je me demande si je ne suis pas devenu un peu fêlé. Combien de gens iraient garder une nichée de malfaisants comme ceux-là dans leur arrière-cour ?

Je le regardai droit dans les yeux.

– Je ne veux pas t'offenser, Hippo, mais je ne pense pas que tu aies été parfaitement réglo avec moi. Y a-t-il quelque chose que tu ne m'aies pas dit à propos de ce sous-marin ?

– Hé, l'heure du flash-back, Dave. C'est toi qui *m*'as parlé du sous-marin, tu te souviens ? C'est avec *moi* que tu as marchandé pour tes honoraires. Tu crois que j'ai des secrets, que je vis dans un monde privé ? Tu peux parier ta chemise, y'a intérêt. Les barreaux aux fenêtres de ma maison, le système de sécurité électronique, les flics de location que j'engage pour veiller sur mes gamins, tu crois que j'ai tout ça parce que je me fais de la bile pour un paquet de mecs de couleur de Magazine qui voudraient se tailler avec mon mobilier de jardin ? Tu vis dans la Nouvelle-Jérusalem, Dave. Et c'est l'an 0 ; c'est eux contre nous. Et nous réussirons, ou pas.

– Je ne suis pas sûr de bien comprendre ce que tu dis, Hippo. Et je ne suis pas sûr de le vouloir, d'ailleurs. Ça me paraît un peu messianique.

Il avait le visage empourpré, le col flétri comme un papier mouillé autour de son cou épais.

– Retourne donc à la vente de tes vers de terre, Dave, dit-il. Si ce mec revient traîner autour de chez toi, rends donc service à la terre entière, fourre-lui le canon d'une arme dans la bouche et fais-lui sauter sa putain de tête. Et maintenant, laisse-moi tranquille, tu veux bien ? Je ne me sens pas très bien. J'ai assez de tension pour faire sauter les soupapes d'un moteur de camion.

Il s'essuya la bouche de la main. Ses lèvres étaient violacées dans la pénombre réfrigérée de son bureau. Il fixa les yeux sur une collection d'articles et clichés de presse punaisés à son tableau de liège comme si son regard était à même de pénétrer le grain noir et blanc du papier, à croire que c'était peut-être lui en personne qu'on avait tiré de l'intérieur d'une photographie, au milieu d'un univers de wagons de marchandises venant lentement s'arrêter près d'un portail en fil de fer barbelé béant comme une gueule affamée, sous les aboiements des chiens, à la lueur si brutale des projecteurs que les yeux s'emplissaient de larmes, tandis que les files des nouveaux arrivants s'avançaient en silhouettes vers des bâtiments aux cheminées coniques qui disparaissaient, noyées dans leur propre fumée.

Ou me faisais-je moi-même une idée trop complexe d'un obèse retors aux talents d'histrion dont le drame qu'il s'était fabriqué de toutes pièces avait fait sortir par accident un misanthrope égaré de ses bois ?

Il était difficile d'avaler l'idée que, d'une certaine manière, la Seconde Guerre mondiale était encore à l'affiche du Bijou [1] à La Nouvelle-Orléans, en Louisiane.

Je le laissai dans son bureau et ressortis dans la lumière. La chaleur me fit l'effet d'une flamme d'allumette sur ma peau.

– Ça me paraît profondément bizarre, dit Clete en mordant son sandwich-torpille dans une petite épicerie près d'Audubon Park, dont le propriétaire gardait des tables pour les ouvriers qui venaient déjeuner. Mais peut-être qu'on vit juste une époque bizarre. Ce n'est pas comme dans le temps.

– Tu crois à ces trucs d'Alliance américaine ?

– Non. Ce qui me tracasse, c'est la manière dont les gens réfléchissent de nos jours. Comme ce numéro sur les *vigilantes* et le Comité des Citoyens

1. Nom plus ou moins générique des cinémas encore aujourd'hui. (*N.d.T.*)

pour une Meilleure Nouvelle-Orléans. Tu savais que Bimstine et Tommy Lonighan en font partie tous les deux ?

– Non. Quand est-ce que Lonighan est devenu rotarien ?

– La loi-et-l'ordre et le vice bien dirigé peuvent aller de pair comme larrons en foire. Les invités d'une Convention en quête d'une petite pipe n'aiment pas se faire entauler ou escroquer par des arnaqueurs au petit pied. Savais-tu que Lucinda Bergeron faisait office d'agent de liaison entre la police de La Nouvelle-Orléans et le Comité ?

Il mastiquait lentement en surveillant mon visage. Au-dehors, le vent soufflait et déchirait la marquise de chênes à larges ramures le long de St. Charles.

– Et ensuite ce prêcheur dont la tête brille dans le noir se pointe à ton ponton et t'annonce qu'il fait partie de la même équipe. Tu vois des modèles qui commencent à se dessiner, mon preux chevalier ? dit-il.

– Je ne vois pas ce que tout ça a à voir avec le mec qui a fait du mal à Bootsie.

– Peut-être rien du tout.

Il observa le tramway qui glissait sur ses rails avant de s'arrêter au coin. Il était chargé d'hommes d'affaires japonais. En dépit de la température, ils portaient tous des complets bleu foncé, des cravates et des chemises à longues manches.

– Si j'étais du genre à me faire du souci, tu sais ce qui me tracasserait le plus ? Ce n'est pas le crack ou les petits loubards noirs des quartiers pauvres. Mais un sentiment que j'ai et qui concerne les gens normaux, comme si ça ne les dérangeait pas d'essayer de jouer le coup de manière différente pendant un moment.

– Qu'est-ce que tu veux dire ?

– Peut-être que je me trompe, mais si demain matin, je devais me réveiller pour lire dans le *Times-*

*Picayune* qu'une élection venait d'avoir lieu et qu'il était désormais légal de faire passer les raclures au broyeur à végétaux, tu vois, le genre d'appareil qu'utilisent les jardiniers du parc pour transformer les branches de chênes en copeaux de bois, eh bien, ça ne me surprendrait pas plus que ça.

– As-tu jamais entendu parler de quiconque dans cette ville dont le signalement corresponde à celui de ce Buchalter ?

– Non. Mais j'ai ma petite théorie ; en tout cas, c'est quelque chose qu'on peut vérifier. Il est étranger à la ville. Il est allé jusque chez toi pour te secouer les puces. Exact ? Il ne semble pas qu'il y ait de lien directement apparent entre notre homme et un quelconque de nos paquets de merde locaux avec lesquels on aurait pu avoir des ennuis. D'accord ? Qu'est-ce que tout ça te suggère, Belle-Mèche ?

– Un de nos affranchis résidents qui utiliserait du personnel d'appoint étranger à la ville pour faire passer un message.

– Et à qui vient-on tout récemment de tirer le poireau ? Ça ne peut pas nous faire de mal d'avoir à nouveau une petite conversation avec Tommy Bobalouba, pas vrai ?

– Je pensais qu'il t'assurait ta gamelle-déjeuner, au moins en partie.

– Plus maintenant. Je n'ai pas aimé la manière dont il s'est comporté devant Martina. Tu sors un connard d'Irlandais des rues du Channel, tu le colles dans une maison de huit cent mille dollars près du lac Pontchartrain, et qu'est-ce que tu as ? Un connard d'Irlandais des rues avec une maison de huit cent mille dollars près du lac Pontchartrain. Qu'est-ce que tu dirais si on s'offrait une petite fiesta ?

– Je suis en congé, et je ne suis pas dans ma juridiction.

– Qui s'en soucie ? Si le mec a le nez propre, ce n'est pas bien méchant. S'il ne l'a pas, rien à branler de toutes ces foutaises de procédure. On lui brouille ses œufs.

La caissière tourna les yeux dans notre direction, puis mit en marche le ventilateur sur pied, de sorte que notre conversation se trouva soufflée par la porte ouverte, loin des autres clients.

– Laisse-moi d'abord appeler chez moi, dis-je.

– Ça va si mal ?

Je haussai les épaules. Il examina mon visage.

– T'as dormi combien d'heures la nuit dernière ? demanda-t-il.

– Suffisamment.

– C'est que t'arriverais à me rouler.

– Tu veux aller chez Lonighan ou pas ?

Il y eut un temps d'arrêt dans ses yeux, une belle perle de lumière. Il arrondit les lèvres en forme de bouton et se gratta la joue d'un ongle.

Lonighan habitait à courte distance du yacht-club dans une résidence imitation Tudor bâtie par un baron de la bière de La Nouvelle-Orléans dans les années 1920. La propriété était entourée par un haut mur de brique avec, en façade, une grille de sécurité aux fers en épieux, encadrée d'épais massifs de bananiers ouvrant sur une allée à voitures en virages qui longeait une piscine fermée de moustiquaires et des courts de tennis à la terre battue jonchée de feuilles éparpillées. Nous rangeâmes le camion et Clete poussa le bouton du haut-parleur près de la grille.

– Qui est-ce ? dit une voix au sortir de la boîte.

– Clete Purcel. Est-ce que Tommy est à la maison ?

– Il est à son gymnase. Tu veux repasser plus tard ou laisser un message ?

– Qui sont tous ces gens dans la piscine ?

– Des invités. Laisse juste un message, Clete. Je le lui donnerai.

– Quand sera-t-il de retour ?

– Il va, il vient, qu'est-ce que j'en sais ? Laisse juste un message, bordel, tu veux bien ?

– Voici le message, Art. Je n'aime pas parler à une boîte.

– Je suis désolé, j'arrive. Hé, Clete, je suis juste qu'un employé, d'accord ?

Un instant plus tard, le dénommé Art descendait l'allée à voitures, une paire de cisailles à haie à la main. Il était torse nu, tout en sueur, vêtu d'un short blanc taché d'herbe, avec aux pieds des sandales qui claquaient à chaque pas.

– Ouvre, dit Clete.

– Tu me mets dans une mauvaise posture, mec. Pourquoi a-t-il fallu que tu mettes Tommy de mauvaise humeur ?

– Je ne lui ai rien fait, à Tommy.

– Va donc le lui dire. Seigneur, Clete, tu sais le genre de mec que c'est. Comment tu crois qu'y se sent quand y se fait rembarrer par une nana en public ?

– Tu vas ouvrir ?

– Non.

– Tu commences à me les gonfler, Art.

– Qu'est-ce que tu veux que je te dise ? Attendez dans votre camion, tous les deux, et je vous ferai porter des sandwichs et des boissons. Et lâche-moi un peu, d'accord ?

Il s'en retourna vers la maison. Les nageurs quittaient la piscine fermée, à la recherche d'une zone ombragée sous les arbres où étaient disposés fauteuils de jardin, table à boissons et barbecue fumant. La peau autour des yeux de Clete se plissa.

– T’as toujours tes jumelles ? demanda-t-il.

– Dans la boîte à gants.

Il alla jusqu’au camion et revint à la grille. Il mit au point mes jumelles de campagne japonaises datant de la Seconde Guerre mondiale à travers les barreaux et examina les gens installés à l’ombre.

– Vise-moi un peu ça, *mon*, dit-il en me tendant les jumelles.

Une femme était allongée sur une chaise longue, un journal sur le visage. Une autre, plus âgée que la première, le corps épais, la poitrine lourde, la peau hâlée presque couleur d’acajou, était debout sur la pelouse, pieds largement écartés, et, un pied après l’autre, se touchait les orteils de la main opposée, sous les cascades de cheveux blond cendré qui roulaient sur ses épaules à chaque mouvement. Une troisième femme, la chevelure teinte en roux, qui n’avait guère plus de vingt ou vingt et un ans, était penchée au-dessus d’un miroir de poche, une paille courte accolée à une narine, l’autre narine fermée d’un index. Assis de part et d’autre se trouvaient deux hommes entre deux âges, le corps épais, bruni par le soleil, un slip fluo mouillé collant aux génitoires, dos et poitrine barrés de filets de poils noirs et gris. Le visage de l’un d’eux était semé de fines traces de tissu cicatriciel comme s’il venait de traverser un réseau de toiles d’araignées d’un brun rougeâtre.

– Quand est-ce que Tommy Les-Yeux-Bleus s’est acoquiné avec les Calucci ? dit Clete. Ils se sont toujours détestés.

– Les affaires sont les affaires.

– Ouais, mais les Irlandais l’ont toujours pris de haut avec les têtes d’huile. Ils ne se rendaient pas de visites de courtoisie.

Il me reprit les jumelles des mains et regarda à travers les barreaux.

– Si t'es d'avis que Bobo et Max sont des tarés, reluque un peu le matou qui retourne les steaks sur le grill.

Un homme qui devait bien mesurer 1,95 m était sorti par la porte du côté pignon de la maison, chargé d'un plateau de viande. Il avait le visage plat d'un Indien, une bouche maussade, des yeux boueux, largement écartés, qui ne cillaient ni ne clignaient à la fumée qui montait du barbecue. Il avait les cheveux d'un noir d'encre, fraîchement coupés, qui ressemblaient à une perruque en brosse collée sur une pierre ocre.

– Tout ce qui lui manque, à ce mec, c'est des orifices de branchement d'électrodes sur les tempes, dit Clete.

– Je ne pense pas que tout ceci nous mène où que ce soit, dis-je. Je ferais probablement tout aussi bien de reprendre la route de New Iberia.

Ses yeux verts s'égarèrent sur mon visage.

– Tu penses que Bootsie n'est pas capable de tenir le coup ? demanda-t-il.

– Comment le saurais-je, Clete ? Il l'a humiliée, il lui a enfoncé la langue dans la bouche, il lui a laissé des meurtrissures au niveau des reins, qui auraient pu être faites par une paire de pinces.

Il acquiesça et resta un moment sans rien dire. Avant de reprendre :

– La blonde en plein exercice d'aérobic, c'est la régulière de Tommy quand bobonne a quitté la ville. Non, elle est plus que ça, il a vraiment la trique pour elle. Crois-moi, Tommy et ce bout de tuyau de chauffage qui lui sert de biroute ne sont pas bien loin. Dave, regarde-moi. Tu as ma parole, je vais le faire sortir de son trou, ce mec Buchalter. Si tu n'es pas dans le coin, je te laisserai un polaroïd, et tu pourras le brûler.

Il continua à me dévisager, puis il ajouta :

– Je me fais du souci pour toi, preux chevalier.

– Quel est le problème ?

– T'as l'air complètement déjanté, voilà le problème.

– Et alors ?

– T'as une manière bien particulière de faire voler des merdes de première dans le ventilo. Et ça gicle partout. Voilà ce qu'il y a.

– Qui ça ? *Moi* ?

– Va jusqu'au coin et appelle Bootsie. Ensuite on se donne encore une heure. Si Tommy n'est pas de retour d'ici là, on raccroche.

Nous attendîmes dans le camion une heure encore, mais Tommy Lonighan ne revint pas. Le métal de mon tableau de bord me brûla les mains lorsque je le touchai, l'air était chargé d'odeurs de sel et d'insectes d'eau morts dans les ruisseaux. Je démarrai le moteur.

– Attends une minute. Ils sortent. Ne perdons pas une belle occasion, *mon*, dit Clete.

La grille électronique s'ouvrit automatiquement, et les frères Calucci, dans une décapotable Cadillac bleu ciel, les deux jeunes femmes sur la banquette arrière, sortirent de l'ombre des arbres pour apparaître à la lumière. Max Calucci, le conducteur, et l'une des femmes à l'arrière se disputaient furieusement. Max écrasa les freins, basculant brutalement les passagers vers l'avant, et se retourna sur son siège en cuir en poignardant l'air d'un doigt à l'adresse de la femme. La femme – celle qui se tirait des lignes à la paille un peu plus tôt –, en short et talons hauts, escalada la banquette et sortit de la voiture en raclant le flanc de la Cadillac d'une longue estafilade qui laissa un copeau de peinture.

Max sortit de la voiture et frappa la femme en plein visage, du plat de la main. Il la frappa si fort qu'une barrette tenant les cheveux roux laqués vola au sol. Puis il la gifla sur l'oreille. Elle pressa les paumes des mains contre son visage et se mit à pleurer.

Aucun d'eux ne nous avait vus approcher, jusqu'à ce que nous soyons à moins d'un mètre cinquante de leur voiture.

– Vaudrait mieux y aller mollo, Max. Les gens pourraient se mettre à penser que tu agresses les femmes, dit Clete.

– Qu'est-ce que tu fais ici, *toi* ? dit Max.

Il était chauve sur le milieu du crâne, et des gouttes de sueur de la taille de petits plombs luisaient dans ses épais sourcils sombres. De près, les cicatrices qu'il portait au visage et au cou ressemblaient à des entrelacs de maillons d'une fine chaînette brun rougeâtre.

– Art ne t'a pas dit que nous étions ici dehors ? dit Clete. C'est pour ça que tu ne nous as pas invités à entrer ?

– Tu m'as pris en traître l'autre soir, Purcel. Ce n'est pas terminé, nous deux. Vaudrait mieux que tu te bouges ton gros cul d'ici, dit Max.

– Vous connaîtriez pas un gus du nom de Will Buchalter ? Belle-Mèche ici présent aimerait vraiment beaucoup avoir une petite discussion avec lui, dit Clete.

– Non, je ne le connais pas. Et maintenant, fichez le camp d'ici...

Il s'arrêta et leva le doigt à la figure de la rousse aux cheveux teints.

– Et *toi*, tu remontes dans la voiture. Tu vas me polir cette rayure jusqu'à la faire disparaître, même si tu dois faire ça avec ta moule. Tu m'as entendu ? Bouge ton lard ! Et tu n'ouvres plus non plus ton clapet, sauf si je veux fourrer quelque chose à l'intérieur.

Il posa la main sur la nuque de la femme, serra et tordit le cou direction la voiture. La fille avait des larmes qui lui coulaient sur le visage.

La pelle était posée en appui contre le mur de brique au milieu de quelques rosiers. C'était une pelle à panne large, au dos arrondi, avec un long manche en bois patiné par l'usage. Max Calucci ne me vit pas lorsque je m'en saisis. Pas plus qu'il ne me vit la balancer, en arc de cercle, avec prise d'élan à deux mains loin derrière moi, comme j'aurais pu le faire d'une batte de base-ball, avant d'entendre la panne déchirer l'air. Mais il était trop tard. Le métal cogna en ricochet sur le coude et toucha la cage thoracique avec un bruit sourd en pliant Max en deux à l'impact. Je vis sa bouche s'ouvrir, mâchoire béante, et une douleur jaillir à ses yeux, d'une intensité telle qu'il n'existait pas vraiment de mots pour qu'il pût l'exprimer.

Puis je retournai la pelle dans mes mains et lui remontai la panne en pleine figure, à la manière dont on frapperait un adversaire de la pointe d'un bâton. Je le vis tomber en arrière sur l'herbe, les genoux remontés devant lui, le visage exsangue sous le choc, la bouche en anneau écarlate d'incrédulité. J'entendis un bruit de pas de course sur l'allée, Bobo Calucci en train de jouer de l'avertisseur, des deux mains, en désespoir de cause, et je vis Clete se planter debout devant moi et me repousser des paumes de ses mains, les aisselles détrempées par la transpiration, la sangle de son étui d'épaule en nylon mordant un téton.

– Pour l'amour du Ciel, arrête, Dave, tu vas le tuer, ce mec ! disait-il. Est-ce que tu m'entends ? Laisse filer, Belle-Mèche. Ce n'est pas le mec qui nous intéresse.

Puis ses grosses mains glissèrent jusqu'au manche de la pelle qu'elles tordirent pour le dégager de ma prise, son visage de tourtière irlandaise à cinq centimètres du mien, les yeux pleins de pitié et d'un amour effrayé et sans fard.

## Chapitre 8

Ce soir-là, tout à côté de Bootsie dans notre lit, je ne lui parlai pas de l'incident avec les frères Calucci. Même si j'appartenais aux Alcooliques Anonymes depuis des années et même si, d'une manière ou d'une autre, j'avais franchi les douze étapes du programme et essayé de les incorporer à ma vie, je n'étais jamais parvenu à un bien grand degré de connaissance de moi-même – sinon que j'étais un ivrogne –, pas plus que je n'avais été capable, à aucun moment, d'cxpliquer mon comportement et la manière dont je réfléchissais – ou ne réfléchissais pas – aux gens normaux.

Je voulais toujours me convaincre que ces moments de furie furieuse, qui m'affectaient presque comme un grand trou noir d'alcoolique, étaient dus à une cause légitime, qu'on m'avait fait grand tort, à moi ou à l'un de mes proches, que l'objet de ma colère et de ma poussée d'adrénaline n'était pas venu s'engouffrer dans ma tanière par simple coïncidence.

Mais j'avais connu trop de flics qui pensaient selon les mêmes termes. D'une manière ou d'une autre, il existait toujours une justification pour la fléchette Taser, la giclée de Mace droit dans les yeux, la matraque d'acier qui venait fouetter les tibias ou l'arrière des cuisses.

Il est tentant d'en rendre le boulot responsable, cette routine du quotidien, conflictuelle, toujours à la limite de la rupture, qui peut commencer comme un ulcère qui éclate dans l'estomac, les juges, les commissions de conditionnelle qui vous recyclent les psychopathes en les réexpédiant dans la rue plus rapidement qu'on ne peut clore leur dossier. Mais parfois, en un moment d'honnêteté, une conclusion déplaisante se fait jour en se frayant un chemin à travers toute la rhétorique de l'autosatisfait, à savoir que l'on se voit tiré et attiré vers ce monde de cette même manière que certains êtres sont attirés par la forme protéenne et la texture du feu, au point qu'il leur faut glisser la main à travers sa caresse.

Je me souviens d'un maton d'Angola, blanchi sous le harnais, qui avait passé quarante-sept ans de sa vie à mener son troupeau de détenus sous la houlette de son calibre 12 à double canon sur la levée du Mississippi. Au cours de toutes ces années, il avait tué quatre hommes et il en avait blessé une demi-douzaine d'autres. La cirrhose lui avait dévoré le foie; le côté droit de sa poitrine était en creux, séquelles du poumon cancéreux qu'on lui avait ôté. À ma connaissance, il n'avait pas de parents avec lesquels rester en contact, pas de femme dans sa vie, à l'exception d'une prostituée à Opelousas. Je lui demandai les raisons qui l'avaient amené à faire carrière comme maton armé.

Il réfléchit un moment à la question, avant de tremper l'extrémité de son cigare dans son verre à whiskey et de le mettre à la bouche.

– C'était moi ou eux, je dirais, répondit-il.

– Je vous demande pardon?

– Je me suis dit que vu le genre de gars que j'étais, d'une manière ou d'une autre, j'allais faire de la taule. Valait mieux faire ça sur les hauteurs, à dos de cheval, que par terre, en compagnie d'un paquet de Négros en train de couper la canne à sucre.

Je ne parlais pas à Bootsie des Calucci, pas plus que je ne lui fis remarquer l'odeur de bourbon qu'elle amena avec elle au lit ce soir-là. Je m'endormis, la main sur son dos. Vers 1 heure du matin, je sentis son poids libérer le matelas. Je l'entendis se rendre à la cuisine pieds nus, ouvrir un placard sans allumer la lumière et faire tinter une bouteille contre un verre. Quelques instants plus tard, elle était dans la salle de bains en train de se brosser les dents.

Elle buvait rarement et son organisme tolérait très mal l'alcool. Le lendemain matin, elle passa près de quinze minutes sous la douche, puis elle prit une aspirine avec son café et bavarda d'une voix enjouée à la table du petit déjeuner, pendant un long moment, avant que son visage ne finît par blêmir et qu'elle ne posât le front au creux de sa paume.

Je passai derrière sa chaise et lui massai cou et épaules.

– Parfois, c'est difficile à accepter, Boots, mais il n'y a aucune raison d'éprouver de la honte lorsqu'on doit céder à une force physique supérieure à la sienne, dis-je. Pas plus qu'on ne devrait se sentir honteux d'attraper la grippe ou d'être défait par l'attaque d'un animal sauvage.

– Je sens toujours son odeur, sa langue dans ma bouche, dit-elle. D'une certaine manière, j'ai l'impression que je l'ai autorisé à le faire.

– C'est ce que ressentent toutes les victimes. Nous ouvrons notre porte à la mauvaise personne, à la suite de quoi nous sommes convaincus sans trop savoir pourquoi que d'avoir ainsi exprimé notre confiance signifie que nous sommes faibles et complices. Tu n'as rien fait de mal, Boots. Tu ne dois plus voir les choses en ces termes.

Mais ce genre de conseil, en ce genre de circonstance, revient à dire à celui qui a été frappé d'une maladie mentale de se lever de son lit de malade et de marcher.

J'éteignis le gruau sur le feu, fis la vaisselle, rangeai tasses et sous-tasses et emmenai Bootsie prendre un brunch à Lafayette, sur la rivière Vermilion. Lorsque je me rendis aux toilettes, elle rappela le serveur à sa table et commanda une vodka-collins. Le repas terminé, nous sortîmes sur le pont surplombant l'eau et regardâmes le spectacle de quelques gamins faisant du ski nautique. Le soleil était blanc, haut dans le ciel, l'air entrecoupé de relents de fumée de diesel que lâchaient les camions de passage sur le pont en béton. En contrebas, dans le courant boueux, la dépouille d'une aigrette blanche, morte, flottait au milieu d'un îlot de brindilles et de feuilles de camélias arrachées. L'aigrette avait l'aile brisée et, au-dessus d'un œil, brillait le reflet cuivré d'un plomb enchâssé dans ses plumes.

– Oh ! dit Bootsie avant de relâcher son souffle.

Elle se détourna de la rambarde et ajouta :

– Il faudrait peut-être qu'on y aille, Dave. Je vais t'écouter et me tenir à l'écart du soleil. Je sais que je me suis montrée terriblement imprudente à cet égard. Et c'est mal d'obliger les autres à se faire du souci pour soi, pas vrai ? Je ne vais pas me laisser aller à l'imprudence, je te le promets.

Elle avait le regard brillant et résolu, à croire qu'elle était en train d'assembler les propositions d'un syllogisme qui, d'une manière ou d'une autre, allait résoudre un problème particulier de manière définitive. Elle retraversa tout le restaurant et sortit par la porte en façade sans m'attendre.

À notre retour à la maison, le téléphone sonnait dans la cuisine. Bootsie alla dans la chambre, enclencha le ventilateur de la fenêtre, et s'étendit sur le lit, un bras sur les yeux.

– Allô ? dis-je dans le combiné.

– C'est m'sieur Robicheaux ?

– Oui.

– Comment que ça se fait que z'avez pas aidé ma manman ?

– Excusez-moi ?

– Al vous a aidé, pas vrai ? Comment que ça se fait que l'avez pas aidée ?

– Qui est à l'appareil ?

– Zoot Bergeron.

Mais le ton de la voix s'était fait moins agressif et moins assuré.

– Ma manman, al dit que M. Baxter va la virer si y arrive.

– Tu es le fils de Lucinda ?

– Oui, m'sieur.

Il essaya alors de prendre une voix plus grave.

– Ouais, c't'exact.

– Quel âge as-tu, *podna* ?

– Dix-sept. J'ai dix-sept ans.

En fond sonore, j'entendais des échos, comme des éclats de voix dans un lieu public, de gens en train de crier les uns sur les autres, des claquements, comme un cuir frappant un autre cuir.

– Ta mère sait-elle que tu me téléphones ?

– Al vous a dit des trucs et vous les avez redits à M. Baxter. C'est pas juste qu'al a des ennuis pasque z'êtes allé raconter ce que z'aviez pas à dire.

*Oh seigneur*, me dis-je, *cette histoire de mutilations sur les autres victimes d'homicide.*

– J'en parlerai moi-même à ta mère, dis-je.

J'entendis presque son souffle se bloquer comme un déclic dans sa gorge.

– Ça servira à rien. Je peux vous dire qui c'est, les *vigilantes*. Comme ça, après, vous et ma manman, vous pourrez les arrêter.

– Oh ? Et pourquoi ne te contentes-tu pas de le lui dire ?

– Pasqu'al va pas me croire.

– Je vois.

– Vous venez jusqu'ici ?

– Et ce serait où ?

– Le gymnase. Au centre sportif de M. Lonighan. Vous savez où que c'est ?

– Qu'est-ce que tu fabriques à traîner autour de Tommy Lonighan, collègue ?

– Je boxe ici et je passe le balai le soir. Vous venez ?

– Je vais y réfléchir.

J'entendis quelqu'un qui démarrait un *rat-a-tat-tat* au punching-ball.

– Z'allez lui dire, à ma mère, que j'ai appelé ?

– C'est comment ton nom, déjà ?

– Zoot.

– Ça, c'est un chouette nom. Non, je ne vais pas répéter à ta mère que tu as appelé. Mais écoute bien ce que je vais te dire, maintenant. Ne va pas raconter à d'autres que tu sais quelque chose sur les *vigilantes*. En particulier dans ce gymnase. Okay ?

– Oui, m'sieur. J'veux dire, j'ai pigé. Mais je vais vous attendre quand même. Pasqu'un marché, c't' un marché, pas vrai ? On a bien passé un marché tous les deux, c'est-y pas vrai ?

– Attends une minute...

– Ma manman, elle a dit que z'êtes gentil, al m'a dit qu'y fallait pas que je rejette les ennuis qu'al a avec Baxter sur vous. Al a raison, hein ? J'vais être là ce soir et je vais être là demain tôt.

Il raccrocha avant que j'aie pu répondre.

À 15 heures cet après-midi-là, je reçus un coup de fil de l'avocat que j'avais engagé pour représenter Batist. C'était l'avocat criminel le plus célèbre de Lafayette. Les cinq minutes de conversation que j'eus avec lui me furent une autre leçon sur la manière dont les lois de la finance s'appliquent à notre système légal. L'avocat avait présenté au bureau du procureur de La Nouvelle-Orléans les renseignements que m'avait donnés Lucinda Bergeron sur les autres meurtres; il avait également déclaré qu'il était à même de leur présenter une demi-douzaine de dépositions déclarant que Batist était à cent lieues de La Nouvelle-Orléans au moment où les crimes avaient été commis. Il fit aussi état d'une éventuelle poursuite contre la municipalité de La Nouvelle-Orléans en dommages et intérêts.

L'inculpation pour homicide contre Batist devait être rapportée le lendemain.

– Et c'est tout ? dis-je.

– C'est tout.

– Ont-ils pris la peine d'expliquer pourquoi il a été tout bonnement inculpé ?

– Ils font des erreurs comme tout le monde.

– On dirait qu'ils sont doués pour l'auto-absolution.

– Je pense que nous nous sommes bien débrouillés aujourd'hui.

– Combien vous dois-je, monsieur Guidry ?

– Il n'y a pas d'honoraires en supplément de ce dont nous étions convenus, dit-il.

– Vous voulez dire, six mille dollars pour avoir passé quelques coups de fil ?

– Il y a eu également un peu de travail d'enquête.

– Six mille dollars, sans même aller devant un tribunal ?

– Je pensais que vous seriez content d'apprendre que votre ami n'avait plus d'ennuis.

Je l'étais. Mais j'étais également négatif de onze mille dollars en honoraires d'avocat et de prêteur sur caution, qu'il me faudrait régler par mensualités ou par emprunt.

Ce soir-là, j'emmenai Bootsie et Alafair au cinéma à New Iberia. Il pleuvait à notre retour à la maison, et l'air sentait le poisson qu'on avait laissé sécher sur le planchéiage chaud d'un ponton, les arbres mouillés, les coques moisies de noix de pacane. Juste au moment où nous nous mettions au lit, Clete appela depuis La Nouvelle-Orléans et me fit un récit étrange que lui avait raconté un garde-côte de ses amis.

Deux jours auparavant, au crépuscule, sur la Grande Salée au sud de Cocodrie, une vedette des gardes-côtes avait repéré un cabin-cruiser de sept mètres ancré au milieu des rouleaux, la proue dansant sous la marée montante. Il y avait une semaine entière que la vedette cherchait un bateau mère, peut-être un pétrolier panaméen, qui larguait par-dessus bord des balles de marijeanne sous enveloppes étanches, avec bouteilles flottantes de repérage, destinées à des bateaux plus petits et surpuissants qui viendraient les repêcher et les transporteraient dans les bayous et les canaux jusqu'à des passeurs postés en attente sur les hauteurs au fin fond des marais.

Deux hommes en combinaison de plongée se trouvaient à bord du cabin-cruiser. Ils étaient occupés à faire descendre par-dessus bord une filée de projecteurs sous-marins à bout de câble lorsqu'ils virent s'approcher la vedette. Le capitaine du garde-côtes était sûr d'être tombé sur un bateau de ramassage.

Il n'eut plus le moindre doute lorsque les hommes à bord du cabin-cruiser remontèrent avec précipitation la guirlande de projecteurs par-dessus la rambarde, avant de sectionner la corde d'ancre à l'aide d'un poignard Bowie et de s'enfuir de toute la puissance de leurs moteurs vers la côte et des eaux moins profondes, où la vedette risquait plus facilement de s'échouer sur un banc de sable.

Mais en virant de bord, ils devaient avoir le soleil couchant en plein dans les yeux. Ou peut-être même que, dans leur tentative de fuite, ils ne s'étaient tout bonnement plus préoccupés du fait qu'un de leurs plongeurs n'avait toujours pas regagné le bord : vêtu de sa combinaison de plongée, ses bouteilles dans le dos, il avait la tête rasée, semblable à un oignon pelé. Il resurgit au creux d'un rouleau, à l'endroit précis où ses amis avaient coupé la corde d'ancre. Il ne s'expliquait probablement pas les raisons pour lesquelles le cordage s'était soudain relâché entre ses mains, tandis que la surface placide du Golfe se mettait à revivre, barattée par les hélices du cabin-cruiser et le grondement sale des échappements au-dessus de l'eau.

C'est à cet instant, au travers du voile humide à l'intérieur de son masque, au hublot battu par le vert du ressac, qu'il a dû prendre conscience que ses plus terribles frayeurs de plongeur – perdre sa torche électrique dans les entrailles d'une épave de bateau, ou peut-être encore, se voir entraîné dans les profondeurs d'un canyon sans fin par une gueule barrée de crocs incurvés qui lui sectionnaient les os comme des allumettes – n'avaient jamais eu lieu d'être, que le plus terrible moment de son existence était en train de se précipiter sur lui du fait de ses compagnons, sans aucune raison qu'il pût comprendre, d'une manière telle que ses hurlements, ses bras battant les airs, sa tentative à la toute dernière seconde de plonger sous la surface vers les profondeurs n'étaient plus que les gestes futiles et impuissants d'un cauchemar.

Le cabin-cruiser devait filer ses 35 nœuds lorsqu'il le toucha, labourant son corps, tailladant ses chairs de ses hélices comme d'un rasoir pour l'abandonner, flottant dans son sillage, enchevêtrement de morceaux désassortis dans leur emballage de néoprène.

– Pourquoi les mecs du bateau ont-ils pris la fuite ? demandai-je à Clete.

– Ils l'avaient volé. Enfin, pas exactement. Son propriétaire est un amateur de yachting de Baltimore, un millionnaire, mais le bateau est ancré à Biloxi, sous la responsabilité d'un capitaine alcoolique. Et donc, le poivrot s'est dit qu'il allait se faire quelques thunes en le louant à ces trois mecs. Mais à la dernière minute, les trois mecs en question ont décidé qu'ils n'avaient pas besoin de le payer après tout, et ils se sont juste contentés de lui filer une branlée de première. En lui disant que s'il la ramenait et portait plainte, ils lui remettraient la main dessus et lui fourreraient une de ses propres bouteilles de whiskey dans le cul à coups de pompe.

– C'était qui, ces mecs ?

– Les deux qui sont à l'ombre, c'est rien qu'un duo de petits péteux de plage, originaires de Biloxi. Ils ont fait plusieurs séjours à Parchman pour des cambriolages avec effraction. Du menu fretin au petit pied. Mais ouvre un peu tes esgourdes : le mec qui est passé dans l'hélice affichait sur les deux bras de magnifiques œuvres d'art nazi – croix gammées et éclairs SS.

– Comme la plupart des taulards appartenant à la Fraternité aryenne, dis-je.

– Mais écoute le plus beau, mon gars. Ce mec n'était pas du pays. Le garde-côte a trouvé son passeport dans le cabin-cruiser. Le mec venait de Berlin.

– Est-ce que les mecs en détention ont dit ce qu'ils cherchaient ?

– Ils ont été engagés par l'Allemand, mais ils prétendent que l'Allemand n'a pas voulu leur dire ce qui se trouvait sous l'eau. Ils ont pensé que c'était probablement un bateau sabordé rempli de came. Ce n'est pas fini, écoute le plus drôle de l'histoire. Le garde-côte dit qu'il n'y a pas d'épave en cet endroit. Ce que les péteux de plage ont dû repérer sur leur sonar, c'est une plate-forme pétrolière qui a sombré là pendant un ouragan il y a une vingtaine d'années de ça.

– Merci pour les renseignements, Clete.

– Tu veux parler aux mecs en cellule ?

– Peut-être bien.

– Je me dépêcherais, si j'étais toi. Le poivrot de Biloxi ne porte pas plainte, et la mort du Boche passe aux profits et pertes. Accident. Je ne pense pas qu'il y aura grand monde à perdre le sommeil parce qu'un crâne de peau s'est fait transformer en chair à pâtée sur la Grande Salée.

– Merci encore, Clete.

– Tu crois qu'ils étaient à la recherche de ce sous-marin ?

– Qui sait ?

– Hippo Bimstine est au courant. Je veux être de la partie, *mon*. Quand Belle-Mèche opère dans la Grande Sale, il a besoin de son vieux *podjo* pour lui couvrir ses arrières. J'ai pas raison ?

– Si. Bonne nuit, Cletus.

Je l'entendis faire sauter la capsule d'une bouteille qu'il versa dans un verre.

– Que Dieu me bénisse, mais qu'est-ce que j'adore ce bon vieux rock'n'roll, quand les Jumeaux de la Criminelle leur faisaient se ratatiner la quéquette en les obligeant à se planquer, dit-il.

J'avais les paumes des mains raidies par la fatigue, j'avais du mal à les replier, et les yeux me brûlaient comme si j'avais du sable derrière les paupières. Clete parlait toujours, agitant la glace de son verre, lorsque je lui dis bonne nuit une dernière fois avant de reposer délicatement le combiné du téléphone sur son berceau.

Le centre sportif de Tommy Lonighan était situé aux abords du centre ville de La Nouvelle-Orléans et occupait un bâtiment en briques à un étage datant de la fin du XIX^e, à l'origine caserne de pompiers, puis magasin de véhicules automobiles dans les années vingt et, finalement, gymnase d'entraînement pour les boxeurs de club qui livraient combat durant la Dépression pour une bourse de cinq dollars.

L'intérieur sentait la sueur, le cuir, les serviettes moisies; la peinture jaune canari des murs était cloquée et s'écaillait au-dessus des vieux radiateurs en fer; les lames gauchies ou manquantes du parquet de chêne d'origine avaient été rapiécées de morceaux de contreplaqué et de linoléum. Tout l'équipement de musculation appartenait à une époque révolue – haltères sphériques et bancs de levers, espaliers, et même une baignoire remplie de briques, suspendue à un câble, et destinée aux tractions. La toile des quatre rings avait presque viré entièrement au noir sous les marques de pas, le gras des peaux et des cheveux, et les seaux-crachoirs renversés.

Mais c'était toujours, néanmoins, le gymnase de boxe le plus célèbre de toute La Nouvelle-Orléans, et il en était sorti probablement bien plus de champions des Gants d'Or que n'importe quel autre centre de boxe du Sud. Sous la lumière du soleil déversée par les hautes fenêtres, des gamins noirs, latinos, vietnamiens, et quelques Blancs s'entraînaient au combat, casques sur la tête et coquilles de protection, soulevaient les haltères avec fracas sur toute la longueur d'un large tapis en caoutchouc, sautaient à la corde avec la grâce de danseurs de claquettes et transformaient les punching-balls suspendus en zébrures de cuir volantes, impossibles à suivre à l'œil nu.

Un Blanc âgé, de petite taille, une oreille plus épaisse que l'autre et le visage aplati comme une figure de jouet, occupé à sortir les lacets d'une caisse remplie de vieux gants, me désigna Zoot.

– Ce grand gamin, là-bas, qui va se faire casser le nez sur son punching-ball, dit-il. Pendant que vous serez là-bas, dites-lui qu'il a pas encore sorti les ordures à la benne.

Le garçon avait hérité de sa mère ses yeux en amande couleur turquoise et sa peau claire, d'un brun léger. Mais il était étonnamment grand pour son âge, plus de 1,80 m, au point qu'il n'en paraissait pas naturel, mince qu'il était, les épaules si étroites qu'on aurait pu les croire tendues sur un fil. La taille élastique de son short était trempée par la sueur qui dégoulinait en rigoles sur sa poitrine imberbe. Chaque fois que son poing ratait la mesure du punching-ball, il tournait nerveusement les regards à quelques mètres de lui vers un autre gamin qui avait transformé, lui, *son* punching-ball en une explosion de bruit et de mouvement. Zoot écrasait le sac alors d'une droite croisée, le faisant rebondir sur sa chaîne avant d'essayer de retoucher du gauche, ratait, frappait à nouveau du droit, pour rater encore.

– Essaie de ne pas frapper plus fort d'une main que de l'autre, dis-je. Il faut que tu crées une sorte de mouvement circulaire.

– Un quoi ?

*Belle expression à lui servir là*, me dis-je.

– Tu as appelé chez moi hier, dis-je.

– Z'êtes monsieur Robicheaux ?

– Oui.

– Oh, ouais, ben – ch'suis à vous dans une minute, okay ? Y m'attendent là-bas, dans le ring. Je vais faire trois rounds contre le jeune Blanc qui enfile sa coquille.

– Tu m'as déclaré que tu avais des choses plutôt importantes à me dire, Zoot.

Ses yeux se détournèrent sur le côté avant de se reposer sur mon visage.

– Faut que ch'fasse mes trois rounds. C'est pas l'endroit facile où causer, voyez ce que je veux dire ?

– Ouais, je crois bien.

Je regardai le jeune Blanc qui montait sur le ring pour s'installer dans un coin. Sa peau avait cette luminosité d'albâtre de ceux qui s'offrent rarement à la lumière du soleil, mais son estomac, tatoué d'un dragon rouge et vert, était une planche à laver, et les muscles de ses bras ressemblaient à des gueuses de fonte.

– Qui est-ce ? demandai-je.

– Ummm, il combat beaucoup à Miami et à Houston.

– C'est un pro ?

– Oui, m'sieur.

– T'es sûr de vouloir faire ça, collègue ?

Il se mouilla les lèvres et essaya de masquer le voile brillant de peur dans ses yeux.

– C'est un bon. Il a combattu contre quelques grands noms. Et ce qu'y fait là, il le fait pas pour n'importe qui, dit Zoot. Je reviens. Z'êtes pas obligé de regarder si vous voulez pas. Y'a un distributeur de Coca-Cola dans le vestiaire.

– Je vais simplement m'asseoir ici.

– Oui, m'sieur. Je reviens tout de suite.

Je ne pense pas avoir jamais vu quiconque boxer aussi mal que Zoot. Ou il plaçait les deux gants devant son visage de sorte qu'il était incapable de voir son adversaire, ou alors il laissait brutalement retomber sa garde, le visage refaisant surface, flottant comme un ballon, en plein dans une grêle de coups. Ses appuis partaient du mauvais pied, il ouvrait du droit, se servant du gauche comme d'un flipper, il se ramassait coup après coup dans la bouche et les yeux parce qu'il ne connaissait pas la manière de rentrer le menton et de relever l'épaule face à une droite croisée.

Heureusement, le jeune Blanc ne mit pas toute son ardeur dans le combat, excepté dans le troisième round lorsque Zoot lui plaça un crochet à la tête à la sortie d'un corps à corps. Le Blanc pénétra la garde tendue de Zoot et lui décocha un crochet sec dans le nez. Zoot tomba sur les fesses au milieu du tapis, ses longues jambes étalées devant lui, son protège-dents tout mouillé sur les cuisses, les yeux vitreux de celui qui se serait pris une ampoule de flash en pleine figure.

Vingt minutes plus tard, il sortait du vestiaire, dans sa tenue de tous les jours, occupé à peigner ses cheveux mouillés sur les côtés du crâne. Son nez ne saignait plus, mais son œil gauche avait commencé à se décolorer, le coin de la paupière enflé et fermé. Nous traversâmes la rue jusqu'à un café qui vendait des tranches de pizzas pour nous installer à une table du fond sous un ventilateur électrique.

– Il y a longtemps que tu boxes ? dis-je.
– Depuis que l'école a arrêté.
– Tu veux tenter ta chance pour les Gants d'Or ?
– J'fais ça juste pour l'plaisir. Je pense pas aux Gants d'Or ou à ces trucs-là.
– Permets-moi de te faire une suggestion, Zoot. Garde l'épaule gauche relevée et n'avance pas du droit, sauf si tu es partant pour une attaque au corps. Ensuite passe sous la garde de ton adversaire et crochète-le bien sec dans les côtes, juste en dessous du cœur.
Il mit une longue tranche de pizza en bouche et me regarda tout en mâchant.
– Z'avez été boxeur ? dit-il.
– Un petit peu, au lycée.
– Et vous pensez que je pourrais p'têt' tenter ma chance aux Gants ?
– Je crois que c'est à toi de décider ça.
Il sourit et baissa les yeux.
– Vous pensez que j'suis pas très doué, pas vrai ? dit-il.
– Tu viens de tenir trois rounds contre un pro. Ce n'est pas mal.
– Mais j'sais bien c'que vous pensez au fond. Z'êtes pas obligé de me faire des compliments. Comme je dis, je fais ça pour le plaisir.
Il toucha le coin de son œil enflé de l'ongle.
– Tu as dit que tu allais me donner des renseignements sur les meurtres de *vigilantes*, dis-je.
– C'est des histoires de gangs. Y s'bagarrent pour savoir qui c'est qui va fourguer la brune dans les quartiers pauvres. Pasque la brune, al est revenue à la mode, m'sieur Robicheaux. Y'a des tas de gens qui veulent pus du tout fricoter avec le crack.
– Comment sais-tu qu'il s'agit des gangs, Zoot ?
– J'me balade. J'ai des potes dans le lotissement – St. Thomas, Iberville, Desire. Y disent tous qu'y a pas de *vigilantes*.

– Y a-t-il un meurtre particulier sur lequel tu aies des informations ?

Il réfléchit un moment.

– Ouais, au printemps dernier, dit-il. Un fourgueur s'est fait balancer du toit de l'immeuble en face de notre école. Les gars du gang ont dit qu'y distribuait pas dans le bon quartier.

Il observa mon visage, en attente, plein d'espoir.

– Y a-t-il des noms que tu veuilles me donner ?

– Je vous raconte juste ce que mes potes, y disent. J'ai pas de noms à donner.

– Tu as une famille, Zoot. Tu crois que tu devrais aller traîner tes guêtres avec les membres des gangs ?

– J'ai les amis que je veux. On a pas à me dire avec qui j'dois traîner.

– Je vois. Eh bien, merci pour le renseignement.

Je me levai, prêt à partir.

– Vous allez pas donner un coup de main ?

– Je crains de ne pas avoir grand-chose sur quoi travailler avec ce que tu m'as donné.

– Monsieur Robicheaux, ma maman, elle va perdre son boulot.

Je me rassis.

– Où est ton papa ?

Son regard se perdit dans le vague, puis ses yeux se portèrent sur le juke-box un peu plus loin, comme s'il venait de le remarquer.

– J'en ai pas, de papa. Pourquoi qu'vous demandez ça ?

– Sans raison. Ta mère, c'est une dure et c'est quelqu'un de bien. Cesse de te faire du souci à son sujet.

– C'est facile à dire pour vous. Z'êtes pas là quand elle rentre à la maison, à pas arrêter de me dire...

– Te dire quoi ?

– Ch'suis rien de bon qu'un grand bon à rien, faut que je sois un *homme*, faut que j'arrête de me vautrer, à traîner partout, comme si qu'on m'avait sorti les os de sous la peau.

Il roula une serviette en papier en boule au creux de la paume et la laissa tomber dans son assiette.

– C'est pas de sa faute. Ils lui cherchent des crosses là où qu'elle travaille, alors y *faut* bien qu'elle me cherche des crosses à moi à son tour. Mais ça me fatigue.

Pour la première fois, je remarquai combien ses mains étaient longues et étroites. Même les ongles étaient longs, comme des ongles de fille.

– Ça te dirait de réenfiler ton short ? demandai-je.

– Pour quoi faire ?

– Viens avec moi jusqu'au drugstore, ensuite, on retournera au gymnase et on discutera un peu de montre et de viseur de bombardier.

– Quoi ?

– Allez, amène-toi. Moi, je suis sur une pente descendante. Tu vas me coller le cul par terre, Zoot.

Nous entrâmes au drugstore au coin de la rue, où j'achetai une balle en caoutchouc, un peu plus petite que la paume de ma main, que je mis dans ma poche de pantalon. Puis nous traversâmes la rue, direction le gymnase, où Zoot enfila à nouveau son short et vint me retrouver dans un recoin, au sol garni de tapis, aux fenêtres grillagées d'un treillis métallique sur lequel était boulonné un énorme ventilateur. Je suspendis ma chemise à un râtelier d'haltères et enfilai une paire de gants de seize onces presque aussi gros que des petits coussins décoratifs.

Les conseils ne coûtent jamais bien cher, et les moins chers sont toujours ceux que l'on offre aux gens sur le point de devoir affronter des situations périlleuses face auxquelles ils arrivent trop peu préparés ou très mal équipés. Je connaissais probablement une bonne centaine de phrases à l'emporte-pièce qu'un préparateur ou un entraîneur m'avait assénées dans mon coin de ring, lors d'un combat pour les Gants d'Or, tandis qu'ils me dégageaient le protège-dents de la bouche en me pressant une éponge sur les yeux (« Ravale ton sang, fiston. Lui laisse pas voir que t'as mal... Il te recolle un coup de cul au corps à corps, colle-lui le pouce dans l'œil... Il téléphone ses coups. Quand il baisse l'épaule droite, mouche-lui la chandelle ! »).

Mais très rares sont les gens à même d'apprécier la somme de courage nécessaire pour tenir pied à pied face à un adversaire supérieur qui entreprend systématiquement de vous briser les cartilages du nez, vous fendre les arcades sourcillières jusqu'à l'os et vous transformer la bouche en une sorte de tomate déchiquetée, pendant que le public, debout sur les sièges, hurle son approbation de votre douleur et votre humiliation.

– On va essayer de garder deux principes simples à l'esprit, dit-je. Déplace-toi en cercle dans le sens des aiguilles d'une montre. Tu as compris ? Tu tournes autour de lui, jusqu'à le convaincre que tu es un requin. Toujours à gauche, comme les aiguilles d'une montre.

– Très bien...

Il se met à tourner avec moi, la semelle de ses chaussures de gym frottant sur la toile du tapis à petits pas, la peau autour des tempes tendue par l'attente, les yeux rivés sur mes poings.

– Et ensuite, tu le regardes droit dans les yeux. Sauf que, dans ta tête, tu vois son visage dans la mire d'un viseur de bombardier... Ne regarde pas mes mains, regarde mon visage. Sa figure est au beau milieu de la mire en croix, tu comprends, parce que tu sais que c'est juste une question de temps avant que tu ne l'éclates de ton gauche pour trouver la faille, que tu ne l'obliges peut-être même à esquiver de la tête et à se remettre en position garde levée. Et c'est à ce moment-là que tu appuies sur la détente et que tu l'éclates du droit.

Il tournait, plissant les paupières dans ma direction au-dessus de ses gants, son œil gauche toujours poché.

– Frappe-moi, dis-je.

Ses coups ressemblaient à de petites secousses, presque des spasmes, malvenus, craignards, quasi pathétiques.

– J'ai dit : Frappe-moi, Zoot.

Il lâcha son gauche qui vint s'emplâtrer dans mes gants.

– Frappe-*moi*, pas le gant, dis-je. Tu vas finir par me mettre en rogne.

– Quoi ?

– J'ai dit que tu me fous en rogne. T'as des problèmes d'oreille ?

Je vis à ses yeux qu'il était blessé par mes paroles. Je lâchai un direct du gauche, visant sa tête, et enfilai mon droit en plein dans sa garde. Puis je répétai mon doublé. Sa tête claqua en arrière sous le poids de l'impact avant qu'il reprît son équilibre en arrondissant les épaules à nouveau. Je le vis baisser légèrement son droit et une lueur éclaira son œil, à la manière d'un tireur d'élite alignant sa cible dans son viseur.

Son gauche me rata en m'éraflant l'oreille, mais il m'avait obligé à esquiver latéralement, et lorsqu'il libéra son droit, il y engagea tout le poids de l'épaule, la sueur giclant de son visage sous la sécheresse du coup. Il me toucha en pleine mâchoire.

Je baissai mes gants et lui souris.

– Celui-là était de toute beauté, dis-je en commençant à ôter mes gants.

– Z'arrêtez ?

– Je te l'ai dit, je suis sur la pente descendante. Et il faut que je rentre à New Iberia.

– Faites trois rounds avec moi.

Je mis la main à la poche du pantalon, sortis la balle de caoutchouc que j'avais achetée au drugstore, et la lui lançai.

– Exerce-toi. Cinq cents pressions par jour. Dans chaque main. *Fais-le*, continue à travailler ton droit croisé, et tu seras capable de lui arracher la tête, à ton adversaire, et de lui cracher dessus, Zoot.

Tandis que je me dirigeais vers la sortie, je me retournai et le vis boxer en solitaire contre lui-même, face au ventilateur, la main droite pressant la balle, la tête dans les épaules, virant et oscillant devant les pales qui tournoyaient. Les conseils ne coûtent peut-être pas bien cher, mais il n'y a rien de facile quant à la foi qui anime ceux à qui on les donne. Je souhaitai bonne chance à Zoot. Beaucoup de chance. Il allait probablement en avoir besoin des tonnes.

## Chapitre 9

J'avais pratiquement franchi le seuil du gymnase lorsque Tommy Lonighan sortit de son bureau et me serra la main comme un portier de casino. Ses cuisses musclées ressortaient d'un pantalon de survêtement gris recoupé. Ses yeux bleu clair, son visage rose rayonnaient de bonne volonté.

– Je t'ai vu t'exercer avec Zoot, dit-il.

– C'est un brave gamin. J'espère qu'il fait du bon boulot ici, Tommy.

– Je suis une mauvaise influence ?

– Il ne devrait pas tirer contre des pros.

– Il est monté sur le ring face au jeunot blanc, celui qui porte un dragon tatoué sur le ventre ?

– Oui.

– Sans blagues ? Ce n'est pas mal pour un gamin dont la mère a dû se faire culbuter par un tas de guimauve.

– Tu as la manière pour dire les choses, Tommy.

– Viens dans mon bureau, répondit-il en souriant. Je veux te parler.

– Je dois partir. Je quitte la ville, là, tout de suite.

– Je t'offre une bière. Tu veux un sandwich au pastrami ? J'ai ton sandwich au pastrami. Oublie l'autre soir. J'avais trop bu. Allez, amène-toi, ne fais pas ta tête de cochon.

– Qu'est-ce que tu as derrière la tête ?

– Moi ? Derrière ma tête à moi ? On bouscule ta gonzesse, et tout de suite après, te voilà en train de tabasser du monde dans ma propre putain d'allée. Hé, c'est pas un problème. Les Calucci, c'est des raclures. Je veux juste parler.

J'entrai dans son bureau vitré et m'assis devant son bureau. Les murs étaient couverts d'anciennes affiches de boxe et de coupures de journaux sur des boxeurs que Lonighan avait possédés dans son écurie ou qu'il avait entraînés. Au-dessus d'une étagère pleine de trophées de boxe se trouvait une photographie avec autographe du Président Reagan, et deux drapeaux américains en croix sous le cadre.

– Comment étais-tu au courant pour ma femme, Tommy ? dis-je.

– Parce que Clete Purcel a fait sa tournée par toute la ville en menaçant de coller une tronçonneuse aux miches du premier qui aurait des renseignements et refuserait de les communiquer.

Il sortit une bouteille de bière à long col d'une glacière posée à ses pieds, en essuya la glace, posa la capsule sur le rebord du bureau, et la fit sauter du talon de la paume. Il me l'offrit.

– Non, merci.

Il la versa dans un grand verre, but une longue gorgée, et s'essuya les commissures des lèvres du revers du poignet.

– Permets-moi d'en venir au fait, Tommy, dis-je. Tu as raison, un homme est venu chez nous et il a fait du mal à mon épouse. Ça s'est passé juste après que tu as essayé de me dissuader de travailler pour Hippo Bimstine.

– J'ai du mal à en croire mes oreilles, Dave. Tu crois que c'est comme ça que j'opère ? Que j'envoie des dénégérés faire du mal aux épouses des gens que je respecte ?

– À toi de me le dire.

Je le regardai droit dans les yeux. La lueur que j'y vis me fit penser à une lumière prise au piège d'une eau bleue. Il tenait son regard verrouillé au mien, comme si tous les rouages de son cerveau œuvraient à plein régime. Puis il tourna la tête vers la fenêtre, une expression amusée sur le visage, avant de prendre un sandwich sur une assiette en carton placée devant lui.

– Y aurait-il une plaisanterie très privée que tu voudrais daigner partager avec moi, Tommy ?

– Dave, tu m'as insulté à ta table, devant des tas de gens, et ensuite tu as collé une branlée à un mec à coups de pelle dans mon allée. Après ça, tu débarques sur mon lieu de travail et tu me dis que j'expédie des pervers jusqu'à New Iberia pour qu'ils aillent embêter ta famille. Qu'est-ce que j'ai fait pour mériter ça ? Je t'ai offert une putain de position d'affaires. Tu ne vois pas l'humour de la chose ?

– Je me souviens d'une phrase qu'un journaliste du *Picayune* a utilisée un jour à ton propos, Tommy. Je ne l'ai jamais oubliée.

– Ouais ?

– T'es méchant et vicieux dans une bagarre au couteau.

– Oh ouais, j'ai toujours bien aimé cette petite phrase.

Il se pencha en avant, en appui sur les coudes. Ses cheveux blancs bouclés lui retombaient sur le front.

– Je veux ce putain de sous-marin. Tout ce que ce clown te paie, je double.

– À te revoir un de ces quatre, Tommy.

– Je ne te comprends pas. Tu te comportes comme si je dégageais des relents de slip sale ou quelque chose. Mais ça ne te pose pas de problème de faire affaire avec un fanatique qui fait virer les gens de leur boulot.

– Je ne te suis pas.

– Ton pote, la bulle en boudins... *Bimstine*, Dave. Il appartient à l'Organisation de Défense des Juifs. Quand quelqu'un ne leur revient pas, ils vont le cafter en douce, là où il travaille.

– Je ne suis pas au courant. Mais je n'aime pas la manière dont tu parles de lui.

– Excuse-moi ?

– T'aimes les coups minables qui font mal, Tommy.

– Du genre, peut-être, je suis antiaméricain, antisémite, ou quoi encore ?

– Comprends ça comme tu veux.

– J'avais seize ans à Hartbreak Ridge. J'aime ce pays. Tu dis que j'ai pas... – il s'interrompit et sourit. –Toi et moi, on pourrait bien se trouver forcés d'oublier qu'on est des adultes.

– Tu ne connais personne du nom de Will Buchalter ?

– C'est lui, le mec qui a fait du mal à ton épouse ?

Je ne répondis pas, et le regardai droit dans les yeux. Il posa son sandwich sur l'assiette, ôta un morceau de laitue de sa lèvre puis but une gorgée de son grand verre de bière avant de reposer les yeux sur moi.

– Qu'est-ce que je peux dire ? Je suis en train de me battre contre un cancer de la prostate, dit-il. Et tu veux savoir ce que j'ai en tête ? L'idée de mourir. Et tu sais ce qu'il y a d'autre qui me préoccupe ? L'idée de mourir sans un. Je ne connais pas de mec du nom de Buchalter.

– Je suis désolé d'apprendre tes problèmes de santé, Tommy.

– Épargne-moi tes salades. Ce gros tas tout suant de merde de gorille que t'appelles un ami est en train d'essayer de me briser les reins. Si les casinos sont autorisés à La Nouvelle-Orléans, il va être propriétaire de tout le paquet. Faut que j'aille pisser. Ce que je fais les yeux fermés, parce que la moitié du temps, il y a du sang dans la cuvette. Tu veux une bière ? Elles sont dans la glacière.

Il ouvrit un petit placard où se trouvait une cuvette de toilettes et, sans refermer la porte, se mit en devoir d'uriner bruyamment dans l'eau tout en fléchissant les genoux et à lâcher ses gaz comme s'il s'agissait de quelque forme d'art viscéral.

Comment se faire une idée sur un homme comme Tommy Lonighan ?

Hartbreak Ridge, sectarisme irlandais, patriotisme d'extrême droite, morbidité dont il use comme d'une arme, un discours, des humeurs, des états d'âme aussi fluctuants qu'une feuille de papier alu en train de cuire au micro-ondes.

Le jour où quelqu'un comme Lonighan commence à avoir un sens à vos yeux, alors, vraisemblablement, le temps est venu de vous mettre à réexaminer avec le plus grand sérieux vos rapports avec le reste de la réserve de gènes humains.

Et, sur ces réflexions, je le saluai du geste pour lui dire au revoir et partis avant qu'il en eût terminé de faire tomber ses dernières gouttes et de remonter son survêt-bermuda sur ses génitoires.

Je m'arrêtai au bureau de Clete sur St. Ann afin de savoir s'il avait découvert quelque chose sur l'homme qui se faisait appeler Will Buchalter.

– Si c'est un mec du coin, il garde un profil bas, me dit Clete. Genre sous le niveau de la rue. Je crois que j'ai interrogé tous les tarés, les raclures et les dingos d'extrême droite de cette ville. Est-ce que t'as jamais été dans une de ces boutiques pour les amateurs de survie ? Je crois qu'on devrait y faire une descente et rameuter une partie de leur clientèle pendant qu'il en est encore temps.

Il commença à sortir une cigarette de son paquet posé sur le bureau ; puis changea d'avis et posa une pastille mentholée sur sa langue, un sourire dans le regard.

– Et les racoleuses ? dis-je.

– Celles que je connais disent qu'il ne ressemble à aucun de leurs michés. Je ne pense pas que ce mec soit du coin, Belle-Mèche. Un mec comme ça, ça attire l'attention des gens.

– Merci d'avoir essayé, Clete.

– Va pas si vite. Tu as deux messages, dit-il.

Il ôta les pieds de son bureau et regarda les deux mémos posés près de son téléphone.

– Ce sergent noir, Ben Motley, tu te souviens de lui ? Il avait toujours la braguette ouverte quand il était aux Mœurs, il veut que tu le rappelles à propos d'un gus qui s'est électrocuté tout seul dans sa cellule la nuit dernière...

– Quoi ?

– T'affoles pas, *mon.* J'ai eu un message identique de la part du révérend Oswald Flat. Sacré personnage. Ce n'est pas lui qui est passé à ta boutique à appâts ? Il a une voix, on dirait qu'on lui a pincé le nez d'une barrette.

– C'est bien lui.

– Il a appelé Bootsie qui lui a dit d'appeler ici. La police de La Nouvelle-Orléans a ramassé un fêlé craignos dans le Garden District. Imagine un peu : un mec de quarante ans, des tatouages sur le crâne, et habillé de cuir en plein mois d'août. L'autopsie a révélé qu'il se piquait aux amphets mélangées de diluant à peinture. Qu'est-ce que tu dis de cette nouvelle mixture ?

– Quel est le rapport ?

– Il avait sur lui un Ruger automatique calibre 22 avec silencieux, et l'adresse de Hippo Bimstine dans sa poche. Nous ferions bien d'aller toucher un mot de tout ça à Motley et à ce mec qui donne l'impression d'avoir toujours la bouche pleine quand il parle.

– *Nous* ?

– Soyons sérieux une minute, Dave. Je crois que t'es en train de déconner avec quelques mecs très méchants. Je ne sais pas qui sont les mecs en question, ni pourquoi ils s'intéressent à ce sous-marin, ni quels sont les rapports entre ce fameux Comité de Citoyens et les fourgueurs de came des lotissements de l'Assistance qui se font découper le cœur de la poitrine. Mais je mettrais mes miches en jeu que la politique a rien à voir dans toute cette merde.

– Je crois que c'est peut-être bien le cas, cette fois-ci.

– En tout cas, je veille sur tes arrières, petit père, que ça te plaise ou non.

Il se recula au fond de son fauteuil pivotant, m'offrit un large sourire, et tambourina des jointures sur son ventre à la manière d'un pensionnaire de zoo en train de jouer.

J'appelai Motley pour lui dire que Clete et moi allions le retrouver à son bureau.

– Ce n'est pas la peine d'amener Purcel, dit-il.

– Si, il vient.

– Comme tu voudras. Mais je me souviens maintenant, t'as toujours picolé en dessous de ta condition.

– Merci, Motley.

Puis j'appelai le révérend Oswald Flat et lui demandai en quoi je pouvais lui être utile.

– Y s'agit de cet homme qui s'est suicidé dans sa cellule, dit-il.

– Pourquoi m'appeler, moi ?

– Parce qu'y semble que vous êtes bien en peine de vous tenir la bistouquette loin de l'emballeuse à foin.

– Je vous demande pardon ?

– Vous me posez un problème. Je pense que certaines personnes s'apprêtent à vous faire du mal, mais vous avez une manière de ne pas entendre ce qu'on vous dit. Vous avez un parpaing entre les oreilles, ou quoi ?

– Révérend, je vous serais reconnaissant de...

– Très bien, fils, je vais essayer de ne plus vous offenser. Et maintenant, arrêtez de renifler le temps qu'il fait et écoutez-moi une minute. Je travaille comme conseiller auprès des prisonniers. Je leur apporte mes cassettes, *la Foi facile*. J'ai essayé de donner quelques conseils à ce cinglé qu'ils ont amené en prison, celui qui avait des tatouages plein la tête et qui puait au point qu'on aurait pu charger son odeur au bout d'une fourche à fumier...

Il s'arrêta, comme si ses paroles avaient dépassé sa pensée.

– De quoi s'agit-il ?

– C'était pas le meilleur moment pour lui. Non, monsieur, pas le meilleur, loin de là. Je l'ai regardé dans les yeux, et si cet homme possédait une âme, je crois que les démons l'avaient déjà réclamée.

– Il se piquait aux amphets mélangées au diluant, révérend.

– C'est bien possible. Les gens comme vous ont toujours une explication scientifique. En tout cas, j'ai enregistré ce qu'il a dit. Et je veux que vous écoutiez la bande.

Je lui demandai de nous retrouver, Clete et moi, dans le bureau de Motley. Il répondit qu'il y serait, sans répliquer lorsque je lui dis au revoir en m'apprêtant à raccrocher.

– Y a-t-il autre chose ? dis-je.

– Non. Pas vraiment. Peut-être bien, comme vous dites, que ce n'était qu'un homme qui se remplissait les veines de produits chimiques. Mais jamais encore il ne m'était arrivé de tomber sur quelqu'un, même parmi les pires, qui a voulu m'arracher les yeux et m'a craché à la figure.

Oswald Flat portait un costume en crépon de coton à rayures constellé de gouttes de pluie avec un nœud papillon à agrafes, des chaussettes de sport blanches et des chaussures noires et, sur la tête, son casque en liège lorsqu'il sortit de la salle de brigade au quartier général du district pour venir s'asseoir sur un banc de bois, à côté de Clete et de moi. Il tenait à la main un petit magnétophone en plastique noir. Il souffla pesamment et essuya ses lunettes aux verres sans monture sur sa manche de veste.

À l'autre bout de la pièce, nous voyions Motley à travers les vitres du bureau de Baxter. Motley était debout, engagé dans une chaude discussion avec Baxter.

– Vous voulez l'écouter ? dit Oswald Flat en posant le magnétophone sur sa cuisse.

Le côté de son visage se plissa, comme s'il était réticent à aller plus avant dans son entreprise.

– Ça m'irait très bien, révérend, dis-je.

Lorsqu'il pressa le bouton MARCHE, j'entendis les bruits endémiques de toutes les prisons du monde : les portes d'acier qui claquaient, les radios qui beuglaient, un seau à eau qu'on traînait sur un sol en béton, une cacophonie de voix, certaines complètement dérangées, qui se réverbéraient en échos dans les longs couloirs. Puis j'entendis la voix de l'homme en question – des mots qu'on aurait dit relâchés d'un nœud d'émotion, une syntaxe incohérente, furie haineuse et obsessionnelle comme un fil surchauffé en train de trembler.

« Z'avez des emboués qui sortent de vos grilles d'égout, z'avez... » disait-il, lorsque Motley sortit du bureau de Baxter.

Oswald Flat arrêta le magnétophone.

– C'est l'heure du film, dit Motley en se grattant un côté de la moustache.

– Pourquoi Nate Baxter est-il tellement en rogne ? demanda Clete.

– Qu'est-ce que tu crois, Purcel ? Il est juste parfaitement heureux de vous voir à nouveau débarquer ici, les mecs, répondit Motley.

– Réexpédie-le aux Mœurs. Au moins, il aurait l'occasion de tirer son coup de temps en temps, dit Clete.

Il vit l'expression de mon visage.

– Tu crois que je plaisante ? Les travestis du Carré, ils l'apprécient vraiment, ce mec.

Nous entrâmes tous les quatre dans le bureau de Motley. Celui-ci referma la porte derrière nous et inséra une cassette dans son magnétoscope.

– Le mec s'appelait Jack Pelley, dit Motley. Il a été libéré des Marines pour mauvaise conduite parce qu'il avait détroussé des pédés à San Diego, avec, en plus, des antécédents criminels à La Nouvelle-Orléans, détournement de mineures et possession de pornographie avec enfants. Une collante fédérale pour possession d'explosifs volés. Apparemment, il est devenu accro au trou, il a fait la mule à brune à la fois pour la Fraternité aryenne et la mafia mexicaine pendant qu'il était derrière les barreaux et, ensuite, il s'est tiré des pattes de sa conditionnelle il y a environ trois ans.

– Comment s'est-il fait ramasser ? dis-je.

– Il s'est bouclé à double tour dans les toilettes d'une station-service sur Carrollton en refusant de laisser entrer quiconque. Lorsque le propriétaire a ouvert la porte, Pelley avait les cuirs baissés aux chevilles et se piquait à la cuisse avec une seringue fabriquée à partir d'un compte-gouttes. Le Ruger était posé sur le dessus du réservoir de la cuvette.

– Il était loin du domicile de Hippo Bimstine ? dis-je.

– À environ deux blocs, dit Motley. Ses poches étaient pleines, arc-en-ciel, bleues, cœurs-mauves, sauteuses [1], fais ton choix. Je crois que quelqu'un lui a filé tout le contenu de la boutique à bonbons pour qu'il aille foutre la journée de Bimstine en l'air.

Il jeta un œil à Oswald Flat.

– Continuez, dit Flat.

Motley descendit les stores sur les vitres de son bureau, éteignit le point lumineux au plafond et enclencha le magnétoscope.

– Les agents qui l'ont arrêté l'ont collé en cellule, dit Motley. Au bout de cinq minutes, la moitié des mecs dans la cage hurlaient à travers les barreaux pour que l'agent responsable des incarcérations le place en cellule individuelle. Le mec schlinguait comme un égout. Toujours est-il que nous avons foiré. Nous aurions dû le transférer dans un service psychiatrique.

Le film, enregistré sans bande sonore par une caméra de sécurité, était de mauvaise qualité, en noir et blanc, les images tranchées par les contrastes comme des clichés anthropométriques pris lors d'une incarcération. Mais le travail torturé d'un forcené halluciné en train de se débattre au-dessus d'un abîme qu'il s'était créé était évident et sans ambiguïté. Pareil en cela à la plupart des toxicos aux amphets, il avait le corps dévasté, la peau du visage étirée, tendue sur les os du crâne, les yeux enfoncés

1. Variétés d'amphétamines. (*N.d.T.*)

dans des orbites de squelette. On aurait dit que sa tête avait été rasée au rasoir et que les cheveux avaient repoussé, en mince patine grisâtre couleur de fourrure de rat, sous une large surface chauve. Démarrant sur le pourtour du crâne, en plein sur la tonsure, on voyait le tatouage d'une épée encadrée d'éclairs de tonnerre.

L'homme arpentait la cellule comme un fou furieux, puis il urina sur le siège des toilettes, cogna des poings sur les barreaux, cingla les murs de sa veste en cuir, avant de se mettre à faire claquer sa couchette métallique suspendue à ses chaînes d'ancrage.

– C'est ici que nous avons raté le coche, dans les grandes largeurs, dit Motley. On aurait dû fouiller cette cellule de fond en comble après le passage de son dernier occupant.

Le détenu, Jack Pelley, souleva la couchette une dernière fois et la laissa retomber avec fracas, chaînes tendues, avant de fixer le sol en béton sur lequel était tombé un morceau de câble électrique. Il le ramassa des deux mains, le regarda fixement puis se mit en devoir de dégager distraitement l'adhésif qui en enveloppait une extrémité munie d'un bobinage.

– Comment vous les appelez, ces trucs ? dit Flat.

– Une chauffette, dit Motley en mettant le magnétoscope sur PAUSE. C'est comme une plaque chauffante fabrication maison. Sauf que notre homme a d'autres projets pour son utilisation. Z'êtes sûr que vous voulez regarder ça, révérend ?

– Vous avez quelque chose de pire que Saïpan sur cette bande ? répondit Flat.

Motley sortit un Baby Ruth de son tiroir de bureau, redémarra le film, s'assit sur le coin de son bureau et ôta l'enveloppe de sa barre de confiserie, les yeux fixés sur l'écran de télévision.

Jack Pelley éclaboussa d'eau de la cuvette le sol en ciment, se dépouilla de son pantalon en cuir, s'aplatit les fesses décharnées au milieu de la flaque, inséra le bobinage de la chauffette dans sa bouche, plongea une main dans la cuvette et, calmement, enficha l'autre extrémité de la chauffette dans une prise du mur.

La tête eut un sursaut en arrière, un seul, comme s'il venait de lâcher dans son organisme un shoot empoisonné ; ses yeux s'écarquillèrent, son bras trembla légèrement à l'intérieur de la cuvette des toilettes ; ses lèvres semblèrent un instant se retrousser sur les dents serrées puis sa mâchoire tomba, bouche béante, à croire qu'il faisait l'expérience d'un moment d'extase inopiné. Puis il s'affaissa tout contre la cuvette, la tête sur la poitrine, comme s'il s'était fatigué d'un trajet épuisant, et décidé simplement à dormir.

– Le légiste a déclaré que le choc proprement dit n'aurait pas dû le tuer, dit Motley. Mais il s'était chargé un max huit ou neuf fois au cours des vingt-quatre heures qui avaient précédé son arrestation. Le légiste a ajouté qu'il avait le cœur comme un cantaloup.

– Est-ce que le Ruger est répertorié ? demandai-je.

– Les numéros de série ont été brûlés, dit Motley.

– Ça ressemblerait bien aux têtes d'huile, dit Clete.

– Les têtes d'huile n'envoient pas des camés aux amphets exécuter un contrat, dit Motley.

– Et les liens avec la Fraternité aryenne ? dis-je.

– Peut-être bien. Mais ces mecs-là n'ont pas grand-chose comme organisation en dehors de la taule. La plupart se font bien plus de souci pour leur queue que pour la politique, de toute manière, dit Motley. Révérend, pourquoi ne pas nous faire passer votre enregistrement ?

Flat écrasa le bouton MARCHE de son magnétophone avant de poser l'appareil sur le dessus du bureau. À nouveau, j'entendis la voix forcenée de Jack Pelley, tel un sifflement désincarné, se lever avec une intensité croissante du tintamarre de bruits de prison.

« Z'avez des emboués qui sortent de vos grilles d'égout, ils vous mangent les chiens dans les jardins publics, ils baisent comme des lapins dans les lotissements de l'Assistance, des pédés qui propagent le sida dans les centres de transfusion, vous pensez que je plaisante, z'avez déjà entendu parler de la Nation Pédé ? C'est pas un accident si la moitié d'entre eux ont des noms de youpins, et cet emboué là-bas à New Iberia qui croit qu'y va pouvoir remettre le cadeau à un Juif, vous croyez qu'on a fait tout ce chemin pour laisser faire ça, le glaive, y va pas laisser faire ça, pas question, enfoiré, dis au maton de me faire passer du papier toilette, y m'en ont pas laissé quand y m'ont apporté à bouffer, hé, t'as mis ça sur cette bande ? Qu'est-ce que tu crois que t'es en train de faire ? Putain, mec... »

L'enregistrement s'arrêtait sur un bruit, le fracas d'un objet fragile qui se brisait.

– C'est à ce moment-là qu'il me l'a fait tomber de la main, dit Flat. Jamais je n'ai vu un homme aussi tourmenté.

– Repassez-moi ça, dit Clete.

Nous écoutâmes à nouveau. Je vis Clete se mettre une pastille de menthe sur la langue avant de l'écraser entre ses molaires et de contempler le vide d'un air songeur.

– Comment on se sent quand on est emboué, Belle-Mèche ? dit-il.

– Nous avons demandé aux fédés et à deux indics de la Fraternité aryenne s'ils connaissaient un groupe qui s'appellerait « Le Glaive ». Ils n'en ont jamais entendu parler, dit Motley.

– C’est qui, *nous* ?
– Moi.
– Baxter laisse filer ? dis-je.
– Qu’est-ce que j’en sais ? répondit Motley.

Clete, Oswald Flat et moi sortîmes de la salle de brigade. Clete et Flat partirent les premiers. Je revins dans le bureau de Motley.

– J’apprécie ce que tu as fait, Motley.

– Réponds-moi franchement, Robicheaux, c’est quoi le *cadeau* dont ce mec parlait ?

– Je n’en ai pas la moindre idée.

– Quelqu’un pense que si, apparemment.

– Peut-être parlait-il de quelqu’un d’autre ?

– Ouais, probablement de l’archevêque. Petite idée en passant, que tu pourrais peut-être emporter avec toi – s’ils utilisent des fondus complets comme Jack Pelley, tu peux parier qu’ils en ont une chiée en réserve. Purcel, c’est un fêlé, mais parfois, ses opinions se défendent, tu vois ce que je veux dire ?

– Pas vraiment.

– Les gens ont tendance à déconner avec lui une fois. Seulement une fois. Et après, il ne reste pas non plus beaucoup de paperasses à remplir.

– Mauvais conseil de la part d’un flic, Motley.

– J’ai une nouvelle de dernière minute pour toi, Robicheaux. J’ai fait une copie de la cassette du prêcheur et je l’ai donnée à Baxter. Dix minutes plus tard, je l’ai vu qui l’effaçait et la jetait à la poubelle.

Il mordit dans son Baby Ruth et me fixa des yeux d’un air pensif.

# Chapitre 10

Une fois dehors, je serrai la main d'Oswald Flat en le remerciant de son aide, puis ramenai Clete à son bureau du Vieux Carré. Il pleuvait, et l'épaisse marquise de chênes au-dessus de St. Charles paraissait grisâtre sous la brume qui soufflait. Le tramway nous dépassa en brinquebalant sur ses voies, fenêtres baissées pour laisser entrer l'air frais.

– Tu as été bien silencieux là-bas, dis-je.

– Pourquoi essayer de discuter avec Motley ? Je crois qu'il y a bien longtemps qu'il a pissé ce qui lui restait de cervelle par le bout de la queue, en bière et en racoleuses.

– Qu'est-ce que tu racontes ?

– Allons, Dave. As-tu déjà vu une exécution au .22 avec silencieux qui n'était pas un contrat de la mafia ? C'est leur marque de fabrique – une balle à l'arrière du crâne, une dans les tempes, une dans la bouche.

– Ils utilisent des pros, pas un mec de l'acabit de Pelley.

– C'est Pelley qui me convainc encore plus que j'ai raison. Réfléchis un peu. Où est-ce qu'un défoncé à la cervelle frite comme lui va bien pouvoir mettre la main sur un Ruger avec silencieux aux numéros de série brûlés à l'acide ?

– Tu penses à Lonighan ?

– Peut-être bien. Ou peut-être bien encore Lonighan et les têtes d'huile. Écoute, Dave, tu as foutu une branlée de première à Max Calucci devant ses pétasses. Max, c'est le mec un peu spécial. Quand il était à Angola, il a découvert que sa fiotte s'envoyait en l'air avec un autre taulard. Le môme a supplié, d'un bout à l'autre de la prison, qu'on l'expédie au frigo. Personne n'a voulu l'écouter. Deux jours plus tard, quelqu'un lui a planté dans la gorge une lame de verre cassée à une vitre, et l'a brisée dans la blessure.

– Ils ne descendent pas les flics, Clete.

– Et si c'était un contrat régulier, tout simplement ? Et si Max et Bobo avaient lancé le cramé des méninges dans ta direction en lui refilant le Ruger, ou en le lui faisant refiler par quelqu'un d'autre ? Personne ne va coller ça sur le dos des têtes d'huile, pas vrai ? La preuve, Motley ne l'a pas fait.

– Tu as plus de raisons de te soucier des Calucci que moi.

Nous sortîmes du tunnel de chênes sur St. Charles pour nous engager dans Lee Circle. Clete ôta son feutre rond et le réajusta sur le front.

– C'est là que tu te trompes, preux chevalier, dit-il. Je n'ai jamais été très porté sur les règles à respecter. Et ils le savent.

Je le regardai.

– Mais toi, si. Et ça aussi, ils le savent, dit-il. Ils se sentent bien plus en sécurité quand ils s'attaquent à des gars qui jouent le jeu à la régulière.

– Reste à l'écart de ces mecs-là, Clete.

– Il y a trop longtemps que tu as quitté La Nouvelle-Orléans, Dave. Les accords tacites de jadis n'ont plus cours. C'est une ville ouverte, comme Miami. La baise qui veut. Il n'y a qu'une seule manière pour opérer à La Nouvelle-Orléans aujourd'hui – tu fais en sorte que la partie adverse sache à tout instant qu'elle est toujours à un souffle près de se retrouver à l'état de taches de graisse sur le ciment.

Il pleuvait bien plus fort maintenant, et les conducteurs allumaient leurs phares. Je regardai le profil imposant de Clete qui se détachait en silhouette sur fond de pluie. Son visage était peu amène, ses yeux verts fixés droit devant, sa bouche cousue serrée.

Après l'avoir déposé à son bureau, je fis un dernier arrêt à La Nouvelle-Orléans – au domicile de Hippo Bimstine, près de la levée du Mississippi. La pluie avait pratiquement cessé. Hippo se trouvait dans son arrière-cour, et sortait les feuilles de sa piscine à l'aide d'un long bâton. Il portait des lunettes de soleil enveloppantes, un bermuda écossais et une chemise hawaïenne imprimée de filles à la peau brune en train de danser en jupettes de palme. Les boudins de lard qu'il avait autour du cou luisaient de sueur.

– Ouais, ce flic de couleur, Motley, m'en a parlé, dit-il. Mais le mec aux tatouages ressemble à un genre de zombie déjeté, je dirais. Je ne pense pas que ce soit un gars de l'équipe première.

– Il y a bien longtemps, j'ai été forcé d'apprendre une bonne leçon à la dure, Hippo. Le mec qui te mouche ta chandelle, c'est celui qui te saute à la gorge avant même que tu t'y attendes.

– Un mec avec une épée tatouée sur le crâne, qui se shoote sa dope dans l'entre-deux avec un compte-gouttes ? Dave, lâche-moi un peu, tu veux ? J'ai des ennemis dignes de ce nom. Je ne perds pas le sommeil pour des mecs qui se font arrêter dans les toilettes de stations-service.

– Tu fais preuve d'une attitude bien pépère, Hippo.

– Tu essaies de m'insulter ? C'est ça qu'on est en train de faire ?

– Je ne pense pas que tu veuilles me voir te poser les vraies questions. Sans ménagement.

Il posa sa perche sur un banc en pierre, ôta ses lunettes de soleil, et s'essuya la figure de la manche. L'air était chaud et moite, les gouttes de pluie dégoulinaient des feuilles dans la piscine.

– Je n'ai pas de secrets. Tout le monde à La Nouvelle-Orléans connaît mes options politiques, dit-il.

– Qu'est-ce que l'Organisation de Défense juive ?

– C'est le réseau auquel j'appartiens. Il n'y a aucun mystère. Nous avons monté un projet appelé Opération « Vire-le-Klan ». Nous découvrons qui sont ces empaffés, l'endroit où ils travaillent, et nous passons quelques coups de fil. T'as quelque chose à redire à ça, Dave ? Ça te pose un problème ?

– Sais-tu pour quelle raison ce mec Pelley a pu parler de « cadeau » ou d'un groupe appelé « Le Glaive » ?

– Qu'est-ce que tu racontes en parlant de *cadeau* et de *glaive* ? Écoute, tu sais pourquoi Tommy Lonighan veut ce sous-marin ? Parce que je l'embarrasse. Tout ce que je fais l'embarrasse. Et tu sais pourquoi je l'embarrasse ? Parce qu'il a la conscience coupable, comme une grosse tumeur noire qui n'arrête pas de lui bouffer le cerveau.

– À quel sujet ?

– Il a tué mon petit frère.

– Il a fait quoi ?

– Il n'a pas pris la peine de te parler de ça, hein ? On a grandi l'un et l'autre dans la même rue du Channel, nos deux maisons se faisaient face. On était tous en train de jouer dans une carriole fabrication maison, des cageots, des planches et des patins à roulettes cloués sur le fond. Tommy a poussé mon petit frère, il était derrière une voiture, il l'a poussé en plein dans un camion à glace. Jusqu'à ce jour, ce salopard ne s'est même jamais excusé en disant qu'il était désolé.

– Je ne le savais pas, Hippo.

– Y'a peut-être aussi d'autres trucs que tu sais pas non plus, Dave. Viens dans mon bureau.

– Pour quoi faire ?

– Parce que tu n'aimes pas la manière dont mes amis et moi traitons nos affaires. Parce que tu crois que ces merdaillons devraient avoir droit à leur passage devant le tribunal. Fais-moi plaisir, donne-moi cinq minutes de ta journée. Même si c'est pour que dalle.

Nous entrâmes dans le cottage en stuc qui lui servait de bureau. Il se mit à farfouiller bruyamment dans une caisse de vidéocassettes. Il en sortit une et lut l'étiquette qui s'y trouvait collée.

– Des amis à moi ont obtenu ça d'un groupe de mecs qui se rinçaient l'œil pour le plaisir en le regardant, dit-il. Dans une baraque en parpaings, paumée dans les pins, au nord de Pascagoula. Quand mes amis en ont eu terminé avec eux, les mecs en question n'étaient plus du tout intéressés par les vieilles bandes d'actualités. Et donc ils n'ont fait aucun problème pour leur remettre leur cassette.

– Qui sont tes amis ?

– Des mecs qui pourraient être de grands joueurs de base-ball, tu vois ce que je veux dire. Des rois de la batte.

– Tu crois que c'est une victoire de devenir comme ceux de l'autre camp ?

– Dave, avec toi, c'est une rigolade à la minute. Et c'est pour ça que je t'aime bien. T'as déjà déjeuné, non ? Parce que j'ai l'impression, pour une raison ou pour une autre, que ce film fait foirer l'appétit à ceux qui le regardent.

Il démarra la bande sur le magnétoscope placé sous son poste de télévision. La vidéo était composée de séries de bandes d'actualités, réalisées par la propagande nazie, et d'instantanés montés à la suite, semblable à un collage qui donnait l'impression au spectateur d'un distillat de mal : les profils de Juifs en surimpression sur des profils de rats, Heinrich Himmler passant la revue de détenus de camps de concentration en uniformes à rayures derrière leurs barbelés, des colonnes d'enfants, le paquetage à l'épaule, le visage déformé par la terreur, défilant entre deux rangées de SS en casques noirs ; et finalement, une scène, la plus cruelle que j'aie jamais vue dans un film : des Polonaises nues, au fin fond d'une forêt, les bras serrés sur les seins et la toison pubienne, en train de s'aligner pour être abattues d'une balle dans la nuque et jetées dans une tranchée.

– À ton pire jour au Viêt-nam, as-tu jamais vu quelque chose comme ça, Dave ?

– Non.

– Ça revient. À l'échelle internationale. Tu n'y crois pas, pas vrai ?

– Peut-être. Mais ça ne change rien à notre situation, Hippo. Je crois que ma famille et moi-même sommes en train de nager en plein dans le champ de tir de quelqu'un. Et je crois que tu en es responsable, qui plus est.

Il baissa les yeux sur ses mains croisées au creux de ses cuisses. Il les contempla un long moment.

– Hippo ?

Son visage ovoïde, en forme de ballon de football, était morose lorsqu'il reporta son regard sur moi.

– Qui peut prévoir comment les choses vont tourner ? dit-il. Ce que je fais ou non n'a plus d'importance. Il y a des gens, et je te parle là de demeurés comme ce pervers qui est venu chez toi, qui sont convaincus que tu peux retrouver ce sous-marin. Et c'est ce qu'ils *croient* qui compte, Dave.

– Pourquoi est-ce aussi important à leurs yeux ?

– Pourquoi est-ce qu'un bousier aime à se rouler dans la merde ?

– Laisse tomber ton numéro d'Annie la Petite Orpheline, Hippo. Ça commence à me fatiguer.

– Ils aiment les mausolées.

– Ça ne suffit pas.

– Je ne veux pas que tu te fasses tuer. Oublie le sous-marin. Je le trouverai, ou tout seul, ou pas du tout. Ne reviens plus ici. Je vais faire passer le mot, t'es un vrai gâchis ambulant, une perte de temps, tu serais pas capable de te retrouver le cul avec les deux mains. Peut-être qu'ils vont y croire.

– Trop tard pour la contrition, Hippo. Ce mec Buchalter a laissé à ma femme un souvenir dont elle ne réussira jamais tout à fait à se débarrasser.

– On peut faire partir un contrat dans cette ville pour cinq cents sacs. Est-ce que tu savais ça, Dave ? Pour cent sacs, tu peux faire remodeler un mec à coups de marteau de carrossier, avec polaroïds à l'appui, qu'on te dépose dans un bar sur Claiborne. Tu veux un numéro de téléphone ? Ou bien tu veux continuer à rester le cul accroché à tous vents et me rendre responsable de tous tes problèmes ?

– Je ne savais pas que Tommy Bobalouba et toi, vous aviez grandi ensemble, Hippo. Ça explique beaucoup de choses.

– Sans charres ?

– Sans charres.

– Habile et subtil, je dirais.

– Pas vraiment. Vous êtes l'un et l'autre deux paquets de merde.

– J'aimerais bien avoir ta finesse d'esprit, dit-il, avant de lever la vidéocassette qu'il tenait à la main.

Je pourrais alors expliquer comment il se fait que des gens regardent des trucs comme ça pour le plaisir dans mon propre pays et que tout le monde s'en fiche. Hé, Dave, si jamais ils remettent les fours en marche, je serais probablement l'un des premiers pains de savon sur le tapis roulant. Mais toi et ceux de ton espèce, vous ne serez pas bien loin derrière. Ça ne te dérange pas de retrouver le chemin de la sortie tout seul, j'espère ?

Je repris la direction de New Iberia, traversai Baton Rouge et le Mississippi, large et jaune, et m'enfonçai, sous le soleil couchant, dans les marais d'Atchafalaya. Je remarquai un portefeuille enfoncé dans la cassure du siège passager. C'était celui de Clete, il avait dû glisser de sa poche revolver quand je l'avais déposé à son bureau. Lorsque je quittai la I-10 à Breaux Bridge, je m'arrêtai à un bazar et l'appelai d'un téléphone public, puis je repris l'ancienne route qui traversait St. Martinville, passai devant la vieille église française sous les chênes à larges ramures sur le bayou Teche, là où Évangeline et son amant sont enterrés, et pénétrai à New Iberia sous le soir fraîchissant, au milieu des champs de canne verte que le vent faisait ondoyer.

Je m'engageai dans le chemin de terre et me garai sous les chênes au pied de ma propriété. La maison était plongée dans la pénombre, le champ de canne à sucre de mon voisin et les bois qui la bordaient, découpés en silhouettes tranchées sur fond de soleil couchant flamboyant. La voiture de Bootsie était rangée sur le côté de la maison, coffre ouvert, les sacs de provisions encore à l'intérieur. Les pièces sur l'avant de la maison étaient dans l'obscurité, les rideaux imprimés à motifs de roses voletaient dans les fenêtres, mais la lumière était allumée dans la cuisine. Batist était sur le ponton, et vidait à l'aide d'un manche à balai les poches d'eau de pluie accumulées dans les plis de l'auvent.

– T'as besoin d'un coup de main pour fermer ? lui criai-je.

– Y'a pas eu grand monde cet après-midi. La pluie a fait rentrer le peuple de bonne heure, dit-il.

– Alafair est avec toi ?

– Al est allée au spectacle avec d'aut' z'enfants.

Je le saluai du geste et remontai la pente en direction de la maison, sortis deux sacs de courses du coffre de la voiture de Bootsie, et passai par la porte de derrière. Les lucioles avaient commencé à s'éclairer dans les arbres, et le dôme de ciel lavande en surplomb retentissait des échos du bruissement des cigales. La maison était silencieuse ; pas un son ne sortait de la radio, posée sur le rebord de fenêtre de la cuisine, que Bootsie écoutait pratiquement toujours en préparant le souper.

Je regroupai les sacs à provisions dans mes bras, ouvris la moustiquaire à l'arrière de la maison du pied, et la laissai reclaquer derrière moi. Le planchéiage de la véranda était jonché de gamelles et de granulés de nourriture pour chat. Depuis l'embrasure de la porte, toutes les surfaces de la cuisine paraissaient brillantes et propres, mais je sentis une odeur d'okra en train de brûler, et l'eau sifflait par le couvercle d'une bouilloire avant d'exploser en gouttes de vapeur sur le poêle.

– Bootsie ? dis-je.

À l'avant de la maison, le toit de tôle de la galerie cliquetait dans l'air fraîchissant.

J'entrai dans la cuisine et commençai à déposer les sacs sur le plan de travail de l'évier ; je vis Bootsie assise à la table du petit déjeuner, immobile, le corps raidi, les yeux fixés droit devant, les mains l'une sur l'autre.

– Bootsie, qu'est-ce qui ne va pas ? dis-je.

J'aperçus alors la pellicule de transpiration qui lui mouillait le front et la lèvre supérieure, sa gorge agitée d'un tremblement, ses seins qui se soulevaient. Sa bouche s'ouvrit avec raideur, son regard perdit sa fixité et se verrouilla au mien : ses yeux étaient chargés d'une lumière que je n'y avais jamais vue.

– Va-t'en, Dave ! Cours ! Je t'en prie ! dit-elle d'une voix qui paraissait tout à la fois craquer dans l'instant et sortir d'un tréfonds enfoui loin.

Mais c'était trop tard. Le blond au cou comme une souche d'arbre et aux mains aussi puissantes qu'un étau sortit du couloir en pleine lumière. Il arborait un panama au bandeau fleuri incliné sur la tête et affichait un sourire enfantin de guingois sur ses lèvres. Son pantalon blanc à plis, sa chemise à motif imprimé de perroquets verts et jaunes, ses mocassins cirés à pompons lui donnaient l'allure d'un de ces adeptes de la vie saine et sportive que l'on peut voir dans les programmes matinaux à la télévision, avec peut-être même une plage en arrière-plan. Dans l'ombre portée de son chapeau, c'est à peine si le semis de ses points noirs était visible, étalés qu'ils étaient en éventail au coin des yeux comme des moustaches de chat.

– Entrez donc, Dave. Je suis content que vous soyez là. Nous n'étions pas certains de l'heure de votre retour. Nous allons trouver une solution au problème qui nous occupe. Hé, j'écoutais vos disques. J'adore, dit-il.

Derrière lui, sur une chaise tournée face au couloir, était assis un homme de petite taille. Ses yeux présentaient un défaut, et il avait la tête en forme de tomate. Son cuir chevelu présentait même un sillon, avec quelques tortillons de cheveux à l'intérieur, identique à la marque et la tige d'une tomate fraîchement arrachée du pied. Il tenait entre les mains une arbalète de l'armée, de celles qui s'utilisent parfois lors de missions spéciales, avec une flèche à ailettes d'acier montée sur le fût. L'homme avait les coudes en appui sur le dossier de la chaise et il souffrait de strabisme : l'un de ses yeux venait se verrouiller par intermittence près de l'arête du nez, mais son regard, à sa manière étrange, s'alignait le long du fût de flèche avec, pour cible, le côté du visage de Bootsie.

## Chapitre 11

Ils avaient maintenant tiré les persiennes sur les fenêtres, et le petit homme qui louchait buvait à même une bouteille de lait à la table de cuisine en recrachant des coques de pistache dans un sac en papier. Après m'avoir bloqué les poignets dans le dos à l'aide des menottes qu'il avait trouvées sur ma commode, il avait attaché les avant-bras de Bootsie à sa chaise à l'aide de chatterton, avant de passer l'adhésif en diagonale entre ses seins et d'en envelopper le dossier de la chaise. L'homme qui répondait au nom de Buchalter observait la scène, un petit Beretta calibre 25 dans la paume de la main, un sourire tordu pareil à celui de Will Rogers [1] au coin des lèvres.

– Vous vous souvenez de moi ? dit-il.

– Non.

– Vous m'avez vu dans l'hélicoptère. Au large, sur le Golfe, dit-il.

– Ceci n'a aucune valeur pour vous, ou votre cause, ou quoi que ce soit que vous cherchiez, dis-je. Vous vous êtes trompé de personnes.

Il tira une chaise et s'assit entre Bootsie et moi. Il repoussa son chapeau sur l'arrière de la tête. Une

1. Célèbre comédien américain, réputé pour sa gentillesse. (*N.d.T.*)

mèche de fins cheveux blonds lui tomba dans les yeux.

– Êtes-vous furieux contre moi ? À cause de ce que j'ai fait à Mme Robicheaux ?

Je fixai son visage, ses yeux inquisiteurs qui ne cillaient pas, et ne répondis pas. Je sentais les menottes qui me mordaient la chair des poignets, circulation coupée et veines gonflées.

– Nous ne savons pas pourquoi vous êtes venu ici. Vous n'avez rien à gagner ici. Ne comprenez-vous pas ça ? dit Bootsie.

– Je ne dirais pas cela. Il existe toujours des possibilités en toute situation. C'est ce que j'aime à croire, en tout cas, dit-il.

Il tendit le bras, toucha ma joue de sa main et laissa son regard errer paresseusement sur mon visage.

Je vis les larmes sourdre dans les yeux de Bootsie.

– Essayez de comprendre une chose, Buchalter, dis-je. Je suis officier de police. Je travaille avec des gens qui régleront cette affaire d'une manière ou d'une autre. Peu importe ce qui se passera ici ce soir, ils vous retrouveront et vous péteront la gueule et le reste, je vous le garantis.

Il lâcha quelques « chut » du bout des lèvres et, une fois encore, sa main se tendit et toucha mon visage en venant frôler de petits gestes vifs la commissure de mes lèvres. Je sentais le grain de sa peau contre la mienne, l'odeur qui s'en dégageait, des relents de lotion capillaire mêlés à un intérieur de gant de cuir.

– Ôtez vos pattes de lui, espèce de dégénéré, espèce d'animal répugnant..., dit Bootsie.

Elle avait les yeux enfoncés dans les orbites, le regard enfiévré, le visage aussi gris qu'un carton.

Buchalter eut un signe de tête à l'adresse du petit homme qui louchait. Lequel recracha une coque de pistache dans le sac en papier avant de se diriger derrière Bootsie dont il scella la bouche à l'adhésif, à plusieurs reprises, entourant le chatterton sur les boucles épaisses de sa chevelure à l'arrière de la tête, le resserrant à chaque passage sur les lèvres. Bootsie se pencha en avant et s'étrangla sur sa langue.

Je sentais mon cœur battre mes côtes avec un bruit de tonnerre, j'entendais le sang rugir dans mes oreilles comme le vent dans une conque.

– Je ne sais pas où se trouve le sous-marin, dis-je. Je vous le dirais si je le savais. Je ne sais même pas pourquoi vous le voulez, les mecs. Pourquoi refuserais-je de vous donner ce renseignement ?

– Parce que vous travaillez pour les Juifs, mon ami, dit-il. Parce que je crois que vous mentez.

– Il y a de l'air emprisonné dans la coque. L'épave flotte juste au-dessus du fond du Golfe. Elle se déplace probablement au rythme du Gulf Stream, dis-je. Engagez des repêcheurs d'épave qui comprennent ces choses-là. La Nouvelle-Orléans et Miami en sont pleins.

– Mais de toute évidence, vous l'avez retrouvée par deux fois. Ce qui signifie que vous savez quelque chose que les autres ne savent pas.

– Peut-être y a-t-il plus d'un sous-marin là en bas, dis-je. La Marine en a épinglé trois ou quatre pendant l'année 42. Peut-être ai-je vu deux sous-marins différents.

Il sortit une carte nautique de sa poche, la déplia et l'étendit à plat sur la table devant moi. Elle montrait la côte de la Louisiane, ses anses et leurs graphes de profondeur, ainsi que les replats nord de la plate-forme continentale du Golfe. Il se plaça derrière ma chaise et posa ses mains énormes sur mes épaules, les deux pouces au creux de ma nuque.

– Nos affaires respectives peuvent se terminer ici même ce soir de deux manières, dit-il. Je pense que vous me comprenez.

– Une fois que vous saurez où se trouve le sous-marin, vous partirez, tout simplement ?

– Pourquoi pas ? dit-il.

Ses doigts se resserrèrent sur les tendons de mes épaules.

– Parce que vous n'êtes pas de taille.

Il baissa la bouche vers mon oreille.

– Ce n'est pas le moment de faire le malin, Dave, dit-il. Vous voulez que je vous oblige à tracer la dérive de l'épave du bout du nez ?

Je tentai de me pencher en avant, loin du rythme régulier de son souffle sur ma peau. Il plaça alors une main en coupe sous mon menton, l'autre à l'arrière de ma tête, pareil au joueur de basket s'apprêtant à un lancer compliqué.

– Est-ce que vous aimeriez que je vous la fasse sauter ? dit-il. Je peux vous transformer en tas de viande molle comme une limace, du cou jusqu'aux pieds. Je n'exagère pas, Dave. Je l'ai déjà fait à deux reprises par le passé. Demandez à Chuck ici présent.

*Réfléchis, réfléchis, réfléchis.*

J'essayai de ne pas déglutir, j'essayai de vider ma voix de toutes traces de peur. Je fermai et ouvris les yeux, en chassai la sueur d'un clignement de paupières. Les cheveux de Bootsie lui étaient retombés sur son visage ; le chatterton noir qui lui sciait la bouche luisait de salive et ses yeux étaient rouges, mouillés par la terreur de ce dont elle allait être le témoin.

– Il y a deux choses qui n'auront pas lieu ici ce soir, Buchalter, dis-je. Je ne vais pas vous fournir de renseignements que je ne possède pas, et personne ici ne va vous baiser le cul. Vous n'êtes qu'une merde. Rien de ce que vous pourrez faire ne changera ce fait.

Il resta un moment silencieux. Je sentis ses doigts bouger, mais ils étaient moins assurés maintenant, et la pression contre mon menton et mon cou se relâcha momentanément.

– Vous voulez répéter ? demanda-t-il.

– Des mecs comme vous sont cruels parce qu'on leur a foiré leur pratique du pot. C'est comme ça que ça marche. Allez voir un psychologue et demandez confirmation. C'est mieux que de continuer à vivre avec des virgules en dérapage sur les sous-vêtements.

L'homme qui louchait se mit à rire, avant de jeter un œil à Buchalter.

Buchalter respirait à grands coups. Ses mains, suspendues en attente sur mon menton et mon cou, étaient moites de transpiration. Mais l'indécision, la pose de tout le corps étaient toujours là, les moyens de résoudre l'insulte pas encore tout à fait en place.

Puis l'homme qui louchait pivota dans son fauteuil et regarda par la fenêtre latérale, dont les persiennes étaient tirées. Il leva une main en l'air.

– Will, il y a quelqu'un dehors, dit-il.

Les mains de Buchalter glissèrent, s'écartant de moi. Il sortit le Beretta de sa poche pendant que le dénommé Chuck regardait sur le côté des persiennes.

– C'est un livreur, dit-il.

– Qu'est-ce que tu entends par *livreur* ? demanda Buchalter.

– Un foutu livreur. Avec un bloc agrafe et une torche. Il vient vers la porte de derrière.

– Demande-lui qu'il te remette ce qu'il a, ensuite débarrasse-toi de lui.

– Moi ?

– Oui, toi.

Le dénommé Chuck sortit sur le perron arrière, au-delà de mon champ de vision. Buchalter posa une main sur mon épaule et plaça le canon du Beretta derrière mon oreille.

– UPS. J’ai un colis pour Dave Robicheaux. Je crois que votre sonnette est cassée, dit une voix dans l’obscurité.

Je vis le regard de Bootsie se verrouiller au mien.

– Posez-le sous la galerie, dit Chuck.

– C’est contre remboursement.

– Combien ?

– 8,50.

– Attendez une minute.

Le dénommé Chuck revint dans la cuisine, le visage rempli de consternation.

– J’ai pas de sous, Will, dit-il.

– Tiens, dit Buchalter en lui tendant un billet de vingt dollars.

– Qu’est-ce que je fais si je dois signer ?

– Tu gribouilles sur son reçu. Et maintenant, vas-y et fais-le.

Chuck ressortit sur le perron. Je voyais sa silhouette se déplacer sous la lampe croûtée d’insectes.

– Très bien, je vous remercie, l’entendis-je dire. Posez-le sous la galerie. Je le rentrerai plus tard.

– Je vous l’apporte à l’intérieur. Ce n’est pas un problème.

– Non, mon gars. Inutile de faire ça.

– Il va flotter. Nous sommes responsables des dégâts que peut causer la pluie.

Chuck revint dans la cuisine, la peau autour d’un œil tressautant d’angoisse.

– Calme-toi, dit Buchalter. Sors par-devant et aide le gars. Contente-toi de le tenir à l’écart de l’arrière de la maison.

– Ça baigne, ça baigne.

– Je vois ça, pas de doute.

– Je n’ai pas besoin de toi pour venir en plus me les gonfler, Will. Je foire ce coup-ci, et je retombe pour récidive.

– Vaudrait mieux que tu ne parles plus, Chuck.

– Tu ne piges pas. Ch'sus tombé quatre fois. J'ai pas besoin de ce genre de conneries dans ma vie. Et maintenant, y'a ce putain de bizarro de l'UPS qui débarque. Je te le dis, j'ai pas besoin de ce genre de conneries, mec. J'ai pas les tripes pour.

– T'es sous pression, Chuck. Attends une minute, qu'est-ce que t'entends par *bizarro* ?

– Il ressemble à un singe avec une casquette de l'UPS sur la tête. Y porte un putain de short Budweiser. T'appelles pas ça un bizarro ?

La main de Buchalter pinça ses lèvres. Je sentais la chaleur irradiée par son corps, le mélange de sueur et de déodorant secrété par ses aisselles.

– Sors par la porte de devant, Chuck, dit-il. Discute avec le gars là-bas devant. Et tu le gardes là. Ça, c'est le boulot dont je te charge. Tu me comprends ?

– Pourquoi moi ? Je n'aime pas ça, Will. Tu veux l'affronter en face, ce putain de mec, eh ben, vas-y, affronte-le en face.

La peau de Chuck se tendit alors sur les os de son visage, étirant les sourcils comme deux marques de gras tracées au crayon.

– Ce fils de pute repasse sur le côté de la maison, dit-il.

– Je m'en charge. Débrouille-toi pour que ces deux-là ne disent rien, dit Buchalter.

– Tu n'as pas voulu m'écouter, mec. Et maintenant, ça commence à merder. Je le sens.

– La ferme, Chuck. Si ça tourne au vinaigre, assure-toi que M. et Mme Robicheaux se prennent le bus sans ticket de retour, dit Buchalter. S'il ne travaille pas pour nous, il ne travaillera pas non plus pour les Juifs.

– Tu veux effacer un flic ? Avec nos empreintes dans toute la maison ? T'as perdu la tête, nom de Dieu ?

Buchalter leva les doigts pour faire taire l'homme qui louchait avant de replacer le Beretta dans sa poche de pantalon et de sortir sur le perron arrière, avec au coin des lèvres un sourire qui faisait penser à un trou de serrure étiré.

Chuck ramassa son arbalète et l'aligna au niveau de ma gorge. Ses mains étaient blanches, rondes et petites sur les surfaces de métal sombre de l'arme. Il respirait bruyamment par le nez, et chassa une mouche de son visage en secouant la tête. De grosses gouttes de pluie commencèrent à frapper en solitaires les arbres au-dehors.

J'entendis Buchalter ouvrir la porte-moustiquaire du perron.

– Okay ? C'est tout maintenant ? dit-il.

– J'ai besoin de votre signature.

– Très bien.

– Vous avez un stylo ? Le mien a dû tomber de mon bloc.

– Non, je n'en ai pas. Et je suis plutôt occupé.

– Peut-être que je l'ai mis dans la poche.

– Écoutez, mon ami...

– Les mains sur la tête, et à genoux, enfoiré ! Exécution ! Tout de suite ! Sans réfléchir !

J'entendis le poids de deux corps imposants se fracasser contre les claires-voies de bois et ratisser au passage les outils de jardinage enchevêtrés, entassés sous la véranda ; puis Buchalter et Clete dégringolèrent dans la cuisine, et le revolver bleu-noir calibre 38 de Clete rebondit sur le linoléum.

Buchalter fut le premier à se remettre debout, ses fesses plates bien serrées, la menue monnaie tintant dans son pantalon, son dos triangulaire raidi de muscles, et il lança le poing droit en plein centre du visage de Clete. La tête de Clete claqua vers l'arrière sous la violence de l'impact, des giclures de sang volant du nez sur sa joue. Mais il agrippa

Buchalter autour des jambes, verrouilla les poings derrière les cuisses, et écrasa son adversaire contre le jambage de la porte.

– Chuck ! hurla Buchalter en essayant de mettre la main à la poche de pantalon.

Mais Chuck avait pris son arbalète, traversé le couloir et filé par la porte d'entrée comme une flèche.

Buchalter se mit à cogner le sommet du crâne de Clete de ses deux poings en crochets. Il portait une grosse bague mexicaine à la main droite, une bague à motif en reliefs marqués et, chaque fois que tombait son poing droit, il vrillait la bague à l'impact, et je voyais les saignées éclater comme de minuscules fleurs écarlates sur le cuir chevelu de Clete.

Mais Clete Purcel n'était pas du genre à abandonner ou à aller au tapis facilement. Sous les rigoles de sang qui lui coulaient des cheveux dans les yeux, il tendit le bras derrière lui, agrippa une griffe à trois dents par la poignée en bois, et en enfonça brutalement les pointes effilées dans le scrotum de Buchalter.

Le visage de Buchalter blanchit, sa bouche s'ouvrit béante sur un rugissement qui donna l'impression de se lever de ses viscères telle une bulle arrachée, comme si on lui sciait os et tissus à l'intérieur du corps. Il chancela sur le côté, levant les genoux au passage dans la figure de Clete, et fracassa la porte-moustiquaire pour s'enfoncer dans l'arrière-cour. Puis je l'entendis partir au pas de course dans l'obscurité.

Clete se remit debout en prenant appui sur le bouton de porte avant de se diriger comme un ivrogne dans la cuisine, où il mouilla un torchon à vaisselle sous le robinet pour le presser sur le haut de son crâne. Il ne cessait d'écarquiller les yeux en haletant, le souffle court. Il avait les genoux écorchés, et une chaussette était roulée sur sa cheville.

– Ramasse ton calibre, dis-je.

Il s'essuya le nez et les yeux à l'aide du torchon, avant de se plier en deux, lourdement, le torchon collé au cuir chevelu, et de refermer la main sur le .38.

– La clé des menottes est sur la commode de la chambre, dis-je.

Il entra dans la chambre, revint avec la clé et se mit en devoir d'ouvrir les menottes. Je sentais l'eau dégoutter de ses cheveux dans mon cou. Les menottes claquèrent en tombant au sol. Mes mains étaient violacées, gonflées par le manque de circulation, la peau comme morte au toucher. J'ouvris mon canif, tranchai le chatterton à l'arrière de la tête de Bootsie, l'ôtai délicatement de sa bouche, et commençai à sectionner l'adhésif qui lui tenait les bras.

– Oh mon Dieu, Dave, dit-elle.

Elle respirait par à-coups, haletante, comme si on l'avait tenue un long moment sous l'eau et que ses poumons avaient mal de manquer d'air.

– Oh, Seigneur, mon Dieu. Oh mon Dieu, il allait...

– C'est fini, dis-je.

– Il allait t'estropier. Il allait t'estropier délibérément, dit-elle.

Elle ferma les paupières serrées pour retenir les larmes qui coulaient sur ses joues. Je tins son visage contre ma poitrine et l'embrassai sur le dessus de la tête. Je sentais la chaleur dans ses cheveux.

– Ton téléphone est mort. Ils ont dû couper la ligne dehors, dit Clete.

– Donne-moi ton calibre, dis-je.

– Où est le tien ?

– Dans la boîte à gants du camion.

– Mec, je n'ai pas les yeux en face des trous. Ce mec a des poings comme des blocs de béton.

– Emmène Boots jusqu'à la boutique à appâts et appelle le bureau du shérif de là-bas.

– Où vas-tu, Dave ? demanda Bootsie, le regard plus clair soudain chargé d'une nouvelle source d'inquiétude.

– Ils ont probablement garé leur voiture un peu plus loin sur la route, répondis-je.

– Non, insista-t-elle. Laisse quelqu'un d'autre s'en occuper, cette fois.

– C'est un fanatique et un psychopathe, Boots. Si nous ne mettons pas la main dessus, il reviendra.

Je détournai les yeux devant l'expression sur son visage. Je me lançai vers la porte, revolver en main.

– Hé, Dave... cria Clete.

Il me suivit sur le perron arrière.

– Oublie les règles sur ce coup-ci, dit-il. Si t'en as l'occasion, classe-lui son dossier une bonne fois, à cet enculé.

– Dis au shérif d'appeler le gardien du pont, qu'il relève le pont mobile, dis-je.

– Écoute-moi... commença-t-il, le visage tendu par l'impatience.

Il s'arrêta alors et baissa la voix.

– Ce genre de mec, ça reste assis dans sa cellule, et ça réfléchit longtemps à toutes les choses qu'on peut faire subir aux gens. Ne vis pas avec des regrets ensuite, Belle-Mèche. Buchalter est un mauvais, aussi mauvais qu'on puisse trouver.

Il me pointa un doigt dans la figure avant de s'essuyer d'un revers du poignet un barbouillis de sang sur le nez.

La lune s'était levée à l'est, de derrière un amas de nuages noirs et une pluie chaude et drue dansait sur la mare à canards au pied de ma propriété, cliquetant sur les hautes tiges de canne à sucre dans le champ de mon voisin. À mon retour de La Nouvelle-Orléans, je n'avais pas vu de véhicules garés sur le chemin de terre près du bayou, et je devinai que Buchalter et l'homme qui louchait étaient passés devant ma maison et avaient garé leur voiture à son extrémité la plus éloignée avant de recouper par un verger de pacaniers près des Quatre Coins, et franchir un talus boisé et le champ de canne de mon voisin.

Au-delà de la mare à canards, tout à côté des vestiges de ma grange effondrée, j'aperçus, luisant dans la boue, deux séries d'empreintes de pas qui conduisaient dans le champ, par-dessus la clôture de fil de fer barbelé. Je soulevai le brin supérieur des barbelés et pénétrai dans les cannes à sucre. Lesquelles poussaient si dru que la terre était toujours sèche dans les rangs. Le bruit de la pluie sur les feuilles résonnait comme des billes à jouer qui frapperaient des pages de papier journal bien sèches. Un éclair fendit le ciel et claqua dans les bois, et lorsque l'écho du tonnerre se réverbéra sur les arbres, le bétail de mon voisin se mit à meugler de terreur dans le fond de la coulée.

Pas un souffle de vent n'agitait les cannes, l'air était chaud, vivant d'insectes. Devant moi, j'aperçus un motif en méandres, pareil à un délicat tunnel serpentant à travers les rangs, là où quelqu'un avait ployé les tiges latéralement ou les avait cassées au pied de sa chaussure. Je m'agenouillai dans la rangée et prêtai l'oreille. Au début, je n'entendis rien que le bruit de la pluie cliquetant sur les feuilles au-dessus de ma tête, puis retentit une voix, un homme en appelant un autre, à l'instant précis où l'éclair éclatait en ramures blanches sur tout l'horizon au sud sous le grondement du tonnerre roulant à travers champs.

Ils avaient dû atteindre le talus boisé, ils étaient presque au verger de pacaniers et aux Quatre Coins sur la route du bayou, me dis-je. Je ressortis des cannes à sucre et partis en courant vers l'extrémité opposée du champ, en direction du bouquet de chênes en promontoire dont les feuilles miroitaient de lumière argentée sous le vent qui soufflait du marais.

Il y avait bien longtemps que Clete Purcel avait fait sa paix séparée avec le système de règles qui gouvernent en le justifiant le fait d'ôter une vie humaine. Je n'avais jamais remis en question la validité de la vision morale de Clete, pas plus que je n'aurais remis en question sa loyauté, son courage et ce don de lui-même plein d'altruisme qu'il m'avait fait aux pires moments de mon existence. En vérité, je lui enviais souvent la clarté de vision qui était la sienne et définissait la ligne lui permettant de distinguer le bien du mal. Qui plus est, depuis ma première affectation comme flic de rue à La Nouvelle-Orléans, je nourrissais la peur d'user un jour à mauvais escient de mon pouvoir de vie ou de mort sur un individu, par accident, voire par impétuosité craintive, voire même encore par dessein délibéré, sûr de mon bon droit.

Mais Buchalter n'était pas un joueur ordinaire. La plupart des mutants, psychologiquement parlant, auxquels un officier de police a affaire au quotidien sont des perdants vagissants et confus, qui ne présentent guère de danger effectif, qui se faufilent dans l'existence par ses rues latérales et qui, souvent, sont en quête de figures d'autorité et d'autojustification à travers des relations conflictuelles qui les opposent à la police et aux responsables de conditionnelle, dans la mesure où la société normale leur accorde à peu de choses près la même valeur qu'une peau de banane jetée au rebut.

Les psychopathes tels que Ted Bundy et Gary Gilmore ont une manière bien à eux de commettre leurs crimes dans des États qui pratiquent les exécutions capitales. Pour ensuite transformer leur procès, comme leur exécution, en théâtres télévisés à l'échelle mondiale.

Les Will Buchalter de ce monde ne disposent d'aucun plan de ce genre pour eux-mêmes. Ils ne laissent pas de paperasses derrière eux; ils se gardent d'entrer dans l'ordinateur. Lorsqu'ils se font effectivement épingler, ils obtiennent leur libération sous caution et terrifient les témoins pour que ceux-ci se parjurent; ils convainquent les psychologues qu'ils ont des personnalités multiples que l'on ne peut pas juger simultanément devant un tribunal; leurs porte-chapeaux purgent les peines à leur place ou se font assassiner en détention. Personne n'est jamais sûr du nombre effectif d'individus qu'ils tuent effectivement.

Will Buchalter appartenait à ce groupe spécial d'individus qui vivent dans nos cauchemars.

Je sentais encore son odeur; elle ressemblait à un musc animal, un relent de lotion en guerre ouverte avec ses propres glandes, comme quelqu'un qui viendrait d'avoir un rapport sexuel. J'avais encore la sensation du grain huileux de sa peau sur la mienne.

Je resserrai les doigts sur la crosse du .38. Les plaques en noyer patiné par l'usage étaient dures et lisses contre ma paume.

Comme j'approchais de l'extrémité du champ de canne à sucre, j'entendis un brin de fil de fer de clôture résonner contre un poteau. S'ensuivit un juron, comme si l'individu en question avait mal ou bien était tombé au sol. Je m'écartais loin du champ afin d'élargir ma vision; j'aperçus alors deux silhouettes sur fond de lune voilée – un homme sur les fesses qui se tenait la cheville, l'autre penché au-dessus de lui, essayant de le relever –, et je me rappelai la vieille clôture que mon voisin avait démolie en la raplatissant au tracteur pour permettre à son bétail d'aller s'abreuver à la coulée.

Eux aussi m'avaient vu. Avant que j'aie pu m'accroupir en position de tir et leur hurler de mettre leurs mains sur la tête, un pistolet petit calibre claqua dans l'obscurité, puis claqua à nouveau, exactement comme un pétard. Je courus vers le couvert des cannes à sucre, loin de leur ligne de vision, et m'accroupis au ras du sol au milieu des tiges, loin du clair de lune qui zébrait la pluie d'une lumière de vif-argent.

J'entendis quelqu'un s'enfoncer dans les cannes, écraser quelques rangs à son passage, et s'arrêter.

Se trouvait-il maintenant un ou deux hommes dans le champ ? J'étais incapable de répondre. Il n'y avait pas le moindre bruit, hormis la pluie battant les feuilles au-dessus de ma tête.

Je me frayai un chemin le long d'un sillon et m'enfonçai dans les cannes à sucre. Je sentais une odeur d'animal mort dans l'air emprisonné, un raton ou un opossum, une odeur qu'aurait laissée un rat venu ramper à l'intérieur d'un mur pour y mourir. Les yeux me piquaient de sel, la terre me mordait les jointures et les genoux comme des morceaux de silex. Je vis un lapin jaillir entre les rangs, s'arrêter et me regarder, les oreilles aplaties contre le crâne, avant de reprendre sa course en zigzags. Il sortit bruyamment du bord du champ et disparut.

À moins de sept mètres de moi, un homme se leva de sa position à genoux au milieu des cannes et des longs festons de feuilles alentour. Il essaya de se faufiler doucement et en silence à travers les rangs jusqu'au bord opposé du champ, qui ouvrait sur un espace à découvert, le talus boisé et le verger de pacaniers.

Je remontai ma chemise et m'en essuyai le visage, puis je pris en ligne de mire, du mieux que je pus, la silhouette de l'homme qui avançait au ralenti. Je remontai le chien du .38 et alignai le guidon sous une trajectoire imaginaire qui traversait ses omoplates.

*Maintenant*, me dis-je.

– Jette ton arme ! À plat ventre, les bras allongés devant toi ! hurlai-je.

Mais il voulait s'offrir une saison de plus.

Il plongea dans les cannes à sucre, écartant les tiges des bras pour se frayer un chemin, trébuchant au fil des rangs. J'étais accroupi, un genou au sol, lorsque je me mis à tirer. Je crois que la première balle est passée trop haut car j'entendis un bruit d'impact au loin dans un arbre, pareil à celui d'un caillou ricochant sur l'écorce avant de tomber à travers les branchages. L'homme continua à labourer les cannes en essayant de se frayer un passage de la main gauche, la main droite protégeant une arme.

Mais la deuxième balle toucha au but. Je savais qu'elle avait fait mouche ; j'entendis l'impact, semblable à celui que ferait une chaussures à crampons sur un ballon de football, j'entendis les poumons de l'homme se vider de leur air tandis que le choc le poussait de l'avant à travers les cannes à sucre.

Mais il était toujours debout avec, dans la main droite, un objet métallique dont les à-plats luisaient, bleutés, sous le clair de lune, et se tournait vers moi, en pivot sur un pied, à l'image d'un épouvantail qu'un vent violent aurait fait tournoyer.

Chuck n'avait chargé que cinq balles dans le barillet et replacé le chien sur une chambre vide. Je lâchai les trois balles restantes aussi vite que je pus écraser la détente. Des étincelles et de fines esquilles de plomb volèrent des côtés du barillet dans l'obscurité.

Son bras gauche eut un soubresaut latéral, comme s'il avait reçu une décharge électrique, son estomac parut s'affaisser de l'intérieur, puis son menton fut projeté violemment contre son épaule comme s'il avait été frappé par une matraque invisible.

Le chien claqua sur la sixième chambre, vide. Se produisit alors une chose que je ne compris pas. Tandis qu'il s'affaissait latéralement au sol, en brisant les tiges de canne alentour, pour la première fois, il poussa un hurlement de douleur.

Je traversai les rangs de canne, jusqu'à l'endroit où il gisait sur le dos, ses yeux bigleux s'ouvrant et se fermant sous le choc. Il essayait de recracher de la pointe de la langue un caillot de sang qui lui encombrait la bouche. Ma dernière balle l'avait touché au menton, pour ressortir juste au-dessus du maxillaire. Il avait le bras gauche tordu sous la manche, comme un morceau de cordage au rebut. Une autre balle l'avait touché au flanc, sans que je puisse voir l'orifice de sortie, et le sang suintait de la chemise sur le sol. J'aperçus alors sa main droite qui tremblait de manière incontrôlée au-dessus du fût empenné de plume de la flèche en aluminium que son arbalète avait libérée lorsqu'il était tombé. La pointe à ailettes avait tranché jusqu'au creux du muscle de la cuisse pour ressortir, luisante et rouge, par la rotule.

Je m'agenouillai à son côté, relâchai sa ceinture et essuyai la terre qu'il avait dans les yeux du bout de mes doigts.

– Où est Buchalter ? dis-je.

Il déglutit avec un cliquetis de fond de gorge et essaya de parler, mais sa langue resta collée au palais. Je tournai sa tête sur le côté pour permettre aux fluides de s'évacuer de sa bouche.

– Où est allé Buchalter, Chuck ? dis-je. N'essaie pas de protéger ce mec. Il t'a abandonné lâchement.

– Je ne sais pas, dit-il.

Sa voix était faible, vidée de toute défense.

– Sortez la flèche.

– Je ne peux pas. Tu pourrais avoir une hémorragie. Je vais appeler une ambulance.

Ses yeux bigleux essayèrent de faire leur mise au point sur les miens. Ils brillaient, noirs de peur et de crainte. Sa langue sortit un instant de sa bouche, avant de reprendre sa place.

– Qu'y a-t-il ? dis-je.

– J'ai besoin d'un prêtre. Je vais pas m'en tirer.

– Nous t'en trouverons un.

– Faut que vous écoutiez, mec...

– Parle.

– J'avais rien contre vous z'aut'. J'ai fait ça pour l'argent.

– Pour l'argent ? dis-je, autant pour lui que pour moi-même.

– Dites à vot' dame que je suis désolé. Y'avait rien de personnel. Oh Seigneur, je vais pas m'en tirer.

– Donne-moi Buchalter, Chuck.

Mais ses yeux s'étaient tournés vers l'intérieur d'eux-mêmes, fixés sur une vision dont il devait probablement être le seul à apprécier la portée et l'intensité. Au lointain, j'entendis quelqu'un démarrer le moteur d'une puissante automobile avant de mettre cap au sud en rugissant, à l'opposé du pont mobile, sur la route du bayou, sous la pluie qui tombait.

# Chapitre 12

Le lendemain matin, j'allai au bureau du shérif et récupérai mon insigne.

Chuck, dont le nom véritable était Charles Arthur Sitwell, avait survécu à ses blessures et était placé dans le service des soins intensifs d'Iberia General, le corps câblé aux machines de surveillance, un tube à oxygène fixé au sparadrap contre le nez, une aiguille de goutte-à-goutte insérée dans une veine au creux de l'avant-bras droit. La moitié inférieure de son visage était emmaillottée de bandages et de plâtre avec, à l'emplacement de la bouche, un petit orifice de la taille de vingt-cinq *cents*. Je tirai une chaise près du lit tandis que Clete se postait derrière moi.

– Le Père Melancon t'a-t-il rendu visite, Chuck ? demandai-je.

Il ne répondit pas. Ses paupières étaient bleues, luisant de reflets métalliques.

– Un prêtre n'est pas venu te voir ? demandai-je.

Il cligna des yeux.

– Écoute, collègue, si tu as réglé tes affaires avec le Patron tout là-haut, pourquoi ne pas te montrer réglo avec nous autres ?

Il ne répondit toujours pas.

– Tu es tombé quatre fois, Chuck, dis-je. Ton

dossier montre que t'as toujours été un taulard réglo. Mais Buchalter n'est pas un homme de confiance, Chuck. Il te laisse payer à sa place, c'est toi le porte-chapeau.

– T'es au bout, tu passeras pas la ligne, dit Clete dans mon dos. T'as plus rien à défendre.

Je me retournai sur ma chaise et regardai Clete en plein visage. Mais Clete se contenta de se rapprocher du lit.

– Chuck était en sécurité max à Leavenworth, il a été grosse rayure à Angola. Il ne veut pas de bobards. Alors, droit au but ! me dit Clete. D'accord, Chuck ? Buchalter ira pisser sur ta tombe. N'accepte pas de tomber pour un mec de cet acabit.

Les yeux défectueux de Chuck avaient l'air aussi petits que ceux d'un oiseau. Ils donnèrent l'impression de faire leur mise au point sur Clete, avant de se fixer au-delà de lui, vers la porte battante du service de soins intensifs qui s'était ouverte brièvement et revenait en position, pivotant d'avant en arrière.

Sa bouche se mit à bouger à l'intérieur du trou dans les pansements. J'approchai l'oreille de son visage. Son haleine était aigre, chargée de bile.

– J'ai déjà tout raconté au prêtre. Je dis pus rien, murmura-t-il. Répétez ça à tout le monde. Je dis pus rien.

– Je ne veux pas me montrer méchant avec toi, collègue, mais pourquoi ne pas faire un peu de bien pendant que tu en as encore l'occasion ? dis-je.

Il détourna la tête de l'autre côté, sur l'oreiller.

– Si c'est ce que tu veux, dis-je en me remettant debout, prêt à partir. Si tu changes d'avis, appelle le flic à la porte.

Une fois dans le couloir, Clete mit une cigarette entre ses lèvres, sans l'allumer.

– Je n'arriverai jamais à m'habituer à la manière de penser de ces empaffés. Ce fils de pute est au bord de l'éternité et il a la trouille de passer pour une balance, dit-il.

Il remarqua alors une nonne catholique à cinquante centimètres de lui, une corbeille de fruits dans les mains.

– Excusez-moi, ma Sœur, dit-il.

Elle était vêtue d'une jupe blanche et d'un chemisier lavande, mais elle portait une guimpe noire à bordure blanche sur la tête. Elle avait les cheveux d'un roux doré retaillés en pointe sur la nuque.

– Comment va-t-il ? dit-elle.

– Qui ça ? dis-je.

– Ce pauvre homme qui a été blessé la nuit dernière, dit-elle.

– Pas très bien.

– Survivra-t-il ?

– On ne sait jamais, je dirais.

– Êtes-vous l'un des officiers de police qui...

– Oui ?

– J'allais vous demander si vous étiez l'un des officiers de police qui l'avaient arrêté.

– C'est moi le policier qui l'ai abattu, ma Sœur, dis-je.

Mais ma tentative de me montrer direct ne dura pas bien longtemps, et involontairement, je détournai les yeux des siens.

– Va-t-il mourir ? dit-elle.

Son regard se voila de manière étrange, comme une fumée sombre qu'on aurait insufflée dans un verre de couleur verte.

– C'est au médecin que vous devriez demander ça, logiquement, dis-je.

– Je vois, dit-elle avant de sourire poliment. Je suis désolée. Je ne voulais pas vous paraître grossière. Je m'appelle Marie Guilbeaux. Je suis heureuse de vous rencontrer.

– Moi, c'est Dave Robicheaux. Et voici Clete Purcel. C'est un plaisir de vous rencontrer également, ma Sœur, dis-je. Vous n'êtes pas de New Iberia, je me trompe ?

– Non, je vis à Lafayette.

– Eh bien, au plaisir de vous revoir, dis-je.

– Oui, au revoir, dit-elle dans un nouveau sourire.

Je sortis en compagnie de Clete sous le soleil et repris la route jusqu'à la maison. C'était le début du week-end de Labor Day [1] et les magasins étaient pleins de gens occupés à acheter bière, glace et charbon de bois pour leur barbecue.

– Pourquoi les nonnes n'avaient-elles pas cette allure-là quand j'étais à l'école primaire ? dit Clete. Celles dont je me souviens avaient la figure comme un jambon bouilli... Qu'est-ce qui te fait ruminer comme ça ?

– Une chose que tu as dite. Pourquoi Chuck Sitwell nous fait-il le coup du grand muet ?

– Il veut partir en taulard à la redresse, réglo sous toutes les coutures.

– Non, tu l'as dit tout à l'heure. Il a la trouille. Mais s'il a la trouille que Buchalter revienne pour lui souffler la mèche, pourquoi ne pas se contenter de tout laisser tomber et manger le morceau ?

Clete leva les yeux de sous le rebord de son chapeau vers la brûlure crue et violente du jour et tira sur sa cigarette. Son visage était rose sous la chaleur.

– T'es le bon gars, Belle-Mèche, mais quand il s'agit de toi, tu n'as pas toujours les idées très claires.

– Et c'est censé vouloir dire quoi ?

– Tu lui as collé quatre pruneaux, à ce mec.

Je le regardai.

1. Fête du Travail : 1er lundi de septembre aux États-Unis. (*N.d.T.*)

– Allons, Dave, sois honnête, dit-il. Tu t'es arrêté de le plomber quand tu as été à court de balles, et pas avant. Tu voulais le faire gicler en petits morceaux à travers tout le champ de canne à sucre. Et tu crois que le mec ne le sait pas ? Qu'est-ce qui risque de se passer si lui ou Buchalter te racontent ce qu'ils avaient envisagé de vous faire, à toi et à Bootsie, à Bootsie en particulier, peut-être même à Alafair si elle avait débarqué à l'improviste ? Moi aussi, tu me ficherais la trouille, *mon.*

Il tourna un regard en coin dans ma direction avant de tirer une bouffée de sa cigarette qu'il balança d'une pichenette contre un panneau de stop rouge dans une gerbe d'étincelles.

Le week-end fut chaud, sec, sans histoire. Un garde resta de service vingt-quatre heures durant à la porte de la chambre d'hôpital de Charles Arthur Sitwell. Sitwell tint sa promesse : il refusa de répondre à la moindre question.

Je me levai mardi matin à l'aube, aidai Batist à ouvrir la boutique à appâts, puis remontai la pente du talus au milieu des arbres pour prendre mon petit déjeuner avec Bootsie avant de me rendre au bureau. La maison était encore fraîche, les ventilateurs du grenier et des fenêtres avaient fonctionné toute la nuit, l'herbe de l'arrière-cour était noire de moqueurs en train de picorer les miettes de pain que Bootsie avait jetées par la porte-moustiquaire.

– Un adjoint du shérif restera garé devant la maison toute la journée. Aujourd'hui encore, dis-je.

– Combien de temps as-tu l'intention de poster un homme là, Dave ? dit Bootsie.

Elle était assise en face de moi, les épaules droites, les doigts posés de chaque côté de sa tasse à café. Elle avait repoussé son morceau de pain grillé après n'en avoir mangé que la moitié.

– Ça lui donne quelque chose à faire, au mec, dis-je.

– Nous ne pouvons pas passer le restant de nos existences avec un homme du shérif garé devant la maison.

– Nous n'y serons pas obligés.

Elle s'était simplement lavé le visage, mais ses yeux avaient l'air fatigués, ils ne s'étaient pas encore tout à fait séparés de ce sommeil qui ne lui venait avec certitude qu'aux premières lueurs du jour.

– Je veux acheter une arme, dit-elle.

– Cela n'a jamais été ta manière.

– Quel genre de pistolet est le mieux adapté à une femme ? Je parle de la taille, ou quel que soit le nom que tu donnes à ça.

– Un .32, ou peut-être un .38 ou un 9 mm. Tout dépend de l'usage que la personne veut en faire.

– Je veux faire ça ce soir, Dave.

– Très bien.

– Tu voudras bien me montrer comment on s'en sert ?

– Bien sûr.

J'étudiai son visage. Ses yeux étaient sans expression, vides de toutes les pensées qui ne se disaient pas.

– Nous prendrons le bateau sur le bayou et nous irons tirer quelques boîtes de conserve.

– Je crois que nous devrions également apprendre à tirer à Alafair, dit-elle.

J'attendis un instant avant de répondre.

– On peut enseigner à un gamin la manière de tirer au pistolet, Boots. Mais on ne peut pas lui enseigner le moment où il faut sortir son arme. Je vote non sur cette proposition.

Elle tourna ses regards par la porte-moustiquaire à l'arrière de la maison, en direction des oiseaux qui picoraient dans l'herbe sous le mimosa.

Puis elle dit :

– Penses-tu qu'il va revenir ?

– Je ne sais pas.

Ses yeux se plongèrent dans les miens.

– Si je le trouve le premier, il n'en aura jamais l'occasion, dis-je.

– Ce n'est pas ce que je voulais dire, dit-elle.

– Moi, si.

Je la sentis qui me suivait des yeux dans le couloir. Je me changeai, enfilai un pantalon en crêpon de coton, des mocassins, une chemise de sport marron et une cravate en tricot blanc, puis revins dans la cuisine où je me penchai au-dessus de Bootsie et la serrai dans mes bras avant de l'embrasser sur les cheveux.

– Boots, le vrai courage, c'est lorsqu'on met au rancart toute idée de son propre bien-être pour ne plus se soucier que du sort de quelqu'un d'autre. Ça, c'était mon épouse, l'autre soir. Un foiré de la cervelle comme Buchalter ne peut pas toucher à ce courage-là.

Elle me caressa le côté du visage de ses doigts sans relever les yeux.

Le téléphone sonna sur le mur au-dessus de l'égouttoir.

– J'ai entendu dire que tu avais recommencé à pointer, dit une voix à l'accent noir de La Nouvelle-Orléans.

– Motley ?

– Est-ce que cela te dérange que je te téléphone chez toi ?

– Non, pas du tout. Comment savais-tu que j'étais de nouveau en service ?

– Nous travaillons en coopération avec ton service à propos de ce Sitwell. Est-ce que tu savais que lui et le déjanté des neurones, le camé au speed qui s'est électrocuté, ont été compagnons de cellule à Angola ?

– Non.

– Ils faisaient tous les deux partie d'un groupe de rock'n'roll au Block [1]. Et donc, s'ils faisaient aussi tout le reste ensemble, peut-être qu'ils ont mulé la came pour la Fraternité aryenne.

– J'ai déjà discuté avec le directeur. Sitwell ne faisait pas de politique, il n'y a pas une seule condamnation raciste sur sa collante. Ça a toujours été un solitaire, il braquait les banques en solo, sur l'inspiration du moment, et il volait les bijouteries à l'arraché après avoir fracassé la vitrine.

– Je crois que tu ferais bien de venir à La Nouvelle-Orléans ce matin.

– Pour quoi faire ?

– Il existe une shooterie pas loin de Terpsichore et Baronne. Le mec qui dirige, c'est un tas de merde qui répond au nom de Camel Benoit. Tu vois de qui je veux parler ?

– Il ne faisait pas le mac du côté de Magazine de temps à autre ?

– C'est bien lui. Il y a six mois qu'on essaie de boucler ce rade. On fait une descente, on épingle deux mômes de seize ans qui ont la cervelle qui leur dégouline par les narines et, une semaine plus tard, Camel distribue sa brune mexicaine sur toute la longueur de Martin Luther King Drive. Sauf qu'aux environs de 5 heures ce matin, alors que tout le monde y allait de son roupillon d'envapé, un fils de pute inconnu au bataillon a fait sauter la porte de l'huisserie et il a emplâtré tous les présents sur les murs à coups de pelle de l'armée.

– Avec *une pelle de l'armée* ?

1. Quartier de sécurité maximum à la prison d'Angola. (*N.d.T.*)

– Tu m'as bien entendu. Une pelle aux bords affûtés à la lime. Après avoir cassé quelques crânes, il s'en est pris à notre homme, Camel. J'aurais bien aimé me payer le ticket pour assister à ce coup-là.

– Que s'est-il passé ?

– Je ne sais pas, on est encore en train d'essayer de trouver.

– Allons, Motley, ça n'a ni queue ni tête, ce que tu dis.

– Il y avait jadis des cours du soir pour adultes dans ce bâtiment. Le mec qui a bousillé la porte a de toute évidence poursuivi Camel dans un paquet de salles du premier, armé d'une hampe à drapeau. En tout cas, c'est ce qu'on suppose.

– Je ne comprends pas ce que tu me racontes. Où se trouve Camel Benoit ?

Il poussa un sifflement d'exaspération.

– C'est ce que j'essaie de te faire comprendre, Robicheaux. On ne sait pas avec certitude. On pense qu'il se trouve à l'intérieur du mur. En tout cas, il y a du sang qui suinte à travers le mortier. Tu connais des souris assez grosses pour pouvoir saigner à travers un mur de briques ?

Le bâtiment à un étage avait été le domicile d'un trafiquant d'esclave et marchand de coton créole dans les années 1850. Aujourd'hui, les cheminées jumelles s'étaient en partie effondrées, les grilles ouvragées des balcons étaient arrachées de leurs attaches, et les volets en bois à claire-voie pendaient aux fenêtres sous des angles bizarres. Un compresseur de marteau-piqueur geignait et pompait devant l'entrée. Je levai mon insigne à l'adresse d'un agent de police en uniforme tandis que je me faufilais entre deux voitures de police et une ambulance pour pénétrer dans le bâtiment.

Au fond d'un couloir sombre aux murs couverts de graffitis à la bombe, un ouvrier, mains gantées et casque de sécurité sur la tête, défonçait le mur au marteau-piqueur sous les regards de Motley et de deux autres policiers blancs en civil. Motley dégustait un cornet de glace. Le sol était couvert de poussière de mortier et de brique. J'essayai de hurler pour couvrir le bruit mais renonçai vite. Motley me fit signe de le suivre dans une pièce latérale et ferma la porte derrière nous. Le plancher était jonché de journaux calcinés, boîtes de bière, bouteilles de vin, fioles de coke à dix dollars et capotes usagées.

– On aurait déjà dû défoncer le mur de part en part, mais apparemment on a déversé du ciment à l'intérieur au moment de la prise des fondations, dit-il.

Il essuya un barbouillis de crème glacée sur son épaisse moustache.

– Qu'est-ce que c'est que cette histoire de hampe de drapeau ?

– Deux des endormis de service déclarent qu'il y avait un drapeau américain sur sa hampe dans un coin de la pièce avec un tas d'ordures. Le sauvage l'a attrapé et a pourchassé Camel Benoit au premier à la pointe de son drapeau, avant de le fourrer dans un trou du mur. Pour autant qu'on sache, il est toujours vivant là-dedans.

Il mordit dans sa glace et se pencha en avant pour éviter qu'elle ne dégouline sur sa cravate.

– Qu'est-ce que vous savez du sauvage en question ?

– Pas grand-chose. Il portait un masque de Halloween et des gants marron en cuir.

– C'était un Blanc ou un Noir ?

– Personne ne semble s'en souvenir. Il était 5 heures du matin. Tous ces mecs étaient en fin de planante, ils avaient passé la nuit à fumer du crack et du bazooka [1] et à se piquer à la shooteuse.

Du bout du pied, il dégagea une capote roulée sur un morceau de papier journal calciné, telle une limace grise aplatie.

– Tu crois que ces enculés se soucient de safe-sex ? On leur donne des capotes gratis à la clinique du Planning familial et ils s'en servent pour transporter leur dose de brune.

– Motley, je crois bien que tu es un vrai républicain qui n'ose pas le reconnaître en plein jour.

– Je ne suis pas très porté sur l'humour ce matin, Robicheaux.

– Pourquoi as-tu voulu que je descende jusqu'ici ?

– Parce que je veux éliminer ce mec de mes tablettes. Parce que je n'ai pas beaucoup de soutien de la part de Nate Baxter, ni de la part de quiconque, d'ailleurs. Si ça ne t'était pas venu à l'esprit, personne ne se fait vraiment un sang d'encre parce que quelques fourgueurs noirs sont en train de se faire rayer des cadres.

– Peut-être que la petite entreprise de Camel s'est justement fait braquer par un autre fourgueur ?

– Tu veux parler d'un autre fourgueur, *noir*, pas vrai ?

Il mordit dans le cône de sa crème glacée avant de balancer son cornet sur un tas de gravats.

– Allez, viens, ils en ont fini là-bas. Allons voir le spectacle.

– Il n'était pas dans mes intentions de t'offenser, collègue.

– Arrête ton char, Robicheaux. Pour ce qui est du service, c'est toujours Négroville ici. Sur une échelle de priorités de 1 à 10, il est coté – 8.

1. Résidus de crack raclés au fond des culots de pipes. (*N.d.T.*)

L'air du couloir était gris de poussière de pierre. Deux ouvriers maniaient des pinces à décoffrer pour ratisser les briques du mur ainsi que les morceaux de béton pris à l'intérieur, jusque sur le plancher du couloir. La plaie ouverte dans le mur ressemblait à une bouche déchirée que les deux hommes ne cessaient d'étirer et d'approfondir jusqu'à lui faire presque toucher le sol. L'un des ouvriers s'arrêta, remonta ses lunettes de protection sur le front et se pencha à l'intérieur de l'excavation obscure.

Il ressortit la tête et se gratta la joue.

– Je vois un mec à environ un mètre sur la gauche. Par contre, je ne suis pas sûr de ce que je vois d'autre, dit-il.

– Écartez-vous, dit Motley en repoussant l'ouvrier.

Il éclaira l'intérieur du trou de sa torche, pointa le faisceau dans les recoins pendant ce qui parut un long moment. Puis il éteignit sa torche et se redressa.

– Eh bien, il racontait à tout le monde qu'il était ancien combattant. Peut-être bien que Camel aurait apprécié une petite touche patriotique.

Je pris la torche des mains de Motley et me penchai à l'intérieur du trou. L'air en était frais et sentait la terre humide, les rats et la vieille brique.

Le faisceau de la torche dansa sur le corps de Camel, sa peau couleur de cuivre poli, sa chevelure rasée en pointes de dague et crêtes en épis de maïs, son œil mort pareil à une bille à jouer givrée de blanc et de bleu. Il était coincé, et gisait sur le dos entre les briques et une pile de parpaings cassés. Les ouvriers avaient attaqué le mur au mauvais endroit car Camel s'était vidé de son sang sur un monticule de béton jusque dans une cuvette au bas du mur.

Sa blessure ne ressemblait à aucune autre que j'avais pu voir au cours de toutes mes années comme inspecteur à la Criminelle. Quelqu'un avait enfoncé l'extrémité en laiton munie d'ailettes d'une hampe de drapeau dans le dos de Camel. La pointe métallique avait percé le corps de part en part au niveau de la cavité cardiaque pour ressortir sous le téton. Les restes d'un drapeau américain, aux couleurs depuis longtemps passées, partiellement calcinés par des vandales, portaient des zébrures écarlates, collés à la hampe par les lèvres de la plaie.

– Démolissez ce qui reste du mur, dit Motley aux ouvriers.

Puis il me fit signe de le suivre dans l'escalier qui conduisait au premier. Nous restâmes sur un palier devant une porte fermée. Le bâtiment résonnait du grondement saccadé du marteau-piqueur.

– Qu'en penses-tu ?

– Je ne sais pas, dis-je. Je pensais que le *vigilante* se spécialisait dans l'extraction des cœurs.

– Et alors ? Il a modifié sa technique.

– Je pensais qu'il avait l'habitude de laisser des fleurs derrière lui.

– Peut-être qu'il n'en a pas eu le temps.

– Est-ce que le tueur a emporté quelque chose ? De l'argent ou de la drogue ?

– Il semblait bien trop occupé à casser les crânes. Tout au moins selon les témoins.

– Où sont-ils ?

– À l'hôpital ou bien en cellule au poste... À l'exception d'un d'entre eux.

– Oh ?

– Ouais, dit-il. Tu veux savoir ce qu'il a dans le ventre ?

Il ouvrit la porte sur une pièce où s'empilaient des pupitres d'écoliers. Assis par terre sur un tableau noir portable dont l'ardoise était percée de trous de la taille de boules de bowling, se tenait Zoot Bergeron, genoux remontés au menton, les yeux cernés de rouge par la fatigue. Dans le coin, on voyait une flaque de ce qui ressemblait à de l'urine.

– Il est entré par la porte de derrière à peu près cinq minutes après l'arrivée des deux agents de patrouille, dit Motley. Pas de chance pour le garçon de Lucinda.

Zoot me regarda avant de baisser les yeux sur ses chaussures de tennis. Il serrait les deux mains en poings, pouce à l'intérieur contre la paume. Motley lui donna un coup de pied dans la semelle de sa chaussure.

– Regarde-moi, dit-il.

– Oui, m'sieur, dit Zoot.

– Raconte à l'inspecteur Robicheaux ce que tu m'as raconté.

– Je venais chercher un ami. C'est tout. Ch'sais rien du tout sur ce qui se passe ici n'dans.

– Est-ce que tu crois que tous les gros mecs sont stupides, Zoot ? Est-ce que je te fais l'effet d'un gros lard stupide ? demanda Motley.

– J'ai pas dit ça, sergent Motley. Y'a mon ami, y me demande de venir le prendre ici et de le conduire au boulot.

– Peut-être bien qu'on devrait te conduire en détox et te faire subir une analyse d'urine, dit Motley. T'as déjà été là-bas ? Faut quand même que tu fasses gaffe sous la douche, avec tous ces vieux habitués de la dope. Ils vont essayer de te prendre ton pucelage.

– Je me fiche pas mal d'faire une analyse d'urine ou pas. Je me fiche pas mal non pus que vous essayez de me coller la trouille avec ce genre de baratin. J'ai pas pris de came, sergent Motley.

– Que sais-tu de Camel Benoit ? demandai-je.

– Tout le monde sur Magazine y connaît Camel. C't un maquereau.

– C'était aussi un renvendeur de drogue, Zoot, dis-je.

Il verrouilla à nouveau son regard sur ses chaussures.

– Sais-tu qui l'a tué ? dis-je.

– L'sergent Motley vient de le dire. J'étais pas là.

Il croisa les mains sur les genoux avant de poser le front sur le dessus du poignet. Il avait de longs cils de fille.

– T'essaies de foutre ta mère dans la merde ? dit Motley.

– M'sieur ? dit Zoot en relevant la tête.

Son visage était couleur de cendre éteinte.

– Tu m'as entendu, foutre ta mère dans la merde. Parce que c'est exactement ce que tu es en train de faire, espèce de petit connard stupide.

Zoot essaya de se mesurer au regard de Motley, mais son œil gauche se mit à trembler et à se mouiller.

– Fiche le camp d'ici, dit Motley.

– M'sieur ?

– T'as des bouchons dans les oreilles ou quoi ? Fiche le camp d'ici. Si je t'attrape une fois encore dans les parages d'un rade à crack, je te fais remonter tout Martin Luther King Drive à coups de pompe dans ton petit cul tout maigre.

Zoot se remit debout, sans grande assurance. Il fit la grimace en redressant le dos. Motley ouvrit la porte et se pencha par-dessus la rambarde.

– Y'a un gamin qui va sortir. Laissez-le partir. Il ne sait rien, s'écria-t-il à l'adresse des inspecteurs au rez-de-chaussée.

Puis il revint sur Zoot, dont il frappa le sternum de l'index.

– Ne t'avise jamais de me donner un motif de me mettre en rogne contre toi. Est-ce que tu me comprends ? dit-il.

– Oui, m'sieur. Ça arrivera pas.

– Et commence à raconter que je t'ai laissé filer, et je te botte le cul quand même.

– Oui, m'sieur.

– Fiche le camp !

Après le départ de Zoot, je regardai Motley, occupé à allumer un cigare. Il avait le poil noir d'encre sur le grain de peau de ses joues.

– T'es un mec bien, Motley.

– Viens me dire ça dans cinq ans. Ce môme va finir le nez sur un trottoir.

– Et pourquoi ça ?

– Parce qu'il est comme la moitié des gamins noirs de La Nouvelle-Orléans. Tous les jours, il faut qu'il prouve qu'il n'a plus au cul le doigt rose de sa mama. Allez, viens, je t'offre un beignet. Cet endroit me déprime.

Je passai les deux heures qui suivirent à la bibliothèque, ou la « morgue », ainsi qu'on l'appelle, du *Times-Picayune*. Je ne trouvai pratiquement rien sur les activités des sous-marins allemands dans le golfe du Mexique qui eût été publié pendant les années de guerre, dans la mesure où les informations militaires avaient été censurées de fin 1941 jusqu'à la victoire. Il y avait une exception, cependant : une histoire qui avait fait la une trois jours durant concernant quatre saboteurs nazis appréhendés par le FBI au sud de Baton Rouge dans un camion chargé d'explosifs.

Une photographie de première page les montrait en chapeaux feutre et complets trop amples, attachés par le poignet à une chaîne, face à l'objectif, le visage pâle et rectangulaire, les yeux en boutons de bottines. La légende disait qu'ils avaient projeté de faire sauter la raffinerie de la Standard Oil sur les rives du Mississippi à Baton Rouge. Le dernier article de la série traitait de l'arrestation d'un complice américain, un travailleur des pétroles à la retraite habitant Grand Isle, du nom de Jon Matthew Buchalter, fondateur du mouvement des American Silver Shirts, les Chemises d'Argent américaines.

Je fis avancer le microfilm jusqu'à l'année 1956, et y retrouvai le nom de Jon Matthew Buchalter. Il s'agissait d'un reportage dans les pages régionales, rédigé du ton détaché de l'amateur en train d'examiner une curiosité anthropologique, à savoir le travailleur des pétroles qui avait trahi son pays, lancé son signal lumineux une nuit dans la brume à l'adresse d'un U-boat au sud de Grand Isle et aidé à faire débarquer quatre hommes qui, s'ils avaient réussi leur mission, auraient complètement stoppé la fourniture de carburant aux forces américaines et anglaises pendant au moins deux semaines.

Au bas de la page se trouvait une photographie-bélino de 1935, où l'on voyait Buchalter en compagnie d'Adolf Hitler et de Hermann Goering. Buchalter était un homme à la poitrine en barrique, l'air vigoureux, resplendissant en pantalon de cheval blanc, chemise argent, ceinturon avec sangle en bandoulière cirés, cravate noire et brassard rouge et noir. Sa main droite serrait celle de Hitler ; il souriait, plein de la confiance de celui qui sait qu'il vient de faire son entrée dans l'histoire.

Après son arrestation à Grand Isle, une foule de crevettiers ivres avaient essayé de le faire sortir de prison. Ils avaient pris la fuite lorsque les adjoints du shérif s'étaient mis à tirer en l'air, laissant derrière eux dix mètres de chaînes et un bidon de vingt litres d'essence.

Buchalter avait accompli ses quatorze années d'emprisonnement fédéral en isolement, méprisé aussi bien par ses gardiens que par les détenus, et ses repas lui étaient servis par une trappe par un prisonnier de confiance qui devait vraisemblablement d'abord cracher dans la nourriture.

Son épouse et ses enfants avaient depuis longtemps quitté l'État ; ses biens avaient été confisqués en règlement d'impôts. Il pesait trente-cinq kilos quand son foie l'avait finalement abandonné, et il était mort dans une salle commune du Charity Hospital de La Nouvelle-Orléans. Il n'existait aucun signe distinctif sur sa tombe de la fosse commune, sinon un numéro en fer-blanc estampé pressé dans la terre.

Je me demandai quelle importance il aurait accordé au fait que dans l'ancienne fosse commune de la paroisse d'Orléans, on ne pratiquait pas la ségrégation comme d'autres cimetières à cette époque historique, et qu'il allait semer ses dents et ses ossements parmi ceux des Nègres, voire peut-être de Juifs.

Tard cet après-midi-là, je rangeai ma voiture devant le domicile de Lucinda Bergeron, non loin de Magazine. À l'instant précis où je coupai le contact, une Jeep découverte et aux pneus démesurés, occupée par quatre gamins noirs, se rangea contre le trottoir devant moi. La musique rap qui sortait de la stéréo était assourdissante, véritable agression électronique des sens. Zoot sortit de la Jeep et entra chez lui, le regard fixé droit devant, comme si je n'étais pas là. Les trois autres garçons s'occupèrent à s'étirer les jambes sur la pelouse en l'attendant. Ils étaient habillés à la mode quasi paramilitaire – pantalon noir ample qui aurait convenu à un parachutiste, chaînes de cou en or, chaussures de tennis Air Jordan, T-shirt noir à impression de têtes de mort blanches. Ils avaient les côtés du crâne rasés pour ne garder sur le haut de la tête qu'un carré de cheveux grossièrement taillé. Zoot ressortit par la porte d'entrée et leur offrit à chacun une boîte de Pepsi-Cola.

Lorsqu'ils s'éloignèrent, la musique rap au sortir de leur stéréo se réverbéra en échos sur les façades des maisons tout le long de la rue.

– Z'avez pu vous rincer l'œil ? dit Zoot.

– Tu fais le garçon de courses pour ces gugusses ?

– Le quoi ?

– Le sergent Motley se fait du souci pour toi.

Il me regarda, attendant de voir quel nouveau genre de piège était en train de se construire autour de lui.

– Il pense que tu vas finir par te faire refroidir un de ces quatre, dis-je.

– Refroidir... quoi ?

– Il pense que tu es partant pour un grand plongeon.

– Pourquoi qu'vous vous occupez tout le temps de mes affaires ? J'ai rien fait.

– Est-ce que tu as dit à ta mère ce qui s'est passé ce matin ?

Il lança vivement un regard en coin vers la maison. Il se mordit les joues et essaya de ne pas déglutir.

– Je me souviens d'une chose qu'un mec m'a dite un jour, dis-je. Il a déclaré que c'était aussi déshonorant de se laisser utiliser que de se servir de quelqu'un.

– C'est quoi ce que vous voulez dire ?

– Tes amis me font fortement l'impression d'être des merdaillons.

– Je me fiche pas mal de ce que vous dites. On se serre les coudes, nous z'aut'. C'est mes amis, n'importe comment.

– Zoot, je n'ai vu aucun de ces mecs te dire merci quand tu leur as offert à boire. Qui est-ce qui trompe qui, *podna* ?

Je trouvai sa mère agenouillée dans le jardin sur l'arrière de la maison, en train de préparer un trou dans la terre pour une potée de chrysanthèmes. Le stenotaphrum était épais et spongieux sous mes pas, et les parterres le long des clôtures en bois battues par les intempéries éclataient d'azalées, bananiers, arums, hibiscus flamboyants et hortensias roses et bleus. Elle était pieds nus, vêtue d'un short blanc et d'un chemisier mauve à fleurs vertes. Ses cheveux étaient dénoués sur ses épaules, son visage empourpré par l'effort. Pour la première fois, je vis qu'elle pouvait être jolie. Je m'assis sur un cageot à côté d'elle et ouvris le tuyau d'arrosage que je laissai couler dans le trou fraîchement creusé tandis qu'elle mettait la potée en place en recouvrant les racines de terre à la truelle.

– Comment saviez-vous que j'étais à la maison ? dit-elle.

– Votre bureau m'a appris que vous travailliez de nuit maintenant.

– De quoi parliez-vous avec Zoot là-bas devant ? dit-elle sans relever la tête.

– Pas grand-chose... De ses amis.

– Ils ne vous plaisent pas ?

– Il est certain qu'ils ne passent pas inaperçus.

– Eh bien, j'imagine que vous n'êtes pas mécontent de ne pas avoir à les fréquenter bien longtemps, pas vrai ?

– Ce n'est pas sans raison qu'un garçon se met à graviter autour de certains gamins.

– Oh ? dit-elle.

Elle reposa les fesses sur les talons. Elle me regarda, la tête sur le côté, en feignant la déférence.

– Je ne vois pas pourquoi vous trouvez ça drôle. C'est un brave garçon, dis-je. Pourquoi ne pas arrêter de le traiter comme une poire à lavement ?

Elle fit un bruit de gorge, comme si elle venait d'avaler de la bile.

– Je ne peux pas croire que vous ayez dit une chose pareille.

– Pourquoi ne pas lui accorder un peu de confiance, à ce gamin ? Il a beaucoup de courage. Vous a-t-il dit qu'il avait tenu trois rounds contre un boxeur professionnel qui aurait pu lui transformer la cervelle en bouillie ?

– Quand est-ce que vous allez arrêter de me dire comment élever mon enfant ?

– C'est *ça* le problème, Lucinda. Ce n'est pas un enfant.

Elle refit le même bruit de gorge, comme si elle ne parvenait pas à se débarrasser d'un goût détestable dans la bouche.

– S'il vous plaît, vous voulez bien m'épargner ça ? dit-elle. Partez donc quelque part, trouvez-vous un joli quartier bien blanc, et une Blanche en train de jardiner, et, s'il vous plaît, allez donc la conseiller, elle, sur la bonne manière d'élever les enfants. Vous pouvez faire ça pour moi, s'il vous plaît ?

– Nous avons un autre fourgueur mort sur les bras, un mec du nom de Camel Benoit, sur Tepsichore et Baronne.

La colère disparut de son regard.

– Vous le connaissiez ? dis-je.

Elle essuya la terre de la paume de ses mains.

– Il faisait bosser des filles qui venaient de ce quartier, dit-elle.

– Quelqu'un lui a transpercé le cœur avec un drapeau américain.

Je vis le point d'interrogation s'afficher sur son visage. Je lui parlai de l'homme aux gants et au masque de Halloween qui avait démoli le rade à shoot, du corps dans le mur et de la force qu'il avait fallu pour planter et la hampe et son embout ailé en laiton et transpercer la cavité cardiaque de part en part. Elle resta assise sur les talons, et regarda d'un air pensif le parterre de fleurs qui lui faisait face.

– Qui est chargé de l'enquête ? dit-elle.
– Motley.
– Il fera du mieux qu'il pourra.
– Pourquoi ? Il y en a d'autres qui n'en feraient pas autant ?
– Le service a ses problèmes.
– Et Nate Baxter est l'un d'eux ? demandai-je.

Elle lissa la terre humide autour du pied du chrysanthème à l'aide de sa truelle.

– Y a-t-il encore un autre problème ? demandai-je. Comme ce Comité de Citoyens qui ne paraît pas vraiment avoir les sangs retournés parce qu'un paquet de raclures est en train de se faire éliminer du paysage ?

– Vous pensez que le Comité de Citoyens pour une Meilleure Nouvelle-Orléans est impliqué dans des histoires de meurtre ?

Mais le ton de sa voix ne reflétait pas exactement l'outrance et le scandale d'une telle idée.

– Il y a quelques drôles qui n'arrêtent pas de montrer leur nez là-dedans. Tommy-Les-Yeux-Bleus, Hippo Bimstine... vous comme agent de liaison pour la police de La Nouvelle-Orléans. Ça nous fait une combinaison assez particulière, vous ne croyez pas ?

– Des tas de gens veulent voir La Nouvelle-Orléans comme elle était il y a trente ans de ça. Pour des raisons différentes, peut-être.

– Quel est votre propre sentiment ? Vous devez penser que les temps sont devenus tels que nous devrions nous contenter de dessouder tout simplement quelques-uns des méchants ? Créer notre propre zone franche avec tir à vue et, ensuite seulement, établir les règles ?

– Je crois que je n'aime pas ce que vous dites.

– J'ai cru comprendre que vous étiez montée à Angola pour assister à l'électrocution d'un homme ?

– Ça vous embête ?

– J'ai été obligé d'assister à une exécution un jour. Et j'en ai rêvé ensuite, pendant bien longtemps.

– Permettez-moi de vous éclairer sur un point. Je n'y suis pas allée qu'*une seule fois*. C'est ce que je fais à chaque condamnation à mort dans laquelle je suis impliquée. Les gens qui ne sont pas capables d'être là, ceux que ces mecs-là sodomisent, mutilent et assassinent, ont des problèmes bien pires que des mauvais rêves.

– Vous êtes une dame qui a du cran.

– Gardez les câlineries pour quelqu'un d'autre.

Je me relevai et coupai le tuyau d'arrosage. La poignée métallique couina sous mes doigts.

– L'inconvénient avec les *vigilantes*, c'est qu'un jour ou l'autre ils ne se montrent plus sélectifs.

– Et c'est censé signifier quelque chose pour moi ?

– Je vais violer un secret. Si Zoot était entré dans ce rade à crack un peu plus tôt ce matin, il aurait pu se retrouver le crâne fendu à coups de pelle comme certains de ceux qui étaient là. Lui non plus n'écoute pas très bien, Lucinda.

Elle entrouvrit les lèvres, sans dire un mot. Je fus incapable de regarder la sensation de perte se faire jour en elle et envahir son visage.

Il fit très chaud cette nuit-là, une lune en colère, blanche comme un os de seiche, suspendue haut au-dessus des marais. Le grondement sec du tonnerre me réveilla à 3 heures du matin. Je trouvai Bootsie dans la cuisine, assise dans le noir à la table du petit déjeuner, ses pieds nus pris dans un carré de clair de lune. Ses épaules étaient voûtées ; ses seins tombaient sous sa chemise de nuit.

– C'est l'éclair, dit-elle. Il claquait dans les marais. J'ai vu un arbre brûler.

Je la raccompagnai jusqu'au lit et m'allongeai à côté d'elle. Peu de temps après, la pluie se mit à tiqueter dans les arbres ; puis elle tomba plus dru, martelant les avant-toits et le toit de tôle de la galerie. Bootsie s'était endormie, la tête sur mon bras, et ne se réveilla pas malgré l'orage qui éclata sur les marais au point du jour, inondant le jardin en soufflant à travers les moustiquaires une brume fine et fraîche.

À 8 heures, le shérif m'appela et me dit de me rendre directement à Iberia General sans passer par le bureau. Charles Sitwell, notre seul lien avec Will Buchalter, ne serait jamais accusé d'avoir cafté ses amis.

# Chapitre 13

Les stores des fenêtres dans la chambre d'hôpital de Sitwell étaient remontés et les murs comme les draps de son lit étaient inondés de soleil. Une infirmière vidait la cuvette de Sitwell dans les toilettes, et l'adjoint qui avait monté la garde à la porte mâchonnait un cure-dents, les yeux fixés sur la télévision qui diffusait un débat, son coupé.

– Je ne peux vous donner avec certitude l'heure exacte de sa mort, dit le docteur. Je dirais qu'elle s'est produite au cours de ces deux ou trois dernières heures, mais c'est une simple estimation. En fait, je croyais bien qu'il allait s'en sortir.

Sitwell avait la tête basculée en arrière sur l'oreiller, la bouche et les yeux ouverts. Un liquide jaune avait coulé du plâtre et des bandages sur son visage jusque dans les favoris sur sa gorge.

– Vous voulez essayer de deviner ce qui a causé la mort ? dis-je.

Le docteur était puissamment bâti, les cheveux blond-roux, le teint hâlé du joueur de golf qui pratique régulièrement. Il portait une blouse verte et des protections en plastique aux pieds.

– Regardez sa main droite, dit-il. Elle s'agrippe au drap comme s'il avait peur de quelque chose, ou alors, il faisait l'expérience d'un spasme douloureux quelconque.

– Oui ?

– Ce n'est pas inhabituel à proprement parler, aussi ai-je peut-être juste un peu trop d'imagination.

– Il va falloir que vous vous montriez un peu plus précis pour moi, docteur.

Il sortit ses lunettes aux verres sans monture, les posa sur le nez et se pencha sur le corps de Sitwell.

– Regardez ça, dit-il en faisant pivoter latéralement du pouce le menton de Sitwell. Vous voyez ce point rouge au milieu de ses favoris, comme une grosse piqûre de moustique ? Venez à la lumière. Là, juste à côté de la jugulaire.

– Et alors ?

– Regardez de plus près.

Il se servit de son pouce pour repousser les poils des favoris.

– La peau est déchirée au-dessus de la piqûre d'origine. Vous voulez savoir ce que je pense, ou préférez-vous que je ne m'occupe pas de vos affaires ?

– Allez-y, doc, vous vous débrouillez très bien.

– Je crois que quelqu'un lui a peut-être plongé une seringue hypodermique dans la gorge.

Je repoussai les poils de Sitwell du bout de mes doigts. Le sang s'était déjà déposé dans les parties les plus basses du corps et sa peau était froide et caoutchouteuse au toucher. La zone d'épiderme au-dessus de la piqûre donnait l'impression d'avoir été écorchée par un mouvement ascendant, comme une écharde de bois qu'on aurait arrachée au grain de la peau.

– Si quelqu'un lui a effectivement plongé une seringue dans la peau, quel pouvait être à votre avis son contenu ? dis-je.

– L'air aurait fait l'affaire. Une bulle d'air peut vous bloquer une artère comme un bouchon dans un tuyau.

Je me tournai en direction de l'adjoint, maintenant assis dans un fauteuil et toujours occupé à fixer le débat silencieux sur l'écran de télévision. Il s'appelait Expidee Chatlin, et il avait passé la majeure partie de ses années de service soit comme surveillant de passage clouté devant les écoles primaires de la paroisse, soit comme accompagnateur des prisonniers, depuis la cage à poivrots jusqu'au tribunal des flagrants délits.

– Es-tu resté toute la nuit, Expidee ? demandai-je.

– Pour sûr, qu'est-ce que vous croyez, Dave ?

Il avait les épaules étroites et les hanches larges, une fine moustache et des cheveux noirs et si raides qu'aucune quantité de gomina ne paraissait capable de les aplatir sur son crâne.

– Qui est entré dans la chambre pendant la nuit ? demandai-je.

– Du personnel de l'hôpital. Pourquoi, y'en a d'aut' qui travaillent 'ci ?

– Quel genre de personnel de l'hôpital, Expidee ?

– Des infirmières, des docteurs, tous les gens qui travaillent habituellement ici.

Il sortit un nouveau cure-dents de sa pochette de chemise et le plaça au coin de la bouche. Ses yeux se laissaient égarer vers le poste de télévision. Le docteur sortit dans le couloir. L'infirmière se mit en devoir d'ôter le goutte-à-goutte fixé au sparadrap au bras de Sitwell. Je tendis le bras et éteignis la télévision d'un coup sec.

– As-tu quitté la porte à un moment ou à un autre, Expidee ? dis-je.

– Faut bien que j'aille aux toilettes de temps en temps.

– Pourquoi n'as-tu pas voulu utiliser celles de la chambre ?

– Je ne voulais pas réveiller le mec.

– Es-tu allé ailleurs ?

Il ôta le cure-dents de sa bouche et le remit dans sa poche. Ses mains s'étaient refermées en coupe sur les accoudoirs du fauteuil.

– Se retrouver collé dans un fauteuil en bois douze heures d'affilée, ce n'est pas la meilleure affectation, collègue, dis-je.

– Allez, Dave...

Son regard en coin désigna l'infirmière.

– Madame, vous voulez bien nous laisser seuls une minute ? dis-je.

Elle sortit de la chambre et referma la porte derrière elle.

– Alors, qu'est-ce qu'il y a, *podna* ? dis-je.

Il resta un instant silencieux avant de répondre.

– Aux environs de 6 heures, j'ai été à la cafétéria et je m'ai pris queq' z'œufs. J'ai demandé à l'infirmière à la réception de laisser entrer personne dans la chambre.

– Combien de temps es-tu resté absent ?

– Quinze minutes, peut-être. C'est juste que je pensais pas que ça allait être une si grosse affaire.

– Qui était l'infirmière, Expidee ?

– Celle-là qui vient juste de sortir... Dave, z'allez mettre ça sur mon dossier ?

Je ne répondis pas.

– Ma femme, al travaille pas, dit-il. Et je peux point non pus trouver un autre boulot.

– Nous avons un mort sur les bras, Expidee.

– Je suis désolé d'avoir foiré le coup. Qu'est-ce que je vais dire d'autre ?

Je n'avais pas d'arguments. Je n'étais pas certain de la cause de la mort, de toute manière, et je ne savais pas si la négligence temporaire de l'adjoint pouvait même être un facteur déterminant.

– Si tu n'étais pas à la porte, là où tu aurais dû te trouver, c'est parce que tu es allé dans le couloir jusqu'aux toilettes, dis-je.

– Merci, Dave. Je l'oublierai pas.
– Ne refais plus une chose pareille, Expidee.
– Je le referai plus. C'est promis. Hé, Dave, vous avez demandé le prêtre pour ce mec-là ?
– Pourquoi me poses-tu la question ?
– Un mec comme ça, il essaie de faire du mal à votre famille et vous avez demandé le prêtre pour lui, c'est très bien. Ça oui, monsieur, c'est très bien.

Je demandai à l'infirmière de revenir dans la chambre. Elle avait une cinquantaine d'années, les cheveux d'un gris bleuté et une silhouette pigeonnante. Je lui demandai si quelqu'un était entré dans la chambre de Sitwell pendant qu'Expidee avait quitté son poste à la porte.
– Je ne saurais vous répondre, dit-elle.
– Avez-vous vu quelqu'un ?
– Vous autres, hommes du Sud, avez vraiment une manière bien à vous de juger de la responsabilité individuelle, dit-elle. Voyons voir, à quel moment précis pensez-vous exactement ? Voulez-vous parler du moment où Expidee était endormi dans son fauteuil ou celui où il errait dans les couloirs ?
– Je vois. Je vous remercie pour le temps que vous m'avez consacré, dis-je.

Elle remonta vivement le drap sur le visage de Charles Sitwell comme si elle refermait un piège à mouches, libéra les stores et plongea la chambre dans l'obscurité.

J'allai au poste et commençai à ouvrir mon courrier, installé derrière mon bureau. Par la fenêtre, je voyais les palmes des palmiers en bordure du trottoir se soulever en cliquetant sous la brise ; de l'autre côté de la rue, un Noir qui vendait des grillades-barbecue pour déjeuner préparait un feu dans une fosse ouverte, et la fumée de bois vert tourbillonnait dans les cônes de lumière qui perçaient les branchages de chêne en surplomb. Ce n'était pas tout à fait l'automne encore, mais l'herbe commençait déjà à virer à un vert plus pâle, le ciel, à un bleu plus dur et plus profond, tel un bleu de porcelaine, que seuls venaient rompre quelques nuages blancs sur l'horizon.

Mais j'étais incapable de me concentrer, et sur mon courrier, et sur la belle journée qu'il faisait. Peu importait que l'autopsie démontre que Charles Sitwell était mort des suites de complications après blessures par arme à feu ou parce qu'on lui avait enfoncé une seringue hypodermique dans la gorge, Will Buchalter était là-dehors, quelque part, sans rien pour me mener à lui hormis l'ordinateur, en toute liberté, à courir et cavaler, comme animé par le turbo de sa propre cruauté sexuelle.

Que restait-il pour poursuivre ? me demandai-je.

Pratiquement rien.

Non, la musique.

Il savait quelque chose sur le jazz historique. Il savait même la manière de manipuler des 78-tours rares et de les remettre en place, l'ouverture de la pochette tournée vers le mur.

Un sadique pouvait-il aimer une musique qui tirait ses origines des hymnes des îles et de trois cents années de lutte spirituelle d'une race qui s'était battue pour survivre à la servitude juridique et économique ?

J'en doutais. Cruauté et sentimentalisme sont presque toujours des caractéristiques qui vont de pair chez un individu, mais jamais cruauté et amour.

Buchalter était de ceux dont l'existence s'était investie dans la volonté d'imposer à autrui pouvoir et discipline. Pareil à l'universitaire autosatisfait qui jouit de la possession d'un savoir ésotérique pour le sentiment de supériorité qu'il lui offre sur autrui, ou au pseudo-journaliste attiré par sa profession parce que celle-ci lui offre accès à un monde de pouvoir et de richesse qu'il envie et craint en secret, le collectionneur tel que Buchalter réduit la beauté des papillons à des insectes épinglés sur une planche de montage, comme un aide-mémoire lui remettant quotidiennement à l'esprit que la création est toujours soumise à sa main meurtrière.

Le téléphone sonna sur mon bureau.

– Inspecteur Robicheaux ? dit une femme.

– Oui ?

– Marie Guilbeaux à l'appareil. J'espère que je ne vous dérange pas.

– Je suis désolé, qui cela ?

– La nonne que vous avez rencontrée à l'hôpital. Devant la chambre de M. Sitwell.

– Oh oui, comment allez-vous, ma Sœur ?

– Je voulais vous présenter mes excuses.

– Pour quelle raison ?

– J'ai appris la mort de M. Sitwell ce matin, et je me souviens à quel point mon opinion a pu vous paraître tranchée et définitive l'autre jour. Ce n'était pas mon intention, mais je voulais vous offrir mes excuses malgré tout.

– Ce n'est pas la peine, vraiment. Mais c'est gentil de votre part de téléphoner.

J'entendais un bourdonnement dans le téléphone, comme si l'appel était interurbain.

– Vous avez été très aimable, dit-elle.

– Pas du tout... Avez-vous un autre problème qui vous tracasse, ma Sœur ?

– Non, pas vraiment, je crois que je me prends parfois trop au sérieux.

– Eh bien, merci d'avoir appelé.

– J'espère vous revoir un de ces jours.
– Moi aussi. Au revoir, ma Sœur.
– Au revoir.

La communauté musicale de la Louisiane du Sud est grande et ancienne. Où commencer lorsqu'on veut trouver une personne qui s'intéresse au jazz historique ou qui en collectionne les disques ?

Il n'y avait incontestablement rien de pittoresque quant aux origines géographiques de cette forme de musique. Si elle est née à un endroit, c'est à Storyville au début du siècle, un district à lanternes rouges occupant trente-huit blocs de La Nouvelle-Orléans et baptisé du nom d'un conseiller municipal qui voulait contenir toute la prostitution de la ville dans un seul et unique quartier. *Jazz* signifiait forniquer ; des chansons telles que *Easy Rider* et *House of the Rising Sun* étaient littéralement des hymnes funèbres traitant de l'addiction à la morphine et du désespoir suicidaire des prostituées qui consumaient leur vie dans les bordels de Perdido Street.

Comme je descendais Bourbon ce soir-là, non loin de Basin, l'une des anciennes limites de Storyville, l'air était rempli d'une brume mauve illuminée de néon, parfumé des odeurs chaudes de bière et de whiskey en gobelets de carton, et le ciel au-dessus de ma tête barré par un nuage rose solitaire venant du lac Pontchartrain. La rue, fermée à la circulation automobile, était embouteillée dc gens, le visage heureux et empourpré dans le tintamarre des orchestres de rockabilly et Dixieland. Des bonimenteurs en panama de paille et gilets à rayures bariolées faisaient la retape devant les rades à strip ; des gamins noirs dansaient à l'intention des touristes, dans le tintement métallique des claquettes ferrées rapportées à leurs chaussures sur le béton ;

un orchestre de rue, uniquement constitué de Noirs, tintant de tambourins et cornant de trombones, faisait beugler *Millersburg* au coin de Conti ; et un demi-bloc plus haut, manifestant une humeur moins hédoniste, un groupe de fanatiques religieux, munis de pancartes porteuses d'avertissements apocalyptiques, essayaient d'épingler quiconque acceptait d'écouter leur message de désespoir.

Je bavardai avec un vieux clarinettiste noir à Preservation Hall, un saxo à la « Famous Door » qui avait travaillé pour Marcia Ball, une Blanche de cent cinquante kilos, cheveux flamboyants et robe à paillettes étincelant comme une eau de glace, qui jouait le blues au piano dans un petit rade sur Dumaine grand comme un placard. Aucun d'eux ne connaissait un quelconque Will Buchalter ou un fanatique ou collectionneur correspondant à son signalement.

J'avançai sur Ursulines jusqu'à un magasin de disques et de livres tout délabré tenu par deux hommes répondant aux noms de Jimmie Ryan et Comte Carbonna, lequel était aussi connu sous le sobriquet de Baron Belladone. Jimmy, homme rondelet au visage fleuri barré d'une moustache rousse, ressemblait à un barman du XIXe siècle. Mais l'intérieur de ses avant-bras était marqué d'un entrelacs de veines aplaties et de tissus cicatriciels grisâtres, stigmates de l'ancien drogué. Avant qu'il ne décroche de l'aiguille, on le connaissait sous le surnom de Jimmy la Pièce parce que, par un simple coup de fil, il vous mettait en rapport avec toutes les formes d'activités illégales de La Nouvelle-Orléans.

Son associé en affaires, le Comte, c'était une autre histoire. Il s'était bombardé la cervelle des années auparavant à l'acide mauve, arborait une cape noire de vampire et un chapeau mou à larges bords, et soutenait que l'âme d'Olivia Newton-John vivait sous les eaux du lac Pontchartrain. Son corps anguleux aurait pu avoir été confectionné à partir de fil de fer ; sa tête longue et étroite, son visage pincé donnaient l'impression d'avoir été projetés violemment dans une porte. Périodiquement, il se rasait les sourcils afin de permettre à son cerveau d'absorber plus d'oxygène.

– Que dis-tu d'avoir quitté le milieu, Jimmie ? Ta nouvelle vie te plaît ? demandai-je.

Comme toujours, ma conversation avec Jim devait s'avérer une expérience linguistique de qualité rare.

– Le commerce de bouquins, c'est pas le mauvais truc par les temps qui courent, dit-il.

Il portait des bretelles sur une chemise à manches longues et rayures mauves, auréolée de sueur sous les aisselles.

– Y'a tout un tas de lecteurs de catégories spéciales là-dehors, si tu comprends ce que je veux dire, Belle-Mèche. La Nouvelle-Orléans est en train de se faire envahir par les foldingues et des gens qui ont probablement été clonés à partir de merdes de chiens, et le gouvernement refuse d'y faire quoi que ce soit. C'est un vrai monde de dingues là-dehors, mais est-ce à moi de veiller aux intérêts de mon frère, voilà ce que je demande, une thune, c'est une thune, et qui suis-je pour juger ? Et donc j'ai une caisse ici pleine de littérature de vampires, j'ai des bouquins sur les ectoplasmes, sur les OVNI et la téléportation, j'ai des études sur les tarots et l'Eckankar [1]. Et si tu veux savoir tout sur les cannibales vénusiens qui vivent parmi nous, eh bien, j'ai aussi un livre là-dessus.

1. Culte de ceux qui croient en la téléportation de l'âme, la réincarnation, le voyage sur Vénus, etc. *(N.d.T.)*

– Je cherche un mec du nom de Will Buchalter, Jimmie. Il pourrait peut-être bien être collectionneur de vieux disques de jazz.

Sa moustache prit de la gîte et les coins de ses yeux se plissèrent de rides perplexes.

– À quoi ressemble ce mec ? demanda-t-il.

Je le lui décrivis tandis qu'il faisait rouler une allumette entre ses lèvres. Le Comte époussetait des étagères au plumeau, les yeux aussi intenses que des morceaux d'obsidienne dans son visage blanc.

– Il a des points noirs qui partent en éventail au coin des yeux comme des moustaches de chat ? dit Jimmie.

– Quelque chose comme ça, dis-je.

– Je peux peut-être lui donner un boulot ici. Hé, est-ce que ce mec est mêlé à cette histoire de sous-marin nazi ?

– Comment es-tu au courant pour le sous-marin, Jimmie ?

– Toute cette putain de ville est au courant. Mais je vais te dire, Belle-Mèche, je ne voudrais pas aller me frotter avec quelqu'un qui aurait des contacts chez les Chemises en Fer-Blanc ou quel que soit le nom qu'on donnait à ces *commonistes* de la Seconde Guerre.

– Attends une minute, Jim. Ce n'est pas tout le monde qui connaît les Chemises d'Argent.

– Je suis irlandais, d'accord, et donc, je ne parle pas de mon pays, y'en a suffisamment pour faire ça, comme celle-là si tu l'as jamais entendue, tu mets quatre catholiques irlandais ensemble et t'as toujours une bouteille qui apparaît pour faire le cinquième, mais je dois dire que si tu croises un Irlandais avec une Boche, tu te retrouves avec un mélange pas très naturel, je dois dire, si tu vois où je veux en venir, pour l'essentiel que le fait de se trimballer avec un slip à étoiles au-dessus de ton pantalon, c'est pas une preuve que t'es américain à cent pour cent.

– Là, tu m'as complètement perdu, Jimmie.

– Je vivais dans la même rue que sa famille, juste un peu plus bas.

– *Qui ça* ?

– Tommy Bobalouba. Parfois, c'est pas facile de te faire comprendre le message, Belle-Mèche. Comme si, je veux dire, on avait des avions à réaction au-dessus de la tête ou quoi ?

– La famille de Tommy Lonighan était mêlée aux nazis ?

– Sa mère venait d'Allemagne. Elle était dans les – comment t'appelles ça ? les Chemises de Métal. C'est pour ça que Tommy se bagarrait tout le temps avec tout le monde. Personne dans le Channel voulait rien avoir affaire avec sa famille... Hé, Comte, on a un client du nom de Will Buchalter ?

Le Comte Carbonna se mit à fredonner pour lui-même, d'un ronronnement nasal sobre et plat.

– Hé, Comte, je te cause ! dit Jimmie. Hé, t'as des actions dans la société Exedrin ?... Comte, arrête ton boucan !

Mais c'était inutile. Le Comte avait décollé, époussetant soudain les disques avec une énergie frénétique, et remplissant la boutique de son bourdonnement aux grincements incessants.

Jimmie me regarda et haussa les épaules.

– Écoute, Jim, ce mec Buchalter, c'est de la mauvaise engeance, dis-je. S'il venait par hasard dans ta boutique, ne laisse pas filer que tu me connais, n'essaie pas de le retenir ou de le balancer pendant qu'il sera là. Contente-toi simplement de nous contacter, Clete ou moi, après son départ.

– Qu'est-ce qu'il a fait, ce mec ?

Je lui appris.

– Je ne veux pas dire que je prends la mouche, m'apprit-il, mais je suis un peu choqué, tu comprends ce que je veux dire, penser qu'un taré comme ça viendrait mettre les pieds dans ma boutique. On parle là du genre de mecs qui traînent leurs guêtres dans les rades à poil, tabassent les racoleuses, se prennent la trique à faire mal aux gens, c'est pas Jimmie Ryan qui parle juste dans le vide, là, Belle-Mèche, un mec de cet acabit, ça aime pas la musique, ça aime entendre quelqu'un hurler.

Il se pencha en avant, en appui sur les bras, et mordit dans son allumette de sorte que celle-ci se redressa en arc au creux de sa moustache.

Mais ma conversation avec Jimmie n'était pas tout à fait terminée. Une demi-heure plus tard, il appelait l'appartement de Clete Purcel, juste avant que je ne reprenne la route direction New Iberia.

– Je suis content de t'avoir au bout du fil, dit-il. Y'a quelque chose qui cloche ici.

– Qu'est-ce qui s'est passé ?

– C'est le Comte. À la fermeture de la boutique, il monte toujours au premier dans sa chambre, et déguste une boîte de viande en conserve en regardant Pat Robertson à la télé. Sauf que ce soir, il n'a pas arrêté de fredonner, de bourdonner, de marcher en rond et de nettoyer les étagères, jusqu'à transformer le magasin en tempête de poussière, et ensuite, sans raison, il remonte les escaliers quatre à quatre, balance tout dans une valise et s'enfuit par la porte de derrière avec sa cape battant sous la brise.

– Tu es en train de me dire que Buchalter est *passé* dans ta boutique ? Peut-être quand le Comte était tout seul ?

– À toi de me dire. Hé, quand un mec qui discute avec Olivia Newton-John par le trou de la cuvette des toilettes fuit la ville par peur des malades, je me demande si je ne ferais peut-être pas bien de déménager en Irak ou l'un de ces pays où la seule chose dont t'aies à te soucier, c'est que ton nez ne te tombe pas de la figure, tellement ça schlingue.

Au matin, je reçus le rapport d'autopsie de Charles Sitwell. Il n'était pas mort d'une bulle d'air qu'on lui aurait injectée dans le sang. La seringue avait été chargée d'un mélange d'eau et de pâte insecticide anti-cafards.

L'heure était venue d'aller bavarder avec Tommy Lonighan sur ce qu'il savait des U-boats allemands et des Chemises d'Argent, de préférence en position officielle, en cellule, hors de son environnement habituel. J'appelai Ben Motley et l'interrogeai sur les chances qu'il y avait de cravater Tommy chez lui ou au gymnase et de l'amener jusqu'à une salle d'interrogatoire.

– Sur quelles bases ? dit-il.

– Il ment sur les raisons de son intérêt pour ce sous-marin.

– Et donc, il n'a pas voulu te dire que sa mère était une nazie. Ce n'est pas le genre de truc qu'on aime à accrocher à son arbre généalogique.

– C'est trop pour n'être qu'une coïncidence, Motley. Il est lié à Buchalter. Ce n'est pas possible autrement.

– Tu veux que je t'obtienne un mandat sur un mec, dans le cadre d'une enquête criminelle, à cause d'une chose que sa mère a faite il y a cinquante ans ?

– Nous le faisons amener pour interrogatoire uniquement. Tommy aime à se prendre pour quelqu'un de respectable ces temps-ci. Alors, on va lui écrabouiller un peu sa boîte à biscuits.

– Je me demande pourquoi les mots *dommages et intérêts* n'arrêtent pas de me flotter devant les yeux.

C'est probablement une question de verres de lunettes à changer.

– N'offre pas de sauf-conduit à ce mec-là. Il a les mains sales, Motley. Tu le sais.

– Passe-moi un coup de fil si tu trouves un peu plus que ça. D'ici là, je ne pense pas que ça nous avance à grand-chose de nous étriller la queue au-dessus de la corbeille à papier.

– Écoute-moi, Ben...

– Reviens sur terre, Robicheaux. La police de La Nouvelle-Orléans n'alpague pas les gens, pas même Tommy Les-Yeux-Bleus, quand ils sont propriétaires d'une résidence en bordure du lac. Garde-toi-la dans la culotte, mon gars.

Je travaillai tard ce soir-là sur deux autres affaires, l'une concernant un poignardage dans une boîte de nuit noire, l'autre, un possible assassinat par suffocation d'un bébé par ses parents d'adoption.

Le ciel était couleur d'étain calciné lorsque je m'engageai sur le chemin de terre près du bayou conduisant à la maison. Le vent était sec qui soufflait sur le marais, et les saules pleureurs couverts de poussière, pleins des traînées rouges des lucioles. L'adjoint de garde à la maison démarra son moteur, me fit signe de la main au passage et disparut dans le long couloir de chênes.

Bootsie faisait la vaisselle devant l'évier à mon arrivée. Elle portait une salopette blanche salie de graisse et un chemisier jaune tout fripé, trop petit pour elle, qui laissait son ventre dégagé.

– Où est Alafair ? dis-je en l'embrassant sur la joue.

Je sentis l'odeur de fumée de cigarette dans ses vêtements et ses cheveux.

– Dans le salon. Elle fait ses devoirs, dit-elle.

Elle garda le visage tourné vers la fenêtre ouverte tout en parlant.

– Où es-tu allée aujourd'hui ? dis-je.

– Quelle importance ?

– Je te demande pardon ?

– Quelle importance, l'endroit où nous allons ?

– Je ne comprends pas, Boots.

– Peu importe où nous allons. Il sera là.

– Tu veux parler de Buchalter ?

– Il a appelé.

– Ici ? Quand ?

– Cet après-midi.

– Pourquoi ne m'as-tu pas prévenu au bureau ?

– Pour te dire quoi ?

Je posai doucement les mains sur ses épaules et l'obligeai à se tourner vers moi. Elle respirait par le nez en me présentant son profil.

– Qu'est-ce qu'il a dit, Boots ?

– Rien. J'entendais de la musique, du genre qu'on diffuse dans les supermarchés ou les ascenseurs. Et ensuite, la respiration d'un homme. Son souffle, ses inspirations, ses expirations, comme s'il attendait quelque chose.

– Peut-être s'agissait-il de quelqu'un d'autre, un fêlé, rien d'autre, pourquoi pas ?

– Il a fait autre chose. Il a gratté le combiné de l'ongle, à plusieurs reprises. Comme un chat en train de griffer à une porte.

Sa bouche s'entrouvrit, et elle releva les yeux vers mon visage. Son haleine sentait les tranches d'oranges parfumées au bourbon.

– Nous demanderons un numéro en liste rouge demain matin, dis-je.

– C'était *bien* Buchalter, n'est-ce pas ?

– Peut-être bien. Mais ce qu'il faut garder à l'esprit, Boots, quand ces mecs essaient de faire peur aux gens à coups de téléphone, c'est qu'ils roulent sur la jante. Il n'y a plus rien d'autre qui marche pour eux.

Son regard alla d'avant en arrière, fouillant le mien.

– Nous ferons passer un portrait-robot à l'ordinateur de ce mec dans toute la ville, dis-je. Je ne pense pas qu'il revienne.

– Alors qui a tué l'homme à l'hôpital ?

– Je ne sais pas.

– Il est là-dehors, Dave. Je sais qu'il est là.

L'expérience que lui avait fait subir Buchalter avait été bien pire que la mienne, et je savais que mes mots ne seraient jamais à même de faire disparaître de son visage cette perception implacable de sa vulnérabilité. Je la serrai contre moi, puis je la conduisis dans la chambre, ouvris la douche, attendis qu'elle s'y installât, bouclai la maison puis récitai les prières d'Alafair avec ma fille. La lune était basse, les pacaniers et les chênes immobiles, noires silhouettes derrière les moustiquaires, et le seul bruit perceptible, outre le souffle d'air aspiré par le ventilateur du grenier, était le raclement de la chaîne de Tripod qui courait le long de sa corde à linge.

Je me versai un verre de lait et me préparai un sandwich jambon et oignons que je mangeai à la table de la cuisine. Lorsque le téléphone mural sonna, je connaissais l'identité de mon interlocuteur à l'autre bout du fil.

Sa voix donnait l'impression qu'il émergeait du sommeil, ou encore qu'on l'avait dérangé pendant la copulation. Elle débitait les mots au ralenti, les ponctuant d'un clic dans les profondeurs de la gorge, à la fois sec et chargé de mucosités.

– Ce n'est pas la peine que les choses se passent méchamment entre nous.

– Quelles choses ?

– Vous, moi, votre épouse. Vous pourriez vous joindre à nous. Être partie prenante.

– Buchalter, il faut bien que vous compreniez la chose suivante. Je ne peux pas me contenter d'agiter un baguette magique au-dessus du Golfe et de faire remonter un sous-marin coulé par des charges en profondeur. Je pense que vous êtes un malade. Mais si je vous tiens dans ma ligne de mire, je vous fais sauter la tête des épaules.

Une fois encore, j'entendis un déclic mouillé, à croire que sa langue collait à l'intérieur de ses joues.

– Je vous aime bien, dit-il.

– Vous *m'aimez bien* ?

– Oui. Vraiment beaucoup.

J'attendis avant de répondre.

– Que pensez-vous qu'il se passera la prochaine fois que je vous verrai ? dis-je.

– Rien.

– Rien ?

– Vous vous laisserez convaincre et vous viendrez avec nous. Ce n'est qu'une question de temps.

Ma paume moite serrait le combiné.

– Écoutez, tous les flics de la paroisse d'Iberia savent à quoi vous ressemblez. Ils savent ce que vous avez fait, et ils ne sont pas très portés sur le respect des règles. Ne commettez pas l'erreur de revenir ici. Je vous raconte ça pour vous rendre service.

– Nous pouvons vous donner le pouvoir.

*Tu n'apprends rien. Change de sujet.*

– Je sais que vous êtes venu à La Nouvelle-Orléans, dis-je. Vous avez trop parlé de musique. Vous avez laissé une piste, Buchalter.

– J'aurais pu vous faire mal l'autre soir, de manières telles que vous ne sauriez même en rêver, mais je ne l'ai pas fait, dit-il. Voulez-vous savoir comment ils en arrivent à un point où ils supplient, où leur voix sonne comme s'ils suppliaient ?

– Voulez-vous me rencontrer ?

Je l'entendis boire un verre, longuement, profondément, et déglutir comme un homme qui serait sorti d'une fournaise de chaleur sèche.

– Parce que je suis différent, vous ne devriez pas me traiter en psychotique. Je n'en suis pas un. Bonne nuit, dit-il. Dites à votre femme que notre moment me reste en mémoire avec tendresse. C'est un beau spécimen de son espèce.

Il raccrocha le combiné avec la même douceur qu'un homme qui terminait de bâiller.

J'avais le cœur qui battait la chamade dans ma poitrine. J'avais toujours mon pistolet agrafé au ceinturon. Je dégrafai l'étui, dégageai le .45 de son cuir que j'avais assoupli à la crème de sellerie, et laissai courir les doigts sur la froideur du métal. Je laissai de délicates empreintes sur la mince pellicule d'huile. Je dégageai le chargeur de la crosse, frottai du pouce la douille de laiton de la balle supérieure, tirai et relâchai la coulisse, et finis par remettre le chargeur en place. Les plaquettes de poignée étaient dures et rigides au creux de ma main.

Je regardai par la fenêtre dans l'obscurité. Je voulais que Buchalter fût là-dehors, peut-être occupé à garer sa voiture derrière un bouquet d'arbres avant de se frayer un chemin à travers champs, confiant du savoir que cette fois, il allait réussir son coup, il allait pouvoir envahir et ma maison et ma vie en toute impunité. Et cette fois-ci...

Je posai le .45 sur la table de nuit de notre chambre et me déshabillai dans le noir. Ma peau me faisait l'effet d'être sèche et brûlante, comme un abat-jour surchauffé. Bootsie dormait encore lorsque je me plaçai sur elle, entre ses jambes, sans invite ni assentiment, comme une bête brute et fruste qui aurait pu être taillée dans une pierre du désert.

Je lui fis l'amour à la manière d'un affamé. J'enfonçai la langue au plus profond de sa bouche et goûtai le whiskey, les cerises confites, les tranches d'oranges qui parfumaient ses recoins les plus mouillés. Je me plongeai à grands coups lourds dans sa chaleur féconde, j'inhalai l'alcool volé à son haleine, je lui dérobai cette brûlure dorée et liquide qui avait vieilli en fût de chêne et s'était vue par erreur offerte en cadeau au sang qui lui battait le cœur plutôt qu'au mien.

# Chapitre 14

Le soleil matinal ressemblait à un éclat de glace rose juste au-dessus de l'horizon brumeux lorsque j'arrêtai mon camion à l'entrée verrouillée de l'allée à voitures de Tommy Lonighan. Je sortis du camion et pressai le bouton de l'interphone.

– Qui est-ce ? dit la voix du dénommé Art.

– Inspecteur Dave Robicheaux. Je viens voir Tommy.

– Il est occupé.

– Non, ce n'est pas vrai.

– La dernière fois que vous êtes venu, vous avez démoli les gens à coups de pelle.

– Hier, c'est toujours de l'histoire ancienne, Art.

– Il est 7 heures du matin, bordel. Si vous nous lâchiez un peu ?

– Est-ce que vous allez ouvrir ou pas ? Si vous n'ouvrez pas, je reviens avec un mandat à votre nom.

– Est-ce que Purcel est avec vous ?

– Non.

– Z'êtes sûr ?

– Dernière chance, Art.

– Okay, vous excitez pas, je vous ouvre. Tommy est derrière la maison. Je vais lui dire que vous êtes là. Hé, vous pouvez me rendre un service ?

– Quoi ?

– La journée est belle. L'Indien et moi, on est en train de servir le petit déjeuner sur la terrasse à Tommy et ses invités. Faisons en sorte que la journée reste belle. Okay, mec ? La merde, ça va jamais très bien avec les œufs et la bouillie de maïs.

Une minute plus tard, je rangeais mon camion au bout de l'allée de Lonighan. L'intérieur de la résidence était l'antithèse, tant par le paysage que par l'architecture, de tout ce qui avait vu grandir Tommy dans son quartier de l'Irish Channel. Sa maison imitation Tudor était entourée de citrus, de pins et de chênes ; la vapeur se levait de la surface turquoise de sa piscine fermée de cloisons-écrans et de ses bassins à poissons rouges en corail. Le stenotaphrum était épais, humide d'avoir été arrosé, brillant de rosée sous la lumière brumeuse. Au-delà des murs de brique protecteurs, j'entendais les voiles de toile claquer et se gonfler au vent du lac.

Tommy était derrière la maison, en slip de bain orange et une paire de baskets de boxeur noires, occupé à marteler de ses poings pansés ce qui ressemblait à une pile de sacs de sable haute de 1,80 m. Son corps pâle, crénelé de sueur, avait la couleur et la texture d'un nerf dans la viande. Une cicatrice tubulaire rouge, marquée de minuscules trous roses de chaque côté, remontait en ligne serpentine le long du dos, du rein droit jusqu'à l'omoplate.

Il s'arrêta de cogner ses sacs en m'apercevant et essuya ses cheveux couleur meringue et ses aisselles d'une serviette. Son visage empourpré était barré d'un large sourire.

– T'es juste à l'heure pour manger un morceau, dit-il en ôtant l'adhésif qui protégeait ses mains. Que penses-tu de ce temps ? Je crois que nous avons un automne précoce.

Il balança sa serviette sur un massif d'azalées. Ses jointures étaient rondes et dures, elles ressortaient de la peau comme s'il tenait serré au creux de la paume un rouleau de quarts de dollar.

– Tu travailles au sac de sable, Tommy ?

– De ciment. Si tu ne te pètes pas la main, si tu ne te retournes pas le poignet sur un sac de ciment, t'es sûr que ça se produira pas au contact de la figure d'un mec. Qu'est-ce qui t'amène, Dave ?

– J'ai un gros problème avec ce mec Buchalter. On dirait qu'il ne peut pas rester en dehors de mon existence.

– Si je peux t'aider, fais-le-moi savoir.

Il enfila un pull-over bleu tandis que nous descendions un sentier gravillonné en direction d'une table à dessus de verre installée dans son patio, où une blonde en peignoir de bain, les cheveux cendrés, buvait du café en lisant le journal.

– Moi non plus, je ne veux pas d'un mec comme ça dans les parages. Il donne mauvaise réputation à la ville.

– Je n'ai pas dit qu'il était de La Nouvelle-Orléans, Tommy.

– Tu ne serais pas ici si tu pensais le contraire. Assieds-toi et mange. Tu es bien trop sérieux. Charlotte, voici Dave Robicheaux.

Elle abaissa son journal et leva sur moi un regard bleu qui devait sa couleur et son brillant aux lentilles de contact colorées, un regard qui n'était ni grossier, ni amical, ni curieux, ni circonspect. Je la soupçonnais de lire les comptes rendus journalistiques de désastres aériens avec le même intérêt que le bulletin météo. Sa peau hâlée, marquée de taches de rousseur, se marquait de plis aussi lisses et tendres que des coulures de suif.

Sa bouche était rouge et humide en délaissant sa tasse de café lorsqu'elle me salua.

– Le monsieur qui est si doué pour manier la pelle, dit-elle.

– Parfois il vaut mieux disposer de supports visuels concrets quand on s'adresse aux frères Calucci, dis-je.

– Putain que oui, dit Tommy. Pas plus l'un que l'autre de ces deux Ritals ne serait capable de se faire une branlette sans croquis détaillé. Mais quand on est obligé de faire affaire avec les têtes d'huile, on est obligé, pas vrai ?

– Quel genre d'affaires fais-tu avec les Calucci, Tommy ? dis-je.

– Tu plaisantes ou quoi ? Blanchisserie de restaurant, services de parking, livraison de nourriture, menuisiers et électriciens pour mon casino, tu traites avec les têtes d'huile, sinon tu te ramasses une manif devant tout ce qui t'appartient.

Son valet sortit par la porte de derrière, les bras chargés d'un énorme plateau aux poignées en corde, et se mit en devoir de déposer devant nous conteneurs à couvercle en argent garnis d'œufs brouillés, bouillie de maïs, saucisses, bacon, oranges et pamplemousses pelées. Le serviteur était celui que j'avais vu lors de ma première visite. Il était énorme, son visage d'Indien aussi plat, aussi dénué d'expression qu'une tourtière à gâteaux, ses mains brunes grandes comme deux poêles à frire veinées de tissus cicatriciels qu'on aurait pu prendre pour de minuscules morceaux de ficelle blanche.

– Vous dévisagez, monsieur Robicheaux, dit Charlotte.

– Excusez-moi ?

– Manuel. Vous le dévisagez. C'est impoli de dévisager les gens, dit-elle.

– C'était bien malgré lui. Et sans intention, dit Tommy. Dave est un monsieur. Il est diplômé de l'université. En littérature anglaise, exact, Dave ? Nous parlons d'un putain de mec classe, ici.

Il me fit un clin d'œil en dépliant sa serviette.

Le valet du nom de Manuel me frôla en me versant mon café. Je sentis une odeur d'engrais chimique et de terre de jardin sur ses vêtements. Il ne disait jamais un mot, mais une fois rentré dans la maison, je vis son visage qui me regardait d'une fenêtre de la cuisine.

– Imagine un peu, ça va te botter, dit Tommy. Manny donne l'impression d'être sorti tout droit d'un tombeau de *La Nuit des morts-vivants*, mais en fait c'est un pédé. Il va participer à une vidéo musicale intitulée *She's a Swinging Stud* – « La Belle est un étalon qui balance ». Hé, arrêtez donc de me reluquer comme ça. Vous croyez que je serais capable d'inventer un truc pareil ? On voit ce genre de vidéos dans les rades à homos sur Dauphine.

– Ta mère a fait partie de l'Alliance germano-américaine, Tommy, dis-je.

– Quoi ?

Son visage donnait l'impression d'avoir reçu une douche d'eau glacée.

– Je crois que tout le monde est au courant dans le Channel. C'est pour cette raison que tu sais ce qu'il y a dans le sous-marin, pas vrai, collègue ?

Je lui souris.

– T'es assis à ma table de petit déjeuner... Il s'éclaircit la gorge et essaya de retrouver ses mots. ... Ici même, à ma table, dans ma propre maison, et tu fais des commentaires insultants à propos de ma mère ?

– Ce n'est pas mon intention.

– Alors nettoie ta gueule de la putain de purée qui l'encombre.

La femme prénommée Charlotte lui posa la main sur les cuisses.

– De deux choses l'une, Tommy, dis-je.

– Quoi ?

– Ou tu sais quelque chose sur le sous-marin par l'intermédiaire de ta mère, ou alors tu as un sérieux problème personnel à régler avec Hippo Bimstine, dont tu ne parles pas.

Ses sourcils blancs aux poils en broussaille étaient moites de transpiration sur son visage rouge. Je vis la femme prénommée Charlotte se mordre la lèvre, sa main lui pétrissant le genou.

– Quel problème tu veux dire ? dit-il.

– Tu veux que je te réponde franco ?

– Ouais.

Mais son visage ressemblait à un masque de caoutchouc étiré, le visage d'un homme sur le point de recevoir une pointe de lance dans le sternum.

– Il dit que tu as tué son petit frère.

Il souffla et inspira, bouche ouverte. Ses yeux semblaient incapables d'accommoder soudain aveuglés, comme s'il les avait fixés sur un arc électrique de soudeur. Il se pinça le nez et souffla bruyamment par les narines en faisant rouler sa tête sur le pivot du cou.

Mais ce fut la femme qui parla.

– Espèce de salopard dégueulasse, dit-elle.

– Tu veux frapper le premier, Tommy ? dis-je.

– Si je veux cogner, tu ne sauras pas ce qui t'aura touché, dit-il.

Mais sa voix se fit soudain rauque et, d'une certaine manière, comme séparée de lui.

– Ce n'était peut-être pas très délicat de dire ça. Mais Will Buchalter est en train de jouer son sale numéro à ma femme. Il faut que ça cesse, Tommy. Tu comprends ce que je suis en train de dire ? Quand tu crées une zone franche avec tir à vue, ça marche des deux côtés. Nous ne fonctionnons plus sur les mêmes règles que dans le temps.

– Qu'est-ce qui te prend de parler de tir à vue et de zone franche ? Une baïonnette chinoise m'ouvrait une boutonnière dans les tripes alors que t'étais encore occupé à baiser ton poing.

– Tu veux l'un de mes Purple Hearts [1] ?

– T'es un fils de pute, Robicheaux.

– Tu ne fais pas une victime bien convaincante, Tommy.

– On était tous mômes. Ça a été un accident. Qu'est-ce qui t'arrive, quel genre de mec tu crois que je suis ? Pourquoi tu fais ça ?

– Est-ce que tu vas m'aider ?

– Fiche le camp de ma propriété.

– Très bien, dis-je en me relevant, prêt à partir. J'aperçus alors Zoot Bergeron remontant au pas de course l'allée en short de gym noir, un bandana rouge noué autour du front. Je baissai les yeux sur Tommy Lonighan.

– J'ai un marché à te proposer, dis-je. Tu remets Buchalter entre mes mains, et tu ne me verras probablement plus jamais. Mais s'il revient traîner du côté de ma maison, je te poinçonne le ticket une bonne fois pour toutes.

– Ah ouais ? dit-il, le bord de ses narines soudain blanches. Et c'est ça que tu vas faire, hein ? T'es incapable d'alpaguer les vrais responsables, t'es incapable de protéger ta propre épouse, t'as besoin de quelqu'un pour te torcher le cul à ta place, et tu débarques ici à faire tes menaces, en me disant que j'ai tué un enfant. Je vais te décoller ta putain de tête des épaules, Dave, t'as compris ?

– Nous verrons bien celui qui sortira le premier de la fumée, Tommy, dis-je.

Je traversai la pelouse bleu-vert pailletée de soleil en direction de mon camion. Je ne me retournai pas.

Zoot ralentit sa foulée, sa poitrine luisante se levant et retombant, son short trempé de sueur tordu autour de ses reins.

– Qu'est-ce que tu fabriques ici, collègue ? demandai-je.

1. Médaille de mérite militaire. *(N.d.T.)*

– M. Tommy, y m'a trouvé un boulot dans son jardin, et y me laisse m'entraîner avec lui.

– Tu restes ici ?

– C'est c'que j'ai fait, l'nuit dernière.

– Pour quelle raison ?

Il ne répondit pas et je répétai ma question.

– Pourquoi ça, Zoot ?

– Al a un homme à la maison.

Son regard évitait le mien.

– Un Blanc avec qui al sort, d' temps en temps. Je viens ici et M. Tommy, y me permet de rester.

– Je ne veux pas te dire ce que tu dois faire, Zoot, mais je pense que Tommy Lonighan est un gangster et un connard de raciste que tu devrais éviter comme un furoncle.

C'est alors que, trop tard, je vis l'expression d'alarme dans le regard de Zoot lorsqu'il posa les yeux sur quelque chose derrière moi.

Tommy Lonighan était lancé sur son élan lorsqu'il me frappa entre les omoplates en m'envoyant dinguer dans le flanc de mon camion. Avant que j'aie pu me retourner, il avait arraché mon .45 de mon étui de ceinture. Il le saisit et se posta, canon en l'air, en face de moi, le cou noué de veines grosses comme des cordages, les narines écartées, et manœuvra la culasse, faisant monter une balle à tête creuse dans la chambre. J'entendais le gravier crisser sous les semelles de ses chaussures.

– Ne sois pas débile, Tommy.

– Tu crois que tu peux me démolir pièce par pièce, à me faire honte devant les gens ?

– Donne-moi le calibre, Tommy.

– Tu le veux ? Alors, tu vas l'avoir, enculé.

Il plaqua la crosse au creux de ma paume, mais il ne me lâcha pas. Il enveloppa les deux mains autour de la mienne, resserrant les doigts jusqu'à ce que la chair blanchisse sous la pression des os, et pointa le canon du .45 contre son sternum. Ses yeux bleus étaient ronds, tissés de fils de lumière; son haleine puait des débris de viande coincés entre ses dents.

– Tu parles de tes exploits de guerre, tu parles de tes Purple Hearts. T'as les couilles pour faire ça?

Le chien était armé, le cran de sûreté ôté, mais je parvins à garder les doigts figés contre le pontet.

– Recule, Tommy.

Il avait peine à respirer, le souffle court, et un nœud de couleur semblable à une rose rouge apparut sur sa gorge.

– J'ai pas tué de môme jadis, là-bas, dans le Channel, dit-il. Ça a été un accident. Tout le monde le sait, sauf ce youpin. Il a jamais voulu l'admettre.

Rien qu'un instant, son regard sembla se tourner vers l'intérieur, ses mots donnèrent l'impression d'être dirigés presque contre lui-même plutôt que contre moi. Je sentis la pression de sa prise se relâcher.

Je remis le cran de sûreté en place d'une pichenette, arrachai le .45 de ses mains et lui fouettai le nez du canon. Il resta là, les pieds à plat au sol, les poings serrés sur les flancs, les yeux couleur de ciel, tandis que dégouttait un filet de sang solitaire de sa narine droite. Je m'apprêtai à le frapper une nouvelle fois.

Mais son visage se brisa, tout comme l'abat-jour brûlé en son centre par une source de chaleur allumée de l'intérieur. Un œil parut se nouer, comme si quelqu'un venait d'y planter un doigt; sa bouche se serra en filet mince crispé de plis, les commissures tombantes, la chair d'une joue se remplit soudain de rides et se prit à trembler. Il fit demi-tour et se dirigea vers la maison, le dos droit, les bras morts sur les flancs, les yeux masqués à mon regard.

Je le fixai, bouche bée, mon arme ballante, accrochée à ma main sans force comme un objet de honte.

## Chapitre 15

J'avais toujours voulu me convaincre que j'avais ramené la violence dans ma vie avec mes bagages à mon retour du Viêt-nam. Mais l'un des épisodes les plus violents de mon existence, ou, à tout le moins, le plus indéfendable, était survenu à la fin de mon premier mariage et non parce que j'étais officier de police ou ancien combattant.

Ma première épouse était une belle Martiniquaise à la peau sombre, qui adorait autant que moi les pur-sang et les paris hippiques, mais elle s'était également prise de passion pour la société fréquentant les club-houses et les hommes qui n'hypothéquaient pas quotidiennement leur lendemain à coups de doses de Jim Beam sec et d'une Jax pour suivre.

Nous nous trouvions à un cocktail en plein air, un après-midi, sur le lac Pontchartrain. Le ciel était zébré d'orages, l'eau au large sur le lac d'un vert d'ardoise se crénelait d'écume, les voiliers du yacht-club plongeant et claquant dans les creux de houle. Je me revois debout devant la table des boissons, à côté de mon épouse, tandis qu'un serveur noir en veste blanche de maître d'hôtel secouait un shaker argenté. Je revois l'amant de ma femme, un géologue de Houston, venir se placer à côté d'elle et se mettre à bavarder tout en lui caressant distraitement le duvet de son avant-bras comme si je n'étais pas là.

J'entendais le claquement des palmes en surplomb, un groupe de jazz qui jouait sur la terrasse, les paroles de ma femme et de son amant disparaître comme bulles au vent. Lui était un athlète et un alpiniste, il avait le profil, les traits burinés, la belle gueule d'un gladiateur. Puis je me souviens d'un bruit qui avait claqué, tels des bâtons de sucette qui se cassent, et une vague de couleur rouge et noire avait explosé derrière mes yeux.

Lorsqu'ils me l'avaient arraché des mains, il s'étranglait sur sa propre langue.

Par la suite, j'avais prétendu qu'il méritait ce qui lui était arrivé, que mon épouse avait elle aussi pleinement mérité d'avoir ainsi subi la honte d'être humiliée devant ses amis. Mais je me leurrais moi-même, ainsi qu'il m'était coutumier en ce temps-là, convaincu que j'étais, en toute sincérité, qu'il m'était impossible de connaître pire destin en ce bas monde que de me voir privé d'un whiskey filtré sur charbon de bois et de ce rayonnement ambré dont il animait et remplissait mon existence. J'ai simplement fait payer à mon épouse et à son amant les événements qui s'étaient produits des années auparavant.

Mon père, qui s'appelait Aldous, et qu'on surnommait également le Grand Al sur les champs pétroliers où il travaillait en haut des derricks, monté sur la moufle mobile, était cajun, colosse à la peau sombre et aux poings de la taille de pastèques. Il adorait se bagarrer dans les bars, où il lui arrivait de prendre d'un coup trois ou quatre adversaires. Les manœuvres des pétroles se brisaient les mains sur son crâne ; les videurs lui fracassaient les chaises sur le dos ; mais personne n'avait jamais fait de mal au Grand Al, à l'exception de ma mère, qui travaillait dans une blanchisserie en compagnie de Négresses pour subvenir à nos besoins lors des séjours de mon père dans la prison de la paroisse.

Lorsqu'il retourna à Marsh Island pour la saison du rat musqué, un dénommé Mack, joueur de bourrée originaire de Morgan City, qui arborait chapeau de feutre, pantalon zazou, bretelles, manchettes à boutons et chaussures à deux tons, commença à passer à la maison pour emmener ma mère en balade dans son coupé Ford.

Un jour, à la fin de l'automne, je rentrai de l'école de bonne heure. Il n'y avait pas un bruit dans la maison. Je passai devant la porte de la chambre de mes parents. Ma mère était nue, à quatre pattes, le visage tourné vers la tête de lit, et Mack s'apprêtait à la chevaucher. Il avait le visage blanc et mince, les cheveux noirs gominés séparés d'une raie en leur milieu, et une moustache en trait de crayon. Il me jeta un regard avec le même intérêt, dans l'instant, que celui qu'il aurait pu accorder à un clou au mur, et pénétra ma mère.

Je restai assis sur un chevalet à bûches dans la grange jusqu'à la tombée de la nuit, ou presque. L'air était vif, les feuilles volaient dans la cour en terre. Mack apparut finalement dans l'embrasure de la porte de la grange, sa silhouette tranchant sur les dernières rougeurs du soleil, une bouteille de bière dans la main gauche. Je l'entendis qui la portait à ses lèvres pour en boire une gorgée.

– Qu'est-ce tu crois que t'as vu ? dit-il.

Je regardai mes souliers.

– Ch'te pose une question. Va pas faire semblant que t'as pas entendu.

– Je n'ai rien vu du tout.

– T'étais là où t'avais rien à faire d'y être. Qu'est-ce qu'on va bien faire à ça ?

Il tendit la main droite. Je crus qu'il allait la poser sur mon épaule. Au lieu de quoi il passa le dos de ses doigts sur mon nez.

– Tu sens ça ? Mi et t'maman, on a baisé, gamin. Et c'est pas non plus le premier coup.

J'avais les yeux pleins de larmes, le visage brûlant, tout petit sous son regard.

– Tu peux raconter à t'père si te veux, mais va falloir dire sur elle aussi.

Il but une nouvelle gorgée de bière à la bouteille et attendit.

– Qu'est-ce te vas faire, ti ? Rester assis à pleurer ?

– Je ne vais rien faire du tout.

– C'est bien, dit-il. Pasque si tu causes, j'arviendrai.

Puis il disparut, quittant la lumière rouge pour descendre le chemin de terre jusqu'à sa voiture. Les pacaniers et les chênes à l'entour de la maison étaient d'un noir verdâtre, couverts de poussière ; la froideur sèche de l'air me faisait sur la peau l'effet d'une brûlure causée par le vent. Je me cachai lorsque ma mère m'appela depuis le perron arrière. Derrière la grange, je m'assis dans les herbes et observai nos deux coqs mettre à mort à coups de bec une poule aveugle. Ils la chevauchèrent de leurs ergots, les ailes battant, triomphales, avant de lui piquer le cou immobilisé de profonds coups de bec. Je les regardai faire un long moment, jusqu'à ce que ma mère me retrouve et me ramène dans la cuisine. Tandis qu'elle nous préparait le souper, elle m'apprit que Mack l'avait aidée à trouver un bon emploi comme serveuse dans une brasserie en plein air à Morgan City.

Le jour qui suivit mon algarade avec Tommy Lonighan, je reçus à mon bureau un coup de téléphone de Clete Purcel.

– J'ai entendu dire que tu avais cinglé le visage de Tommy Bobalouba à coups de pistolet, dit-il.

– Qui t'a raconté ça ?

– Deux des raclures employées par les Calucci en discutaient ce matin au « Golden Star ».

– Ah, les Calucci à nouveau !

– C'est exactement ce que j'essayais de te dire, *mon.* Les frontières tribales n'existent plus.

– Qui étaient ces deux mecs ?

– Des minables de deux sous. Est-ce que tu essayais de faire cracher le morceau à Tommy à propos de ce sous-marin ?

– Ouais, mais ça ne m'a mené nulle part.

– Dave, peut-être qu'il existe une autre manière de faire sortir Buchalter de sa tanière. Et si tu *pouvais* retrouver ce sous-marin ? Tu marques l'emplacement, et ensuite tu en informes le *Times-Picayune* et toutes les compagnies de récupération de la ville.

– C'est une idée.

– À propos, félicitations pour avoir réussi à retenir l'attention de Lonighan. On aurait dû transformer ce mec en serpillière il y a bien longtemps... Pourquoi ce silence ?

– Je n'aurais pas dû le frapper.

– Et pourquoi donc ?

– C'est un homme tourmenté. Ce mec a un haut-fourneau dans la tête.

– J'en pleure sur mon buvard, Dave. Oh, ça, c'est super, *mon.* Tommy Lonighan le tourmenté...

Il riait maintenant à gorge déployée.

« Est-ce que tu as vu le corps du mec que Tommy a noyé au tuyau à incendie ? Il ressemblait au bonhomme Michelin. Tommy a fourré l'embout du tuyau dans la bouche du mec. Tommy le tourmenté, oh Dave, c'est de toute beauté... »

Je rentrai tôt ce soir-là, avec pour intention d'emmener Bootsie et Alafair chez « Mulate » à Breaux Bridge déguster des écrevisses. Lorsque l'adjoint de garde près de l'allée vit mon camion approcher, il démarra son moteur et reprit la route de New Iberia. Au bout de l'allée, tout près de la maison, se trouvait une Toyota blanche à deux portes que je ne reconnus pas.

Je descendis jusqu'à l'extrémité du ponton, où Alafair faisait ricocher des pierres à la surface de l'eau dans un genou de cyprès.

– Tu veux manger quelques écrevisses, Alf ? dis-je.

– Ça m'est égal, dit-elle.

Elle avait une mine renfrognée. Elle jeta une nouvelle pierre sur le bayou.

– Qu'est-ce qui ne va pas, petit mec ?

– Je t'ai déjà dit que je n'aimais plus *petit mec*, Dave.

– Très bien. Et maintenant, qu'est-ce qui ne va pas, Alf ?

– Rien. Bootsie dit qu'elle ne se sent pas bien. C'est tout.

– Elle *dit* qu'elle ne se sent pas bien ?

– Elle a passé tout l'après-midi dans sa chambre. Avec la porte fermée. Elle dit qu'elle ne se sent pas bien. Je t'ai déjà répondu.

Elle mit une main en appui contre un poteau et racla, de sa chaussure de tennis, des écailles de poisson séchées sur les planches pour les faire tomber dans l'eau.

– Dis-moi le reste, Alf.

Ses yeux suivirent un moccassin « gueule-de-coton » en train de traverser le bayou à la nage en direction d'un halier de canne submergé.

– Elle a jeté une bouteille de whiskey vide dans la poubelle derrière, dit-elle. Elle l'a enveloppée dans un sac en papier pour que personne ne la voie. Ensuite la Sœur est sortie et lui a rapporté de la bière.

– Quoi ?

– Il y a une Sœur là-bas, à la maison. Elle est descendue aux Quatre Coins et a acheté à Bootsie un pack de six canettes. Pourquoi Bootsie n'est-elle pas allée chercher sa bière dans la boutique à appâts si elle en voulait ?

– Viens, on va essayer de savoir.

– Je n'ai pas envie.

– Tu veux aller chez « Mulate » un peu plus tard ?

– Non. Je n'aime pas la manière dont se comporte Bootsie. Et je n'aime pas non plus cette Sœur. Qu'est-ce qu'elle fait ici, Dave ?

Je lui ébouriffai le haut du crâne et remontai la pente dans l'ombre profonde des arbres et le bruissement des cigales. Il n'y avait pas le moindre bruit, pas le moindre mouvement à l'avant de la maison, et la porte qui ouvrait sur notre chambre à Bootsie et moi était fermée. Je continuai mon chemin par le couloir jusque dans la cuisine. La Sœur Marie Guilbeaux lavait des verres et deux assiettes dans l'évier.

– Oh ! dit-elle avec un tressautement soudain des épaules lorsqu'elle m'entendit derrière elle.

Elle se retourna, le visage coloré.

« Oh, par le Ciel, vous m'avez fait peur. »

Je continuai à la fixer du regard.

– Oh, que tout ceci est gênant ! dit-elle. J'espère que vous comprendrez ce que... pourquoi je...

– Je crains que non.

– Naturellement... Vous ne le pourriez pas. J'ai appelé plus tôt, mais vous n'étiez pas là.

– J'*étais* à mon bureau.

– J'ai essayé là-bas. Vous étiez déjà parti.

– Non, je m'y trouvais encore il y a une demi-heure.

Je vis une demi-douzaine de boîtes de bière vides dans la poubelle jaune.

« Personne n'a appelé.

– Si, *moi*. Un homme, le répartiteur, a pris un message.

– Je vois. Où est Bootsie, ma Sœur ?

– Endormie. Elle ne se sent pas très bien. »

Son visage était empreint de perplexité.

« Je sais que ceci paraît étrange.

– Un peu.

– J'enseigne à temps partiel dans une école élémentaire de Lafayette. Nous avons un programme sur la sécurité. Vous vous êtes montré si courtois à l'hôpital et au téléphone que j'ai pensé que vous pourriez peut-être souhaiter visiter notre classe.

– Je suis un peu pris en ce moment.

– Oui, c'est ce que m'a dit Bootsie.

– Pouvez-vous me dire pourquoi vous avez acheté de la bière pour mon épouse, ma Sœur ? »

Son visage était rose.

– Monsieur Robicheaux, je me suis égarée par inadvertance dans une affaire très intime et, de toute évidence, j'ai fait ce qu'il ne fallait pas faire.

– Contentez-vous de me dire ce qui s'est passé ici, s'il vous plaît.

– Votre épouse voulait prendre la voiture pour se rendre au magasin acheter de la bière. J'étais d'avis qu'elle ne devait pas prendre le volant. Je lui ai dit que j'allais faire la course à sa place.

– Pourquoi ne pas être allée prendre la bière tout simplement dans la boutique à appâts ? Nous en sommes les propriétaires.

– Elle n'a pas voulu que j'y aille.

– Je vois. Puis-je vous aider en quoi que ce soit d'autre ?

– Non... Acceptez mes excuses. Je ne sais quoi vous dire d'autre. Je vais m'en aller. Excusez-moi, s'il vous plaît, d'être venue chez vous.

Elle sortit par la porte de derrière, se dirigeant d'un pas rapide vers sa voiture, ses yeux verts brillant d'embarras. Je la rattrapai juste comme elle ouvrait sa portière.

– Ma Sœur, il se passe ici quelque chose que vous ne comprenez pas, dis-je. Mon épouse a un problème à cause de certains événements qui se sont produits chez nous, dans notre maison. Mais lorsqu'une personne est ivre ou a trop bu et veut qu'on lui en donne davantage, on ne le fait pas.

– Alors je pense que j'ai pris une leçon aujourd'hui.

– Revenez nous voir.

– C'est gentil de votre part.

Ma main était posée sur le rebord de la portière. Elle plaça délicatement sa main sur la mienne et me regarda droit dans les yeux. Un rai de soleil tomba au travers de l'arbre sur ses cheveux roux dorés. J'ôtai la main de sous la sienne et retournai à la maison.

J'ouvris la porte de chambre et jetai un œil sur Bootsie. Les stores étaient tirés, et elle dormait tout habillée, la tête sous l'oreiller. Pendant que je préparais le souper, j'essayai de me concentrer sur ce que disait Alafair à propos de Tripod, mais mes pensées étaient comme des oiseaux volant et se cognant à l'intérieur d'une cage, et je me surpris à toucher d'un air absent le dos de ma main droite.

*C'est ton imagination*, songeai-je. *C'était un geste innocent. Il en est qui sont tout bonnement ineptes, socialement parlant.*

Mais mes énergies étaient trop dissipées pour me soucier de Sœur Marie Guilbeaux. Je savais que derrière la porte fermée de notre chambre, mon épouse avait pris résidence dans ce morceau de géographie si spéciale où les serpents pendent en boucles bien grasses dans les arbres, où un tigre aux rayures électrifiées vous ouvre le chemin jusqu'à sa tanière.

Il plut cette nuit-là, et à travers la moustiquaire de la fenêtre, je sentais les arbres et une odeur de poissons en train de frayer venue des marais. En m'endormant, je m'interrogeai à nouveau sur le sous-marin nazi et l'obsession qu'il avait fait naître chez Buchalter. Lorsque j'étais enfant, élève de l'école catholique, on nous enseignait que le mal finit au bout du compte par se consumer lui-même, comme un brasier qui doit détruire sa propre source. Le sous-marin était-il un mausolée, un tombeau d'histoire sacrée noyé sous les eaux, à partir desquels Buchalter et consorts étaient convaincus qu'ils allaient pouvoir renouveler et redonner vie à leur vision démente et misanthrope ? Haïssaient-ils tellement le monde d'aujourd'hui pour vouloir rechercher la compagnie de ces noyés qui s'étaient fait fête de mettre les mers en feu en abattant à la mitrailleuse des groupes entiers de marins de la marine marchande, le corps zébré d'huile, qui avaient rebondi dans la houle comme des bouchons de liège impuissants ?

Il plut toute la nuit. L'air de la chambre était frais et humide et, dans mon sommeil, je crus sentir une odeur de sel dans le vent. Je rêvai de sous-mariniers vêtus de noir, la peau blanche chargée de déodorant, la barbe non rasée pareille à un barbouillis de charbon de bois sur leurs visages. Ils guidaient une longue torpille luisante dans un tube en attente, frôlant ses flancs durs comme en une caresse d'adieu.

La torpille explosa de sous la proue, l'hélice tourbillonnante, sa peau d'acier crénelée de clair de lune juste sous la surface. Les hommes en salopette noire étaient debout, immobiles, à l'intérieur de leur vaisseau éclairé par batteries, les yeux levés en attente, la poitrine douloureuse d'un souhait collectif informulé qui leur faisait se mouiller les lèvres en collant les reins contre le flanc cylindrique et froid d'une autre torpille.

L'explosion contre la coque du cargo à l'horizon, le grincement des poutrelles d'acier et du métal déchiré, l'avalanche d'eau salée dans la cale, l'explosion secondaire des chaudières qui fait voler le pont en menus morceaux, surchauffant les écoutilles en rectangles de fer bouillants capables de calciner une main d'homme pour la changer en moignon jusqu'à la plongée finale en geyser sous les vagues et au raclement de la coque contre le sable – tout filtra à travers les ténèbres à l'entour du sous-marin avec la douceur d'une vieille valse de Vienne en train de monter pour se dissiper dans la brume.

Il devait être 2 ou 3 heures du matin lorsque je sentis le froid dans la chambre. Dans mon sommeil, je tendis la main vers la courtepointe au pied du lit et la tirai pour nous en couvrir, Bootsie et moi. Je pensais que le vent soufflait dans la maison, là où aucun vent n'avait lieu d'être, puis je me rendis compte que mon oreiller était moite de la brume soufflée par le ventilateur de fenêtre, qui était coupé.

Je m'assis dans mon lit. Les portes du placard, comme celles de la salle de bains, étaient ouvertes, et la veilleuse des toilettes avait grillé ou était éteinte. Du perron arrière, j'entendais la porte-moustiquaire s'ouvrir, gonflée par le vent, puis se refermer en claquant contre l'huisserie. Je mis la main sous le lit et empoignai le .45.

Je n'eus pas loin à aller pour comprendre qu'il était venu jusque-là. En passant devant le placard, je sentis l'eau sous mes pieds nus. J'allumai toutes les lampes de la maison. La moustiquaire de la porte, sur le perron arrière, était entaillée, le pêne dormant arraché de l'huisserie de la porte qui ouvrait vers la cuisine.

– Qu'est-ce qu'il y a, Dave ? dit Bootsie, en clignant des yeux devant la lumière.

Je regardai le carré de parquet devant le placard. S'y trouvaient marquées deux empreintes de chaussures sur les lames, entourées par un anneau de pluie qui avait dégoutté de son manteau. C'est alors que Bootsie vit ce que je regardais.

– Oh Seigneur, c'en est trop, je n'en peux plus, Dave, dit-elle.

– Allons, calme-toi. Il est parti.

– Il est venu ici. Il nous a regardés dormir.

Elle se redressa sur le lit et pressa les mains sur son estomac.

– Je crois que je vais vomir.

– Utilise l'autre salle de bains.

– Quoi ?

– N'entre pas dans notre salle de bains.

– Pourquoi ? Qu...

– Il se peut qu'il ait laissé des traces, des pièces à conviction, Boots, c'est tout.

Bootsie partie, j'éteignis la lampe de notre salle de bains, fermai la porte et mis le verrou, non sans avoir auparavant regardé une fois encore les mots qu'il avait inscrits sur le mur, au rouge à lèvres brillant :

DAVE, IL FAUT QUE TU NE FASSES PLUS QU'UN AVEC LE GLAIVE. JE T'AIMERAI COMME AUCUNE FEMME NE LE POURRA JAMAIS, W.B.

# Chapitre 16

Le lendemain matin, au bureau, j'essayai de me concentrer sur la routine du quotidien. Mais ce fut inutile. Je regardai la pluie par la fenêtre.

Qu'est-ce qui entraînait les moteurs d'un homme comme Will Buchalter ?

La conclusion à laquelle j'arrivai ne fut guère plaisante. C'était un sadique, purement et simplement, et pareil en cela à tous les sadiques, il se créait des fixations érotiques sur les gens et les animaux auxquels il envisageait de faire mal de façon méthodique. La douleur qu'il imposait à sa victime était destinée à humilier et dégrader et se voyait toujours administrée en personne, de sa propre main, à un souffle seulement du visage de la victime. Comme pour tous ceux de son engeance, il s'était trouvé une finalité idéologique qui justifiait sa perversité, mais, en réalité, les cris dont il était capable de remplir une pièce lui faisaient doucement grincer les dents tandis que ses reins lui picotaient comme un essaim d'abeilles.

Le téléphone sur mon bureau sonna. C'était Lucinda Bergeron.

– Votre ami ici présent commence à faire suer beaucoup de monde, dit-elle.

– Qui ça ?

– Cletus Purcel.

– Qu'est-ce qui ne va pas chez Clete ?

– Qu'est-ce qui va bien chez lui ?

– Lâchez-le un peu, Lucinda.

– Il a essayé de transformer un gars en battant de cloche. Connaissez-vous un personnage du nom de Dogshit Dolowitz ?

– Sans-Déc' Dolowitz, le joyeux luron ?

– Ouais, je crois que c'est aussi comme ça qu'on l'appelle. Votre ami lui a renversé une poubelle sur la tête et les épaules avant de se mettre à cogner la poubelle tout le long d'une allée à coups de batte de base-ball.

– Pour quoi faire ?

– Demandez-lui... Attendez une minute.

Elle posa le téléphone et ferma une porte.

– Écoutez, inspecteur. Nate Baxter aimerait beaucoup coller les jambons de votre pote dans une poêle à frire. Si j'étais vous, j'aurais une sérieuse discussion avec lui.

– Est-ce que Zoot est rentré à la maison ?

– Je n'arrive pas à y *croire* ! Vous devez venir d'une autre planète, c'est pas vrai !

– Vous voulez me dire qu'il est normal qu'il habite chez Tommy Lonighan ?

– Je croyais que je rendais service à votre ami.

– J'apprécie.

Je l'entendis faire un bruit, on aurait dit qu'elle digérait une punaise.

– Ne vous excitez pas, dis-je.

– Seigneur, qu'est-ce que je peux détester vous parler !

Elle reprit son souffle et poursuivit.

– Écoutez, votre pote n'a pas encore été présenté à l'audience préliminaire, mais je dirais que sa caution devrait se monter à deux mille dollars environ. Vous voulez que je lui transmette un message ?

– Sans-Déc' n'a pas porté plainte ?

– Non, pas lui, mais Nate Baxter. Désordre sur la voie publique et résistance à agents. Au revoir, inspecteur Robicheaux. En toute honnêteté, je ne pense pas être capable de supporter beaucoup d'autres conversations avec vous.

Elle raccrocha.

Je la rappelai.

– Écoutez, je ne peux pas quitter le boulot pour simplement régler la caution d'un ami et le sortir du trou. Pourquoi a-t-il promené Dolowitz en lui tapant dessus ?

– Ça a rapport avec les frères Calucci.

– Qu'est-ce qu'ils viennent faire là-dedans, ces deux-là ?

– Je ne sais pas, dit-elle, la voix de plus en plus exaspérée. C'est Nate Baxter qui a pris l'affaire en main. Qu'est-ce que ça peut vous apprendre, Robicheaux, si ce n'est qu'il tient une grosse trique pour Purcel ?

– Je n'en suis pas sûr.

– Il touche.

– Des frères Calucci ?

– Qui d'autre ?

– Vous pouvez le prouver ?

– À qui ? Et qui s'en soucie ? La municipalité est fauchée. C'est *ça* que les gens ont en tête.

– Je vais essayer d'aller jusque-là. Mais c'est une mauvaise journée.

– Qu'est-ce qui ne va pas ?

Je lui parlai de la visite de Buchalter la nuit précédente.

– Pourquoi ne pas me l'avoir dit ? dit-elle.

– Vous avez vos propres problèmes.

Elle resta un moment silencieuse.

– Vous avez vu Zoot chez Tommy Lonighan ? demanda-t-elle.

– Ouais, rien que quelques minutes.

– A-t-il dit...

Elle relâcha son souffle dans le combiné sans finir sa phrase.

– Je pense que vous représentez beaucoup pour lui, Lucinda. À votre place, je le ferais revenir à la maison. Je suis désolé si je vous donne parfois l'impression de me mêler de ce qui ne me regarde pas.

J'appelai Bootsie à la maison, puis signai le registre et quittai le bureau. Il pleuvait toujours lorsque j'arrivai au quartier général de la police de La Nouvelle-Orléans dans le Garden District. Lucinda Bergeron n'était pas dans son bureau, mais Benjamin Motley m'apprit que le révérend Oswald Flat avait obtenu la mise en liberté de Clete sous sa responsabilité sans avoir à la garantir par caution et que tous deux m'attendaient dans un café dans le haut de St. Charles près de l'hôtel Pontchartrain.

C'était un café d'ouvriers qui servait côtes premières, poisson-chat frit et biscuits au jus de saucisses capables d'attiser une chaudière. C'était également le lieu où les frères Calucci déjeunaient tous les jours.

Je rangeai mon camion au coin de la rue, puis revins sur mes pas en courant sous la pluie et la marquise de chênes dégoulinants sur St. Charles. Il faisait chaud à l'intérieur du restaurant bondé et bruyant. Clete et le prêcheur étaient installés à l'avant du café, à une table avec nappe à carreaux. Au milieu de la table était posé un vase à quatre sous garni d'une rose solitaire à tige verte et fleur mauve. Entre les pieds du prêcheur, j'aperçus un étui à guitare noir, aux arêtes usagées, portant sur le flanc les mots *The Great Speckled Bird* écrits à la main.

Je laissai mon regard filer sur les gens assis aux tables; et j'aperçus Max et Bobo Calucci et une demi-douzaine de membres de leur entourage en train de manger à une longue table contre le mur du fond, à un mètre d'un vieux juke-box, dont la caisse en plastique bordeaux et orange se crénelait de lumière.

Je m'installai en compagnie de Clete et du prêcheur.

– Devriez vous trouver un parapluie, fils. Z'avez l'air d'un hérisson qu'on aurait trempé dans un baril d'eau de pluie, dit Oswald Flat.

– Merci, révérend, dis-je.

– Désolé de te faire venir ici sans raison, Belle-Mèche, dit Clete. J'ai essayé de te joindre après que Frère Oswald m'a sorti de ma cellule, mais tu avais déjà pris la route.

Il souriait tout en mâchonnant un gressin.

– Qu'est-ce qui te prend d'aller tabasser un mec comme Sans-Déc' Dolowitz ? dis-je.

– Ouais, c'est vrai que ce bon vieux Sans-Déc' m'a toujours botté, dit Clete, avant de se tourner vers le prêcheur. Voyez-vous, ce mec, Sans-Déc' – parfois on l'appelle Dogshit, « crotte de chien », parce qu'un jour, lors d'une convention des Camionneurs à Miami, c'est ce qu'il a mis sur quelques sandwichs – c'était un petit taré de seconde zone jusqu'à ce qu'un veilleur de nuit lui fasse un gros trou dans le front d'un coup de marteau à panne ronde. Mais au lieu de se retrouver avec un cerveau en purée, il a développé un véritable génie pour faire des farces. La pègre reconnaît le vrai talent quand elle le voit.

« Lorsqu'ils veulent s'approprier un immeuble d'habitation ou un paquet de duplex à prix de décombres après incendie, les truands envoient Dolowitz. Il verse du mortier dans tous les tuyaux, met du fromage Limburger bien puant dans les ouïes d'aération, colle de la blanchaille sous les meubles, peut-être qu'il va aller même jusqu'à demander à une entreprise de jardinage de déverser un camion-benne de fumier de vache dans la piscine. Y'a un entrepreneur, il avait construit des immeubles super classe dans la paroisse de Jefferson, lorsqu'il s'aperçoit trop tard que les titres de propriété du terrain ne sont pas bien définis et qu'une partie appartient à la famille Giacano. Et donc, pendant qu'il essaie de retenir les Giacano au tribunal, ils expédient Sans-Déc', qui fabrique des clés pour toutes les portes, bouche les toilettes, remplit les placards de Thunderbird et de Boone's Farm [1], puis fait venir par car une vingtaine de poivrots sortis de la rue de la débine en leur disant de se prendre du bon temps. J'ai entendu dire que les équipes de nettoyage avaient dû racler les moquettes à la pelle.

Il éclata de rire, remonta son feutre rond sur le haut du crâne et plaça une cigarette au coin de sa bouche. Sa main paraissait énorme autour du briquet Zippo. Je remarquai que ses yeux ne se tournaient jamais dans la direction des Calucci.

– Pourquoi ce compte à régler avec un mec comme ça, Clete ? dis-je.

Son visage se vida de toute trace d'humour, et son regard alla filer vers le fond du restaurant.

– J'ai donné à Martina les deux bâtons pour régler sa dette auprès des Calucci. Devine quoi ? Ils lui ont dit que c'était juste l'arriéré de paiement sur le capital. Elle leur doit encore deux plaques. La nuit dernière, en rentrant du spectacle, qu'est-ce qu'on voit ? Dolowitz en train de se planquer dans les buissons à côté du garage de Martina. Alors je lui demande ce qu'il croit qu'il fait là, bon Dieu !

« Il me dit qu'il habite à deux blocs, du côté d'Audubon Park, et qu'il promène son chien. Je lui

1. Vins bon marché. *(N.d.T.)*

dis : “ C’est drôle, ça, je ne vois pas de chien. ” Il me dit : “ Sans-déc’, Purcel. Parce que mon chien s’est sauvé. ” “ Oh, je vois. C’est pour ça que tu te planques dans les buissons ! ” dis-je. “ Sans-déc’, mon gars qui comprends vite. ”

« Je lui dis : “ Mais j’ai un autre problème, Sans-Déc’. Les gens comme toi, ça n’habite pas du côté d’Audubon Park. À moins que le quartier n’ait été reclassé pour les cramés du bulbe et les déchets toxiques. Si je me souviens bien, tu vis dans un trou à merde du côté de l’Industrial Canal. Alors pourquoi es-tu en train de te cacher ici près du garage de Martina ? Si tu me refiles encore une de tes réponses de jean-foutre, je vais te fourrer ton crâne défoncé dans le tuyau d’échappement de ma voiture. ”

« Alors il met les doigts aux commissures de la bouche et étire les lèvres comme un masque de citrouille. Peux-tu croire un mec comme ça ? Je lui dis : “ Sans-Déc’, ta mère a dû te déféquer au monde. ” Je le passe à la fouille contre le mur, et qu’est-ce que je trouve ? Notre homme avait une bouteille d’acide muriatique dans la poche de son pantalon.

– Je ne pige pas. Dolowitz n’est pas un régulateur, dis-je.

– Je ne pige pas non plus. En plus, le temps de grâce que j’accorde aux idiots de village commençait à tirer à sa fin. Et j’attaque : “ Qu’est-ce que tu crois fabriquer avec ça, tête-de-nœud ? ” Et soudain, on dirait un mec qui vient de dessoûler. Il me répond : “ C’est juste une farce, Purcel. Je ne fais pas mal aux gens. ” C’est à ce moment-là que je lui ai vissé la poubelle à ordures sur le crâne avant de sortir une batte de ma voiture et de le faire rebondir autour de l’allée. Finalement, il se met à hurler sous sa poubelle : “ J’allais le verser dans son réservoir d'essence ! J'allais pas avoir rien affaire avec le reste ! ”

« Tu veux savoir ce que c'était, “ le reste ” ? »

Clete écrabouilla sa cigarette dans le cendrier. Il jeta un regard en coin vers le fond du café.

« Martina prend son service comme serveuse dans une boîte de nuit de Gretna à 10 heures du soir. Dolowitz allait lui foirer sa bagnole en s'arrangeant pour qu'elle tombe en carafe entre chez elle et son lieu de travail. Un mec devait la suivre. Et tu veux savoir comment Sans-Déc' a expliqué ça ? “ Max et Bobo ont une sorte de taré qui travaille pour eux, c'est pas non plus un sous-fifre, Purcel, c'est le mec capable de te foirer quelqu'un vraiment méchant, de façons que personne a même jamais imaginées. ” »

Clete posa le coude en appui sur la table et se cura les dents de l'ongle du pouce.

– Tu crois que je me suis montré trop dur avec ce vieux Dogshit ? dit-il.

– Monsieur, pourriez-vous surveiller votre langage ? dit le patron d'une voix paisible, sorti de derrière sa caisse enregistreuse.

– Ouais, ouais, dit Clete, d'un geste de sa main en l'air.

– Tu crois que ça pourrait être Buchalter ? dis-je.

– Peut-être bien. Mais je ne sais pas comment il est lié avec les têtes d'huile dans leur box, là-bas dans le fond.

– Peut-être qu'il se rattache à Tommy Lonighan et à son intérêt pour le sous-marin nazi, et maintenant Lonighan est mêlé aux Calucci. En tout cas, il était dans ma maison la nuit dernière, dis-je.

– Il était *quoi* ?

– Debout dans notre placard, à nous regarder dormir.

– Seigneur Jésus, Dave.

– Il a entaillé la moustiquaire de derrière, dégagé le pêne dormant, fait le tour de la maison, et jamais je ne l'ai entendu.

Clete se rassit dans son fauteuil.

– Ce mec, c'est une combinaison toute nouvelle à lui tout seul, *mon*, dit-il. Je m'étais dit que s'il repassait un jour, ce serait pour te refroidir.

– Vous croyez pas que votre vrai problème, c'est que z'avez aucune idée de ce à quoi vous avez affaire ? dit Oswald Flat.

Nos deux regards se tournèrent sur lui. Son nœud papillon à agrafe était de guingois sur sa chemise en toile bleue. Ses yeux pâles paraissaient gros comme des yeux de chouette derrière ses verres.

– Vous pouvez point le trouver, le gaillard, pasque peut-être bien qu'y est pas humain, dit-il. Peut-être que vous avez là affaire à un démon. Z'avez jamais envisagé ça ?

– Je ne peux pas dire que ça me soit arrivé, dis-je.

– C'est la fin du millénaire, dit-il.

– Oui ? fis-je.

– Fils, je ne veux pas me montrer méchant avec vous. Mais quand on a fait la distribution de cervelle, z'auriez pas ramassé par erreur une belle poignée de merde de porc ?

Il se tut pour laisser le temps à sa déclaration de faire son chemin.

– La prophétie est dans Nostradamus. La Bête et ses suivants vont être lâchés sur terre, dit-il. Traitez-moi d'imbécile. Mais vous êtes policier, et le mieux que vous ayez à votre disposition, ça vaut pas une pisse de cheval sur un caillou, je me trompe-t-y ?

Je retournai mon regard sur lui en silence. Ses cheveux courts couleur brun grisâtre étaient soigneusement peignés et partagés d'une raie presque au milieu du crâne. Ses yeux délavés ne cillaient jamais et paraissaient vastes d'un savoir perdu pour le reste du monde.

Le serveur posa des assiettes de côtes de porc frites, légumes verts et gros riz brun devant Oswald et Clete.

– Vous ne voulez pas manger ? dit Oswald Flat.

– Non, merci.

– Je vous ai offensé ?

– Pas du tout, dis-je.

Clete abaissa sa fourchette sur son assiette et regarda une nouvelle fois vers le fond du restaurant.

– On dirait que les jumeaux Vitalis sont sur le point de terminer leur déjeuner. Je ne suis pas sûr qu'il faudrait les laisser se tirer d'ici aussi facilement, dit-il.

– Laisse filer, dis-je.

– Fais-moi confiance.

– Je suis sérieux, Clete. Baxter t'a dans son viseur, prêt à larguer ses bombes. Ne lui fais pas la partie belle.

– Tu te fais trop de bile, mon grand. C'est le moment d'aller vérifier le contenu du juke-box et retrouver ce bon vieux super classe du Mississippi, oui, M. Jimmy Reed en personne. Je reviens.

Clete se dirigea d'un pas nonchalant vers le fond du restaurant, passa devant la table des Calucci sans jamais laisser soupçonner qu'il avait remarqué leur présence. Il glissa vingt-cinq *cents* dans le juke-box et sélectionna *Big Boss Man* avant de se mettre à claquer des doigts et taper la paume droite sur le poing gauche tout en balayant la sélection de titres. Sa nuque paraissait aussi massive qu'une bouche à incendie.

Le regard du prêcheur allait et venait entre Clete et les Calucci, ses fausses dents blanches et dures dans sa bouche.

– Il n'y aura pas de problèmes, révérend. Clete aime juste faire savoir aux gens qu'il est dans le voisinage, dis-je.

Mais Oswald Flat ne répondit pas. Ses joues se marquaient de plaques de couleur, des nœuds de rides s'étiraient au bord des yeux.

– Vous jouez de la guitare ? dis-je.

– J'ai joué avec Reno et Smiley, j'ai joué avec Jimmy Martin et les Sunny Mountain Boys. Y'a pas meilleurs, dit-il.

Mais il garda les yeux rivés sur les Calucci tout en parlant.

Clete vint se rasseoir, ses yeux verts dansant de lumière, tandis que Jimmy Reed chantait en fond sonore.

Les Calucci le regardaient à présent. Clete forma un cadre de ses deux mains, les pouces joints, qu'il inclina d'avant en arrière avec, en visée, Max et Bobo, à la manière d'un metteur en scène en train de préparer les plans d'une scène dramatique. Puis il se mit à pointer le doigt sur eux, tout sourires, en l'agitant en mesure au rythme entraînant de *Big Boss Man*.

– Laisse tomber, Clete, dis-je.

– Ils ont besoin de savoir qu'on les a repérés, *mon*. Ne jamais laisser un tas de merde oublier qu'il est un tas de merde. Faut les garder au pied et sous les grilles d'égout, mon grand.

– Vous êtes deux braves gars, mais vous avez la tête autant de travers l'un que l'autre, dit Oswald Flat.

– Excusez-moi ? dit Clete.

– On ne gagne pas sur le mal en jouant au plus fin. On ne gagne pas par une meilleure réflexion, on ne plaisante pas avec lui, pas plus qu'on n'excite ou qu'on ne maîtrise un feu en collant la main dedans.

– Vous allez bien, révérend ? demandai-je.

– Non, je vais pas bien.

Ses mains brunies de soleil, marquées de taches hépatiques, étaient posées à plat sur la nappe. Ses ongles ressemblaient à des écailles de tortue tordues.

– Qu'est-ce qui ne va pas, collègue ? demandai-je.

– Ils m'ont pris mon garçon.

– Qui ça ? dit Clete.

– L'est revenu du Viêt-nam, des cicatrices d'aiguille plein le bras. Et y'avait pas non plus moyen de l'aider. Hôpitaux fédéraux, prisons, programmes antidrogues, il a tout le temps réussi à trouver toute la came qu'il avait besoin auprès de ces gens-là. Jusqu'à ce qu'y se tue avec.

La musique du juke-box prit fin. Clete me regarda et haussa les sourcils. Oswald Flat sortit la rose mauve du vase de bazar au milieu de la table et en sectionna du pouce la tige verte.

– Hé, attendez, mon Frère. Où vous allez ? dit Clete.

Oswald Flat se dirigea vers le fond du restaurant. Il se déplaçait en crabe, les épaules inclinées d'un côté, la rose pendant à sa main droite. Les Calucci terminaient leur café et dessert et ne prêtèrent d'abord aucune attention à l'homme au nœud papillon à agrafe debout au-dessus d'eux.

Puis Max interrompit sa conversation avec une femme aux cheveux blonds laqués assise à ses côtés et leva les yeux vers Oswald Flat.

– Quoi ? dit-il.

Voyant que Flat ne répondait pas, Max répéta :

– Quoi ?

Bobo regardait lui aussi le prêcheur maintenant.

– Hé, il vous cause. Vous avez un problème ? dit-il.

Les clients aux tables voisines avaient cessé de parler.

– Hé, qu'est-ce qui vous arrive ? Vous n'arrivez pas à trouver les toilettes ou quoi ? dit Max.

La blonde à ses côtés se mit à rire avant de regarder le visage d'Oswald Flat et de baisser les yeux.

– Vous croyez être différents des trafiquants de came de couleur? Vous croyez que ça peut point vous arriver, à vous aut'? dit le prêcheur.

– Quoi? Qu'est-ce qui peut arriver? dit Max.

– Vous avez la peau blanche mais votre cœur est noir, tout comme eux quand y se l'ont fait découper de la poitrine.

Le restaurant était désormais presque silencieux. Dans la cuisine, quelqu'un cessa de racler l'assiette qu'il vidait dans la poubelle.

– Écoute, espèce de connard à quat' z' yeux, si c'est Purcel et ce flic qui t'ont envoyé ici... commença Max.

Oswald balança la rose mauve dans la figure de Max Calucci.

– Vous êtes un imbécile, un homme perdu, dit-il. Si ch'serais vous, je me dépêcherais de boire toute l'eau glacée que je peux pendant que j'en ai l'occasion. Ça brûle, en enfer, et y'a sacrément peu d'ombre.

Le révérend Oswald Flat ramassa son étui à guitare, mit son casque en liège sur la tête et sortit par la porte d'entrée sous un tourbillon de pluie.

En franchissant la vaste étendue brune du Mississippi à Baton Rouge pour prendre la direction de la maison par le bassin d'Atchafalaya, je réfléchissais aux hypothèses d'Oswald Flat expliquant pourquoi Will Buchalter restait introuvable.

Ça ressemblait fort à une séance du Renouveau spirituel sous un chapiteau des Appalaches au cours duquel les nouveaux chrétiens plongeaient les mains dans des caisses pleines de serpents venimeux.

Mais le prêcheur en était arrivé à la conclusion que nous avions affaire à une réincarnation démoniaque; cette conclusion n'était ni excentrique ni très originale et, comme dans certaines affaires sur lesquelles j'avais travaillé, en valait bien d'autres comme explication d'un comportement humain aberrant.

Dix ans auparavant, Clete et moi travaillions à la Criminelle du NOPD, et nous avions enquêté sur une affaire que personne aujourd'hui ne peut encore expliquer de manière satisfaisante.

Un petit entrepreneur, âgé de trente-cinq ans, avait été engagé pour bâtir une véranda-solarium dans une maison d'un vieux quartier résidentiel en bordure de Canal. Il avait bonne réputation, un physique agréable, n'avait été marié qu'une fois, allait à l'église une fois par semaine avec sa femme et son fils, et n'avait jamais eu de problèmes d'aucune sorte. Tout au moins, à notre connaissance.

La famille qui l'avait engagé pour bâtir l'extension à leur maison était des Bohémiens d'origine roumaine qui avaient fait fortune comme loueurs de taudis dans les quartiers noirs de Magazine. Leur maison de la fin de l'époque victorienne possédait parquets cirés, baies et petits balcons dégoulinant de passiflore, piscine et salle de jeux avec bain chaud encaissé dans le sol.

Ils avaient assez bonne opinion de l'entrepreneur pour le laisser seul en compagnie de leurs filles âgées de quinze et douze ans.

Le père aurait dû être absent pour la journée, à inspecter ses immeubles de location à des kilomètres de là. Au lieu de quoi il était rentré déjeuner à l'improviste. Quelqu'un l'attendait derrière la porte du salon pour lui tirer une balle de .22 Magnum dans l'oreille. La balle était sortie par la joue opposée et s'était fichée dans le mur à l'autre extrémité de la pièce.

Personne n'entendit le coup de feu. Aux environs de 13 heures, des voisins virent l'entrepreneur s'en aller au volant de la Buick du père. Trois heures plus tard, la mère rentra de courses, et découvrit ses deux filles noyées dans le jacuzzi. Elles avaient les chevilles et les poignets ligotés au chatterton d'électricien ; on les avait violées toutes les deux.

L'entrepreneur mit au clou ses outils, sa montre et son alliance à trois endroits différents le long de son trajet entre La Nouvelle-Orléans et Pensacola, en Floride, où il fut arrêté après repérage d'un coup de fil qu'il avait passé à son épouse depuis un motel de la ville. J'allai en prendre livraison à la prison centrale de Pensacola en compagnie de Clete Purcel afin de le ramener à La Nouvelle-Orléans.

L'homme était aimable ; il n'avait rien d'un artiste de l'arnaque ; il avait de bonnes manières et ne jurait pas ; il ne se plaignit jamais d'avoir voyagé sur le siège arrière, menotté pendant tout le trajet à l'anneau au sol.

Au cours de son procès, il soutint qu'il avait eu une perte de conscience, qu'il ne lui restait aucun souvenir des événements qui s'étaient déroulés dans la maison en bordure de Canal, mais qu'une sensation de terreur intense, sans raison apparente, lui avait fait prendre la fuite sur la I-10 vers l'embranchement de Floride.

Les avocats du ministère public, les psychologues de l'État, les journalistes avaient monté tous les scénarii possibles pour expliquer le comportement de l'entrepreneur : il était consommateur clandestin de LSD ; il avait été mitrailleur d'hélico dans les Marines au Viêt-nam ; il était criblé de dettes et au bord de la dépression nerveuse. Ou, détail plus dérangeant, il avait été vu un jour dans une galerie commerciale en compagnie d'une lycéenne de son quartier dont on avait retrouvé le cadavre nu, étranglé et décomposé, dans un marais au nord du lac Pontchartrain. Sur sa cheville était tatoué un pentagramme.

Il n'existait aucune preuve directe contre lui. Aucune empreinte digitale dans la salle de jeux où les filles avaient trouvé la mort, pas plus que sur le chatterton utilisé pour les ligoter. En outre, le chatterton n'était pas de la même marque que celle qu'il achetait habituellement auprès d'un grossiste. On ne retrouva pas le moindre fragment de peau sous les ongles des deux mortes.

Il s'en serait probablement sorti libre s'il avait pu s'offrir les services d'un meilleur avocat. Mais le jury l'avait reconnu coupable de meurtre au second degré, moins peut-être par certitude de sa culpabilité que par crainte de le savoir effectivement coupable et de risquer de le voir tuer ou violer à nouveau s'il recouvrait la liberté.

Ses amis, sa famille étaient abasourdis, totalement incrédules. Le pasteur de son église collecta des fonds pour faire appel du verdict. Ses paroissiens récoltèrent vingt mille dollars destinés à retrouver le véritable assassin. Deux avocats de l'ACLU reprirent le dossier de l'entrepreneur.

Clete et moi avons repassé la scène au peigne fin une douzaine de fois. Nous avons dû interroger une centaine de gens. Avec la conviction que s'il nous était impossible de prouver de manière indubitable que l'homme était coupable, nous prouverions alors qu'il était innocent.

Il n'en fut rien, ni d'un côté ni de l'autre. Tout ce que nous sommes parvenus à déterminer fut qu'il existait un trou de deux ans dans la vie passée de l'entrepreneur, durant lesquels il n'avait rien laissé derrière lui, ni traces ni dossiers ou papiers d'aucune sorte, à croire qu'il s'était faufilé discrètement dans une autre dimension. Nous étions également arrivés à la conclusion, avec un degré de certitude raisonnable, tout au moins pour nous, que personne d'autre n'était entré dans la maison ni n'en était sorti, outre le père, entre le moment où l'entrepreneur était arrivé pour son chantier et celui où il s'était enfui des lieux du crime au volant de la Buick.

L'affaire devint de celles dont, au bout du compte, on referme le dossier en espérant que le bon coupable est sous les verrous. Clete et moi avions été heureux d'apprendre que la décision de la première cour avait été cassée et qu'un nouveau procès devait être fixé bientôt. Peut-être que quelqu'un d'autre allait être à même de prouver ou de réfuter ce que nous avions été incapables de faire.

Trois jours plus tard, un détenu psychotique d'Angola, une grosse rayure, avait attaqué l'entrepreneur à la machette à canne et lui avait sectionné la moelle épinière d'un coup sur la nuque. Le corps était étendu dans un funérarium public de Metairie lorsque la mère et les tantes des jeunes filles assassinées avaient fait irruption dans la salle en hurlant comme les harpies de Shakespeare des cris hystériques, et lancé des sacs d'urine sur le cadavre.

De longs mois durant, je refis le même rêve récurrent avec l'entrepreneur comme personnage central. Il se réveillait dans le noir de son cercueil avant de comprendre qu'on avait déversé et tassé sur lui, au bulldozer, des tonnes de terre. Il lui était impossible de bouger les épaules ou de tourner le corps, engoncé qu'il était entre les limites dures, ouvragées et garnies de soie du cercueil; ses hurlements n'allaient pas au-delà du couvercle, horizon fermé à deux centimètres de sa bouche.

Au fil du temps, ses ongles, ses sourcils, ses cheveux continuèrent à pousser pour finir par remplir la cavité d'air qui l'entourait, et il comprit que sa mort allait se voir prolongée de manières qu'aucun mortel n'en pourrait imaginer, et se mit alors à échafauder des plans afin de brûler nos mémoires plus profond et d'y laisser une empreinte plus douloureuse encore.

Il révélerait, au reste d'entre nous, un secret de son âme qui nous ferait à jamais réfléchir différemment quant à nos origines communes. D'ongles jaunes effilés comme des dards, il grava sa confession dans la doublure de soie au-dessus de lui, la bouche rouge de jubilation tandis qu'il nous blessait une fois encore d'un sombre savoir sur nous-mêmes.

Mais ce n'étaient là que de simples images nées de mes rêves. L'entrepreneur était peut-être innocent. Ou peut-être avait-il commencé, dans la maison du meurtre, à mettre en actes un fantasme, à essayer d'attirer une des filles dans les rets d'une entreprise de séduction, pour se retrouver au cœur d'un cauchemar en kaléidoscope dont les conséquences l'avaient rempli de terreur et dont il avait été incapable de s'extirper.

Je ne sais pas. Dix mois passés en première ligne au Viêt-nam, vingt années au service du maintien de l'ordre et de la loi, une longue excursion dans un univers nocturne de pluie aux zébrures de néon, les pommettes déjà couperosées à force de tremper dans le whiskey ne m'avaient pas donné plus de sagesse sur la nature humaine que je n'en avais à l'âge de dix-huit ans.

Mais Frère Oswald avait fait une autre remarque qui m'avait obligé à réexaminer le syllogisme fondamental sur lequel je fonctionnais : « Vous ne croyez pas que votre vrai problème, c'est que vous n'avez aucune idée de ce à quoi vous avez affaire ? »

J'avais été incapable de trouver le moindre dossier où que ce fût au nom d'un individu appelé Buchalter.

Pourquoi ? Parce que, peut-être, ce n'était pas son nom.

J'avais présumé depuis le début que Buchalter n'était pas un pseudonyme, que l'homme qui avait violenté mon épouse et mon foyer était parent de Jon Matthew Buchalter, fondateur des Chemises d'Argent. L'hypothèse était logique. Quelqu'un choisirait-il le pseudonyme de Hitler ou de Mussolini s'il souhaitait éviter d'attirer l'attention sur lui ?

Peut-être bien que le dénommé Will Buchalter, ainsi qu'il se disait lui-même, m'avait lancé une balle vicieuse et que j'avais tapé dans le vide ?

L'heure était venue d'avoir une nouvelle entrevue avec Hippo Bimstine.

Mais je n'en eus pas l'occasion. À 7 heures le lendemain matin, je me rendis à une réunion des AA pour obtenir une aide que j'étais personnellement incapable de fournir à Bootsie. Et deux minutes après mon retour au bureau, Lucinda Bergeron appelait de La Nouvelle-Orléans.

– Hé, Lucinda ? Quoi de neuf ? dis-je.

– Les services de police du shérif, paroisse de Baton Rouge, viennent d'épingler une mule chargée d'une valise pleine de brune mexicaine dans le coffre de sa voiture. Le mec va tomber pour la quatrième fois. Il dit qu'il est prêt à n'importe quoi pour qu'on lui donne un peu de mou.

– Et alors ?

– Le point de chute de la came est à La Nouvelle-Orléans. C'est pour ça que Baton Rouge nous a appelés. Le mec dit que la brune est destinée aux lotissements de l'Assistance.

– Je ne vous suis toujours pas.

– Il dit que ce sont les frères Calucci qui fourguent la brune. Tout laisse à penser qu'ils ont décidé de s'attaquer aux lotissements. En tout cas, le mec dit qu'il peut les donner.

– J'en doute.

– Pourquoi ?

– Max et Bobo ont toujours trois ou quatre intermédiaires qui les séparent de ce qui les occupe.

– J'avais l'impression que vous étiez convaincu qu'ils étaient en affaires avec Lonighan et que Lonighan était en rapport avec le psychopathe qui n'arrête pas de traîner autour de chez vous.

– C'est exact.

– Alors est-ce que vous avez une meilleure piste ?

– Pas vraiment.

– Bien. Je vous retrouve à la prison dans deux heures. Je dois vous dire aussi que je suis un petit peu en rogne contre vous ce matin, monsieur Robicheaux.

– Oh ?

– On a l'impression que vous ne pouvez pas faire autrement que de vous mêler des affaires des autres.

– De quoi s'agit-il cette fois ?

– Je vous le dirai quand je vous verrai, dit-elle avant de raccrocher.

Lucinda connaissait la manière de ferrer son gibier. Pendant toute la traversée du bassin d'Atchafalaya, par une belle journée d'automne que le vent caressait de ses baisers, alors que j'aurais dû contempler criques, baies, canaux, saules et cyprès noyés le long de la I-10, je ne cessai de m'interroger sur la nature du nouveau sac d'araignées qu'elle aimerait me coller sur la tête.

Elle me retrouva dans le parc de stationnement du lieu de détention. Elle portait un pantalon blanc et un chemisier à fleurs mauves, les cheveux brossés tombant libres sur les épaules, une main sur la hanche et une moue sur le visage. Elle consulta la minuscule montre en or qu'elle portait au poignet.

– Vous vous êtes arrêté pour un petit déjeuner tardif ? dit-elle.

– Non. Je suis venu directement au bureau. Laissez tomber, Lucinda.

– Laisser *tomber* ?

– Ouais, je ne suis pas d'humeur à servir de pelote à épingles à quiconque aujourd'hui.

– Mon fils est rentré à la maison. Il m'a dit que vous vous étiez renseigné sur les gens que je fréquentais.

– C'est faux.

– Il a dit que vous aviez paru vous intéresser au fait que je recevais un Blanc chez moi.

– Les mômes ont tendance à inverser les choses. C'est lui qui m'a fourni ce renseignement de son plein gré.

– Pensez-vous honnêtement que ce soit de votre ressort, monsieur ?

– Non. Mais une idée troublante m'est venue à l'esprit.

– Oui ?

– S'agissait-il de Nate Baxter ?

Elle donna l'impression qu'une vague de nausée venait de lui balayer tout l'organisme.

– Est-ce que vous restez éveillé toute la nuit à méditer sur des choses comme ça à dire aux gens ?

– Je le connais depuis vingt ans. Avec une femme, il essaiera de mettre tous les moyens de coercition à l'œuvre. S'il n'a pas encore commencé, attendez donc un peu. C'est un salaud et vous le savez.

– Ce qui ne signifie pas que je l'autoriserai à venir chez moi.

– Okay, Lucinda, excusez-moi. Mais je sais ce qu'il a fait subir à certaines femmes au Premier District.

– Je vous offrirai une tasse de café un peu plus tard et je vous parlerai de Nate Baxter. Entre-temps, il y a notre homme qui nous attend.

Il s'appelait Waylon Rhodes et venait de Mount Olive, dans l'Alabama ; il avait la peau couleur de mastic, les mains semées d'œuvres de l'art pénitentiaire, une tête étroite et difforme, une fente large en guise de bouche, une bouche dont les lèvres d'un côté donnaient l'impression d'avoir été aplaties au fer chaud. Ses cheveux prématurément gris étaient broussailleux et coiffés en arrière en petites queues de canard, ses yeux tressautaient sans cesse, comme ceux d'un drogué aux amphets. Au creux du bras gauche, il arborait un long tatouage bleu, une baïonnette, ou peut-être un glaive.

Je m'installai avec Lucinda face à lui, à une table en bois dans la salle d'interrogatoire. Il fumait cigarette sur cigarette, chiffonnant un paquet vide en boule pour se dépêcher d'arracher la cellophane du suivant. Il avait le dos des doigts jauni de nicotine, et une haleine de cendrier.

– Tu n'as aucune raison d'être nerveux, collègue, dis-je.

– Vous voulez que je vous donne les Calucci. C'est pas une raison suffisante pour être nerveux ? dit-il.

– Tu n'es pas obligé de donner quiconque. Pas à nous, en tout cas. Ton problème, c'est avec les flics du coin que tu dois le régler.

– Ne me dites pas ça, mec. Vous me tenez, tous autant que vous êtes, vous m'avez collé un chevron au cul.

– Surveille ton langage, s'il te plaît, dis-je.

Il fumait, le coude en appui sur la table, tirant bouffée sur bouffée, comme s'il têtait un joint, pressant de temps à autre un pouce jauni d'un air anxieux contre sa lèvre inférieure et ses dents.

– C’est des gens dangereux, mec. Un jour, ils ont ligoté un mec sur une table et ils lui ont découpé quinze kilos de bidoche de la carcasse pendant *qu’il était toujours vivant.*

– Voici le seul marché qui te sera proposé aujourd’hui, dit Lucinda. Nous pouvons couper net l’interrogatoire à n’importe quel moment à ta convenance. Tu dis que c’est fini, et nous voilà partis. Ensuite, tu auras le droit de recevoir des visiteurs, de deux à quatre tous les dimanches après-midi.

– Ce qu’elle veut dire, Waylon, c’est que nous faisons un effort très spécial pour te voir ici aujourd’hui. Si tout ceci n’est qu’une perte de temps, dis-le-nous.

Il écrabouilla sa cigarette et commença à serrer ses mains posées l’une sur l’autre. *Fais-le parler sur un autre sujet*, me dis-je.

– Où as-tu fait faire ton tatouage de dague ? demandai-je.

– C’est une baïonnette. J’étais dans l’Aéroportée. La 101e.

– Ta collante dit que tu étais dans la marine et que tu as fait de la taule à Portsmouth.

– Alors, y se trompent.

– Que peux-tu nous donner sur Max et Bobo ? dit Lucinda.

– Ils fourguent.

– Ils vont être au point de chute ? dis-je.

– Vous plaisantez ? dit-il.

– Alors comment vas-tu faire pour nous les donner, Waylon ? demandai-je.

Il se mit à mâchonner le coin raplati de sa bouche. Ses yeux tressautaient, agités de secousses, comme alimentés par un courant électrique.

– Un contrat est parti. Un dessoudage, et un gros, dit-il.

– Ouais ? dis-je.

– Ouais.

– Qui doit se faire éliminer, Waylon ?

– Deux Ritals étaient en train de discuter à Mobile quand j'ai pris livraison de la came.

– Tu ne nous aides pas beaucoup, Waylon, dit Lucinda.

– Il y a des Négros... Il y a des Noirs mêlés à l'affaire. La Nouvelle-Orléans, c't'une putain de ville de bizarros. Qu'est-ce que j'en sais, moi ?

– Vaudrait mieux que tu saches quelque chose, collègue, sinon ton prochain séjour à l'ombre va se décompter en décennies, dis-je.

– Ils vont effacer un mec que, normalement, on devrait pas effacer. Voilà ce qu'y disaient, les Ritals. C'est tout ce que je sais, mec.

– Quand autre chose te reviendra à l'esprit, passe nous donner un coup de fil, dis-je.

Il passa la main dans ses cheveux clairsemés poivre et sel. Sa paume luisait de sueur.

– Je suis malade. Faut que j'aille dans un hôpital, dit-il.

– Que signifie le glaive que tu portes au bras ? dis-je.

Il mit le visage entre ses mains.

– Je dis plus rien. Je suis malade. Faut qu'on me donne des médicaments.

– Combien de fois par jour te piques-tu, Waylon ? demandai-je.

– J'ai diminué, j'en suis à trois. Écoutez, faites-moi entrer à l'hôpital, et peut-être que je pourrais vous aider bien mieux après.

– Ça ne marche pas de cette manière, collègue, dis-je en lui glissant ma carte sous le gras du bras. Donne-nous un coup de fil quand tu auras la mémoire plus claire.

Une demi-heure plus tard, après avoir acheté cafés et pâtisseries dans une boulangerie du centre, je m'installai en compagnie de Lucinda sur un banc de pierre dans un petit parc de verdure près du Capitole. La journée était d'un bleu doré, avec une brise qui soufflait du Mississippi, et l'herbe du parc apparaissait vert pâle à la lumière du soleil.

– Pourquoi lui avoir posé toutes ces questions sur un glaive ? dit Lucinda.

– Je pense qu'il s'agit du nom ou du sigle de reconnaissance d'un groupe de suprématistes néonazis ou aryens.

– Le tatouage ressemblait à mes yeux à une baïonnette.

– Peut-être. Mais il est accro aux amphets, aussi, tout comme le mec qui s'est électrocuté pendant sa détention chez vous. Buchalter m'a appelé un jour, il m'a fait l'impression à l'entendre d'être sous came dont les effets commençaient à se dissiper. Peut-être que, comme le dit Hippo Bimstine, nous avons affaire à des zomboïdes nazis complètement frits au speed.

– Vous croyez que Waylon va nous donner quelqu'un ?

– Il essaiera, quand il se mettra à partir en morceaux. Mais d'ici là, vous ne pourrez accorder aucun crédit à rien de ce qu'il vous dira.

– Je le crois, à propos du contrat. Quand ils mentent, ils ne restent pas dans le vague.

J'avalai une bouchée de ma pâtisserie et bus une gorgée de mon gobelet en carton.

– Pourquoi ce silence ? demanda-t-elle.

– Sans raison aucune. Qu'alliez-vous me dire à propos de Nate Baxter ?

– Je ne pense pas qu'il ait des visées sur moi, c'est tout.

J'opinai du chef.

– Un supérieur blanc qui essaie de mettre la main dans la culotte d'une femme-policier noire sous ses ordres ne fait pas ce genre de remarques racistes, dit-elle.

– Vous n'êtes pas obligée de me dire quoi que ce soit sur Nate Baxter, Lucinda.

– Il a dit que Ben Motley en est arrivé là où il est en recrachant des graines de melon et en léchant les bottes des blandins avec ses « oui-missié ». Il a dit que je ne serais jamais obligée de faire ça, parce que je suis intelligente et que j'ai un beau cul. Qu'est-ce que vous en dites, question charme et séduction ?

– Nate, c'est le mec spécial.

– Je ne le pense pas. Pas pour une Noire, en tout cas.

– Ne le sous-estimez pas, Lucinda. Il a violé et sodomisé une racoleuse dans le carré. Ensuite il l'a obligée à quitter la ville avant que les Affaires internes puissent l'interroger.

Elle s'arrêta de manger et regarda de l'autre côté de l'étendue d'herbe quelques enfants en train de courir entre les massifs de camélias. Puis elle reposa son gâteau sur une serviette qu'elle tenait sur les genoux et frotta le sucre en poudre de ses doigts.

– J'ai été élevée par ma tante, dit-elle. Elle était prostituée. Un Blanc a essayé de la violer derrière un bar sur Calliope. Elle lui a tiré dessus et il est mort. Que pensez-vous de mon histoire ?

– A-t-elle fait de la prison pour ça ?

– Oui.

– Donc, même dans la mort, il l'a violée. Mangez le morceau sur Baxter s'il s'approche de vous ou vous fait une remarque hors de propos.

Elle se leva et se dirigea, l'air de rien, vers une poubelle, y laissa tomber son gobelet et son gâteau entamé, et vint se rasseoir sur le banc de pierre. Son chemisier fleuri se gonflait d'air sous la brise.

– N'essayez pas de me monter le coup à propos de ce contrat, dit-elle. C'est qui, ceux que les têtes d'huile refusent de descendre ?

– Les hommes politiques.
– Qui d'autre ?
– Les gens ordinaires qui sont réglos. En particulier ceux qui ont de l'influence.
– Allez, Robicheaux.
– Vous voudriez bien ne pas m'appeler par mon nom de famille, s'il vous plaît ? Ça me rappelle l'armée.
– Qui d'autre ?
– Ils ne descendent pas les affranchis sans l'accord de la commission.
– Et c'est tout ?
– Les flics, dis-je.
Elle me regarda droit dans les yeux, d'une expression égale, en se mordillant doucement le coin de la lèvre.

Cette nuit-là, je rêvai d'un rivage isolé qu'on aurait dit formé de strates d'argile blanche. S'y trouvait planté un arbre solitaire dont les feuilles mortes, roulées sur elles-mêmes, étaient figées sur un fond de ciel d'un bleu électrique. L'océan aurait dû pulluler de bancs de poissons mais, comme la terre, il avait été frappé de stérilité, ses profondeurs vertes chimiques vidées de toute vie, hormis un sous-marin allemand, dont l'équipage vint éclater à la surface des eaux, chaque homme chargé de bouteilles d'air d'urgence sur le dos, le visage blanc et dur, à l'ossature marquée, luisant d'huile. Ils se rassemblèrent sous l'arbre de la plage, inspectant du regard leur nouveau domaine, et je me rendis compte alors qu'ils avaient des traits d'animaux avec bajoues et groins obstrués de mucosités.

Ils attendirent leur chef qui devait sortir, ainsi qu'ils l'avaient fait, des eaux, le visage craquelé de sel et de lumière et, pareil à Protée, changeant éternellement de forme pour se faire à l'image de l'un de nous.

Un psychologue rirait d'un tel rêve qu'il qualifierait de fantasme de destruction du monde, cet effroi apocalyptique qu'un ivrogne tel que moi transporte dans son inconscient ou que l'on voit transparaître sur les visages de certains fondamentalistes religieux lors de sessions télévisées pour le renouveau de la foi.

Mais lorsque je m'éveillai de mon rêve, je m'assis dans l'obscurité et repensai aux paroles du prêcheur, à ces choses dont le centre s'en allait de toutes parts, à ces marées troublées de sang, ces mers peuplées de maquereaux capables de se rider d'un continent à l'autre sous les réverbérations en écho du gong en laiton du Millenium, et je ne parvins à retrouver le sommeil qu'à l'heure où les arbres au-dehors se figèrent en formes noires et raides à la venue de l'aube grise.

## Chapitre 17

Deux jours plus tard, un samedi à 5 heures du matin, Bootsie entendit une voiture s'engager dans notre allée. Elle se posta à la fenêtre en chemise de nuit et regarda par le rideau.

– C'est quelqu'un dans une Cadillac rose, dit-elle.

– Peut-être fait-il simplement demi-tour, dis-je depuis le lit.

Au-dehors, la brume couvrait les arbres et une odeur froide soufflait par la fenêtre.

– Non, ils se contentent de rester assis. Ils sont deux.

– Batist n'a probablement pas encore ouvert la boutique. Je vais descendre, dis-je.

– Dave...

– Tout va bien. Les méchants ne viennent pas se garer dans ton allée au lever du soleil.

Je revêtis pantalon de toile kaki, vieux mocassins et chemise en jeans, et sortis sous la galerie. La lumière était allumée dans la boutique à appâts. La Cadillac était garée dans la pénombre sous les arbres, mais j'apercevais deux silhouettes sur le siège avant. L'air était chargé d'une odeur de fleurs et de terre humide. Je traversai la cour en direction de la voiture. À ma droite, j'entendais Tripod gratter le grillage de sa niche.

Tommy Bobalouba sortit côté conducteur, arborant un pantalon marron foncé à rayures, des mocassins à pompons et un polo collant couleur canari. Sur l'arête du nez, je vis une épaisse croûte, la cicatrice de la blessure que je lui avais infligée en le fouettant de mon pistolet. Il souriait. Il mit un doigt sur ses lèvres et me fit signe de m'éloigner de l'automobile.

– Charlotte dort, dit-il. Elle a pas l'habitude de se lever de si bonne heure.

– Qu'est-ce que tu viens faire chez moi, Tommy ?

– C'est le week-end. Parfois j'aime bien faire une petite balade dans la campagne. Je pourrais peut-être louer un bateau, et tu pourrais nous emmener.

Il peigna ses cheveux blancs en regardant les alentours d'un air approbateur.

– Tu n'es pas venu ici régler tes comptes, pas vrai, collègue ? dis-je.

– T'as une tasse de café ?

– On peut descendre jusqu'à la boutique à appâts.

– La boutique à appâts ? Qu'est-ce que ça veut dire, j'ai droit au traitement du petit Blanc minable ?

– Ma femme n'est pas encore habillée.

– Je veux que tu me rendes un service.

– Tommy, j'ai du mal à avaler ta présence ici.

– Quoi ? Je suis un microbe ?

– C'est moi le mec qui t'ai cogné la figure avec un .45. Et maintenant tu es chez moi.

– Je suis pas rancunier.

– Bien. Alors tu ne t'offenseras pas si je te recommande de me passer un coup de fil au bureau pendant que je suis de service.

– Tu as fait des remarques chez moi. Sur des trucs que j'ai peut-être bien sur la conscience. Alors peut-être bien que je vais essayer de remettre tout ça en ordre. Tu ne veux pas m'aider, alors tu peux te le coller au cul.

– Je te serais reconnaissant de faire attention à ce que tu dis dans ma maison.

La portière côté passager s'ouvrit, et la blonde cendrée prénommée Charlotte sortit et s'étira d'un air endormi.

– Oh, monsieur Robicheaux, notre cauchemar de plein jour favori, dit-elle.

– Nous allons prendre un café. À sa boutique, dit Tommy.

– Un petit déj' en compagnie des vers de terre ! Qu'est-ce qu'une fille pourrait demander de plus ? dit-elle.

– Ma femme est pas encore bien réveillée, dit Tommy.

Puis, le dos tourné vers son épouse, il bougea les lèvres en silence afin que je puisse y lire *Donne-moi un putain de coup de main, mec*.

Je pris une inspiration silencieuse et mis les mains dans mes poches-revolver.

– Excusez-moi de ne pas vous inviter à entrer, dis-je. Mais Batist a quelques beignets et sandwichs jambon et œuf que nous pourrons réchauffer.

– Mon gars, ça me paraît très bien. Je me laisserais volontiers tenter, dit Tommy.

Il me frappa le bras du plat de la main.

Nous descendîmes tous trois la pente qui menait au ponton. J'étais dans l'incapacité de trouver un début d'explication au comportement changeant de Tommy Les-Yeux-Bleus. Il marchait d'un pas élastique, sur l'avant du pied, parlant sans arrêt, roulant des épaules, les yeux allant et venant du bayou aux hors-bord qui quittaient le ponton jusqu'à un envol d'oies venant trancher sur le ciel matinal.

Il s'assit avec la femme prénommée Charlotte à une table-dévidoir sous l'auvent de toile tandis que j'entrais dans la boutique pour en rapporter café et beignets sur un plateau.

– Appelle Hippo pour moi, dit Tommy.

– Pour quoi faire ?

– Peut-être bien que je ne veux plus qu'on soit ennemis. Peut-être bien qu'on devrait travailler ensemble.

– Appelle-le toi-même, dis-je.

– Je sors trois mots et il raccroche.

– Écris-lui une lettre.

– J'ai l'air de quoi, saint Valentin ou quoi ?

Il jeta un coup d'œil à sa montre avant de la secouer tout contre l'oreille.

– T'as l'heure ?

– Il est 6 heures moins dix, dis-je.

– Écoute, pourquoi qu'on devrait, Hippo et moi, se trancher dans le lard l'un l'autre ? On est tous les deux dans les casinos. Hippo est un homme d'affaires de talent, ça ferait un bon associé, il ne vole pas les gens. Je veux que tu lui dises que j'ai dit ça.

– Je crois que t'as un sacré culot, Tommy.

Il ôta la tasse de café de ses lèvres et pointa quatre doigts raidis dans sa poitrine.

– Tu viens jusque chez moi, tu me fais tout un discours sur la conscience et la responsabilité, tu me frappes de ton arme en pleine figure, et maintenant, j'ai droit à un nouveau discours ?

– Y a-t-il autre chose que tu veuilles me dire ? J'ai du travail qui m'attend.

Il pressa un doigt plié contre ses dents avant de verrouiller sa main sur mon avant-bras lorsque j'essayai de me lever. Il l'ôta vite et m'offrit un geste d'apaisement.

– Ce n'est pas facile pour moi de parler à Hippo, dit-il.

Je vis ses yeux bleus se remplir d'une lumière douloureuse et pincée.

« Il n'écoute pas, c'est tout, il ne voit que d'une seule manière, ça a toujours été comme ça, il s'en allait quand j'essayais de lui dire que j'étais désolé pour son petit frère. J'ai essayé des tas de fois.

– Quand ?

– Quand on grandissait tous les deux.

– C'est entre toi et lui, Tommy. Mais pourquoi ne pas le lui répéter une fois encore, aussi honnêtement que possible, avant de laisser filer pour de bon ?

– *Lui* ne laissera pas filer. Il me voit dans la rue et il me regarde comme si j'étais une croûte sur une merde séchée.

– À bientôt, Tommy. À propos de l'autre jour, je ne voulais pas te frapper. Je suis désolé que ce soit arrivé. »

Je saluai la femme d'un signe de tête en me levant pour partir.

Il essuya du poignet un morceau de beignet de sa bouche.

– On va louer un bateau, un peu d'équipement, et se pêcher quelques poissons, dit-il. Si t'es toujours là un peu plus tard, on t'offre le déjeuner.

– Je suis très pris. Merci, en tout cas, dis-je.

Je remontai le ponton en direction de la maison juste au moment où Alafair, en compagnie de Tripod attaché à sa chaîne, descendait me chercher pour le petit déjeuner.

À midi, je me trouvais en compagnie de Batist du côté ombragé de la boutique à appâts, occupé à servir à nos clients les poulets grillés sur nos demi-barils faisant office de barbecues, lorsque j'aperçus Tommy et la femme prénommée Charlotte qui remontaient le bayou dans une de nos barques de location. Le moteur était sorti de l'eau, et Tommy ramait à contre-courant, le visage empourpré par l'effort et noué par la frustration tandis que la barque oscillait d'un bord à l'autre. Il avait plu à verse au milieu de la matinée, puis la pluie avait cessé brutalement. La femme avait les cheveux et la robe bain-de-soleil trempée. Elle avait l'air dégoûtée.

Quelques minutes plus tard, ils entraient dans la boutique à appâts. Sans même demander la permission, la femme passa derrière le comptoir et déroula une énorme liasse de serviettes en papier pour se sécher les cheveux.

– Je te dois de l'argent, j'ai touché un rondin ou quelque chose avec le moteur, dit Tommy.

– C'est compris dans les frais généraux, dis-je.

Il tapota son verre de montre des doigts.

– Quelle heure est-il ? dit-il.

Je lui montrai la grosse horloge électrique sur le mur.

– Midi quinze. Ben, mon gars, on est restés partis un bon moment, dit-il. Un serpent m'a dévoré mon poisson, en plus. Il s'est approché tout contre la barque et me l'a gobé de la ligne à laquelle je l'avais accroché. Ils sont censés faire des trucs pareils ?

– Emporte une glacière la prochaine fois.

– Ça, c'est une bonne idée.

Il ouvrit deux bouteilles de bière à long col qu'il prit dans le frigo et en offrit une à la femme, assise dans un fauteuil à une table, occupée à frotter ses longs cheveux de serviettes.

– Je crois qu'on ferait bien de partir. Je ne m'étais pas rendu compte que c'était déjà l'après-midi.

Ils sortirent par la porte-moustiquaire, puis je vis Tommy s'arrêter à l'ombre, taper d'un poing sur l'autre, tourner en rond, et s'immobiliser à nouveau. Il se retourna, me regardant par la moustiquaire, et leva un instant les poings en position de boxeur, comme s'il s'apprêtait à un combat d'entraînement.

Il me fit songer à un malade mental en train de tourner sur lui-même dans une salle nue.

Je sortis. Il faisait frais sous la brise de l'aube, le soleil brillait d'aiguilles de lumière jaune à la surface des eaux.

– Qu'est-ce que tu as en tête, *podna* ? dis-je.

Il étira le cou dans un craquement de cervicales et arrondit les épaules. Les muscles du cou se nouèrent comme des serpents. Puis il me serra la main sans dire un mot. Sa paume me fit l'effet du cuir rugueux d'une balle de base-ball.

– Faut que tu comprennes une chose, Dave. Ça te dérange pas que je t'appelle Dave ?

– C'est ce que tu as toujours fait, Tommy.

– Je suis les règles. Je ne les enfreins pas, pas les règles importantes, en tout cas. Les têtes d'huile, y z'ont les leurs, les flics, y z'ont les leurs, des mecs comme moi, les Irlandais du Channel qui se sont sortis d'affaire, c'est de ceux-là que je te cause, on a les nôtres, nous aussi. Et donc quand quelqu'un enfreint les règles, j'ai pas de commentaire à faire. Mais je veux pas non plus recevoir des coups dans l'affaire. Tu comprends ce que je suis en train de te dire ?

– Non.

– J'ai jamais fait de mal à personne qui ait pas essayé de m'entuber au hérisson électrique d'abord.

– Un contrat a été lancé, et ça ne te plaît pas ?

– J'ai dit ça ? Doit y avoir un ventriloque dans le coin.

– C'est quoi le jeu que tu joues, Tommy ?

– Y'a pas de jeu. Faut que je fasse certains trucs pour survivre. Et c'est ça que tu me reproches ? Mais ça ne veut pas dire que j'ai pas été réglo à propos de Hippo. Il a été mon ami dans le temps. Et j'essaie pas de te doubler là-dessus.

Je le regardai qui remontait le ponton en direction de sa voiture, la tête tournée latéralement sous le souffle de la brise, la cicatrice rouge sur le nez pareille à un étendard furieux, les yeux aussi durs que ceux d'un oiseau charognard, comme si l'attendaient, portés par le vent, des adversaires cachés.

Je décidai qu'il faudrait rien de moins qu'un spécialiste en cryptographie pour comprendre les nuances de Tommy Lonighan.

Je fis le tour de la maison jusqu'à l'arrière-cour et ouvris le tuyau d'arrosage de mon potager. Les bambous et pervenches le long de la coulée s'ébouriffaient sous la brise. Au-delà de la mare à canards, les tiges de canne à sucre dans le champ de mon voisin miroitaient de lueurs de lumière froide, mauve et dorée.

Bootsie était partie faire des courses à New Iberia, et Alafair préparait des sandwichs devant l'évier lorsque j'entrai dans la cuisine. J'entendis, venant de l'avant de la maison, les grêles sonorités plates et métalliques d'un orchestre de jazz des années vingt puis la couleur, reconnaissable entre toutes, comme un tintement de cloche, du cornet de Bunk Johnson en train d'émerger de la gadoue des saxophones d'une mélodie en ut.

– Qu'est-ce qui se passe, Alf ? dis-je.

Elle se retourna depuis son plan de travail et me regarda d'un œil perplexe. Je voyais les contours de son soutien-gorge d'adolescente en herbe sous son T-shirt jaune.

– Qui est-ce qui a mis un de mes vieux 78 sur le tourne-disques ?

– Je pensais que c'était toi, dit-elle.

Le disque se termina, puis le bras mécanique revint en place automatiquement et reprit. Je me dépêchai dans le salon. La porte d'entrée était ouverte, et les rideaux se gonflaient sous le vent. J'ouvris la porte-moustiquaire et sortis sous la galerie. La cour comme l'allée étaient vides, leurs feuilles mortes soufflées par le vent. Au loin, sur le chemin de terre, des gamins noirs à bicyclette, cannes et matériel de pêche posés en travers du guidon, passèrent devant le ponton. J'entrai au salon, soulevai le bras du disque, et éteignis la machine. Le disque à proprement parler ne portait pas la moindre trace de doigt. On l'avait placé sur l'axe avec un soin très professionnel.

– Alf, ce n'est pas un problème si tu as voulu passer ce disque, dis-je dans la cuisine. Mais il est important que je sache si tu l'as fait ou pas.

– Je t'ai déjà répondu, Dave.

– Tu es sûre ?

– Tu crois que je mens ?

– Non, ce n'est pas ce que je voulais dire. Depuis combien de temps passe-t-il, ce disque ?

– Je ne sais pas. J'étais dehors.

– Est-ce que c'est Bootsie qui l'a mis avant de partir ?

– Bootsie ne passe pas tes vieux disques, Dave. Personne ne fait ça.

– Bootsie n'est pas très bien, Alf.

Elle se retourna vers le plan de travail et se mit à étaler la moutarde sur le pain du sandwich, le visage vide, de cette manière qui lui était coutumière lorsque quelque chose ne tournait pas rond dans la maison. Ses tennis roses n'étaient pas lacées, et ses jeans à taille élastique étaient salis de taches d'herbes aux genoux parce qu'elle avait désherbé le jardin.

Je vis sa main qui tenait le couteau à beurrer ralentir son geste, tandis qu'une réflexion se faisait jour sur son visage.

– Dave, j'ai entendu la porte-moustiquaire de devant claquer il y a un quart d'heure. C'était toi ?

– J'étais au ponton, Alf. C'était sans doute Bootsie.

– Bootsie est partie il y a une heure de ça.

– Peut-être qu'elle est revenue chercher quelque chose.

– Elle aurait dit un mot, non ? Est-ce que c'était le méchant, Dave ?

Je la soulevai dans mes bras et la posai sur le plan de travail, comme si elle était toujours une petite enfant, avant de me mettre à nouer ses lacets.

– Est-ce que c'était ce méchant ? répéta-t-elle.

– Je ne sais pas, Alf. Sincèrement, je ne sais pas.

Mes doigts me firent l'effet d'un enchevêtrement de brindilles lorsque j'essayai de faire le nœud de son lacet.

Ce soir-là, au crépuscule, les nuages dans le ciel à l'ouest étaient marbrés de lueurs orange, et les lucioles tourbillonnaient en volutes rouges dans les arbres qui allaient s'obscurcissant. Bootsie avait emmené Alafair à la boutique de location vidéo en ville, et la maison était vide, craquant sous le jour qui fraîchissait. J'appelai Clete à son appartement du Vieux Carré.

– Buchalter est venu ici, répétai-je. Personne d'autre n'aurait pu mettre ce disque. Le mec est entré, il est ressorti de la maison en plein jour, et personne ne l'a vu.

– Je n'aime pas entendre ce que tu es en train de me dire, Belle-Mèche.

– Moi non plus.

– Ce n'est pas ce que je veux dire. Les Jumeaux rigolos de la Criminelle n'ont pas les chocottes.

– Ce mec semble flotter dans les airs, comme une fumée ou quelque chose. Qu'est-ce que je suis censé dire ?

– C'est ce qu'il veut que tu penses.

– Alors explique-moi comment il a pu entrer et sortir de ma maison aujourd'hui.

– C'est un peu sa manière d'opérer. Il veut te donner l'impression que tu as été violenté, comme s'il lui suffisait de tendre le bras pour te toucher à chaque fois qu'il le désire. Comme si ta vie ne t'appartenait plus en propre.

J'entendis mon souffle se répercuter en échos dans le combiné.

– Le premier mari de mon ex a essayé de lui foirer la tête de la même manière, dit-il. Il a engagé un privé pour prendre au zoom des photos d'elle assise sur les toilettes et les expédier à son patron. Ensuite, il s'est introduit dans sa chambre pendant qu'elle dormait et lui a lacéré tous ses dessous au rasoir... Hé, te laisse pas sombrer, Dave. Buchalter, c'est de la chair et du sang. Mais il ne s'est pas encore trouvé au bout de la bonne ligne de mire.

– Clete, j'ai tous les flics de New Iberia qui recherchent ce mec. Comment...

– Tu *crois* qu'il est venu là aujourd'hui. Tu ne l'as pas vu. Écoute, mon grand, nous allons faire en sorte que les choses se retournent contre ce mec. Ils tombent tous, ce n'est qu'une question de temps... Est-ce que tu m'écoutes ?

– Oui.

– Ton problème, c'est que tu réfléchis trop.

– Okay, Clete, je vois où tu veux en venir.

– Je pensais que tu m'appelais à propos de Nate Baxter.

– Pourquoi t'appellerais-je à *son sujet* ?

– Nate a failli frire dans son propre lard aujourd'hui, au lever du jour. De toute évidence, il se fait reluire à Algiers de temps à autre par cette motarde qui a été dans le temps indic pour le Premier District. Mais ce matin, il se réveille, la nana est partie, et la turne où elle crèche est en train de cramer. Sauf que les portes-fenêtres ont les deux poignées verrouillées par les propres menottes de Nate. Le Nate s'est enveloppé la tête d'un drap mouillé et il s'est roulé en boule dans la baignoire. Sinon, il ne s'en serait pas sorti vivant.

– Où se trouve-t-il en ce moment ?

– Au Southern Baptist, sur Napoleon. Pourquoi ?

– A-t-il porté plainte ?

– Pas du tout, aux dires du flic qui m'en a parlé. Je crois que le risque de se faire cramer, c'est compris dans le lot quand Nate essaie de tirer son coup.

– Qui est la femme ?

– Pearly Blue Ridel, tu te souviens d'elle, elle a travaillé dans deux des salons de massage de Giacano, ensuite, elle a largué la piquouze et s'est collée avec des motards du Renouveau chrétien ou quelque chose. Pas de chance, vraiment, que Baxter la tienne toujours par le cordon ombilical.

– Pearly Blue n'est pas une tueuse, Clete. Elle démarre chacune de ses journées par une dépression nerveuse.

– Va dire ça à Nate.

– Je pense qu'il s'agit d'un contrat. Une mule à héroïne en détention dans les services du shérif de Baton Rouge nous a déclaré, à Lucinda Bergeron et à moi, que les frères Calucci se préparaient à éliminer quelqu'un, quelqu'un qu'ils n'étaient pas censés toucher. Et puis, ce matin, Tommy Lonighan a débarqué à mon ponton et s'est fait un point d'honneur à établir très exactement à quel endroit il se trouvait de 6 heures à midi ou à peu près.

– Qu'ils se dessoudent les uns les autres. Qui s'en soucie ? Si Baxter avait chopé son dernier bus, la moitié de la police de La Nouvelle-Orléans serait beurrée à l'heure qu'il est.

– Ça te plairait que Lonighan te monte le coup pour faire de toi son alibi ?

– Garde les choses simples, Belle-Mèche. La cible, c'est Buchalter. Tous ces autres mecs, on peut prévoir leurs réactions. Mais pas ton bonhomme.

*Ton* bonhomme ? me dis-je, après qu'il eut raccroché. Pour quelque raison obscure, l'adjectif possessif refit naître en moi la même sensation de révulsion viscérale, de honte et de violation de mon être profond que celle que j'avais éprouvée lorsque Mack, par cet après-midi mordante de fin d'automne dans la grange, avait tendu la main et touché du revers des doigts mon visage, faisant ainsi de moi son complice dans la dégradation sexuelle de ma mère.

Pourquoi ?

Parce que, lorsqu'on devient l'objet des obsessions sexuelles perverses de quelqu'un d'autre, on se sent non seulement seul, et j'entends par là d'une solitude absolue, mais on est convaincu qu'il existe en soi quelque élément défectueux qui attire ou justifie les attentions malsaines du persécuteur.

Demandez à quiconque a jamais connu cela. Même à un flic.

Je connaissais Pearly Blue Ridel à un autre titre que celui dont Clete avait fait état au téléphone, mais les principes des Alcooliques Anonymes m'interdisaient de reconnaître devant un étranger qu'elle était membre de notre confrérie.

Le lendemain, j'allai à New Iberia en compagnie de Bootsie et Alafair à la messe du matin à St. Peter's, puis je les déposai chez ma cousine Tutta en ville et repris la direction de La Nouvelle-Orléans.

Les groupes des AA de Pearly Blue n'était pas un groupe conventionnel. Il était constitué d'ivrognes du plus bas étage et de motards hors-la-loi, de l'autre côté du fleuve, à Algiers. Il avait pour nom « Grimpe les étapes ou crève, enfoiré ». Parce que la plupart des membres chevauchaient des Harley surbaissées, qu'ils arboraient souvent crâne rasé et tatouages outranciers sur tout le corps avec un aspect des plus féroces, ils se trouvaient dans l'impossibilité de louer une salle de réunion où que ce fût, à l'exception d'un entrepôt jouxtant un bar à motards où nombre d'entre eux s'enivraient. Je me garai dans une allée derrière l'entrepôt et passai par les toilettes au fond du bar avant d'assister à la réunion de midi.

Sur le distributeur de préservatifs, quelqu'un avait écrit au feutre : *Drôle de goût, ce chewing-gum*. Rédigés de la même main sur le distributeur de protège-siège des toilettes, on lisait les mots : *Sets de table porto-ricains*.

La zone de l'entrepôt où se tenait la réunion des AA était grise de fumée de cigarettes, l'air était dense, chargé de relents divers, cuir patiné de sueur, graisse de moteur imprégnant la toile des jeans, crachats de chique, et cheveux sales. Je me postai debout près de l'embrasure de la porte, attendant que Pearly Blue m'aperçût. Elle portait des Levi's trop larges pour ses hanches étroites, et n'avait pas de soutien-gorge sous la chemise en batik qui révélait les petites bosselures qu'elle arborait en guise de seins. Ses cheveux étaient sans couleur, les bouts collés, et les cernes qu'elle affichait sous les yeux semblaient autant les marques du désespoir de son existence que celles de sa fatigue physique et émotionnelle. Il n'était pas nécessaire de rester bien longtemps dans les parages de Pearly Blue pour se rendre compte qu'il s'agissait là d'une de ces âmes hantées qui attendent, à chaque aube nouvelle, avec certitude, la main invisible qui viendrait leur envelopper le cœur d'une toile de crainte et d'angoisse.

Je ne la quittai pas un instant des yeux et, finalement, elle se leva de la table et m'accompagna jusque dans l'allée. Elle s'appuya contre l'aile de mon camion, mit une cigarette à ses lèvres, et l'alluma des deux mains bien qu'il n'y eût pas le moindre souffle de vent entre les immeubles. Elle souffla sa fumée en l'air, menton pointé, visage détourné de moi.

Comme chez la plupart des êtres dans sa situation, la dureté de Pearly Blue était une triste illusion, et son point de rupture toujours juste sous l'épiderme.

– Tu veux bien me raconter ce qui s'est passé avec Nate Baxter ? dis-je.

Elle regarda en direction de l'extrémité de l'allée, où un massif de bananiers livrés à eux-mêmes poussaient près d'un emplacement à poubelles, devant la rue chargée de circulation. Elle tira une nouvelle bouffée de sa cigarette.

– Pearly Blue, en ce qui me concerne, nous sommes toujours en pleine réunion. Ce qui signifie que tout ce que tu diras n'ira pas plus loin.

– Je suis descendue au magasin acheter quelques œufs pour lui préparer son petit déjeuner, dit-elle.

Elle avait un accent du fin fond de la cambrousse et une manière étrange de remuer les lèvres en silence avant de parler.

« Il veut toujours une omelette quand il se lève le matin. Quand je suis revenue, l'incendie faisait péter les vitres de toutes les fenêtres.

– Qui a menotté les poignées de la porte-fenêtre ?

– Je ne sais pas. Ce n'est pas moi. »

Elle leva les yeux sur les câbles de téléphone, une esquisse de moue sur les lèvres, comme une adolescente faisant son numéro.

– Pourquoi continues-tu à traîner avec un mec comme Baxter, Pearly Blue ?

– J'ai signé deux chèques en bois. Il a dit qu'il préviendrait mon responsable de conditionnelle.

– Je vois.

– C'étaient pas des chèques volés. J'étais juste dans le rouge. Mais avec la collante que je me traîne...

Elle fit un claquement de langue et essaya de paraître maîtresse d'elle-même, détachée de tout, mais sa gorge avait commencé à s'empourprer et son pouls battait une chamade folle comme un papillon de nuit blessé.

– Qui a cramé l'appart ? dis-je.

– Je ne sais pas, Belle-Mèche. Tout ce que je possédais a brûlé. Et qu'est-ce que je peux bien te dire ?

Elle avait les yeux mouillés maintenant. Elle les ouvrit, les referma et regarda d'un œil vide le mur d'un appartement sur garage enrubanné de volutes de graffitis.

– Est-ce que les frères Calucci étaient derrière tout ça ?

– Va pas raconter ça aux gens. Et va pas utiliser mon nom quand tu te mets à parler de ces gens-là.

– Je ne laisserai personne te faire de mal, Pearly Blue. Dis-moi simplement ce qui s'est passé.

– Un mec, il a appelé, t'aurais dit qu'y savait tout de moi, qu'on m'avait retiré mes gosses, l'endroit où je travaille, et pis des trucs, tu vois, des trucs pas très propres, que j'ai faits au salon à massage, il a dit : « Faut que tu sois sortie de chez toi pour 6 heures, offre-toi une belle petite balade à pied, et quand tu reviendras, t'auras plus jamais à servir de baise-moi-là à ce mec. »

– Tu ne sais pas de qui il s'agissait ?

– Tu crois que j'ai envie de savoir une chose pareille ? Tu te souviens de ce qui est arrivé à ma compagne de chambre dans le Carré quand elle a déclaré à un flic des Mœurs qu'elle était prête à témoigner contre la famille Giacano ? Ils l'ont détrempée à l'essence. Ils...

– Tu t'es sortie de là, Pearly Blue. Oublie Baxter, oublie les frères Calucci. Où vis-tu en ce moment ?

– Chez ma sœur. Je veux juste aller aux réunions, faire mon boulot, et récupérer mon petit garçon. Mon responsable de conditionnelle, c'est un vachard, s'il entend parler des chèques, s'il reçoit des coups de fil d'affranchis, des trucs comme ça, je retombe pour de bon. Et c'est plein de vrilles là-dedans, Belle-Mèche. Je suis plus capable de refaire un séjour derrière les barreaux.

– Ça n'arrivera pas, pas si j'ai mon mot à dire.

– Baxter va me retrouver. Il va m'obliger à recoucher avec lui. Ça me rend malade.

Je sortis une carte professionnelle de mon portefeuille, la lui pressai au creux de la paume et repliai ses doigts sur elle. Sa main était bien petite et moite dans la mienne.

– Crois-moi quand je te dis ça, dis-je. Si jamais Nate Baxter commence à te refaire des ennuis, appelle-moi, et il regrettera que ses parents n'aient pas choisi la voie du célibat.

Une expression perplexe et indécise apparut sur son visage.

– Il regrettera que son père ne se soit pas fait couper le service trois-pièces.

Une commissure de lèvres se rida en sourire, exposant une rangée de dents minuscules couronnées d'argent.

La chambre de Baxter était aussi fonctionnelle, banale et dénuée de joie de vivre que sa propre existence. Elle ne contenait ni fleurs ni cartes de vœux, pas le moindre paquet de ballons et certainement pas de visiteurs, sauf si l'on comptait au nombre le flic en uniforme posté à sa porte.

– T'as pas l'air si mal, Nate, dis-je.

Ce qui n'était pas vrai. Il avait le visage tiré, la barbe dorée aux reflets roussâtres le long du maxillaire collée par une sorte de baume en pâte, et un chaume de poils avait commencé à pousser sur ses joues.

Il ne dit rien. Ses yeux me jaugèrent avec prudence.

– J'ai parlé à un inspecteur spécialiste des incendies criminels. Il a dit que quelqu'un a déposé une bombe incendiaire sous ton lit, probablement un mélange d'essence et de paraffine, dis-je.

– L'enquête devient de ton ressort, c'est une affaire personnelle, comme tout ce qui se passe dans la paroisse d'Orléans ?

– Je porte un intérêt tout spécial à Max et Bobo Calucci. Et je crois que toi aussi, Nate.

– Qu'est-ce que ça veut dire ?

– Que tu en croques.

– Je me souviens d'une fois où tu puais comme une cuvette des toilettes pleine de whiskey dont on n'aurait pas tiré la chasse. Peut-être bien que c'est pour ça que les Affaires internes t'ont viré du service. Peut-être bien que c'est pour ça que t'as jamais réussi à te sortir cette trique du pantalon. Mais je ne suis pas d'humeur à échanger des insultes avec toi. Rends-moi un service, rentre chez toi.

Il tourna la tête sur l'oreiller pour atteindre un verre plein de Coca-Cola. Je remarquai une bosse de forme cylindrique, la peau à vif sur les bords, derrière son oreille droite.

– Je crois que tu as essayé de faire monter les enchères auprès des Calucci, Nate. Et ils ont décidé alors que tu étais un facteur à éliminer des frais généraux.

– C'est toujours le même problème avec toi, Robicheaux. Ce n'est pas *ce que tu ne sais pas*, mais plutôt *ce que tu crois savoir* qui fait de toi un foiré du ciboulot. Où que tu ailles, tu laisses de la merde sur les murs.

– Tu dormais, peut-être même que tu cuvais un reste de cuite, Pearly Blue est allée au magasin, quelqu'un t'a donné un coup de matraque derrière la tête et a fait de ta matinée un vrai feu d'artifice.

– Je me trouvais dans son appartement parce qu'elle est encore mon indic. Tu veux en donner une autre interprétation, et t'auras personne pour t'écouter. Pourquoi ? Parce que tu ne travailles plus ici. Pour une raison inconnue, on dirait que t'arrives pas à accepter ce simple fait.

Sa main se déplaça vers le cordon et le bouton d'appel qui ferait venir une infirmière ou le garde à la porte.

– Tu sais ce que c'est qu'un reniement de soi, Nate ?

– J'ai respiré un paquet de fumée hier. Le vocabulaire des humectés de la cervelle, ça ne m'intéresse pas pour l'instant. Tous autant que vous êtes aux AA, vous croyez que vous méritez le prix Audie Murphy [1] pour être redevenus sobres. Info de dernière minute sur la question : Nous, les autres, on a toujours été sobres. Ce n'est pas une si grande affaire dans le monde normal.

– Une mule à héroïne en détention à Baton Rouge était au courant du contrat. Tout comme quelques têtes d'huile à Mobile. Tout comme Tommy Lonighan. Ils parlent tous de toi comme si tu étais déjà effacé des tablettes.

– Sors d'ici avant que je ne te mette en état d'arrestation.

1. Acteur célèbre, il a été le soldat américain le plus décoré de la Seconde Guerre mondiale. *(N.d.T.)*

Sa main se déplaça à nouveau vers le bouton d'appel. Je le plaçai hors de son atteinte.

– T'es un mauvais flic, Nate. Quelqu'un aurait dû te moucher la chandelle il y a bien longtemps.

Je repoussai le pan de ma veste en crépon de coton et ôtai le .45 de mon étui de ceinture. Ses yeux étaient maintenant rivés aux miens.

– Tu es mauvais, non seulement parce que tu touches ; tu es mauvais parce que tu ne comprends pas que nous sommes censés protéger les faibles, dis-je. Au lieu de quoi, quand tu sens une faiblesse chez les gens, tu l'exploites, et tu uses de ta force pour les humilier, et tu en as même violé et sodomisé.

– T'es un cas incurable de trouduculose, Robicheaux, mais tu n'es pas cinglé. Alors laisse tomber.

Il essaya de garder à sa voix un semblant de conviction en empêchant son regard de se porter sur le pistolet que je tenais à la main.

– Je connais une troupe d'AA surnommée « Grimpe les étapes ou crève, enfoiré ». Il y en a qui sont de méchants loulous, des mecs qui ont connu le Camp J à Angola. Ils disent que tu te tapes Pearly Blue au gré de tes caprices depuis un bout de temps. Et ils voulaient faire quelque chose.

Je tirai la glissière du .45 et fis monter une balle dans la chambre.

– Mais je leur ai dit que je m'occuperais du problème personnellement.

– Tes menaces à la con avec une arme au poing, c'est une de tes vieilles ruses. C'est un coup d'épée dans l'eau. Sors de ma chambre.

Je m'assis sur le rebord de son lit.

– T'as raison, c'est bien vrai, dis-je. C'est pour ça que j'allais te fourrer le flingue dans la gueule et te laisser arriver tout seul à cette conclusion tout en ravalant ton propre sang, Nate... Mais ce n'est plus la peine.

– Qu'est-ce que tu...

Je libérai le chargeur, éjectai la balle de la chambre et la laissai tomber en cliquetant dans son verre.

– Elle a découvert cette semaine qu'elle était séropositive. A ta place, je me ferais passer des tests pour profiter de mon séjour à l'hôpital. Mais peu importe la manière dont tu vois les choses, Nate, Pearly Blue est sortie de ta vie. Nous sommes bien clairs sur ce point, n'est-ce pas ?

Ses lèvres avaient l'air grises et gercées, de la texture d'une peau de serpent qui aurait séché au soleil, le blanc de ses yeux marqué d'un entrelacs de vaisseaux sanguins rosés. La lumière qui filtrait au travers des stores donnait l'impression de se réfléchir dans son regard furieux et incrédule comme une présence liquide et jaune. J'entendis son verre se fracasser au sol et le bouton d'appel cliqueter rapidement au creux de sa paume tandis que je me dirigeais vers la porte.

Ce soir-là, je dus descendre dans les profondeurs du bayou afin de prendre en remorque une barque de location dont un de nos clients avait cassé le moteur en labourant un banc de sable. Il faisait nuit lorsque je finis de boucler la boutique à appâts avant de reprendre le chemin de la maison. Bootsie dormait, mais dès que j'entrai dans la chambre, je sus où elle avait passé les trois dernières heures. Son souffle avait rempli la chambre d'une odeur épaisse et sirupeuse de fleurs qu'on aurait fait tremper une nuit durant dans un sherry doux et sucré.

Je m'assis au bord du lit en maillot de corps et contemplai la courbe blanche et lisse de sa hanche au clair de lune. Je passai la main sur son derrière et sa cuisse ; sa peau me fit l'effet d'être surchauffée, comme sous un afflux de sang, à croire que Bootsie faisait un rêve érotique, mais je la sentis dans le même temps insensible au toucher.

Je glissai les doigts dans les boucles épaisses de sa chevelure, lui embrassai le dos, et me sentis comme un adolescent de cinquante-cinq ans impuissant à résoudre le problème de sa propre érection palpitante.

J'avais été sauvé de mon alcoolisme par les AA. Pourquoi fallait-il qu'elle connût le même mauvais sort ?

Mais je connaissais déjà la réponse. La meilleure manière de devenir ivrogne est de vivre avec un alcoolique.

Qu'allons-nous faire, Boots ? dis-je. Ramener le boogie dégueulasse plein pot dans nos existences, et ensuite passer à la révision générale au bout de cinq ans et voir si le jeu en valait la chandelle ?

Mais quelqu'un œuvrait déjà à mon insu pour me fournir une réponse. À 2 heures du matin, j'entendis la porte du hangar à tracteur de mon père, toujours verrouillée au cadenas, cogner contre l'huisserie, battue par le vent, puis j'entendis de la musique, une chanson passée de mode depuis une génération, qui paraissait flotter au-dessus de mers sombres comme le vin, encombrées de bateaux, à une époque où les lumières avaient failli s'éteindre dans le monde entier.

J'enfilai pantalon de toile et mocassins, sortis mon .45 de sous le lit et partis, torche à la main, le long de la coulée jusqu'au hangar. Je balayai du faisceau les saules devant moi, les flancs du hangar patinés par les intempéries, la porte ouverte qui battait d'avant en arrière sur deux charnières rouillées, l'œilleton et le cadenas que l'on avait arrachés pour ne laisser qu'une esquille de bois.

Puis j'entendis clairement les paroles de *Harbor Lights*.

Je dégageai le cran de sûreté du .45, repoussai la porte du pied, et éclairai de ma torche l'intérieur du hangar. Devant le vieux tracteur de mon père se trouvait un billot de boucher sur lequel nous parions jadis le gibier. Quelqu'un l'avait recouvert d'une toile blanche presque éclairée, à la voir ainsi sous le clair de lune qui brûlait à travers les jours entre les lames des persiennes. Sur la nappe se trouvaient un magnétophone à cassettes, une assiette propre en porcelaine en travers de laquelle était posée une rose bleue à longue tige, une bouteille de Jack Daniel's fraîchement ouverte, un verre rempli de bourbon, et, tout à côté, une bouteille décapsulée de bière Dixie emperlée de sueur. Un gobelet de bourgogne, en cristal et à moitié vide, se dressait dans un rai de lune à l'autre extrémité du billot de boucher. Sur le rebord du verre se dessinait l'empreinte parfaite, au rouge à lèvres, d'une bouche de femme.

## Chapitre 18

Avant d'avoir été élu à son poste, le shérif possédait une blanchisserie-pressing et il était président du Rotary Club local, ou peut-être s'agissait-il des Lions'. Je ne me souviens plus très bien, mais il s'agissait d'un de ces groupements d'hommes d'affaires qui parviennent à accomplir une quantité de bien non négligeable dans leur communauté en dépit de leurs objectifs réels et non déclarés.

Il arrosait les plantes à sa fenêtre à l'aide d'une théière peinte à la main lorsque je lui appris la venue de mon visiteur de 2 heures du matin. Il avait le menton rond, fendu d'une fossette, des joues molles veinées de minuscules lignes rouges et bleues, et un estomac qui débordait du ceinturon. Mais il se tenait toujours tellement droit, la chemise bien serrée sans un pli, qu'il donnait l'impression d'être à la fois plus jeune et en bien meilleure condition physique qu'il n'était.

Mais bien que le Rotary ou le Lions' tînt encore forte emprise sur l'âme du shérif, celui-ci me surprenait souvent par ses points de vue vifs et tranchés dont je soupçonnais qu'ils avaient leur origine dans l'expérience qu'il avait vécue à Chosin Reservoir [1]

1. Siège d'une bataille célèbre en Corée du Nord en 1950. *(N.d.T.)*

pendant la Guerre de Corée, et dont il refusait, sous quelque circonstance que ce fût, de discuter avec quiconque.

– Eh bien, tu n'en as pas bu. C'est ce qui me paraît le plus important, si tu veux savoir.

– Il pourrait s'en trouver certains qui qualifieraient ça d'attitude plutôt cavalière, dis-je.

– C'est ton affaire. Rédige un rapport détaillé, Dave. Mets sur le coup notre spécialiste des empreintes. Je ne sais pas ce que je peux dire d'autre.

Il s'assit dans son fauteuil pivotant derrière son bureau. Il repoussa son estomac de ses doigts raidis. Puis il m'offrit un nouveau commentaire dans la foulée.

– Dave, à quoi ça va ressembler si tu racontes aux gens que quelqu'un, peut-être même une femme, s'est offert une violation de ton domicile avec effraction, de manière à pouvoir recouvrir ton billot de boucher d'une nappe et d'y dresser bourgogne, bière fraîche, et whiskey de prix ?

– C'est Buchalter, Shérif. Ou quelqu'un qui travaille avec lui.

– Quel était le mobile de sa visite à domicile la nuit dernière ?

– Il n'a pas besoin de mobile. C'est un psychopathe.

– Ça n'avance pas à grand-chose.

Il commença à sortir une série de trombones pliés d'un récipient en verre pour les lancer dans la corbeille à papier.

– Avant que tu n'arrives dans le service, nous avons eu une affaire d'homicide particulièrement vicieuse.

*Ping.*

– Peut-être t'en souviens-tu ? Une raclure de dégénéré du nom de Jerry Dipple a violé, puis pendu une enfant de quatre ans.

*Ping.*

« Nous pensions l'avoir, net et sans bavures, en plein dans le mille. Il avait laissé ses empreintes partout sur les lieux du crime ; dans sa poche de chemise, on avait retrouvé un ticket déchiré, le ticket du spectacle où il avait enlevé l'enfant ; la corde dont il s'était servi se trouvait dans le fond de son placard. »

*Ping.*

« Tu devineras jamais ? Le retardé du ciboulot qui conduisait l'enquête est allé au domicile de Dipple et il a saisi les pièces à conviction sans mandat. Ensuite, quand il s'est rendu compte qu'il avait tout fait foirer, il a remis les pièces à conviction en place et a laissé son partenaire les découvrir plus tard. »

*Ping.*

« Et tu devineras jamais le plus beau ? J'ai été mis au courant de la chose et je n'ai pas dit un mot. Mais l'avocat de Dipple était une tête d'huile, un mec doué, de Lafayette, tu le connais, c'est le même mec qui a occupé tout le devant de la scène l'année dernière, pour cette affaire d'incinérateur de matières plastiques et il a découvert ce que le ramolli du cerveau et son partenaire avaient fait. »

*Ping.*

« Notre affaire était dans le sac et nous étions sur le point de remettre en liberté un assassin d'enfants qui avait déjà commis le même crime par le passé, et qui le referait sans aucun doute. Mauvaise journée pour les braves, Dave.

» Sauf que six mois auparavant, nous avions fait une descente dans une crèche à michés aux limites de la paroisse St. Martin. Une des filles possédait quelques photographies de notre ami l'avocat de Lafayette. Je te parle là de vrais spécialités mode Tijuana, tu vois ce que je veux dire ? J'ai donc invité notre ami et je lui ai permis d'y jeter un coup d'œil.

S'il cherchait à enquêter sur certaines de nos pratiques, nous étions prêts à laisser quelques membres du barreau de l'État jeter un petit coup d'œil aux siennes. »

*Ping – Ping – Ping.*

« Dipple a grillé sur sa chaise. J'ai cru que ça allait me tracasser. Mais la nuit où il a fait la cavale sur l'éclair, j'ai emmené mes petits enfants au cinéma, je suis rentré à la maison et j'ai dormi comme une souche.

– Je ne suis pas certain de bien comprendre où vous voulez en venir.

– Je vais être honnête avec toi. Je ne sais pas à quoi nous avons affaire dans le cas qui nous occupe. Quoi que ça puisse être, ça n'a rien à voir avec les affaires courantes. Rien à voir avec le va-et-vient habituel. »

Il s'arrêta, passa les doigts dans les cheveux et se malaxa la nuque.

– Écoute, je crois que Buchalter essaie de te toucher à ton point le plus faible.

– Et c'est où ?

– La gnôle.

– Ce n'est pas un mec comme ça qui me fera boire, shérif.

– Je ne parle pas de toi.

Il frotta une main sur l'autre avant de les croiser sur son sous-main et me regarda droit dans les yeux.

– Ce mec essaie de te foirer ta vie de famille et je suis d'avis qu'il y réussit assez bien.

– Ce n'est pas très sympa de me dire ça, shérif.

– Bootsie a failli se faire arrêter hier. Pour conduite en état d'ivresse.

Je sentis quelque chose sombrer au creux de ma poitrine.

– Heureusement qu'elle a été arrêtée par le bon adjoint, qui a laissé l'autre dame conduire, dit le shérif.

La pièce me parut s'emplir d'un grésillement de parasites. Je sortis mes lunettes de soleil de leur étui en cuir, avant de les y remettre. J'ouvris la bouche masquée par mon poing pour me dégager les oreilles et regardai par la fenêtre. Avant de dire :

– Quelle autre dame ?

– Je ne sais pas. La personne avec laquelle elle se trouvait.

– Je vais terminer mon rapport et je le mettrai dans votre boîte.

– Non. Ne fais pas ça. Sinon, ça arrivera jusqu'aux journaux, tu peux y compter. Et c'est exactement ça que cherche ton bonhomme. Viens faire un tour dehors avec moi.

Il faisait chaud dans le parc de stationnement, et le vent plaquait les feuilles du bouquet de chênes de l'autre côté de la rue. Le shérif déverrouilla le coffre de sa voiture, en sortit un objet rigide enveloppé d'une couverture, et m'accompagna jusqu'à mon camion. Il posa l'objet en question sur le siège de mon véhicule et dégagea brusquement la couverture.

– Il en est certains qui pourraient te dire de piéger ta porte arrière au fusil de chasse, dit-il. Le problème, c'est que tu risquerais vraisemblablement de tuer un innocent d'abord, ou de simplement blesser le salopard qui s'introduit chez toi en douce, avant qu'il ne t'attaque en justice et ne te prenne ta propriété. Tu sais ce que c'est, ça, non ?

– Un AR-15, le modèle semi-automatique du M-16.

– Le chargeur contient trente balles. Jerry Dipple est dans un cimetière de prison et les enfants qui vivent ici s'en trouvent bien plus en sécurité. Personne ne se soucie de savoir la manière dont le score s'est établi, tant qu'il affiche les bons résultats.

Il appuya du plat du poing sur le bouton de verrouillage avant de fermer la porte et de consulter sa montre.

– C'est l'heure du café et des beignets, *podna*, dit-il en passant un bras autour de mes épaules.

De retour dans mon bureau, je déchirai mon rapport inachevé et le jetai au panier. Il existait deux manières de considérer l'attitude du shérif, et ni l'une ni l'autre ne m'était de la moindre consolation.

1. – *Semper fi* [1], Mac, tu te débrouilles tout seul.

Ce qui était un jugement bien trop sévère pour le shérif. Mais...

2. – L'application de la force ou d'une puissance de feu suffisante n'avait jusque-là pas réussi. Puisque nous en avions conclu que nous ne comprenions pas ce à quoi nous avions affaire, utilise plus de force et une puissance de feu supérieure.

Oui, ça y ressemblait plus. C'était une logique ancienne et familière. Lorsqu'on se sent méprisé comme rebut de Blanc frustré, habitant un quartier de taudis, on brise les os d'un automobiliste noir ivre à coups de matraque d'acier. Lorsqu'on est incapable de faire face à la population indigène d'un pays du Tiers Monde, on transforme ses forêts tropicales en désert fumant, vide et gris, grâce au napalm et à l'agent orange.

Mais je m'offrais une veine de cynisme bon marché, née de la même impuissance à essayer de traiter avec le mal que celle qui avait conduit le shérif à me faire cadeau de son hachoir à viande, spécimen d'Americana urbaine, fabriqué par Colt Industries.

Mon bureau était couvert de feuilles de fax en provenance du Centre national d'Information sur le Crime de Washington, D.C., de photocopies de dossiers du NOPD que m'avait adressées Ben Motley.

1. Semper Fidelis, « toujours fidèle » : devise des Marines. *(N.d.T.)*

Les gens qui occupaient cet assortissement de pages auraient pu jouer un rôle dans pratiquement n'importe quelle ville des États-Unis. C'était tous des Américains uniques en leur genre, introduits au plus profond de notre économie, à constamment aller et venir de manière subreptice dans la vie des autres, à toujours flotter à la périphérie de notre vision. Mais aucune tentative d'aucune sorte de notre part ne s'était vue jusque-là couronnée de succès quant à notre manière de traiter avec eux. En fait, je ne suis même pas sûr de bien savoir les définir.

1. – Max et Bobo Calucci : la littérature populaire fait le portrait des individus de leur espèce comme autant de bouffons du XXe siècle dignes de Chaucer, êtres véniels et arnaqueurs doués d'humour dont la plus grande infraction sur le plan moral se trouve être leur garde-robe mal assortie, ou alors représentants charismatiques des riches familles new-yorkaises du crime dont les résidences aux allures de palaces sont toujours animées de réceptions de mariages ou de fêtes en plein air. Le code familial de ce dernier groupe sort tout droit, taillé à l'emporte-pièce, du romanesque médiéval, et leur petit jeu frivole avec le démon prend des proportions tragiques dignes de Faust.

Peut-être sont-ils effectivement ce que l'on dit d'eux. Mais ceux que j'avais connus, à une ou deux exceptions près, possédaient tous une caractéristique unique et commune qui ne s'oubliait pas. Ils ont les yeux morts. Non, ce n'est pas tout à fait correct. Il s'y trouve une lueur, pareille à une allumette soufrée humide explosant de lumière derrière une vitre noire, mais quelque effort que l'on fasse pour tenter d'interpréter la pensée à l'œuvre derrière elle, on ne peut pas être sûr de savoir si l'individu en question pense à vous supprimer ou à faire laver sa voiture.

J'avais, à une occasion, passé trois heures à interroger un mafioso qui vit aujourd'hui sous la protection des fédéraux, dans le cadre du Programme de protection des témoins. On lui avait ôté les deux tiers de l'estomac à cause de ses ulcères, sa peau ressemblait à une pâte à modeler ridée sur les os, et son haleine était rance du cigare trempé de salive qui quittait rarement ses lèvres. Mais les souvenirs qu'il avait engrangés au cours de ses cinq décennies au sein de l'Organisation étaient dignes d'une encyclopédie. Il dévidait sans fin le récit de conversations avec les autres membres de la mafia, lesquelles tournaient toutes autour du même sujet – l'argent : combien en avait-il été gagné sur un coup, combien en avait-il été réparti et à qui lors du partage, combien en avait-il été blanchi, et combien livré dans une valise, en paiement du prix de la vie d'un responsable syndical.

Trente ans auparavant, dans le salon d'un ami, il avait encerclé le cou d'un informateur d'une boucle de corde à piano et tiré, jusqu'à pratiquement sectionner la tête de l'homme de ses épaules comme d'un coup de rasoir.

C'est alors que je dis quelque chose que ni ma situation ni ma fonction n'exigeaient.

– L'homme que vous avez tué, il avait été votre ami par le passé, n'est-il pas vrai ?

– Ouais, c'est bien ça.

– Est-ce que cela vous a posé un problème ?

– C'est rien qu'un de ces trucs comme tant d'autres. Qu'est-ce qu'on peut y faire ?

Il haussa les épaules, arqua les sourcils comme si on venait de lui imposer le fardeau d'une situation impossible.

Et je lui posai une dernière question, une question qui resta sans réponse et qui n'a jamais quitté ma mémoire depuis.

– Vous avez tout raconté de votre existence aux fédés, Vince. Avez-vous jamais éprouvé le désir de faire savoir à Dieu que vous regrettiez quelques-unes de ces conneries, que vous souhaitiez vous en débarrasser une fois pour toutes ?

Son regard en coin se porta sur moi un bref instant. À travers la fumée de cigare, ses yeux donnaient l'impression d'avoir été taillés d'échardes de verre noir et vert, mouillés, cernés de rouge comme ceux d'un lézard, illuminés d'un secret ancien, ou peut-être de crainte, qui ne se libérerait jamais du barrage de sa gorge.

Je coupai mon magnétophone, dis au revoir, et sortis de la pièce. Un peu plus tard, il dit à un agent du FBI qu'il ne voulait plus jamais me revoir devant lui.

2. – Tommy Bobalouba : tout comme Max et Bobo, il opérait aux confins d'un monde de respectabilité et essayait constamment de s'identifier à un héritage ethnique qui, d'une certaine façon, était censé fournir à ses entreprises illégales un manteau de légitimité culturelle et morale. La réalité était tout autre : Tommy et les frères Calucci étaient les représentants d'un niveau de vulgarité publique capable d'endormir les esprits, qui embarrassait la plupart des Irlandais et des Italiens de La Nouvelle-Orléans et leur donnait la nausée.

Tommy s'était fait virer avec pertes et fracas de son yacht-club pour avoir copulé dans la piscine à 4 heures du matin avec une serveuse de bar. Lors du Rex Ball [1] du Mardi gras, il dit à l'épouse du maire que le traitement par rayons qu'il suivait pour son cancer de la prostate faisait reluire son phallus dans l'obscurité. Après avoir fait des pieds et des mains pour obtenir une invitation au dîner de l'Association historique de La Nouvelle-Orléans, il refusa

1. Bal célèbre. *(N.d.T.)*

poliment les asperges en déclarant à son hôtesse : « Merci quand même, m'dame, mais j'ai toujours l'urine qui sent après ça. »

3. – Nous appellerons le troisième joueur Malcolm : c'est un composé de tous les gamins noirs mâles ayant grandi à La Nouvelle-Orléans, dans les lotissements de l'Assistance publique. Employés sociaux et sociologues ont rédigé des tonnes de textes et d'articles sur Malcolm. Les démagogues racistes adorent Malcolm parce qu'il est le moyen grâce auquel ils inculquent la peur à l'électorat. Les libéraux affichent, quant à eux, bien plus de compassion et rendent l'environnement responsable de ses problèmes. Ils ne se trompent vraisemblablement pas dans leurs hypothèses. Le problème, cependant, est que Malcolm est dangereux. Et très souvent, qui plus est, immensément détestable.

Un drogué au crack complètement accro a le même avenir qu'une bougie allumée fixée à la surface d'un poêle à bois. En très peu de temps, il se sentira consumé par les brasiers sans limites qui brûlent en lui ou ceux qui lui lèchent quotidiennement la peau de l'extérieur. Entre-temps, il se laisse dériver jusqu'au fond d'un monde de psychose morale dans lequel le fait d'abattre une touriste britannique d'une balle en pleine figure pour lui voler son sac ou celui de tuer accidentellement un enfant du quartier ont la même signification qu'une rognure d'ongle arrachée au doigt d'un coup de dents.

Je connaissais un gamin de New Iberia dont le nom était *effectivement* Malcolm. Il avait un bras qui lançait comme un fouet noir, capable qu'il était d'attraper une balle en plein champ-centre et de la renvoyer au but dans la foulée avec la trajectoire plate et méchante d'un plomb de carabine. À l'âge de dix-sept ans, il avait emménagé avec sa mère dans le lotissement Desire de La Nouvelle-Orléans, complexe d'appartements de l'Assistance où le tintamarre est impitoyable et résonne sans répit, pareil au bruit permanent qui peuple vingt-quatre heures sur vingt-quatre une prison municipale – chasses d'eau que l'on tire, tuyaux qui vibrent dans les murs, locataires à la raison vacillante qui se hurlent des insultes, postes de radio et de télévision qui beuglent derrière les fenêtres brisées. Les lois de la société ordinaire y ressemblent à la matière dont on fait les bandes dessinées. Au lieu de quoi, ce qui n'est plus finalement que l'échec total de toute charité, de toute joie, de toute honnêteté y devient le substitut de la normalité : viols de groupe, sévices sexuels sur enfants, incestes, personnes âgées que l'on terrorise, passages à tabac et bagarres au couteau qui transforment les victimes en sanguinolants fac-similés d'humains, adolescentes de quatorze ans qui vous clignent de l'œil et vous disent fièrement : « Je t'y vends mon pain de fesse, coco », voire même un lycéen de terminale qui arme son pistolet-mitrailleur MAC-10 au rythme du heavy-metal et transforme ses pairs en chair à pâtée.

En une année de temps, Malcolm fumait, se piquouzait, reniflait, enfilait, ou se tartinait le menu complet de fourgueur de rues – bazooka, résine afghane, coke en caillou, metamphet, brune mexicaine et poussière-d'ange. Sa mère l'avait ramené à New Iberia pour les fêtes de Noël. Malcolm emprunta une voiture et alla dans le premier bazar venu s'offrir un lait de poule. Avant de changer d'avis et de décider qu'il n'avait pas besoin de lait de poule. Au lieu de quoi, il sodomisa et exécuta l'étudiante de dix-huit ans qui tenait la boutique le soir. Il avait maintenu pendant tout son procès qu'il était chargé aux amphets et à la poussière-d'ange, et n'avait aucun souvenir d'être même entré dans le bazar en question. J'assistai comme témoin à son électrocution, et je reste convaincu jusqu'à ce jour que même à l'instant où l'on bouclait les sangles sur ses jambes et ses bras pour l'attacher à la chaise en chêne, où on lui bâillonnait la bouche d'un masque de cuir avant de laisser retomber la cagoule noire sur son visage, et même encore jusqu'au moment où l'électricien ferma les circuits, transperçant son corps d'un éclair de feu qui lui fit cuire la cervelle et exploser tout l'intérieur de l'organisme, Malcolm ne parvint pas à croire que ces gens, qu'il n'avait jamais vus, auxquels il n'avait jamais fait le moindre mal, iraient jusqu'à lui prendre la vie pour un crime dont il était intimement convaincu qu'il était incapable de le commettre.

Ce soir-là, je m'installai à la table de cuisine avec une carte nautique de la côte de Louisiane étalée devant moi. Par la porte ouverte de la chambre, j'entendis Bootsie ouvrir l'eau de la douche. Ces temps derniers, elle avait coutume de prendre de longues douches dans l'après-midi, afin de laver ses cheveux de l'odeur de fumée de cigarettes ramassée dans les bars, le visage sous le jet d'eau, jusqu'à ce que sa peau en rougît et qu'un semblant de clarté revînt dans son regard. Je ne lui avais pas encore parlé de son arrestation de la veille pour conduite en état d'ivresse.

J'aplatis et lissai de la main la carte nautique et marquai d'une croix au crayon les deux endroits où j'avais repéré le sous-marin allemand lorsque j'étais étudiant et lors de ma sortie en bateau avec Batist. Puis je marquai d'une troisième croix l'emplacement où l'ami de Hippo Bimstine, le skipper du bateau-charter, avait épinglé l'épave au sonar. Les trois croix se trouvaient à moins de trois kilomètres l'une de l'autre, sur une ligne de dérive qui courait grossièrement sur un cap sud-ouest/nord-est et pouvait coïncider avec les influences de la marée et des courants du delta alluvionnaire du Mississippi. S'il existait une tranchée le long de cette ligne, s'inclinant vers le fond au niveau de la cassure en biseau de la plate-forme continentale, alors les mouvements du sous-marin pouvaient se prédire avec un certain degré de fiabilité.

Mais j'étais incapable de me concentrer sur la carte. Je restai là à fixer par la fenêtre arrière le hangar à tracteur au bord de la coulée. La porte bâillait, ouverte, et les dernières rougeurs du soleil luisaient comme des zébrures de feu au travers des fissures du mur opposé. J'appelai Clete à son appartement à La Nouvelle-Orléans et lui appris l'entrée par effraction dont j'avais été victime la veille, le billot couvert d'une nappe blanche, l'offrande du bourbon, le gobelet de cristal à moitié rempli de bourgogne, au rebord cerné de rouge à lèvres et de clair de lune.

– Et alors ? dit-il quand j'en eus terminé.

– Ce n'est pas de la violation banale de domicile avec effraction, Clete.

– C'est Buchalter ou sa troupe de torche-culs, Belle-Mèche.

– Pourquoi la rose bleue sur une assiette en porcelaine ?

– Pour te foirer la cervelle.

– Tu ne crois pas que ça a quelque chose à voir avec le *vigilante* ?

– Tout le monde à La Nouvelle-Orléans connaît le *modus operandi* du *vigilante*. Pourquoi Buchalter serait-il différent ?

– Pourquoi du rouge à lèvres de femme sur le verre ?

– Il a probablement une nana qui travaille pour lui. Il arrive que ça en botte certaines, le cuir et les croix gammées.

Je relâchai mon souffle et regardai d'un air lugubre au-delà de la moustiquaire les lucioles qui s'illuminaient dans la brume violacée au-dessus de la coulée.

– Tu t'es fait entôler un jour sur une accusation de meurtre, Dave. Mais tu as retourné la situation et ça leur est retombé dessus, sans que personne t'ait aidé. J'ai l'impression qu'il y a autre chose qui te tracasse, mis à part un mec auquel le rut sert de cervelle et qui débouche des bouteilles dans ton hangar à tracteur.

J'entendais toujours l'eau de la douche couler dans la salle de bains.

– Dave ?

– Oui.

– Tu veux que je vienne jusque-là ?

– Non, ça va bien. Merci pour le temps que tu m'as consacré, Clete. Je te rappellerai dans deux jours.

– Avant que tu partes, il y a quelque chose que je voulais dire. Ça me paraît un peu zonké, cependant.

– *Zonké* ?

– Ouais, sacrément étrange. Le Frère Oswald m'a appris qu'il était dans la Marchande quand la Seconde Guerre mondiale a éclaté.

Il s'interrompit un instant.

« Peut-être s'agit-il juste d'une coïncidence.

– Allons, Clete, crache un peu la purée de cacahuètes que tu as dans la bouche.

– Il dit qu'il avait dix-sept ans, et qu'il était marin sur un pétrolier qui a quitté La Nouvelle-Orléans en 1942. Et, devine un peu ? Ils se sont fait épingler juste au sud de Grand Isle. »

Une goutte de transpiration solitaire glissa sur le côté de ma cage thoracique. À travers la moustiquaire arrière, je voyais des nuages d'orage noirs, tels d'épais amas de fumée, en train de se dérouler au sortir de l'horizon avec, en arrière-plan, la boule rouge en fusion du soleil couchant.

– Il dit que pendant l'incendie du pétrolier, le sous-marin a fait surface et a éperonné le bateau de sauvetage en les tenant sous le feu de ses mitrailleuses. Il est resté à flotter pendant deux jours au milieu des vagues avant qu'un crevettier le repêche... C'est un peu bizarro, tu trouves pas ? Je veux dire, que le mec apparaisse à peu près au même moment que Buchalter ?

– Ouais, effectivement.

– Probable que ça signifie rien, après tout, non ? Je veux dire... Qu'est-ce que tu en penses ?

– Comme me l'a dit quelqu'un hier, je passe ma vie à donner des coups d'épée dans l'eau dans cette affaire, Clete.

Après avoir raccroché, j'entrai dans la chambre. À travers la porte de la douche, je voyais Bootsie qui se rinçait sous le jet d'eau. Elle leva ses cheveux à deux mains derrière la tête et se mit à tourner lentement en cercle, les fesses frottant contre le verre embué, tandis que l'eau lui dégoulinait sur les seins et les flancs. Je voulais fermer les rideaux, rabattre le loquet à la porte, la sécher d'une serviette, l'accompagner jusqu'au lit, mettre ses tétons dans ma bouche, embrasser son ventre mince et souple et sentir alors mes énergies frémissantes la pénétrer et se perdre au creux des siennes, comme si mon amour désespéré pouvait circonvenir le venin de l'aspic qu'elle avait mis à son sein.

Je l'entendis alors ouvrir l'armoire à pharmacie et dévisser la capsule d'un flacon en plastique. Son visage sursauta lorsqu'elle me vit dans le miroir.

– Oh, Dave, tu as failli me faire mourir d'une crise cardiaque, dit-elle.

Sa main se referma sur le flacon. Je le lui pris et lus les mots tapés à la machine sur l'étiquette.

– Où as-tu eu ça, Boots?

– Le Dr Bienville, dit-elle.

– Le Dr Bienville, c'est le roi des ordonnances came. Il devrait être en prison.

– Ce n'est rien qu'un sédatif. N'en fais donc pas toute une histoire.

– Ce sont des calmants. Si tu bois en les prenant, ils peuvent te tuer.

Je vidai les pilules dans la cuvette des toilettes avant d'écraser le flacon dans la paume de la main et de le jeter dans la poubelle. Bootsie cligna des paupières en battements rapides tandis qu'elle me regardait enfoncer la poignée de la chasse. Elle ouvrit la bouche pour parler, mais je ne lui en laissai pas le temps.

– Je ne vais pas te perdre, Boots, dis-je.

Je l'enveloppai de son peignoir et la fis avancer jusqu'à notre lit. Nous nous assîmes ensemble sur le bord du matelas, et j'essuyai ses cheveux d'une serviette, avant de la coucher sur l'oreiller. Son visage paraissait pâle et fatigué dans la pénombre. Je restai assis et pris une de ses mains dans la mienne.

– Le shérif m'a dit que tu avais failli te faire arrêter pour conduite en état d'ivresse, dis-je. Lorsqu'une personne s'engage dans une existence d'alcoolique, il – ou elle – conduira immanquablement ivre. Puis, un jour ou l'autre, la personne en question se fera arrêter en état d'ivresse ou peut-être même tuera quelqu'un. C'est aussi simple que ça.

Ses yeux commencèrent à se mouiller; elle détourna le regard vers la fenêtre et les rideaux que gonflait la brise.

– Le shérif est un brave homme, dis-je. Il sait que nous avons des problèmes. Il veut nous aider. Tout le monde veut nous aider, Boots. C'est pour ça que je veux que tu m'accompagnes à une réunion ce matin.

Ses yeux essayèrent d'éviter les miens. Avant qu'elle ne dise :

– C'est allé si loin ?

– Une réunion des AA n'est pas la pire des choses sur cette terre.

– Penses-tu que je sois une alcoolique ?

– La gnôle commence à te faire du mal. C'est là un fait qui ne disparaîtra pas de lui-même.

Elle tourna la tête de côté sur l'oreiller et posa le revers du poignet sur sa tempe.

– Pourquoi est-ce à nous que c'est arrivé ?

– Parce que j'ai laissé Hippo Bimstine me mener en bateau.

– C'est plus profond que cela, tu le sais bien, pas vrai ? Cet homme... Buchalter... c'est le mal incarné d'une manière que je ne sais même pas décrire. Comme s'il possédait le pouvoir de voler l'air d'une pièce. Si je pense à lui, je me retrouve incapable de respirer. Exactement comme si je me noyais.

– Le seul pouvoir qu'il possède, c'est celui que notre peur lui donne.

Mais je n'étais ce disant qu'une proie facile de cette vieille notion égoïste et intéressée selon laquelle une rhétorique aux meilleures intentions est capable de faire disparaître de l'âme la meurtrissure qu'une pierre y aurait laissée.

Je tirai le drap sur elle et ne dis plus rien pendant ce qu'il m'en parut un long moment, avant de changer de sujet :

– Qui était la femme qui t'accompagnait lorsque tu t'es fait arrêter ?

– Sœur Marie.

– Qui ça ?

– Marie Guilbeaux, la nonne de Lafayette.

– Qu'est-ce que tu faisais avec *elle* ?

– Elle venait à la maison m'apporter quelques potées de chrysanthèmes lorsqu'elle m'a vue sortir du bazar, et je lui ai demandé de m'accompagner jusqu'au drive-in pour boire une bière. C'est une personne très gentille, Dave. Elle se sentait des remords à cause de sa dernière visite ici. Qu'est-ce qui ne va pas ?

– Je ne veux plus la voir par ici.

– Je ne comprends pas ton attitude.

– Elle apparaît toujours aux moments les plus étranges.

– Je ne crois pas qu'il faille rendre Sœur Marie responsable de mon comportement, Dave.

– Nous affronterons nos propres problèmes, Boots. Nous n'avons besoin de personne d'autre à bord. Ce n'est quand même pas une attitude déraisonnable, qu'en dis-tu ?

– Je ne pense pas. Mais elle est gentille.

– Je vais préparer le souper. Pourquoi ne ferais-tu pas un petit somme ?

– Très bien, dit-elle en me touchant l'avant-bras. Je suis désolée pour tout ce qui arrive. Je veux t'accompagner à une réunion. Première chose à faire demain matin. Et je ne romprai pas non plus ma promesse.

– Tu es la meilleure.

– Toi aussi, petit.

Un peu plus tard, je tirai un rouleau entier de fil de fer, à quinze centimètres du sol, auquel j'accrochai des boîtes de conserve, entre les chênes et les pacaniers dans les cours en façade comme en pignon, sur tout l'arrière de la maison, autour du tronc de l'arbre de Chine et du mur arrière du hangar à tracteur, par-dessus la coulée et retour sur la niche de Tripod, où je tendis le fil très soigneusement autour d'un tronc de chêne. Puis je plaçai la

AR-15 du shérif sur l'étagère supérieure du placard de la chambre, mon .45 sous le matelas, et me glissai sous le drap à côté de Bootsie. Son corps était chaud de sommeil, sa bouche sur l'oreiller entrouverte par sa respiration. Les muscles de son dos comme de ses épaules, la courbure de sa hanche étaient aussi lisses qu'une eau glissant sur la pierre. Des profondeurs d'un rêve dérangeant, elle se mit à parler de manière incohérente, et je me pressai tout contre elle, tirai les contours de son corps au creux du mien, respirai l'odeur de fraise de ses cheveux et, comme une créature atavique et hantée de temps révolus, le ventre saisi entre désir et peur, j'attendis le tintement de boîtes suspendues à un fil ou les doux reflets laiteux d'une aube prévisible.

La journée de travail du lendemain terminée, juste comme je m'engageais dans l'allée, j'aperçus Zoot Bergeron assis sur un pilier à l'extrémité de mon ponton, occupé à lancer des gravillons dans l'eau. Je garai mon camion sous les arbres et redescendis le talus jusqu'à lui. Il sauta du pilier, redressa le dos, et balança le reste de ses graviers dans un halier de canne. Il était couvert de poussière, le chandail taché de nourriture. Il portait, au lobe de l'oreille gauche, une minuscule pierre verte, semblable à un insecte brillant, sur une épingle d'or.

– Qu'est-ce qui t'arrive, Zoot ? dis-je.

– J'ai besoin d'un boulot. M' chuis dit que vous pouvez p't-êt' m'en offrir un ici. J'ai déjà bossé avec des bateaux. Et des tas d' fois.

– Comment es-tu arrivé jusqu'ici ?

– Pris le bus jusqu'à New Iberia. Après, j'ai marché.

– Tu as fait vingt-cinq kilomètres à pied ?

– C't'homme là-bas, y m'a pris en stop sur les trois derniers kilomètres.

Il désigna du doigt une camionnette maculée de boue, garée plus haut sur la route, où un homme en bleu travaillait sous le châssis avant, muni d'une clé à molette.

– Je travaillerai dur pour vous, m'sieur Dave. Et pis je vous attirerai pas non pus d'ennuis.

– Et l'école alors, collègue ?

– J'y retourne pus. J'ai besoin de m'entraîner, de me met' en forme, p't-êt' même bien que j'vas faire un vrai combat. Y'a pas besoin d'école pour ça. M'sieur Tommy, y m'a dit comme ça qu'y' avait quitté l'école à seize ans.

– C'est en partie la raison pour laquelle c'est un imbécile sur le plan moral, Zoot.

– Sur quoi ?

– Qu'est-ce que dit ta mère de tout ça ?

Il ne répondit pas.

– Sait-elle que tu es ici ? dis-je.

– Qu'est-ce qu'elle en a à faire ? Al m'a dit c'matin que j'allais pas être mieux que mon père. Comment que j' peux être comme mon père quand j' l'ai même jamais vu ? J' veux m'engager dans les Marines, mais al veut pas me signer mon autorisation. Al dit que tout ce que je vais leur servir à faire, c'est d' nettoyer leurs toilettes. Al a appelé le sergent du centre de recrutement et al lui a dit ça. V'là bien c'qu'elle a fait.

– Permets-moi d'y aller carrément avec toi, collègue. J'ai des tas de problèmes sur le dos par ici en ce moment. Je ne peux pas t'aider, pas de la manière dont tu veux que je t'aide.

– M'sieur Dave...

– Désolé, Zoot.

L'air était frais, des feuilles rouge et or tourbillonnaient en masse dans la lumière avant de tomber dans l'eau. Zoot regarda vers la route les ombres au milieu des chênes, à croire qu'elles tenaient une réponse à sa situation.

– Je te trouverai un endroit où dormir cette nuit, ensuite, au matin, je te conduirai au dépôt d'autocars, dis-je.

Je vis la blessure sur son visage, un vacillement dans son expression.

– Il y a des mauvais qui sont venus traîner chez moi, Zoot. Et je ne veux pas que tu te trouves mêlé à ça. Écoute, il faudrait peut-être que tu accordes une autre chance à ta maman. Peut-être bien qu'elle a la trouille. Dans son esprit, tu es tout ce qu'elle a. Ce qui la rend possessive et probablement un peu égoïste. Mais ce n'est pas parce qu'elle ne te respecte pas.

– C'est pour ça que c'qu'al a dit, c'est vrai. Z'avez pas besoin de me trouver un endroit pour dormir. C'gars là-bas, y est de La Nouvelle-Orléans. Y dit que quand y'en aura fini avec sa camionnette, ch'pourrai revenir avec lui.

– Tu veux que j'appelle ta mère pour toi ?

– J' rentre pas à la maison. M'sieur Tommy, y va m'aider. Pouvez toujours raconter tout ce que vous voulez sur lui, c'est pas un Blanc méchant. Y passe pas son temps à s'occuper de mes affaires et me répéter que ch'sus qu'un bon à rien, y vient pas me raconter qu'il a tout un paquet de problèmes et qu'il a pas de temps pour ses amis.

– Je suis désolé que tu le prennes de cette façon.

– Z'êtes flic, m'sieur Dave.

– Et ça veut dire quoi ?

– Vous causez pas pareil, z'êtes pas un vicieux comme m'sieur Baxter, z'êtes intelligent et z'avez fait des études, mais z'êtes flic, tout comme ma maman. Et au bout du compte, z'allez jamais aller contre le règlement, pasque vous êtes du côté qui a le pouvoir. Et venez pas me dire non plus que c'est pas vrai.

Il descendit la route sous le tunnel de chênes. Ses tennis et le bas de ses jeans étaient gris de poussière, et un coude pointait à travers un trou de son chandail. Il s'accroupit dans un massif de belles-de-nuit et observa l'homme en salopette qui travaillait sur son camion. Dans la lumière faiblissante de l'après-midi, sa peau noire semblait luire de reflets brillants presque mauves.

J'entrai dans la maison, et dînai en compagnie de Bootsie et d'Alafair à la table de cuisine. Un peu plus tard, j'allai avec Alafair donner à manger à Tripod et le remettre dans sa niche afin qu'il ne fasse pas de bruit au milieu des feuilles mortes pendant la nuit. J'allai ensuite inspecter le fil de fer avec ses boîtes de conserve que j'avais tendu la veille, et bouclai la maison. Juste après que Bootsie et Alafair furent parties se coucher, quelqu'un frappa à la moustiquaire en façade.

C'était Zoot. Il bâillait lorsque j'ouvris la porte, sa chevelure en désordre semée de débris de feuilles sous la lumière jaune du perron.

– Est-ce que vous pouvez venir donner un coup de main à l'homme au camion ? dit-il.

– Je croyais que tu ne voulais pas qu'on te rende service, Zoot ?

– J'ai pas demandé de service. C'est lui. Y a réparé son essieu. Mais s' batterie, elle est morte.

– Oh, je vois, c'est différent en ce cas. Zoot, tu commences à me pomper l'air.

– Y m'a dit de demander. Vous voulez pas l'aider, je peux descendre jusqu'aux Quatre Coins.

Je verrouillai la porte derrière moi, et nous montâmes dans mon camion. Zoot se frotta le visage pour en chasser les restes de sommeil. Puis il dit :

– J'voulais être impoli, m'sieur Dave. Mais aujourd'hui, c'est juste que j'avais des tas d' trucs dans ma tête. Et j'y trouve pas non pus la réponse.

– Tu veux vraiment t'engager dans les Marines ?

– Pour sûr.

– Laisse-moi parler de ça à ta mère.

– Z'allez faire ça ?

– Pourquoi pas, collègue ?

Nous prîmes la route en direction de la camionnette garée. La lune était jaune, voilée d'un anneau de pluie et basse au-dessus des cyprès du marais. Quelques gouttes commencèrent à frapper la surface du bayou. À la lueur des phares, j'aperçus l'homme en salopette plongé dans le moteur du camion, la poche arrière bourrée de clés chromées. Mais derrière l'ombre du camion, je vis également une camionnette à plateau, tous phares éteints.

– On dirait que ton ami s'est déjà trouvé un peu d'aide, dis-je.

– Le mec, y'est passé un peu plus tôt, mais y'a pas de câbles, dit Zoot.

Je laissai moteur et phares allumés, sortis de la voiture et déverrouillai le couvercle de la boîte à outils soudée au plancher de mon camion. Je passai le câble de démarrage en boucle sur mon épaule et m'avançai vers l'homme en salopette. Il avait le visage aussi effilé qu'un fer de hache, les maxillaires couverts d'une fine barbe argentée qui se terminait en bouc. Son sourire ressemblait à une ligne rouge et ridée à l'intérieur de sa barbe.

– Merci d'être venu jusqu'ici, monsieur Robicheaux, dit-il.

– Je ne crois pas vous connaître, dis-je.

– C'est vrai. Le gamin m'a donné votre nom.

– Je vois.

Je regardai à nouveau son visage sous la pluie oblique. Il avait les yeux aussi brillants que ceux d'un lutin.

– Bon. Branchez le câble rouge sur la borne plus et le noir sur le moins et je vais vous faire démarrer.

Je lui tendis les extrémités des câbles et fis demi-tour pour soulever mon capot. Entre-temps, j'aperçus Zoot qui reculait vers mon camion, la bouche ouverte, le regard soudain dissocié.

Je me retournai vers l'homme en salopette et vit le Luger qu'il tenait à la main, son sourire mouillé, ses yeux dansant de lumière.

– C'est comme ça, pas autrement, dit-il. Ne vous faites donc pas de reproches. Il m'a fallu une demi-journée et Sambo Fils ici présent pour mettre mon coup sur pied.

– Qu'est-ce qui s' passe, m'sieur Dave ? dit Zoot.

– Pour qui travaillez-vous, *podjo* ? dis-je.

– *Podjo* ? Ça, ça me botte. Je me suis laissé dire que vous étiez un enfoiré mignon tout plein, dit-il, toujours souriant.

Il passa à côté de moi, en direction de ma portière ouverte, le Luger toujours pointé sur ma poitrine, et il coupa phares et contact.

– Relâchez le gamin. Il n'est pas dans la partie, dis-je.

– Les Négros, ça donne des poux. Faut les écrabouiller chaque fois qu'on en a l'occasion. C'est ce que disent certains.

– Je crois que t'as les pieds dans ta propre merde, mon pote, dis-je. Tire juste une balle sur cette route, et tu ne franchiras pas le pont mobile.

Mais tout en parlant, je voyais une ombre, une ombre de grande taille, se déplacer depuis le camion garé le long de la camionnette, et je compris que je n'avais pas encore affronté mon véritable adversaire ce soir-là.

Une batterie de nuages de tonnerre d'un noir de suie, au-dessus du marais, se mit à battre et trembloter, veinée d'éclairs, et dans la lumière blanche à travers la marquise d'arbres, je vis Will Buchalter apparaître devant la camionnette, le panama repoussé sur l'arrière de la tête, son rictus de guingois modèle Will Rogers aussi affectueux que celui d'un vieil ami.

Il tendit la main pour me toucher le visage, à la manière d'un aveugle. Je rejetai la tête en arrière, violemment, fuyant les relents aigres de sa paume.

– Je suis désolé de te faire ça, Dave, mais tu ne te laisses pas piéger facilement, dit-il, en s'approchant, plus près, avant d'écarter les cuisses et de verrouiller les avant-bras de chaque côté de mon cou.

– Oui, piège-le bien, mec. Fais-lui bouffer la poussière, à cet enfoiré, dit l'autre, en gloussant.

Les avant-bras de Buchalter se tendirent, durs comme l'acier, m'écrasant les côtés du cou comme une mécanique destinée à briser des os de moineaux. Je sentais son corps trembler sous la tension, sa respiration frissonner comme une plume contre mon oreille, et les artères menant à mon cerveau se fermèrent soudain. Mes genoux cédèrent comme si on leur avait sectionné les tendons. Une vague de nausée et de couleur rouge et noire glissa devant mes yeux, et je me sentis basculer, roulant jusqu'au creux d'un lieu sombre et frais où la pluie rebondissait sur la peau aussi sèchement que des fleurs de papier, sous les réverbérations distantes du tonnerre sur le Golfe qui n'étaient plus que les échos inoffensifs de canons de navires depuis longtemps réduits au silence par la mousse et le bercement morne et paresseux du sable et du temps.

## Chapitre 19

*La douleur peut être un seau d'eau aux relents d'essence qu'on vous balance dans la figure, le sol de béton qui vous râpe les genoux, le nœud de chanvre qui vous mord la chair des poignets derrière le poteau de bois carré, les muscles des bras noués, le drapeau nazi qui redevient net au regard sur fond de mur en parpaings jaune urine, puis, une fois encore, les engrenages d'un générateur à manivelles qui se remettent à tourner avec un bruit sourd, qui reprennent de la vitesse, qui se mettent à bourdonner, gémissant plus fort au travers de leur carter de métal tandis que le courant frappe mes parties génitales exactement comme le ferait un poing de fer, avant de prendre son essor jusqu'au creux du ventre, écrasant les reins, saisissant un segment dans les profondeurs du côlon comme une pince électrique.*

J'étais sûr que la voix qui sortait de ma bouche n'était pas la mienne. C'était un bruit sauvage, arraché aux viscères, sonore comme un claquement de cymbales sur les oreilles, qui s'en allait diminuant pour finir faible et plaintif, tremolo en decrescendo pareil à celui d'un animal dont la patte serait prise dans les mâchoires d'acier d'un piège.

Un homme porcin, aux cheveux roux coupés en brosse très courte, le torse couvert d'un T-shirt des

Grateful Dead, la peau blanche, le cou en plis, les yeux citron vert enfoncés dans les orbites, était assis sur une chaise pliante, à pomper furieusement de ses bras dodus les manivelles du générateur. Il s'arrêta et examina une de ses paumes.

– J'ai une ampoule à ma main, dit-il.

– Vas-y mollo, Will. Sinon tu vas le perdre encore une fois, dit l'homme à la barbe d'argent.

– C'est pas la faute à Will. Tout ce qu'il a à faire, c't'enflure, c'est d'ouvrir son poutain de bec, pis c'est tout, dit l'homme à la gégène.

– L'électricité, c'est un drôle de truc, Will. Ça se met en place comme une flaque d'eau. Peut-être que la prochaine fois, ce sera le cœur, dit le barbu.

Will Buchalter était torse nu, chaussé de bottes ferrées. Le haut de son torse s'affinait en trapèze à l'intérieur de son pantalon de travail olive de coupe militaire, comme le tronc sculpté d'un arbre en bois dur. Il avait les aisselles rasées et talquées et, juste au-dessus des côtes, des rouleaux de muscles s'étalaient en éventail de plis de chaque côté de ses pectoraux, comme des segments de cordages noueux. Il était assis, une fesse musclée en appui sur un bureau déglingué, jambes croisées, une expression de stupéfaction sur le visage, perdu dans ses pensées sous le rebord de son panama.

– Qu'en dis-tu, Dave ? demanda-t-il.

Ma tête pendait sur ma poitrine tandis que dégoulinaient l'eau et la sueur de mes cheveux.

– Réponds à l'homme, 'spèce de poutain d'débile, dit le porcin en T-shirt, avant de me relever le menton d'une trique en bois.

Il avait la peau blanche comme le lait.

– Ne le touche plus au visage, Freddy, dit Buchalter.

– Moi, j'dis, on laisse tomber la technologie, Will, dit l'homme du nom de Freddy. Et j'dis, voyons voir un peu ses ongles. Ch'pourrais en faire une jolie mélodie.

Will Buchalter s'accroupit devant moi et repoussa son chapeau sur l'arrière de la tête. Une ligne de poils blonds lumineux remontait de son pantalon jusqu'au nombril.

– Tu as des *cojones* en acier inox, Dave, dit-il. Mais tu subis toute cette souffrance pour nous empêcher d'avoir ce qui est à nous. Ce qui n'a aucun sens. Pour personne.

Il sortit un mouchoir blanc plié de sa poche arrière et m'en tamponna la bouche et le nez. Puis il fit signe aux deux autres de sortir de la pièce. Lorsqu'ils ouvrirent la porte, je sentis une odeur de graisse et d'huile de moteur, les relents de moisissure de pneus en caoutchouc.

– Freddy et Hatch ne sont pas parmi les plus brillantes intelligences du bloc, Dave. Mais les armées et les révolutions se bâtissent avec ce qui vous tombe sous la main, dit Buchalter.

Il baissa les yeux sur mon pantalon dénoué. Il ramassa l'un des câbles de la gégène et suçota une canine d'un air songeur.

« Je te promets que tu t'en sortiras intact. Nous n'avons rien à gagner à te faire plus de mal encore ou à te tuer. Pas si tu nous donnes ce que nous voulons. »

Un caillot ensanglanté dégoulina du bout de ma langue sur mon menton.

« Vas-y, parle, Dave. »

Mais les mots refusaient de venir.

« Tu te fais du souci pour le Nègre ? Nous le laisserons partir, lui aussi. Je te promets que je ne laisserai plus Freddy donner libre cours à ses instincts comme il l'a fait. C'est juste qu'il est un peu bizarre de temps à autre. Quand il était gamin, quelques métèques se sont pris d'affection pour lui dans l'arrière-salle d'un pub, si tu vois ce que je veux dire. »

Il posa la paume sur mon front, comme s'il cherchait à évaluer ma fièvre, avant de repousser délicatement ma tête contre le poteau. Ses yeux examinèrent les miens.

« Il fait presque jour dehors, dit-il. Tu peux prendre une douche, un repas chaud, tu peux dormir, tu peux avoir de la blanche-de-Chine [1] pour te débarrasser de la douleur, et tu peux aussi avoir l'amour d'un homme, Dave.

Il porta le visage plus près du mien et me sourit de guingois.

« Tout est question d'inclination personnelle, Dave. Je n'ai pas l'intention de t'offenser. »

Il contempla le barbouillis de sang et de salive sur son carré de mouchoir, replia celui-ci et le remit dans sa poche. Puis la lumière dans ses yeux refit sa mise au point, comme s'il venait de saisir soudain une pensée qui lui échappait.

« Nous allons reprendre nos cités. Nous allons réexpédier les rongeurs dans leurs égouts. C'est un nouveau commencement, Dave, une deuxième Révolution américaine. Tu peux être à nouveau fier de ta race et de ton pays. C'est une ère merveilleuse qui s'annonce. »

Il déplaça le poids de son corps et s'installa plus confortablement sur un genou, pareil à un entraîneur de football sur le point de s'adresser à ses troupes. Il m'offrit un large sourire.

« Allons, reconnais-le, n'est-ce pas que tu aimerais t'en débarrasser, tous autant qu'ils sont, les faire disparaître des rues, les chasser dans les trous d'où ils sont sortis, repeindre tout le quartier qu'ils tiennent dans la ville à la pâte anticafards ? »

1. Héroïne pure. *(N.d.T.)*

Il me fit un clin d'œil et me poignarda les côtes d'un doigt tendu avec amusement et bonhomie.

– Excuse-moi, le moment est mal choisi pour la plaisanterie, dit-il. Avant de poursuivre, cependant, il faut que je te dise quelque chose. Chez toi, tu m'as dit des choses affreuses. J'étais en colère à ce moment-là, mais je me rends compte que tu avais peur et que ton seul recours a été d'essayer de me blesser et de me manipuler. Mais ce n'est plus un problème. Cela ne rend nos liens que plus solides. C'est la douleur qui met les âmes en fusion et les soude. Nous sommes frères d'armes, Dave, que tu choisisses de le vouloir ou non.

Il se remit debout, alla jusqu'au bureau et revint muni d'une carte maritime de la côte de Louisiane déroulée entre les mains. Il s'accroupit à nouveau en face de moi. À l'ombre de son chapeau, le semis de points noirs en éventail aux coins de ses yeux ressemblait à une écaille desséchée.

« Dave, le sous-marin que nous voulons porte le numéro U-138 sur le kiosque. Avec un glaive dressé et une croix gammée. Est-ce bien celui-là que tu as trouvé ? Peux-tu au moins me dire cela ? »

Un ventilateur sur pied se mit à vibrer dans le silence. Je vis Buchalter qui essayait de masquer le tressaillement de colère qui envahit son visage. Il posa un pouce sur un point au sud de Grand Isle.

– Est-ce bien le dernier endroit où tu l'aies aperçu ? demanda-t-il.

Le drapeau rouge, noir et blanc se gonfla, ses plis venant frotter contre le mur de parpaings sous le souffle du ventilateur.

La main de Buchalter glissa sur le sommet de mon crâne comme si elle suivait la courbure d'un bol. Je sentais la sueur et l'eau suinter de sous sa paume.

– Tu vas me la jouer au grand dur silencieux ? Les Juifs et les Nègres en valent-ils la peine ? dit-il.

Il fit lentement osciller ma tête, bouche ouverte et expression songeuse, avant d'essuyer sa paume sur le plastron de ma chemise.

« Est-ce que tu veux que je lâche Hatch et Freddy pour qu'ils fassent joujou avec tes mains ? »

Il attendit, puis dit, en se remettant debout :

« Eh bien, allons-y pour un dernier coup de manivelle avec les surplus de l'armée, et ensuite, nous passons au plan B. Freddy et Hatch ne sont pas vraiment des méticuleux qui donnent dans le délicat, Dave. »

Il s'éloigna dans mon champ de vision latéral et ouvrit la porte.

– Le jour va se lever. Faut qu'je rent' à l'maison voir m'mam-man, Will, dit Freddy.

– Il a raison. On passe trop de temps sur ces mecs-là, dit le dénommé Hatch. Regarde mon pantalon. Le crépu de service s'étranglait avec le chiffon que je lui avais mis dans la bouche. Quand j'ai essayé de le remettre en place, il m'a donné un coup de pied. Un foutu bougnoule qui colle son pied sur un Blanc.

– Nous ne sommes pas ici pour combattre les cannibales, Hatch, dit Buchalter. Dave est partant pour un nouvel essai de thérapie à l'électrochoc. Alors, pas de temps à perdre, au travail et qu'on n'en parle plus.

*J'entends les pignons des engrenages prendre de la vitesse, puis le courant monte à nouveau au creux de mon ventre comme une houle, il vibre, il noue les reins, il illumine et enflamme mes entrailles, mais cette fois, la douleur connaît ses itinéraires et son territoire, elle n'offre plus de surprise, et se niche dans ses recoins connus comme une vieille amie. Le bourdonnement se modifie et devient le barattage régulier de pales d'hélicoptères, les vibrations ne sont plus rien d'autre que le tremblement prévisible de bruits de moteur dans les membrures de la carlingue. Les fronts des blessés entassés autour de moi sont peints de M au mercurochrome pour signifier que la morphine émousse leurs terminaisons nerveuses et leur charge le cœur; de leurs vêtements monte l'odeur aigre et crue du sang mêlé aux matières fécales. Le toubib est un gamin italien tout suant, originaire de Staten Island; son casque est festonné d'un filet de caoutchouc en toile d'araignée avec crucifix, symbole de paix et flacon de produit anti-moustiques. Ma joue frôle son ventre dur et luisant tandis qu'il me soulève dans ses bras et dit : « Dites adieu à Merde-la-Ville, lieutenant. On est en 65 et vous rentrez à la maison. Vivant. Hé, ne m'obligez pas à vous attacher les mains. C'est un vrai foutoir là en bas, lieut'. »*

*Mais je ne me fais pas de souci pour les dents d'acier enchâssées dans mon flanc et mes cuisses. Mes camarades et moi-même sommes dans les bras de Dieu, de Morphée et d'un adjudant de dix-neuf ans de Galveston, au Texas, aux commandes de sa baratte à poussière, qu'il a pilotée au travers d'un rideau de tirs d'armes automatiques dont les impacts résonnaient comme des marteaux à panne ronde sur le fuselage, et avec les vitres grêlées, éclatées en toile d'araignée, le plancher vrillant sous les embardées, le vent brûlant aspiré par les portes, les carrés de plaines à rizières inondées qui défilent en contrebas en éclairs luisants comme des miroirs, nous apercevons les vagues vertes qui glissent vers nous pour nous enlacer de leurs bras mouillés, et un soleil d'un rose tendre qui se lève sans tonnerre de la mer de Chine.*

*Ô tendres et douces songeries. Jusqu'à ce que j'entende le seau qu'on remplit à nouveau au robinet en fonte avant que l'eau aux relents d'essence ne m'explose à la figure.*

– Y'est temps que j'm'occupe d'loui, Will, dit Freddy.

La porte s'ouvrit à nouveau, et j'entendis des semelles de cuir sur le sol en béton. Les visages des trois hommes étaient fixés sur quelqu'un placé derrière moi.

– Donne-moi encore une heure et nous aurons résolu le problème, dit Buchalter.

– C't' encoulé a le coul drôlement serré, dit Freddy. Y lâche rien, on loui travaille pourtant les bijoux en beauté.

– Tout ça finit par créer plus d'ennuis que ça n'en vaut, si vous voulez mon avis, dit Hatch. Peut-être qu'on devrait l'effacer des tablettes une bonne fois pour toutes.

L'individu posté derrière moi alluma une cigarette d'un briquet. La fumée s'étira en volutes à la périphérie de ma vision.

– Tu veux qu'on laisse tomber ? dit Buchalter.

– Tout ce que je demande, c'est dix poutains de minutes, oune pour chaque doigt, dit Freddy. Ça va te loui sortir dou bec assez fort pour te décoller la peintoure de la pierre.

– J'ai quelques petits problèmes à garder l'enthousiasme de certains à sa juste mesure, dit Buchalter à la personne derrière moi.

– T'as un problème, y'a des moments, tou te conduis comme une fiotte chialeuse.

– Tu ne me traites pas de sodomite, quand même, Freddy ?

– On a un boulot sur les bras. Tou ne devrais pas laisser les émotions se mettre de la partie, Will. C'est tout ce que j'essaie de te faire comprendre, dit Freddy.

J'entendis la personne postée derrière moi ramasser une règle d'acier qui racla l'établi sur lequel elle était posée. Puis elle m'en frôla le sommet de la tête avant de la promener distraitement sur mon crâne et le long de ma nuque.

– Je crois que Dave deviendra raisonnable, dit Buchalter. Il faut juste qu'il mette quelques petites choses au clair dans sa tête d'abord.

Celui ou celle qui se trouvait dans mon dos s'accorda un moment de réflexion, faisant rebondir la règle à petits coups sur mon épaule avant de m'en enfoncer un coin pointu dans la joue.

Buchalter gardait les yeux rivés au visage de la personne en question, puis il dit, y découvrant une expression significative :

– Si c'est ce que tu veux. Mais je continue à penser que Dave est capable de grandir.

J'entendis la cigarette tomber au sol, une chaussure l'écraser méthodiquement sur le ciment; puis la porte s'ouvrit et se referma une nouvelle fois.

Freddy sourit à Hatch. Il avait la peau si blanche qu'elle en rayonnait. Il dégagea une paire de pinces d'une boîte à outils. Hatch souriait maintenant, lui aussi. Ils baissèrent l'un et l'autre les yeux sur moi, en attente, pleins d'espoir.

Will Buchalter sectionna d'un coup de dents un morceau de peau du gras du pouce. Il s'accroupit devant moi et ôta son panama, qu'il posa sur un genou. Ses cheveux blonds avaient la finesse de cheveux de bébé et poussaient en couronne à l'entour d'une tonsure de la taille d'un demi-dollar au centre du crâne. Il me releva délicatement le menton de la trique en bois.

– Dernière chance. Ne m'oblige pas à te remettre entre leurs mains, dit-il.

Je relevai les yeux jusqu'à croiser les siens et sentis mes lèvres sèches s'entrouvrir.

– Qu'y a-t-il, Dave? Dis-le, dit Buchalter.

Mes lèvres me faisaient l'impression d'être en caoutchouc meurtri; les mots restaient dans ma gorge, englués de mucosités.

– Ça va bien, prends ton temps, dit Buchalter. Tu as eu une nuit difficile. Apportez-lui à boire.

Quelques instants plus tard, Buchalter portait précautionneusement un gobelet en fer-blanc à mes lèvres. L'eau dégoulina sur mon menton et dans ma gorge ; je m'étranglai et recrachai sur ma poitrine.

– Dave, je comprends ta douleur. C'est la douleur d'un soldat et d'un homme brave. Donne-moi juste un murmure. C'est tout ça que je demande, dit Buchalter.

Hatch était penché vers moi, lui aussi, les mains sur les genoux, le visage épanoui comme celui d'un lutin rieur. Buchalter tendit l'oreille vers ma bouche, en attente. Je voyais le gras et le grain de sa peau, les circonvolutions luisantes au creux de son oreille.

Je forçai les mots au sortir de ma poitrine, sentis mes lèvres bouger, clignant des paupières à chaque syllabe.

Une pâleur couleur d'os envahit le visage de Buchalter. Une botte ferrée racla le ciment lorsqu'il se remit debout.

– L'a dit quoi ? demanda Freddy.

– Il a dit que Will était une connasse, répondit Hatch, la barbe fendue par un rictus comme d'un coup de ciseau.

Lui et Freddy se mirent à se balancer sur le plat du pied, en ayant bien du mal à contenir leur allégresse.

– Désolé, Will, dit alors Hatch. On se moque juste de ce mec. Il n'a pas encore compris qui était dans son camp.

– C'est vrai, ça, Will, dit Freddy. C't'un poutain d'imbécile, pour sûr. Va prendre ton petit déjeuner. Moi et Hatch, on va finir le boulot.

Mais l'insulte s'était évanouie du visage de Buchalter. Il commença à enfiler des mitaines de cuir gris, du genre que pourrait porter un pilote automobile, recoupées au-delà de la paume de manière à laisser les doigts dégagés. Il s'essuya les aisselles d'une serviette avant de se placer en position, face à moi.

– Relevez-le, dit-il.

– Peut-être que c'est pas une bonne solution, dit Freddy. À moins que t'abandonnes. Souviens-toi de ce qui s'est passé à Idaho. Comme un œuf qui se brise, voilà ce que c'était.

– Moi, je dis, fais-lui avaler son bulletin de naissance, dit Hatch. Il est de mèche avec Hippo Bimstine. Tu vas faire confiance à ce qu'il te raconte ? Défonce-lui le cul.

À cet instant, à croire qu'il venait de donner libre cours à sa furie, qu'elle se nourrisse, qu'elle s'attise, qu'elle brûle enfin, les mains de Hatch se mirent à trembler, ses dents à briller au cœur de sa barbe. Il m'enserra d'une clé au bras et essaya de me soulever contre le poteau de bois, le souffle sifflant au sortir des narines.

– Tu sais ce qu'il y a de plus bas dans l'échelle qu'un Juif ? dit-il. Un Aryen qui travaille pour un Juif. Tu crois que t'es réglo, enfoiré ? Une fiotte comme toi, ça tiendrait pas la semaine au Camp J. Voyons si t'apprécies la manière dont Will joue de son swing.

Freddy agrippa mon autre bras et ils me tractèrent dos contre le bois du poteau, comme un sac de nourriture à bestiaux. Je sentais les échardes me mordre la chair des avant-bras, mes chevilles se tordre latéralement sous mon poids.

– Relève-la, ta poutain d'têt', dit Freddy.

– Sangle-lui sa ceinture autour du cou, dit Hatch.

– Reculez-vous, tous les deux, dit Buchalter.

Des mèches de cheveux restèrent collées à mes yeux, et une odeur nauséabonde monta de mon entrejambes. J'entendis les bottes de Buchalter racler le ciment lorsqu'il se mit en position.

– Je vais te frapper trois fois. Pas une de plus. Et ensuite, nous re-bavarderons, dit Buchalter. Si tu veux arrêter avant le décompte, il te suffit simplement de me le dire.

– T'as tes liquides qui vont pas tarder à voler, monsieur Robicheaux, dit Freddy.

Et les trois hommes se figèrent sur place. Le drapeau nazi se gonflait de vagues le long des parpaings sous les poches d'air soufflées par le ventilateur au sol.

– Un bruit de verre cassé, dit Freddy.

– Je croyais t'avoir entendu dire que le Nègre était bien à l'abri, dit Buchalter.

– Y l'était, Will. J'l'ai enfermé dans le cagibi à peinture, dit Freddy.

– Le cagibi à peinture ? Il est en contreplaqué ! Espèce de débile, il y a des tranchets et des couteaux là-dedans, dit Buchalter.

– *Ça*, Hatch ne l'a pas dit. Personne me l'a dit, ça. Et arrête de m'asticoter en me faisant porter le chapeau, Will, dit Freddy.

Mais Buchalter n'écoutait plus. Il arracha le Luger de Hatch d'un étui suspendu au-dessus de l'établi et s'avança rapidement vers la porte, derrière le poteau auquel j'étais attaché, les muscles du haut du torse noués comme des cordages. Mais avant même qu'il pût rabattre la porte métallique contre les parpaings, j'entendis à nouveau un bruit de verre brisé, un fracas de vitres en échardes tombant sur le ciment, comme si quelqu'un dégageait les panneaux de verre d'un cadre de fenêtre à l'aide d'une pince-monseigneur ; puis retentit une alarme anti-effraction, modèle à corne d'alerte, qui monta en crescendo jusqu'à résonner comme une sirène d'attaque aérienne, suivie par un nouveau bruit de verre brisé, cette fois un peu plus contenu, comme un raclement, on aurait dit des vitres de voiture déformées qui coincent dans les glissières tandis que des alarmes d'automobiles couinaient en échos dissonants sur le ciment et le toit en tôle ondulée.

– Il s'est échappé, dit Buchalter.

– Le propriétaire de cet endroit utilise un service de sécurité. Ils sont déjà probablement en route maintenant que l'alarme est déclenchée.

– Vous vous retrouvez dans un lieu surveillé par un putain de service de sécurité ? dit Buchalter.

– Et comment on pouvait savoir que t'allais vouloir t'en servir pour un interrogatoire ? Je t'ai dit, hier soir, en tout cas, d'éliminer le crépu.

– Va dehors et arrête-moi ce boucan, dit Buchalter.

– La merde est en train de frire sour le feu, voilà ce qu'il y a. C'est l'heure de dire salout, les petits, et de tailler la route, dit Freddy.

– Tu ne peux pas arracher un fil du câblage ? Est-ce que je dois tout faire moi-même ? dit Buchalter.

– Non, ch'peux ben rouler tout seu' comme un grand, je te remercie. Puisque c'est mon camion qui est là-dehors, je vais me casser et aller voir 'Man. Et je crois que t'as fait un poutain de merdier de tout ça, Will. Vaudrait mieux, je crois, que tou remettes ton poutain de numéro au point, dit Freddy.

Le Luger pendouillait comme un jouet dans l'énorme main de Buchalter. La peau lisse et tendue de son poitrail était emperlée de gouttelettes de sueur ; ses yeux couraient en tous sens, agités par la réflexion.

Freddy déverrouilla une porte à l'extrémité de la pièce et sortit.

– Rien à foutre, moi aussi, je pars, Will, dit Hatch. Colle-lui un plomb dans la poêle à frire, à ce mec, et sors-toi-le de la tête... Très bien, je dirai plus rien. Et ne m'aligne pas avec ton calibre, mec. C'est pas à moi de te dire ce que tu dois faire.

Hatch battit en retraite devant Buchalter, puis s'immobilisa, mordillant les poils de sa barbe, essayant de jauger du regard le psychodrame qu'il lisait sur le visage de Buchalter. Il décrocha le drapeau nazi du mur et le drapa sur un bras.

– J'emporte les couleurs, dit-il. Will, tout le truc de ce soir signifie rien. Rien du tout. Ça continue, mec. On est éternels. Tu sais où tu peux nous retrouver, Freddy et moi. Hé, si tu décides de le dessouder, débarrasse-toi de mon calibre, okay ?

Et il disparut à son tour dans la mince tranche de lumière grise entre porte et huisserie.

Le pouce de Buchalter glissait d'avant en arrière sur la pointe moletée de la crosse du Luger. Sa langue venait lécher l'arrière des dents, avant de dessiner un cercle à l'intérieur des lèvres. Comme s'il venait de franchir en esprit une limite qui lui était propre, il glissa le Luger dans la ceinture du pantalon et se pencha, le visage à quelques centimètres de mien. Il entortilla les doigts dans mes cheveux et repoussa mon visage tout contre le poteau.

– À l'intérieur de moi, je suis plus fort que toi, Dave. Tu ne pourras jamais m'échapper, jamais tu ne pourras te défaire de moi, dit-il. J'ai offert à Bootsie un souvenir de moi qui ne s'effacera pas de sa mémoire. En voici un pour toi.

Il inclina la tête sur le côté, fermant les paupières comme un amant prêt au baiser, sa bouche approchant de la mienne. Le Luger était dur et rigide contre son estomac noué de muscles. Dans la salle voisine, les alarmes anti-effraction du bâtiment comme des voitures hurlaient, leur écho se répercutant sur les murs et le toit de tôle.

J'aspirai du creux des joues toute la salive, tout le sang que j'avais dans la bouche et lui crachai en pleine figure.

Son visage blanchit, avant de reculer dans un sursaut, tressaillant comme si on l'avait giflé. Sa peau se tendit sur les os du crâne au point de lui donner soudain un front simiesque, les orbites pareilles à des chevrotines. Il essuya le filet de salive rosâtre sur sa main et contempla sa paume d'un œil stupide.

Mais il ne me toucha plus. Il se redressa de toute sa hauteur, avec, dans le regard, une expression si lourde de présages malfaisants, d'une haine et d'une cruauté telles qu'il ne m'avait jamais été donné d'en voir de semblables chez un humain, puis, enfilant sa chemise tropicale sur un bras, il replaça le Luger dans son ceinturon, un œil comme un poing serré rivé sur moi, et passa la porte pour s'enfoncer dans la brume grise. Mais j'avais la conviction d'avoir maintenant vu, de mes yeux vu, le visage dans lequel s'étaient plongés les regards des pensionnaires de Bergen-Belsen, Treblinka et Dachau.

Cinq minutes plus tard, Zoot Bergeron, le visage gonflé comme une prune meurtrie, tranchait la corde et les lanières de cuir qui sanglaient mes poignets et, sous les couinements geignards des voitures du shérif de la paroisse de St. Mary qui approchaient, nous reclaquions la porte sur ses gonds pour nous enfoncer à pas chancelants et incertains dans la lumière mouillée, au creux du baiser luisant d'une nouvelle aurore, au milieu d'un paysage de campagnes et d'usines, où se mêlaient conserveries de poisson, dépôts d'ordures, crevettiers se balançant mollement à leur mouillage, voies ferrées de la Southern Pacific, empilements carrés de traverses, un refuge peint en rouge pour vagabonds de l'Armée du Salut à l'abri d'un bouquet de buis bleu-vert, sablières salies de traînées d'huile, mouettes en train de planer au-dessus des rouleaux cuivrés de la baie, deux vagabonds en train de courir à perdre haleine sur le gravier pour attraper un wagon de marchandises au passage, relents de diesel et d'eau salée, de créosote, de sang de poisson séché sur un ponton, de filets raidis de varech et de physalies, torchères brûlant sur les plates-formes pétrolières au large, bitume coulé de frais sur les conduites de gaz naturel, effluves brûlants et tranchés des gerbes d'étincelles coulant en fontaines du chalumeau d'un soudeur à l'arc.

Au lointain, brillant de tous ses feux comme une flamme chimique dans le brouillard, s'étalait Morgan City, ses rues des quartiers de débine semées de palmiers, ses bars aux sols en sciure, ses hôtels de passe et ses manœuvres des pétroles et racoleuses, fêtards, joueurs de bourrée, nuitards. Zoot m'aida à me remettre droit, je m'essuyai les yeux de la manche et regardai à nouveau les deux vagabonds qui s'étaient affalés à plat ventre sur le plancher du wagon et qui s'en roulaient une maintenant tandis que le train de marchandises craquait, grinçant et brinquebalant, sur la voie ferrée de la vieille Southern Pacific. Leurs visages édentés, marqués et couturés, se soulevaient à la brise salée, affichant une expression d'optimisme et d'espoir qui me fit songer que, peut-être – qui sait ? – les esprits de Joe Hill, Woodie Guthrie et Jack Kerouac continuaient à chevaucher ces voies aux rails cliquetants. Mais la scène n'avait nul besoin de parolier ou de poète pour atteindre à sa réalité. Elle était à elle-même un poème, une parcelle de ce pays, aux accords doucement étouffés, un peu lasse, d'une beauté à vous rompre le cœur, ce pays qui était pour toujours l'Amérique et dont on savait que jamais on ne pourrait vivre sans.

## Chapitre 20

Le lendemain, j'étais chez moi, assis à l'ombre fraîche de la galerie, et j'écoutais Clete Purcel me faire le récit de sa dernière rencontre avec les frères Calucci. Les cannes le long des rives du bayou étaient sèches et jaunes sous le vent, des faucons planaient haut sur les marais, tranchés sur fond de ciel d'un bleu de céramique. J'éprouvai ce même et étrange sentiment de retrait dont j'avais fait l'expérience après ma grave blessure reçue au Viêt-nam. Je sentais le monde avancer à l'entour de moi à son propre rythme, suivant son propre dessein, un dessein qui n'avait guère à faire de moi, et qui me laissait maintenant simple spectateur à l'écoute des choses intéressantes que me disaient les autres.

– Tu te souviens dans le temps ? dit-il. Ce qu'on faisait tous les deux quand les têtes d'huile croyaient pouvoir nous mener en bateau ? Je veux dire, quand ils se mettaient à tort dans l'idée qu'ils étaient nos égaux, membres à part entière de la race humaine, et non pas quelque chose que leur mère aurait dû laisser couler sur ses cuisses ? On débarquait au beau milieu de leurs fiestas en plein air, on leur embarquait leurs limos à la fourrière, on les épinglait en public pour des queues de pelle, on leur virait leurs nanas de la ville comme pour un grand nettoyage, on se trouvait une balance pour aller les cafter auprès de l'Organisation de Chicago. Hé, tu te souviens du jour où on a fait voler Sergio Segura en morceaux comme une merde sur la banquette arrière de sa voiture ? Ils ont été obligés de nettoyer ses restes au tuyau d'arrosage, ça a été une fameuse journée.

Clete arracha la capsule d'une boîte de bière, but la mousse et me sourit. Il avait le visage rosé d'un coup de soleil récent, les pattes-d'oie au coin des yeux plissées de ridules blanches.

– Alors, voilà ce que j'ai fait, mon grand, dit-il. Je me suis mis à suivre Max et Bobo par toute la ville. Les bars, les restaurants, deux salons de massage dont ils sont les propriétaires, trois baisoirs, des immeubles de taudis, écoute-moi ça, ils ont même un homme de paille qui tient un bureau de prêts sur caution à Metairie, un service d'hôtesses, et un incinérateur à matières plastiques sur le fleuve. Dave, ces deux mecs se lèvent le matin et traversent les paroisses de Jefferson et d'Orléans comme une maladie contagieuse, c'est impressionnant.

« Le problème, c'est que j'ai une décapotable maintenant, et c'est un peu difficile de passer inaperçu. Au bout d'un moment, y'a Max et Bobo qui bâillent à s'en décrocher la mâchoire quand ils me voient et je commence à avoir l'impression de faire partie du paysage pendant que les chiens du voisinage m'arrosent les pneus. Et donc, hier, quand les Calucci et toute leur clique d'arsouilles vont déjeuner chez “ Mama Lido ”, je décide qu'il est temps de passer en surmultipliée et je me prends une table en terrasse, à un mètre derrière l'une des nanas de Max.

« Le minutage était parfait, la planque à tarés suprême, avec vue imprenable sur la raclure de La Nouvelle-Orléans. Devine un peu qui se pointe en premier ? Tommy Les-Yeux-Bleus, et sa poule première – c'est quoi son nom ? Charlotte ? – avec les nénés qui lui ressortent de la robe bain-de-soleil comme une paire de cantaloups, et bien sûr, toute la valetaille des Calucci qui s'adressent des clins d'œil en se pressant le frétillant sous la table pendant que Tommy essaie de se la jouer grand mec au parfum et se met à commander des plats italiens comme s'y savait ce qu'y faisait, sauf qu'à l'entendre, on dirait qu'il a des cotons-tiges fourrées dans les narines.

« Et voilà que le zombie indien de Tommy vient se ranger devant le restaurant avec Mme Lonighan comme passagère. Est-ce que tu l'as déjà vue ? Pense à une bouche à incendie sur deux jambes en cerceau. Elle déboule sur la terrasse au pas de charge, les lunettes de traviole, la salive volant de la bouche à hurler sur Tommy comme quoi lui et sa pétasse ont laissé une capote usagée sous le lit, et quand le maître d'hôtel essaie de la calmer, elle lui fait gicler une bouteille d'eau de Seltz dans la figure.

« Naturellement, les Calucci, leurs têtes d'huile et leurs nanas adorent ce qui se passe. Tommy devient de plus en plus rouge, sa régulière se repoudre les nénés à l'aide d'une petite brosse pendant que l'Indien reste planté là, comme un lobotomisé de service à qui il manque une lance dans la main et un os dans le nez. Mme Lonighan quitte alors les lieux, comme un ouragan, monte dans sa voiture sans l'Indien, et grimpe sur le trottoir en plein dans une rangée de poubelles avant de continuer sa route.

« Et Tommy essaie de faire passer la pilule en parlant de la manière dont les Juifs se sont emparés du jeu légal en Louisiane. Puis il se met à raconter des histoires antisémites qui laissent bouche bée les gens aux tables voisines, tu vois, des trucs comme : " Un officier nazi annonce à des prisonniers juifs dans un camp de concentration : J'ai de bonnes et de mauvaises nouvelles pour vous, les mecs. La bonne, c'est que vous partez pour Paris. La mauvaise, c'est que vous y allez en pains de savon ".

« En tout cas, les têtes d'huile sont pliées en deux à l'écoute des plaisanteries de Tommy, et je me demande alors pourquoi je laisse tous ces mecs se comporter comme si j'avais perdu tous mes moyens et que je n'avais plus mon mot à dire pour leur éclairer leur journée. Et donc, je me penche en avant, je tapote sur l'épaule de Tommy avec une tige de céleri et je lui dis : " Hé, Tommy, c'est vraiment pas de bol que t'aies laissé traîner ton cache-queue et que Miz Bobalouba ait marché dessus. Tu devrais te trouver un baisoir au Pontalba comme Max et Bobo ici présents. "

« Grand silence dans la place tout à coup, à part les *slurp* de l'Indien qui engloutit ses encornets. Je me dis : *Ah, la fête commence*. Erreur. Bobo appelle le maître d'hôtel et me fait jeter dehors. Tu peux imaginer un truc pareil ? Voilà un rassemblement d'individus qui retourneraient l'estomac d'un gastro-entérologue, mais je me fais virer comme un malpropre et je me retrouve dans la rue, juste devant une cargaison de Japonais qui débarquent du bus, de retour de visite des champs de bataille de Chalmette.

« Je me dis alors : " Qu'est-ce qui ne colle pas dans le tableau ? J'en bavais des ronds de chapeau à Chu Lai pendant que Max et Bobo piquaient des bagnoles et exécutaient des contrats à cent sacs la tête pour la famille Giacano. " Et en plus, je me retourne vers la terrasse et je vois le maître d'hôtel qui ramasse mes couverts et change la nappe de ma table comme si le mec qui avait mangé là avait eu de l'herpès aux mains.

« Je regarde la rue et j'aperçois un groupe de gars occupés à couler des fondations d'une maison qui prennent une petite pause. Tu te souviens de l'histoire que tu m'as racontée à propos de ce mec de la mafia de Panama qui a réglé ses comptes avec sa femme parce qu'elle avait taillé une pipe à un juge derrière une boîte de nuit ?

« Le mec responsable de la toupie, c'est un glandu, profiteur du Syndicat, qui fait le videur à temps partiel dans le Carré et que j'avais fait libérer sous caution il y a à peu près deux ans de ça. Je lui dis : “ Mitch, ça te gêne si je fais le tour du bloc avec ta toupie, une petite plaisanterie que j'ai envie de faire à un ami ? ” Il me dit : “ Ouais, on allait justement se prendre une petite bière et une dosette de l'autre côté de la rue si quelqu'un veut bien nous régaler de la première tournée. ” Je lui réponds : “ Pourquoi tu ne me laisserais pas faire ça, Mitch ? Je crois que j'ai justement une ardoise là-bas. ” Et le voilà qui me dit : “ Je disais justement à mes potes que t'étais bien le mec à ça, Purcel. ”

« Je viens garer la toupie juste à côté de la décapotable de Max. Elle reluit de partout, on vient de l'astiquer, la capote est baissée, le tableau de bord est en acajou, les sièges en cuir mauve, aussi doux qu'un beurre tiédi. Je sors du camion, je dégage la goulotte et je la fais passer par-dessus la portière du chauffeur, et je laisse gicler. Belle-Mèche, que c'était beau ! Le ciment se met à dégouliner, il éclabousse le tableau de bord et les vitres, il recouvre le plancher, avant de remonter délicatement en pâte sur les sièges et de déborder des portières en grands rideaux gris. Même avec la toupie qui continuait à gronder, j'entendais des gens hurler, pris d'une vraie crise de folie à la terrasse. Entre-temps, les Japonais sont descendus du car, et ils s'entassent les uns contre les autres, avec leurs costards d'hommes d'affaires bleu marine qui ressemblent à des uniformes d'arbitre : ils rigolent et ils applaudissent en faisant cliquer leur Nikon parce qu'ils croient qu'on est en train de tourner un film et que tout ça fait partie de leur circuit organisé. Max et Bobo essaient de se frayer un chemin dans la foule, la suspension de la Caddy rend l'âme, les pneus éclatent et dégagent des jantes, le ciment déborde des vitres avant et écrabouille le capot sur le moulin. Tu te souviens de ce personnage de bande dessinée qu'on appelait *The Heap* – " Le Tas " – ? C'est à ça que ressemblait la Caddy, deux phares qui fixaient le paysage au milieu de ce gros tas gris de ciment mouillé.

– Est-ce que t'as perdu la tête ? dis-je.

– Qu'est-ce qui va pas ?

– Tu vas finir par te retrouver au trou pour de bon ou te faire sucrer ta licence de privé. Pourquoi n'arrêtes-tu pas tes clowneries avec ces mecs ? Ça ne change rien au résultat final.

– Ils ont piqué la Caddy à un entrepreneur de Baton Rouge. Comme gage contre un prêt d'usure. La dernière des choses que veut Max, c'est de voir ça noir sur blanc sur un rapport de police. Allez, un beau sourire, preux chevalier. Tu as traîné tes guêtres trop longtemps du côté du Rotary du coin. »

Je vis alors son regard se verrouilller au mien et son expression changer. Je détournai la tête.

– T'as vraiment craché à la figure de Buchalter ? dit-il.

– L'heure n'était pas tout à fait aux discours.

– Je suis fier de toi, *mon.*

Son regard ne cessait de suivre les lignes de mon visage.

– Tu veux bien laisser tomber, Clete ?

– Quoi ?

– Arrête de me fixer comme ça. Je vais bien. Les deux mecs qui étaient avec Buchalter sont des foirés du ciboulot, ils ne seront pas difficiles à retrouver. En particulier le cockney. Et il va falloir aussi mettre les fédés sur le coup.

Il laissa de minuscules empreintes du gras de l'index sur le dessus de sa boîte de bière givré de sel et d'humidité.

– Tu crois que Buchalter, c'est un sorte de superman nazi ? dis-je. Ce n'est pas le cas. C'est un taré psychotique, tout comme des dizaines d'autres qu'on a expédiés au trou.

– La police de La Nouvelle-Orléans et le bureau du shérif de la paroisse de Lafourche n'ont probablement pas encore contacté ton patron. Mais ça ne saurait tarder.

– Qu'est-ce que tu racontes ?

– Tu as raison. C'étaient bien des foirés du ciboulot, ces deux-là. C'est bien pour ça qu'on les a effacés du tableau.

Le soleil donna l'impression de se durcir et de brûler froid sur le jardin.

Au mieux de mes souvenirs lorsque j'ai reconstitué la succession des événements, voici la manière dont Clete (et un des adjoints du shérif de Lafourche par la suite) m'a raconté l'histoire.

La nuit précédente, au fin fond d'une zone marécageuse au sud-ouest de La Nouvelle-Orléans, un pêcheur de grenouilles était sorti des bois absolument terrifié, le visage fouetté par les branches et les taillis du sous-bois, et il avait arrêté une voiture du shérif en se signalant à l'aide de sa chemise. Il s'était mis à pleuvoir, et un brouillard en nappes basses soufflait au sortir des arbres.

– Y'a un homme qui en a ligoté d'autres, là-bas, sur les replats. Y faut que quelqu'un aille jusque-là. Y se prépare à... dit-il.

– Doucement, *podna*. Tout ça va s'arranger. Il se prépare à quoi faire ? dit l'adjoint.

– Y'a une tronçonneuse avec lui. Un de ces petits machins. Par là-bas, tout à côté des marais.

L'adjoint était jeune, il n'était dans le service que depuis huit mois. Il contacta son répartiteur par radio avant de faire demi-tour au milieu de la chaussée pour s'engager sur un chemin cahoteux, ancienne route forestière au sol garni de madriers qui s'enfonçait en lacets au travers d'un rideau d'arbres denses et de taillis de bruyères tissés de liserons morts. Des lames d'eau stagnante mêlée de boue venaient éclabousser son pare-brise, et un vieux madrier de chêne céda au passage d'une roue en éclatant en esquilles qui cognèrent et claquèrent contre le carter d'huile avec un grand *whang*. Mais au loin, à travers les bancs de brume et les silhouettes noires des troncs d'arbres, il aperçut une flamme blanche au brillant de produit chimique qu'on accélérait, et une seconde plus tard, plus violent encore que les palpitations irrégulières d'un moteur poussif, le couinement grinçant de la chaîne, le rugissement du moteur de son véhicule, monta dans le ciel le hurlement implacable et sans répit d'une voix d'homme, tels des ongles griffant une ardoise.

L'adjoint claqua un tirant et sa voiture partit en tête-à-queue au milieu d'un massif de saules et de cyprès enchevêtrés, cinquante mètres avant l'extrémité du chemin qui se terminait en cul-de-sac sur le marais. Il dégagea de son attache du tableau de bord son fusil Remington calibre 12, scié au ras de la pompe, le chargea à la chevrotine double zéro puis partit au pas de course dans les sous-bois, arme à l'oblique contre la poitrine.

Dans une clairière en bordure du marais, tout à côté d'une camionnette au plateau couvert d'une coque de caravane, une lanterne Coleman crachetait au sol comme une fusée au phosphore. L'adjoint aperçut l'ombre d'un homme énorme qui bougeait du côté opposé au camion. Partiellement masquées par les pneus du véhicule, se trouvaient les formes de deux hommes allongés au sol, face contre terre, les bras épinglés dans le dos, le visage exsangue, deux taches blanches chatoyant sous la pluie douce aux lueurs sifflantes de la lanterne.

La tronçonneuse tournait au ralenti, posée sur un morceau de carton. L'adjoint vit alors l'homme imposant se pencher sur les formes au sol, un bouquet de roses éparpillées près de son pied botté, et se mettre à tirer, dégageant quelque chose de ses deux mains. L'eau et les arbres du marais étaient noirs, les ombres dans la clairière changeaient constamment au rythme des mouvements frénétiques de l'homme, dont les mains s'affairaient maintenant, ainsi que le voyait l'adjoint, à une tâche ténébreuse et tribale, dépassant de bien loin la conscience morale d'un représentant de la loi encore vert, vision fugace au cœur d'un temps d'avant la lumière sur le monde, des mains aussi larges que des poêles à frire, les jointures crevant la peau de tous leurs cartilages, écarlates jusqu'aux poignets, les doigts humides du paquet de muscle cardiaque qu'ils dégagèrent du creux de la poitrine d'un des hommes.

L'adjoint vomit contre un arbre, avant de tenter de s'engager dans la clairière, le fusil pointé sur l'homme qui s'était soudain redressé, un chapeau de pluie noué sous le menton, une lueur de folie dans ses yeux égarés.

Il voulut hurler : *Face à terre, mains sur la tête !*, ou l'un quelconque de ces ordres dramatiques qui ne manquent jamais de réduire instantanément, à la télévision, les criminels en prisonniers, mais les mots restèrent accrochés dans sa gorge comme des morceaux de papier journal mouillé et moururent dans l'air lourd. Il trébucha en se prenant les pieds dans un enchevêtrement de liserons comme s'il arpentait quelque rêve d'un pas égaré.

Alors que l'homme imposant s'enfonçait, lui, dans les marais au pas de course, ses jambes déchiquetant des îlots de feuilles de nénuphars, éclaboussé d'eau jusqu'à la taille, les épaules arrondies, l'adjoint lâcha sa première cartouche en faisant voler une gerbe d'étincelles dans les ténèbres. Il crut d'abord qu'il avait raté sa cible, qu'il avait tiré trop haut, et il fit monter une nouvelle cartouche dans la chambre avant de viser l'homme au bas de d'échine et d'écraser la détente. Il fit feu encore et vit sauter la chemise du fuyard tandis que le plomb s'écrasait dans son dos avec un bruit sourd.

Mais l'homme s'enfonça avec fracas au travers des cyprès et des saules inondés et poursuivit sa course sans désemparer. Il disparut. La cinquième cartouche de l'adjoint éclata en gerbe dans les arbres comme des billes en train de rebondir sur le bois d'une longue goulotte. L'adjoint jurera par la suite qu'il aurait vu une demi-douzaine de déchirures dans la chemise du fuyard. Il allait également, ce même soir, après avoir quitté son service, s'enivrer dans un bar de Lockport au point que son propre shérif se verrait obligé de le reconduire chez lui.

– Le camion avait été piqué à Lafitte le matin, dit Clete. L'homme à la barbe argentée s'appelait Jody Hatcher. Il était tombé quatre fois, dont une comme complice dans le viol d'un enfant. Pour le dénommé Freddy, c'est le blanc complet. Les fédés pensent qu'il pourrait s'agir d'un mec qui a dynamité une synagogue à Portland, mais ils ne sont pas sûrs...

Belle-Mèche, regarde le bon côté des choses. Il y a deux mecs de moins de cet acabit sur la planète. Et je vais te dire un autre truc. Ils ont réglé le gros solde quand ils sont passés *ad patres*. Le légiste a déclaré qu'ils avaient dans le regard une expression figée que même lui a eu bien du mal à digérer.

Batist démarrait un moteur au loin dans le bayou. Le vent ridait la surface de l'eau et faisait trembler les cannes à la lumière du soleil.

– Rien de tout ça n'a beaucoup de sens, dis-je.

– Pour moi, si. Buchalter ne laisse rien traîner derrière lui.

– Pourquoi prend-il la peine d'utiliser la manière de faire du *vigilante* ?

– Peut-être bien qu'il aime les roses. Et peut-être bien qu'il a de la merde à la place de la cervelle.

– Mais peut-être bien, d'un autre côté, que nous n'avons pas affaire à Buchalter. Qu'est-ce que c'est que cette histoire, comme quoi l'adjoint lui aurait semé du double-zéro dans le dos ?

– Peut-être bien que le mec ne veut pas reconnaître qu'il avait une telle trouille qu'il aurait été incapable de toucher un panneau publicitaire au plomb à moineaux.

Je me relevai pour rentrer. Une douleur me tirailla le corps, depuis mon bas-ventre jusqu'à l'intérieur de mon abdomen.

– T'as battu Buchalter, Belle-Mèche. C'est tout ce qui compte, dit Clete. Je ne crois pas que j'aurais tenu le coup. Je me serais allongé.

– Non, ce n'est pas vrai.

Il écrasa la boîte de bière vide qu'il tenait à la main.

– Permets-moi de vous emmener tous souper ce soir, dit-il.

– Ça me paraît très chouette, tout ça, dis-je.

– À mon deuxième jour au Viêt-nam, un dur à cuire d'adjudant m'a refilé quelques conseils sur la peur, le souvenir et tout le tralala. « N'y pense jamais avant de passer à l'action, et n'y pense jamais plus une fois que c'est fini. »

– Sans blagues ? dis-je, la porte-moustiquaire déjà entrouverte.

– J'aurai essayé, dit-il, en levant les paumes des mains, les sourcils dressés en demi-lunes.

## Chapitre 21

Le samedi matin, en descendant du ponton, je remarquai une camionnette à plateau ornée d'un autocollant de David Duke garée près de la rampe à bateaux au sol de coquillages. À l'intérieur de la boutique à appâts, Alafair et Batist travaillaient derrière le comptoir et deux pêcheurs mangeaient à une des tables des dogs au chili à la fourchette, en les arrosant de bière en bouteilles. Batist m'adressa tout juste un signe de tête lorsque je lui dis bonjour.

– Qu'est-ce qu'il a ce matin ? demandai-je à Alafair tandis que nous tirions l'auvent de toile pardessus les dévidoirs de câble téléphonique qui faisaient office de tables.

– Batist s'est trompé en rendant la monnaie à ces gars, dit-elle. Un des hommes a dit, celui qui a une grosse tête, il a dit : « Y'a quinze pour cent de chômage en Louisiane, et on engage cette espèce de machin pour tenir le tiroir-caisse. »

Je repoussai la porte-moustiquaire et retournai dans la boutique. Les deux hommes, vêtus de la tenue kaki des conducteurs de chantier, partageaient maintenant une saucisse fumée en buvant leur bière. Je ramassai le ticket de caisse posé sur leur table, l'aplatis sur le comptoir, y ajoutai le prix de la bière et de la saucisse ainsi que la taxe de vente, ouvris la caisse enregistreuse, et posai quatre billets d'un dollar et trente-six *cents* en monnaie sur leur table.

– Cette table est fermée, dis-je.

Je ramassai leurs bouteilles de bière ainsi que la coupelle en carton et la saucisse en tranches qui y était posée.

– Qu'est-ce que vous croyez que vous êtes en train de faire, nom d'un chien ? dit le plus costaud des deux hommes.

Sa tête donnait l'impression d'être taillée en granit, et ses cheveux coupés en brosse très courte étaient légèrement gominés et soigneusement rasés sur le cou.

– Vous avez été impolis à l'égard de mon employé. Je ne veux plus de votre clientèle.

– Attendez une minute, là.

– La discussion est terminée, messieurs.

– Bon... ben... ben... alors... Alors, allez vous faire foutre.

Après leur départ, j'essuyai leur table. Puis, avant même que je puisse m'en rendre compte, Batist avait descendu le ponton et était monté dans son camion avant de prendre au sud, vers les Quatre Coins, où il avait sa maison.

*Oh bon sang.*

– Surveille la boutique, Alf. Je serai de retour dans une vingtaine de minutes, dis-je.

– Pourquoi Batist est-il parti ?

– Il a sa manière à lui de faire les choses.

Batist habitait une maison bâtie de bric et de broc sans plan défini, au bois brut, sans peinture, qui avait vu sa construction se poursuivre des mains de sa famille trois générations durant, au hasard des nécessités. Le toit de tôle était orangé par la rouille, la cour de terre semée de cages à poules et de pièces de voiture et de tracteur. Sur la galerie qui s'affaissait, s'entassaient des casiers à crabes pliants et une vieille machine à laver qu'il avait transformée en barbecue. Sa petite ferme avait jadis fait partie d'une plantation sur laquelle troupes fédérales et confédérées s'étaient livré une furieuse bataille lors de l'invasion du sud-ouest de la Louisiane par le général Banks. À travers les pins à l'extrémité de la coulée qui bordait la propriété de Batist, on apercevait la carcasse démolie, les vieux piliers et cheminées de briques d'une maison d'avant la guerre de Sécession qui avait brûlé : les Fédéraux l'avaient tout d'abord pillée, puis incendiée tandis qu'ils repoussaient vers le nord un contingent de garçons de Louisiane en uniforme brun jaunâtre battant en retraite jusque dans New Iberia. Chaque printemps, lorsque Batist éventrait la terre tassée de son potager à l'aide de sa charrue montée sur une barre d'attelage, des balles Minié, des débris de porcelaine et des morceaux rouillés de mitraille se libéraient du sol et venaient glisser de la pointe polie du soc, comme le contenu de quelque enveloppe moisie et féconde postée en l'an 1863.

Je le découvris dans son arrière-cour, occupé à ratisser des feuilles sur un tas de compost fermé de grillage à poule. Les mouchetis de soleil à travers les ramures de chêne en surplomb venaient glisser sur son corps, passant et repassant comme une toile tissée de pièces jaunes de dix *cents*.

– Si tu dois partir plus tôt, j'aimerais bien en être d'abord informé, dis-je.

– Quand je t'as dit de ch'ter les gins de la boutique à cause ed' mo ?

– C'était de la raclure de Blanc de bas étage, Batist. Je ne veux pas d'eux sur mon ponton. C'est mon choix.

– Si un Blanc y faut qu'y veille sur un Noir, alors c'est qu'y a rien de changé.

– C'est ce que tu ne comprends pas, collègue. Nous ne laissons pas des gens de cet acabit nous insulter, Alafair, Bootsie, toi ou moi. La couleur de ta peau n'a pas à être mise dans la balance.

Il cessa son ouvrage et mit les deux mains en appui sur le manche en bois du râteau. Sa chemise de toile bleue passée par les lessives était déchirée dans le dos comme une mousseline.

– À qui te cros dire ça ? À quéqu'un qui vient de descendre du train du Nord ? dit-il.

– La prochaine fois, je ne mettrai pas le plus petit doigt dans tes histoires. Qu'en dis-tu ?

– Pique une rogne si tu veux. Et pis, virer les Blancs, ça règle rien du tout. C't' une question d'argent, Dave. C'est tout le temps une question d'argent. Le Blanc, il a besoin que le Négro y travaille pour pas cher. C'est pas un mystère pour les Noirs, ça. Y'a que les Blancs qui sont pas capab' ed comprendre, ça, non.

– J'ai besoin de toi pour fermer ce soir, dis-je.

– Je vas y être. Hé, té tournes en rond à chercher après c't' homme qui tue les fourgueux de came, c't' homme qui t'a fait si mal l'aut' jour, ç'a rien à voir du tout avec c't' histoire de vigilant. Quand on tue un Noir, ç'a pas d'importance si c'est dans un arbre, ou en forçant une prison pour pendre l'homme à une poutre, y peuvent tout le temps raconter qu'c'est pasqu'il a violé une femme blanche, ou qu'il a tué un Blanc, ou qu'il a 'core fait queqchose d'aut'. Mais c'est pour une question d'argent. Ça veut dire que le Noir, faut qu'y reste tout en bas de l'échelle. Même le Négro le plus stupide de Louisiane, y sait ça.

Son regard s'accrocha au mien, longuement, plein d'indulgence. Il serra le manche du râteau, et sa paume calleuse fit un bruit étouffé de râpe, comme un cuir frottant le bois.

Le lundi matin, je retournai au travail. Le premier coup de téléphone que je reçus venait de Lucinda Bergeron.

– Foutoir, Boxon & Irritation [1] ne sont d'aucune aide sur Will Buchalter, dit-elle. Je ne comprends pas. Ce mec est fait de quoi ? De l'air qui passe ?

– Ce n'est pas vraiment ce qu'il m'en a semblé.

– Alors comment se fait-il qu'il n'apparaisse pas dans la machine ?

– On ne peut pas piéger au filet électronique tous les psychopathes du pays.

– Quelqu'un doit bien savoir qui c'est, ce mec. Traîner ses guêtres avec ce gars-là, ça doit être comme de se lever le matin et de mordre dans un sandwich à la merde pour le petit déjeuner.

Trop de temps passé dans les salles de brigade, Lucinda, me dis-je.

– Comment se débrouille Zoot ? dis-je.

– Il va bien, merci.

– Quel est le problème ?

– Il a dit qu'à votre avis, il devrait s'engager dans les Marines. Les « ballochards », comme vous dites. On croirait entendre un queutard à la redresse. Pas à dire, vous avez un sacré vocabulaire, les mecs.

– Que pensez-vous du vôtre ? dis-je.

– Ce n'est pas moi qui encourage un gamin de dix-sept ans à laisser tomber l'école.

– Il voulait que je vous parle de son idée de s'engager. Il peut obtenir un diplôme d'équivalence là-bas. Je ne pense pas que ce soit la pire des options.

– Il peut faire une croix dessus.

– Vous ne lui rendez pas service. Pourquoi appelez-vous, Lucinda ?

Sa colère sembla presque sortir des perforations du combiné du téléphone.

1. FBI. (*N.d.T.*)

– Voilà une bonne question. Quand j'aurai la réponse, je vous la dirai.

Puis elle refit ce même bruit une fois encore, comme si elle venait de se casser un ongle. Un instant plus tard, elle dit :

– Nous montons une opération d'entôlage dans un motel, un rade minable près d'Ursulines et Claiborne. Vous voulez être de la partie ?

– Pour quoi faire ?

– Nous allons faire manger le morceau à quelques fourgueurs du lotissement d'Iberville.

– Et vous croyez qu'ils vont vous apprendre quelque chose sur le *vigilante* ?

– C'est bien eux qui ont le plus de chances de se voir offrir une opération à cœur ouvert par les temps qui courent.

– Et vous pensez que ça vous ramènera sur la piste de Buchalter ?

– Qui sait ? Peut-être que le mec qui assassine les trafiquants de came n'est pas seul.

– Lucinda, écoutez-moi sur cette affaire. Buchalter ne s'intéresse ni à vous ni à Zoot. N'en faites pas une affaire personnelle. Ne faites pas entrer ce mec-là dans votre existence.

– Venant de vous, c'est étrange de s'entendre dire ça.

– Interprétez ça comme vous voulez. Zoot et moi avons eu de la chance. Et l'heure est venue de rentrer quand on a touché le couplé de la journée.

– Vous voulez participer au coup ou pas ?

– Quelle est l'adresse ?

J'eus une conversation avec le shérif, pris toutes dispositions pour qu'un adjoint reste à la maison jusqu'à mon retour dans la soirée puis je quittai le bureau, signai le registre et rentrai chez moi enfiler une tenue plus ordinaire. La voiture de Bootsie n'était pas là, et Alafair était en classe. J'utilisai la touche MÉMO du répondeur téléphonique pour laisser à Bootsie un message enregistré. Je lui laissai les numéros de poste de Lucinda Bergeron et Ben Motley et, dans l'éventualité où elle ne pourrait me joindre ni chez l'un ni chez l'autre, je lui laissai en outre le numéro du motel non loin de Claiborne où se préparait la chausse-trappe.

Le plan me paraissait relativement simple.

Au retour, sur le chemin de terre, de l'autre côté du pont mobile, j'aperçus le camion à plateau découvert du révérend Oswald Flat, avec ses haut-parleurs coniques soudés sur le toit, qui brinquebalait bruyamment dans les ornières et se dirigeait droit sur moi au milieu d'un nuage de poussière. Des caisses d'appareillages ou d'équipement indéfinis étaient sanglées au plateau du camion.

Oswald Flat reconnut ma camionnette et s'immobilisa au milieu de la route dans un bruit de ferraille. Ses yeux pâles, de cette couleur étrange et indéfinissable de l'eau qui glisse sur un lit de galets, me fixaient derrière ses grands verres de lunettes sans monture. Son épouse était assise à son côté, occupée à manger des couennes de porc à même un sac en papier brun.

– Et où que vous v'là à courir maintenant ? dit-il.

– À La Nouvelle-Orléans. Et je suis également un peu pressé.

– Ouais, je vois bien que vous n'allez pas tarder à vous tacher le caleçon, tellement ça presse.

– Ce n'est pas le jour, révérend.

– Oh, je le sais bien. Je ne voudrais surtout pas vous retenir et vous empêcher de vous empêtrer dans le prochain foutoir où vous allez mettre les pieds. Mais ma conscience exige que je vous parle, que ça vous plaise ou non. De toute évidence, vous avez le même potentiel de réflexion qu'un navet, fils. Alors, arrêtez juste une petite minute votre pipi-culotte et rangez-vous sur le bord de la route.

– Os, je t'ai déjà dit de ne plus t'adresser à cet homme comme si c'était un *i-diot*, dit son épouse en épongeant d'un mouchoir les boudins de lard qu'elle portait sous le menton.

Je me garai à un endroit où le chemin s'élargissait, et revins à pied vers son camion. À travers les planchettes à claire-voie des caisses sanglées à l'aide de chaînes fixées au plateau, j'aperçus le casque rond en laiton, avec hublots et boulons à ailettes, d'une antique tenue de scaphandrier, tout en plis de toile et caoutchouc.

– J'ai mal à l'idée de simplement vous demander ce que vous fabriquez avec ça, dis-je.

– L'ai acheté au chantier naval, pas loin du lac Charles – tuyaux d'air, compresseur, chaussures plombées, chalumeau oxyacétylénique, et des trucs dont je ne connais même pas le nom. Maintenant, faut que je mette la main sur un bateau.

– Vous allez essayer de trouver ce sous-marin ?

Il sourit, sans répondre.

– Savez-vous ce qu'il y a à l'intérieur ? demandai-je.

– Je parierais pour un paquet de nazis fin prêts à se payer un bon bol d'air.

– Je crois que vous allez vous faire mal.

– Il s'agit de quelque chose qu'ils veulent. Alors je ferai tout ce que je peux pour m'assurer qu'ils ne mettent pas la main dessus.

– Ne faites pas ça, monsieur.

– Je ne peux pas vous le reprocher. Vos intentions sont bonnes. Mais vous ne comprenez toujours pas. Vous êtes pas en train de pourchasser un seul homme, ou même tout un groupe. S'agit d'une chose qui veut s'emparer de la terre entière et effacer le soleil du ciel. C'est le mal, à une échelle que les gens ordinaires peuvent pas s'imaginer.

Ses yeux se mirent à fouiller les miens comme ceux d'un homme à jamais incapable de trouver les mots justes pour expliquer de manière adéquate les énigmes qui lui apparaissaient sous les formes claires et lumineuses d'un rêve.

– Vous avez perdu votre fils à cause de forces que vous ne pouviez maîtriser, révérend, dis-je. J'ai perdu mon épouse de la même manière. J'étais plein de fureur, et au bout d'un moment, j'en étais venu à penser que la terre entière était un lieu de ténèbres.

Il secouait déjà la tête, avant même que j'en eusse terminé.

– J'étais sur un pétrolier qui s'est fait torpiller. Exactement là, au large, dit-il, en pointant le doigt vers l'horizon du sud. Y'a pas de façons pour décrire ça à quelqu'un qui y était pas. À me raccrocher au gilet de sauvetage d'un homme sans visage, la figure calcinée... Les chaudières qui explosaient en morceaux sous l'eau... Des hommes qui rampaient et s'accrochaient à la coque comme des colonies de fourmis avant que le bateau sombre et glisse dans les profondeurs... Quelqu'un qui hurlait au beau milieu d'un îlot de pétrole en flammes. Le genre de cri qu'on veut pus jamais entendre pour le restant de ses jours, monsieur Robicheaux.

– Parfois, il faut laisser filer, collègue.

– Ils sont obligés d'effrayer les gens. C'est ça, le plan. Leur faire peur, peur des gens de couleur, des drogués, des sans-domicile, des homosexuels, peu importe. Quand y z'auront réussi à faire peur à assez de gens, c'est alors qu'ils se mettront en action.

– Qui ?

– *L'Apocalypse* dit que la Bête viendra de la mer. Dans la Bible, la mer signifie la politique.

– Je pense que vous êtes un honnête homme. Mais ne descendez pas à la recherche du sous-marin avec ce tas de ferraille.

– « Laissez les choses suivre leur cours »... « Vous en mêlez pas »... « Laissez la loi s'occuper de ça »... Vous me faites penser à un pic-vert en train de taper du bec sur un poteau d'éclairage métallique.

Il arrondit les lèvres et se mit à siffler avant d'ouvrir la porte de la cabine du camion et de tendre le bras derrière le siège.

– Dites-moi à quoi ça vous fait penser, ça.

– Une rose en métal.

– On l'a probablement arrachée à une pierre tombale ou à une grille. Mais ce matin, elle était devant ma porte d'entrée, sur le perron. La tige transperçait le cœur d'une carte de la Saint-Valentin.

Elle pesait au creux de ma paume, le fer noirci par les années, les bords des pétales amincis et ouverts en dents de scie par la rouille.

– Avez-vous donné un motif à quiconque de vous en vouloir ? demandai-je.

– Toute cette semaine, j'ai travaillé dans le lotissement Desire.

– Vous savez vraiment vous les choisir.

– Jésus n'a pas passé beaucoup de temps auprès des banquiers et des messieurs de la chambre de commerce.

Je reposai la rose dans le creux de sa main.

– Bonne chance à vous, révérend. Appelez-moi si je peux vous aider en quoi que ce soit, dis-je.

Je le laissai là, brave homme complètement désynchronisé par rapport au monde, l'époque, voire même le vocabulaire de ses compatriotes. Mais je doutais que quiconque pût jamais accuser le révérend Oswald de médiocrité. Ceux de sa trempe finissaient sur la croix, à jamais boucs émissaires et ennemis châtiés par les obséquieux. À ses oreilles, mes paroles de prudence frisaient l'insulte et mon argument le plus réfléchi avait autant d'avenir qu'une mite qui essaierait de mouler et mettre en forme une flamme.

Une opération de piégeage par les Stups peut paraître intéressante. Il n'en est rien. Il s'agit habituellement de rafler les éléments les plus marginaux du trafic des rues et de leur faire cracher le morceau – piqués, racoleuses et mules à temps partiel, et tous leurs amis du moment, membres de la même famille de malades, déments ou terrifiés, qui ont la malchance de se faire épingler en leur compagnie. En règle générale, les mules, ou courriers, sont stupides et ineptes, et passent leur existence à se chercher des figures d'autorité sous la forme des responsables de mise à l'épreuve et des assistants sociaux. Dans le monde normal, la plupart seraient dans l'incapacité de faire des sandwichs sans mode d'emploi. Presque toujours, ils sont consommateurs, s'habillent comme s'ils étaient daltoniens, parlent au ralenti, et se demandent bien pourquoi les flics les repèrent avec autant de facilité au milieu de la foule d'une galerie marchande.

Ils planifient, complotent, se donnent bien du mal, chaque jour renouvelé, au plus bas de la chaîne alimentaire. Lorsqu'ils se font agrafer lors d'une opération, le choix qui leur est offert est immédiat et sévère – ou ils s'allongent et dénoncent quelqu'un d'autre, ou ils se retrouvent immédiatement derrière les barreaux, à suer leurs crises de manque audessus d'une cuvette des toilettes dans une cellule provisoire, avant de méditer sur leurs erreurs en sarclant à la houe plusieurs années durant les rangs de soja à Angola.

Merde-la-Ville chez les trafiquos de la rue vous tombe dessus quand vous en êtes à vos six piquouzes quotidiennes et que vous vous retrouvez soudain en détention, là où le Grand Chef peut claquer des doigts et vous transformer en Judas Iscariote ou en bol de gelée tremblotante.

– T'es en train de me dire que t'es prêt à tomber, Albert ? dit le flic en civil au Noir effrayé, assis au bord du lit du motel, les poignets menottés dans le dos, ses avant-bras minces soulignés des marques infectées et tissus cicatriciels grisâtres témoignant de son intoxication.

– Si je vous donne Bobby, il va me foutre en l'air, mec, répond Albert. C'est un matou qui a toujours une lame. Il s'est fait un mec à Houston avec.

Le policier en civil, lourd, épais et colérique dans sa chemise en suée, à manches longues, tend le bras et claque sèchement la joue d'Albert.

– Est-ce que tu es stupide, Albert ? dit-il. T'es déjà complètement foutu. C'est toi qui tombes pour Bobby. Bobby t'a collé un beau chevron au cul. Regarde-moi, espèce de merdaillon stupide. Bobby m'a dit que ta régulière fait la pute chez les lépreux. Et il se fout de vous deux derrière votre dos. Il s'est débrouillé pour que tu trinques à sa place et t'es même trop con, bordel, pour t'en apercevoir.

– Il vous a dit que ma...

– Tu veux retourner à Angola ? Tu veux qu'on t'oblige à nouveau à virer ta cuti en te transformant en minet-fillette, c'est bien ça que tu es en train de me dire, Albert ? J'aime bien l'idée que tous ces queutards te fassent virer ta cuti. Je me suis laissé dire qu'ils t'avaient déchiré les tripes la dernière fois.

– Faut que vous m'aidiez sur ce coup. Je peux pas retomber, mec.

– Sortez-le de ma vue, dit le policier en civil à un autre flic.

– Faut pas que mon nom soit cité, okay ? Le matou, y m'a dit de le retrouver dans un rade à pizza perdu dans Metairie. Y va être là dans une heure.

– Il faut que tu t'arranges pour qu'il t'amène à sa planque, Albert. C'est le seul marché que tu auras. Bobby tombe, tu dégages. Sinon, pour ta prochaine planante, y va falloir te contenter de muscade et de café. C'est vrai que ce truc-là, ça fait bander au point de vous coller une queue comme un tuyau de radiateur ?

Albert tremble, comme un chien qui essaierait de se soulager de verre brisé ; Albert vomit sur ses genoux ; Albert fait se détourner le flic en civil de dégoût.

À quoi cela sert-il ?

À vous de me le dire.

Les gens en haut de l'échelle s'en sortent généralement libres comme l'air. Ils s'achètent des avocats qui ont commencé leur carrière comme procureurs pour le ministère de la Justice des États-Unis. Une caution d'un million de dollars est un simple facteur de plus dans les frais généraux.

Albert va en prison, ou dans un programme de sevrage, ou au cimetière. Et personne, à l'exception d'Albert, ne se soucie véritablement de savoir vers quel lieu se portera le choix, dans la mesure où Albert ne mérite même pas une note de bas de page.

Dans une pièce voisine, j'interrogeai, en compagnie de Lucinda, sept individus – cinq Noirs, deux

Blancs – à propos du *vigilante.* Mais ils étaient au nombre de ceux qui, depuis bien longtemps déjà, avaient accepté l'étreinte ensommeillée du succube ou de l'incube qui s'était insinué dans leur existence à travers une veine gonflée par le garrot. Leur conception de leur statut d'êtres mortels n'allait pas plus loin que les cinq minutes à venir dans leur journée. Ils se piquaient en s'échangeant leurs seringues, se servaient de l'hôpital public comme d'un moyen momentané de se gagner quelque rémission de leurs maladies vénériennes, considéraient le sida comme une façon de mourir comme une autre, et acceptaient au quotidien le savoir qu'un fournisseur en veine de vengeance pouvait leur refiler une dose empoisonnée qui leur transformerait le cœur en timbale à percussion.

Leur seul problème, c'était les Stups. Leur angoisse existentielle était tout entière centrée sur leur propre métabolisme et le fait qu'ils étaient sur le point de balancer leurs amis aux flics. Pourquoi aller marchander avec deux enquêteurs de la Criminelle qui ne pouvaient rien leur offrir ? Ils s'étaient changés en pierre.

Soudain se produisit un de ces moments terrifiants, de ceux qui vous reviennent en rêve, dont vous espérez que vous ne les vivrez jamais pendant votre carrière, et qu'ils resteront d'une certaine manière le malheur et la malchance de quelqu'un d'autre. Par la suite, vous l'attribueriez à une erreur de jugement, un manque de cœur ou d'humanité, la malchance, ou la simple stupidité, pareil à l'imbécile obsédé par la sécurité qui boucle au cadenas les sorties de secours, mais ce moment reste à jamais celui qui a laissé sur vous la marque de Caïn.

Le policier en civil chargé de l'interrogatoire décida de resserrer les poucettes et d'accentuer la pression sur son suspect : il se mit à fouetter Albert de manière répétée, à grands coups de chapeau en feutre sur son crâne frisé, tout en lui hurlant aux oreilles, jusqu'à ce qu'un autre flic mette un terme à la scène et le fasse sortir pour qu'il aille se griller une cigarette. À leur retour dans la pièce, le visage du flic en civil était encore empourpré, ses aisselles grises de sueur. Le thermostat était cassé, il faisait chaud et sec dans la pièce à cause des convecteurs électriques fixés au mur. Le flic arracha sa cravate, se malaxa les épais replis de chair qui lui nouaient le cou et suspendit son étui d'épaule au dossier d'une chaise en bois.

Albert était torse nu, les cuisses souillées de vomi, le visage mouillé, se tordant de douleur. Ses épaules tremblaient, les dents lui claquaient dans la bouche. Il supplia qu'on le laisse aller aux toilettes.

Le policier en civil l'y accompagna, déverrouilla une menotte qu'il glissa autour d'une tuyauterie et referma la porte.

Albert était complètement shooté, la tête pleine d'hallucinations, il pétait de partout, aux coutures comme aux jointures. Il avait le corps infecté par ses propres fluides ; on lui avait dérobé sa tentative pitoyable d'intégrité ; sa nouvelle identité se résumait à indic, cafteur et rat des rues. Avec un peu de chance, il aurait quitté la ville avant que son ami Bobby ne soit libéré sous caution.

Mais Albert connaissait la taule et les taulards, on l'avait sous-estimé.

Il se passa fébrilement le poignet au savon et sortit sa petite main de la menotte comme s'il s'agissait d'une pâte à pain. Le flic en civil resta ébahi d'incrédulité en voyant Albert pousser la porte des toilettes et arracher le .38 de l'étui d'épaule accroché au dossier de la chaise, la main tremblante, les yeux injectés de sang, exorbités par la peur, la poitrine dégoulinant de sueur.

Le visage du policier en civil ressemblait à une grosse horloge ronde et blanche dont les heures étaient comptées.

– Repose ça, Albert ! hurla Lucinda, pointant son .375 Magnum nickelé de ses deux mains dans l'embrasure de la porte.

Le flic en civil haletait, la poitrine comme une forge ; il empoigna son sein gauche, et sa respiration se leva de sa gorge comme un filet de bulles au sortir d'un tuyau d'air sous l'eau. Lucinda se tenait pieds écartés, l'estomac plissé comme un clin d'œil de chair au-dessus de ses Levi's blanchis par l'eau de javel. Les yeux d'Albert étaient de vraies soucoupes, et sa main droite serrée tremblait comme si on l'avait peinte à l'électricité.

– Tu ne veux pas faire une chose pareille, Albert ! dit-elle.

Elle posa le pouce sur l'éperon noueux du chien, qu'elle tira vers l'arrière. Les rainures crantées et le barillet se verrouillèrent avec le bruit que ferait une baguette sèche qui se rompt.

– Nous pouvons sortir de cette situation. Tous autant que nous sommes. Tu retournes au centre-ville. Personne ne te fera de mal. Je t'en donne ma parole. Baisse ton arme, Albert... Attends... Ne fais pas ça, ne laisse pas ta tête se laisser envahir par ces pensées... Albert !

Mais il était trop tard. Fac-similé d'homme à l'ossature douce et frêle d'un enfant, aux muscles en gelée, des peluches de coton dans le nombril et un serpent au sein lui dévorant le cœur, Albert implosait et se cherchait son exécuteur. Il agrippa l'arme des deux mains, ferma les yeux en serrant les paupières, se tourna vers Lucinda, et baissa la tête entre ses bras tendus tandis que son doigt se resserrait à l'intérieur du pontet.

Elle ne tira qu'une seule balle. Qui le toucha au sommet du crâne en l'envoyant cogner contre le mur comme s'il venait d'être frappé de plein fouet par une automobile.

L'air était âcre des odeurs de poudre et de chaleur sèche mêlées de relents de nicotine et de copulation du couvre-lit. Mes oreilles résonnaient encore du bruit de la détonation lorsque je vis le policier en civil qui montrait du doigt les queues-de-cheval rouges sur le papier peint du mur en gloussant de manière incontrôlée, le souffle aussi court qu'un asthmatique, la main gauche autour du cou, serrée comme un garrot.

Trois heures plus tard, après les paperasses, les questions, la suspension de service actif et la remise de son arme à Nate Baxter, je raccompagnai Lucinda en voiture jusque chez elle. Ou presque.

– Arrêtez-vous au coin de la rue, dit-elle.

– Pour quoi faire ?

– Je veux un verre.

– La journée est mal choisie pour nourrir le dragon, dis-je.

– Déposez-moi là, je peux marcher.

– Lucinda, voici ce qui va se passer. Ce soir, vous finirez par vous endormir. Vous ferez des rêves dérangeants, mais pas vraiment à propos de la fusillade. Comme si votre âme avait la migraine, qu'elle ne pouvait plus se permettre de se souvenir de quoi que ce soit. Puis vous vous réveillerez au matin, et pendant quelques instants, tout aura disparu. Et ensuite, boum ! vous allez sombrer à nouveau, comme sous une énorme vague, à croire que le soleil vient de mourir dans le ciel. Mais chaque jour, les choses iront un peu mieux, et au bout du compte, vous en viendrez à comprendre qu'il n'aurait pas pu en être autrement. En aucune manière.

Ses yeux luisaient de ce brillant artificiel qu'on rencontre chez un individu recru de fatigue qui viendrait de mordre un cachet d'amphet.

– Vous venez ou pas ? dit-elle lorsque je me rangeai contre le trottoir devant un vieux bar, avec devanture en bois et colonnade, sur Magazine.

– Je ne pense pas.

– À vous revoir, mon pote ! dit-elle en reclaquant la portière.

Elle entra dans le bar, le coin d'un mouchoir blanc dépassant de la poche arrière de ses Levi's, ses chevilles nues irritées par le frottement contre le dessus de ses tennis poussiéreuses.

Le moment était mal choisi pour laisser une dame en détresse livrée à elle-même, me dis-je, et je la suivis.

Il faisait sombre et frais à l'intérieur, dans l'odeur de sciure verte au sol et de crevettes que le barman noir faisait bouillir dans un chaudron sur le fourneau à gaz derrière le comptoir. J'allai jusqu'à un téléphone payant près de la table de billard pour appeler la maison. C'était la deuxième fois de l'après-midi que j'appelais sans obtenir de réponse. Je laissai un nouveau message.

Lucinda but un whisky-sour en deux gorgées. Ses yeux s'écarquillèrent puis elle relâcha lentement sa respiration, de façon quasi érotique, et commanda un deuxième verre.

– Vous vous joignez à moi ? demanda-t-elle.

– Non, merci.

Elle but une gorgée du verre.

– Combien de fois cela vous est-il arrivé ? dit-elle.

– Qui s'en soucie ?

– Je ne sais pas si je serai capable de reprendre le boulot.

– Quand c'est eux qui distribuent les cartes et refusent toute solution de rechange, vous mettez un terme à la partie qu'ils jouent.

– Combien de fois l'avez-vous fait ? Vous ne pouvez pas répondre à cette simple question ? dit-elle.

– Cinq fois.

– Seigneur Dieu.

Je sentis ma gorge se serrer, comme bloquée par une arête.

– Qui préférez-vous avoir à vos côtés là-bas, des gens qui font de leur mieux, ou tout un paquet de flics clonés sur le modèle de Nate Baxter ou de cette vieille peau de réac dans la chambre de motel ?

Elle termina son verre et fit signe au barman, qui vint la resservir d'un shaker chromé brumeux de gouttelettes. Elle posa les mains à plat sur le comptoir et fixa le dessus de ses doigts.

– J'ai arrêté Albert il y a quatre ans, dit-elle. Il avait volé une boîte de saucisses dans un Winn-Dixie. Il habitait le lotissement d'Iberville avec sa grand-mère. Il a pleuré quand je l'ai mis en cellule. Son responsable de mise à l'épreuve l'a expédié au trou.

– Des tas de gens ont rédigé le script de ce mec à sa place, mais vous n'en avez pas fait partie, Lucinda. Il arrive parfois qu'on se retrouve au bout du compte à mettre simplement le point final, dis-je.

Je dégageai le verre de whiskey du bout de ses doigts et fis faire demi-tour à Lucinda en direction de la porte et du crépuscule aux couleurs de mauve qui tombait sur les arbres au-dehors.

Je la ramenai chez elle et la raccompagnai jusque sur sa galerie. Les treillis étaient sombres, lourds et chargés de bignonias, les lucioles s'illuminaient dans la pénombre. L'ampoule au-dessus de nos têtes bourdonnait d'essaims d'insectes dans l'air frais. Lucinda s'immobilisa, les clés à la main.

– Voulez-vous que je rappelle un peu plus tard ? dis-je.

– Ça ira.

– Zoot est là ?

– Il joue au basket, ce soir.

– Ce ne serait peut-être pas une mauvaise idée de demander à quelqu'un de venir.

Son visage se releva vers le mien. Sa bouche était rouge, son haleine douce, chargée de l'odeur de bourbon.

– Je vous appellerai à mon arrivée à New Iberia, dis-je.

Elle avait les traits vides, le visage blême, le regard qui commençait déjà à se retourner sur lui-même, sur un souvenir qui resterait accroché dans son inconscient comme une chauve-souris endormie.

– Tout va bien aller, dis-je.

Je posai une main sur son épaule et sentis l'os sous la chair à travers le tissu du chemisier.

Mais rien n'allait bien aller. Elle baissa la tête et relâcha son souffle. Je me rendis compte alors de ce qu'elle regardait. Sur le bout de sa chaussure de tennis, restait une petite arabesque rouge de sang séché.

– Pourquoi a-t-il fallu que ce soit un petit bonhomme pathétique et effrayé comme Albert ? dit-elle.

Elle vacilla légèrement sur place et ferma les yeux, et je vis les larmes perler de ses cils sous les paupières closes et serrées.

Je passai le bras autour de ses épaules et lui tapotai doucement le dos. Son front était appuyé contre ma poitrine ; je sentai l'épaisseur de sa chevelure contre ma joue, la minceur fragile de son corps entre mes bras, le contact de son estomac contre mon bas-ventre. Sur la pelouse du voisin, la tête en fer d'un arroseur cassé se cabrait par à-coups sous la pression du tuyau et laissait dégoutter l'eau dans l'herbe.

Je lui pris des doigts la clé de sa porte, dure et rigide au creux de ma paume.

– Il faut que je rentre maintenant, Lucinda, dis-je. Où peut-on trouver Zoot ?

Je me retournai alors et vis la voiture rangée contre le trottoir, une Toyota blanche à deux portes. La voiture de Sœur Marie Guilbeaux, dont les petites mains avaient la blancheur de la porcelaine, posées patiemment sur le volant. Sur le siège du passager se trouvait Bootsie, le visage incrédule, paralysé, blessé de cette blessure que nul ne saurait masquer, comme si soudain toutes les certitudes de son existence se révélaient aussi fugaces que le négatif d'une photographie de jeunesse en train de se dissoudre sur un charbon ardent.

# Chapitre 22

Bootsie regardait droit devant elle tandis que nous suivions la I-10 le long des bancs de sable et de cyprès morts à l'extrémité nord du lac Pontchartrain. Mon cerveau fonctionnait en accéléré. Aucun des événements de la journée ne paraissait avoir la moindre cohérence.

– J'ai laissé les numéros de postes de Motley et de Lucinda sur le répondeur, j'ai laissé l'adresse du motel. Je ne l'ai quand même pas imaginé, dis-je.

– Ça n'y était pas, Dave.

– Est-ce qu'il y a eu une panne de courant ?

– Comment le saurais-je si je n'étais pas à la maison ? De toute manière, ça n'aurait pas affecté l'enregistrement.

– Il y a quelque chose qui cloche là, Boots.

– Tu as raison. Parfois, tu te soucies plus des autres que des membres de ta propre famille.

– C'est moche ce que tu dis là.

– Bon Dieu, mais il a appelé pendant que tu étais parti aux petits soins pour cette femme, Bergeron.

– Buchalter ?

– Qui d'autre ?

– Comment est-ce possible ? Nous venons de changer de numéro de téléphone.

– C'était Buchalter. Est-ce que tu crois que je serais capable d'oublier cette voix ? Il m'a même parlé de ce qu'il m'avait fait subir.

Je me tournai vers elle et la regardai. Ses yeux brillaient à la lueur verdâtre du tableau de bord. Passa un semi-remorque, et l'intérieur de la camionnette résonna du rugissement de son échappement.

– Qu'a-t-il dit d'autre ?

– Qu'il serait toujours avec nous. Où que nous soyons. Sa voix donnait l'impression de sortir d'une gorge voilée de sable mouillé. C'était obscène.

– Je crois que c'est un shooté. Il appelle quand il est chargé.

– Pour quelle raison cette femme vient-elle t'entraîner dans son enquête ?

– C'est aussi mon enquête, Bootsie. Mais tu as raison, je n'aurais pas dû y aller. C'était du travail à l'aveuglette. Un coup d'épée dans l'eau.

– Je n'arrive tout simplement pas à comprendre cet engagement que tu te sens obligé d'avoir à l'égard des autres alors qu'il y a un psychopathe qui essaie de nous détruire.

– Écoute, il y a quelque chose qui ne colle pas dans cette histoire. Tu ne vois donc pas ? Comment la nonne, c'est quoi déjà son nom, s'est-elle trouvée mêlée à tout ça ?

– Elle est passée me voir, c'est tout.

– Et ensuite, que s'est-il passé ?

– Rien. Qu'est-ce que tu veux dire ?

– Allons, réfléchis un peu. Que s'est-il *passé* après sa visite ?

– Elle s'est servi du téléphone. Pour appeler quelqu'un à l'hôpital, je crois.

– Quand Buchalter a-t-il appelé ?

– Un peu plus tard. J'ai essayé de te joindre au bureau. C'est à ce moment-là que le shérif m'a dit qu'il y avait eu une fusillade. Je ne pouvais pas supporter de rester tout bonnement à la maison en m'interrogeant sur ce qui t'était arrivé et en attendant un nouveau coup de fil de Buchalter. Marie et moi avons conduit Alafair chez Batist, avant de partir pour La Nouvelle-Orléans. Qu'est-ce que j'étais censée faire d'autre ?

– Qui a eu l'idée d'aller à La Nouvelle-Orléans ?

– Moi... Toutes les deux, je crois... Elle a vu mon angoisse, elle a essayé de se conduire en amie.

– Combien de nonnes à ta connaissance gravitent à la recherche des ennuis et sont toujours là quand les ennuis arrivent ? dis-je.

Elle me regardait maintenant.

– As-tu consulté le répondeur quand tu es rentrée à la maison la première fois ? demandai-je.

– Non.

– L'heure est venue d'aller se renseigner en détail sur Sœur Marie Guilbeaux, Boots.

– Tu penses qu'elle a effacé le message et appelé Buc... C'est complètement dingue, Dave. C'est quelqu'un de bien.

– Buchalter est un être de chair et de sang. Je crois que quelqu'un qui nous est proche lui vient en aide. Combien de candidats y a-t-il ?

Son regard se fixa sur le tunnel d'arbres devant elle. Je vis sa poitrine se soulever, puis retomber, tandis qu'elle portait les doigts à la bouche.

Le lendemain matin, dans mon bureau, je fis un tri parmi tous les documents de l'affaire, photographies de la scène du crime, rapports d'autopsie, tirages d'ordinateurs, cassettes audio, collantes, dossiers pénitentiaires des prisonniers, photocopies et fax arrivés d'autres services de l'ordre qui n'avaient rien à voir avec les meurtres du *vigilante*, Tommy

Lonighan, les frères Calucci, Will Buchalter et ses fidèles.

J'appelai également le bureau du diocèse catholique de Lafayette. L'évêque et son assistant n'étaient pas là. La secrétaire me dit que l'un d'eux me rappellerait ultérieurement. Elle venait de prendre ses fonctions et n'était pas certaine de connaître une Sœur Marie Guilbeaux.

Je relus par deux fois tous les documents sur mon bureau. Plus je lisais, plus l'affaire devenait obscure et confuse.

Clete Purcel avait toujours été bon flic parce qu'il fonctionnait en termes simples. Je sortis un bloc de papier jaune et un feutre de mon tiroir et essayai d'en faire de même. Ce ne fut pas facile.

Le propriétaire de l'atelier de réparation automobile où Zoot et moi-même avions été emmenés par Buchalter s'était révélé un alcoolique simple d'esprit et d'extrême droite qui avait déjà quitté l'État sur une accusation de bigamie. Il semblait que tous ceux qui auraient pu éventuellement nous mener à Buchalter avaient la manie de disparaître ou de quitter la planète.

La mère de Tommy Bobalouba avait émigré d'Allemagne et avait peut-être fait partie des Chemises d'Argent. Tommy voulait récupérer le sous-marin nazi avant Hippo Bimstine, et son discours était souvent antisémite. Mais, en réalité, Tommy n'avait jamais été tenant d'une idéologie quelconque, hormis celle de faire de l'argent. Il tirait fierté de son dossier militaire et de son patriotisme de classe ouvrière, et ne paraissait avoir aucun lien concret avec Buchalter.

Pourquoi cette tentative de Buchalter (s'il s'agissait effectivement de Buchalter) de faire endosser le meurtre de ses complices, les dénommés Freddy et Hatch, au *vigilante* ?

Se trouvait-il impliqué dans les meurtres ritualisés des fourgueurs de came noirs dans les lotissements de l'Assistance ? Si tel n'était pas le cas, combien La Nouvelle-Orléans contenait-elle de mutants psychologiques de son envergure et de son potentiel ?

Pourquoi Lonighan avait-il franchi cette vieille barrière ethnique qui survivait à La Nouvelle-Orléans en allant se mêler aux frères Calucci ? Y avait-il en cela un rapport quelconque avec les meurtres du *vigilante* ?

S'il vous est jamais arrivé de suivre une psychanalyse ou une thérapie orientée vers l'analyse, vous savez pertinemment que l'exploration de son propre inconscient par un individu donné peut s'avérer une quête fascinante. Et, dans le même temps, grandiloquente, expérience sans fin qui se nourrit et grossit d'elle-même et a souvent la même valeur pratique qu'une méditation sur ses propres génitoires.

Les processus de raisonnement inductif et déductif du travail de police offrent la même tentation. Vous pouvez vous y noyer. La vérité est que la plupart des individus, à l'exception des psychotiques, commettent des crimes pour des raisons prévisibles.

Question : Pourquoi voler ?

Réponse : C'est habituellement plus facile que de travailler.

Question : Pourquoi violer et brutaliser ? Pourquoi dérober aux gens leur identité en les terrorisant, en les dégradant à la pointe d'une arme, en les réduisant à des créatures pitoyables qui plus jamais n'auront de respect pour elles-mêmes ?

Réponse : Vous n'êtes pas forcé de reconnaître que vous êtes perdant de naissance et que, selon toute probabilité, vous étiez déjà méprisé dans le sein de votre mère.

La perception de Batist, comme celle de Clete, n'était pas obscurcie par la complexité d'une argumentation qu'il se serait forgée. Il avait grandi en Louisiane avant l'époque des Droits civiques, et il savait que nul ne tuait systématiquement les gens de couleur pour raisons de justice. Les victimes du *vigilante* étaient des êtres dont personne ne se souciait, des fourgueurs au petit pied dont la présence ou l'absence n'aurait jamais d'influence tangible sur le volume énorme du trafic de drogue à La Nouvelle-Orléans.

Le *vigilante*, pareil en cela à l'inspecteur en civil du motel qui était déterminé à tourmenter et briser émotionnellement Albert sur son chevalet de torture, était très sélectif quant à ses offrandes sacrificielles, et son dessein profond n'avait rien à voir avec une quelconque volonté de mettre un terme au problème auquel ses victimes étaient associées.

Mais le prêcheur avait dit quelque chose sur le chemin de terre, près de ma maison, quelque chose qui refusait de s'en aller, qui se raccrochait au bord de ma conscience comme une dent incluse qui palpite d'une douleur sourde pendant votre sommeil.

Qu'en serait-il si, en lieu et place d'un crime particulier, nous avions affaire à des gens, ou à des forces, qui souhaitaient créer de toutes pièces une situation qui autoriserait la criminalité politique, le despotisme caché sous le masque de la loi et de l'ordre, à devenir une façon de vivre ?

Était-ce aussi difficile à envisager ? Les éléments nécessaires à la réussite de l'entreprise paraissaient à portée de main, prêts à servir.

L'insécurité financière. L'absence de foi dans le gouvernement et les autres institutions traditionnelles. La peur des minorités, toujours suspectes, l'irritabilité, la culpabilité devant la présence visible des sans-domicile et des malades mentaux qui erraient dans les rues de toutes les villes de la nation, ce sentiment furieux, sans cesse remâché, que les choses partaient à vau-l'eau au centre en éclatant de toutes parts, que des bandes de sadiques armés étaient à même de pourchasser, violer, rouer de coups et tuer les innocents à loisir. Ou, de manière plus simple, le sentiment général que l'heure était arrivée de créer des exemples, de faire un clin d'œil à la Constitution et, peut-être une fois encore, de décorer arbres et lampadaires de fruits étranges.

Hitler avait été obligé d'incendier le Reichstag et d'en rejeter la faute sur un étudiant communiste pour s'emparer du pouvoir.

La vue d'une Los Angeles en flammes, d'automobilistes en train de se faire déchiqueter en direct à la télévision à coups de démonte-pneu, pourrait bien faire le même office.

Je restai trois heures absent du bureau cet après-midi-là, sur une histoire de fusillade dans un rade à musique noir au sud de la ville. Le blessé, qui avait reçu une balle dans le pouce, refusa d'identifier le tireur et sortit de la salle des urgences d'Iberia General sans avoir été soigné avant de repartir vers la paroisse au volant de sa voiture, la main enveloppée d'un chiffon trempé de kérosène, pour essayer d'écraser le frère de sa concubine au beau milieu d'un champ de canne à sucre. Le frère refusa de porter plainte. Conclusion de l'affaire : une grosse perte de temps.

Il plut cet après-midi-là, puis le soleil réapparut, l'air était frais et lumineux et les palmiers comme les chênes qui bordaient la rue brillaient d'un éclat vert et or. Au moment précis où je signais le registre de sortie, à 17 heures, Wally, le répartiteur, dont la masse imposante l'obligeait à respirer avec le souffle d'un asthmatique même lorsqu'il était assis, leva les yeux d'un message qu'il était en train de rédiger sur un carnet de mémo.

– Oh, salut, Dave. Je ne savais pas que tu étais encore là, dit-il. Le Monsignor a appelé du bureau de l'évêque à Lafayette. Son message était – il plissa les yeux devant sa propre écriture – : Oui, il connaît Sœur Guilbeaux et voudrait savoir si elle a des problèmes quelconques.

– A-t-il ajouté autre chose ?

– Non, pas vraiment. On aurait dit qu'il se demandait bien pourquoi le bureau du shérif s'intéresse à une nonne. Que se passe-t-il ? Une grande descente sur les clubs de bingo se prépare ?

Sa figure ronde rayonnait de plaisir à sa propre plaisanterie.

– Il t'arrive de passer à l'hôpital parfois. As-tu jamais vu une nonne là-bas, avec les cheveux roux dorés, dans les trente, trente-cinq ans ?

– Je ne la remets pas. C'est quoi, le problème, les nonnes frappent les patients à coups de règle sur les jointures ?

Il sourit à nouveau.

– Que dirais-tu de laisser tomber, Wally ?

Et Wally se redressa alors de son fauteuil, juste assez loin pour passer la tête par la fenêtre du répartiteur et regarder de chaque côté du couloir. Le visage était rubicond, rouge d'hypertension, la pochette de chemise débordait de gros cigares dodus enveloppés de cellophane.

– Est-ce que je peux te dire quelque chose d'important, Dave ? dit-il. Toutes ces histoires, là-bas, à La Nouvelle-Orléans, laisse ça tranquille. C'est des Noirs qui tuent des Noirs. Est-ce qu'on a pas assez de problèmes ici ? Laisse donc ces gens-là nettoyer leur propre merde.

– Merci d'avoir pris le message, Wally.

– Hé, pars pas d'ici en rogne. Les gens, ici, y t'aiment bien, Dave. Ce nazi qui est la cause de tous ces malheurs, y se fait prendre au bon moment dans la bonne situation, et ça va se régler net et clair, tu peux m'en croire, ouais. Et t'as pas de doute à avoir non plus sur ce que je veux dire, *podna.*

Il pela la cellophane d'un cigare qu'il mouilla en le roulant au milieu de la bouche, et frotta une allumette de ménage sur le fond du tiroir de son bureau.

Cette nuit-là, je ne parvins pas à dormir. À 1 h 30 du matin, j'entendis le tintement d'une boîte de conserve au fil de fer que j'avais tendu autour de la maison. Je sortis le AR-15 avec chargeur de trente balles du haut du placard, fit monter une balle dans la chambre, et sortis de la maison, l'arme à la main. Le vent soufflait dans les arbres, le ciel était plein de lune. Il n'y avait personne dans la cour ou près de la boutique à appâts. Tripod était sorti de son clapier et fouillait un trou d'armadillo près du hangar à tracteur. Je le pris dans mes bras, remplis sa mangeoire et ses bols d'eau et le remis dans son clapier. Puis je m'assis sur un seau retourné, dans les ténèbres d'un chêne, le AR-15 en appui contre le tronc, et attendis dix minutes pour m'assurer que le bruit que j'avais entendu un peu plus tôt avait bien été causé par Tripod.

Le clair de lune avait la couleur de l'étain sur les cyprès morts du marais. Mon voisin avait brûlé les chaumes de canne dans le champ derrière ma maison, et l'air était brumeux de fumée, dense d'une odeur qui ressemblait à la cannelle brûlée. Dans la quiétude de l'instant, sous le vent qui soufflait dans les feuilles en surplomb tandis que le clair de lune venait ébouriffer la surface du bayou, avec la silhouette d'un noir parfait de ma maison de chêne et de cyprès qui se découpait sur les mouchoirs de flammes vacillantes se tortillant au sortir de la terre calcinée du champ de mon voisin, j'eus quasiment la sensation d'être entré de plain-pied dans quelque négatif photo de mon enfance mis au rebut, en un autre temps, à une autre époque.

Dans le souffle du vent, je crus entendre une musique d'accordéon et de violon et les paroles de *La Jolie Blonde.* Pour une raison ignorée, je me rappelai une scène sortie droit de l'année 1945, aussi nette qu'une coupure de presse. C'était le jour de la Victoire, et mes parents m'avaient emmené dans un restaurant ouvrier à colonnades, avec trottoir de passage surélevé et grands volets pliants peints en vert qui se rabattaient au ras du mur. Ma mère arborait une toque couleur prune avec une voilette blanche épinglée sur le dessus, et une robe d'été sans manches en tissu mauve imprimé de fleurs rouges et vertes. Mon père, Aldous, venait de toucher sa paie, et il offrait des tournées de bière et dansait avec ma mère, tandis que le juke-box jouait :

*Jolie blonde, gardez donc c'est t'as fait*
*Ta m'as quit-té pour t'en aller,*
*Pour t'en aller avec un autre que moi.*

Toutes les portes du bar étaient ouvertes pour laisser entrer l'air frais après la pluie, et les ombres du soir comme les derniers reflets du soleil avaient la couleur tendre, d'un mauve mêlé d'or, de la canne à sucre juste avant la récolte. Les rues étaient pleines de gens, certains en uniforme, d'autres un peu ivres, et heureux tous autant qu'ils étaient parce que les lumières allaient de nouveau se rallumer sur la terre entière.

Puis ma mère m'avait soulevé dans ses bras pour me poser en équilibre sur sa hanche tandis que mon père souriait de toutes ses dents en me mettant son feutre avachi sur la tête. Ma mère sentait le lait et le talc de bain, les feuilles de menthe et les cerises parfumées au bourbon qui restaient au fond de son verre. C'était un temps heureux, un temps dont j'étais sûr qu'il n'aurait jamais de fin.

Mais mes deux parents étaient morts, tout comme le monde qui m'avait vu grandir.

Puis une autre image se mit à flotter derrière mes yeux, projection effrayante, bien proche du solipsisme, de ce qu'il pourrait en être si les Will Buchalter de ce monde étaient jamais autorisés à arriver à leurs fins. Je vis en mon for intérieur une ville comme La Nouvelle-Orléans la nuit, une avenue comme St. Charles, sauf qu'il ne s'y trouvait personne, comme dans les peintures de villages bavarois d'Adolf Hitler. Le ciel était un lavis d'encre noire, les chênes tendus de mousse le long des trottoirs aussi immobiles que la pierre; les maisons s'étaient transformées en prisons irradiant la peur, et les rues vides étaient éclairées des reflets obscènes de lampes au sodium qui n'autorisaient pas la moindre ombre, pas la plus petite cachette. C'était un endroit où les glandes avaient pris la place du cœur, où les rustres bottés au crâne rasé s'étaient vus nommés gardiens du soleil.

Le lendemain matin, j'appelai à nouveau le bureau de l'évêque. On me dit cette fois que l'évêque était parti à Washington et que le Monsignor se trouvait à Opelousas et ne serait pas de retour avant l'après-midi. Je laissai mon numéro.

À midi, j'eus un coup de fil de Tommy Bobalouba.

– Je t'offre une étouffée, dit-il.

– Je travaille pour l'instant.

– J'ai fait tout ce chemin en voiture pour te parler. Qu'est-ce que tu dirais de laisser tomber un moment et d'arrêter de jouer au limier ?

– La dernière fois que tu es venu ici, tu t'es servi de moi pour te faire un alibi pendant qu'on essayait de dessouder Nate Baxter.

– Et alors, tu as perdu de l'argent ? Ça veut pas dire que j'ai pas de respect pour toi.

– Qu'est-ce que tu veux ?

– Je veux *parler*. J'ai un putain de problème qui me pèse, mec. Et je ne peux en parler à personne d'autre que toi. T'as pas trente minutes à me consacrer, alors, va te faire foutre, Dave.

– Où es-tu ? dis-je.

Je roulai jusqu'au restaurant de fruits de mer sur la petite route qui conduisait à St. Martinville. Je le trouvai installé à l'intérieur, assis sur un haut tabouret du bar, en train de déguster un plateau d'huîtres. Il avait recouvert chaque huître de sauce Tabasco, et la sueur dégoulinait de sa chevelure meringue. Je reconnus trois membres de son équipe à l'une des tables, trois truands irlandais à la face lugubre et aux capacités mentales d'un fond de ruisseau, qui avaient toujours mis saloons et parties de craps à l'étage au service de Tommy, ou bien éliminé la concurrence lorsque celle-ci essayait de s'établir sur des territoires que Tommy s'était réservés.

Mais Tommy n'avait jamais utilisé de gardes du corps et, toujours désireux d'être socialement accepté par les classes supérieures de La Nouvelle-Orléans, il ne s'affichait pas ouvertement avec ses employés.

– Qu'est-ce que tu regardes ? dit-il.

– Ton équipe donne l'impression d'apprécier ce qu'elle mange, dis-je.

– Je ne peux pas amener mes gars déjeuner en ville ?

– Qu'est-ce qui se passe, collègue ?

– J'ai des problèmes personnels.

Il s'essuya la bouche de sa main, qu'il se mit à contempler.

J'attendis.

Il regarda autour de lui, ferma et rouvrit les yeux, le visage agité de contorsions comme un masque de caoutchouc, puis il fixa le vague d'un air égaré. Avant d'essayer de sourire, le tout en l'espace de quelques secondes.

– Hé, Dave, t'es allé à l'école catholique, t'as boxé aux Gants d'Or, dit-il. T'as même eu un prêtre irlandais comme entraîneur, le mec qui obligeait tous ses combattants à réciter un *Je vous salue Marie* dans les vestiaires avant de les faire sortir en leur disant de réduire les autres mecs en chair à pâtée.

– Ça me rappelle effectivement quelque chose, Tommy.

– C'était chouette, pas vrai, de grandir comme ça ? C'était le bon temps, à ce moment-là.

– Ce n'était pas si mal. Tu vas finir par me dire ce qui te trotte dans la tête ?

– J'ai voulu éviter cette opération de la prostate. Le toubib a dit que je pourrais me retrouver obligé de porter des couches. Alors on a essayé d'autres trucs. Il y a trois jours, le toubib me dit que ça s'est étendu. Comme un gros ver qui se fraie un chemin en me bouffant l'intérieur. J'ai pus à me préoccuper d'une opération quelconque. Tu comprends ce que je suis en train de te dire ? C'est une drôle de sensation. C'est comme si tu regardais une horloge dont quelqu'un viendrait d'arracher les deux aiguilles.

Je le vis alors sur son visage, cette grisaille, cette peau pincée à l'entour de la bouche, le vague du regard perdu dans les lointains, ce savoir qu'il venait de pénétrer dans un territoire psychotique lunaire où il n'y avait pas de compagnon de voyage.

– Je suis désolé, Tommy, dis-je.

Il utilisa une serviette en papier pliée pour éponger la transpiration qui perlait à la racine de ses cheveux. Il jeta un œil vers la grande baie vitrée au fond du restaurant. Au-dehors, on apercevait un petit lac sombre, et les feuilles mortes tombaient dans l'eau.

– Tu vas toujours à la messe ? dit-il.

– Oui.

– Je veux dire, pour de vrai, pas juste pour faire plaisir à bobonne ou quelque chose comme ça ?

– Qu'est-ce que je peux faire pour toi ?

– Écoute, si un mec est au courant de quelque chose, peut-être même à propos de gens qui se font descendre, des gens peut-être même qui méritaient ce qui leur arrivait, mais y fait pas ça lui-même, comme si c'était pas de son ressort, tu comprends ce que je veux dire, alors son âme, elle est pas salie, d'accord ?

J'essayai d'assimiler ce qu'il avait dit, mais autant vouloir essayer de trouver un sens moral ou théologique à un texte sanscrit lu à l'envers.

– Tu veux bien me la repasser doucement, celle-là ? dis-je.

– Écoute, de toute ma vie, j'ai descendu qu'un mec. Je veux dire la Corée mise à part. C'était lui, le mec que j'ai éliminé au tuyau d'arrosage. C'était une telle ordure que même le juge a déclaré qu'il faudrait le déterrer pour pouvoir l'électrocuter. Je ne me balade pas en tuant les gens, Dave. Mais si je savais, par exemple, ce qui est en train de se passer, du genre y'a d'autres gens qui font ça, et moi, je me dis qu'ils l'ont choisi, j'oblige pas les gens à faire ce qu'ils doivent faire, je m'occupe de mes miches, je serre les fesses et je traverse la fumée, c't'une putain de rude ville quand on veut s'en garder un morceau, tu finis avec la cervelle sur le papier peint, pasque c'est bien comme ça que ça se termine, pas vrai ?

– Je suis officier de police, Tommy. Peut-être bien que tu devrais réfléchir un peu à tout ce que tu racontes.

– Je me retrouve au troisième but. J'ai plus long à courir. Tu vas faire quoi, débarquer au cimetière pour m'arrêter ? Et si je faisais une contribution à l'Église ? Peut-être que tu connais un prêtre qui ne passe pas tout au râteau fin. C'est pas facile pour un mec comme moi de comprendre tous ces trucs, et d'en parler à des gens que je connais pas. J'ai la migraine.

Ses jointures et ses sourcils se crénelaient en demi-lunes de tissus cicatriciels ; ses yeux bleus brillaient, luisant comme la soie. Que répondre à un homme en colère, superstitieux, confus et troublé, qui n'a pas fait d'études, habité par un enfant effrayé, tandis qu'il essaie de marchander ses péchés pour limiter son ardoise à une simple amende avant son aller simple pour l'au-delà ?

– Je peux te présenter à un prêtre de mes amis, dis-je. Contente-toi de lui répéter ce que tu m'as raconté. Mais à ce stade, je n'irais pas m'aventurer à parler de contribution si j'étais toi.

– Quoi ? C'est comme si c'était un pot-de-vin ?

– Tu peux dire ça comme ça.

– Oh.

– Tommy, sais-tu quelque chose à propos des meurtres du *vigilante* ? Est-ce bien de ça que nous sommes en train de parler ?

Il se frotta le bout du nez d'une jointure.

– Si c'est le cas, pourquoi ne pas y aller franc jeu et vider ton sac ? dis-je.

Ses yeux s'exorbitèrent, et il me poignarda la poitrine d'un doigt raidi.

– Hé, je ne mange pas le morceau. Je ne cafte pas, si tu dis que si, Dave, toi et moi, on va pas tarder à redécorer c't'endroit du sol au plafond.

– *Adios*, dis-je.

– Hé, sois donc pas comme ça ! dit-il.

Il attrapa ma veste. Avant de la relâcher et d'en lisser le tissu de la main.

– Je suis désolé. On m'a fourré une bouteille de Coke au cul et je ne sais pas comment me comporter parfois. Écoute, moi et les frères Calucci, c'est fini. J'ai tiré un trait. Ils ne règlent pas leurs dettes, ils mentent, ils n'ont aucune classe, ils te chopent quand tu le vois pas et visent la tête pour te ratiboiser. Tu fais affaire avec des merdaillons et des têtes d'huile, tu peux t'attendre à des tas d'emmerdes dans ta vie.

« Je ne peux pas changer ce qui s'est déjà passé. Je veux dire, y'a peut-être quelques trucs que je suis en partie responsable, mais peut-être bien que je peux y faire un petit quelque chose. Ton pote Purcel... Holà, j'ai toute ton attention !

– Qu'est-ce qu'il vient faire là-dedans ?

– Il a rempli la Caddy de Max et de Bobo de béton devant une centaine de personnes qui rigolaient, tapaient des mains, et s'empoignaient l'entredeux. Même les flics plaisantaient entre eux à la radio sur ce qui s'était passé.

– Qu'est-ce que tu es en train de me dire, collègue ?

– Tu sais combien y'a de mecs à La Nouvelle-Orléans qui voudraient faire tomber Purcel ? Combien y'a de mecs qu'il a expédiés au trou ou fait passer par la fenêtre, combien se sont retrouvés la tête fourrée dans la cuvette des toilettes ? C'est un contrat ouvert, quinze plaques, n'importe qui peut le foutre en l'air. Et c'est pas tout, en plus. Y'a une prime de dix bâtons si c'est en morceaux. Tu sais, avec des polaroïds ou une cassette vidéo. »

Il pressa une tranche de citron sur une huître avant de porter la coquille à la bouche et d'aspirer le muscle. Mais au lieu de l'avaler, il baissa la tête et se vida la bouche dans une serviette.

– Je ne peux plus manger. Je ne me sens pas bien, dit-il.

Il laissa filer le regard vers la table où les trois hommes de son équipe mangeaient.

– Peut-être qu'on a de la chance de mourir du cancer à La Nouvelle-Orléans par les temps qui courent, dit-il.

– Est-ce qu'on a lancé un contrat sur toi aussi, Tommy ?

– Tu ressembles beaucoup à Purcel. Tu crois que les Calucci sont des clowns parce que tu leur as fait leur fête à coups de pelle et qu'ils n'ont même pas essayé de réagir. J'ai des trucs à t'apprendre, Dave. Ces mecs-là ravalent leur douleur et attendent. Y'a été un moment, un soldat de la famille s'embourbait la nana de Bobo. Ils ont attendu trois ans, jusqu'à ce que tout soit oublié, jusqu'à ce que la nana ait disparu de la circulation, jusqu'à ce que Bobo se traîne aux guêtres une demi-douzaine de nouvelles pétasses, puis ils ont invité le soldat en question sur leur bateau. Ils ont dîné, l'ont arrosé de bon vin, ils ont plaisanté sur la nana, comme s'ils étaient tous copains comme cochons et elle, un bout de côtelette de porc qu'ils se repassaient de main en main, et finalement, ils ont collé une arme à la tête du mec et l'ont obligé à se couper la queue.

Il se passa la main dans les cheveux, en essuya la transpiration sur sa chemise, relâcha son souffle, et commanda un double scotch sec. Les commissures de ses lèvres étaient grises comme des écailles de poisson.

À 17 heures, je n'avais toujours pas reçu de nouvelles du Monsignor de Lafayette. Avant de signer le registre de sortie, je le rappelai.

– Sa mère a été très malade. Peut-il vous rappeler chez vous, inspecteur Robicheaux ? Je sais que c'est ce qu'il voudra faire, dit la secrétaire.

– Oui, je lui en serais reconnaissant, dis-je en lui donnant mon numéro.

Bootsie et moi avions envisagé d'aller à une réunion des AA en ville à 19 heures, et je lui avais dit de ne pas préparer le souper. Au retour, je pris quelques maxi-sandwichs et du gros riz brun dans une boutique de repas à emporter près de City Park. Sur le chemin de terre qui longeait le bayou, la fumée d'un champ de canne calciné venait voiler le soleil, et l'air était chargé d'une odeur de feuilles brûlées mêlée au parfum de fleurs à éclosion tardive. Il pleuvait au sud, et le front gris des bourrasques, entaillé d'éclairs, se déplaçait depuis le golfe vers l'intérieur des terres. Le vent s'était déjà levé, relevant la mousse des cyprès du marais, et la plupart des pêcheurs de sortie, amateurs de sac-à-lait [1], avaient tourné leur barque en direction du ponton.

L'adjoint qui montait la garde devant la maison pendant la journée me fit signe et reprit le chemin de la ville. Je me garai dans l'allée à voitures et rentrai, chargé de mon sac de sandwichs et de riz. Toutes les fenêtres étaient ouvertes, les rideaux gonflés par le vent.

– Qui est à la maison ? dis-je.

Mais la maison resta silencieuse. J'allai dans la cuisine et posai la pile de sandwichs sur la table. C'est alors que je vis la bouteille de sherry et trois boîtes de bière vides à moitié enfouies sous un

1. En français dans le texte. Variété de poisson également appelé bachelier blanc. (*N.d.T.*)

enchevêtrement de journaux mouillés et de marc à café dans la poubelle en plastique. Je me frottai le visage de la main, puis j'ouvris le frigo dont je sortis un Dr Pepper, changeai d'avis sans raison, et reclaquai la porte en faisant cliqueter tout ce qui se trouvait à l'intérieur.

Le téléphone sonna sur le plan de travail.

– Inspecteur Robicheaux ?

– Oui.

– Monsignor LeBlanc à l'appareil. Je suis désolé de ne pas vous avoir contacté auparavant. Vous aviez appelé au sujet de Sœur Marie ?

– Oui, Marie Guilbeaux.

– Exact. Y a-t-il un problème ?

– Je n'en suis pas certain, à vrai dire. Je travaille en ce moment sur une affaire bizarre... Et Sœur Guilbeaux ne cesse d'apparaître ici et là aux moments les plus incongrus.

– Je suis désolé, mais je n'ai pas les idées très claires. Que voulez-vous dire par « apparaître » ?

– Exactement *cela*. Elle semble manifester un intérêt disproportionné pour des choses qui ne la regardent en rien.

– Vous voulez dire qu'elle est passée à New Iberia tout récemment ?

– Oui.

– Je ne comprends pas. Marie est repartie chez elle à Napoleonville il y a trois mois. Elle a eu quelques problèmes de santé.

Je restai un moment silencieux.

– À quoi cette dame ressemble-t-elle, Monsignor ?

– Elle est bien pour son âge, je dirais, mais bon, le temps n'épargne personne.

– Son âge ?

– Elle a presque soixante-dix ans. Quel âge pensiez-vous qu'elle avait ?

Après avoir raccroché, je m'assis à la table de cuisine et regardai par la porte-moustiquaire arrière la galette orange du soleil descendre dans la fumée qui montait du champ de canne en train de se consumer. Pourquoi n'avais-je pas vu ce qui crevait les yeux ? Elle se trouvait dans le service de soins intensifs lorsque Clete et moi avions interrogé Charles Arthur Sitwell, lequel, un peu plus tard, s'était vu expédier dans l'autre monde par une injection d'eau et de pâte anticafards. Même Alafair avait senti que quelque chose n'était pas à sa place en elle, que Sœur Marie Guilbeaux était présage d'ennuis et de discorde.

Je contemplai une nouvelle fois les boîtes et la bouteille de sherry vides dans la poubelle. Lorsque s'ouvrit la porte de la chambre dans le couloir, je ne pris même pas la peine de me retourner. Il était inutile d'essayer de nous rendre à une réunion ce soir. Les peurs et les angoisses de Bootsie l'avaient, de toute évidence, fait rechuter ; peut-être ferions-nous une autre tentative demain. Ou peut-être devais-je tout simplement la laisser libre de faire pendant un moment, la remettre entre les mains de mon Tout-Puissant et attendre qu'elle remonte d'elle-même de son trou noir. Comment pourrais-je exiger d'elle plus qu'il n'avait jamais été exigé de moi ? Mais indépendamment de ce que je choisirais de faire, la colère ne servirait à rien et ne servirait qu'à renforcer sa détermination à rester ivre.

Les relents d'alcool et l'odeur des cigarettes parvinrent à mes narines avant même que je ne sente l'haleine chaude contre ma joue, le frôlement d'ongle dans mes cheveux et sur mon crâne, la douce caresse de seins de femme contre ma nuque. Puis je sentis la bouche et la langue dans mon oreille, la main effilée qui glissait de ma poitrine vers mon bas-ventre. Je me retournai et relevai les yeux vers le visage de femme qui se faisait appeler Marie Guilbeaux.

## Chapitre 23

– Dure journée quand les écailles vous tombent des yeux et qu'on voit enfin clair ? dit-elle.

Elle tendit la main pour me toucher les cheveux. Une main que je repoussai.

– Où sont Bootsie et Alafair ? demandai-je.

– Bobonne est dans les vapes. Est-ce qu'elle n'envoie pas votre fille chez le Noir quand elle décide de se payer une biture ?

J'allai dans le couloir et ouvris la porte de la chambre. Bootsie était endormie, à moitié dévêtue, au-dessus des draps, le visage contorsionné, enfoncé dans l'oreiller. Les rideaux claquaient doucement dans le silence.

La femme qui se faisait appeler Marie Guilbeaux se tenait au milieu de la cuisine, occupée à se remettre du rouge à lèvres devant le miroir de son poudrier. Elle portait des jeans à la couleur délavée par le soleil, des sandales, un pull-over beige en éponge avec col en V plongeant, et une chaîne en or avec une perle autour du cou.

– Saviez-vous que la petite épouse avait un problème de dépendance ? dit-elle, les yeux toujours rivés au miroir.

– Qui êtes-vous ?

Elle plissa les lèvres face au miroir et referma le poudrier sur un déclic.

– Vous voulez le découvrir ?

Elle sourit. Ses yeux parurent s'assombrir, comme une fumée couleur anthracite qui s'accumule derrière une vitre verte. Elle dégrafa le haut de ses jeans, exposant le bord rose de sa culotte, puis mit les mains dans le dos et libéra son soutien-gorge.

– Assieds-toi dans le fauteuil, Dave. Il est temps que quelqu'un te fasse une petite gentillesse.

Je vidai son sac à main sur la table du petit déjeuner. S'y trouvaient des clés de voiture, un tube d'aspirine vide, un rouleau de pastilles de menthe, un vaporisateur de parfum et un portefeuille en daim. Dans le portefeuille se trouvaient six cents dollars, une carte de sécurité sociale et un permis de conduire au nom de Marie Guilbeaux. L'adresse sur le permis correspondait aux quartiers résidentiels de La Nouvelle-Orléans, du côté de la levée. Il n'y avait pas de carte de crédit.

– Est-ce que tu aimes vraiment que tout soit si difficile ? dit-elle avant de faire tourner la langue en cercle à l'intérieur de ses lèvres.

Elle ôta le soutien-gorge de sous son pull-over et le posa sur le dessus du fauteuil avant de croiser les deux mains sur ma nuque en pressant le ventre contre moi.

– J'ai le sentiment que bobonne ne te traite pas convenablement, dit-elle.

– Où est votre voiture ?

– Près du ponton.

– Y a-t-il quelqu'un avec vous ?

– Non.

Elle fit jouer son ventre tout contre moi.

– Je vais dire au service de remorquage de ne pas la rayer, dis-je en la faisant pivoter en demi-cercle.

– Quoi ?

– Le gars qui est sous contrat avec nous pour amener les voitures à la fourrière se montre parfois insouciant.

Je lui tirai les avant-bras dans le dos. Elle avait les poignets pâles et étroits, la face interne délignée de minces veines vertes. Je reclaquai les menottes sur chaque poignet avant de lui fourrer le soutien-gorge dans la poche arrière de ses jeans.

– La proposition est toujours valable. Avec les menottes. Penses-y, Dave. Ouuh... dit-elle en faisant la moue. Tu pourrais probablement même préférer ça à l'escalade d'une truie ivre.

– Essayez donc ça sur votre geôlier, Marie, dis-je. Il est noir, homosexuel et pèse cent cinquante kilos. Peut-être pourrez-vous lui faire virer sa cuti.

Le lendemain matin, au bureau, je m'offris une tasse de café et un beignet près du cagibi du répartiteur et appelai Clete à son bureau du Carré. Le soleil brillait, l'herbe et les arbres étaient mouillés de rosée devant ma fenêtre. Je l'avais appelé à deux reprises la veille sans avoir de réponse.

– La cassette de mon répondeur est foirée. Quoi de neuf ?

Je lui racontai ma conversation au restaurant avec Tommy Lonighan.

– T'as l'air furibard, dit-il.

– Je le suis.

– Qu'est-ce qui te remonte à ce point ?

– Je t'avais prévenu de ne pas provoquer ces mecs-là.

– Écoute, Dave, qu'est-ce que ça veut dire, en fait, un « contrat ouvert » ? Rien du tout. C'est un truc dont tous ces graillonneux aiment bien se vanter pendant qu'ils s'empiffrent de linguini. Quand ils décident vraiment de dessouder quelqu'un, ils font venir un torpédo, un soldat confirmé, un sociopathe à plein-temps, de Miami ou de Houston, et le mec sait *clairement* qu'il n'a qu'une alternative : ou il laisse de la viande sur le trottoir ou c'est lui le suivant pour la planche à refroidir.

– Clete...

– Laisse tomber, *mon.* Max et Bobo n'arrêtent pas de raconter des conneries. Il est temps que quelqu'un leur fourre le groin dans la cuvette.

– Je n'arrive pas à te comprendre. Pourquoi ne pas te coller au beau milieu des rails du tramway ?

– D'accord, grand mec, tu m'as prévenu. Écoute, est-ce que Motley t'a déjà appelé ?

– Non.

– Imagine-toi. Ce bon vieux Mots a arrêté assez longtemps de penser à la bouffe, à la chatte fraîche et à sa peau noire pour faire du vrai boulot d'enquêteur.

– Je crois que Motley, c'est le brave mec, au bout du compte.

– C'est bien ce que j'étais en train de te dire. Y'a des parasites sur la ligne ou quoi ? Hier après-midi, il s'est procuré des cuissardes-combinaisons auprès des pompiers, et on est partis tous les deux faire quelques éclaboussures dans ce marais de la paroisse de Lafourche. Ça a pris un moment, mais on l'a trouvé.

– Trouvé quoi ?

– Le gilet blindé. Le mec qui a étripé les deux raclures à la tronçonneuse, on a découvert l'endroit où il est sorti de l'eau sur la levée, pas loin de Larose. Il y avait des empreintes bien marquées dans la boue, qu'aurait pu laisser notre yéti. En tout cas, à deux cents mètres de là, dans le marais, il a largué le gilet pare-balles près d'un banc de sable. Les plaquettes de blindage portaient une demi-douzaine d'impacts de chevrotines.

– Pourquoi irait-il porter un gilet pare-balles ?

Clete éclata de rire, écarta le combiné de la bouche et rit à nouveau.

– Tu veux bien me mettre au parfum, que je partage ta rigolade ?

– T'es vraiment de toute beauté, Belle-Mèche. Il existe un secret que partage à peu près tout le monde, sauf mon vieux *podjo* du Premier. Tu es l'un des hommes les plus violents que j'aie jamais connus. Pourquoi crois-tu que Buchalter irait porter un gilet pare-balles ? Tu lui as probablement fait tacher le fond du calbar.

– Merci d'être allé là-bas, Clete.

– Attends une minute. Il y a autre chose. C'est peut-être important, peut-être pas. Il y avait un truc écrit sur le tissu. Le gilet venait des services de police de Toronto.

– Il est canadien ?

– Peut-être l'a-t-il obtenu dans un magasin de surplus. Mais c'est le début d'une piste, non ? Parles-en à Motley, de toute manière.

– Tu te souviens de la nonne qu'on a vue à l'hôpital ?

– Ouais, elle a besoin de quelqu'un pour lui battre ses effaceurs à craie [1] ?

– Non, à moins que tu ne veuilles lui rendre visite dans la cellule de la paroisse.

Je le mis au courant alors de tous les événements dans lesquels se trouvait impliquée la femme qui se faisait appeler Marie Guilbeaux.

– Pas à dire, mais c'est bien étrange comme arnaque, *mon*.

– Je parierais qu'elle et Buchalter ont les cordons ombilicaux noués ensemble.

– Sur quelle inculpation l'as-tu mise au frais ?

– Pas grand-chose.

1. Les nonnes enseignantes avaient la réputation de garder les élèves après la classe et de leur demander de nettoyer les effaceurs à tableaux chargés de craie en les battant l'un contre l'autre. (*N.d.T.*)

– Ne les laisse pas la libérer. Donne-moi l'adresse qui est sur son permis de conduire.

Je la lui lus à partir du rapport d'arrestation.

– Sale la veine s'il le faut. Tu sais pourquoi tout le monde aime les mecs régules ? Parce qu'habituellement ils sont perdants, dit-il.

– À plus tard, Cletus, dis-je.

Je raccrochai à l'instant précis où le shérif tapotait à ma vitre en me faisant signe de le rejoindre dans son bureau à l'autre extrémité du couloir.

Il but à même son flacon de médicament anti-ulcère avant de s'appuyer contre le dossier de son fauteuil pivotant en faisant rebondir le talon de la paume sur les accoudoirs capitonnés, le regard fixé sur les plantes en pot et la théière fleurie décorée main sur son rebord de fenêtre. Son estomac débordait de son ceinturon de fabrication artisanale comme un ballon de football à moitié dégonflé. Il le poignarda de ses doigts raidis.

– Tu n'as jamais eu d'ulcères, pas vrai ? dit-il.

– Non.

– Je crois que je suis en train de m'en préparer un nouveau. Je mange de la bouillie de maïs et de la nourriture pour bébé et je me lève le matin avec des barbelés dans l'estomac. Tu peux me dire pourquoi ?

– Je donne ma langue au chat.

– Que sommes-nous censés faire de la fille que tu as bouclée hier soir ?

– On essaie de la garder sous clé jusqu'à ce qu'on sache qui elle est.

– Elle n'a aucune arrestation sur son casier. En plus, l'inculpation que tu lui as collée sur le dos est une plaisanterie.

– Pour moi, ce n'en est pas une.

– À l'audience préliminaire, qu'allons-nous dire au juge ?

– La vérité.

– Qu'est-ce que tu penses de : « Votre Honneur, cette dame s'est fait passer pour une nonne catholique afin d'enivrer l'épouse de l'inspecteur Robicheaux. Parce que tout le monde sait bien que c'est ce que font les nonnes à leurs moments perdus. » ?

J'ouvris et refermai la main droite sur ma cuisse. Je fixai mon regard à quelques centimètres du côté de son visage.

– Excuse-moi, je n'aurais pas dû dire ça, dit-il. Mais au mieux, tout ce que nous aurons, ce sera un simple délit.

– Je pense qu'elle a assassiné Charles Sitwell à l'hôpital.

– Prouve qu'elle se trouvait sur place, là-bas, à l'hôpital, dans la chambre, sous sa tunique de nonne, et là, nous aurons quelque chose. Écoute, le permis de conduire et la carte de sécurité sociale sont authentiques. Elle déclare qu'elle n'a jamais dit à quiconque, pas même à toi ou à ta femme, qu'elle était nonne.

– Vous lui avez parlé ?

– Je me suis rendu à la prison tôt ce matin. Le geôlier l'a mise en isolement. Il y a deux gouines qui commençaient à s'échauffer.

– Elle leur plaît ?

– Tu plaisantes ou quoi ? Elles avaient une trouille à ne plus pouvoir en chier. L'une d'elles prétend que ta nana l'a menacée de lui coller une cigarette dans l'œil.

– Écoutez shérif, il n'y a rien de plus facile à obtenir comme pièces d'identité qu'un permis de conduire ou une carte de sécurité sociale. Mais elle n'avait pas de cartes de crédit. Et ça, parce que les organismes de crédit font une enquête sur les demandeurs de cartes. Elle a les mains sales, je pense qu'elle est acoquinée à Buchalter, et si nous la laissons filer, nous perdons la seule piste que nous ayons.

– Je le reconnais, elle a fait un sacré numéro d'actrice. Si je n'avais pas été au courant, je l'aurais probablement engagée comme baby-sitter pour mes petits-enfants.

– Quelle raison vous a-t-elle donnée pour expliquer sa présence dans ma maison ?

– Elle dit qu'elle a travaillé comme bibliothécaire à mi-temps et, aujourd'hui, elle essaie de devenir journaliste free-lance et d'écrire pour des revues. Selon elle, elle a rencontré Bootsie dans un bar et s'est liée d'amitié avec elle parce qu'elle a pensé que Bootsie était bien triste. Elle a un talent d'éloquence certain, Dave.

Il me regarda dans les yeux et détourna la tête.

– Bibliothécaire, où ça ? dis-je.

– Elle s'est montrée un peu vague.

– Je veux bien le croire.

Il mit un coude en appui sur le sous-main de son bureau et se gratta le creux de la joue d'un ongle rose.

– Elle a un avocat de Lafayette. Il fait déjà un foin de tous les diables dans le bureau du procureur, dit-il.

– Vous voulez parler à Clete Purcel ? Il l'a vue à l'extérieur de la chambre de Sitwell.

– Superbe témoin, Dave. Purcel a une collante que peu de taulards endurcis peuvent se vanter d'avoir. On dirait un truc qu'un virus d'ordinateur aurait imprimé par erreur.

– Je crois qu'il avait raison.

– À quel sujet ?

– Il m'a dit de saler la veine. Il savait ce qui allait ressortir de tout ça.

Le shérif fourra sa pipe dans sa blague en cuir et commença à bourrer le culot de tabac. Il ne releva pas les yeux.

– Je ne t'ai pas entendu dire ce que tu as dit, dit-il.

– C'est un point de vue personnel.

Il ne répondit pas. Je me levai pour quitter la pièce.

– Les Américains ont gagné la Révolution parce qu'ils ont appris à combattre des Indiens, dit-il. Ils tiraient, bien à l'abri derrière les troncs d'arbre. Je crois que ça vaut incontestablement mieux que de traverser un champ au pas avec cartouchières blanches en bandoulières et cuirasses argentées.

– Je n'ai jamais été très porté sur les allégories.

– Tout ce que j'ai dit, c'est que je n'ai pas entendu la remarque de Purcel. Le sac à main de la femme se trouve au greffe. Qui sait ce que le labo pourrait trouver ?

Il haussa les sourcils.

– Il faut la retenir comme suspecte d'assassinat, shérif.

– Il n'en sera rien, Dave. Tu vas à l'audience ?

– Et comment !

Il acquiesça en silence, alluma sa pipe et tourna ses regards vers la fenêtre.

De retour dans mon bureau, je consultai à nouveau tous les rapports concernant Will Buchalter. Quels étaient les dénominateurs communs ? Qu'est-ce qui m'avait échappé ?

Buchalter était un pervers, un sadique et sans doute aussi un drogué.

De toute évidence, c'était un psychopathe.

Ses fidèles étaient récidivistes.

Il donnait l'impression de connaître le monde des taulards, il avait parlé de « faire son temps », mais il nous avait été impossible de trouver le moindre casier criminel.

Était-il sodomite, était-il dépravé, ses fidèles étaient-ils tous des drogués ? S'agissait-il d'hommes qu'il avait retournés à ses fins en les violant pour les réduire à une forme d'esclavage psychologique ? Pourquoi pas ? Ce genre de choses se passait dans toutes les prisons du pays.

Sauf que Buchalter n'avait jamais été expédié au trou.

Peut-être Clete avait-il trouvé la réponse ? Peut-être cherchions-nous Buchalter dans le mauvais membre de l'équation ? Peut-être était-il le pompier pyromane ? Peut-être était-il l'un des nôtres ?

J'eus une conversation avec Ben Motley au NOPD. Les empreintes relevées sur le gilet blindé que lui et Clete avaient trouvé dans le marais correspondaient à celles que Buchalter avait laissées dans toutes les pièces de ma maison. Mais il n'y avait pas de numéro de série sur le tissu.

– Je ne passerais pas trop de temps là-dessus, dit-il. Ces groupes paramilitaires en ont des tonnes de ces trucs, comme s'il en chiait. Tu sais quel est encore le meilleur moyen d'épingler ce mec ? Mets la main sur une de ses raclures, et branche-lui la bite dans une prise de courant.

*Merci, Mots*, me dis-je.

Je passai ensuite un coup de téléphone, aux services de police de Toronto, division Vols, et eus au bout du fil un lieutenant du nom de Rankin. Non, il ne savait rien d'un gilet blindé volé. Non, il ne savait pas si les services avaient éventuellement pu revendre une partie de ses gilets ; non, il n'avait jamais entendu parler d'un Will Buchalter et, après m'avoir mis en attente pendant cinq minutes, il m'apprit que leur ordinateur n'avait aucune trace d'un quelconque Will Buchalter.

– Cet homme est un nazi ? dit-il.

– Entre autres.

– Qu'est-ce que vous voulez dire ?

– Il aime torturer les gens.

Il s'éclaircit la gorge.

– Il y a huit ou neuf ans de ça, je me souviens d'une affaire... non, ce n'était pas une affaire, en réalité, plutôt une mauvaise série d'événements concernant un inspecteur du nom de Mervain. Nous avions une recrue qui posait des problèmes à Mervain pour une raison ou pour une autre. Il ne pouvait plus se sortir ce mec-là de la tête. Il semblerait que le mec en question ait été soupçonné de nous avoir volé des armes, qui sait, peut-être y avait-il aussi des gilets dans le compte.

– Comment s'appelait la recrue ?

– Je suis désolé, je ne me souviens pas de tous les détails et je ne veux pas me planter et vous entraîner sur une fausse piste. Donnez-moi le temps de consulter une ou deux autres personnes, et je vous rappelle.

– Je vous en serais très reconnaissant, monsieur.

L'audience préalable de la femme qui avait usurpé l'identité de nonne avait été fixée à 11 heures, et mes meilleurs coups de dés ne me ramenaient que double-six, deux et trois. Clete appela en PCV d'un téléphone public de Metairie.

– C'est l'impasse, dit-il. Son adresse correspond à un immeuble qui a été démoli complètement il y a six mois.

– As-tu interrogé le voisinage à son sujet ?

– Je me trouve dans une cabine téléphonique en face d'un magasin de spiritueux avec des trous de balles dans les vitrines. Le trottoir est envahi d'ordures et de détritus. Pendant que je te parle, j'ai devant les yeux une collection de dégueulis ambulants qui me lancent des regards comme si j'étais un singe albinos. Devine un peu la couleur de peau des dégueulis ? Devine un peu la couleur de peau de tout le quartier ?

Le juge Robert Dautrieve présidait l'audience du matin, scène de théâtre étrange et ritualisée offrant à l'affiche ivrognes moroses et repentants qui puent la cellule de prison, escrocs à l'Assistance sociale, vagabonds à la cervelle dérangée, braconniers et tabasseurs d'épouses dont les conjointes effrayées, les yeux pochés, traînant derrière elles des filées d'enfants, plaident pour la libération de leurs époux. Pratiquement tous appellent par leur prénom huissiers, gardiens, employés des officines de caution, représentants du ministère public et avocats commis d'office ainsi que les travailleurs sociaux, qui resteront les gens les plus importants qu'ils rencontreront jamais. Et peu importe à vrai dire ce qui se passera ce matin-là en particulier lors de l'audience, pratiquement tous y reviendront, un jour ou l'autre.

Le juge Dautrieve arborait une crinière argentée et un profil de légionnaire romain. Durant la Seconde Guerre mondiale, il avait été récipiendaire de la médaille d'Honneur du Congrès pour sa bravoure à Sword Beach. Il avait également été candidat démocrate au poste de gouverneur et il avait perdu lamentablement, en grande partie parce qu'il était digne et honorable.

La femme qui se faisait appeler Marie Guilbeaux pénétra dans le tribunal dans la file des accusés sortis de la prison de la paroisse et entravés par une longue chaîne menottée aux poignets. Ses vêtements étaient défaits, son visage, blanc et bouffi par le manque de sommeil. Sur le dos de son pull-over beige s'étalait une tache marron humide, comme si elle s'était appuyée contre un mur où quelqu'un aurait craché son jus de chique. Lorsque le surveillant de la prison détacha son poignet de la chaîne, elle redressa les épaules, leva le menton et rejeta en arrière, de ses doigts en peigne, les cheveux roux doré qui lui retombaient sur le front. Son visage se changea en masque étudié – maîtrise de soi et sérénité – comme s'il avait été transformé par l'objectif d'une caméra.

Je m'assis à un mètre derrière elle, et fixai sa nuque. Elle se retourna lentement, on eût dit qu'elle avait senti mon regard sur sa peau.

– Dites à Buchalter que nous avons son gilet, dis-je.

Mais son regard passa sur moi sans me voir vers le fond de la salle du tribunal, comme si c'était la première fois qu'elle visitait de tels lieux, un regard inoffensif, stupéfié, peut-être un peu effrayé par la situation. Aux yeux de n'importe quel observateur de l'extérieur, il était évident que cette dame n'était pas à sa place, menottée ainsi à une chaîne par les poignets, ou en cellule, ou dans un tribunal à l'audience du matin où l'on traitait de mécréants dont la culpabilité et l'échec en train d'être débattus étaient aussi visibles sur leur personne que la toile à sac et les cendres d'un pénitent moyenâgeux.

Son avocat avait par le passé travaillé pour le ministère de la Justice des États-Unis. Il représentait aujourd'hui les trafiquants de drogue et un groupe d'industriels de l'incinération du PCB. Il avait le crâne chauve passé au rasoir et lustré, et, sur le haut des bras et des épaules, des crêtes de muscles en boule dignes d'un lutteur professionnel. Il arborait toujours col et cravate remontés haut sur le cou mince, qui lui donnaient l'apparence d'un Humpty-Dumpty large et court sur pattes.

– Dites à Buchalter que le gilet est couvert de ses empreintes, dis-je en m'adressant au dos de la fausse nonne. Ce qui signifie qu'il va tomber pour double homicide avec préméditation. Le truc vraiment méchant, Marie. Injection mortelle et grand sommeil, ce genre de truc.

Elle regardait droit devant elle, le visage impassible, presque royal, mais son avocat, qui parlait à un autre homme à la table de la défense, releva la tête et s'approcha du siège où je m'étais installé, ses yeux rivés aux miens.

– Qu'est-ce qui peut bien vous faire penser que la procédure légale ne s'applique pas à vous ? dit-il.

Son corps semblait exsuder de puissance physique et de cette odeur propre de club de gymnastique où se mêlaient déodorant et lotion après-rasage.

– Je demandais simplement à votre cliente de transmettre un message à l'un de ses associés, dis-je. Il a découpé deux mecs à la tronçonneuse. Et c'étaient ses amis. Un sacré mec.

– Vous harcelez cette femme, inspecteur. Et vous n'allez pas vous en tirer comme ça.

– Il est toujours rassurant de savoir que vous êtes dans l'autre camp, maître.

– Monsieur, votre place est dans une cage, dit-il.

Trente minutes durant, j'assistai au travail du juge tout à sa tâche d'essayer de guérir le cancer au mercurochrome, le visage pâlissant parfois, le regard qui se faisait vitreux lorsqu'un accusé à bout de nerfs se lançait dans un soliloque incohérent destiné à lui faire changer de rôle en le faisant passer pour victime.

Je sortis boire un verre d'eau avant de revenir m'asseoir non loin de la table d'accusation cinq minutes avant que l'usurpatrice de la nonne ne doive entamer sa défense. Le représentant du ministère public me regarda d'un œil impatient puis, ramassant un dossier, se dirigea vers l'endroit où j'étais assis. Sec comme un coup de trique, le visage gris agité d'un tic nerveux, il rebâtissait chaque jour son nid dans les câbles à haute tension. Il ne cessait de me frapper le genou de son dossier.

– Ça vaut peau de balle. Mais nom de Dieu, qu'est-ce que vous avez tous fabriqué ?

– Son adresse est fausse, dis-je. Est-ce que ça peut vous aider ?

– C'est de la merde et vous le savez. Vous passez votre temps à vous niquer le poing, et ensuite vous rejetez la faute sur nous quand ils s'en tirent, libres comme l'air.

– Que diriez-vous de mettre un ou deux bémols, Newt ?

– Vous voulez mon boulot ? Vous nous dites qu'on a la fiancée de Dracula dans la prison de la paroisse, mais vous espérez que j'entre là-dedans avec rien que ma bite à la main. Dautrieve n'est pas d'humeur à ça, croyez-moi.

– Elle avait un tube d'aspirines vide dans son sac. Je l'ai envoyé au labo ce matin. Peut-être y reste-t-il quelques traces résiduelles qui prouveraient qu'elle était en possession de stupéfiants.

– Un tube d'aspirine vide ? C'est ça le genre de preuves sur lesquelles je suis censé m'appuyer ? Est-ce que vous vivez sous bulle stérile ?

– Elle est branchée avec les nazis. J'en parierais mes miches, Newt.

– J'ai des nouvelles pour vous, c'est bien ce que vous êtes en train de faire. Elle parle de porter plainte. Elle a dit que vous aviez essayé de lui sauter au paf quand vous l'avez agrafée. C'était aussi une touche d'une intelligence rare que vous avez eue en lui fourrant le soutien-gorge dans la poche-revolver, Dave. Elle parle aussi de privation de droits civiques, calomnie, et agression sexuelle pendant qu'elle était au trou. Qu'est-ce que vous en dites ? Et dans deux minutes, il faudra que je me lève, face à la foule, pour me faire enfiler par ce porc de merde tout huileux qu'elle a engagé. Y'a pas à dire, vous me remplissez tous bien ma journée.

– Ne la laissez pas sortir d'ici, collègue.

– Ça devient du harcèlement verbal.

Le juge Dautrieve était occupé à remettre ses lunettes sur son nez et à essayer de ne pas laisser transparaître l'ennui sur son visage lorsque la femme qui se faisait surnommer Marie Guilbeaux arriva devant lui, son avocat à son côté. Il écouta attentivement l'accusation, un doigt en appui sur un sourcil argenté. Puis son regard passa du représentant du ministère public et revint sur la femme.

– Ce n'est pas un poisson d'avril, messieurs, n'est-ce pas ? dit-il.

– Votre Honneur, nous sommes convaincus qu'il existe une très forte probabilité que cette dame prenne la fuite, dit le représentant du procureur. Elle n'a aucune attache dans la communauté, nous sommes convaincus qu'elle use d'un pseudonyme, l'adresse portée sur son permis de conduire s'est révélée frauduleuse. En outre, elle est un suspect potentiel dans une affaire d'homicide. Nous sollicitons une caution maximale.

– Votre Honneur, ma cliente déclare qu'elle a été sexuellement agressée par l'inspecteur Robicheaux, dit l'avocat de la femme. Elle a été humiliée, placée en détention provisoire dans une cellule en compagnie de lesbiennes qui ont essayé de l'agresser, puis verbalement harcelée par l'inspecteur Robicheaux jusque dans cette cour de justice. Il n'y a rien pour étayer l'accusation portée contre elle, à l'exception de la parole de l'inspecteur Robicheaux, qui aura éventuellement à répondre d'une accusation criminelle à son endroit.

Le juge se retint de soupirer, ôta ses lunettes, et fit signe des deux mains. Voyant que nul ne bougeait, il dit :

– Approchez, approchez, approchez. Il se fait tard, messieurs. L'opéra de quat'sous qui se déroule ici demande à se terminer. Ceci vous concerne également, inspecteur Robicheaux.

Les deux avocats et moi-même nous approchâmes de la barre. Le juge Dautrieve se pencha en avant, en appui sur les avant-bras, et laissa filer son regard sur nos trois visages.

– L'un d'entre vous voudrait-il bien m'expliquer ce que nous sommes en train de faire ? dit-il. Tout ceci ferait-il partie d'un film hollywoodien ? Dois-je prendre ma carte du Syndicat des acteurs ? De *quel* homicide parlons-nous, monsieur ?

– L'ex-détenu qui a été assassiné à Iberia General, Votre Honneur, dit l'accusation. Il faisait partie d'un groupe néonazi. La femme a été vue à l'hôpital en guimpe de nonne, tout près de la chambre de cet homme.

– Vue par qui ? Quand ? dit le juge.

– Par l'inspecteur Robicheaux et d'autres.

– Je ne vois pas les *autres*. Vous n'avez pas non plus répondu à toutes mes questions. Vue quand ? À l'heure de la mort ?

– Nous n'en sommes pas sûrs.

– Pas sûrs ? Merveilleux, dit le juge.

– Cela n'a rien à voir avec l'accusation dont elle répond aujourd'hui, de toute manière, dit la défense.

– Ce qui signifie qu'elle a toutes les raisons du monde pour ne pas revenir ici, dit l'accusation.

Le juge me regarda alors dans les yeux d'une expression égale.

– Quel mobile cette dame aurait-elle de venir chez vous et de vous dire qu'elle est nonne alors qu'en fait il n'en est rien ? dit-il.

– Je suis convaincu qu'elle voulait du mal à mon épouse, Votre Honneur, dis-je.

– De quelle manière ?

Je m'éclaircis la gorge avant de dégager mon col de chemise.

– Monsieur ? dit-il.

– Elle a tenté de faire boire mon épouse à l'excès, Votre Honneur.

– Voilà une déclaration plutôt unique en son genre, dit-il. Pour être honnête, je ne pense pas en avoir jamais entendu de telles. Vous êtes en train de me dire que la présence d'une nonne a conduit somme toute, d'une certaine manière, votre épouse à avoir des problèmes avec l'alcool ?

– Je pense que l'humour au détriment d'autrui n'est pas digne de la cour, Votre Honneur.

Je vis le regard du représentant du procureur s'illuminer de colère.

– Vous vous trompez lourdement si vous croyez que je vois quelque humour en tout ceci, inspecteur. Reculez-vous, tous, dit le juge.

Lorsqu'il croisa les mains, les jointures de ses doigts ressemblaient à des pièces blanches de dix *cents*.

– Je n'aime pas que l'on se serve de mon tribunal comme d'une scène de théâtre. Je n'aime pas les exposés bâclés, je n'aime pas les enquêtes bâclées, je n'aime pas l'attitude d'un officier de police et d'un représentant du ministère public lorsqu'ils essaient d'obtenir un traitement de faveur ou un privilège de la cour aux dépens de l'accusé. J'espère que je me fais bien comprendre. La caution est fixée à trois cents dollars.

Il abattit vivement son marteau sur un petit bloc de chêne.

Sur le chemin de la sortie, le représentant du procureur me prit le bras.

– N'y pensez donc plus, Dave. J'ai toujours plaisir à appeler à la barre un témoin qui me fait passer pour quelqu'un qui aurait le cul à la place de la tête. Pourquoi n'avez-vous pas balancé sa cravate à la figure de Dautrieve pendant que vous y étiez ? dit-il.

Je suivis la femme et son avocat jusqu'à la Lincoln bordeaux de ce dernier. Le soleil brillait, le ciel était clair et lumineux, les feuilles rebondissaient sur la pelouse fraîchement manucurée.

– Ne lui adressez pas la parole, dit l'avocat en ouvrant sa portière.

– Il n'y a pas de problèmes. Nous sommes de vieux copains, en réalité. Lui et moi avons en partage des tas de secrets de famille. À propos de bobonne et tout ce qui s'ensuit, dit-elle.

Elle enfila une paire de lunettes noires et se mit en devoir de nouer un bandana à fleurs autour de ses cheveux.

– Vous avez un gros dénominateur commun en partage avec la plupart des artistes de l'arnaque, Marie. Vous êtes rusée, mais vous n'êtes pas intelligente, dis-je.

– Oh, fais-moi mal, Dave, bien profond, dit-elle en m'adressant une moue.

– Vous n'avez pas compris ce que je vous ai dit dans la salle de tribunal. Buchalter va être inculpé du meurtre de deux de ses propres hommes. Mauvaise pub quand on dirige une cause. Même ses fidèles à la cervelle ramollie lisent les journaux.

Elle crocheta son sac autour du poignet avant de poser une main sur la hanche.

– J'ai un problème. Mon tracteur ne donne plus aucune traction. Est-ce que tu pourrais m'accorder quelques minutes, mon mignon ? dit-elle.

– Marie, ne perdez plus de temps avec cet homme, dit son avocat.

– Qu'en dis-tu, Dave ? Ça ne dérangera en rien tes rapports avec la truie. Je crois me souvenir qu'un artiste de la manivelle t'a rechargé les batteries d'un joli paquet d'électricité. T'aimerais pas une petite baise-plaisir pour suivre ?

J'ouvris la portière de sa voiture et posai la main bien serrée autour de son avant-bras. Sa peau blanchit à l'entour de mes doigts. Des bribes de couleur déchiquetée se mirent à danser derrière mes paupières, pareilles aux langues de flamme orange qu'on aperçoit au cœur d'un brasier de pétrole, j'entendais mes oreilles bourdonner d'un bruit de ronron, comme un vent qui soufflerait à l'intérieur d'une conque. Je vis la moitié supérieure du corps de l'avocat par-dessus le toit de la voiture, je vis sa tête en crâne d'œuf, sa large cravate, son haut col, je vis sa bouche s'ouvrir et une lueur de crainte transparaître dans ses yeux.

– Il n'y a pas le moindre problème, maître. Je veux juste m'assurer que vous n'allez pas nous accuser de manquer à nos devoirs de courtoisie dans la paroisse d'Iberia, dis-je.

J'obligeai brutalement la femme à s'asseoir sur le siège passager. Ses lunettes de soleil lui tombèrent du nez pour atterrir sur ses genoux.

– Bonne balade, Marie. La journée est superbe. Foutez le camp loin de ma maison et n'y revenez pas. La prochaine fois, ce sera sous pavillon noir.

## Chapitre 24

En fin d'après-midi, ce même jour, le lieutenant Rankin des services de police de Toronto me rappelait pour m'informer de tout ce qu'il avait appris auprès de ses collègues ainsi que dans le dossier concernant le décès d'un inspecteur des Vols du nom de James Mervain.

– Voici ce qu'il en ressort, dit-il. Mervain était un de ces mecs dont l'existence donne l'impression d'échapper à toute maîtrise – la gnôle, une inculpation pour brutalité, une femme qui couche avec un autre flic, il a été soupçonné d'être peut-être gay – aussi, quand ça lui montait un peu trop à la tête, les gens ne prêtaient pas attention à ce qu'il avait à dire. Vous me suivez ?

– Oui.

– Il travaillait avec une recrue du nom de Kuhn ou Koontz. Peut-être connaissait-il le mec en dehors du boulot, grâce à une sorte de réseau gay...

– Je ne comprends pas, vous n'êtes pas sûr de son nom ?

– C'est bien ce qui est bizarre. Deux flics du service se souviennent de cette recrue et ils sont sûrs que le nom était Kuhn ou Koontz. Mais le nom n'est pas dans l'ordinateur. Probable qu'on l'a effacé, je ne sais pas. En tout cas, Mervain a commencé à raconter à la cantonade que Kuhn, ou quel que soit son nom, avait quelques problèmes. En particulier qu'il aimait faire du mal aux gens. Mais si c'était vrai, il n'avait jamais fait ça dans l'exercice de ses fonctions. Ce qui a laissé tout le monde à penser que Mervain menait une vie secrète, qu'il fréquentait les bars gay, et avait des comptes à régler avec ce gars, des problèmes personnels ou des griefs d'ordre sexuel.

« C'est à ce moment-là qu'on a volé un stock d'armes, des armes sérieuses, pas des babioles, dans une armurerie du service – des pompes calibre 10, des pistolets paralysants, des .357, des automatiques 9 mm, des munitions capables de percer un blindage, rien que des trucs comme ça. Mervain a soutenu que c'était Kuhn qui était derrière ça. En fait, un gardien a été arrêté dans l'affaire, mais il est décédé avant de passer en jugement. C'est à peu près à ce moment-là que Kuhn a disparu, pour autant que les gens s'en souviennent.

« Et Mervain a donné l'impression de devenir cinglé. Il s'est fait arrêter pour conduite en état d'ivresse, il s'est fait tabasser dans un bar, il se présentait au boulot avec une gueule de bois telle que personne ne pouvait lui parler avant midi sans se faire décoller la tête. Il a mis son nom sur les listes de mailing d'une demi-douzaine de groupuscules de haine et il s'est mis à ramener toute cette littérature nazie au bureau et à essayer de convaincre les gens que Kuhn était membre d'une conspiration internationale dont le but était de faire renaître le Troisième Reich. Le service l'a adressé à un psychologue, mais apparemment, ses obsessions sont devenues encore plus marquées.

« Et un lundi, il ne s'est pas présenté au travail. Son ex-épouse ne savait pas où il était, son appartement était vide, et des gamins avaient complètement dégarni sa voiture. Deux semaines plus tard, le propriétaire d'un hôtel minable de dernière zone nous a appelés. Dans l'une de ses chambres, les asticots sortaient de sous la porte. Nos hommes ont été obligés de démolir la porte à la masse. Mervain avait cloué des planches en travers de la porte. Jusqu'où voulez-vous que j'aille dans le détail ?

– Allez-y, dis-je.

– L'inspecteur qui a conduit l'enquête est toujours dans le service. Il dit qu'il n'a jamais eu une affaire comme celle-là sur les bras. Ni avant, ni depuis. Mervain s'est pendu, nu, tête à l'envers, les chevilles attachées par une corde à piano et ensuite il s'est collé un Luger allemand dans l'orbite et a lâché la sauce.

– Vous voulez me dire que vous avez tous classé ça comme suicide ?

– Les examens de labo ont montré sans l'ombre d'un doute que c'était lui qui avait appuyé sur la détente. La porte était fermée, clouée à demeure. La fenêtre était verrouillée de l'intérieur. Sa vie professionnelle comme sa vie personnelle étaient un vrai désastre. Comment auriez-vous classé l'affaire ? »

Je tapotai mon sous-main d'un trombone.

– Écoutez, il y en a eu d'autres qui se sont posé des questions à l'époque, mais il n'y avait pas la moindre indication qu'une autre personne ait pu se trouver dans cette chambre, dit-il.

– Que voulez-vous dire, *se sont posé des questions* ?

– La chambre était pleine de littérature de haine et de propagande nazie. Les murs et le plancher en étaient couverts. Mais tous ses vêtements, sauf ce qu'il portait, avaient disparu. Tout comme son portefeuille et le calepin qu'il avait toujours sur lui.

– Quelqu'un se rappelle-t-il à quoi ressemblait ce Kuhn ?

– Deux flics ont utilisé les mêmes mots – « à un grand mec blond ».

– Je vais transmettre par fax un portrait-robot. Voudriez-vous m'envoyer tout ce que vous avez sur l'affaire Mervain ?

– Naturellement. Écoutez, il y a autre chose. Deux jours après le classement de l'affaire comme suicide, le réceptionniste a appelé pour nous dire que la veste de Mervain se trouvait dans le salon d'entrée, sur le dossier d'un fauteuil. Il voulait savoir ce qu'il devait en faire.

– Oui ?

– Dans l'une des poches, se trouvait une serviette en papier provenant d'un bar gay. Mervain y avait rédigé un petit mot. Quelqu'un l'a collé dans la chemise du dossier. Je vais vous la lire : *Schwert... Schwert... Schwert... Il s'appelle Schwert. Je suis devenu son fou et son esclave. Je sais qu'il est là-dehors, il vole dans les airs au milieu de la tempête hurlante. Personne ne me croit, je ne vois aucun espoir.* Un peu triste, pas vrai ? Vous avez une idée de ce que ça pourrait vouloir dire ?

– Quel genre d'études Mervain avait-il faites ?

– Voyons voir... Licence en sciences humaines, maîtrise en administration de la justice. Pourquoi ?

– Je n'en suis pas sûr.

– Peut-être que nous avons foiré ce coup-là.

– Bienvenue au club. Merci de m'avoir consacré votre temps, monsieur.

Tôt le lendemain matin, j'allai à La Nouvelle-Orléans et, après m'être rendu à l'officine de prêts contre caution qui servait de couverture aux Calucci, je trouvai Max chez sa mère, dans un vieux quartier résidentiel près de Canal non loin du restaurant de Mandina. La maison était de style victorien tardif, avec large galerie, peintures grises et blanches refaites de frais, et rosiers-buissons en fleur sur toute la pelouse.

La famille célébrait l'anniversaire d'un petit garçon et déjeunait sur des tables de jardin en séquoia dans l'arrière-cour. On avait noué des ballons aux arbres et au mobilier, et les tables étaient couvertes de plats de pâtes et de pâtisseries à la crème, saladiers de saucisses rouges, carafes emperlées de gouttelettes pleines de limonade et de thé glacé. Max Calucci trônait au beau milieu de la fête, en maillot de corps et pantalon de toile, les épaules brunes capitonnées de poils bruns aussi fins que la fourrure d'un singe.

Il fallait bien lui reconnaître au moins ça. Pas un instant son expression ne changea lorsqu'il me vit à la grille du jardin. Il découpait un gâteau et en offrait les parts aux enfants en continuant à raconter une histoire en italien à une femme obèse habillée de noir et un homme âgé s'appuyant sur une canne mince. Il s'excusa, ébouriffa la chevelure d'un gamin et se dirigea vers moi, un verre de limonade à la main.

– T'as des affaires à régler avec moi ? demanda-t-il.

– Si tu en as à régler avec Clete Purcel, alors, oui.

– Il ne peut pas s'exprimer tout seul ?

– Souhaite qu'il n'en fasse rien, cela vaudrait mieux pour toi, Max.

– C'est quoi, un nouveau numéro de grand dur ? T'as pris ta pelle avec toi ?

– Non.

Ses yeux étaient d'un noir liquide, comme une peinture fraîche encore humide.

– T'as une proposition de marché à me faire ? C'est pour ça que t'es ici ? dit-il.

– Peut-être bien.

Il but une gorgée de sa limonade sans que son regard quitte jamais le mien. Puis il ouvrit la grille en fer basse, d'une poussée du pied.

– La journée est belle, et c'est une occasion spéciale. Je n'en veux à personne quand il fait beau comme ça. Prends un gâteau, dit-il.

– On peut bavarder ici.

– Quoi, t'es trop bien pour t'asseoir à la table d'anniversaire de mon neveu ?

Je mangeai un éclair à la crème au soleil près du mur du jardin. L'air était chaud et sec, la brise soufflait dans les bananiers et ridait la surface de l'eau dans la piscine surélevée. Les invités autour des tables étaient des membres de sa famille et leurs amis – représentants de la classe ouvrière, propriétaires de petites épiceries et cafés, manœuvres du bâtiment, membres du syndicat des plombiers –, qui faisaient leur chemin de croix tous les vendredis du Carême, mangeaient et buvaient à chaque repas comme s'il s'agissait d'une célébration païenne, ne se mariaient qu'une fois et se vêtaient en noir de deuil avec la conviction de nonnes.

Max, toujours à table, peigna ses cheveux en arrière pour masquer sa calvitie au sommet du crâne, nettoya le peigne de ses doigts, colla l'embout d'un cigare à bout filtre entre ses lèvres puis me fit signe de le rejoindre à un belvédère à l'extrémité de la cour. Les palissages en étaient couverts de bignonias ; à l'intérieur, la table à dessus de verre et les chaises en fer peintes en blanc étaient froides au toucher dans la pénombre épaisse.

Max alluma son cigare et laissa filer la fumée entre ses lèvres. Ses épaules étaient brunes, sa peau à l'aspect huileux tranchant sur les deux bandes blanches du maillot de corps.

– Dis-le, dit-il.

– J'ai entendu dire que Bobo et toi aviez lancé un contrat ouvert sur Clete.

– T'as eu ça de Lonighan ?

– Qui peut bien se soucier d'où ça vient ?

– Lonighan, c'est une cloche qui ne paie pas ses dettes.

Je me penchai en avant et me frottai les mains.

– Je me fais du souci pour mon ami, Max.

– Tu devrais. Il a la cervelle radioactive ou quelque chose du genre.

– Je ne suis pas ici pour défendre ce qu'il fait. Je veux juste que vous décommandiez le contrat sur sa tête.

– C'est lui la victime ? T'as vu ma putain de bagnole ? C'est pus une bagnole. C'est un bloc de béton.

– Allons, Max. C'est vous qui avez commencé en faisant pression sur sa petite amie.

– Tout ça, c'est de l'histoire ancienne. Elle a remboursé le prêt et elle a réglé les arriérés d'intérêts. Tous les péchés sont oubliés.

– Voici le marché que je propose. Toi et Bobo avez essayé d'éliminer Nate Baxter. Je pense que vous avez dû faire ça sans le consentement de la Commission. Que se passerait-il si des renseignements de source bien informée leur parvenaient sur deux mecs de La Nouvelle-Orléans qui ont essayé de dessouder à la va-vite un administrateur de la police ?

– C'est avec ça que tu veux me remonter la manivelle ? dit-il.

– Ouais, je crois bien.

– Alors, c'est que de la merde en barre.

– Qu'est-ce qui te rendrait vraiment heureux, Max ?

Il sourit. Je sentis mon pouls se gonfler dans ma gorge ; je me frottai les jointures de la paume. Je gardai un regard indifférent et tournai la tête vers le rideau de bignonias qui se gonflait sous la brise.

– Je veux les deux cents bâtons que Tommy nous doit, à Bobo et à moi. Ce putain d'Irlandais va crever et il va emmener sa dette dans la tombe. Tu lui mets les poucettes dans le bon sens, on récupère notre pognon, et j'aurai plus aucun souvenir de mes ennuis avec Clete Purcel.

– Pas facile.

– Tu connais quelque chose de facile, toi ? Comme on dit, la vie, c'est une garce, et après, t'es mort pour un bout de temps.

La cendre de son cigare vola sur mon pantalon. Je la brossai avant de mettre mes lunettes de soleil et de regarder vers la lumière.

– Et alors, t'es sentimental à propos de Lonighan ou quoi ? dit-il.

– Non.

– C'est bien. Parce qu'il te roule dans la farine. Lui et Hippo Bimstine. Tous les deux.

– Oh ?

– C'est une surprise, c'est ça ? Les mecs comme toi, Robicheaux, ça me déchire les tripes. Tu crois que les Juifs sont des martyrs, les Irlandais, de grands rigolos qui chantent *Rosie O'Grady* au coin de la rue, et les Italiens, des anus artificiels. Dis-moi si je me trompe.

– Tu allais me dire quelque chose concernant Tommy Les-Yeux-Bleus ?

– Ouais, il s'est bourré sa grosse gueule d'Irlandais gras à lard à grands coups de gnôle en se marrant, comme quoi tu faisais confiance à Hippo Bimstine et que tu pensais que c'est le mec important parce qu'il défend toutes ces causes libérales.

– Je vois.

– Tu vois ? Je crois que t'as de la merde dans les yeux. Tu vois que dalle. Lonighan dit que Hippo a volé des trucs à la bibliothèque publique, des trucs sur le sous-marin nazi pour que tu ne puisses pas apprendre ce qui se trouve à l'intérieur.

– C'est sérieux ?

– *Ouais*, putain que c'est sérieux.

Je me penchai en avant et commençai à gratter les cals que j'avais sur la paume. La brise était entêtante, chargée de l'odeur de chrysanthèmes et de bougies d'anniversaire éteintes.

– Toi et moi avons quelque chose en commun, dis-je.

– Je ne crois pas.

– Je suis tombé un jour sur une inculpation de meurtre. Est-ce que tu savais ça ?

– C'est censé m'impressionner ?

– Voici le marché, Max. Annule le contrat sur Clete et je reste en dehors de ton existence.

– Tu fais pas partie de mon existence.

– Voici le reste de l'histoire.

– Ça m'intéresse pas, dit-il. Je vais te dire quoi. C'est l'anniversaire de mon neveu, tu es venu jusqu'à la maison de ma mère et tu as fait preuve de respect, tu ne t'es pas comporté comme le connard d'ivrogne que tout le monde dit que tu es. Ça veut dire que je vais laisser passer à l'as toute cette histoire, et ça inclut ce que tu m'as fait chez Lonighan. Alors tu peux dire à Cervelle-en-Biroute que les compteurs sont à zéro, il a droit à un laissez-passer qu'il mérite pas. J'ai des affaires à diriger et j'ai pas de temps à perdre à ces conneries. Est-ce que c'est bien clair maintenant ?

– J'espère que t'es un homme de parole, Max.

– Va te faire foutre et casse-toi d'ici.

Lorsque j'ouvris la grille, prêt à sortir, je remarquai un entrelacs de roses en fer décoratives soudées à la va-vite au milieu des barreaux. Le bouquet était déséquilibré à l'endroit où une rose avait été cassée à la base. Je passai le gras du pouce sur les arêtes saillantes de la tige brisée et retournai la tête vers Max. Il ne m'avait pas quitté un seul instant du regard. Il faisait tourner un cigare non allumé au milieu de sa bouche.

La réunion des AA se tient au deuxième étage d'une église en briques qui avait fait office d'hôpital de campagne pour les blessés confédérés en 1863, puis d'écurie pour la cavalerie de l'Union du général Banks. Au-dehors, les rues sont mouillées et fraîches, vides de gens, les volets tirés sur les devantures des magasins sous les colonnades de bois, les arbres dégouttant encore de pluie sur fond d'un ciel comme passé au lavis à reflets rougeâtres.

C'était une réunion de cinquième étape, où les gens parlent de la limite qu'ils ont franchie et reconnaissent devant Dieu, eux-mêmes et autrui la nature exacte de leurs mauvaises actions. Pour beaucoup, il ne s'agit pas d'un moment facile.

Certains sont encore dans les vapes, les yeux vitreux, chargés d'un reste de crainte ; ceux qui sont envoyés là par le tribunal essaient de cacher le ressentiment et l'ennui qui se lisent sur leur visage ; d'autres encore affichent l'exubérance et l'assurance de cascadeurs sur une aile d'avion.

Bootsie est assise à côté de moi, les mains serrées entre les cuisses. Elle s'est douchée après souper, s'est maquillée, a enfilé une robe neuve de couleur jaune, mais ses joues sont marquées de décolorations pâles pareilles à des échardes de glace, et un mince film de transpiration brille à ses tempes.

– Tu n'es pas obligée de dire quoi que ce soit. Contente-toi d'écouter, lui murmurai-je.

Ils commencent à vider leur sac. Certaines choses peuvent paraître idiotes – des livres de bibliothèque rendus avec retard, des attitudes cavalières à l'égard des factures –ensuite elles deviennent plus sérieuses et on se sent voyeur et gêné; on sent qu'on baisse les yeux au sol, on essaie de ne pas se laisser affecter par l'intensité de douleur dans la voix de l'orateur.

Les détails font parfois grincer l'âme; puis on se souvient de certaines choses qu'on a faites, ou essayé de faire, ou aurait pu faire, et on prend alors conscience que ce que l'on entend dans cette pièce ne diffère guère qu'en degré de la folie morale et psychologique qui caractérise sa propre existence.

Un seul orateur use d'euphémismes. Parce qu'il a déjà raconté son histoire auparavant, il sait que ceux qui sont présents dans la salle ne seront pas capables d'en supporter tous les détails. Il avait dix-huit ans, déjà drogué à la marijeanne et aux pilules, lorsqu'il avait poussé un suspect vietcong, les yeux bandés, par la porte d'un hélicoptère Huey à cinq cents pieds d'altitude; il avait tellement impressionné les officiers vietnamiens et américains que ceux-ci lui avaient fait répéter son exploit à deux reprises le même après-midi.

Le regard de Bootsie se remplit de pensées cachées. Je laisse glisser la main sur son avant-bras et prends sa paume dans la mienne. Ses yeux se tournent vers la porte et la volée de marches obscures à l'avant de la salle. Son souffle s'étrangle dans sa gorge.

– Qu'y a-t-il? je lui demande.

Ses yeux se ferment, puis se rouvrent, comme les yeux d'une poupée.

– Un homme à la porte. Dave, je crois...

– Quoi?

– C'était *lui*!

Je me lève de ma chaise pliante et traverse le plancher de chêne jusqu'à l'avant de la salle. Je franchis la porte ouverte, descends l'escalier sans lumière. La porte donnant sur la rue est ouverte, le vent souffle des arbres sur la pelouse. L'air violet sent la pierre mouillée et les feuilles mortes qu'on brûle.

Je remonte les marches et Bootsie me jette un regard angoissé. Je secoue la tête.

Avant que la réunion se termine, il est visible qu'elle veut parler. Elle relève le menton, ses lèvres s'entrouvrent. Mais le moment passe, et elle baisse les paupières et regarde ses genoux.

Un peu plus tard, la salle s'est vidée. J'éteins les lumières et me prépare à boucler. Dans le couloir du rez-de-chaussée, elle m'enserre de ses bras et presse son visage tout contre ma poitrine. Je sens son dos secoué de soubresauts sous mes mains. Un couvercle de poubelle rebondit dans la rue sous les ténèbres.

– J'ai tellement honte, dit-elle.

Son visage est mouillé contre ma poitrine.

Je pris mon service de bonne heure et consultai les notes que j'avais consignées pendant ma conversation avec le lieutenant des services de police de Toronto.

L'heure était venue d'essayer une tactique différente. Sur mon bloc de papier légal jaune, je fis une liste de pseudonymes que Buchalter pouvait avoir utilisés. En règle générale, les pseudonymes dont se sert un individu particulier conservent quelques similitudes avec le nom véritable, en termes d'initiales, de sonorité ou de valeur phonétique, voire même peut-être sur le plan de l'identification culturelle ou ethnique, en toute vraisemblance parce que la plupart des criminels de carrière manifestent une fascination libidineuse à leur propre égard.

J'essayai W.B. Kuhn, William Coon, Will Kuntz, Bill Koontz, puis une douzaine d'autres combinaisons, en me servant des mêmes noms et prénoms, de la même manière que l'on combine des numéros de pari mutuel dans l'espoir de toucher le couplé placé ou gagnant aux courses.

Mais plus qu'un nom, c'était une allusion littéraire rédigée par l'inspecteur canadien décédé sur la serviette du bar qui me donnait une sensation oppressante que je voulais presque ne pas voir se confirmer.

Je commençai à rédiger le mot *Schwert* avec les combinaisons de prénoms et d'initiales que j'avais déjà établies. Le shérif entra dans mon bureau, une tasse de café à la main, et regarda par-dessus mon épaule.

– Ça ressemble à une soupe de vermicelles alphabet, dit-il. Tu vas faire passer ça au NCIC [1] ?

– Ouais, je veux également passer par les fédés de La Nouvelle-Orléans.

– Ça ne peut pas faire de mal.

Il regarda par la fenêtre le détenu de confiance noir en tenue de prisonnier occupé à scier une palme du tronc de l'arbre.

– Vous ne paraissez guère enthousiaste, dis-je.

– J'ai de mauvaises nouvelles. La filature qu'on avait collée à ta petite amie... Elle est entrée dans un supermarché de Lafayette et ensuite, par la porte de derrière et *pouf*... Disparue.

– Qui était le filocheur ?

– Expidee Chatlain.

Je pressai les doigts au creux de mes tempes.

– Je n'avais personne d'autre de disponible, dit le shérif. De toute façon, Dave, je ne pense pas que ça aurait pu se résoudre différemment. Ta nana est sacrément finaude. Une vraie anguille.

1. Centre national d'Informations sur le Crime. (*N.d.T.*)

– J'apprécierais vraiment beaucoup que vous ne l'appeliez pas *ma* nana ou *ma* petite amie.

– De quelque manière que tu voies les choses, c'est une nana pleine de jugeote et elle nous a fait marcher dans les grandes largeurs. Parfois, c'est tout bonnement comme ça que ça se termine.

– Trop souvent.

– Pardon, monsieur ?

J'essayai de me concentrer sur mon bloc.

– Toi et Bootsie avez connu des moments difficiles. Mais je ne pense pas qu'il te faille en rejeter la responsabilité sur les autres, dit-il.

– Ce n'était pas mon intention, shérif.

J'entendais crisser son ceinturon en cuir. Je notai les mots William B. Schwert sur le bloc. Il s'apprêtait à quitter la pièce lorsqu'il s'arrêta.

– Qu'est-ce que tu as là, exactement ? dit-il.

– Un flic de Toronto a écrit quelque chose sur une serviette en papier juste avant qu'on le retrouve pendu par les pieds, une balle de 9 mm dans l'œil.

Je jetai à nouveau un coup d'œil à mes notes. *Je sais qu'il est là-dehors, il vole dans les airs au milieu de la tempête hurlante.*

– Et alors ?

– Cela vient d'un poème de William Blake. Un poème sur le mal. Si je m'en souviens, il dit :

*Ô Rose, tu es malade !*
*Le ver invisible*
*Qui vole dans la nuit,*
*Dans la tempête hurlante,*

*À découvert ton lit*
*De joie cramoisie,*
*Et son amour sombre et secret*
*Ta vie détruit.*

– Non, tu ne m’as pas compris, Dave. Je regardai le nom que tu viens de rédiger là... Schwert. Tu n’as jamais fait d’allemand à l’école ?

– Non.

– Ça signifie « glaive », *podna.*

Il but une gorgée de café et me tapota doucement l’épaule du plat du poing.

Mais avant même de recevoir la moindre information du FBI ou du NCIC de Washington, D.C., Clete Purcel allait rédiger un nouveau chapitre dans l’histoire de la mafia de La Nouvelle-Orléans en dépassant cette fois jusqu’à ses propres limites.

## Chapitre 25

Clete prenait son petit déjeuner chez « Igor » sur St. Charles, le chapeau rond incliné sur un œil, lorsque deux des gardes du corps de Max Calucci étaient entrés s'asseoir à la table voisine. Ils étaient de bonne humeur, expansifs, plaisantant avec la serveuse, l'air décontractés malgré la présence de Clete. L'un deux cogna accidentellement sa chaise dans celle de Clete.

– Désolé, Purcel. Ne comprenez pas les choses de travers. La journée se prête pas à ça, dit-il.

Clete mastiqua sa nourriture et regarda les deux hommes en silence.

– Je dis qu'on nous a passé le mot, okay ? dit l'homme, tout sourires.

Clete s'essuya la bouche de sa serviette.

– Y'a un petit numéro comique en cours et je ne suis pas au courant ? dit-il.

– Calmez-vous les ovaires. Vous voulez vous joindre à nous ? Votre petit déjeuner est pour moi.

– J'irai manger à cette table quand on l'aura récurée à l'eau oxygénée.

– Comme vous voudrez. La journée est belle. Pourquoi aller foirer une belle journée ?

– Ouais, elle était belle.

Les deux hommes éclatèrent de rire et se plongèrent dans leur menu. Clete reposa couteau et fourchette dans son assiette et mit une allumette au coin des lèvres.

– Est-ce que nous fonctionnons sur de nouvelles règles ici ? dit-il.

– Lâchez-nous un peu, Clete. Vous voulez des tickets pour le match LSU – Ole Miss ? Écoutez, nous sommes simplement contents de savoir que c'est terminé, c'est tout, dit le second.

Clete ôta l'allumette de sa bouche et l'examina.

– Qui vous a donné la permission de m'appeler par mon prénom ? Et qu'est-ce que c'est que cette histoire de quelque chose qui serait terminé ? dit-il.

– Désolé de vous avoir embêté, Purcel, dit le premier homme. Robicheaux ne veut pas vous dire qu'il a mis son veto, c'est une affaire entre lui et vous. Hé, quelqu'un me sortirait mon gros cul de la poêle à frire, je remercierais le Ciel.

Ce qui s'ensuit est la meilleure reconstitution des événements, tels qu'ils m'ont été décrits par Ben Motley et Lucinda Bergeron, qui se sont déroulés un peu plus tard près de lac Pontchartrain.

Clete a garé sa décapotable à deux blocs du domicile de Max Calucci, puis il a pris un taxi jusqu'à un chantier de construction à deux kilomètres de là, sur le boulevard Robert E. Lee, dont l'entrepreneur était fourni en équipement lourd par les frères Calucci. Il s'est appuyé contre le tronc d'un palmier de l'autre côté de la rue, simplement occupé à suçoter une fine sucette à la menthe et apprécier la matinée en inhalant la brise qui soufflait du lac.

Puis, d'un pas nonchalant, il a traversé le boulevard, la sucette pointée en l'air comme une érection, et démarré un énorme bulldozer en trafiquant les fils. L'engin était équipé d'une lame d'acier capable de dénuder la terre dure et recuite par les ans jusqu'au sous-sol rocheux, d'un énorme godet à dents de scie à même de briser et dégager l'asphalte d'une chaussée aussi facilement que s'il s'agissait de débris de cacahuètes, et d'immenses pneus ballons avec cannelures cloutées qui les autorisaient à creuser des tranchées au milieu de débris de pierres et de cornières.

Avant que quiconque pût réaliser ce qui se passait, Clete avait tourné au coin de la rue et s'engageait dans la circulation de cette mi-journée, grondant pleins gaz sur le boulevard en direction de la maison de Max, sous la fumée du diesel qui s'aplatissait en panaches sales au sortir de la cheminée d'échappement.

Le gardien de faction à la grille chez Max fut le premier à voir, ou à entendre, le bulldozer qui dévalait dans un bruit de tonnerre la paisible rue résidentielle ombragée de chênes. Puis il reconnut, à l'intérieur de la cage grillagée de protection, le chapeau couleur bleu poudre, le visage rond et rose dont un sourcil était barré d'une cicatrice grise pareille à un morceau de rustine, et les épaules massives qui donnaient l'impression de vouloir jaillir des coutures de leur chemise hawaïenne.

À ce stade, le gardien de faction à la grille s'affairait à agripper le combiné téléphonique intégré au pilier de brique en bordure de l'allée à voitures. Mais il était trop tard ; Clete abaissa le godet au rebord dentelé, prit son virage, le bull dans l'axe de l'allée, et fit sauter les grilles de leurs gonds.

Parmi les occupants de la maison – jardiniers vietnamiens, trois des hommes de main de Max, deux danseuses défoncées à la coke en train de bronzer seins nus près de la piscine – personne ne pouvait en croire ses yeux. Clete, penché en avant, tête baissée comme un singe au-dessus des commandes, se dirigeait à travers la pelouse, écrasant en purée sur son passage parterres et mobilier de jardin près de la piscine avant de heurter de plein fouet un coin du belvédère et poursuivre son carnage, une vasque à oiseaux en céramique éclatée en échardes, têtes d'arroseurs sectionnées et ratissées au passage, tuyaux d'arrosage déchiquetés, réduits à des morceaux de caoutchouc hachés.

Il poursuivit ses destructions sur la pelouse en large cercle et s'immobilisa à vingt mètres du portique à colonnes en façade de la maison, le clapet de sa cheminée lâchant tranquillement ses bulles de fumée. Il baissa son godet pour dégager son champ de vision, prit en ligne de mire l'entrée en façade, releva à nouveau le godet en position, rétrograda et donna les gaz.

Le godet fit exploser un trou de la taille d'une porte de garage dans le mur de façade. Clete partit alors en marche arrière, le moteur ronflant à plein régime, écrasant au passage plâtre et parpaings en morceaux, prit un bon élan et plongea à l'intérieur de la maison.

Il fit quelques demi-tours, passant de marche arrière en première, fracassant à chaque recul murs, bars avec éviers, salles de bains, il arracha conduites d'eau et d'évacuation noyées dans les planchers, réduisit en miettes machines à laver, postes de télévision et fours à micro-ondes pour n'en laisser que des piles de ferraille électrique noyée d'étincelles. Il parut s'accorder un temps de repos, peut-être pour prendre ses repères, puis il fracassa le mur de la chambre de Max et ses miroirs sol-plafond, abaissa la lame de nivelage en position et passa au râteau le lit à baldaquin XVIII$^{e}$ et les parquets de chêne jusqu'au-delà des portes-fenêtres sur une véranda en dôme vitré, où il balança le godet en un grand arc de cercle, envoyant voler des cascades de verre jusque sur la pelouse.

À ce stade, les hommes de main comme les bronzeuses aux seins nus se dépêchaient au pas de course dans la rue. Clete rebondit dans l'arrière-cour, des bouts de tissus déchirés volant au sortir de la cheminée et de la cage du conducteur comme des oriflammes moyenâgeuses. Il alluma une cigarette à son Zippo, remit en place le chapeau rond sur son front, puis démolit les garages et l'abri de jardin, laissa tomber carrément le godet sur le toit d'une Chrysler neuve, arracha une longue tranche à la serre, et creusa quelques tranchées hérissées de bouts de racines roses sectionnées, là où avaient poussé des haies.

Les Romains à Carthage n'auraient pas pu faire boulot plus consciencieux.

Il descendit alors de son engin et franchit d'un pas nonchalant la clôture aplatie à l'arrière de la propriété en direction de son automobile, les mains dans les poches, le regard fixé sur la houle du lac crénelée d'écume. Des geysers d'eau jaillissaient des tuyaux sectionnés de la cour comme autant de fontaines sous le soleil, miroitant sur l'herbe, et soufflées dans l'air frais comme un arc-en-ciel libéré de ses entraves.

Après avoir entendu le récit de l'aventure par Ben Motley et Lucinda Bergeron, je reçus un coup de téléphone que je n'attendais pas.

– Qu'est-ce que tu veux, Nate ? dis-je.

– Devine.

– Je donne ma langue au chat.

– Tu ferais bien de dire à ce fils de pute givré de se livrer.

– Dis-lui toi-même.

– Superbe suggestion. Sauf que lorsqu'on s'est présentés à son appartement, mandat en main, hier soir, il a escaladé sa fenêtre et s'est enfui par les toits. Tu es mêlé à ça, Robicheaux. Ne viens pas prétendre le contraire.

– Je ne le suis pas.

– Tu sais comment je peux dire sans me tromper qu'un ivrogne est en train de mentir ? Parce qu'il a les lèvres qui bougent.

– Que puis-je faire d'autre pour toi ce matin ?

– Dis à ce gros connard que tu qualifies d'ami de se livrer, sinon il n'aura aucune garantie dans les rues. Tu vois où je veux en venir ?

– Ça doit être difficile à vivre, Nate, hein ?

– Quoi ?

– De tourner le dos à tes collègues, de se faire enfiler à genoux par la pègre, de faire un boulot de galère minable pour Max Calucci alors qu'il a essayé de te faire descendre.

Je l'entendis souffler dans le combiné, je parvenais presque à sentir la chaleur et la nicotine qui ressortaient des perforations.

– Écoute-moi avec beaucoup d'attention, dit-il. L'expert de l'assurance estime que Tête-de-Con a causé environ un demi-million de dollars de dégâts à cette maison. State Farm, ce n'est pas la mafia, Robicheaux. Ce sont des citoyens intégrés à leur société, et ils font sérieusement la gueule et causent des tas de problèmes quand ils sont obligés de lâcher cinq cents bâtons parce qu'un fou furieux estime qu'il peut essuyer sa merde sur le mobilier.

– Je transmettrai tes remarques. Merci d'avoir appelé.

– Tu n'écoutes jamais, n'est-ce pas ? Si j'apprends que tu as été en contact avec Purcel sans le signaler, je t'inculpe d'aide et d'assistance à malfaiteur et de complicité *a posteriori.*

– Ton problème, ce n'est ni moi ni Clete. Quand tu as accepté du pognon des affranchis, t'as pris une hypothèque sur tes miches jusqu'à ta tombe, dis-je avant de raccrocher.

J'allai aux toilettes où je me passai de l'eau sur le visage. Je laissai l'eau couler un long moment. Je me rinçai même l'oreille contre laquelle j'avais tenu le combiné. Puis je pris de l'eau dans mes mains en coupe et m'aspergeai la nuque avant de m'essuyer à l'aide d'une poignée de serviettes en papier.

– T'as couru le mile en quatre minutes ou quoi ? dit un autre inspecteur.

– C'est bien ça, répondis-je en le regardant dans le miroir.

– Et c'est qui qui a marqué après *ton* coup d'exploit ?

Dix minutes plus tard, mon téléphone sonnait à nouveau.

– Tu es recherché, et pas par les gens qu'il faut, dis-je.

J'entendais dans le combiné le couinement des mouettes en fond sonore.

– T'en as entendu parler ? dit Clete.

– Qu'est-ce que tu crois ?

– Ça va se tasser. Ça se tasse toujours.

– Baxter n'a pas de limite. Il va t'éliminer, Clete.

– Tu ne devrais pas essayer de passer de marchés avec les têtes à graillons de la part de ton vieux *podjo*.

– Est-ce que tu es suicidaire ? C'est ça ton problème ?

– Tu veux venir à la pêche ? Si le vent tombe, je vais essayer de trouver quelques truites dans une paire d'heures.

– À la pêche ?

– Ouais.

Je posai le front en appui sur mes doigts et fixai le vide.

– Tu as besoin d'argent ? dis-je.

– Pas pour l'instant.

– Pourquoi as-tu fait ça, Clete ? Baxter dit que la compagnie d'assurances veut te pendre et te laisser sécher en plein air.

– Qu'est-ce que ça peut faire ? Ils ne devraient pas faire affaire avec un paquet de merde comme Max Calucci. Il y a trop longtemps que tu as ton insigne, Belle-Mèche. Tu commences à réfléchir comme un administrateur.

– Qu'est-ce que ça veut dire ?

– Tu crois que toi ou Motley ou Lucinda Bergeron, vous alliez un jour obtenir un mandat de perquisition chez Max et Bobo ? Avec Nate Baxter qui touche leurs enveloppes ?

– Tu fouillais les lieux au bulldozer, c'est bien ça ?

– C'est vrai, j'ai eu la main un peu lourde. Mais ouvre un peu tes esgourdes. Juste avant que j'étripe le bureau de Max, j'ai vidé tout ce qu'il avait sur son bureau dans un sac poubelle. J'ai aussi pris son répertoire d'adresses, un Rolodex, et toutes les vidéocassettes des étagères. L'une des vidéos est un documentaire sur une tribu d'Indiens primitifs du fin fond de l'Amérique du Sud. Avant que les missionnaires n'arrivent jusqu'à eux, ces mecs avaient la réputation d'être les humains les plus abominables de cette planète. Ils réduisaient les têtes et sciaient les gens en morceaux ; parfois, ils les faisaient bouillir vivants. Ils allaient même jusqu'à tuer leurs propres enfants.

– Continue.

– Ils découpaient aussi le cœur de leurs victimes. Qu'est-ce que Max peut bien faire d'une bande comme ça ? La pègre donne dans l'anthropologie ?

– Tu l'as bousillée comme pièce à conviction possible.

– Tout le monde s'en fiche, Dave. À l'exception de toi, de Motley et de Lucinda Bergeron, tout le monde à La Nouvelle-Orléans est heureux que ces dégueulis de Noirs puissent se trouver un nouveau rôle comme donneurs d'organes. Leçon de l'histoire, grand homme. Quand ils parlent de loi et d'ordre, ils entendent Wyatt Earp qui laisse des cheveux sur les murs.

De l'autre côté de la rue, un petit Noir faisait voler bien haut un cerf-volant rouge sang sur fond de ciel bleu miroitant de soleil.

## Chapitre 26

Je reçus les réponses aux demandes de renseignements que j'avais faites concernant un éventuel suspect du nom de Schwert, d'abord au goutte-à-goutte, ensuite un peu plus importantes au fur et à mesure mais sans grands détails précis, comme si nous étions en train de poursuivre un fantôme dont l'ombre s'était profilée sur d'autres affaires, d'autres dossiers, sans jamais devenir présence tangible.

Puis les tirages d'ordinateurs, fax et coups de téléphone commencèrent à augmenter en volume, en provenance du FBI, du NCIC, du Bureau des Alcools, Tabac et Armes à Feu, des Services de Naturalisation et d'Immigration, et finalement d'Interpol.

Le shérif contempla l'amas de paperasses sur mon bureau.

– Où est-ce que tu as trouvé ton système de classement ? On dirait le placard de Fibber McGee [1], dit-il.

Il releva les yeux vers moi.

1. Personnage d'une série radiophonique des années trente-quarante dont le placard était bourré à ras bord d'instruments divers et qu'il ne manquait jamais d'ouvrir après la recommandation expresse de son épouse de n'en rien faire. (*N.d.T.*)

« Désolé, encore une blague vieillotte qui n'est pas de ton époque, je crois.

– Le nom de William Schwert apparaît pour la première fois dans les relevés d'écoutes téléphoniques que le FBI et l'ATF avaient placées sur quelques néonazis d'Idaho au milieu des années quatre-vingt, dis-je. Ensuite, l'ATF l'a découvert dans la poche d'un mec qui s'est fait sauter le caisson alors qu'il construisait une bombe dans son sous-sol à Portland.

– Ouais, je crois que je me souviens de ça. Lui et quelques autres avaient l'intention de dynamiter une synagogue, non ?

– C'est exact.

– Schwert était impliqué dans l'opération.

– Personne ne peut l'assurer. »

Le shérif inclina la tête, l'air perplexe.

– Il y a une demi-douzaine d'affaires où on a l'impression qu'il se tient tout au bord du film, mais on ne retrouve pas la plus petite empreinte de son passage, dis-je.

Le shérif renifla et se moucha dans un kleenex.

– On dirait que ça ne nous aide pas beaucoup, tout ça, dit-il.

– Ça devient plus intéressant. Il semblerait que ce Schwert passe beaucoup de temps à l'étranger. Interpol le suit à la trace depuis quinze ans. Berlin, Londres, Madrid, partout où il y a des skinheads, des nazis ou des phalangistes.

La lueur dans le regard du shérif s'aiguisa. Il commença à fouiller les papiers sur mon bureau.

– Où est-ce ? dit-il.

– Quoi ?

– Le dossier Interpol. Les photos anthropo.

– Il n'y en a pas. Personne n'a épinglé le mec.

– Tout ceci ne nous mène nulle part, Dave. On dirait que tout ce que tu as obtenu n'est qu'un peu de fumée supplémentaire. Nous ne savons même pas si Schwert et Buchalter sont une seule et même personne.

– Interpol dit qu'un mec du nom de Willie Schwert s'est échappé d'un asile de fous criminels à Melbourne, en Australie, il y a sept ans. Il a arraché les barreaux de fenêtre d'un quartier de sécurité maximale, à mains nues.

– Alors où est sa collante ?

– Les archives concernant le mec ont disparu. Leur système informatique a pris feu ou quelque chose.

– Qu'est-ce que ça veut dire, un virus informatique efface tous les renseignements existant sur ce personnage ?

– Vous n'êtes pas impressionné ? dis-je.

– J'aimerais bien pouvoir dire que je le suis.

– C'est le même mec.

– Tu as probablement raison. Et ça nous sert autant qu'un pipi de chat sur un caillou. Il est toujours en liberté, à foutre les gens en l'air de toutes les manières possibles et imaginables. Je regrette que Purcel n'ait pas laissé retomber le chien sur ce mec quand il l'avait tout près dans sa ligne de mire. Pardonne-moi mon sentimentalisme. Je commence à être convaincu que, sur le plan émotionnel, je ne suis pas fait pour ce boulot.

– Ceux qui le sont ne devraient pas être flics, shérif, dis-je.

Ce soir-là, je faisais la vaisselle en compagnie de Bootsie devant l'évier ; la brise soufflant à travers la moustiquaire était chaude et sèche et les nuages au-dessus de la ligne d'arbres du voisin ressemblaient à des prunes déchiquetées sous les dernières rougeurs du soleil. Les mains de Bootsie étaient irritées, leurs jointures blanches dans l'eau de vaisselle. Pour la deuxième fois, elle se mit à laver une soucoupe que j'avais déjà essuyée. Je la lui pris des mains et la reposai sur l'égouttoir.

– Tu veux aller à une réunion ? demandai-je.

– Pas ce soir.

– T'es fatiguée ?

– Un petit peu.

– Veux-tu aller t'allonger ? dis-je.

Je posai la main sur le haut de sa croupe.

– Pas vraiment. Peut-être que je vais simplement lire un peu.

Son regard se fixa sur un moqueur solitaire posé au milieu de la table de jardin.

J'acquiesçai.

– J'ai l'impression de n'avoir aucune énergie, dit-elle. Je ne sais pas ce que j'ai.

– La journée a été longue, dis-je.

Je m'essuyai les mains et me détournai d'elle.

– Oui, dit-elle. Je crois que ç'est ça.

Un peu plus tard, Bootsie et Alafair couchées, je m'assis seul dans le salon et regardai l'écran de la télévision. Un gros lard gélatineux, au sourire en dents de cheval d'un tamia, dénigrait les libéraux et se moquait des féministes et des sans-abri. Son visage rond brillait d'un rictus railleur et électrique lorsqu'il abordait le sujet des défenseurs de l'environnement et des droits des animaux. Le public qui assistait à l'émission en direct couinait de plaisir.

Dix-huit millions de personnes écoutaient le bonhomme quotidiennement.

J'éteignis le poste et me rendis dans la cuisine. La lune était basse, et j'entendais cogner les branches des arbres sous le souffle du vent au-dehors, devant la fenêtre. Quand le téléphone sonna sur le plan de travail, je sus qui serait au bout du fil. J'attendais cette rencontre, j'en étais presque impatient, comme un homme qui se serait établi un rapport intime et confortable avec sa bête noire.

Sa voix était indolente, visqueuse de salive lorsqu'il parla. En fond sonore, j'entendais le bruit plat et grêle de Bix Beiderbecke dans *In a Mist.*

– Je n'ai jamais remarqué de traces de piqûres sur tes bras, Will. Tu te shootes dans les cuisses ?

– Qui sait ?

– Comment as-tu obtenu mon numéro ? dis-je.

– Les gens aiment faire plaisir. On ne me refuse pas grand-chose, Dave.

– À t'entendre, on dirait bien que tu t'es chargé à la blanche. Ce n'est pas un bon signe pour un mec qui aime la maîtrise.

– Pourquoi as-tu fait ça ?

– Quoi ?

– Tu m'as craché à la figure. Alors que j'essayais de créer un moment de tendresse au cœur de notre douleur.

– Je crois vraiment que c'est bien de toi, ça. Qui plus est, tu es probablement fou à lier.

Le phonographe s'arrêta et reprit. La trompette de Beiderbecke se leva du disque comme un son qui résonnerait à travers le cristal. Buchalter déglutit avec un bruit mouillé, la bouche tout près du combiné.

– Il n'est pas trop tard pour nous, dit-il.

– Ça l'est, pour toi, collègue. Ton écheveau se dévide fil à fil. Tu as été cadré à Toronto et par Interpol ; nous sommes au courant pour l'asile dont tu t'es échappé en Australie. Tu es sur le point de glisser dans le grand fond de la cuvette, Will.

– Tu ne comprends pas le pouvoir. Je peux te caresser en usant de manières telles que tu me supplieras de mourir. Le garage, ce n'était rien.

– Ne dis pas de bêtises, Buchalter. Tu es camé. Tu te piques. T'es jamais plus loin qu'à un jour de distance de ton fournisseur. Suffit qu'il te demande.

J'entendis à nouveau son bruit de gorge, des mots qui commencèrent à prendre forme avant de s'engluer dans sa bouche pour devenir inintelligibles. Quelqu'un lui prit le combiné des mains.

– Bobonne a replongé, Dave ? dit-elle.

Elle avait la voix rauque, suante, comme quelqu'un qui planerait à la seule énergie de ses propres glandes.

– Tu aurais dû me prendre au mot quand je t'ai fait mon invitation. Ça t'aurait donné de quoi alimenter tes fantasmes.

– À courser la came, ton petit ami a laissé sa trace sur deux continents, Marie, dis-je. On dirait que tu vas faire le grand plongeon avec lui.

– Est-ce qu'elle est capable d'avoir des orgasmes quand elle tète la bouteille ?

– Garde ton petit discours de bande dessinée pour après ton procès. Il y a une troupe de théâtre amateur à la prison de femmes de St. Gabriel. Tu y auras parfaitement ta place.

– Je n'arrête pas de refaire le même rêve. Je rêve d'une poignée de pompe. Elle est dure au creux de ma main et elle dégoutte de mouillure. Je me réveille toute brûlante, en pensant à un grand policier ténébreux. Je m'échauffe d'ailleurs rien qu'en en parlant. Qu'est-ce qu'il signifie, mon rêve, Dave ?

– Je vais te dire *adios*, Marie. Ensuite, je débrancherai les téléphones. Profite du temps qui te reste avec Buchalter. Je parie qu'il sait exactement ce qu'il faut faire pour s'emparer du cœur d'une dame.

Il y eut un temps de silence, puis j'entendis le grattement d'une allumette sur une surface dure, la tête soufrée qui sifflait, puis Marie qui relâchait son souffle.

– Fais passer les coordonnées dans les petites annonces personnelles du *Times-Picayune*, dit-elle. Sinon, nous allons nous en prendre à quelqu'un.

Non, pas la truie ou la petite. Peut-être le bamboula et son fils ; peut-être bien ton ami imprévisible, Purcel. Will adorerait passer quelques heures en tête à tête avec M. Purcel.

– Fais bien attention à ce que tu veux voir exaucé.

– Tu es tellement intelligent. Et bobonne est tellement gentille. Je suis contente que tu vives sous les tropiques. Là où les moutons ne gèlent pas. Tu peux baiser tout ton saoul.

Je reposai doucement le combiné sur son berceau avant de débrancher les prises du téléphone dans la cuisine comme dans le salon.

Je me déshabillai, ne gardant que mes sous-vêtements, et m'assis sur le lit au côté de Bootsie dans l'obscurité. Elle dormait sur le ventre et je laissai doucement glisser la main le long du trapèze lisse du dos, sur ses fesses et ses cuisses nues. Sa peau était brûlante au toucher, mais elle ne réagit pas à ma caresse. À l'extérieur de la fenêtre, les arbres battaient et se gonflaient sous le vent sec. Je m'allongeai sur les draps et fixai le plafond dans le noir, le dos de la main posé contre la jambe de Bootsie, les paroles de la femme surnommée Marie Guilbeaux encore dans les oreilles comme une langue obscène.

Le lendemain matin, je me levai tôt et retournai à La Nouvelle-Orléans. Je m'arrêtai d'abord à la bibliothèque ou morgue, – ainsi qu'on l'appelle – du *Times-Picayune* avant de me rendre sur St. Charles où je trouvai Hippo Bimstine derrière le comptoir des confiseries de l'un de ses drugstores du Garden District. Il portait un tablier gris amidonné sur sa chemise blanche cravatée et son ventre proéminent ; il s'était gominé et peigné les cheveux, serrés comme un réseau de fils métalliques, le cou épais talqué, le visage enjoué et rayonnant.

Hippo avait l'allure confiante et joviale d'un homme qui serait à même de convaincre un serpent de se glisser sous la tondeuse par le seul effet de son charme.

– Une nouvelle belle journée, dit-il.

– Pour sûr qu'elle est belle, répondis-je.

– Alors pourquoi cette expression sombre ? T'as paumé du pognon aux courses ?

Le sourire était inquisiteur, plein de taquinerie.

– Je crois que je déprime quand je m'aperçois qu'un ami a essayé de me frapper en traître.

– Qu'est-ce que tu racontes ?

Il essaya de ne pas ciller en me regardant droit dans les yeux.

– Max Calucci raconte des choses bien étranges à ton sujet, Hippo.

– Pense un peu de qui ça vient.

– C'est ce que je fais. Il n'a aucune raison de mentir. Il dit que Tommy Lonighan lui a raconté que tu avais pris des trucs à la bibliothèque publique, des trucs concernant le sous-marin nazi.

– Je suis en état d'arrestation pour vol à la bibliothèque ?

– Buchalter et ses torche-culs ont épuisé tout le sens de l'humour que j'avais, collègue.

– Nous sommes en train de parler par énigmes. Je ne te suis pas, Dave.

– J'ai trouvé un article de 1956 du *States-Item* sur la mort de Jon Matthew Buchalter dans les archives du *Times-Picayune*. Quand le *States-Item* a mis la clé sous la porte, toutes ses archives ont été transférées au *Times-Picayune*. Mais je n'ai pas fait attention et j'ai raté l'article la première fois que je suis passé. J'ai le sentiment que c'est le numéro que tu as pris à la bibliothèque.

– Ainsi donc, t'es tombé par hasard sur une grande révélation dans une feuille de chou vieille de trente-cinq ans ?

– Pas vraiment. Jon Buchalter délirait sur son lit de mort à propos d'une grande croix gammée en or à bord d'un sous-marin coulé. Est-ce là le secret que tu as voulu garder pour toi en m'empêchant de le découvrir ?

Il réfléchit un moment et se gratta le cou d'un doigt.

– Ouais, c'est à peu près ça. T'es satisfait ?

– Non.

– La croix est censée peser vingt kilos. Entourée d'une gerbe en or, et la gerbe est sertie de diamants. La belle putain d'affaire. Et après, hein ?

– Tu étais prêt à me laisser me mêler à des affaires de nazis pour que tu puisses récupérer l'or d'une épave de la Seconde Guerre mondiale ?

– Il y a quelque chose qui ne fonctionne pas bien dans tes processus mentaux, Dave. Tu oublies toujours que c'est toi qui as essayé de faire pression sur tous ceux que tu as pu trouver pour te faire payer ta trouvaille.

– Je ne laisse pas non plus mes amis le cul en première ligne à risquer leurs miches pour de l'argent, Hippo.

Je pris un rouleau de pastilles de menthe du comptoir et posai un demi-dollar sur le verre.

– Merci de m'avoir consacré un peu de ton temps. À un de ces quatre.

Je fis demi-tour, prêt à partir. Au-dehors, le tramway descendait la voie en brinquebalant sous le soleil.

– Espèce d'enfoiré pur et dur. Le grand juste, dit-il dans mon dos.

Une femme qui tenait une revue pliée dans la main la reposa sur le présentoir et sortit.

– Je te demande pardon ? dis-je.

– Les mecs comme toi, quand ils n'ont rien pour étayer leurs arguments contre un Juif, ils tentent toujours le coup en parlant pognon. Ça prend un moment, mais ça en revient toujours à ça.

– C'est toi qui m'as fait un enfant dans le dos, Hippo.

– Je t'en fous que c'est moi.

Il sortit de derrière son comptoir et me pointa un doigt sur le sternum.

– Tu veux le restant de l'histoire ? L'or de cette croix gammée a été arraché aux bouches des Juifs polonais. C'était un cadeau personnel de Heinrich Himmler. Tu sais ce qu'il est censé y avoir d'autre dans ce sous-marin ? Le plan de Hitler pour l'invasion des États-Unis. Et je ne laisse personne le prendre de haut avec moi parce que je suis juif, Dave. Je ne veux pas de toi dans mon magasin.

– Je ferai tout mon possible pour rester en dehors de ton existence.

Il retourna derrière son comptoir où il se mit à ouvrir des rouleaux de pièces d'un coup sec avant de les vider dans le tiroir à monnaie. Il en termina et reclaqua le tiroir du plat de sa main dodue. Je sortis. Le visage me brûlait sous les regards qu'une demi-douzaine de personnes fixaient sur moi.

Lucinda Bergeron ponçait les marches en bois à l'arrière de sa maison. Il faisait chaud, le soleil brillait, et ses cheveux paraissaient moites, pleins de la chaleur de son corps et de son ouvrage. Elle portait des sandales pieds nus et une chemise en coton flottant sur un short rose. Des brins d'herbe étaient collés sur le dessus de ses pieds. La minuscule chaîne en or avec crucifix autour de son cou se mouillait d'un halo de transpiration contre sa peau noire.

– Vous reprenez votre service demain ? dis-je.

– C'est bien ça. Tous mes péchés sont oubliés.

– Comment vous sentez-vous ?

– Vous savez, un pied devant l'autre, un jour à la fois, et tout ça.

Je brossai une marche à l'endroit qu'elle avait déjà poncé et m'assis. Elle s'essuya les yeux sur un revers de manche et enveloppa une cale de bois d'un nouveau morceau de papier de verre. Du pouce et de l'index, elle lissa le papier en cercle contre le bois.

– Je veux que vous soyez prudente, Lucinda.

– Faites-vous de la bile pour vous-même, grand flic.

– C'est une erreur de se montrer cavalier avec Buchalter, ou Schwert, quel que soit son nom. On ne peut rien prévoir concernant ce mec ou la femme qui travaille avec lui.

Elle releva les yeux vers moi tandis que son bras et sa main continuaient leur mouvement régulier sur la marche.

– Je ne peux pas vous dire à quel point j'aimerais sauter sur l'occasion, dit-elle.

– Quand on est obligé... de lâcher un pruneau en service, il se passe quelque chose en soi, tout au moins lorsqu'on n'est pas soi-même un sociopathe. Lorsque la chose se reproduit, on pique une suée, on hésite, on doute de ses mobiles. C'est un moment dangereux.

– Vous croyez que je vais me transformer en statue ?

– À vous de me le dire.

– Je n'ai aucun doute quant à l'homme qui a fait du mal à mon enfant, croyez-moi.

– Quand donc allez-vous cesser de prendre Zoot pour un enfant ?

– Quand j'en aurai envie, monsieur Je-sais-tout.

Elle sourit, desserra l'embout du tuyau d'arrosage, ouvrit le robinet et but, le corps plié en avant, l'arrière des cuisses tendu contre le short, l'eau jaillissant en gerbe lumineuse le long de la bouche. Elle mouilla une serviette en papier, s'en essuya le visage et le cou et la jeta dans un sac en papier plein de verdure coupée.

– J'ai du thé qui est prêt. Entrez, dit-elle.

Les surfaces en porcelaine et plastique jaune de sa cuisine rutilaient sous le soleil qui entrait par les fenêtres, dont les rebords éclataient du rouge et du bleu de vases de bazar. Je m'assis à la table de petit déjeuner et la regardai tordre le bac à glaçons pour en sortir une poignée de cubes de glace dans une serviette avant de les écraser au rouleau à pâtisserie sur une planche à découper. Elle remplit deux grands verres de glace pilée, y ajouta feuilles de menthe et thé. Les bretelles de son soutien-gorge dessinaient une ligne dure sur la toile mince de sa chemise, à la couleur passée par les lessives.

Elle se retourna vers moi, un verre dans chaque main. Ses yeux croisèrent les miens, et son expression s'assombrit. Elle s'assit face à moi et croisa les mains.

– Je pense que vous êtes quelqu'un de bien, Dave. Ce qui signifie qu'il y a certaines choses qui ne sont pas dans votre style.

– Je donne l'air d'avoir un emploi du temps clandestin ?

– Il y a longtemps que je vis seule. Je reconnais certaines choses chez les gens. Même sans qu'on me le dise.

– Je ne sais pas si c'est vraiment un compliment.

– Purcel est passé ici hier.

– Il y a un mandat sur sa tête.

– Je suis toujours suspendue. Et il faudrait que je me soucie du mandat qu'on a lancé sur Clete Purcel ?

– Pourquoi est-il venu ici ?

– Il dit qu'une des têtes d'huile de Calucci acceptera de témoigner que Nate Baxter touche des enveloppes. Il m'a parlé de vos ennuis chez vous.

– Peut-être faudrait-il que certaines personnes restent en dehors de ma vie privée.

– Oh, ça, c'est parfait. Vos amis les plus proches ne devraient donc pas se faire de souci ou essayer de vous aider ?

Je sentis mes lèvres se pincer. Je détournai la tête devant son regard implacable.

Je me levai et repris ma veste en crépon de coton du dossier de la chaise.

– Passez-moi un coup de fil si Buchalter se montre, dis-je en me dirigeant vers la porte.

Elle me suivit. Le soleil dessinait des rais de lumière sur son visage, l'obligeant à plisser les paupières lorsqu'elle leva les yeux vers moi.

– Ne partez pas comme ça, dit-elle.

J'inspirai profondément. Sa chevelure scintillait de fils d'argent et tombait en boucles épaisses sur ses joues.

– Je suis censé dire quoi, Lucinda ?

– Rien. Vous êtes un mec bien. Les hommes bien n'ont pas besoin de dire quoi que ce soit.

La porte était grande ouverte, de sorte qu'aucun de ses gestes n'était masqué à la vue des passants. Elle passa les bras autour de mon cou et tira mon visage vers le sien en se soulevant sur la pointe des pieds, genoux serrés, ses cuisses tendues venant inévitablement se presser contre moi ; puis elle m'embrassa sur les joues, l'arête du nez, les yeux et, finalement, une seule fois, comme un adieu léger, sur la bouche, tandis que ses mains lâchaient mon cou et que mon visage donnait l'impression d'avoir été couvert de pièces de monnaie portées au rouge.

## Chapitre 27

Le chœur des voix qui condamnent toute violence est innombrable et implacable. Qui peut se permettre d'être en désaccord avec ce sentiment-là ? Je crois cependant que nous pourchassons le mauvais ennemi. C'est la cruauté, en particulier lorsqu'elle est stupide et qu'elle s'abat sur les êtres sans défense, qui a toujours été mon souci premier des faillites humaines. Mais mon point de vue n'a rien d'exceptionnel. Quiconque travaille dans les services de l'ordre, l'Assistance sociale, ou bien la psychiatrie sous toutes ses formes de réadaptation, porte en lui un calepin mental dont les pages ne s'estompent jamais avec les années.

Il me revient parfois, au milieu de la nuit, le souvenir d'affaires, ou simplement d'incidents vieux de vingt ans qui reprennent vie soudain comme des péchés se dérobant à toute rémission, hormis que la culpabilité en est de nature collective, ou l'acte, un aveu criard tellement pitoyable de notre inhumanité, notre ignorance tribales que le simple fait de le reconnaître conduit au mépris de soi-même.

Stephen Crane a un jour suggéré qu'il est peu d'individus à être des noms ; bien au contraire, nous sommes pour la plupart simples adverbes, modificateurs d'une longue séquence lassante et ennuyeuse d'événements dans laquelle le coupable, clairement défini, le cœur noir et les intentions démoniaques, se rend rarement disponible pour que le bourreau pût accomplir son office.

Je me souviens : un flic du poste de police de Lafayette en train de rigoler parce qu'un de ses amis s'était frotté le pénis sur tout le corps d'une Noire; un gang des rues composé exclusivement de Noirs qui avait enregistré sur vidéo leur passage à tabac d'un Pakistanais retardé afin de pouvoir montrer à leurs amis leur ouvrage; un bébé brûlé par tout le corps, même entre les orteils, à la cigarette; un couple de classe moyenne, prospère, qui obligeait les parents du mari à manger de la nourriture pour chiens; des lycéens qui avaient collé un ivrogne contre la baie vitrée d'un bar avant de lui faire traverser la vitrine à coups de poing; femmes et enfants sodomisés, une étudiante abattue d'une balle en pleine figure à Audubon Park (après qu'elle eut remis tout son argent), des animaux brûlés vifs, un flic blessé retourné sur le dos par son agresseur qui lui a placé un oreiller sous la tête avant de lui trancher la gorge d'un coup de serpette.

Je crois sincèrement que les films sur la mafia nous attirent parce que la violence et le mal qu'ils mettent en scène semblent avoir une explication, un début, une fin. Ils se voient confinés à un groupe d'individus bien défini, lesquels, dans le portrait de fiction qui en est donné, prennent même des proportions tragiques, au point que nous sommes conduits à nous convaincre que le problème n'est pas endémique à l'espèce.

Mais je pense que la réalité est autre.

Un acte de cruauté de hasard ouvrit dans l'affaire qui m'occupait une porte que je n'aurais probablement pas franchie de moi-même.

Il avait commencé à crachiner lorsque je m'arrêtai chez « Igor » sur St. Charles où je m'offris un sandwich-torpille et appelai Bootsie pour lui dire que je rentrais à la maison.

– Appelle Ben Motley, Dave. Il a laissé deux messages, dit-elle.

– Qu'est-ce qu'il veut ?

– Quelque chose à propos de Tommy Lonighan.

– Comment tu vas ?

– Bien.

– Tu veux aller au restaurant ce soir ?

– Bien sûr. On fête quoi ?

– Rien de spécial.

– Quelque chose ne va pas ?

– Non, pourquoi crois-tu ça ?

– Parce que tu suggères toujours qu'on dîne dehors lorsque tu te sens coupable.

– Pas moi.

Je regardai la pluie frapper les fenêtres entrouvertes du tramway.

– Je suis désolée pour hier soir, dit-elle.

– À plus tard, petite.

– Accroche-toi à tes miches dans la Grande Sale.

J'appelai Motley au quartier général de Garden District.

– J'ai une histoire étrange pour toi, Robicheaux, dit-il. On a sur les bras un groupe de tabasseurs de tantes qui se baladent dans la ville. Deux d'entre eux sont des dégueulards de l'Université de La Nouvelle-Orléans et les autres, de simples vicieux imbéciles ou alors des homos latents. En tout cas, ils sont toujours en chasse, en quête de viande fraîche dans le Carré. Cette fois, ils ont levé un travesti sur Dauphine et ils l'ont emmené jusqu'à un camp de pêche dans la paroisse St. Charles. Je crois qu'il a taillé des pipes à deux des mecs, ensuite ils lui ont bourré la gueule, arraché ses vêtements et versé sur le corps de la merde de cochon avant de le recouvrir de plumes de poulet. Gentils garçons, hein ?

« Toujours est-il que le travesti n'était pas un pédé ordinaire. Il ressemble à un Frankenstein en robe et collants. Il commence à dessoûler et comprend qu'il n'est pas vraiment à la fête. Ils ne sont pas là pour prendre leur pied à se foutre à poil et s'enduire le corps d'huile. Et il se met alors à rentrer dans le lard de ces petites ordures, je veux dire qu'il en a pété les cloisons de la cabane, en usant des mecs comme projectiles. Les ordures se sont instantanément reconverties à la loi et l'ordre et ont appelé le bureau du shérif.

« Au moment où je te parle, Frankenstein est en cellule de détention provisoire, avec une trouille à chier dans le froc. Devine un peu qui il a appelé pour être libéré sous caution ?

– Lonighan ?

– Exact. Et donc vingt minutes se passent, et devine un peu qui rappelle de la part du pédé ?

– Je ne sais pas, Ben.

– Un avocat qui travaille pour les frères Calucci. C'est à ce moment-là que le shérif de St. Charles nous a appelés. Pourquoi les Calucci voudraient-ils venir en aide à un travelo aux cheveux pleins de plumes et de merde de cochon ?

– Est-ce que le mec s'appelle Manuel ?

– Ouais, Manuel Ruiz. Le shérif est d'avis qu'il mériterait une lobotomie. Il est probablement aussi en situation illégale. Certainement un clandestin.

– Depuis combien de temps est-il en détention ?

– Deux heures.

– Je passe te voir. Merci, Ben. »

Une heure plus tard, Manuel Ruiz était toujours dans sa cellule, pièce étroite à barreaux, au sol en béton avec siphon et grille, un banc de bois contre un mur. La grille comme le ciment autour du trou portaient des taches jaunâtres desséchées. Manuel était pieds nus, vêtu d'une jupe noire à fleurs oranges et d'un chemisier de paysanne déchiré avec encolure de dentelle, les cheveux emmêlés, collés en épis. Sa poitrine nue paraissait aussi dure, d'un grain et d'une couleur aussi parfaits qu'un bois de chêne poncé.

– Tu te souviens de moi, Manuel? demandai-je.

Il avait des yeux d'obsidienne, allongés, sans presque de paupières, des yeux qui ne cillaient pas, sa large bouche impassible maquillée de rouge comme une incision chirurgicale toute fraîche.

– Je viens de parler au bureau du procureur, dis-je. Les gars ne portent pas plainte. Tu peux rentrer à la maison avec moi si tu le désires.

La peau au coin d'un œil se plissa, comme un mastic beige en train de se rider.

– Ou tu peux attendre que l'avocat des Calucci arrive. Mais il a laissé un message disant qu'il serait en retard.

– Calucci pas bon. Pas vouloir.

Sa voix résonna comme au sortir d'une caverne.

– Pas une mauvaise idée. L'autre problème que nous pourrions bien avoir, c'est l'INS, Manuel.

Il continua à me fixer comme si c'était moi, et non lui, l'anomalie encagée derrière les barreaux, le regard flottant tout juste aux confins de la mémoire à essayer d'identifier celui qui était devant lui.

« ...Immigration et Naturalisation », dis-je, et je vis les mots tiquer dans son regard. L'heure est venue de quitter la ville. « Prendre la tangente et filer sur la route. *Vamos a casa*? La maison de Tommy ? »

Il essaya de frapper une mouche de la main, puis son regard revint sur moi et il hocha la tête en signe d'acquiescement.

– Je reviens dans une minute, dis-je.

Je retournai au bureau du geôlier. Lequel, les cheveux coupés en brosse courte, les bras couverts de poils noirs et de tatouages verts en volutes, était assis derrière son bureau, occupé à lire une revue de chasse. Près du coude, un cigare se consumait dans un cendrier enchâssé dans une carapace laquée d'armadillo.

– Il est d'accord pour repartir avec moi, dis-je. Il serait possible d'avoir une serviette, un bout de savon et quelques autres vêtements ?

– Y'a été passé au tuyau quand y'est arrivé.

Il revint à sa revue dont il fit bruyamment défiler les pages.

« Très bien. On veut qu'y soient tous bien nets à leur sortie. Hé, Clois ! Le Mexicain s'en va ! Accompagne-le jusqu'à la douche. »

Son regard se reposa sur sa revue.

– Et les vêtements ?

– Vous nous les réexpédierez ?

– C'est promis.

– Clois ! Trouve-lui quelque chose à se mettre sur le dos, un truc qui aille pas avec les tampons périodiques !

Il me sourit.

Il faisait frais, la pluie tombait plus drue tandis que nous roulions vers La Nouvelle-Orléans sur la vieille Highway 90. Manuel était assis, penché en avant, un bras passé par la portière, sa chemise de toile bleue, uniforme des détenus, mouillée jusqu'à l'épaule. Nous traversâmes un pont qui franchissait le bayou, et le vent se mit à tourbillonner à l'intérieur de la cabine.

– Que dirais-tu de remonter ta vitre ? dis-je.

– Veux pas sentir mauvais dans le camion, répondit-il.

– Tu es très bien. Il n'y a aucun problème. Remonte la vitre, tu veux ?

Il remonta complètement la vitre et se mit à contempler par le pare-brise le défilé des arbres en bordure de route et la silhouette grise du pont Huey Long qui approchait.

– Est-ce que tu travailles un peu pour les frères Calucci, Manuel ? dis-je.

– *Trabajo por* Tommy.

– Ouais, je sais que tu travailles pour Tommy. Mais pourquoi Max et Bobo veulent-ils te sortir de prison, collègue ?

Sa tête en cruchon resta immobile, mais je vis ses yeux se tourner vivement vers moi.

– Max et Bobo n'aident pas les gens, à moins qu'ils n'obtiennent quelque chose en échange, dis-je.

Il ramassa le sac en papier qui contenait ses vêtements sales et le serra sur ses genoux.

– Tu viens d'où, Manuel ?

Il avait le visage buté, par la méfiance et la fatigue.

– Je ne suis pas en train d'essayer de te piéger, dis-je. Mais tu vis avec des gens mauvais. Et je pense aussi que tu as besoin d'aide pour d'autres problèmes. Ces garçons qui t'ont emmené dans les marais sont des sadiques. Est-ce que tu comprends ce que je suis en train de t'expliquer ?

Si c'était le cas, il n'en manifesta rien.

Je repassai en seconde et attaquai la côte qui menait au pont d'acier massif qui enjambait le Mississippi. En contrebas, la surface de l'eau se marquait des fossettes annulaires de milliers de gouttes de pluie, et sur la rive, les saules et gommiers d'un vert sombre s'aplatissaient sous le vent qui soufflait du golfe.

– Écoute, Manuel, Tommy Lonighan a des trucs très graves sur la conscience. Je crois que c'est lié aux meurtres des trafiquants de drogue par le *vigilante* dans les lotissements de l'Assistance. Est-ce que je me trompe ?

Les mains de Manuel se refermèrent sur le sac posé sur ses genoux comme s'il serrait à mort le cou d'un animal vivant.

– Tu veux m'en parler ? dis-je.

– *Quién es usted* ?

– Je m'appelle Dave Robicheaux. L'homme que tu as vu chez Tommy.

– Non. Où travailler ? Qui être ?

– J'habite à New Iberia. J'aimerais t'aider. Et c'est du sérieux. Il n'y a pas de piège. Est-ce que tu comprends ?

– Je vais en prison à cause des garçons ?

– Oublie ces mecs. Ce sont des fumiers. Personne ne se soucie d'eux.

– Pas prison ?

– C'est exact. Que sais-tu du *vigilante*, Manuel ?

Il détourna brusquement la tête et regarda par la vitre passager, les lèvres aussi pincées que la bouche suturée d'une tête réduite. Ses mains calleuses de cuir, marquées par le travail, ressemblaient à des étoiles de mer serrées autour du sac sur ses genoux.

Il pleuvait toujours une demi-heure plus tard lorsque j'empruntai l'allée à voitures de Tommy Lonighan et longeai l'habitation principale jusqu'au cottage où vivait Manuel. La vapeur s'échappait en bouffées éparses des mares à poissons rouges bordées de corail ; la porte de la serre claquait sous le vent comme des coups de fusil. Je coupai le moteur. Manuel resta assis, immobile, la main posée sur la poignée de la portière.

– Bonne chance à toi, dis-je.

– Pour quoi faire ?

– Pour quoi faire quoi ?

– Pourquoi aider ?

– Je crois qu'on se sert de toi.

Je sortis ma carte de mon portefeuille et la lui tendis.

– Appelle ce numéro de téléphone si tu veux parler.

Mais il était visible qu'il ne comprenait guère ce que signifiaient les mots imprimés sur la carte. Je sortis mon étui à insigne de ma poche arrière et l'ouvris devant lui.

– Je suis officier de police, dis-je.

Je vis alors de mes yeux la lisière des cheveux sur son front lui remonter sur le crâne, comme un masque de caoutchouc qu'on aurait étiré sur l'os, ses narines blanchir et se serrer, à croire qu'il inhalait l'air à l'entour d'un bloc de glace.

– Tous les flics ne sont pas mauvais, Manuel. Même ces mecs à la prison voulaient t'aider. Ils auraient pu appeler l'Immigration s'ils l'avaient voulu.

Ce n'était pas le mot à prononcer. Le haut de sa cuisse gauche était tendu, dur comme l'acier, et tremblait sous la jambe de pantalon. Je tendis le bras devant lui et ouvris la portière.

– *Adios*, dis-je. Reste à l'écart des pourritures. Reste à l'écart de Dauphine Street. Okay ? Au revoir. *Hasta* ce que tu veux.

Je le laissai debout sous la pluie, ses cheveux noirs plaqués en rebord de chapeau comme une coulure de peinture, et repartis par l'allée à voitures. L'homme de faction à la grille, un chapeau de pluie rabattu sur les yeux, m'ouvrit. Je baissai ma vitre en arrivant à sa hauteur.

– Où est Tommy ? demandai-je.

– Il est parti à la prison de la paroisse St. Charles pour récupérer l'Indien. Il va faire un peu la gueule quand il rentrera.

– Ce n'est pas la faute de Manuel.

– Racontez ça à d'autres. C'est moi qui ai pris son poste. Ce mec, c'est un putain de sauvage, Robicheaux. Il bouffe les champignons à même la pelouse et il a une putain de sarbacane dans sa chambre.

T'as encore du chemin à faire, Robicheaux. Tu effraies et tu embrouilles un retardé et ensuite tu l'abandonnes aux bons soins d'un cas de démence précoce comme Tommy Lonighan.

– Laissez la grille ouverte, dis-je.

Je fis demi-tour dans la rue et repris l'allée en sens inverse. Je sortis du camion, un journal sur la tête, et me dirigeai vers le cottage de Manuel. Et je m'arrêtai. À l'arrière de la serre, agenouillé sous la pluie, Manuel dégageait un trou au travers des racines d'un hibiscus à l'aide d'un transplantoir. Lorsque le trou lui arriva à la hauteur du coude, il balança le transplantoir à l'intérieur et se mit à le recouvrir du tas de terre mouillée et de racines arrachées. Les fleurs rouges des hibiscus se pointillaient de gouttelettes de pluie, gonflées sous le vent qui en dilatait les pétales comme des cœurs sur une vigne verte.

Dix minutes plus tard, j'appelai Ben Motley d'un téléphone public dans un drugstore. À un bloc de distance, je voyais les crêtes d'écume sur les eaux du lac Pontchartrain et, au loin, les lumières de la chaussée sur digue brillant comme un semis de diamants minuscules.

– Obtiens un mandat pour perquisitionner chez Tommy Lonighan, dis-je.

– Pour quoi faire ?

Je lui appris ce que j'avais vu et précisai l'endroit où il faudrait creuser.

– Le *vigilante*, c'est une sorte de coupeur de têtes ou de cannibale ? dit-il.

– Je ne sais pas, Ben. Mais si tu l'agrafes, ne laisse pas les Calucci ou leur avocat le faire libérer sous caution.

– Pauvre connard ignorant.

Bienvenue dans la Fosse à Merde, Manuel.

## Chapitre 28

Le mot *mort* n'est jamais abstrait. Je pense à mon père, perché tout en haut de sa tourelle de nuit, là-bas, sur la Grande Salée, lorsque la tête du puits a sauté et que tous les coffrages ont été soufflés du trou, eau, pétrole et sable mélangés jaillissant en geyser à travers les projecteurs jusqu'à ce qu'une étincelle vole d'une surface métallique et enflamme le brasier qui a fondu les poutrelles d'acier en pâte de réglisse ; je repense à lui, forme silencieuse encore chaussée de ses brodequins ferrés, le casque sur la tête, en train d'onduler, emporté par la lame de fond dans les abysses du Golfe, appelant de la main et du visage à jamais aveugle.

La mort, c'est une odeur qui s'élève, verte et putrescente, d'un sac-linceul que l'on ouvre dans une morgue sous les tropiques ; ce sont les pustules luminescentes qui couvrent la peau d'un Vietcong déterré de son trou d'homme, son abri de nuit, au milieu de la boue et des excréments, lorsque les 105 tombent un peu court ; les champignons mauves qui poussent en nodosités aussi épaisses que des tumeurs parmi les gommiers, là où les garçons en uniforme noisette ont couru en pure perte, le souffle leur déchirant la poitrine, sous les éclats d'obus qui venaient décorer leurs vêtements de pétales de roses déchirées.

Mais il est d'autres dénouements qui font tout aussi bon office, lorsque l'existence finit par s'établir en de nouveaux lieux, en cette zone morte où il semble qu'il n'y a plus ni vent ni bruit, certainement pas de joie, voire même, après un temps, de capacité à ressentir.

On apprend que le contraire d'aimer n'est pas haïr, mais s'essayer à un amour de substitution, qui devient festin de fleurs empoisonnées. On apprend à faire l'amour par nécessité, dans l'obscurité, paupières closes, et à le justifier à ses propres yeux, avec un baiser seulement à la fin. On apprend que ce vieil ennemi de l'humanité, l'ennui, peut se transformer en présence effective dans sa vie, aussi tangible, aussi omniprésente qu'une succession d'aubes grises dont le soleil ne parvient jamais à se libérer.

Je n'allai pas laisser une telle chose se produire.

J'avais rencontré Bootsie lors d'un bal sur Spanish Lake l'été 57. C'était l'été pendant lequel l'ouragan Audrey avait fait plus de cinq cents victimes en Louisiane, mais je me souviendrai toujours de cette saison-là, pour la douceur crépusculaire de ses soirées, les fritures de poissons sur le bayou Teche et les ragoûts de crabe à Cypremort Point, la magie mauve et rose de chaque lever de soleil, les belles-de-nuit dont Bootsie entrelaçait sa chevelure comme autant de gouttes de sang, et cet après-midi pluvieux au cours de laquelle nous avions perdu ensemble notre virginité sur les coussins du hangar à bateaux de mon père, nos deux corps barrés de la lumière brune des reflets du soleil sur l'eau.

C'était l'été où Jimmy Clanton et son *Just a Dream* passaient sur tous les juke-box du Sud de la Louisiane. J'étais convaincu alors que la mort n'arrivait qu'aux autres, et que la saison n'aurait jamais de fin. Mais fin il y eut, et de mon propre fait. À l'âge de dix-neuf ans déjà, j'avais appris comment transformer le whiskey en arme capable de défaire tout ce qu'il y avait de bon dans ma vie.

– À quoi penses-tu, *bubba* ? dit Bootsie derrière moi.

– Oh, rien de particulier.

J'arrêtai de nettoyer le moulinet que j'avais démonté sur la table de jardin. L'air était moite et lourd, les saules dégouttaient d'eau le long de la coulée.

– Je t'ai appelé deux fois par la fenêtre et tu ne m'as pas entendue.

– Désolé. Qu'est-ce qu'il y a ?

– Rien de bien important. Qu'est-ce que tu as ?

Je me retournai et la regardai. Elle portait un short blanc et un T-shirt trop petit pour elle, qui laissait nus son nombril brun et sa taille effilée.

– Est-ce qu'il y a quelque chose qui ne va pas ? demanda-t-elle en posant un genou sur le banc, les bras sur mes épaules, avant de se laisser aller de tout son poids sur mon dos.

– Qu'est-ce que tu fais ? dis-je.

– Ummm, répondit-elle en laissant glisser sa main sur ma poitrine.

Je tendis les bras derrière moi, enserrai l'arrière de ses cuisses, tendis en arrière tête et cou jusqu'à me nicher entre ses seins. Elle écarta les jambes et me serra de plus près contre elle.

– Rentrons, dit-elle, d'une voix rauque au creux de mon oreille.

– Alafair va revenir dans une demi-heure.

– Une demi-heure, ça ira très bien, dit-elle.

Elle tira les rideaux de la chambre, se dévêtit complètement, et dégagea le couvre-lit. Sa peau était brûlante et empourprée lorsque je la touchai.

– Tu vas bien, Boots ?

Elle me poussa sur les oreillers et se mit sur moi avant de me prendre le sexe dans la coupe de ses mains et de le placer en elle. Sa bouche s'ouvrit sans qu'elle dise rien, puis ses yeux se voilèrent, perdus dans le vague, et elle se mit en appui sur les bras au-dessus de moi, ajustant le poids de son corps de façon à me tenir au plus profond d'elle, perdu en cet endroit où le souffle, le sang qui bat le cœur, le mince film de sueur sur nos deux corps ne faisaient plus qu'un. Les seuls sons que j'entendais venaient de sa gorge, un déclic moite lorsqu'elle déglutissait, et du vent qui ployait une grosse branche de chêne, luisante de pluie, contre la fenêtre.

Elle jouit avant moi, seins et tétons durcis entre ses bras raidis, bouche grande ouverte, joues encollées des boucles moites de ses cheveux. Puis je sentis la vague monter et culminer à l'intérieur de moi, tandis que mes reins venaient se dissoudre comme une braise rouge brûlant à travers un parchemin. Un son qui ne ressemblait en rien à ma voix se leva de ma gorge, et je la serrai tout contre moi, plus près encore, le visage enfoui dans sa chevelure, la bouche pressée contre son oreille comme les lèvres d'un enfant affamé, tandis qu'au-dehors les moqueurs prenaient leur essor, toutes ailes battantes, dans le ciel couleur lavande.

J'avais cru que ma seule volonté pourrait résoudre les problèmes de nos existences. Allongé que j'étais auprès d'elle au-dessus des draps, je me rendis compte que, comme d'habitude, je me trompais. Mais en un instant tel que celui-là, qui se soucie bien de la provenance du cadeau offert ?

À 5 heures le lendemain matin, Clete Purcel frappait à ma porte-moustiquaire arrière. Il portait des chaussures de bateau en toile, sans chaussettes, un bermuda de safari couvert de poches à boutons pression, son chapeau rond, et un chandail sans manches, mauve et or, à l'effigie de Mike le Tigre, tellement passé par les lavages qu'on aurait dit une mousseline. Il n'était pas rasé, le visage brillant d'un coup de soleil récent.

– Tu ne vas pas me cafter aux flics, pas vrai, Belle-Mèche ?

– Qu'est-ce que je peux bien savoir des mandats qui courent paroisse d'Orléans ?

Je sortis dans la fraîcheur bleutée du matin et refermai doucement la moustiquaire derrière moi.

– Bootsie et Alf dorment encore. Descendons jusqu'au ponton.

Nous descendîmes la pente à l'ombre épaisse des arbres, enjambant le fil-piège que j'avais tendu à l'intention de Buchalter. Clete ne cessait de faire craquer ses jointures, comme s'il s'agissait de grosses coques de noix. Il avait les yeux rouges et irrités au bord des paupières, comme s'il avait la gueule de bois, mais je ne sentis aucune odeur d'alcool sur lui.

– On dirait que tu profites bien du soleil, dis-je.

– Pourquoi pas ? À vivre dans le Vieux Carré, je commençais à me transformer en grosse limace, de toute manière.

À l'intérieur de la boutique, je nous servis café et lait chaud, que nous allâmes boire à l'une des tables-dévidoirs près de l'eau. Il déboutonna une poche de son short et déplia une carte nautique sur la table.

– Peux-tu me montrer où se trouve ce sous-marin ?

Ses yeux regardaient la carte. Pas moi.

– Qu'est-ce que tu prépares ?

– Qu'est-ce que tu en as à faire ?

– Tu as l'air d'avoir les nerfs à vif, Clete. Qu'est-ce qui se passe ?

– J'ai un mandat à mon nom, mon entreprise est complètement coulée, les merdaillons bien entraînés de Nate Baxter vont probablement essayer de me plomber à vue, et tu me demandes ce qui ne va pas ?

Je lissai la carte bien à plat de la paume de la main. Le marais était vert émeraude après la pluie de la nuit précédente, et les genoux de cyprès le long des bayous étaient sombres, brillant de veinules d'eau laissées par le sillage d'un bateau de passage.

– Ne plonge pas plus profond, dis-je.

– Pourquoi faire les choses à moitié ? Autant aller jusqu'au bout. Alors, tu me montres où il est ou pas ?

Il alluma une cigarette sans filtre et balança l'allumette dans les airs, d'une pichenette brutale.

Je sortis un porte-mines de ma pochette de chemise et fis trois marques sur la carte.

– Voici les endroits où je l'ai vu moi-même et où l'ami de Hippo l'a repéré. Tu vois le schéma qui se dessine. Il existe probablement une tranchée qui part de la plate-forme continentale. Un mec muni d'un sonar pourrait définir un schéma en zigzag et probablement le localiser. À moins qu'il ne tombe de la plate-forme et n'y réapparaisse que ramené par une tempête.

Il fixait la carte, le chapeau incliné sur un œil.

– Qu'est-ce que tu vas faire ? dis-je.

– Peut-être bien que je devrais lui redonner nouvelle figure à coups de C-4.

– Est-ce que le prêcheur est mêlé à tout ça ?

– Pas encore. Mais il est sûr qu'il a été de toute beauté la nuit dernière à la radio, tu sais, un programme sur appels des auditeurs au cours duquel le taré de la rue obtient d'exprimer son avis. Frère Oswald raconte aux gens que la bête est sur le point de se lever de la mer.

Il me regarda en essayant de sourire.

– Peut-être qu'il parle de mon ex.

– Qu'est-ce que tu me caches, collègue ?

Il balança sa cigarette en arc vers le bayou et la regarda crachoter dans l'eau avant d'être emportée par le courant.

– Faut que j'arrête ça. J'ai l'impression d'avoir de l'acide à batteries dans les poumons, dit-il.

– C'est quoi, le coup qui t'occupe, Clete ?

– Faut que je me taille, preux chevalier, dit-il.

– Mange un morceau.

– Faut que ça se fasse, Belle-Mèche. Et comme tu disais, y'a encore bien des kilomètres avant que je dorme, et tout ça. Te fais pas de mouron.

– Comment va Martina ?

Il marcha vers sa décapotable sans répondre, avant de se retourner et de cligner de l'œil, les deux pouces levés.

Juste avant midi, Ben Motley m'appela au bureau.

– On a le transplantoir, dit-il.

– Continue...

– La lame était propre, mais il y avait du sang séché dans une fissure entre le manche et la tige. Le labo dit que c'est du sang humain.

– Quoi d'autre ?

– Deux types sanguins. Une correspondance. Avec un mec qui s'est fait arracher le cœur contre le mur du cimetière St. Louis.

– Pourquoi pas deux correspondances ?

– Tu présumes que nous avons découvert toutes les victimes.

– Où est Manuel ?

– En détention... Et je ne m'en sens pas très bien, Robicheaux. Ce mec a de la purée de carottes en guise de cervelle. L'interprète dit qu'il parle un dialecte indien du fin fond de la foutue Amazonie.

– Tu penses que c'est trop facile ?

– Je crois peut-être que nous parlons d'un porte-chapeau. Hé, Lonighan, c'est une ordure, mais il a paru sincèrement retourné, à croire comme qui dirait que ça le touchait personnellement, quand il a découvert que nous inculpions le gamin du meurtre. Est-ce que ça te paraît ressembler à Tommy Bobalouba ?

*Pas mal, Mots*, me dis-je.

– As-tu été en contact avec Clete Purcel ? dis-je.

– Qui ça ?

– Il a découvert une cassette vidéo sur des Indiens d'Amérique du Sud, une sorte de documentaire, au domicile de Max Calucci.

– Il y a des crachotements sur la ligne. Je n'ai pas réussi à entendre ce que tu disais. T'as pigé ? Je n'ai rien entendu, bordel, Robicheaux.

– Lonighan a emprunté deux cents bâtons pour son casino aux frères Calucci. J'ai le sentiment qu'il repayait sa dette en les aidant à mettre sur pied le réseau de distribution de brune bon marché dans les lotissements.

– Tu dis à Purcel que s'il essaie de coller des crottes de chien dans le saladier à punch sur ce coup-ci, il n'aura plus à se faire du souci à propos de Nate Baxter. C'est moi-même qui lui expédierai les miches à Angola.

– T'es dur, Mots.

– Ce que tu ne comprends pas, c'est que Purcel ne fait pas tomber un mec parce que le mec a enfreint la loi. Il le fait tomber parce qu'il ne l'aime pas. C'est pour ça qu'il ne portera plus jamais d'insigne.

– Comment crois-tu que va se présenter l'affaire contre l'Indien ?

– Preuves indirectes, un retardé sur le banc des accusés, un avocat de la défense qui apprend au jury que le retardé fait les basses besognes pour un riche gangster qui a personnellement noyé quelqu'un à l'aide d'un tuyau d'arrosage et s'en est sorti blanc comme neige. Devine un peu comment le jury pourrait bien voter.

– Merci pour toutes ces bonnes nouvelles.

– Toutes ne sont pas mauvaises. Le bruit court dans les rues que Lonighan est en train de mourir.

– Pour une raison inconnue, ça ne me remplit pas de joie, collègue.

– Lonighan est mêlé aux Calucci et au trafic de came dans les lotissements. Tous ces gamins noirs qu'on passe notre temps à agrafer n'étaient pas des drogués quand ils sont sortis du sein de leur mère. Crois-le ou non, même les fourgueurs noirs avaient une famille, Robicheaux.

Pourquoi discuter avec la charité ? Je reposai doucement le combiné sur son berceau et regardai par la fenêtre les palmiers qui claquaient sous le vent. Le bas du ciel paraissait vert au-dessus du golfe.

Que faisait donc Clete Purcel ?

Je rentrai déjeuner à la maison. À mon retour, le shérif m'arrêta devant la fontaine d'eau fraîche.

– Le FBI vient de nous faire parvenir des trucs d'Interpol. Ils ont une identification pour la femme, dit-il.

– Quoi ?

– Lis le topo. Il est sur ton bureau. Je croyais que des choses pareilles ne se pratiquaient que dans la famille Barker.

Il s'éloigna, me laissant là à le fixer du regard.

Le communiqué d'Interpol comportait trois paragraphes. Il n'y avait rien de statistique ni de démontrable dans les renseignements qu'il contenait. Comme pour tous les autres documents de cette affaire, on avait l'impression que le rédacteur essayait de décrire une présence insaisissable qui se serait brièvement reflétée en miroir dans les yeux d'autres personnes.

Mais les images qu'il utilisait n'étaient pas celles d'un rédacteur technique ordinaire ; elles se fichaient dans la mémoire pour y rester, comme des échardes sous la peau.

Deux agents antiterroristes travaillant sous couverture à Berlin croyaient que l'homme connu sous les noms de William Buchalter, Willie Schwert et autres variantes, opérait au sein d'une demi-douzaine de groupes néonazis en compagnie d'une demi-sœur nommée Marie. Un skinhead dans un bar à bière en plein air avait fait le récit d'une cérémonie d'initiation d'un groupe secret et exclusif connu en Angleterre et aux États-Unis sous le nom de Glaive. Un ouvrier turc kidnappé avait été tenu tout tremblant, agenouillé sur le sol en terre d'une cave à pommes de terre, les poignets attachés dans le dos au fil de fer, un sac en toile de jute sur le visage, pendant que les postulants vouaient leurs existences au nouveau mouvement. Puis la femme prénommée Marie avait fait brûler vif le kidnappé.

J'ouvris et refermai la bouche, comme si mes tympans se bouchaient sous la pressurisation d'une cabine d'avion, et poursuivis ma lecture. Les détails du dernier paragraphe donnaient une autre dimension aux voix de gorge rauques et suantes que j'avais entendues au téléphone.

Le shérif s'était posté dans l'embrasure de ma porte, une tasse de café à la main.

– Tu crois qu'il s'agit de notre fausse nonne ? dit-il.

– Ouais.

– Et tu crois que le truc de la dernière page est vrai ?

– Ce sont des pervers. Pourquoi faudrait-il être surpris par ce qu'ils peuvent faire ?

– Est-ce que tu savais que Ma Barker et l'un de ses fils étaient incestueux ? Ils se sont suicidés l'un l'autre à la mitraillette. Ils ont même été enterrés ensemble dans le même cercueil, pour garder intacte la tradition. Et c'est un fait établi.

– Intéressant, dis-je.

– Il faut bien qu'on s'en amuse un peu, sinon on deviendrait cinglé. C'est à moi de te dire ça ?

– Non, vous avez raison.

Il s'approcha et me pressa l'épaule. Je sentais l'odeur de cuir de son ceinturon, le tabac à pipe sur ses vêtements.

– Tu dors bien la nuit ? dit-il.

– Vous pouvez être sûr.

Il lâcha un grognement étouffé.

– C'est drôle, moi pas. Eh bien, peut-être qu'on aura l'occasion de coller ces deux-là dans la même caisse. Qui sait ? dit-il.

Il fit défiler les doigts en ordre de marche sur mon bureau, et sortit.

La meilleure piste sur Buchalter, la seule, en vérité, était encore la musique.

Frère Oswald Flat, me dis-je.

J'obtins son numéro de téléphone par les renseignements inter-urbains.

– Ne m'avez-vous pas dit que vous aviez joué avec Jimmy Martin et les Sunny Mountain Boys ? demandai-je.

– Et alors ?

– Avez-vous jamais été en contact avec des musiciens de jazz ou de blues ?

– Fils, je vous aime bien. Vraiment, je vous aime beaucoup. Mais une conversation avec vous, c'est comme essayer d'enseigner à quelqu'un la recette de l'eau glacée.

– Je crains de ne pas bien vous suivre.

– C'est là le problème. Vous ne suivez jamais.

– Je vais essayer d'écouter de toutes mes oreilles, monsieur, si vous voulez bien être patient.

– La musique, c'est un grand club. C'est comme de faire partie d'une Église. La pièce où vous vous trouvez a pas d'importance, pourvu que vous soyez dans le bâtiment. Vous me suivez jusque-là ?

– Vous connaissez des musiciens de jazz ?

– Je vais prendre le problème sous un autre angle, dit-il. Dans le temps, j'enregistrais du gospel au studio de Sam Phillips à Memphis. Vous savez qui d'autre a enregistré dans le même studio ? Elvis Presley, Carl Perkins, Johnny Cash, Jerry Lee Lewis, Jimmy Lee Swaggert. Vous voulez que je continue ?

– Je crois que Will Buchalter est lié d'une manière ou d'une autre au jazz ou au blues des tout débuts. Mais je ne sais pas comment.

Le téléphone resta silencieux.

– Pourquoi n'avez-vous pas craché le morceau avant ?

Cette fois, je ne répondis pas. Sa voix avait changé lorsqu'il reprit la parole.

– Je ne vous interromprai plus et je ne vous insulterai plus, dit-il.

Je lui racontai : le tout dernier coup de fil de Buchalter, tard le soir, avec *In a Mist* de Beiderbecker en arrière-plan ; Buchalter qui connaissait le Benny Goodman des débuts et la manière de manipuler les vieux 78-tours ; le disque de Bunk Johnson que quelqu'un avait laissé jouer sur mon phonographe.

– Fils, vous m'impressionnez. Vous *savez*, dit Oswald Flat.

À nouveau, je restai silencieux.

– Un homme du mal, ça peut point aimer la musique, dit-il. Ça l'intéresse pour un autre motif.

– Je crois que vous avez raison.

– Y'a un groupe qui joue sur Royal Street. Je veux dire, dehors, dans la rue, quand les flics placent les barrières et ferment l'accès aux voitures. Ils ont un piano sur un camion, y'a un gamin chinois qui joue de l'harmonica, quelques trompettes, un homme de couleur, je veux dire un Noir, à la guitare hawaïenne. Le Noir vient parfois dans mon église. Mais y vit pas à La Nouvelle-Orléans. Il habite Morgan City.

– Oui ?

– Si je l'appelle et s'il est chez lui, vous pouvez me retrouver là-bas dans deux heures ?

– Je crois que vous devriez être plus clair.

– C'est tout ce que vous saurez. Vous pouvez gueuler jusqu'à ce que votre figure ressemble à une aubergine.

– Tout ceci fait partie d'une enquête de police, révérend. Ce n'est pas à vous d'établir les règles.

– Cet homme a été au pénitencier. Il ne vous dira rien si je ne suis pas là. Vous voulez de mon aide ou pas ?

Le Noir répondait au nom de Jesse Viator, et il vivait dans une caravane verte cabossée et montée sur des blocs de béton à dix mètres du bord du bayou. Ne lui restaient que trois dents dans la bouche, qui ressortaient de ses gencives comme les crocs dans la gueule d'un barracuda. Nous nous installâmes sur de vieux fauteuils de cinéma qu'il avait montés sur des rails dans sa petite arrière-cour bien propre. Un crevettier passa, tous feux allumés, et près de la rive opposée, les hirondelles plongeaient en piqué au-dessus d'une vieille barge pétrolière dont il ne restait qu'une coque rouillée et inondée.

Jesse Viator n'était pas à l'aise en présence d'un officier de police.

– Tu te souviens de cet homme dont tu m'as parlé, celui qui voulait que tu enregistres, le mec que tu as dit que t'aimais pas bien la manière qu'il te regardait ? dit Frère Oswald.

– Ouais, l'gandin, y'avait des intentions pas nettes, dit-il.

– Pourquoi avez-vous pensé à ça ? dis-je.

– Y'a des gens qui se baladent avec une pancarte, répondit-il.

Il tirailla la peau tendre sous son menton et tourna ses regards vers le bayou.

– Pourquoi avait-il des intentions pas nettes, Jesse ? dis-je.

– L'gandin, y'a rien dit de méchant. Il a été poli. Mais comme si y'avait le visage qui chauffait, dit Viator. Comme une poêle à sec qu'on a laissée sur le gaz.

Je lui montrai le portrait-robot de Buchalter. Il le leva à la lumière de sa caravane et l'étudia. La tonsure de son crâne grisonnant brillait comme une cire ocre.

– Vous faites les portraits à la machine, pas vrai ? Et y'en a des tas qui se ressemblent, dit-il.

– Quel est le pire mec que vous ayez jamais rencontré derrière les barreaux ? dis-je.

– Y deviennent seulement méchants jusqu'à un point. Ensuite, y sont tous presque pareils. Y finissent au Camp J.

– Le mec que je recherche est pire que tous les prisonniers du Camp J. Est-ce que vous me croyez quand je vous dis ça ?

Il prit le dessin que je tenais à la main et l'inclina pour le placer sous la lumière de la caravane. Il tapota les contours du visage.

– C'est quoi, ça ? dit-il.
– À vous de me le dire, dis-je.
– L'gandin, l'avait de la saleté sous la peau, comment que z'appelez ça, des points noirs ou queq' chose, ça lui donnait l'air de porter un masque autour des yeux. Écoutez, c'était y'a trois, quatre mois de ça. J'ai arrêté d'y penser.
– Raconte-lui le reste, Jesse, dit Oswald Flat.
– Y'a pas de *reste*, dit-il. L'gandin, y me dit qu'y m'offre cent dollars pour enregistrer. J'y dis que je suis pas intéressé. C'est tout. Je veux pus parler de ça.
Il inspira profondément, entre colère et exaspération.
– Vous savez pas ce que je ressentais devant ce gandin ? C'est comme quand on force un mec à devenir esclave à Angola. Quand quelqu'un fait virer sa cuti à un gamin, y le viole, pis y lui dit, va te coller ton petit cul sur la passerelle. Dans une demi-heure, tu reviens avec dix dollars. La demi-heure d'après, je veux dix dollars de plus, et pis après ça, je veux encore dix dollars, ou le prochain truc que t'auras dans le bec, y'aura une pointe effilée au bout et elle ressortira pas. C'est à ça qu'y me faisaient penser, les yeux du gandin.
Il prit un air morose et renfrogné en refusant d'en dire plus. La lune s'était levée, la poussière de la route et un film brillant de gazole flottaient sur les eaux mortes toutes proches sous les saules. L'air était frais et humide, chargé d'une odeur de crevettes destinées à servir d'appâts que quelqu'un avait laissées dans un seau. Je demandai au révérend de m'attendre devant l'entrée.
– Pourquoi êtes-vous tombé, Jesse ? dis-je.
– Un mec a essayé de me bousculer à un bal. Je voulais pas, mais je l'ai étendu pour de bon. L'avocat, y m'a dit de plaider homicide involontaire.

– Vous avez une famille ?

– Ma femme est à Charity. Elle a des problèmes cardiaques. Nos deux filles, al sont grandes et mariées, en Californie.

– L'homme que je cherche a fait violence à ma femme. Je vais vous montrer ce qu'il fait quand les gens lui tombent entre les mains.

Je me levai de ma chaise.

– Qu'est-ce que vous faites, mec ? Hé, z'enlevez vot'...

– Buchalter s'est servi d'un générateur électrique, Jesse. C'est là qu'il a attaché les cosses. C'est une sacrée expérience.

Il mit les mains en appui sur les cuisses, se tortilla sur sa chaise, et son regard alla se poser sur une tige de bambou accrochée dans les profondeurs des racines d'un cyprès.

– Mec, je suis sérieux. Je veux plus rien avoir affaire avec ça, dit-il.

– Vous avez cadré ce mec dès le départ. Il faut que vous m'aidiez, dis-je.

Il s'essuya le visage comme s'il avait des insectes dans les yeux.

– L'gandin, y s'approche de moi sur Royal, juste après le concert, y m'offre cent sacs pour jouer une demi-heure de ma guitare à son studio. J'y dis, c'est pas avec cent sacs qu'on fait un enregistrement. Y me dit que c'est un bout d'essai, y va l'offrir autour de lui, y me fait une fleur, pasque d'habitude, un mec, faut qu'y paie pour son bout d'essai.

« Je regarde le matou bien en face, et je me dis qu'y va jamais utiliser le mot *négro*, y va jamais me traiter de *bamboula*, y va jamais me dire que je grimpe aux arbres ou que je lance la sagaie, c'est pas sa façon de faire. Y'a toujours ce petit sourire au coin de ses lèvres, tout comme quand les mecs de la Fraternité aryenne y te regardent au boulot dans les champs à Angola. Y vont sarcler juste à côté de toi dans les rangs de soja, y vont pas te dire un mot, y s'arrêtent pas de couper la canne comme s'y z'avaient rien de méchant en tête. Et pis ce soir-là, tu vas à la douche et le même blandin, y t'attend, avec une lame à la main.

– Il faut que vous me donniez quelque chose, Jesse.

– Y dit que son studio y'est à une heure de là. Une heure pour y aller, une heure pour le retour. Y m'a fait un clin d'œil en disant ça.

– Je crois que vous ne me dites pas tout.

Je gardai les yeux rivés aux siens.

– C'est pas vrai. Y m'a appelé une fois, mec, juste ici, à la caravane. J'y ai dit que j'étais toujours pas intéressé. On aurait dit qu'y était dehors, peut-être bien à une cabine. J'entendais le bruit des vagues, comme sur une plage.

– Il n'a jamais mentionné un endroit précis ? Et Grand Isle ?

– Non, à moins qu'on a déplacé Grand Isle au Miss'sippi.

– Je ne vous suis pas.

– Ce fameux jour sur Royal. J'ai pas fait attention à la voiture du tout, mais les plaques al z'étaient du Miss'sippi. Ça suffira ? Pasque c'est tout ce qu'y a.

Je lui donnai ma carte et récupérai ma veste sur la chaise. Son regard se perdit dans le vague tandis que sa main s'ouvrait et se refermait sur la carte. Qu'il me rendit alors en la pressant au creux de ma paume.

– Ma femme mérite un petit voyage après toute la maladie qu'al a eue. Ch'crois bien qu'on va aller rendre visite aux enfants en Californie. On sera partis un bon moment. Vous comprenez ce que je dis ?

Le lendemain après-midi, un vendredi, Ben Motley m'appela de La Nouvelle-Orléans.

– Max Calucci a retiré ses plaintes contre Purcel pour avoir détruit sa maison, dit-il.

– C'est ce que j'appelle changer d'avis.

– Comment tu expliquerais ça ?

– Il s'est probablement mis à suer des billes à jouer quand il a appris que l'Indien de Lonighan était sous les barreaux. Je veux dire, s'il est effectivement mêlé aux meurtres du *vigilante*. La dernière des choses dont il ait besoin, c'est de se retrouver impliqué dans une histoire légale avec le bureau du procureur. Et la compagnie d'assurances, State Farm, qu'est-ce qu'elle va faire ?

– Ils n'ont pas de chance s'ils veulent coller ça sur le dos de Purcel. Les témoins déclarent maintenant qu'ils ne se souviennent plus à quoi ressemblait le mec du bull. Mais ils sont sûrs que ce n'était pas Purcel. J'ai laissé un message sur son répondeur, mais il n'a pas rappelé.

– Il doit être terré dans un camp de pêche quelque part.

– Je suis passé à son bureau. Une secrétaire était là, une employée temporaire. Elle a dit qu'il a eu le message sur le répondeur. Pourquoi ne répond-il pas à ses coups de fil ?

– Je ne sais pas, il est parfois un peu irresponsable. Où en est-on avec Manuel Ruiz ?

– Pas de caution. Nous le gardons pour l'INS. À propos, dis à Purcel que ce n'est pas un problème s'il ne me rappelle pas. Puisqu'il a de tellement bons amis dans le service. Comme Nate Baxter.

Je laissai un message à Clete, à son bureau comme à son appartement.

En fin de journée, j'enfilai short de gym et chaussures de course et exécutai trois séries d'haltères dans l'arrière-cour, arrachés, couchers à plat dos, et musculation des bras. Mon voisin brûlait un tas de chèvrefeuille sec et l'air était brumeux, chargé de l'odeur doucereuse de la fumée.

Trouve la solution, *réfléchis*, une bonne fois pour toutes, me dis-je. Quelles étaient les pistes à ma disposition dans l'affaire Buchalter ?

La musique, et maintenant la géographie.

Deux des fondus engagés par Buchalter, Jack Pelley et Charles Sitwell, avaient fait partie de l'orchestre de rock'n roll au Block d'Angola. De toute évidence, Buchalter rôdait dans les magasins de disques anciens, comme celui de Jimmy Ryan, et il avait essayé de faire faire au guitariste Jesse Viator un enregistrement en studio.

Il conduisait une voiture aux plaques immatriculées au Mississippi, il avait accès à un studio situé à une heure de distance de La Nouvelle-Orléans, et il avait passé un coup de fil à portée d'oreille d'une plage.

Le skinhead allemand qui s'était fait écrabouiller par ses amis sur la Grande Salée plongeait depuis un cabin-cruiser que ses amis et lui avaient volé à l'amarre à Biloxi.

Les amis de Hippo Bimstine avaient dispersé une réunion d'un groupuscule de haine à la batte de base-ball et s'étaient emparés de leurs films nazis dans une maison en parpaings au nord de Pascagoula.

Je baissai ma barre au niveau de mes cuisses, puis la relevai jusque sur la poitrine avant de la relâcher lentement à nouveau, m'arrêtant à mi-course tandis que les muscles me brûlaient les bras, gorgés de sang. L'air que j'inspirais me tranchait les poumons comme un couteau glacé.

Peut-être que le cercle était en train de se resserrer sur Will Buchalter.

Avant de nous coucher, Bootsie et moi mangeâmes un morceau de tourte à la table de la cuisine.

– Quelque chose te tracasse ? dit-elle.

– Je pensais que Clete allait peut-être appeler.

– Clete a une manière bien à lui de faire les choses.

– Tu as tout à fait raison.

Cette nuit-là, le vent commença à souffler avec violence du sud, et j'entendis nos barques de location qui cognaient contre les piles du ponton. Puis la pluie se mit de la partie, et dans mon sommeil, j'entendis un autre bruit, un bruit lointain, un bruit de métal cognant méthodiquement contre le métal, coup après coup assénés avec force et étouffés par l'enveloppe d'eau qu'il leur fallait franchir.

Dans mon rêve, je vis un groupe de marins nazis regroupés serrés dans un compartiment à moitié inondé, l'eau salée dégoulinant comme un feu d'artifice liquide des fuites de l'écoutille circulaire au-dessus de leurs têtes, le visage blanc de terreur dans la lumière de plus en plus chiche, à respirer leur propre puanteur, à sentir le froid s'insinuer au creux des ventres, pendant qu'un homme n'arrêtait pas de marteler la cloison à l'aide d'une grosse clé.

Je m'éveillai de mon rêve, la poitrine haletante en quête d'un peu d'air. À travers le cliquetis de la pluie dans les arbres, je continuai à entendre le martèlement rythmé du métal contre le métal. J'enfilai des mocassins et un pantalon de toile, mis un imper sur ma tête et, une torche à la main, sortis par la porte de derrière et courus jusqu'à la grange effondrée près de ma mare à canards. Une plaque de toit en tôle ondulée, violacée par la rouille, se balançait d'une poutre brisée en venant cogner contre les restes de la vieille lieuse à foin de mon père.

J'arrachai la poutre cassée et sa plaque de tôle du tas de gravats et les balançai dans le champ.

Mais je n'arrivai pas à me débarrasser du rêve. Pourquoi ? Qu'est-ce que j'en avais à faire, du sort des nazis noyés cinquante ans auparavant ?

Le rêve n'avait rien à voir avec les sous-mariniers. Quelqu'un qui m'était proche avait des ennuis, peut-être à cause de renseignements que je lui avais moi-même fournis, et j'essayais tout bonnement de nier ce fait.

Où était Clete Purcel ?

## Chapitre 29

Tommy Lonighan avait mis le chauffage sous sa véranda vitrée, alors même qu'il faisait 25° au-dehors, et revêtu pantalon de survêtement et chemise en flanelle à longues manches. Son visage était moite dans l'atmosphère surchauffée, mais sa peau paraissait sèche et grise, presque flasque, à croire que la secrétion de ses glandes s'était arrêtée ; il était assis, penché en avant sur son fauteuil à bascule, le regard essayant encore de suivre l'action d'un film diffusé au magnétoscope, les traits du visage furieusement tiraillés par une opinion sans appel.

– C'est que de la merde, dit-il.

Il éjecta la cassette du magnétoscope et la balança avec fracas sur une pile d'autres cassettes.

« T'as vu ce film, *Reservoir Dogs* ? À donner la nausée. Un groupe d'affranchis tabassent et torturent un flic. Pas un mec de la mafia n'irait faire une chose pareille. Le mec qui a écrit ça connaît peau de balle au crime. Tu sais ce que je pense ? C'est le mec qui a écrit ça qui est malade, pas les putains de criminels.

– Peux-tu m'aider à retrouver Clete ou pas ?

– Où est-ce qu'on trouve des éléphants ? Tu vas au cirque. Comment je pourrais savoir où il se trouve ? Demande à sa poule, celle qui m'a volé dans les plumes à propos des Juifs.

– Je suis passé à l'appartement de Martina ce matin. Personne ne l'a vue depuis deux ou trois jours.

– Pasqu'elle est avec Purcel. Pasqu'il a un mandat aux fesses, tu crois qu'y se réveille plus avec la trique ?

– Tu n'es pas croyable, Tommy.

– Si Max et Bobo lui avaient fait quelque chose, j'en aurais entendu parler, et c'est pas le cas. »

Il dégagea quelque chose d'une narine et renifla, les muqueuses sèches.

– Est-ce que je peux te dire quelque chose ? J'en ai rien à branler, en plus. J'aimerais bien que les Calucci essaient de descendre quelqu'un. Peut-être qu'ils se feraient allumer comme ils le méritent.

– Tu parles de mon ami.

– Faudrait que je me fasse du souci pour Purcel ? Y me reste peut-être trois ou quatre mois, et ensuite le docteur dit qu'il me mettra sous morphine. Peut-être bien d'ailleurs que ça suffira pas. Tu sais pourquoi je me ramasse tout ce malheur dans ma vie ? C'est une punition à cause que j'ai été me foutre en affaires avec ces putains de têtes d'huile. Y sont immoraux, y z'ont pas d'honneur, ils...

– Alors pourquoi ne pas les balancer et en finir une bonne fois pour toutes, Tommy ?

– Je croyais que tu le savais.

Il avait les yeux resserrés, comme des plombs de carabine. Des plaques de couleur apparurent sur son visage.

« Vous vous servez donc jamais du téléphone, les mecs ? Vous ne vous parlez donc jamais ?

– De quoi s'agit-il ? dis-je.

– Hier, en fin de journée. J'ai craché le morceau. J'ai tout dit. Je n'ai pas encore été inculpé, mais ce sera fait lundi. »

J'attendis. La pièce était embrasée de soleil et de couleurs – carrelage bleu foncé au sol, meubles de jardin en bambou et coussins jaune canari – avec, en son milieu, un Tommy accablé, comme un homme qui s'était convaincu à tort que l'origine de la honte inexorable qui était la sienne venait enfin d'être révélée au grand jour et acceptée, sinon pardonnée.

– Max et Bobo voulaient effrayer les hommes de couleur pour qu'ils lâchent la distribution de drogue dans les lotissements, dit-il. Ils ont utilisé Manny pour descendre trois mecs. Ils lui ont raconté que ces hommes de couleur étaient des esprits malfaisants qu'il fallait tuer pasqu'y vendaient de la came et corrompaient les jeunes gamins. Manny vient d'une tribu de chasseurs de têtes ou de cannibales qui pratiquaient un culte des fleurs et de la mort, ou quelque chose comme ça. Ou peut-être bien que Max a réussi à le convaincre que c'était vrai après avoir mis la main sur ce documentaire de tribu préhistorique qui circule en Amérique du Sud. Je ne suis pas au courant de ça.

Il se renfrogna, le regard dans le vide. Des nuages blancs roulaient dans le ciel, les feuilles volaient sur la pelouse fraîchement tondue.

– Tu te dis que je ne suis qu'une belle pourriture, pas vrai ? dit-il.

Je gardai le visage vidé de toute expression et frottai du pouce le verre de ma montre.

– Deux soldats de bas étage ont exécuté les autres mecs. Des Jamaïcains de Miami, je me suis laissé dire. J'en ai la tête à la retourne, comme si on m'y avait cloué des planches. Je me sens désespéré. Comme si y'avait plus rien de bien. Y'a une sorte de mauvaise odeur qui veut pas partir de mes vêtements, même au lavage. Hé, tu la sens ?

Il tendit sa manchette de chemise sous mon nez.

– Il faut que je trouve Clete, dis-je.

– Reste. Je vais préparer quelques sandwichs au poulet.

– Désolé.

Il se moucha dans un kleenex, qu'il jeta dans un sac en papier plein de mouchoirs roulés en boule dont nombre étaient semés de gouttelettes de sang.

– T'as vu Hippo ? dit-il.

– Nous ne sommes pas en bons termes, je le crains.

– C'est pas le mauvais mec.

Il jeta des yeux hagards sur les feuilles que le vent soufflait contre les fenêtres.

– Si tu le revois, répète-lui ce que j'ai dit.

– Bien sûr.

– Tu veux emporter des films vidéo ? Je les ai pour deux sacs à un mec qui revend des copies à Algiers.

– Des copies ?

– C'est quoi le monde où tu traînes tes guêtres, Dave ? Tout ce qui est enregistré électroniquement aujourd'hui est copié et revendu. Toutes ces cassettes de musique que tu vois dans les relais routiers, tu crois vraiment que Kenny Rogers vend sa musique pour 3,95 ? Quoi, j'ai encore dit ce qu'y fallait pas ?

– Non, c'est juste que je n'ai pas eu jusqu'ici les idées bien claires sur un problème qui m'occupe, Tommy. À un de ces quatre.

Je passai au bureau de Clete sur St. Ann dans le Vieux Carré. Il était verrouillé, et la boîte à lettres encastrée à l'intérieur de la voûte en brique était bourrée de lettres. J'utilisai un téléphone public à Jackson Square pour appeler Ben Motley à son domicile.

– Pourquoi ne m'as-tu pas dit que Lonighan avait fait une déposition hier ? dis-je.

– C'est arrivé tard dans la journée. Je ne sais pas ce qui va en ressortir, en tout cas. Écoute, le fond du problème, c'est que Lonighan s'est directement impliqué, et il a aussi impliqué l'Indien dans l'affaire. Lonighan est déjà un homme mort, et l'Indien, un retardé mental. L'interprète nous dit que le gars sera prêt à témoigner qu'il travaille pour Spiderman si nous voulons qu'il en soit ainsi. Le bureau du procureur ne convoque pas de journalistes pour une conférence de presse.

– Quelle est la position officielle concernant les Calucci ?

– C'est ce que j'essaie de t'expliquer, Robicheaux. Il n'y en a pas. Nous verrons bien ce qui se passera lundi. Mais nous avons un autre vieux problème sur les bras. Les Calucci tombent, Nate Baxter tombe. Il va essayer de faire foirer l'enquête de toutes les manières possibles.

Je sentis ma main se resserrer sur le combiné. Le soleil par la fenêtre du restaurant me frappait l'œil comme une écharde de verre.

– Remets-toi, dit-il. On touche au but.

– Purcel a complètement disparu de la circulation.

– Couvre-toi les miches pour une fois, ça te changera. Tu sais comment Purcel va se ramasser son dernier ticket ? Il se chopera une sorte de chaude-pisse incurable à l'âge de cent cinquante ans. Rappelle-moi lundi.

Je remontai St. Charles jusqu'au drugstore de Hippo. Lequel était assis à l'ombre, sur une chaise métallique pliante près de l'entrée, en train de déguster un sorbet à la menthe. Deux tramways étaient arrêtés sous le soleil au milieu de l'avenue, chargeant et déversant leur cargaison de passagers. Il commença par m'ignorer et continua à manger la glace dans son cône de papier ; puis il sourit, et me mit en joue de l'index et du pouce, comme un pistolet armé.

– Étrange endroit pour s'asseoir, Hippo, dis-je.

– Pas pour moi. J'adore La Nouvelle-Orléans. J'adore contempler le spectacle de la rue – les arbres, les vieilles maisons, la mousse sous le vent. Il n'y a pas une rue au monde qui vaille celle-ci.

Il tendit le bras sur le côté et ouvrit une deuxième chaise.

– Assieds-toi. Qu'est-ce que je peux faire pour toi ?

– T'es un mec bien, Hippo.

– Pourquoi pas ?

Il sourit et ses yeux se plissèrent en fentes.

– Tu connais pratiquement toutes les entreprises commerciales de la Côte, pas vrai ?

– Le commerce, c'est comme les spaghettis... t'en tires un bout et tu fais bouger toute l'assiette.

– Laisse-moi te poser une petite devinette. Les mecs de la pègre ne torturent pas les flics, tu es d'accord ?

– Oui, sauf s'ils envisagent de faire carrière comme appâts à crabe.

– Buchalter n'est pas lié à la pègre.

– Et c'est une grande découverte pour toi ?

– Mais si Buchalter revendait des copies d'enregistrements de jazz historique, ou s'il fabriquait des bandes en fraude en baisant le musicien sur les droits d'auteur ?

– Les copies sont à la mode. Quelques raclures ont essayé de me convaincre de les revendre dans mes drugstores. Mais je ne pense pas qu'il existe un marché pour le jazz historique.

– Suis-moi bien, Hippo. Un mec qui revend des copies, il faut bien qu'il partage le gâteau avec d'autres ou qu'il ait des relations, d'accord ?

– S'il veut continuer à faire des affaires.

– Et donc Buchalter ne fait pas partie du commerce local. Où se trouve le plus gros marché pour le vieux blues et le vieux jazz ?

Son regard se chargea de réflexion.

– Il revend en Europe ?

– Je crois que j'ai une piste.

Il avala une nouvelle bouchée de son cône et creusa les joues.

– Tu veux un coup de main ? De mecs qui n'ont pas de nom de famille ? demanda-t-il.

– Buchalter possède probablement un studio d'enregistrement quelconque quelque part sur la côte du Mississippi. Je peux aller jusque là-bas et passer plusieurs jours à feuilleter les annuaires téléphoniques et à frapper aux portes.

Il acquiesça sans répondre.

– Ou je peux obtenir un coup de main d'un ami qui a des tas de relations sur la côte.

– Je fournis les renseignements, ensuite mes amis et moi, on peut aller se faire voir, c'est ça que tu veux dire ?

– La chasse aux gens que nous n'aimons pas n'a toujours pas été ouverte jusqu'ici.

Il écrasa le cône de papier d'une main, alla jusqu'à la poubelle et l'y jeta.

– Nous nous servirons du téléphone qu'il y a chez moi, dit-il.

La chose ne prit pas longtemps. Il passa quatre coups de fil, puis, une demi-heure plus tard, arriva un fax avec une liste d'adresses. Il me le tendit, sa tête lustrée en forme de ballon de football encadrée par le tableau derrière lui, au liège plein de photos des camps de la mort.

– Il en existe sept, répartis entre Bay St. Louis et Pascagoula, dit-il. On dirait qu'il va falloir de toute manière que tu ailles cogner à beaucoup de portes.

Je pliai le fax et le mis dans ma poche de veste.

– Es-tu au courant pour Tommy Bobalouba ? demandai-je.

– Il a appris qu'il avait un cancer il y a deux ans. Il n'aurait pas dû jouer à l'imbécile avec ça.

– C'est plutôt dur ce que tu dis là, Hippo.

– Je suis censé pleurer sur notre condition de mortels ? Sais-tu ce qui se passe dans la tête de cet Irlandais ? Je gagne, il perd. Mais il veut que je sache que je gagne uniquement parce qu'il s'est fait entuber par le grand C.

– Je viens de le voir, il n'y a pas très longtemps. Il a dit que tu n'étais pas le mauvais mec. Il tenait à ce que tu saches qu'il avait dit ça.

Il sectionna l'extrémité de son cigare à l'aide d'un petit instrument effilé, sans relever les yeux. Il ne cessait de se suçoter les lèvres comme s'il venait de croquer une tranche de citron.

Il était 3 heures lorsque je m'arrêtai à Bay St. Louis. La baie était plate et calme, la longue jetée en bordure de la vieille 90 semée de pêcheurs occupés à lancer à deux mains et à jeter leurs éperviers dans le miroir de soleil à la surface des eaux ; mais au sud, le ciel se barrait d'une salissure d'un vert chimique sur l'horizon, les nuages bosselés accrochés bas, comme un coton noir déchiré.

La première adresse était située à un demi-bloc de la plage. Les propriétaires étaient des gens âgés d'Omaha qui venaient récemment d'emménager et avaient ouvert une boutique spécialisée dans la vente de livres et de disques chrétiens. Ils avaient acheté le bâtiment deux ans auparavant à un homme qui y dirigeait un studio d'enregistrement, lequel avait fait faillite et était décédé depuis.

J'avais un numéro de téléphone avec l'adresse suivante, située dans Pass Christian. J'appelai avant de reprendre la route ; une voix enregistrée m'apprit que le numéro n'était plus en service.

Merci, Hippo.

J'appelai son domicile pour me renseigner sur l'origine de ses informations. Son épouse m'apprit qu'il était parti et qu'elle ne savait quand il serait de retour. Savait-elle où il se trouvait ?

– Pourquoi voulez-vous le savoir ? demanda-t-elle.

– C'est une affaire de police, madame Bimstine.

– Est-ce que vous êtes payé pour résoudre vos problèmes personnels ? Ou engagez-vous des consultants ?

– Ai-je dit quoi que ce soit qui vous ait offensée ?

Elle resta un instant silencieuse avant de poursuivre.

– On a appelé de l'hôpital. Tommy Lonighan est en salle d'urgence. Il voulait voir Hippo.

– La salle des urgences ? J'ai vu Lonighan il y a à peine quelques heures.

– Avant ou après qu'il a été abattu ?

Elle raccrocha.

Il commençait à pleuvoir lorsque je pénétrai dans Gulfport pour y vérifier l'adresse suivante. Le ciel était maintenant gris, et la plage pratiquement vide. La marée était haute, l'eau verte et calme crénelée de pluie, mais au lointain, on apercevait l'horizon bordé de cobalt et, portés par la houle, les dos triangulaires et parcheminés des pastenagues portées là par la tempête.

Le temps pressait. Il était presque 17 heures, et de nombreux magasins fermaient pour le week-end.

D'un téléphone public sur la plage, j'appelai la centrale de Federal Express et demandai où se trouvait le plus grand poste Fed Ex du coin.

Il n'en existait qu'un, et il était à Gulfport. L'employé du poste était jeune et nerveux et ne cessait de me répéter que je devrais m'adresser à son supérieur, qui serait de retour bientôt.

– La question est facile. Lequel de vos clients expédie-t-il le plus grand volume de colis express outre-mer ? dis-je.

– Je ne me sens pas très à mon aise pour répondre, monsieur l'Officier. Je suis désolé, dit-il, une lueur douloureuse dans le regard.

– Je respecte votre intégrité. Mais vous sentirez-vous mieux à votre aise si quelqu'un meurt parce qu'il faut attendre le retour de votre supérieur ?

Il alla dans l'arrière-salle et revint, une enveloppe plate et cartonnée à la main. Il la posa sur le comptoir.

– Le mec est propriétaire d'un commerce de musique à Biloxi, dit-il. Il expédie beaucoup de marchandises en Allemagne et en France.

– Vous connaissez ce mec ?

– Non, monsieur.

Il serra les dents, le maxillaire tendu sous la peau.

– Mais vous savez quelque chose à son sujet ?

Il s'éclaircit légèrement la gorge.

– L'un des chauffeurs noirs a dit qu'il démissionnerait plutôt que de retourner au magasin de ce gars-là.

Le nom de l'expéditeur sur l'enveloppe était William K. Guilbeaux.

Avant d'entrer dans Biloxi, j'appelai à nouveau le domicile de Hippo. Cette fois, c'est *lui* qui répondit. La ligne était chargée de parasites, et la pluie soufflait en pans serrés contre les vitres de la cabine téléphonique.

– Je n’arrive pas à te comprendre, dis-je.

– Je te dis qu’il avait un prêtre auprès de lui. Tu es catholique, je me disais que tu apprécierais.

– Tommy est...

– Il y avait un prêtre auprès de lui, peut-être bien qu’il passera au paradis par une porte dérobée. Mais la tronche à spaghetti n’a pas eu cette chance-là.

– Quoi ?

# Chapitre 30

Habituellement, le samedi, Max et Bobo Calucci soupaient en compagnie de leurs amis et de leurs frappes dans un restaurant ouvrier italien à proximité de Canal, non loin du « Country Club » de La Nouvelle-Orléans. Les nappes y étaient en tissu à carreaux, le plafond s'ornait de ventilateurs à pales de bois, le chianti s'y servait en bouteilles tressées d'osier, et on y trouvait un bar en acajou avec repose-pieds en laiton, un écran télé suspendu bien haut avec programmes sportifs, et un barman enjoué et bon enfant qui avait jadis joué chez les Saints.

Un officier de police en uniforme qui n'était plus de service montait la garde à l'entrée. Les clients avaient le sens de la vie de famille, et ils étaient blancs ; ils célébraient anniversaires de naissance et de mariage au restaurant ; l'atmosphère était toujours bon enfant, heureuse et bruyante, à la limite du chahut. Comme si l'on poussait la porte pour pénétrer dans une Nouvelle-Orléans d'il y a quarante ans amoureuse des fêtes insouciantes.

Tommy Lonighan était arrivé seul dans une limo de location, un véhicule de luxe prévu pour six personnes. Tommy Bobalouba, le petit gamin dur, le bagarreur vicieux de Magazine, capable de faire voler jusqu'au quatrième rang le protège-dents de son adversaire d'un seul coup de poing, sortit sur le trottoir avec la grâce poudrée et parfumée d'un châtelain irlandais. Il ressemblait à un ressuscité élégant des années quarante, complet blanc sur mesure à fines rayures mauves, large cravate à pois écarlate, mocassins de cuir bordeaux, le visage rougeaud empourpré par le whiskey, ses yeux bleus aussi joyeux qu'un regard d'elfe. Sa chemise lavande paraissait moulée sur son torse puissant.

Au-dessus de sa chemise et sous la cravate, il arborait une chaîne en or à laquelle s'attachaient deux objets métalliques désassortis à ce qu'il en semblait.

Le flic à la porte approchait de la retraite ; il lui offrit un large sourire et se posta face à lui dans la position d'un boxeur en garde. À son passage entre les tables, les gens lui serraient la main, se le montrant les uns aux autres du doigt comme la célébrité qu'il était ; le barman s'écria :

– Hé, Tommy, Riddick Bowe vient juste de passer, il te cherchait ! Il a besoin de tuyaux !

Tommy sirota un whiskey-sour au bar, un mocassin lustré posé sur le repose-pieds, le sourire toujours en place, le visage tourné vers la foule, à croire que le brouhaha qui s'en levait était une extension de l'adulation qui l'avait baigné comme une houle, tant d'années auparavant, lorsque montaient, en crescendo justificateur, dans quelque salle moite de sueur, les clameurs psalmodiées par des milliers de gorges : « Croche-le, Bobalouba ! Croche-le, Bobalouba ! Croche-le, Bobalouba ! »

Il laissa filer un regard bonhomme vers la table des Calucci, paya une tournée aux clients du bar, aspergea un cocktail aux crevettes de sauce Tabasco, et le dégusta à la cuillère comme une crème glacée.

Puis l'un des hommes de Max, truand napolitain pâle et souple du nom de Sal Palacio, s'avança jusqu'à lui, paumes ouvertes, un point d'interrogation au milieu de la figure.

– Nous avons un problème, Tommy ? dit-il.

– Pas avec moi, non, répondit Tommy, avec un sourire découvrant un dentier un peu raide.

– Parce que Max et Bobo se demandent ce que tu fais ici, dans la mesure où c'est pas ton lieu habituel, t'entends ce que je dis ?

Tommy regarda un point sur le mur en battant des paupières.

– J'ai besoin d'un passeport à La Nouvelle-Orléans aujourd'hui ? dit-il.

– Ils m'ont dit de te dire qu'ils ne gardent pas rancune. Ils sont désolés que ça ait pas marché, ils sont désolés que tu sois malade, y veulent pas que les gens leur gardent rancune.

Tommy releva les poings et prit la garde par pure taquinerie ; le visage de Sal tressauta comme un élastique.

– Mec, fais pas ça.

– Doucement, petit, t'en fais pas, dit Tommy en frôlant l'estomac de Sal des jointures du poing. Tu veux un verre ?

– Faut que je te demande de venir dans les toilettes avec moi.

– Hé, regardez-moi ce môme, dit Tommy aux gens debout autour de lui. Sal, t'as donc-t'y pas de petite amie ?

– C'est pas drôle, Tommy.

Tommy écarta les revers de sa veste, en souleva les pans, tapota ses poches, tourna en cercle.

– Sal, tu veux me mettre la main à l'entre-deux ? demanda Tommy.

– T'es complètement cinglé, putain de merde, répondit Sal avant de s'éloigner.

Mais les Calucci se montraient de plus en plus nerveux, gênés et mal à l'aise, convaincus que, toutes les fois que Lonighan s'adressait à un groupe de gars au bar et que ceux-ci éclataient d'un rire tonitruant, c'étaient eux qui faisaient les frais de la plaisanterie.

Max se leva de son fauteuil, un gressin dans une main, une carafe de sangria dans l'autre, et s'étira le cou serré par le col amidonné.

– Hé, Tommy, dit-il par-dessus la tête des gens des autres tables. Tu ne veux pas trinquer avec tes amis, espèce de cinglé ?

Tommy se dirigea vers la table des Calucci, toujours souriant, le regard rêveur, les yeux brillants, les joues luisantes et rasées de près. Il tapota Max sur les épaules, le poussant à se rasseoir dans son fauteuil, avant de se pencher en avant pour lui murmurer à l'oreille, comme s'il se confiait à un vieil ami.

Rares furent ceux qui remarquèrent la main gauche de Tommy serrant la nuque de Max comme un étau ou l'éclat d'effroi dans le regard saisi de ce dernier, ou encore Tommy relevant le genou droit pour sortir un .38, canon d'un pouce, de l'étui de toile sanglé à son mollet.

La conversation mourut aux autres tables ; les gens cessèrent de manger, soudain immobiles dans leur fauteuil, comme s'ils étaient partie prenante d'un film en train de se dérouler sur sa bobine ; les serveurs reposèrent leur plateau, figés comme des statues dans les allées. Tommy pressa le visage de Max dans son assiette comme s'il ployait un ressort sous tension.

Le flic de faction à la porte était rentré s'abriter de la pluie. Il contemplait Lonighan, l'air complètement sidéré.

– Ressors, Pat. Ou je te plombe immédiatement. Je jure devant Dieu que je le ferai, dit Tommy.

– T'as comme qui dirait une dépression nerveuse, Tommy. C'est pas de toi, ça, dit Sal Palacio.

– Mets ton calibre dans la carafe, Sal. Et vous, les deux petites merdes, vous faites pareil, dit Tommy.

Sal et les deux autres gardes du corps laissèrent tomber leur pistolet dans la sangria. Tommy vrilla le canon du .38 dans la chair tendre derrière l'oreille de Max et arma le percuteur.

– Ce mec ici présent, avec la figure dans les linguini, c'est lui et son frère qui tuent les fourgueurs de couleur dans les lotissements, dit-il. Vous croyez que c'est la merde dans cette ville aujourd'hui ? Attendez un peu de voir à quoi ça va ressembler quand les Calucci dirigeront à eux seuls tout le trafic de came.

– Tommy, tu nous mets dans une situation abominable, dit le flic à la porte, bouche entrouverte et lèvres sèches une fois sa phrase lâchée.

– Hé, Pat, tu diras à Nate Baxter que je lui ai juste foutu en l'air son gagne-pain, dit Tommy.

Et il écrasa la détente.

La bouche de Max s'ouvrit latéralement sur son assiette, comme la gueule d'un poisson qu'on vient de balancer avec force sur la berge. Tommy écrasa la détente à nouveau – les gens hurlaient maintenant –, le canon cette fois à un centimètre du haut du crâne de Max. Une mèche des cheveux de Max rebondit en l'air comme si une bouffée de vent venait de la soulever.

Puis, avec Bobo sous la table et le flic qui dégainait son arme, Tommy traversa le couloir barré d'un rideau derrière lui, entra dans les toilettes pour hommes, et mit le verrou à la porte.

Pour une raison inconnue, il avait choisi de faire ça dans un cabinet, assis sur la cuvette, sans ôter son pantalon, le revolver pointé maladroitement vers la gorge. L'impact de la balle lui colla la tête dans le coin du mur ; le recul envoya valser le .38 en traînée rouge sur le carrelage ; l'hémorragie de la blessure couvrit sa poitrine d'un bavoir écarlate. Un peu plus tard, le coroner souleva la chaîne en or qu'il portait autour du cou de son stylo-plume. S'y trouvaient accrochés une plaque d'identité de l'Armée, couleur de plomb, et un petit gant de boxe en or, trophée des Gants d'Or de 1951.

Je me demandai si Tommy avait entendu la clameur de la foule à l'instant où son pouce se tendait à l'intérieur du pontet, ou l'écho de clairons chinois et d'armes légères dans quelque arroyo gelé, ou peut-être encore le couinement des freins d'un camion de glace dans une rue du Channel pleine d'enfants ; ou s'il avait fixé ses regards au creux des ombres, en quête de l'épiphanie qui s'était toujours dérobée à lui, pour n'y voir rien que des ombres encore et toujours, un tourbillon de grains de poussière, les graffiti grattés dans la peinture de la porte, jusqu'à prendre conscience, à l'instant même où le chien venait claquer sur la cartouche en laiton, que l'éruption de douleur, de crainte et de sang mêlés dans sa poitrine était simplement le terminus d'une guerre sans fin qu'il avait menée une vie durant contre son propre gré.

Je fis part un peu plus tard de mes réflexions à Hippo.

– Ne viens pas compliquer cet Irlandais stupide, Dave. Il a même réussi à foirer son propre suicide, dit-il.

Puis, détournant la tête pour que je ne puisse pas voir ses yeux :

« Il s'est excusé avant de faire le grand saut. Rien que lui et moi dans la chambre. Comme quand on était gamins. »

Et il s'éloigna.

# Chapitre 31

Le magasin de musique était situé entre un garage automobile et un café à devanture barrée de planches d'une rue parfaitement banale au nord de Biloxi. Il pleuvait encore ; seules deux voitures étaient garées dans la rue et les trottoirs étaient vides. Un bloc plus au nord, s'étirait une filée de maisons en bois, bardeaux et toile goudronnée imitation briques, leurs pelouses étouffées par les mauvaises herbes. Une enseigne au néon pour une marque de bière brûlait dans la pénombre au-dessus d'une salle de billard sans pratiquement un seul client. La rue me rappelait une peinture que j'avais vue un jour signée Adolf Hitler ; elle n'offrait que des bâtiments, pas de gens. C'était le genre de quartier où les insuffisances d'un individu n'auraient jamais à se confronter brutalement à la comparaison des autres.

Ce magasin de musique, ses fenêtres cassées, recollées à l'adhésif, ses piles de caisses en carton moisi près de l'entrée, était-ce bien là le quartier général de Will Buchalter, l'homme qui se propageait comme une épidémie politique dans une douzaine de pays ?

Je me souvenais d'une histoire à propos des agents israéliens qui avaient capturé Adolf Eichmann à son retour du travail dans une usine automobile quelque part en Amérique du Sud. L'un des agents était jeune, et ne pouvait tout à fait accepter le fait qu'il se trouvait maintenant face à face avec l'homme qui avait assassiné ses parents.

– Quel emploi occupez-vous à l'usine ? demanda-t-il.

– J'appartiens à l'équipe de polisseurs de chrome. Nous polissons toutes les surfaces chromées des nouvelles automobiles, répondit Eichmann.

S'il fallait en croire l'histoire, l'agent s'était mis à pleurer.

La porte du magasin était verrouillée, mais je voyais un homme bouger derrière un comptoir. Le vent soufflait une puanteur âcre et mouillée entre les bâtiments. Je tapotai la vitre.

L'homme à l'intérieur agita la main négativement. Je tapai à nouveau. Il s'avança vers moi, articulant le mot *fermé* afin que je puisse lire ses lèvres. Il portait une chemise en flanelle sans manches et un blue-jeans qui lui sculptait le sexe. Ses cheveux blonds ondulaient de tout le gel dont ils étaient couverts, ses bras blancs enveloppés de tatouages de dragons verts et rouges.

Je secouai la poignée lorsqu'il fit mine de s'éloigner.

– Je suis un ami de Will, dis-je.

– Il est parti, dit l'homme à travers la vitre.

– Ouvrez. Il faut que je lui laisse un message.

– Désolé, nous sommes fermés. Je ne sais plus comment vous le dire.

– Où est Marie ?

– Revenez lundi, dit-il avant de baisser le store vénitien sur la vitre.

Je retournai à mon camion et remontai la rue sur trois blocs. Puis je fis le tour du pâté de maisons et revins sur mes pas, me garai à l'extrémité de l'allée et marchai jusqu'à l'arrière de la boutique sous les avant-toits des bâtiments. Un baril-poubelle complètement rouillé se consumait sous la pluie, et à nouveau, je sentis ces mêmes relents mouillés et âcres, pareils à l'odeur d'une chauve-souris morte dans un incinérateur.

À l'instant même où je mettais la main à mon imperméable pour en sortir mon .45, l'homme franchit le seuil de la porte de derrière, un sac d'ordures dans les mains. Je dégageai le bras de mon manteau et remis un bouton en place.

– Qu'est-ce que vous voulez encore ? dit-il.

– Il faut que je sois rentré au foyer de réinsertion avant la nuit, vous entendez ce que je vous raconte ?

– Non.

– Peut-être bien que vous croyez faire votre boulot, mais vous commencez à me courir.

– *Excusez*-moi.

– Écoutez, j'étais censé reprendre contact avec lui à ma sortie. Je viens de passer six putains d'années à supporter des ramasseurs de pastèques qui voulaient jouer au plus fin. Je vous en supplie, mon pote, venez pas me foutre ma journée en l'air plus qu'elle l'a déjà été.

– Très bien, je suis désolé, mais ça change rien à la situation. Faut que je boucle. Will est pas là. Okay ? Revenez lundi.

Il laissa tomber le sac en papier dans le baril-poubelle et fit demi-tour pour rentrer. Je le bousculai violemment d'une poussée entre les omoplates, le suivis à l'intérieur, et lui collai le museau du .45 sur la nuque.

– Mets-toi à genoux, dis-je.

– Je ne sais pas qui vous êtes, mais...

– Tu as un sérieux problème d'audition, dis-je.

Je le frappai du pied derrière le genou, et le poussai dans le comptoir. Ses yeux s'écarquillèrent sous la douleur quand ses genoux touchèrent le sol.

– Où est-il ? dis-je.

– Y me dit pas ce genre de trucs. Je travaille pour *lui*, y travaille pas pour moi. Qui êtes-vous, mec ?

– Qu'est-ce que tu en as à faire, pourvu que je te laisse vivre ?

– Moi aussi, je viens de sortir de taule. Pourquoi vous me torturez ainsi ? Allez foutre votre merde avec Will.

– Mais c'est toi, le seul mec dans le coin, dis-je. Ce qui signifie que tu n'as pas de chance du tout.

Je dégageai les menottes accrochées à mon ceinturon et les refermai sur ses poignets. Il était maintenant nez à terre, battant des paupières devant la poussière et l'huile au sol. La pluie et la fumée de la poubelle soufflaient par la porte de derrière.

– C'est quoi, cette odeur ? dis-je.

Il se mordit la lèvre inférieure.

Je regardai autour de moi l'intérieur de la boutique. S'y entassaient un amas de caisses de vieux 78-tours. Dans un coin, se dressait une cabine vitrée de prise de son avec pupitre d'instruments et microphone suspendu. Un balai avec une serpillière dans un seau d'eau sale était appuyé contre une porte latérale fermée. Je tirai vers moi la glissière du .45 et fis monter une balle dans la chambre.

– J'ai acheté ça à Saigon, dans Bring Cash Alley, où tout s'achetait contre argent comptant, pour vingt-cinq dollars, dis-je. Pas de numéro de série, et totalement vierge, tu vois où je veux en venir ?

Il ferma les paupières serrées, puis les rouvrit.

– Ne me refaites pas ça, mec. S'il vous plaît, dit-il.

Ma main se mouillait de sueur, serrée qu'elle était sur les plaques de crosse guillochées. Je regardai par la fenêtre en façade la pluie tombant dans la rue. Au loin, un avertisseur de voiture coincé beuglait d'un bruit que rien ne paraissait vouloir arrêter et qui me poignardait l'oreille comme un crissement d'ongles sur un tableau noir.

Je relâchai doucement le chien, verrouillai le cran de sûreté, et replaçai le .45 dans mon étui de ceinture.

– Je suis officier de police, dis-je. Me crois-tu quand je te dis ça ?

– Embarquez-moi. Je ne discute pas.

– Mais j'ai laissé derrière moi tous mes paramètres en venant ici. Est-ce que tu sais ce que ça signifie ?

Ses yeux reflétaient son désarroi.

– Will Buchalter et sa sœur ont fait du mal à ma famille, dis-je. En conséquence, nous ne travaillons plus selon les règles conventionnelles. Me crois-tu quand je te dis ça ?

– Oui, monsieur. Je ne vous ferai aucun ennui.

– Alors c'est quoi, cette odeur ?

– J'essayais juste de faire un peu de nettoyage... Ce mec pique sa crise de temps en temps... Il a commencé à la frapper à coups de poing, sans raison, ensuite il est entré là-dedans avec des ciseaux. Je n'avais rien à voir avec ça, mec.

– Frapper qui ?

– La nana... Je croyais que c'était pour ça que vous étiez là. La nana qu'il garde prisonnière.

Il saisit l'expression qui se lisait sur mon visage.

– Merde, mec, c'est pas moi qui ai fait ça. Faut me croire.

Je dégageai le passage en repoussant du pied le seau et le balai et ouvris la porte latérale.

Elle était attachée à une chaise par une corde à linge, la bouche et les yeux bâillonnés d'un adhésif argenté, ses cheveux roussâtres tondus et tailladés au ras du crâne. Une narine était engluée de sang séché, le cou et les épaules marbrés d'ecchymoses de la couleur de grenades. Elle tourna la tête en direction du bruit que je faisais, comme une aveugle, les narines dilatées par la peur.

– Martina ? dis-je, le cœur sombrant dans ma poitrine.

Elle essaya de parler à travers son bâillon.

J'ôtai d'abord l'adhésif de ses yeux, puis de sa bouche. Son œil droit était tuméfié, complètement fermé, l'intérieur de ses lèvres lacéré, ses dents, roses, à croire qu'on les avait passées au mercurochrome. J'ouvris mon couteau Puma et tranchai les liens des accoudoirs et du dossier du fauteuil. Elle me serra contre elle, les bras autour de ma taille, tandis que je caressais sa tête tondue.

– Tout va bien, dis-je. On va te conduire à l'hôpital. Je ferai en sorte qu'il y ait quelqu'un avec toi. Tu m'entends ? Buchalter est parti. Tout va aller très bien.

Elle tourna la tête et leva les yeux vers moi. Son globe oculaire gauche se mit à tressauter, comme si un de ses nerfs était abîmé.

– Où est Clete ? dit-elle.

– Je ne sais pas. Mais nous le trouverons.

– L'homme qui m'a battue, il m'a parlé de ce qu'il allait faire à Clete. Il a des photos de ce qu'il a déjà fait à d'autres.

Elle se pencha en avant, le visage dans les mains, et se mit à sangloter. Elle portait sur tout le crâne des plaques blanches, de la taille de pièces de cinq *cents,* entaillées de plaies ouvertes.

– Je reviens tout de suite, dis-je.

L'homme menotté au sol tremblait.

– J'l'ai emmenée aux toilettes, j'y ai donné à manger alors que c'était pas prévu, dit-il.

– Où est ton téléphone ?

– Sur le bureau, dit-il, en exhalant ces mots comme quelqu'un qui sait que toute la furie et l'intensité du monde sont sur le point de passer devant lui.

J'appelai les urgences et demandai une ambulance et une voiture des services du shérif.

– Voici comment se présente l'enfant, collègue, dis-je à l'homme allongé au sol. Tu vas probablement tomber pour complicité d'agression et de voies de fait, kidnapping et tout ce que les flics du cru pourront imaginer. Mais quelle que soit la manière dont tu tires ton épingle du jeu, c'est grave, ce qui te pend au nez. Tu me dis où il se trouve, et je verrai ce que je peux faire pour toi par la suite.

– Il sait comment atteindre les gens. N'importe où. Au trou, en isolement, dans le Programme de Protection des Témoins. Y'a même des Blancs qui ont payé des guérilleros noirs pour les protéger. Ça a pas marché.

– Dernière chance.

– Lui et Marie, ce matin, ils étaient tout excités à propos d'un truc dans le journal. Ensuite, ils se sont taillés.

– Où est le journal ?

– Je l'ai brûlé dans la poubelle. Avec les cheveux de la fille que j'ai balayés. J'essayais juste de garder l'endroit propre, et je tombe pour kidnapping. Et vous me dites que c'est juste, mec.

J'entendis des sirènes au loin ; à l'extérieur de la fenêtre, un Noir regardait vers le haut de la rue.

– Je ne veux pas me montrer trop dur avec toi, mais je reconsidérerai mon attitude à propos d'une collaboration éventuelle, dis-je à l'homme menotté. Quand nous épinglerons Buchalter, il va découvrir que nous t'avons parlé en premier. À ton avis, qui va-t-il rendre responsable de ses petits problèmes ?

Son visage devint couleur de cendre.

J'accompagnai Martina dans l'ambulance jusqu'à l'hôpital, puis me servis du téléphone des services du shérif du comté de Harrisson pour appeler la maison et le bureau de Clete. J'enregistrai un long message sur son répondeur, lui assurai que Martina allait s'en sortir sans problèmes et laissai le numéro de l'hôpital.

Mais j'allais bientôt découvrir que je n'avais pas les idées claires. J'appelai Ben Motley.

– On est samedi après-midi. Crois-le ou non, Robicheaux, j'aimerais bien disposer de quarante-huit heures sans avoir à penser à des tas de pus ambulants.

– Buchalter ne se met pas en congé ce week-end, dis-je.

– Tu as récupéré la femme. Tu es remonté jusqu'à la tanière de Buchalter. Estime-toi heureux. Et relaxe.

– L'heure est venue de le clouer au mur, Ben. Appelle Foutoir, Boxon & Irritation à La Nouvelle-Orléans pour moi.

– Quoi d'autre ?

– Rien.

C'est alors que je jetai un œil par inadvertance sur un adjoint à l'autre bout de la salle, occupé à manger un sandwich, les pieds sur le bureau, tout en lisant la page des sports du journal.

– Attends une minute. Est-ce que tu as le *Times-Picayune* de ce matin ?

– Qu'est-ce que tu veux ?

– Regarde la colonne des petites annonces personnelles pour moi.

– C'est ce qu'ils font, aux Mœurs, quand ils s'ennuient.

– Allez, Ben.

Il reposa le téléphone, puis j'entendis un bruit de pages qu'on feuilletait.

– Est-ce que tu vois quelque chose qui paraît bizarre ? dis-je.

– C'est comme si tu demandais s'il y a des graffiti de toilettes qui ne devraient pas figurer sur une carte postale Hallmark, dit-il. Attends un peu... En voici une qui n'a que des chiffres. Pas de message, rien que des chiffres.

– Lis-les moi.

J'entendais mon propre souffle dans le combiné. Je notai les numéros au fur et à mesure qu'il me les lisait.

– Ce sont les coordonnées du sous-marin nazi, Ben. Tu vérifies auprès du *Times-Picayune*, et tu t'apercevras que c'est Clete qui a passé l'annonce.

– Je ne pige pas.

– Buchalter a kidnappé Martina et obligé Clete à découvrir où j'avais vu le sous-marin. Je lui ai donné les coordonnées. Mais il a fallu attendre deux jours que l'annonce soit publiée. Écoute, on a besoin d'un bateau ou d'un hélico là-bas.

– Appelle ton propre service.

– Nous n'avons rien de disponible.

– Tu crois qu'il me suffit de claquer des doigts un samedi après-midi pour disposer *illico* d'un bateau ou d'un hélicoptère ? De toute manière, la Grande Salée, ce n'est pas ma juridiction.

– Tu ne comprends pas. J'ai laissé un message sur le répondeur de Clete. Je lui ai dit que Martina allait bien. Dès qu'il aura récupéré le message, tu sais où il va se diriger.

– Alors laisse-le illuminer le parc d'attractions. C'est ce que Purcel fait de mieux.

– Il pourrait perdre, aussi. Il me faut un bateau.

– Ce n'est pas par moi que tu l'auras ce week-end.

– Motley...

– C'est *Motley*, maintenant ? Pourquoi n'appelles-tu pas Nate Baxter ? Vois un peu le genre d'aide que tu vas obtenir.

Je repris le chemin de la maison. La nuit commençait à tomber, les palmiers le long de la grand-route battaient sous le vent, la pluie tourbillonnait à la lueur de mes phares. Il me faudrait au moins quatre heures et demie pour atteindre New Iberia, et encore sept heures, peut-être plus, avec le mauvais temps, pour faire passer mon bateau par le bayou Teche et ressortir sur le Golfe au sud de Grand Isle.

Je me rangeai dans une station-service près de la rivière Pearl et appelai le domicile de Lucinda Bergeron. Les gommiers verts autour de la cabine téléphonique étaient illuminés par les enseignes de la station, et leurs feuilles se déchiraient comme des bouts de papier sous le vent.

– Zoot ?

– Hé, m'sieur Dave, qu'est-c' qui arrive ?

– Où est ta mère ?

– Al est pas là. Y'a queq' chose qui va pas ?

– Il faut absolument que je la joigne. Il me faut un bateau.

– Al est partie à l'épicerie. Què genre de bateau vous cherchez ?

– Un bateau rapide, dis-je.

– Z'avez l'homme qu'y vous faut.

– Oh ?

– J'vous l'ai dit à vot' maison. Mais z'écoutiez pas bien, vous souvenez ? J'ai travaillé sur toutes sortes de bateaux.

– Qui est le propriétaire, Zoot ?

– Un homme que ça dérange pas de l' prêter, j' vous promets. Quand c'est que vous venez ?

Une heure et demie plus tard, je garais mon camion dans un chantier de construction de bateaux au fin fond de la paroisse Jefferson. La pluie avait cessé ; le ciel était sombre et l'eau dégouttait du hangar en tôle où Zoot attendait dans un cabin-cruiser aux lumières intérieures allumées. Je sortis mes jumelles de campagne japonaises de ma boîte à gants, déverrouillai la caisse métallique soudée au plancher de mon camion et en dégageai ma vieille vareuse de l'armée, le AR-15 et mon Remington calibre 12 au canon scié juste devant la pompe que j'avais enveloppé dans un sac de marin en toile. J'ajoutai au sac une boîte de cartouches calibre 223, une boîte de chevrotines double-zéro et tirai le lacet de fermeture. En sortant sur le ponton sous l'abri à bateaux, je vis que Zoot n'était pas seul.

– Salut, Lucinda, dis-je, en descendant sur la vedette.

Elle était vêtue de jeans, chandail mauve, et coupe-vent nylon du NODP. Zoot fixa toute son attention sur le ciel qui s'éclaircissait en sifflotant paisiblement tandis que ses paumes tapotaient la barre en rythme.

– Qu'est-ce que vous aimeriez d'abord entendre de ma bouche ? dit-elle.

– Je vous demande pardon.

– Vous appelez chez moi et vous demandez à un gamin de dix-sept ans de vous fournir un bateau ? dit-elle.

– Croyez ce que vous voulez, Lucinda. Je ne suis pas d'humeur à entamer une discussion ce soir.

– Vous étiez prêts à conduire un mineur et un civil dans une situation potentiellement dangereuse ? Sans consulter quiconque ?

– Je n'ai pas pu obtenir de bateau de Motley. Je n'ai pas eu le temps de retourner à New Iberia. Vous pensez que c'est juste que Purcel se trouve peut-être bien tout seul là-bas ?

– Je n'arrive pas à vous dire à quel point je suis furieuse, dit-elle.

– Alors pourquoi l'avez-vous laissé venir ?

Elle ne répondit pas. Je baissai la voix.

– Peut-être qu'il n'y a absolument personne là-bas. Peut-être que j'aurais dû attendre que vous rentriez à la maison. Peut-être que j'aurais dû rentrer à New Iberia, dis-je. J'ai fait ce que j'ai estimé être le mieux.

J'attendis. Elle avait croisé les bras sur la poitrine, les mains en coupe autour des coudes. Je regardai Zoot, qui démarra les moteurs et nous fit sortir de la cale en marche arrière. Le vent était frais et humide, chargé des odeurs de sel et de lépidostées morts touchés par des hélices de bateau. Des éclairs vacillaient à la surface des nuages au sud.

Nous descendîmes le bayou St. Denis. C'était un beau bateau, construit sur mesure, avec panneaux de teck et d'acajou dans le poste de pilotage, métal poli au brillant tendre comme du beurre, grands lits dans les cabines, sonar, toilettes à pompe manuelle, petite cuisine, et deux moteurs hors-bord Évinrude, 200 CV chacun, qui permettaient d'atteindre les 50 nœuds. Lorsque nous entrâmes dans Barataria Bay, Zoot essaya de mettre les gaz.

– La houle est trop forte. Tu vas nous faire battre à mort, collègue, dis-je.

Les vitres se perlaient des embruns chassés par la proue. La lune avait percé, sortant de derrière les nuages, et notre sillage brillait derrière nous comme un long creux brun et argent. Zoot portait un bonnet de lainage noir en tricot, aux bords roulés, sur le sommet du crâne, et il mâchonnait une allumette. Lorsqu'il relâcha la poignée des gaz, je vis les deux fils d'allumage enroulés l'un à l'autre qui se balançaient librement sous le tableau d'instruments.

– Quel genre de bricolage avons-nous ici, Zoot ? dis-je en levant le doigt vers les fils.

– Le gars l'est pas en ville en ce moment. L'a oublié de laisser la clé là où qu'elle est toujours, dit-il.

– Je vois.

– C'est vrai. Y me laisse prendre le bateau tout le temps. Un jour, je vous présenterai.

– C'est très gentil de ta part.

Je regardais en contrebas vers Lucinda, assise sur un casier de rangement avec coussin, les jambes croisées et les yeux fixés droit devant elle. Son revolver .357 nickelé luisait dans son étui de ceinture. Je compris alors que j'avais mal interprété son attitude.

Je descendis l'escalier et m'assis sur une couchette face à elle. Je sentais la vibration régulière de la proue qui taillait la houle.

– Vous repensez à ce Noir dans le motel ? dis-je.

Sa bouche s'entrouvrit légèrement.

– C'est comme tout le reste. Ça passe, dis-je.

Sa peau se plissa au coin de l'œil gauche.

– La première fois qu'un mec m'a forcé le jeu en main, j'ai cru que j'allais me réveiller avec sa figure devant moi tous les matins de ma vie, dis-je. Et un jour, elle a disparu. Pouf ! Trois ans plus tard, je descendais un autre mec.

– Pourquoi faites-vous tout ça ? dit-elle.

– Parce que ce bateau est un peu chaud.

– Il est un peu...

– Exact. Chaud. Pas brûlant à proprement parler. Des termes comme *emprunté* et *prêt-bail* viennent à l'esprit, dis-je en me penchant en avant, en appui sur les mains. Vous avez votre propre programme de prévu ce soir, Lucinda.

– Il a torturé mon fils.

– Vous savez à quel moment un flic fait ça dans les règles ? Le jour où il croit qu'il ne *devrait* plus le faire dans les règles.

– Et j'ai droit à ça de la bouche de l'ami et défenseur de Clete Purcel ? Merveilleux !

– Ne laissez pas Buchalter vous refaire à son image.

Elle me regarda dans les yeux un long moment.

– Vos conseils sont toujours bons, Dave, dit-elle. Mais ils sont destinés aux autres. Ils ne s'appliquent pas à vous, je me trompe ?

Nous restâmes à nous fixer des yeux en silence tandis que la coque du bateau changeait de cap, direction le chenal à Grand Terre.

Ce fut une aube étrange et froide. Aux premières lueurs du jour, le ciel apparut zébré d'encre de Chine, puis le vent tomba soudainement et le soleil se leva rouge comme un métal en fusion sur le disque liquide du golfe. La marée était montante, estompée de rose, lourde des odeurs riches et fécondes des bancs de truites, semée de plaques d'écume en direction du rivage, l'air résonnant des cris des mouettes planant et plongeant au-dessus de notre sillage. J'observai la vaste étendue des terres gris-vert de la Louisiane qui s'éloignait de nous.

Zoot était debout, raide comme un I, son blouson de survêtement à capuchon fermé jusqu'au menton, ses longues mains délicatement posées sur les poignées de la barre. Il avait ouvert la vitre, et la peau de son visage luisait, crispée par le froid.

– Comment tu te débrouilles, capitaine ? dis-je.

– Pas mal. Elle dort ?

– Oui.

– Vous savez ce qu'al a dit de vous, l'aut' jour ?

– Je n'oserais pas deviner.

– Elle dit : « Y est probablement cinglé, mais ça ne m'aurait pas dérangée si je l'avais rencontré avant son mariage. »

– Tu ferais bien de ne pas livrer les secrets de ta maman, dis-je.

– Pourquoi vous croyez qu'al me l'a dit ?

À travers mes jumelles, je voyais les silhouettes noires à contre-jour, tout en angles, de deux plates-formes de forage abandonnées, et un cargo aux dalots rouillés battant pavillon panaméen à l'extrême-ouest. Zoot diminua les gaz et nous avançâmes en tanguant sur notre propre sillage.

– R'gardez le sonar, m'sieur Dave. Le fond, y' est à treize mètres maintenant. Mais regardez où qu' ça décroche. C't une faille. J'ai déjà passé au-dessus. Al court sur trois bons kilomètres et après y'a des endroits où al est couverte de sable.

– T'es plutôt doué pour ça.

– Je vas même pas vous répond'. Vous et elle, c'est du pareil. Z'avez votre idée sur tout, alors tous les jours, z'êtes tout le temps surpris par queq' chose.

– Je crois que tu as probablement raison.

– *Probablement* ?

Il secoua la tête.

Mais je n'écoutais plus. Légèrement à babord avant, au-delà de l'une des plates-formes de forage, j'aperçus la silhouette plate et basse d'un navire de récupération d'épaves équipé de potences de levage, de dragues et d'un suceur de vase, qui s'arrondissait par-dessus le plat-bord comme le corps d'un énorme serpent. J'affinai la mise au point des jumelles et vis que le navire était ancré à la proue comme à la poupe, donnant légèrement de la gîte par tribord, comme s'il retenait une lourde charge.

Je vis alors bouger quelque chose sur la plate-forme de forage la plus proche. Je sortis de la cabine de pilotage et refis la mise au point sur mes jumelles. La marée venait s'étaler entre les piles à la base de la plate-forme et, au milieu des rouleaux de houle, cognant contre les poutrelles d'acier, se trouvait la coque rouge et blanche d'un bateau qui avait chaviré. Je déplaçai mes objectifs le long d'une échelle jusqu'à la plate-forme proprement dite et les maintins sur un homme torse nu, puissamment bâti, la peau hâlée, un pantalon de treillis des Marines accroché juste sous le nombril.

– Qu'y a-t-il ? dit Lucinda derrière moi.

Le côté de son visage se marquait encore des plis du sommeil.

Je lui tendis mes jumelles.

– Jetez un coup d'œil à cette première plate-forme, dis-je.

Elle trouva son équilibre sous les oscillations du pont et regarda dans les jumelles.

– C'est Clete Purcel, dit-elle. Il a l'air à moitié gelé.

– Avec un bateau qui a chaviré, dis-je. Clete n'est pas non plus marin. Ce qui signifie qu'il est probablement parti avec quelqu'un qui n'a pas réussi à monter à cette échelle.

– Qui ça ?

– Je n'ose pas y penser.

– Qui ça ?

– C'est le vieux prêcheur qui me vient à l'esprit.

Je retournai à l'intérieur de la cabine.

– Zoot, emmène-nous au milieu de cette plate-forme. Mais essaie de la garder entre nous et le bateau de récupération pour que ceux qui sont à bord ne nous voient pas trop bien.

– C'est Buchalter et les nazis ? dit-il.

Je vis ses longues mains osseuses se crisper malgré lui sur la barre.

– Peut-être s'agit-il d'un groupe de récupérateurs d'épaves bien ordinaires qui essaient de remonter de l'équipement de forage.

– Y'a bien de la ferraille de forage là-dessous, pas par là-bas, monsieur Dave.

– Okay, *podna.*

– Ch'sais ce qu'y a dans le sac en toile. Si ça se présente, y'en a un pour moi ?

– Tu as l'expérience des armes à feu ?

– J'ai plein d'expérience.

– Avec quel type d'arme ?

– Le genre que vous tirez avec... Moi et mon cousin, on est allés sous le pont Huey Long et on a éclaté des bouteilles à travers tout.

– Écoute, Zoot, il faut que les gens sur ce bateau de récupération pensent que nous faisons une partie de pêche. Tu peux installer les outriggers et mettre quelques cannes à traîne en place pendant que je prends la barre ?

– Bien sûr, dit-il.

Mais ses yeux étaient toujours sur le sac de toile.

– Garde juste ta capuche nouée sur la tête, au cas où ils nous observeraient à la jumelle.

– Vous allez pas me laisser prendre un de ces fusils ?

– Si c'est Buchalter qui est là-bas, nous appellerons les gardes-côtes.

– Alors pourquoi c'est que vous les avez apportés, les fusils ?

Jamais je ne devinerais que tu es le fils de Lucinda, me dis-je.

Je gardai l'avant de la vedette pointé droit sur la plate-forme et le navire récupérateur. Le soleil avait percé une batterie de nuages lavande et noirs et je voyais dans les creux de houle les poissons volants et les physalies aux sacs d'air roses gonflés et aux filaments tentaculaires. La température avait dû se réchauffer, mais le vent s'était levé à nouveau et le flux de la marée verte et froide sous la plate-forme pétrolière faisait rouler le bateau chaviré contre les piles et l'échelle d'acier.

Au sud, sur l'horizon, se formait une ligne blanche, là où les vagues commençaient à se créneler d'écume.

Zoot s'avança péniblement jusqu'à l'avant de la proue, et je coupai les gaz, laissant le cabin-cruiser filer sur son erre jusqu'auprès de l'échelle qui sortait des eaux et conduisait à la plate-forme où Clete Purcel, penché sur le garde-fou, nous regardait, les poils blond-roux de ses épaules et de sa poitrine soulevés par le vent brutal.

Il se dépêcha de descendre l'échelle, le visage tourné sous lui, ses poignées d'amour jouant à chaque pas, ses énormes fesses roulant à chaque raclement de pieds sur les échelons. Lorsqu'il se laissa tomber sur la proue, il garda le visage tourné à l'opposé du navire de récupération et se dépêcha de gagner l'arrière en longeant le poste de pilotage.

Il claquait des dents lorsqu'il passa l'écoutille d'entrée.

– Belle-Mèche, je t'adore, dit-il. Je savais bien que mon vieux *podjo* n'allait pas me laisser tomber. Je plaisante pas, j'étais en train de me transformer en glaçon, là-haut. J'ai bien essayé de m'envelopper dans un bout de toile, mais il s'est envolé.

– Que s'est-il passé ?

– C'est Buchalter. Nous l'avons trouvé aux environs de 3 heures ce matin, dit-il en se couvrant les épaules d'une couverture. Nous sommes arrivés sur lui par le sud. J'ai cru qu'il était à nous. Il y a un escalier métallique sur le flanc babord. Nous avions l'intention de nous laisser dériver jusque-là et, ensuite, de le surprendre par-derrière avec tout le boucan que faisaient les machines. Sauf que nous avons touché un rondin flottant qui nous a troué la coque.

Il s'assit sur un coffre plein de gilets de sauvetage et d'équipements de plongée et dévissa la capsule d'une bouteille de Cutty Sark qu'il avait prise dans le placard à alcools. La cicatrice qui lui barrait les sourcils et l'arête du nez ressemblait à une bandelette suturée de caoutchouc rose.

– C'est qui, *nous*, Clete ?

– Frère Oswald.

Sa voix changea lorsqu'il prononça ces mots. Son regard se détourna de moi, puis de Lucinda et de Zoot. Puis il se mit à contempler le pont. Il porta la bouteille à ses lèvres.

– Pourquoi n'as-tu pas attendu ? dis-je.

– Attendre quoi ? Que le mec se taille du pays ?

– Tu aurais pu attendre, dis-je.

– Reviens sur terre, Belle-Mèche. Ce mec-là, tu l'épingles sous pavillon noir, sans règles et sans principes, sinon il survivra assez longtemps pour pisser sur ta tombe.

– C'est quoi, le pavillon noir ? demanda Zoot.

Clete portait à nouveau la bouteille à la bouche lorsque son visage se vida de toute couleur et il ressortit par le sas pour vomir par-dessus la rambarde arrière. Il revint en s'essuyant la bouche d'une serviette.

– Excusez-moi, j'ai avalé un peu de pétrole, là-bas, dit-il. Quand le bateau a capoté, je m'y suis accroché. Frère Oswald portait un gilet de sauvetage. Il était en train de dériver vers cet escalier dont je te parlais. Et il n'est pas non plus réapparu au nord du bateau.

– Vous voulez dire qu'il est à bord avec Buchalter ? dit Lucinda.

– La marée montait et le courant était très fort. Il ne pouvait pas se trouver ailleurs, dit Clete. Je l'aurais vu. Je sais que je l'aurais vu.

– Je vais donner notre position aux gardes-côtes, dis-je.

– Le vieux n'arrêtait pas de parler de Gog et de Magog. C'est quoi, Gog et Magog ? dit Clete.

– Il s'agit d'une prophétie biblique à propos de la guerre que se livrent le bien et le mal, dis-je.

– Je sais rien des pavillons noirs et des Magog, mais y'a queq' chose que j'ai pas encore dit, intervint Zoot.

Toutes les têtes se tournèrent vers lui. Dans le silence, une vague éclata contre la proue et zébra la vitre de coulures.

– La radio, al marche pas, dit-il.

# Chapitre 32

J'étais accroupi derrière Clete sur les marches de la petite passerelle qui conduisait à l'avant. Clete avait enfilé mon imperméable et une chemise en laine rouge qu'il avait trouvée dans un placard. Ses grosses mains serraient la crosse et la pompe du calibre 12. Je l'entendais souffler, tendu par l'attente, impatient.

Il tourna la tête vers moi et commença à sourire. Avant de s'arrêter net.

– Pourquoi cette tronche, mec ?

– Tout ça, c'est de ta faute.

– Je ne vois pas les choses comme ça.

– Pourquoi n'es-tu pas allé t'occuper de Martina ? Pourquoi a-t-il fallu que tu t'embarques pour la Grande Salée avec un vieillard fanatique ?

– Je n'aime pas ce que tu es train de me dire, Belle-Mèche.

– Pas de chance.

– Tu te souviens du gus à New Iberia General ? Il a eu droit à une injection de pâte anticafards. Buchalter prend fin ici.

Je lui piquai l'épaule du doigt.

– Il faut que les choses soient bien claires entre nous, Clete. Tu ne vas pas refaire *O.K. Corral* ici.

Il tordit le buste vers moi, sans bouger l'arrière-train.

– Et qu'est-ce que tu veux faire ? dit-il. Te retaper tout le chemin jusqu'à terre pour prévenir les gardes-côtes ? Et ensuite espérer qu'ils ne sont pas à cent soixante kilomètres de là. Le vieux est là-bas, tout seul. On entre là-dedans et on les explose.

Je lui poignardai l'épaule à nouveau du doigt, avec force. Il se retourna et me chassa la main d'une tape, ses yeux verts soudain sombres et mal à l'aise ; on aurait dit qu'il contemplait quelqu'un qu'il ne connaissait pas.

– Toute cette histoire a commencé quand tu es rentré dans le lard des frères Calucci, dis-je. Ça ne va pas se terminer de cette façon. Nous allons mettre Buchalter en cage.

– Va raconter ça au Rotary Club, dit-il en relevant la tête vers l'écoutille fermée.

Nous entendions Zoot qui diminuait les gaz tandis que les tubulures d'échappement vibraient à la surface de l'eau, se réverbérant en échos contre la coque d'acier du bateau de récupération. Puis nous parvint le bruit des pas de Lucinda qui se dirigeait vers l'avant, où elle ramassa l'amarre de proue, comme s'il était tout naturel qu'elle vînt s'arrimer aux marches métalliques qui descendaient en zigzags sur le flanc du navire.

Clete souleva doucement l'écoutille d'un centimètre.

– Nous avons trouvé un blessé sur une plateforme pétrolière ! Nous avons besoin de votre radio ! s'écria Lucinda.

Il n'y eut pas de réponse. Nous entendions un bruit de compresseur, un treuil grinçant à la manœuvre, le raclement d'une chaîne au passage d'un palan, le grondement d'un diesel à plein régime.

– C'est un simple marin, et il ne sait pas quoi faire, dit Clete. Il est probablement parti chercher quelqu'un.

Il baissa les yeux vers moi.

– Remets-toi. Je dirais qu'ils ne sont pas plus de cinq, y compris le plongeur dans l'eau. Facile comme rapport de forces, *mon*.

Mais les plis de sa nuque brillaient de sueur, ses jointures étaient blanches et crénelées sur la crosse du fusil.

– Nous allons passer l'appel pour vous, hurla une voix à Lucinda.

– Je suis infirmière ! Il faut que je décrive son état ! Je crois qu'il a eu une crise cardiaque !

– Nous envoyons votre message par radio ! Vous ne pouvez pas monter à bord !

La coque cognait contre le caoutchouc des pneus attachés au bas des marches.

– Je répète... Vous ne pouvez pas monter à bord ! N'y sont autorisés que les membres du personnel de la compagnie ! Votre message est en train d'être transmis !

– Cet homme peut mourir !

Les yeux de Clete étaient au niveau de la fente entre l'écoutille et le pont.

– Elle attache l'amarre. Cette nana a de la glace dans les veines, murmura-t-il. C'est ça, Lucinda, vas-y, monte les marches, vas-y, vas-y, vas-y...

– M'sieur Dave, laissez-moi queq' chose au cas où que je devrais venir au bout du compte.

Je me retournai. C'était Zoot, plié en deux dans la cabine, sous le niveau de la passerelle.

– Si ça tourne au vinaigre, collègue, tu vas chercher de l'aide, dis-je.

Tout alla dès lors très vite.

– C'est l'heure de la fête, dit Clete.

Il sortit en direction de la proue, au pas de charge, le fusil tenu à deux mains en travers de la poitrine.

Lucinda avait déjà atteint le sommet des escaliers et se trouvait sur le pont du navire de récupération, le .357 pointé droit devant elle, les deux mains sur la crosse, les cheveux fouettés par le vent, tandis qu'elle hurlait à l'adresse de deux matelots paralysés :

– Police, enfoirés ! Le nez par terre, mains croisées sur la nuque ! Vous êtes sourds ?! Nez par terre ! Tout de suite ! Sinon, je vous fais sauter votre putain de cervelle !

J'arrivai sur l'escalier au pas de course, immédiatement derrière Clete, le .45 battant dans la poche de ma vareuse. J'avais déjà engagé une balle dans le canon du AR-15, la main crispée sur la crosse et à l'intérieur de pontet, le pouce sur le cran de sûreté. J'entendais le bruit des vagues qui éclataient contre la poupe avant de siffler le long de la coque.

Le navire de récupération était vieux, rapiécé de plaques soudées, les dalots orangés par la corrosion, la peinture cloquée et molle s'écaillant sous les doigts, les vitres du poste de pilotage oxydées et salies de traînées d'huile. Le panneau d'accès du compartiment moteur était ouvert, et des fonds de cale m'arrivèrent aux narines des odeurs électriques, des relents de gazole et d'eau stagnante dans un carter, puanteur de pourriture salée pareille à un rat en décomposition qui se serait pris dans un engrenage.

Lucinda était debout au-dessus des deux matelots, son arme allant sans cesse de l'un à l'autre tandis qu'elle s'efforçait de dégager les menottes de son ceinturon. Je les lui pris des mains, crochetai un des hommes au sol, lui tirai le bras à travers un des barreaux de la grille qui menait à l'escalier et refermai la menotte libre sur le poignet du second matelot.

– Où est le vieux ? dis-je.

L'un des matelots était âgé et portait barbichette ; l'autre avait une orbite vide à la peau plissée, complètement fermée, comme si elle avait été touchée par un instrument brûlant. Le chauve tordit le cou et regarda d'un air indifférent vers le sud où battaient les pulsations d'éclairs sur l'horizon au milieu des grondements étouffés du tonnerre.

– Regarde-moi quand je te parle, dis-je. Où est le vieil homme ?

Il tourna lentement la tête et laissa filer ses regards sur Lucinda et moi.

– Va te faire foutre, puisque t'aimes tant les Négros, dit-il.

J'entendis alors Clete au-dessus de moi qui changeait de position. Je relevai les yeux à l'instant précis où il amenait le fusil contre l'épaule et visait un homme en veste de toile et capuchon de pluie détaché en silhouette sur la poupe, un automatique bleu-noir à la main.

Clete fit feu. À deux reprises. Une partie des chevrotines double-zéro éraflèrent en traits de rasoir la peinture de la cloison, qui vola comme des confettis bien secs, puis l'homme en veste de toile bascula violemment en arrière, comme si on venait de le tracter par un câble passé autour de la taille.

Clete éjecta la douille vide sur le pont, pompa une nouvelle cartouche dans la chambre et enfonça du pouce deux cartouches supplémentaires dans le magasin.

– Trois de chute, dit-il. Belle-Mèche, toi et Lucinda, faites le tour en direction de l'avant. J'arriverai de l'autre côté. Surveillez la passerelle de commandement. Ne les laissez pas arriver derrière vous.

Il n'attendit pas ma réponse. Il s'engagea en direction de la poupe tel un ours, son fusil lui barrant la poitrine, la peau blanche du crâne transparaissant sous les bourrasques de vent, son pantalon de treillis raidi par le sel.

Lucinda baissa les yeux vers le cabin-cruiser qui roulait dans les creux de vagues tandis que Zoot gardait les moteurs à régime soutenu pour empêcher l'arrière de la vedette d'être emporté et de se fracasser contre la coque du navire de récupération.

– Il se débrouille très bien, dis-je. Mon papa disait toujours : « Ne prends jamais les gens braves pour moins qu'ils ne sont. »

– Protégez donc vos propres miches, dit-elle.

Nous avançâmes vers l'avant. Je sentais le pont vibrer sous moi de toute la machinerie qui grondait de l'autre côté du navire. Je m'arrêtai aux marches qui conduisaient au poste de pilotage avant de les escalader et pouvoir ainsi jeter un coup d'œil à l'intérieur. Je me dépêchai d'y pénétrer par l'écoutille ouverte.

Je contemplai la forme étendue dans le coin et baissai mon fusil. J'entendis Lucinda derrière moi.

– Oh, Seigneur, dit-elle.

– Vérifiez à tribord, lui dis-je.

Je m'agenouillai à côté de Frère Oswald. Il était allongé sur une bâche goudronnée barbouillée d'huile, le visage rond et bouffi plein de cette expression hagarde et incrédule que j'avais vue jadis sur les figures de villageois tués dans leur rizière par une explosion aérienne.

Un couteau à cran d'arrêt, le genre d'étripailleur fabriqué en Corée qu'on pouvait acheter pour cinq dollars à Laredo, était enfoncé jusqu'à la garde juste au-dessus de son poumon droit. Il avait pressé un chiffon sur la plaie, et la compresse improvisée était trempée et raidie de sang comme si on l'avait trempée dans la peinture rouge. Je collai une oreille contre ses lèvres et sentis son souffle toucher ma peau.

– Nous allons vous évacuer d'ici, collègue, dis-je. Vous m'entendez ? Nous allons nous emparer du navire, vous serez à bord de l'hélico en moins de temps qu'il ne faut pour le dire.

Sa langue resta engluée dans sa bouche lorsqu'il essaya de parler. Je me penchai à nouveau vers son visage. Son haleine sentait les fleurs séchées.

– ... pas le bon, murmura-t-il.

– Je ne comprends pas, dis-je.

– C'est la femme... Elle a le don des langues obscures... Je l'ai entendue à la radio...

– Pourquoi avez-vous fait ça, révérend ?

Ses lèvres bougèrent, mais aucun son n'en sortit. Ses yeux pâles donnaient l'impression de se noyer.

– Je ne vois personne à tribord, dit Lucinda.

Je relevai la tête de Frère Oswald de la paume de la main, roulai les bâches en oreiller, et lui tournai le visage de profil pour que sa bouche puisse se vider de ce qui l'obstruait. Je ramassai le AR-15. La crosse en plastique léger était froide et lisse sous mes mains.

– Vous savez comment contacter les gardes-côtes à la radio ? dis-je à Lucinda.

– Oui.

– Dites-leur que nous sommes à trente miles au sud de Grand Isle. Décrivez-leur les deux plates-formes pétrolières, et ils sauront où il faut aller.

Elle eut un signe de tête à l'adresse de Frère Oswald, la question sur le visage.

– *Je ne sais pas*, dis-je de mes lèvres muettes.

Un instant plus tard, je traversai le pont devant le poste de pilotage. Je sortis à découvert, mire et guidon du AR-15 alignés sur quiconque aurait pu se trouver entre la poupe et moi.

Mais il n'y avait personne, à l'exception de Clete Purcel, un genou au sol, me tournant le dos, au milieu d'un enchevêtrement de tuyaux, cordages, réservoirs d'air comprimé et d'acétylène, filets de récupération baignant dans les flaques d'eau. Au-dessus de lui, deux potences de levage géantes se dressaient sur le côté du navire, leurs câbles tendus à se rompre par le poids énorme ancré à leurs extrémités. Puis, sous le glissement des vagues, les boucles d'écume qui roulaient depuis l'arrière, les nuages d'algues dans les creux de houle, j'aperçus la longue silhouette aux contours effilés du U-Boat. L'épave ressemblait au dos d'un énorme requin des sables qu'on aurait arraché à la vase. J'apercevais le canon du pont avant hérissé d'algues et de crustacés, des colonnes de bulles d'air filant au sortir des tubes lance-torpilles à la proue, les gouvernails de plongée écrasés au sommet du kiosque, les reflets sombres et indistincts d'une croix gammée peinte sur l'acier.

Le bras droit de Clete était furieusement occupé à une tâche que son corps masquait aux regards. C'est alors que je vis le groupe électrogène à essence et le compresseur à air juste au-delà de sa position accroupie sur le pont, et je compris ce qu'il était en train de faire.

Je courus vers lui, le fusil à la main, le bras ballant. De son couteau Case à une lame, il avait déjà scié la moitié du tuyau d'air et la corde de sécurité qui y était attachée. Sous la pression, l'air qui s'en échappait avait nettoyé un carré de pont pareil à une brûlure fraîche.

– Ne fais pas ça, Clete !

– Trop tard, *mon*. Buchalter va avoir droit au grand gargarisme.

Il se remit debout et sectionna ce qui restait du tuyau qu'il balança dans l'eau comme un serpent coupé en deux.

Je me penchai au bastingage. Cadrée en silhouette sur fond de projecteurs installés en batterie, juste à l'arrière du kiosque, se détachait une plateforme de plongée en treillis métallique, suspendue entre deux eaux à un câble. Au milieu de la plate-forme, un plongeur en scaphandre de toile, bottes plombées et casque dur, avait relevé la tête, le regard éperdu, un chalumeau oxyacétylénique oublié rebondissant comme un cierge magique à la surface du sous-marin, tandis que le tuyau d'air sectionné tourbillonnait mollement en s'enfonçant dans les ténèbres.

Je posai mon fusil sur le pont et essayai de manœuvrer les leviers du treuil qui déroulait le câble de la plate-forme. Je poussai les leviers dans le mauvais sens, avant de corriger la manœuvre. Je sentis le moteur tressauter à l'enclenchement des pignons puis il commença à remonter le plongeur des profondeurs.

– Désolé, Dave, mais cette fois-ci, tu as tout faux, dit Clete.

Il dégagea une hache à incendie au mur derrière moi et arracha tous les câbles de liaison du moteur du treuil. Soudain, le tambour se verrouilla, immobilisé, le câble se mit à couiner et osciller légèrement d'un mouvement pendulaire au sommet de la potence, tremblant sous la tension à la surface des eaux. Clete balança alors un coup de hache dans le tambour et sectionna le câble aussi nettement que s'il s'était agi d'un fil de cintre à vêtements. Le câble fouetta l'air, s'arrachant de la poulie de la potence, et disparut sous les vagues.

– C'est un homicide, Clete.

– Et puis quoi encore ? Il y a encore au moins un mec de libre. Tout ce que j'ai fait, c'est d'empêcher une fois pour toutes qu'un joueur revienne dans la partie.

Mais ce qui se déroulait dans les vagues n'était pas terminé. La plate-forme avait basculé sur le côté avant de tomber comme une pierre jusqu'au fond, et le plongeur était parvenu à atterrir sur le pont, juste derrière le kiosque. Je voyais son casque de laiton, le hublot du visage, les mains blanches qui battaient dans le flux de la marée, comme un personnage de bande dessinée se démenant au fond d'un puits.

J'ôtai ma vareuse, ramassai une bouteille d'air et un masque de plongée sur le pont, vérifiai le manomètre, et enfilai les bretelles. J'attachai une extrémité de corde au treuil, l'autre autour de ma taille.

– Quand je tirerai, tu nous remontes, dis-je.

– Grossière erreur, répondit Clete.

– Je vivrai avec elle. Ne me laisse pas tomber, Cletus.

Il haussa les épaules et secoua la tête. Je plaçai l'embout dans ma bouche et basculai dans l'eau.

Le froid me saisit comme un coup de poing à l'estomac avant que je sente les courants contraires me tirer dans plusieurs directions. J'entendais un tintement de métal, des claquements de câble sur l'acier, le grincement des plaques de ferraille, peut-être même une hélice depuis longtemps réduite au silence en train d'excaver une tranchée dans le sable dur, et je compris que la tempête au sud commençait déjà à déstabiliser l'environnement du sous-marin et tordait la quille malgré les câbles que l'équipage de Buchalter avait fixés à la proue et à la poupe.

Je n'avais pas de ceinture plombée ni de palmes et il me fallait batailler pour gagner de la profondeur. Je soufflai dans le masque pour l'éclaircir et m'enfonçai dans le tourbillon de lumière or et ocre mêlée aux remous de vase jusqu'à arriver à moins de deux mètres de la silhouette en scaphandre en train de se noyer. La tête me faisait mal tant l'eau était froide, dents serrées sur l'embout de caoutchouc pour les empêcher de claquer, les oreilles cliquetant sous la pression de l'eau.

Je vis alors ce que nous avions interrompu. Les plaques de la coque, juste à l'arrière du kiosque, probablement déjà affaiblies par les contraintes de pression et la corrosion, avaient été découpées au chalumeau, mettant à jour un compartiment dont l'écoutille de sortie vers le kiosque était verrouillée.

Un projecteur sous-marin alimenté par piles brûlait au milieu de la vase en suspension et des squelettes aux contours arrondis de moisissures d'une douzaine de sous-mariniers.

Leurs uniformes n'étaient plus aujourd'hui que des chiffons verdâtres, leurs visages parcheminés de la patine jaune d'une peau conservée dans la saumure, leurs bouches atrophiées plissées de dents de rat.

Je nageai jusque devant le plongeur, dénouai la corde qui m'entourait la taille, et la glissai sous les bras de toile du scaphandre, avant de la nouer serrée dans son dos. Je sentis la quille du sous-marin donner de la gîte sous une houle de froid soudain remontée du fond du Golfe. Le pont donna de la bande sur babord et le plongeur pivota sur lui-même en lente pirouette tandis que son regard se fixait sur mon visage à travers le hublot.

L'eau avait monté à l'intérieur du scaphandre jusqu'au cou et sa chevelure rousse flottait comme des filaments de sang séché contre le hublot. Elle avait relevé le menton vers la poche d'air, les joues pâles, les lèvres en mouvement comme une bouche de guppy.

Il était trop tard pour dévisser les écrous-papillons du casque et placer mon tuyau d'air dans sa bouche. Je tirai brutalement sur la corde et la sentis se tendre lorsque Clete commença à la remonter vers lui. J'essayai alors de nous pousser tous deux vers la surface, la femme qui se faisait appeler Marie Guilbeaux et moi.

Je vis alors, à quelques centimètres de mon visage, l'eau salée monter jusqu'au sommet du hublot et recouvrir sa tête comme s'il s'agissait d'un spécimen au cou tranché, conservé en laboratoire, tandis que ses cheveux flottaient à l'entour d'elle comme une toile sombre. Elle se débattit, se tordant sur elle-même, elle essaya de retenir sa respiration, les yeux exorbités ; jusqu'à ce qu'une bulle verte brisée vînt glisser soudain au sortir de sa bouche avant de remonter sous le sommet du casque. Ses bras se verrouillèrent autour de mon cou en une étreinte presque érotique, son corps se collant tout entier au mien, lèvres écrasées sur le verre comme un fruit déchiqueté, dents maintenant visibles, reins et ventre tremblant de frissons, un baiser de la tombe, sombre comme un vin des ténèbres.

Quelques instants plus tard, je sentis Clete qui arrêtait de tirer sur la corde, avant de voir celle-ci se libérer, glisser par-dessus le bastingage du bateau de récupération, et descendre en boucles à travers les vagues dans ma direction. Je relâchai le corps de la femme appelée Marie Guilbeaux et le regardai sombrer en tournoyant sur lui-même, bras gonflés écartés comme les membres d'un épouvantail, entraîné au-delà de la batterie des projecteurs au cœur des ténèbres par le poids des chaussures plombées, jusqu'à ce que la corde se retende sèchement. Et la silhouette noyée de Marie se mit à se balancer d'avant en arrière contre le fond de coque du sous-marin.

Je nettoyai à nouveau le hublot de mon masque et remontai vers la surface. Je jaillis au travers d'une vague, au milieu des rafales de vent et du grondement des câbles des deux potences tendus à se rompre, le masque zébré d'eau, inspectant le pont du regard à la recherche de Clete et de Lucinda.

Ils n'étaient nulle part. Je remontai à bord, souffle coupé par le froid, et ôtai les bretelles de la bouteille d'air. Mon AR-15 avait disparu.

J'enfilai ma vareuse, la boutonnai pour me protéger du vent, et sortis le .45 de la poche latérale. Une balle à tête creuse était déjà dans la chambre. J'armai le chien et me dirigeai vers l'arrière du navire, laissant derrière moi compresseur, groupe électrogène à essence, treuils, filets de récupération en tas et rouleaux de tuyaux à acétylène. J'avançai l'épaule en appui contre le bas du poste de pilotage, passai devant une porte d'accès à une salle grondant du bruit des moteurs Diesel qui alimentaient les deux potences de levage, puis devant la cuisine, un atelier d'usinage, pour aboutir finalement à une écoutille ouverte qui donnait sur un petit réduit fermé qui servait de quartier à l'équipage.

Personne.

J'entrai dans le carré des matelots. Il sentait la literie sale et le jus de chique. Une photographie en couleurs d'une Noire nue arrachée à une revue était collée contre une cloison. Je franchis une autre écoutille ouverte et arrivai dans un couloir qui traversait l'intérieur du navire avant de revenir vers le poste de pilotage et la passerelle de commandement. Les cloisons étaient grises et froides, chargées d'humidité, le pont marqué des empreintes mouillées de chaussures de tennis.

J'ouvris chaque porte, entrai dans chacune des cabines le long du couloir.

Rien.

Le bout du couloir n'était pas éclairé, drapé d'un linceul opaque, aussi indistinct qu'un brouillard. Je ne remarquai pas l'ampoule brisée jusqu'à ce que mon pied vînt se poser sur un morceau de filament avant de l'écraser contre le pont. Mais il était trop tard.

Buchalter sortit de son abri derrière la porte ouverte d'un casier à matériel, la crosse du AR-15 collée serrée contre la joue au creux de l'épaule, un œil vert dur et rond comme un œuf derrière le cran de mire et le guidon alignés.

– Tu perds une nouvelle fois, Dave. Jette ton arme, dit-il.

Il referma la porte d'un coup de pied, me permettant ainsi de voir Lucinda et Clete à genoux près de l'échelle qui conduisait au poste de pilotage, doigts croisés sur la nuque. Clete portait une plaie à vif, la peau arrachée, au-dessus de l'œil gauche.

– Tu veux saisir ta chance et leur en coller une au passage ? dit Buchalter.

– N'abandonne pas ton arme, Belle-Mèche ! s'écria Clete.

Je tendis le bras latéralement, le .45 bien à l'écart du corps, ployai légèrement les genoux, et posai délicatement l'arme sur le pont. Buchalter portait des rangers et un pantalon kaki, une chemise grise en gros lainage et un caleçon une pièce boutonné haut sous le col. Joues et menton se doraient d'un début de barbe, le semis de points noirs en éventail sur les tempes pareil à des brûlures de poudre.

Je sentis une odeur dans l'air, vive et nette, de celles qui vous parviennent au cerveau plus vite qu'une gifle. Comme une odeur d'essence sans plomb.

– Ton ami a tué ma sœur, Dave. Qu'est-ce que tu penses de ça ? dit-il.

Il me regardait en disant ces mots, le visage barré de son rictus de guingois.

– Nous avons essayé de la sauver, dis-je.

– Viens te joindre à nous, dit-il.

– Peut-être que je ne devrais pas.

– Oh, que si. Sans toi, ce ne sera pas complet. Toi et moi avons un rencart. Vous avez tous les trois un rencart.

Sa langue épaisse vint mouiller ses lèvres.

– Il nous a aspergé d'essence, Dave. Fuyez ! dit Lucinda.

– Tu sais très bien que tu ne vas aller nulle part, Dave. Approche-toi. C'est ça, allez, viens. Il y a toujours un petit garçon à l'intérieur de chaque homme. N'aie pas honte. Tu serais surpris par ce que les gens sont prêts à faire lorsque les circonstances s'y prêtent.

Il maintint le fusil contre son flanc par la poignée-pistolet et dégagea du pouce un briquet Zippo de sa poche gauche.

– L'une est une Négresse, l'autre un gentil qui a des relations sexuelles avec une Juive, dit-il. De toute manière, ils vont mourir. Aimerais-tu assister avec moi au spectacle qu'ils vont nous offrir, ou en faire partie ? Personne ne saura, Dave, qui plus est.

Il fit la moue et aspira l'intérieur des joues comme s'il avait un bonbon-menthe sur la langue.

– Les gardes-côtes arrivent, Will.

– En ce cas, je serais d'avis d'en finir vite. Même lorsqu'ils capturent les gens de mon espèce, tu sais bien ce qu'ils nous font. Des hôpitaux du gouvernement. Des drogues propres, peut-être une infirmière excitée qui a besoin de quelques dollars. Approche donc maintenant, et agenouille-toi auprès de tes amis.

Le talon d'une botte cogna un bidon d'essence. Juste avant que j'entende un autre bruit – derrière moi, à l'autre extrémité du couloir, le bruit sourd d'une personne maladroite qui trébuche au bas d'une échelle d'écoutille.

Buchalter l'entendit lui aussi, et son regard fila derrière moi, en essayant de faire sa mise au point sur une image qu'il ne pouvait tout à fait accepter.

– Baissez-vous, m'sieur Dave !

Je me laissai tomber sur le pont, roulé en boule comme un fœtus, dans l'attente de la rafale rapide et sèche du AR-15. Au lieu de quoi, je n'entendis que le bruit d'une corde à piano qui casse en sifflant dans les airs.

Je regardai derrière moi la silhouette figée de Zoot Bergeron, le fusil-harpon vide devant lui.

J'attrapai le .45 posé sur le pont à l'instant même où Buchalter démarrait en trébuchant le long de la cloison dans la pénombre, en direction de l'échelle, le corps partiellement masqué par la porte ouverte d'un casier. Et je vis alors ses deux mains crispées sur le fût d'aluminium qui sortait de sa bouche. Il gravit les échelons en chancelant, les tendons du cou et des épaules noués comme les racines d'une souche d'arbre, les mains ramenées devant la bouche, tandis que ses rangers résonnaient comme des coups de marteau sur les marches de fer.

Je tirai deux balles par le trou d'homme qui menait au poste de pilotage et entendis les têtes creuses faire voler les vitres en éclats sur le pont.

– Désolé, Belle-Mèche. Il est arrivé derrière moi pendant que je tirais la corde, dit Clete.

– Prends le fusil, dis-je avant de gravir l'échelle derrière Buchalter.

Mais la chasse n'allait pas être bien longue.

Je le trouvai un peu plus loin sur le pont, le dos affalé contre le bastingage, pareil à un paresseux en train de piquer un somme, la pointe en fer de lance ressortant de la nuque en caillot sanglant, le fût agité de petits tremblements sous les vibrations de la salle des machines. Ses yeux étaient ouverts et vides, fixant le néant, le duvet doré de son menton luisant de ce qui coulait de sa blessure.

Il commença à pleuvoir, et les embruns arrachés à la poupe soufflaient avec force sous les bourrasques.

Un câble claqua, se libérant d'une des potences, et disparut sous la surface des eaux en un clin d'œil.

J'entendis Clete derrière moi.

– Tu l'as touché ? dit-il.

– Non.

– Mauvais début dans la vie pour un jeune Noir, dit-il en me regardant.

Je relevai les yeux vers les fenêtres brisées de la cabine de pilotage. Lucinda et Zoot étaient toujours sur le pont inférieur.

– On y va, dis-je.

Nous traînâmes Buchalter à l'écart de la rambarde avant de l'étendre sur le pont et de le faire rouler par-dessus bord. Sa chemise était gonflée d'air et une vague précipita la partie supérieure de son corps contre la coque du navire ; sa bouche était restée ouverte, toujours verrouillée sur le fût de la flèche, à croire qu'il bâillait ou qu'une dernière idée lui traversait l'esprit avant que les vagues ne le fassent sombrer dans une cascade d'écume sale.

– Cette tempête m'a l'air méchante. L'heure est venue de décamper, les comiques, dit Clete.

Il s'interrompit un instant.

– Est-ce qu'il y a des paperasseries par la suite qui risquent de me poser un problème ?

– Qu'est-ce que j'en sais ? dis-je.

J'abritai mes yeux contre la pluie et regardai Clete trancher la corde qui tenait suspendu le corps de la femme qui se faisait appeler Marie Guilbeaux, couper les moteurs électriques, libérer les treuils, trancher en deux câbles et cordages, ses cheveux blond-roux volant sous le vent, son treillis des Marines battu et plaqué contre les jambes par les rafales.

Je sentis le pont tanguer sous mes pieds lorsque tous les câbles se furent libérés du poids du sous-marin. L'espace d'un instant, je contemplai la boue, les algues noircies, le pétrole prisonnier du sable baratter en nuages en remontant du fond du Golfe, et je sus que tout là-bas, en contrebas, l'équipage du U-boat, Buchalter et sa sœur s'apprêtaient à mettre les voiles. Mais l'heure n'était pas aux méditations sur les vieilles recommandations de l'histoire à propos des créatures protéennes qui se lèvent des mers bibliques ou se dirigent de leurs pas chaloupés vers Bethléem pour renaître à une nouvelle vie.

Je remontai les marches qui menaient au poste de pilotage, où Lucinda et son fils avaient installé une couverture sous la tête d'Oswald Flat en lui couvrant le corps d'une autre, remontée jusqu'au menton. Ils se tenaient devant l'une des fenêtres fracassées : Zoot avait passé le bras autour des épaules de sa mère, et ils regardaient un hélicoptère des gardes-côtes qui volait vers nous depuis l'est en devançant la tempête imminente.

Le regard de Zoot fouilla mon visage.

– Tu nous as sauvé les miches, collègue, mais tu as complètement raté Buchalter, dis-je.

– Alors pourquoi que j'ai pas vu la flèche ?

– Qu'est-ce que ça peut faire, *podna* ? Tout ça, c'est du passé, maintenant. La partie est finie, dis-je.

En dessous de nous, Clete étira ses bras et épaules massifs, agrippa le bastingage, et cracha par-dessus bord.

– Les bons *über alles* ! s'écria-t-il à notre adresse.

– Qu'est-ce que ça veut dire ? dit Zoot.

– Je crois que c'est l'expression allemande qui signifie *Semper Fi*, Mac, dis-je.

Et je lui envoyai une bourrade dans le bras, en essayant de ne pas jouer les importuns à venir m'immiscer dans le sourire plein d'affection qui éclairait les yeux de sa mère.

# Épilogue

Cette année-là, l'hiver fut clément; ses journées douces et embaumées, l'herbe d'un vert tendre dans les champs, les nuits à peine marquées par un soupçon de fraîcheur, quelques filets de fumée d'un feu de souches dans le pâturage du voisin. Même pendant la saison du canard, lorsque le marais aurait dû se grisailler de brumes épaisses, les ciels gardèrent leur bleu de porcelaine et cyprès, gommiers et saules donnèrent l'impression de rester en feuilles jusqu'à Noël, presque jusqu'aux premières pluies de printemps qui commencent à la fin de février.

Il n'y eut qu'une seule et unique journée où je sentis véritablement la présence de l'hiver, une présence qui tenait plus au cœur qu'au monde extérieur. Pour notre anniversaire de mariage, Bootsie, Alafair et moi nous offrîmes un week-end à l'hôtel Pontchartrain sur l'avenue St. Charles. Nous étions en train de souper à la terrasse d'un café un peu plus bas dans la rue, la journée avait été chaude et lumineuse, les massifs de camélias chargés de fleurs roses et bleues fraîchement épanouies, et les vieux tramways merveilleux, au métal peint en vert, brinquebalaient au milieu de la chaussée sous la marquise des ramures de chêne en surplomb. Puis le soleil tomba derrière les toits, l'air fraîchit, lourd soudain, et brusquement il n'y eut plus ni bruit, ni mouvement, ni véhicules dans les rues, rien que poussière et fragments de papier journal tourbillonnant sous le vent à travers le tunnel d'arbres.

Voici ce que cela pourrait devenir, songeai-je. Tout ce que nous avions à faire était de cesser de croire en nous-mêmes et de laisser charlatans et manipulateurs nous convaincre qu'ils disposaient des réponses que nous n'avions pas. Ils ne se façonnent pas non plus de chaîne et d'enclume sur la forge du Diable. Judas Iscariote, c'était nous ; il n'existait aucun mystère métaphysique à Will Buchalter, à sa sœur et aux frères Calucci. Leur âme avait une envergure de mites ; ils s'employaient à leur œuvre parce que nous les y autorisions en leur donnant notre approbation ; leur œuvre prenait fin lorsque cette approbation leur était refusée.

– Qu'est-ce qui ne va pas, Dave ? dit Alafair, assise de l'autre côté de la table.

– Rien, petit mec. Tout m'a paru un peu trop tranquille pendant une minute.

– Alors, si on allait écouter l'orchestre à Preservation Hall ? dit-elle.

– Je pense que c'est une superbe idée, dis-je en lui frottant le sommet de la tête lisse et soyeux.

Par une belle soirée du printemps qui suivit, nous allâmes au Jazz and Heritage Festival sur les Fairgrounds de La Nouvelle-Orléans. Le Fat Man était en scène avec son orchestre, sa veste de sport à paillettes peinte de lueurs lavande, la sueur dégoulinant de son visage de phoque comme autant de filets de plastique clair, tandis que ses mains dodues et ses doigts en saucisses baguées martelaient les touches du piano. Les gens commencèrent à danser dans le champ intérieur, à swinguer le jitterbug comme des gamins droit sortis des années quarante, à se démener en bop et boogie salace, twist et shag, poings aux hanches, coudes et genoux écart, rayonnant de plaisir et d'innocence érotique.

Tout le monde était là pour l'occasion – Clete et Martina, Batist, Lucinda et Zoot (arborant son uniforme du Corps des Réserves des Marines), Pearly Blue et ses potes ex-taulards du groupe « Grimpe les étapes ou crève, enfoiré », Ben Motley, Hippo Bimstine et sa famille, Noirs et Blancs, Européens en visite, hommes d'affaires japonais, musiciens de zydeco et Dixieland, hippies muesli, strip-teaseuses de Bourbon Street, travestis, racoleuses du Vieux Carré, motards coonass, Jimmy Ryan et Comte Carbonna, les fondus, les givrés de religion et leurs pancartes alarmistes annonçant la destruction apocalyptique, et même Frère Oswald Flat et son épouse, qui se promenaient sur le terrain en partageant un sac de couennes de porc. La musique se leva dans le ciel jusqu'à paraître se fondre à la lumière douce et omniprésente qui couvrait tout l'hippodrome, jusqu'au-delà de la piste, au-dessus des rues bordées de chênes, des maisons en bois sans peinture à galeries et volets verts, des routes sur digue, du Superdome, des tramways et de leurs voies sur Canal semées de palmiers, des balcons aux balustrades en fer forgé à volutes, colonnades et cheminées de briques dans le Carré, de Jackson Square et des flèches de la cathédrale St. Louis, du « Café du Monde », de la large nappe barattée de boue du Mississippi, des vastes étendues brillantes des terres marécageuses au sud et finalement, du golfe du Mexique, où la lune, un peu plus tard, allait se lever, telle une énorme perle qu'on aurait trempée dans un verre de Bourgogne.

C'est drôle ce qui peut arriver lorsqu'on met le cœur à nu pour se joindre à la vieille danse de la Terre jusqu'au travers des cieux.

Achevé d'imprimer en janvier 2016
sur les presses de Normandie Roto Impression s.a.s.
à Lonrai (Orne)
pour le compte des Éditions Payot & Rivages
18, rue Séguier - 75006 Paris
N° d'imprimeur : 1505983
Dépôt légal : février 2005

*Imprimé en France*